MEMORY HOUSE

记忆坊文化

The Scheming Couple.

你是心尖烧滚的烈焰，

是春风携星河的温柔，

是月牙最迷人的那一弯尾勾，

也是我的幸福险中求。

原来缘分,

就是某一瞬的鬼迷心窍。

咬春饼

著

上

烈焰鸳鸯

（全2册）

江苏凤凰文艺出版社
JIANGSU PHOENIX LITERATURE AND
ART PUBLISHING

图书在版编目（CIP）数据

烈焰鸳鸯：全2册/咬春饼著. — 南京：江苏凤
凰文艺出版社，2022.8
ISBN 978-7-5594-6832-1

Ⅰ.①烈… Ⅱ.①咬… Ⅲ.①长篇小说－中国－当代
Ⅳ.①I247.5

中国版本图书馆 CIP 数据核字 (2022) 第 079600 号

烈焰鸳鸯：全2册

咬春饼 著

选题策划	北京记忆坊文化
责任编辑	白 涵
特约策划	绪 花
特约编辑	绪 花
版式设计	天 缈
营销统筹	杨 迎 史志云
出版发行	江苏凤凰文艺出版社
	南京市中央路 165 号，邮编：210009
网 址	http://www.jswenyi.com
印 刷	环球东方（北京）印务有限公司
开 本	880 毫米 × 1230 毫米 1/32
印 张	19
字 数	593 千字
版 次	2022 年 8 月第 1 版
印 次	2022 年 8 月第 1 次印刷
书 号	ISBN 978-7-5594-6832-1
定 价	72.00 元（全 2 册）

江苏凤凰文艺版图书凡印刷、装订错误，可向出版社调换，联系电话 025-83280257

目 录
CONTENETS

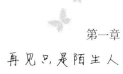

第一章

再见只是陌生人

八月过半，气温跟沸水似的往上冒。夏初第三条语音发来时，语气已经变了调："还要多久？我都晒成土豆泥了。"

林疏月将语音外放，手往前伸了伸："师傅，我朋友成泥了，您给回复一句。"

司机慢性子，说话拖腔拿调的："快了快了啊，转个弯就到了。"

一个弯转了二十分钟，别说夏初，林疏月都恨不得自己开。见面后夏初也不抱怨，只说："我那辆小破车你拿去开吧，图个方便。"

林疏月笑了下："不用。"

"你不用，小星也得用。每次去医院，就那一截路都走得他不行。"

林疏月还是说不用。

两人大学相识，多年情谊，夏初太了解她："行，不逼你。需要的时候别跟我客气。吃吧，饿死了。"

夏初硕士毕业后，去了市人民医院心理科室上班。后来嫌赚的不够花的，就自己开了家心理诊疗室。

最近工作不太顺，她是一肚子牢骚："我上周接诊了一位患者，那男孩上初二，偷偷穿渔网袜高跟鞋的时候被他爸撞见。家长带到我那儿，对孩子又骂又打。你猜怎么着？那孩子直接往墙上撞，救护车都来了。"

夏初想起仍气得牙痒："这都什么父母。"

林疏月抬起头："还接诊吗？"

"接啊。"夏初说，"下午我去医院看看那孩子，挺可怜的。但他那对奇葩父母太能惹事，简直帮倒忙。"

林疏月笑了笑："你慢慢来。"

夏初一直觉得，林疏月笑起来的样子最拿人。眼睛向下弯的弧度柔软，像从冬天苏醒的春泉，清淡怡人刚刚好。

在C大时，疏月就是很闪耀的人，只可惜……

不想碰触不愉快的话题，夏初问："赵卿宇最近在忙吗？上回小星生日也没见他过来。"

"那天他同学从宿迁过来，他去接人。"

"宁愿接同学，也不来你这儿？"夏初毫不掩饰地翻了个白眼。

林疏月笑得无奈："你跟他有仇，他做什么你都看不惯。"

夏初不置可否。

去年圣诞节，夏初正下楼，电话里听说两人在一块儿的消息后，气得失脚从楼上滚下去，头破血流的，拄了一个月拐杖才好。

闺密奇妙的直觉也好，迷信也罢，总之，她一直不太喜欢赵卿宇。

赵卿宇相貌不错，家庭条件也不错。他有个舅舅，是汇中集团的一把手。汇中集团是研究纳米分子材料起家，与国内多所院校联合成立实验室，手握几项国家专利。四年前董事会更新迭代，到赵卿宇舅舅这儿，大刀阔斧改革，相当彪悍，每年的纳税额占据明珠市半壁江山。

赵卿宇时常提起，哪怕是隔了几层的远亲，也是顶顶地有排面。

夏初一直觉得赵卿宇有点挟势，不够爷们儿。林疏月不以为意，在她看来，赵卿宇是个很有耐心的人，当初追了她大半年，不管她如何冷眼，也始终不放弃。

赵卿宇家里的情况，林疏月没过多了解。恋爱没谈多久，她也不是非要一条道明明白白走到底的人。在一起，能真诚用心就很好了。

吃完饭，夏初拉着林疏月逛街。八点半，赵卿宇开车过来，热情地打招呼："夏大美女。"

夏初不买账，故意挑错："美女可不是吓大的。"

林疏月暗掐了一把她的手："可以了啊。"

夏初哼哼："看把他给护的。"

赵卿宇摸了摸后脑勺："改天请你吃饭。"

夏初只晃了晃手："慢点开。"

明珠市的夜景堪称一绝，尤其二环高架十几公里，笔直宽敞，光影都自带飒气。开到能停车的地方，赵卿宇靠边。

林疏月问："怎么了？"

赵卿宇从车门储物格里拿出一袋糖炒栗子："还热乎，赶紧吃。"

打开一看，竟全都剥了壳，一颗颗黄灿软糯。

赵卿宇笑："其实我早来了，就坐在车里剥完板栗才给你打电话的。"

林疏月愣了愣，也笑起来，把第一颗糖炒板栗喂进了他嘴里。又从包里拿出护手霜挤了点，在掌心搓热后，轻轻捂住赵卿宇的手背："来，闻闻看香不香？"

赵卿宇重重点头："香！"

把人送到，赵卿宇绕了半座城，快九点才到家。家里阿姨来开门的时候提醒了一嘴。

赵卿宇诧异："真来了？"

他说话时，语调自然而然地亲近了些。

阿姨说："在楼上和你爸爸谈事。"

"我给你发了多少信息，让你早点回，你连我电话都不接。"明婉岚拢着披肩，不悦地下楼，"又跟她在一起是不是？"

赵卿宇低头换鞋，语气微微不耐："妈，我说了我在忙。"

"跟她在一起叫什么忙，不务正业。"这话说过了线，明晃晃的都是不满意，明婉岚绕到儿子左边，"他难得来一次，你也不回来露个脸。"

赵卿宇侧过身，以沉默对抗。

明婉岚又绕到右边："咱们家的现状你不是不清楚，今年生意不好做，你爸焦头烂额。没个有力靠山，能撑多久？上回给你介绍的对象，你也不放心上。"

"妈。"赵卿宇忍无可忍。

"我只是给你提个醒，"明婉岚软硬兼施，无奈叹气，"体谅一下家里，爸妈上年纪了，不容易。"

赵卿宇嘴角颤了个弧度："我有女朋友了。"

母子俩气氛剑拔弩张，随即被下楼的动静打破。

赵卿宇仰头见着人，喊了声："舅舅。"

魏驭城目光落向赵卿宇，略颔首："恋爱了？"

一把很好听的男嗓，沉而不腻，字正腔圆，音色很有辨识度。就跟魏驭城这个人一样，哪儿哪儿都是周正的。

他与赵父一起，三件式的西装，从肩到腰线服帖不苟，本就压人的气质加了砝码，即使和颜悦色，也让人神经不自觉绷着。

其实两人年龄相差并不算太离谱，魏驭城今年三十往上，保养得宜。这话问得自带长辈威严，有种贵派的稳重，眉间神采传递，到底是与这帮小的不一样。

赵卿宇被母亲狠狠一瞪，那句"是"到了嘴边，又鬼使神差地吞咽下去。明婉岚迎向前，笑着说："孩子过家家，不作数。"

魏驭城本就客套一问，算不算数，用不着放心上。赵父送他出去，人走了，门半掩。

明婉岚泼辣惯了，近乎指令："不管你愿不愿意，至少去把这人给见了。你傅叔就这一个女儿，你要和她在一起多合适。"

赵卿宇绷着脸，不说话。

明婉岚又退让一步，苦口婆心地劝："也不用和她分手，你去见见琳琳，就当交个朋友，行吗小宇？"

傍晚下过雨，也不见暑气消散，晚上依旧闷热。魏驭城上车后，司机将冷气调低，副驾的李斯文侧过头："约了陈老九点。"

魏驭城头枕椅背，抬手揉了揉眉心。

陈医生的诊疗室在郊区，魏驭城过去的时候，没有旁人在场。他进去往沙发上一坐，顺手卷起衬衫袖。

陈医生给他倒了杯水："心事重对你的治疗没有益处。"

魏驭城跷着腿，应道："好。"

陈医生习以为常："身体是自己的，工作也要忙里偷闲。"

魏驭城对一旁的李斯文抬了抬下巴："记住了？"

李斯文笑道："明天和徐总的饭局取消，公例会延期，工程部的汇报也不用到您这里。"

魏驭城低头点烟，薄薄织雾里，神情不以为意。

陈医生摇头："别让你这秘书背锅，你不松口的事，他做不得主。"

聊了会儿，做了些检查，陈医生说："药必须减量，吃多了伤肝伤肾。"他抬头看着魏驭城，"以前你停过一阵，这证明，还是可以自我控制的。能不能再试试看？"

烟只抽了两口，就在指间静燃。这一次，魏驭城连敷衍都懒得给，语调平得像一张薄纸："药您多开两个月。"

车从郊区往市中心开。

渐变的光影如一条漫长的时光隧道。

李斯文不用问都知道，魏驭城肯定是回公司。他办公室有一间休息室，生活用具一应俱全。他睡这儿，比睡明珠苑那套顶层复式要多得多。

外人只当魏董敬业，只有李斯文和陈医生知道，魏驭城的睡眠不太好，倒也不是失眠。他一睡觉，会梦魇，惊醒后，是难以忍受的，如重锤般的心悸。

他每年的大体检都去国外，各方指标都优，唯有此病症无从改善。疲累的精神状态让魏驭城厌倦，久了，便也习惯了少眠的作息。

其实也不是没有过好的时候。

两年前，魏驭城在波士顿调研，有过一段……李斯文也不知道如何定义，甚至不确定算不算得上是感情经历。因为从发生到结束，实在短如朝露。

换句话说，魏驭城不仅被女人睡了，还被她给甩了。

李斯文在他身边任职秘书八年，总的来说，魏驭城是个能收能放的男人，很少见他情绪大开大合。在波士顿那段露水姻缘，连陈医生都不知道。

魏驭城早就下了死命令，李斯文自然闭口不提。之前有一次，与海外同事视频会议，全程用英文，结束时，李斯文闲聊了句，提到了"Diana"——这位国外同事才出生的女儿的小名。

他记得很清楚。

办公桌后的魏驭城瞬间沉了脸，派克笔往文件上一放，很重的力道，真金白银的合同上都是分叉的笔痕。

李斯文才记起，那女孩的名字，也叫Diana。

Diana，是月亮。

月渐丰盈，然后圆满，终薄成一把弯刃。

原来"月"的意思，是温柔幻象——让人耿耿于怀，让人心有不甘。

最终还是没回公司。

半路上魏驭城接了个电话，听了两句，他的眉眼就像结了霜的夜，一点一点暗冷下来。

李斯文很敏锐："魏董？"

魏驭城靠着椅座，说："去城东。"

到了地方，司机慢下车速。透过车窗，就能看到公安局门口，钟衍正从警车里下来。二十岁出头，钟衍的身材已经出类拔萃。他被反手扭送，白净的脸上，那股邪乎的气质最醒目。

李斯文轻车熟路，去办手续。

聚众飙车，违规改装，数罪并处。时间耗得久，一小时后将钟衍领出来。人跟在后头，T恤的衣领歪斜去右边肩膀，帽子压在头顶，遮不住一脸的新鲜伤口。

魏驭城坐在车里抽烟，车窗降下，烟雾缓慢弥出。气氛像绷紧的皮筋，再多一分力气就能断。

李斯文笑脸打圆场，对钟衍说："上车吧。"

钟衍一动不动。

魏驭城看过来，眼神如刃，一点点割刮。

钟衍不自觉地抖了下，强忍着，保持倔强。

李斯文好声相劝："公司原本还有事，接到局里电话，魏董直接过来的。"又放低声音，"服个软，别让他难堪。"

反骨一下长了刺，钟衍跩得二五八万："别管我！"

李斯文好心去拦，手伸到一半，就被钟衍用力甩开。

力悍，推得人连退几步。

魏驭城掐了烟，下了车，一只手拽紧钟衍的衣领，把人直接按着撞上了车身。很猛的一下，手不留情。

钟衍狂咳嗽，感觉五脏都被震出了血。

魏驭城的情绪并无起伏："明天起，你就待家里。"

钟衍嚷叫："我不！"

魏驭城手劲一收，钟衍痛色更甚，没力气张嘴，决绝的眼神仍不遗余力地表示对抗，半分都不认。

钟衍的眼睛，太像他母亲。

魏驭城一身黑衣，与这月夜似要融为一体。对视几秒，他还是松开了手，语气淡淡："跟我谈条件？"

都不屑对方的回答，魏驭城侧过头吩咐道："把他的摩托车锁了。"

钟衍反应剧烈："不要！"

魏驭城说："那就砸了。"

又是翻天闹腾。

捶门的声音，踹椅子的动静，响彻明珠苑的顶层复式。李斯文看了几眼书桌后的人，面色静默，早已习惯这般场景。

房里的钟衍终于消停。

李斯文这才说："我明天帮小衍安排心理医生。"

魏驭城没发言。

李斯文自己也明白，这话说得有些丧失意义。

魏家姐弟感情深厚，魏茗芙过世多年，钟衍是姐姐唯一的孩子，魏驭城不能不管。

钟衍继承了母亲的姣好容颜，眉目尤其出众。每每与之对望，犹如故人归。却没传得母亲半分温柔似水的性子，这几年暴烈刚硬，妥妥的问题青年。

魏驭城对这个外甥倾尽心血，奈何是个不成器的玩意儿。成日不学无术，喝酒泡吧玩赛车，命不当命。

魏驭城让他去做心理疏导，那么多教授专家，都被他气得束手无策。钟衍以此为荣，仿佛和魏驭城对着干就是他的存在感。

"章教授那边推荐了一家心理诊疗室，建议您试试。"李斯文说，"获奖无数，在业内很有名气，老师也很年轻。"

魏驭城抬手打断，虚头巴脑的东西，在钟衍这里行不通。皮椅转过来，桌上复古台灯的光亮恰好映在他的侧颜上。魏驭城的五官立而挺，浸润之下，如成品雕塑。

"你给章老带句话，不在乎荣不荣誉，只要能把那小子的问题解决。"魏驭城停顿一下，觉得"解决"这词搁钟衍身上是个笑话，于是缓和措辞，降低要求，"能让钟衍愿意接受辅导，条件任开。"

李斯文表示知道。

紧绷了一晚，他适时岔开话题："与盛泰的饭局，定在下周三？"

魏驭城揉揉眉心，肩膀沉下去："下周三参加婚宴，改天。"

这边。

林疏月绕了远道，去桥江路上买了份牛肉丸子带回家。

林余星坐在沙发上看电视，都不用回头，只鼻尖动了动："四喜牛肉丸。"

"狗子呢？"林疏月换了鞋，走过来揉了揉他的脑袋，"洗手再吃。"

林余星把第一颗牛肉丸夹给她："姐，张嘴。"

林疏月用掌心推回去："你先吃，汤汁都洒地上了。"

十六七岁的男孩子还是挺馋，"嗷"的一口没有客气，吃满足了，眼睛都亮起来，加之皮肤白，看起来很可爱。

林疏月给他递了纸巾："擦擦嘴。"

门铃响起。

她诧异，这个点了还有谁会来？透过猫眼一看，竟是赵卿宇。

"跑了好远才买到，你给看看，小星爱吃的是这一家的牛肉丸吧？"赵卿宇走急了，额上都是汗。

林余星抬高筷子，夹起汤汁泛光的肉丸："宇哥，吃着呢。"

赵卿宇进屋："我跟你姐有默契，那你多吃一份。"

林疏月拦着："太多了不消化。"顿了下，"你怎么来了？"

林余星背过身，赵卿宇凑近她耳边："想你了。"

这才分开多久，没正经。林疏月笑着轻拍他手臂。

赵卿宇去陪林余星聊天。

林疏月手机响，医生发来的预约短信，排了明早八点半的号。

林余星贪嘴，牛肉丸吃得快，林疏月捞走了碗："你别惯着他。"

赵卿宇摊手耸肩，声音压得低低的："你姐，凶。"

林余星挠挠鼻尖，只笑，不附和。

就这么一会儿工夫，赵卿宇手机上进来三四个电话，他要么不接，要么侧着身挂断。林疏月其实早看到了名字。

电话又响起的时候，她主动说："你早点回去，别让你妈担心。"

赵卿宇不情不愿，但还是顺从。进电梯之前，又转身突然将人抱住，鼻尖蹭着林疏月的脖颈，凉得她打了个颤。

赵卿宇声音有点闷："我走了。"

林疏月拍拍他的背，笑道："你跟小星一样大啊，走吧，开车慢点。"

电梯门合上之前，赵卿宇还有模有样地抛了个飞吻。

刚出电梯，明婉岚的电话又打来了，赵卿宇烦透："妈，你能不能别这样。"

"周六约了琳琳到家里吃饭，你得回家。"

赵卿宇把车门摔得"砰砰"响："我不回！我不吃！"

早八点的心外科门口已排起了长队，等林余星的复查报告出来时已经到了午饭点。医生跟他们很熟了，常常给林余星行方便，饭没吃，就先看报告。

拿完药，夏初的车早停在大门口，远远一招手："疏月，余星。"

她正好在附近办事，顺路来接他俩吃午饭。就这么十几米，林余星走得很慢很慢，即便这样，上车后他都有点喘。

"早让你姐拿我车去开，图个方便嘛不是。"夏初念叨不停，"想吃什么，夏姐请客。"

林余星小心翼翼地说："能吃汉堡吗？"

夏初横了眼林疏月："可怜的哟。"

林疏月"啧"的一声："戏都让你俩唱完了，我还能说什么？"

玩笑归玩笑，林余星的身体况确实比较特殊。不是舍不得几个汉堡钱，只是怕出意外。

少年期待的眼眸是一种病态的清澈。林疏月软了心，说："吃。"

林余星笑得倍添少年气，夏初空出一只手往后，跟他击了下掌："吃两个啊。"

当着面不好问，取餐的时候，夏初才偷偷地问："检查情况怎么样？"

"就那样吧。"林疏月语气平平，"心内膜弹力纤维还是没降下来。医生说下次复查，还不行，就只能做个内镜检查。"

夏初点点头："听医生的。"

林余星馋坏了，低头大快朵颐。夏初看着心疼："你姐平日没少虐你吧，没吃过一顿饱饭吧？"

林余星半嘴香辣鸡腿没咽下去就急着解释："不不不，姐姐很好。"

夏初笑眯眯的："赵卿宇好不好？"

林余星喉结滚了道弧，一口咽下鸡腿肉，噎得半天出不了声。

夏初点点头："小星都不满意。"

林疏月拍她手背："赵卿宇怎么你了？仇人似的。"

夏初没接话茬，岔开话题："对了，正好有件事问问你。"

林疏月摊开纸巾给林余星，听着："你说。"

"章教授那边介绍了一男生，性格不太好，暴躁易怒，特别能惹事。家里给找过好多心理老师，都被他给撵走了。"夏初问，"你要不要试？"

林疏月刚想开口。

夏初知她顾虑："男生家里头说了，只要有效果，别的不在乎。钱给得也痛快——这个数。"手指比画了个数字，确实相当痛快。

林疏月不是死要面子的人，林余星这边得用钱续命，有机会她都得试。

"真没要求？"林疏月抬起头。

"没要求，那男生太彪了，家里头破罐子破摔。"夏初说，"你要觉得行，我这就把资料发你。"

"时间？"

夏初翻了下手机："哟，还挺急。下周，中海街，明珠苑。"

一旁专心吃东西的林余星抬起头，眼睛笑弯，声音像阳光中跳跃的微尘："姐姐我知道！明珠市最贵的房子就在这儿了。"

林疏月伸手揉了揉弟弟头发，然后对夏初说："行，我试试。"

夏初给的资料特别简单，寥寥数语，一张纸都塞不满。但从这位小哥的疯野事迹来看，确实不好办。

林疏月的指腹触过"钟"字时，电脑倏地一下黑屏，摁半天也开不了机。林余星走过来："我看看。"弄了一会儿后，他把电脑合上，"显卡坏了，得换。"

邪门，名字都烧电脑。

还好不是麻烦事，网上下单好相关型号的显卡，林余星自己就能修。很聪明的一孩子，很多东西一学就会。林余星上月刚满十七，本该上高三，但高二期末考试那天，他起身交卷，忽然栽倒在地，心脏病犯了，嘴唇都是黑紫色，命悬一线。

身体状况不允许，学校也不敢冒此风险，林余星便只能休学在家。

林疏月心里头难过，但不敢表现出来，怕弟弟更难过。

林余星也一样。

都是懂事的人，伤口小心翼翼藏着。林疏月撞见过一次，弟弟躲在卧室，认真翻着得过的奖状和物理化学竞赛荣誉证书。

翻完了，又仔细地收好。

给抽屉上锁的时候，眼里的光也"啪"的一声——

灭了。

林疏月很少哭，只那一次，她背过，仰着头，眼里的湿意怎么都忍不住。

这天，林疏月终于搞定了一个难磨的客户。帮着给论文提意见，提醒他需要修改的思路，对方仍吹毛求疵，不满意。林疏月也是有脾气的，键盘敲得快："你这活我不接了，钱也不要了。"对方一下子服软。

不管是评职称还是拿毕业证，论文这一块都糊弄不得，也不是谁都能润色得这么精细专业的。这人就是想挑挑毛病少给点钱，哪知林疏月干脆撂挑子走人。

这不，立刻老实。

收到支付宝到账八百元通知，林疏月揉了揉脖颈，总算松口气。

林余星端着水杯走进来："这几天都没见着宇哥，姐，他不跟你约会啊？"

林疏月瞥了他一眼："小小年纪，懂得倒挺多。"

"电视上都这么演的。"林余星撇了撇嘴，"男朋友该主动。"

"他工作忙。"

这真是个无法挑剔的理由。

林余星撇撇嘴，嘀咕："哪有，昨晚半夜他还发了条朋友圈，和朋友在唱歌呢。"

林疏月忽然想起前几日夏初问的——"对赵卿宇不满意啊？"

林余星当时没回。

现在看来，这小鬼的答案确实是不满意。

赵卿宇昨晚的确是在KTV，但也不是疯玩，而是借酒消愁。

明婉岚逼得凶，非让他去和琳琳接触，并且自作主张地直接将女生叫来了家里，说是路上偶遇，来拿点东西。其实就这么点心眼，太明显。

明婉岚阴阳怪气："你和琳琳交个朋友怎么了，你那女朋友心胸这么狭窄啊。"

赵卿宇火冒三丈："您心胸开阔，那让爸去交这样的女朋友！"

下楼的赵父听到了，上来就是一顿教训，骂他忤逆不孝。家里头地动山摇，父母态度异常坚决，不同意就是不同意。

赵卿宇压力大啊，家不回，父母电话不接，一个人顶着。

周五这天，他路过一家店，被橱窗里的娃娃吸引站定。他买了下来，娃娃近一米高，一个大男人抱着，特滑稽。

赵卿宇到林疏月家楼下，林疏月看到后吓一跳："怎么啦？"

赵卿宇不说话，抱着玩偶，巴巴看着。

好几天不见，人瘦了，胡楂也没刮干净，林疏月看着既心疼，也担心。赵卿宇张开一只手臂，可怜道："要抱抱。"

抱住了。

赵卿宇埋头在她脖颈，闷声说："月儿，我是爱你的。"

林疏月的心被"爱"这个字烫了个洞，漏下来的是五彩流沙。她有点明白是怎么回事，却不知该怎么说，只能安静，将对方抱得更紧。

手机铃响。

赵卿宇拿出来的时候，林疏月也看到了屏幕上闪烁的"妈妈"。赵卿宇负气挂断，泄愤似的，又关了机。

"周三有空吧？"他看向林疏月，笑着说，"一朋友结婚，你陪我一起去。"

整个八月，就农历十二这天日子最好，明西饭店婚宴席早半年就预订一空。今日能包下整层芙蓉厅的，实力可见一斑。

新娘是魏家最小的一个妹妹。

路上堵车，魏驭城到得晚。他也不想喧宾夺主，让司机把车开去地下车库，自己坐电梯上来。

即便如此，人一露面，仍成了焦点。不说魏家这边，新郎那边也有不少做生意的亲戚跟着簇拥。魏驭城到哪里，都是左右逢源的一位。

明婉岚对丈夫使了好多次眼色，赵品严凑上去，自己不觉得，在外人看来，过于巴结谄媚了。

这桌女宾嘴碎："老赵跟魏家隔了多少层，那么丁点亲戚关系，他还仰仗上了。瞧瞧，一个劲地往上贴，多大岁数人也没点底线。"

另一个道："敢不往上贴吗，他家那位凶悍出了名。"

笑声低了，眼神都往隔壁桌明婉岚的身上瞟。

"我听说啊，他家开的那小公司亏损特严重。"

明婉岚这边打完招呼，不知情，眯眯地又往这边来。管他熟不熟，也装得很熟。都是变脸功力了得之人，上一秒暗里嘲讽，这一秒亲昵热切。

"你这条丝巾真好看，新款吧。"

明婉岚美滋滋地展示："新天地买的。"

"你眼光真好，下回一起做SPA？"

"行啊。"

"哎对了，小宇谈对象了没？"

"还不算吧。"明婉岚装作不在意地眨眨眼，"琳琳刚回国，慢慢处着，年轻人的事，我不过问的。"

"琳琳？老傅的女儿？"

明婉岚含蓄地笑了笑，算默认。

"呀，他俩谈着呢？卿宇眼光真好！"

明婉岚大获满足，背脊都挺直了些。那边主桌，赵品严和魏驭城坐一块儿，她觉得面上更有光。

门口处传来动静。

赵卿宇牵着林疏月，光明正大地出现。

"这是我四姨，四姨，这是我女朋友，您叫她小月就行。"从最近桌开始，赵卿宇逐一介绍。

其实林疏月有点蒙。

不是朋友婚礼吗？怎么成亲戚的了？

赵卿宇似是早早铁了心，要把她"公之于众"。这份态度没得说，但先斩后奏，总让人心生不悦。

"卿宇，交女友了啊？"

"是啊二伯，我女友。"

赵卿宇把人拽向前了些，林疏月尴尬笑了笑，只好跟着问候。

等明婉岚发现时，亲戚已被认了大半。赵卿宇用这么直接的方式反抗，是她不曾料到的。

"咦？不是说，卿宇在和傅琳交往吗？"看热闹不嫌事大，同桌的人故意扬高声音。

明婉岚面红耳赤，讪笑着，不说话。递向儿子的眼神，能吃人。赵卿宇豁出去了，分寸过了头，压根没顾虑旁人的感受。

他大步迈前，林疏月脚步迟疑，低声喊了句："赵卿宇。"

明婉岚要面子，尚且还保持住笑："来了啊，先去那边，帮妈妈拿点东西。"

有人大声问："卿宇，这位是？"

"女朋友。"干脆利落的答案，气坏了明婉岚。

明婉岚压低声音："你别过分。"

赵卿宇不像表决心，而是赌气。转过背，继续介绍。宾客满座，或沾亲带故或相熟认识。什么叔叔伯伯姨妈的，林疏月被他这一举动也彻底搞短路了。

十指牵着，别人看来，那叫乖巧恩爱。

婚礼即将开始，内厅，魏驭城和一干人走出。他这身灰色衬衫带着绸缎质感，随着动作，光感隐现，将身材勾得相当养眼。不过于正式，也不抢新人风头，这气质很"魏驭城"。

赵卿宇像个叛逆少年，转身的一下，刚好和魏驭城面对面。他脑子发热，拉紧了林疏月的手："这是我舅舅。"

林疏月的脸还没转回来，可这一秒，似有无形重力"咣"地一下从三万尺砸下来。

没落地，全砸她身上了。

林疏月蹙了蹙眉，抬起，与魏驭城的目光撞了个正着。

沉默的这十秒，他始终不曾移开。

赵卿宇掐了把手指："你也可以叫舅舅。"

这话不是真让林疏月"认亲"，只是跟明婉岚赌气赌到失控的边缘，想证明他的不妥协，想让父母认个输。

赵父急着打圆场，呵呵干笑，领着魏驭城往前走。小孩子家家，顶多是不懂规矩，不搭这话茬，就能尽快地圆过去。

魏驭城站在原地，却没动。

他的目光平而淡，看不出异样。只有他自己知道，深处有东西在撬动、在翻涌。

林疏月平静接纳，直直迎着魏驭城的注目。

魏驭城转头看向赵卿宇，平静道："恋爱了。"

赵卿宇莫名一哆嗦，理智像回来了点："是，是的。"

"谈了多久？"魏驭城的语气，如同刚才每一位嘘寒问暖的长辈。

赵卿宇脸烧起来："没多久。"

魏驭城不再问话，也没有要走的意思。

这个场面就微妙了。

他不动声色，施压出一道隐形的玻璃罩。不知者，只觉气场逼人。知情者……魏驭城重新看向林疏月。

两年不见，她没变。清透漂亮的脸上，那双如落月的眼睛，还是很吸引人。

而林疏月似乎并没有记起他。从转头相对时的那一瞬间，魏驭城没能从她神色中抓出半分或故意、或装模作样的情绪痕迹。

她忘记了。

蛮横的冲劲退去，慌乱和懊悔又把赵卿宇才回来的理智烧干净。赵卿宇语无伦次，胡乱催促林疏月："叫人啊，叫、叫舅舅。"

这话唐突又失礼，挨得近的宾客窃笑嘲讽。

林疏月背脊挺直，肩膀线条舒张，没有丁点怯色。她始终挂着淡淡笑意，不谄媚，不热情，不惊慌，自然也不会开口叫这声"舅舅"。

魏驭城不再停留，长腿阔步走去婚宴的贵宾席。

他心想，舅舅是吗，不用叫了。

她叫舅舅一定不好听。

两年前在波士顿的那一晚，小月儿在他怀中如鱼遇水，浓情低语。告饶叫的那声"哥哥"，才最好听。

宾客的注意力被婚礼仪式吸引去。

赵卿宇被明婉岚拉走，顾不上林疏月，林疏月自然也不会多留，自己走了。

明珠市今天的天气好得不像话，天蓝云净，与宴会厅里的掌声音乐声相得益彰。林疏月靠着墙站，站累了，又蹲着。

赵卿宇给她发信息，就俩字："等我。"

这一等就是四十分钟。

赵卿宇跑出来，脸色还有未尽的怒气，虎着脸就说："走！"

林疏月蹲久了，腿麻，还是跟上去。

赵卿宇气头上，抱怨不停，最后握紧她的手："月儿，你放心。"

林疏月点头："放心。"她的语气是轻松的，温柔的，带笑的，"但你想过没有，不一定要硬碰硬，自己多难受。"

赵卿宇语气冷肃："你什么意思？"

林疏月："我觉得你今天这样不太合适。"

"怎么不合适了？"赵卿宇沉脸，"我都是替你着想！我把你介绍给我所有的亲戚认识，这还不够？"

"你这是先斩后奏。"林疏月冷静道，"况且，你问过我的感受吗？"

"我怎么没有考虑你的感受？"赵卿宇气疯，"那你考虑过我的感受吗？你和我是不是一边的？"

这话题歪得找不着方向，林疏月沉默以对，终止这无意义的沟通。

赵卿宇把车门关得剧响，林疏月在副驾别过头看窗外，谁的脸色都不好看。

刚才她站着的那根罗马柱后，魏驭城缓步走出，出来抽支烟的借口，全坦诚交代给渐行渐远的车尾灯。李斯文找出来，语气诸多犹豫："魏董。"

魏驭城没应声，回了宴会厅。

下午照例待在公司，两个视频会议后，华灯初上。

屏幕渐熄，徒留微弱蓝光。魏驭城陷在皮椅里，轮廓一层淡淡的亮。李斯文特意看了一眼时间，还早，正准备递上文件汇报，魏驭城忽问："你记得她吗？"

李斯文手一顿，伸到半道又谨慎收回去，片刻才道："我记得。"

他递上钟衍心理老师的资料，第一页，照片明亮，名字清晰。

魏驭城垂眸，以目光描摹"林疏月"三个字。

偌大的办公室，此时的安静如裹着暗液的针，许久，魏驭城才淡声："她忘了我。她一直没有，记起过我。"

李斯文一时无言。

两年前的露水姻缘，魏驭城尽了兴，用了心，结果换来对方一走了之，甚至连名字，这一秒才知晓。

"魏董，那这份简历？"

"钟衍要紧。"

魏驭城语气平静，说完后，掌心下压，轻轻盖住林疏月的照片。

面试前一夜，林疏月准备到十点。

夏初发来语音，声音炮仗似的："你跟赵卿宇吵架了？"

林疏月："你从哪儿听的？"

"别装，赵卿宇给我打了电话。不是，他哪根筋搭错了打电话给我？"夏初特看不惯，"一大男人，结结巴巴的，一点都不爷们儿，说半天我都没明白。你俩咋了？"

林疏月没瞒，简要说了一遍。

"绝了，他今年三岁吗？！"夏初吼。

林疏月赶紧摁小音量，回头看了眼对面卧室，怕吵醒弟弟。

"这男人怎么越活越幼稚，他追你那会儿，还没看出这么低智啊！考虑过你的感受吗，就把你往火坑推！"夏初越想越气，"你现在什么想法？"

林疏月诚实说："当时生气，现在想想，我觉得他也挺不容易。"

夏初立刻连续发来五条60秒语音，还没点开，赵卿宇来了电话。

林疏月下楼，远远就见他孤零零地站在梧桐树边。

赵卿宇瘦高，穿了件黑色长外套更甚。头发软下来，半遮着额头，怎么看都可怜。还没等林疏月走近，他便跑过来将人一把抱住。

赵卿宇弯腰低头，枕在她颈间。胸口的扣子硌得她很疼，林疏月刚想推他，就听到哽咽声。

"月儿，对不起。"他带着哭腔说。

心像冰川遇春风，一下子化了水。那些芥蒂变得毫无意义，抗拒的双手也自觉转换成坚定的拥抱。

林疏月闭上眼："卿宇，你勇敢，我也会勇敢的。"

约定与钟衍见面的时间是第二日下午三点。从这边过去得四十分钟，林疏月出发前接到一个电话。

"您好。"慢慢地，她停下换鞋的动作，"有车接？"

对方派车过来接，让她半小时后在附近公交站等。

钟衍恶名在外，吓跑不知多少老师，想来家里也是万般无奈，能留一个是一个。电话挂断后，对方随即发来车牌号。

同一时间，明珠金融中心。

李斯文接完电话，从窗边走去办公桌前："老张准备出发。"

魏驭城背对着，"嗯"了声。

李斯文有点摸不准老板的意思，试探问："魏董，您随车过去？"

"不去。"

李斯文点头："我替您安排别的车。"

"不用。"魏驭城转过身，将派克笔轻压向桌面，"坐老张的车。"

李斯文有些费解，这不是矛盾吗？他想问又不敢问。魏驭城也不急，继续签阅文件，中途，还让秘书进来续了一次水。

黑色奥迪早到了，林疏月下楼就看到了。

"林小姐。"车窗滑下，司机四十左右，笑起来温和客气。

林疏月看了眼车牌，确认信息后，上了车。

"家里让我来接你的，就叫我老张吧。"老张转了把方向盘，驶入主路，"辛苦了啊，这么热的天。"

"麻烦您了。"林疏月从包里拿出水递过去。

老张笑："谢了，我有。"

很随和的人，好相处。林疏月也想多了解钟衍的情况："张叔，您过来，小衍一个人在家没关系的吧？"

委婉地套近乎，顺理成章地打听。老张笑呵呵道："不碍事，家里有人看着。小少爷吧，就是性格犟，有点虎。林小姐多担待，多体谅。"

林疏月说："应该的。"

"没有应不应该，都是人，没理由遭委屈。"老张熟练地转动方向盘，"林小姐多费心，小少爷家里是重视的，会记得你的好。"

"小衍父母在家？"

老张还是笑："小少爷的母亲去世早，监护人是他舅舅。"

给的资料里没有提过钟衍父母，林疏月微怔，并猜测，钟衍性格失衡的原因是不是跟这有关。她是想继续了解的，但还没开口，老张问："林小姐不晕车吧？我得绕一截路，还得接个人。"

老张表面是个平平无奇的司机，说话做事那是一套套的。论不动声色，他娴熟得多。

车往市中心开，林疏月一路想事情，只偶尔抬头看一眼窗外。在樟桦路口左转，过了那两公里郁葱的梧桐树，已能看见琉璃银的大厦外墙。

大厦出自建筑大师钟禅远，方圆有度，纳天容地，极富设计感。

车是往这个方向开，林疏月不免欣赏打量。等她视线转向正面时，大厦由远及近，景与人已能看得一清二楚。

她的目光定在某一处，距离缩短，成了一个点。

魏驭城一身亚浅灰西服，站在那儿，单侧颜，已足够让林疏月失语。她心里涌出不好的直觉，下意识问："您接的人是哪位？"

老张没答，打了左转向，靠边减速。

车正好停在魏驭城身边，老张滑下车窗："魏董，李秘书。"

李斯文颔首招呼："老张。"

林疏月条件反射地解开安全带，手搭在车把上。但不用她推，车门已经开了。魏驭城长腿一跨，视她为无物，就这么坐了上来。

奥迪空间宽敞，林疏月却如被皮筋勒紧咽喉，每一秒都是窒息。而稍晚上车的李斯文也愣住，关到一半的车门都忘了继续。

老张和颜说："林小姐，您系稳安全带。"

林疏月没有动，老张也不催，只是不开车。

在流速缓慢的空气中，她渐渐理清各中关系。紧绷的手松了松，最后把安全带系好。

车启动。

老张说："林小姐，这是小衍的舅舅，魏董。"

林疏月转过脸，迎上魏驭城的目光，客气地点了下头。她这神色，将距离划分得刚刚好。礼貌、克制，还有两分明明白白的疏远有别。

她的这张面具织得滴水不漏，经得起任何探究和审视。

魏驭城平静地收拢视线，说："辛苦。"

同款生分语气，如愿配合她这场重逢戏码。

林疏月放松揪紧的手指，微微低头，再侧头看窗外。这是打算陌生到底，魏驭城却没想给她这个底，他的视线重新落过来，少了委婉迁就，如藏锋的剑，她不可能感受不到。

偏偏林疏月不着道，连眼睫眨动的频率都写着不闻不问。

气氛保持绝对安静，唯有目光施重加压。这场对号入座的无声控诉，魏驭城想的是，她还能忍多久？

林疏月忽然转过头，视线笔直对上。几秒之后，她的笑意随即扬起，温和礼貌道："赵卿宇跟我提过您。魏舅舅，如果您觉得需要避嫌，没关系，我可以现在下车。"

魏驭城微拧眉峰，后知后觉，她竟先发制人。

这话有点知轻重，但魏驭城只知她是林疏月。所谓轻重，都抵不过心里那点无法割舍和旧日余温。

魏驭城说："跟我谈避嫌。"

林疏月神色平淡，只微低眼眸："您是赵卿宇舅舅。"

魏驭城"嗯"了声："他都怎么跟你提起我？"

就连李斯文都听出来，两人之间这暗涌无声的一招一式、你来我往，互不相让。

林疏月不退却："说您是长辈，很疼爱晚辈。"

"我是怎么疼和爱的？"魏驭城叠着腿，问。

林疏月组词遣句，刚要开口，他已截断机会，淡声说："你该比他更了解。"

气氛一下淬了火，烧向该烧的人。所以铺垫兜绕一大圈，他是故意拾起前尘碎片，妄图拼凑出她共同参与的往日旧梦。

电台老歌翻唱，几句歌词被年轻嗓子哼得惨惨戚戚。

沉默一路，直至下车。

林疏月跟在魏驭城身后，一抬头就能看见这男人宽肩窄腰的挺拔背影。她这才记起那首歌的名字——

《再见只是陌生人》。

这份忧心很快不值一提。

因为林疏月见到了钟衍。

明珠苑的楼王户型名不虚传，敞亮简洁，装潢是低饱和度的灰冷调。家里阿姨一脸忧色："小少爷还没起床。"

魏驭城绷着脸色，径直上楼，门板叩响，他尚有耐心："开门。"

有没有应答，林疏月在楼下听不清。魏驭城也没过多情绪示意，只单手撑着一边门栏，另一只手再次叩门。

力道较方才更沉，像低八度的琴弦音，每一下都是施压。

门开了。

房间如坠黑夜，遮光窗帘挡得严严实实。钟衍一头乱糟糟的头发，白T恤吊儿郎当地挂在身上，被涌进的光线刺得睁不开眼。

魏驭城多看一眼都糟心，甩了个背影："出来见老师。"

钟衍慢吞吞跟在后头，弓着背，缩着肩，体态虽颓废，却遮不住身高优势。站在面前了，都没给林疏月个正眼。

魏驭城眼神扫来，钟衍下意识地站直些，尚算人畜无害地露齿一笑："老师好。"

林疏月一眼就看出他是装的，害怕魏驭城倒是真的。她点头也笑："你好，我姓林……"

钟衍打了个长长的哈欠："林老师，上课吧。"

如同设定好的机器程序，他知道在谁面前要装乖，知道该如何对付这些"专家老师"。林疏月不点破，随其身后。魏驭城的视线没有挪开，跟着楼梯的弧度，直至两人进了房间。

林疏月说："不是什么上课，用不着拘束。"她先一步缓和压力，笑起来时眉眼若星，"我能参观一下你房间吗？"

钟衍转过身，方才少年气的笑容消失殆尽："别套近乎，别试图接近我，你们这点方式话术我一清二楚。楼下的给你开多少钱，给我收款码，我给双倍，你，马上走人。"

钟衍眼里是冰霜，眉间是敷衍，妥妥一张厌世脸。

林疏月和他对视几秒，平静说："收款码。"

钟衍蹙眉："干吗？"

"给你三倍，我留下。"

钟衍冷呵，也不恼。双手环胸，懒散轻浮，他一步步朝林疏月走近，低着头，直接说："挺牛啊。"

林疏月微仰头，看着他。

钟衍更近一步，几乎脸贴脸地恶劣一笑："我现在就去告诉魏驭城，说你性骚扰我。"

"你告。"林疏月点头，还是那副淡定神色，"正好让你舅舅评评理。"

满不在意的态度真不是装，还有几分不屑一顾。钟衍一脚踢翻旁边的矮凳，露出暴躁哥的本真面目。

"你爱待哪儿待哪儿！"钟衍重重往电脑前一坐，把鼠标摔得"咣咣"响。

林疏月把他刚才踹翻的矮凳扶起，优哉游哉地坐下，不发一语。包里手机振动，她拿出一看，赵卿宇来电。工作时间她从不接电话，于是挂断。

钟衍眼珠一转，打开文件夹，开始看电影。

影片口味不是一般重，全是欧美禁片。血腥暴力画面不打码，还把音响调得震天响。钟衍是个夜行生物，大白天的，窗帘拉得密不透光。

故意的。

他瞥了眼身后，林疏月纤细身影淡定如常，叠着腿，手轻轻搭着膝盖，哪里有害怕的样子。她目光不躲不闪，定在屏幕上，看得竟饶有趣味。

钟衍偷瞄的眼神恰好被她逮住，林疏月展颜："片子好看。"

钟衍猛拍桌面，戾气尽显："滚！"

第一次面见，半小时。

林疏月出来时，魏驭城和李斯文还在。夏日光影晃进屋内，饱满浓烈，在日光明明中，能看清魏驭城西装肩头的暗底纹路。

李斯文意外："这是小衍的最长时间纪录，林小姐，以后劳你多费心。"

"应该的。"林疏月点头，温声说，"但有一个要求。"

魏驭城看过来。

"加工资。"

李斯文也被她的直白愣住。

短暂安静，魏驭城微低头，笑意一瞬擦过。

回去时，还是老张送。

林疏月边走边给赵卿宇回电话，老张随口一问："林小姐，是男朋友？"

林疏月点了点头："嗯。"

魏驭城本是坐着的，蓦地，扭头看了一眼。

电话通了，但没人接。再打一遍，被掐断了。第三遍时，赵卿宇气冲冲地接听："你干吗不接我电话？"

林疏月哭笑不得："我在工作。"

"你又没上班，哪儿来的工作？"赵卿宇脱口质问。

林疏月笑容收了收，没答。

赵卿宇意识到这话伤人，才缓了缓语气，闷声说："本来想一起吃饭的，算了，不吃了。"

"别啊。"林疏月好言哄他，"我现在来找你？想吃什么？"

"不想吃。"电话挂了。

林疏月无奈地呼了口气。

老张笑着说："林小姐把小年轻宠坏了。"

林疏月晃神。她宠赵卿宇吗？

"你还不够宠啊！他跟你在一起，都成学龄儿童了！"夏初忍不住翻白眼，"还不跟你吃饭，别吃，饿死得了。咱俩吃！"

还是闺密好，随时随地一块儿撸串。

火锅店热气腾腾，蒸走一天的烦心事。

"见过钟衍了？怎么样？"夏初问。

林疏月皱了皱眉，本来没什么的，一提起，就想到下午看的血腥电影，于是默默将夹到一半的涮肉放回碗里。

"他很抗拒与人交流，慢慢来吧。"

"他家人呢？"许多心理问题的根源都在于家庭的处理方式。

林疏月夹起一片青菜叶，这才想起魏驭城这号人物。她敛眸，客观说："通情达理。"

夏初点点头，安静吃了一会儿，几番欲言又止。

"怎么了？"林疏月抬起头。

"本来这事不想告诉你。"夏初放下竹签，"因为未经证实，我也是听朋友说的。是赵卿宇。"

"赵卿宇？"林疏月皱眉。

"他爸的公司好像出了点问题，在四处借钱。"夏初又宽她的心，"道听途说，你先别多想。"

夏初当她是挚友，这是善意提醒着，没事最好，真要有个什么变数，她也得筑个底。

到家时，林余星在拼乐高，抬头叫了声"姐"。

"吃药了没？"林疏月怕他玩上头，忘了正事。

"吃了。"林余星指了指厨房，"给你留了半碗粥，温的。"

林疏月揉了揉他脑袋："小星同学，注意身体。"

林余星有样学样，握了握她的手："小月同学，注意休息。"

休息是没法休息，林疏月找了今天钟衍看的那类电影看了一晚。从最初的不适、惊恐，到麻木、淡定。最后，她闭上眼都能猜出后面的剧情。

第二天，她按时去明珠苑。

魏驭城不在，家里就一个负责起居日常的阿姨。阿姨热情，给她洗了一大盆车厘子。林疏月道谢，问："钟衍爱吃？"

"不爱的哟。"阿姨摇头，"小少爷不吃水果的。"

"那他喜欢吃什么？"

阿姨仔细想了想："酱油炒饭。唉，林小姐，真是辛苦你了啊，小少爷脾气不好。"

大白天的，卧室遮光蔽日，钟衍蒙头在被子里睡觉。林疏月走进去一把掀了窗帘，猛然刺进的光线让钟衍瞬间坐起。他火气上脸，伸手挡眼睛，怒骂一句："你有毛病啊！"

林疏月言笑晏晏，声音温和："起来吧，我给你买酱油炒饭。"

钟衍愣了下，随即更暴躁："吃屁！"

林疏月点头："你还挺重口味。"

钟衍一愣一愣的，怒腾腾地掀被子下床。

林疏月淡定看他："怎么，你要打女人吗？"

钟衍冷呵："你要不是个女的，我早揍你了。"

"你打架很厉害？"

"废话。"

"我高中隔壁的学校，也有个男生打架很厉害，他一个人能打四个。"

"那叫什么厉害，我能一挑十。"钟衍不屑一顾，说完脸色就变了。他烦躁地抓了抓头发，干吗跟她说这么多。

林疏月："下午没事吧？"

"干吗？"

"借你电脑看部电影。"她说了片名。钟衍神色狐疑，"你还知道这个？"

林疏月昨晚拉片二十几部，口碑好的都记住了，投其所好，慢慢拉近距离。

钟衍辨别许久，眼珠一转，打了个长长的哈欠："好啊。你自己开电脑。"

林疏月欣然。

电脑刚开，钟衍的声音从身后响起："喂。"

"嗯？"她转过头。

钟衍端着的手腕一歪，一瓶红墨水精准无误地倒在她衣服上。肇事者偏还一脸无辜："哦，对不起，不小心的。"

林疏月今天穿了件浅色T恤，半边都被染透。钟衍双手插袋，纨绔不羁，不痛不痒地劝道："姐姐，你这样子也无法为我做心理辅导喽。"

她望着他，平静点头："好。"

"那你回去吧，我会跟我舅说，只扣你半天工资。"钟衍简直得意，吹了声胜利的口哨，刚要回床上继续躺尸——

"我也会跟你舅舅说，你对我求爱不成，心生怨恨，故意做这些幼稚的小动作，以此来吸引我的注意。"

钟衍肩膀一僵，随即暴跳如雷："你、你、你乱说什么？！谁对你因爱生恨了，不对，谁想引起你注意了！"

林疏月淡定拿纸巾擦衣服："昨天你都能说我性骚扰你，那我说你贪图美貌更合理吧？"

钟衍面如土灰，从未遇到过这种对手，如鲠在喉的模样看起来特滑稽。半天，才硬邦邦地挤出句话："我根本没有说过。"

林疏月点点头："真不长记性。"

如火对峙的沉默，被一声极轻的笑声打破。

林疏月和钟衍同时转头。

门口，魏驭城不知何时出现，负手环胸，人靠着门板，目光与林疏月撞了个正着。对视之中，兼收并蓄，不算烈，但总归是有内容的。

"舅舅！"钟衍从未这么期待魏驭城的出现，颇像一个仰仗家长撑腰的小孩，急不可耐地想告状。可万语千言到嘴边，又磕磕巴巴说不出一句话来。最后只憋出四个字，"她太坏了。"

林疏月听得想笑，她下意识地看魏驭城。

这人却收了方才轻松之姿，神色正经微敛，连钟衍都看出来了，是认可。有了撑腰的底气，钟衍不带怕的，他对林疏月哼了哼，似在挑衅：等着被开除吧。

林疏月冷呵："惯的。"

三人站成三个角，魏驭城是中心点，都等待他定夺审判。

林疏月风轻云淡，小恶霸势在必得。

半响，魏驭城迈步走进房间，走到钟衍跟前。

钟衍身高一米八五，这么一比较，魏驭城似乎比他还高了些许，他目光压下来，气势更加迫人——

"再惹事，你试试。"

说完，又转头对着林疏月。刚才的顶立之势深入浅出，眼神由浓烈到褪温。再开口，分明是说给有心人的一语双关："林老师说得对，我惯的人，确实都不太长记性。"

钟衍思来想去，自己都是最亏的那一个。魏驭城在这儿，他也不敢发明火。转身往里一走，背影都写着不服气。林疏月就这么悄无声息地，被魏驭城划拨到"自己人"里。他擅以沉默的留白乱人心神，比如此刻。

林疏月见招拆招，带着礼貌的笑："魏舅舅，我陪他再待一会儿。"

魏驭城点头："打扰林老师上课了。"之后没有黏腻的逗留，体面干脆地下了楼。

林疏月轻轻关上门，走去钟衍身后。

钟衍喊："滚远点！"

林疏月一只手搭腰间，被染红的半边T恤看起来有种奇异的妖冶气质。她往门边看了眼："打个商量。"

"滚！"

"我走了，你家里也会继续帮你找心理老师，你折腾起来也劳神费心。"

钟衍满脸抗拒不减，没有吭声。

"我需要挣钱，你暂时也逃不开家里的安排。我们取长补短，合作一次怎么样？"林疏月语气敞亮真诚，"我尊重你的诉求，你也别总为难我。"

钟衍扭头："我要你闭嘴呢。"

林疏月浅浅一笑："还有这么好的事？"

钟衍眼珠转来又转去，很长时间没说话。

林疏月抬手看表，叹气："好，我知道了，明天我就不来了。"

她刚转身，钟衍闷嚷："站住，我让你走了吗？"

之后钟衍去找了魏驭城，内容不得而知。但林疏月走时，阿姨容光焕发，高高兴兴地给她又拿了两盒车厘子。

盛情难却，林疏月假意接了。离开时，又趁阿姨去厨房，飞快把东西放回桌上。

天色灰了几度，云一层层压盖，是要下雨的前兆。

等了几分钟，送她的车开了进来。

"麻烦您了张叔。"林疏月不疑有他，车门一拉，边上车边道谢。

坐实了，才发现司机不是老张。

林疏月的手僵在那儿，一动不动。

魏驭城单手拎着外套，一个侧身的动作，把衣服往后座丢，语调四平八稳："坐好，送你。"

"张叔呢？"

魏驭城不答，拨挡，看后视镜，一只手转着方向盘倒车。开到主路，才说："不知道。"

这话敷衍，怎么听都是别有用心。看破不说破，林疏月扭头看窗外，沉默保平安。

魏驭城开车不算温和，能快能慢，超起车来毫不含糊。汇入中心城区，车速又慢下来，稳当得都感觉不出刹车。能攻能守，像极了他这个人。

奥迪车隔音效果没到顶配，偶尔穿进来的鸣笛像悠远的撞钟，填补两人之间刻意的陌生。

路口红灯时间长，魏驭城停了车，滑下半边车窗过风。他挽上半边衣袖，手指有搭没搭地摩挲方向盘。

林疏月低头看手机，复盘文献资料，倒也集中注意力。

车视镜里，魏驭城的视线聚焦，无遮无拦地落到她身上。故意强化的存在感步步紧逼，偏这女人毫无反应，不知是真没感知，还是有意忽视。直至后车鸣笛催促，才打破这微妙抗衡。魏驭城升起车窗，重新将车启动。

到小区门口，正巧碰见也在停车的夏初。夏初睁眼看半天："我以为看错人了，真是你啊。"

林疏月下车："不是五点半到吗？"

两人约好来家里煮火锅，夏初买了一车的食材："快来帮忙，可太沉了。"

林疏月转过身，微微欠腰，对魏驭城飞快说了句："谢谢。"

夏初眼睛尖，瞄见了人。魏驭城这气质相貌，搁哪儿都是扎眼的。俩姑娘凑到一起，夏初轻推她肩膀："这是谁啊？"

林疏月不甚在意："家长。"

离得不远，"家长"二字清晰钻进魏驭城耳里，带着刺，刮着肉，是一脚踩空的失重感。

往日种种她真当失忆，原以为再见只是最熟悉的陌生人。如今看来，是他高看。他连陌生人都不算，还要沾上钟衍的光，一句家长多伤人。

魏驭城的手指再松开，方向盘陷出一条细深的印。

李斯文觉得这两日老板心情不太好，工程部的副经理几次撞在枪口上，没讨着魏驭城的好脸色。周二例会，樟水阁项目又被几个董事成员提出异议，一番唇枪舌剑，各自有理。

汇中集团以纳米分子材料起家，科研战略环节已经做得相当成熟，所涉领域自然海纳百川。

樟水阁项目位于明珠市四百公里外的南青县，县道还要再往西一小时车程。这是汇中集团二季度重点项目，主打生态栖息，也是魏驭城两年前启动的南拓计划的重要一环。

回到办公室，李斯文跟随汇报："南青县批地程序在进行中，秦书记去市里开会，周二回来，周三手续就能办妥。下一步是拆迁补偿工作，补偿标准下周一提交。"

魏驭城端坐办公桌后，翻了翻资料："周一直接上董事会。"

"好。"

公事毕，李斯文合上文件，想起一事："对了魏董，昨天我碰到平商银行的曲处长。我听他说，赵家的公司好像碰到点麻烦。"

魏驭城抬起头。

"赵品严四处贷款,且有逾期记录,过审很困难。"

赵卿宇这一家,和魏驭城这点亲戚关系实在薄如蝉翼。这事本不该到魏驭城这里,但一想到林疏月,其中关系又变得千丝万缕。李斯文权衡再三还是说了。

听到这儿,老板没有过多反应。

"还有,"李斯文道,"明女士想撮合赵卿宇和傅总的女儿。"

魏驭城手一顿,蓦地抬起头。

"我这边结束啦,你还有多久到?"

五分钟前的信息,赵卿宇看了眼,不停地按熄屏幕又划亮。楼下,明婉岚和赵品严争执声愈演愈烈。"没钱""还债""吃喝玩乐"这些字眼在他脑子里嗡嗡冲撞。

"当初让你别做那个鬼工程!现在好了,钱全砸进去了吧!"

"做生意哪有不亏的!我至少为这个家劳心劳力,你呢,就知道打麻将买买买!"

"赵品严!你还是男人吗?!"

明婉岚声音陡然尖锐,情绪临近崩溃。

中午时,她和赵卿宇在中贸吃西餐。吃完逛了会儿,在美容院门口碰见几个熟人,她们对明婉岚一向没好心,眼色一使,打起了主意。

美容院的VIP卡两万六,这个劝说,那个怂恿。明婉岚又是个要面子的,着了道,豪迈地要办卡。结果支付的时候,常用的卡都提示交易错误。

旁的人冷嘲热讽,明婉岚尴尬得脸都白了,最后还是赵卿宇刷信用卡救了急。到现在,明婉岚恍然大悟。公司出事,兴许外头早就知道,故意看她笑话。

"你又为这个家付出了多少?!"赵品严大发雷霆,明婉岚号啕大哭。

赵卿宇窝在房间,捂住耳朵。吵闹动静此消彼长,愈演愈烈。他猛地冲出去,低着头,脚步加快。

"站住!"赵品严转移愤意,"你干吗去?"

"我有事。"赵卿宇语气不耐。

"你有个屁的事！长这么大，从不为家里分担，只知道逃避！"赵品严了解自己的儿子，专往他痛点戳，"你个没出息的！"

明婉岚不干了，护在赵卿宇面前："你骂儿子做什么？！"

"懦弱！"赵品严怒火中烧，"有本事自己还信用卡！"

赵卿宇脑子"轰"的一声，全乱了。

像木桩子打进来，捶得神经钝痛。痛完了，又被恐惧、心虚、无力接替。手机振动，他毫无知觉，忽略林疏月的名字，只机械似的一遍遍掐断。

昨天约好，今天过来接她。

林疏月等了俩小时，哪有不发火的。轴劲上来，也非要问个明白。赵卿宇先是不回信息，然后挂电话，最后无法接通。

林疏月意识到什么，跟路人借了手机，换了号打过去。

通了，接了。

证实猜测，林疏月火气迸裂："你拉黑我。"

赵卿宇态度不耐："我在忙你感觉不到吗？烦不烦。"

明明是盛夏，林疏月却被冷意浇了一脑袋，心都木了。怒火烧不起来，成为灰屑飘散，她的声音是极致的冷静："赵卿宇，是你说，今天来接我的。"

"说了我在忙！你怎么就不能理解我呢？"赵卿宇的声音似乎带着微乎的哭意，很快被发泄的情绪替代，"你从不为我考虑！你能不能懂点事？！"

天气预报说台风即将登陆，这两日格外燥热黏腻。傍晚落日，温度不散，整座城市像个蒸笼，林疏月坐着不动，背上都冒汗。

连林余星都看出了她心情不好，在门口晃悠了几次不敢敲门。最后小心翼翼地推开一条缝，只敢伸进一只手，将洗干净的苹果晃了晃。

林疏月的情绪一下子就崩了。

林余星探进半边身子，小声说："卿宇哥给我打电话了。姐，你们吵架了？"

林疏月皱眉，林余星这身体需要静养，不能受刺激。赵卿宇是知道的，也是他俩之间不成文的约定。不管大事小事，都不让林余星参与。

这一刻，伤情被怒意驱散。

林疏月刚要拾起微笑，宽慰弟弟。

林余星吸了吸鼻子，眼角耷拉下来："卿宇哥说他错了，他家里出了事。"

赵卿宇在电话里，跟林余星说了始末，言辞之间是懊悔和胆怯。且再三嘱托，不要告诉林疏月。

其实彼此心知肚明，林余星和林疏月姐弟感情深厚万丈，知无不言，没有秘密。

"姐，卿宇哥都哭了。"林余星两边为难，最后愤愤咬牙，"但他也不能凶你。"

林疏月沉默以对，很长时间没吱声，只两手指腹无意识地摩挲，轻掐。做了决定后，她飞速穿外套，拿包，拎着钥匙就往外跑。

"姐，你干吗去？"

关紧的门将声音减弱："你先睡，记得吃药。"

夏末深夜，燥热终于短暂落幕。

路灯的光晕吸引无数细小蚊虫飞舞，林疏月等了两小时，终于等到醉酒的赵卿宇。

赵卿宇弓着背，摇摇晃晃地从出租车里下来。他头发趴下来，眼神也无往日的清澈澄明，怎么看都像失意之人。

林疏月一步步走近，赵卿宇显然愣住。

他僵在原地，手足无措，千言万语在唇齿，偏又不知以哪个字开场。于是慢慢把脸别向一边，是他惯用的沉默招数。

面对面，林疏月停住脚步。什么都没说，从包里拿出一只厚鼓的信封，塞进他手中。

赵卿宇彻底发愣。

信封里，是两万现金。

林疏月声音清浅："吵架不能解决任何问题。你要是碰到难处，应该跟我说的，什么都不说，又控制不住自己的情绪，你要我怎么想？"多余的说教也毫无意义，顿了下，她平声，"把信用卡还了，晚上好好休息。"

说完欲走。刚迈步，腰间一紧，被赵卿宇死死抱住。他埋头在她颈间，带着温度的哽咽溢出："对不起，我不该冲你发脾气的。"

赵卿宇语不成调："月儿，我爱你，我真的真的好爱你。"

林疏月没有转身，也没有回抱的意思，她很理性："困难总得去解决，你得记住，我是你的女朋友，不是你发泄情绪的垃圾桶。而且，我也没有那么脆弱。"

台风登陆将近，厚密的梧桐树叶沙沙作响，将风声切割出层次，甚至能闻见淡淡的海腥咸。两人手拉手，晃悠着去吃了碗面，等赵卿宇到家，已近零点。

"怎么这么晚？"明婉岚没睡，披肩拢在肩头，一直在等他。

赵卿宇低头换鞋，不吱声。

"又跟她一起了吧？"明婉岚这次倒不生气了，走向前，围着赵卿宇语重心长道，"这事吧，妈妈不逼你。但家里的情况你也知道，公司出这么大问题，爸妈也老了，你总归是要扛起这个家的。"

赵卿宇闭了闭眼，扶着鞋柜的手掌压出一条青印。

明婉岚拍了拍他肩膀："衣服给你烫好了，明天穿精神点儿。"

赵卿宇走进卧室，没有开灯。他靠着桌沿，失魂落魄地站了许久。手机振了振，赵卿宇这才回了几分神。

林疏月发的信息："晚安。"

次日约定的西餐厅。

赵卿宇西装笔挺，等在门口。几分钟后，一辆白色超跑车驶近，车里下来的女孩美艳热情："嘿，卿宇哥。"

赵卿宇看了看车，又看了看人，那点忐忑犹豫被抛诸脑后。他挺直腰杆，绅士体贴地伸出手："来，小心点，这里有个台阶。吃完饭我们去看电影，新上的那部电影据说还不错。"

"好呀。"傅琳嫣然一笑，家里安排的这场相亲，也挺不错。

傅琳在国外学设计，能说会道又会撒娇，妥妥的白富美。这顿饭吃得赵卿宇眉开眼笑。之后看电影、喝咖啡，畅聊五湖四海，他忘记了所有不愉快。分别时，竟怅然时间过得如此快。

哼着歌到家，傅琳发来微信："今天的牛排好好吃。"

赵卿宇不自觉扬笑，刚要回，新的对话框弹出来。

月儿："睡了吗？"

赵卿宇的心七上八下，在两人之间反复犹豫。最后，还是先给林疏月回信息："今天加班，有点累。"

又发给傅琳："喜欢？下次带你去更好吃的另一家。"

林疏月去给钟衍做辅导一般都在下午。

说是辅导，但她都由着钟衍，践行了当时的承诺。没有刻板的说教，没有生涩难懂的专业讲述。多数时候是关着门，两人各坐一边，各干各的。

钟衍不喜与人交流，沉浸于自己的世界，性格乖张，一点就爆，横着眼睛瞧人。他本对林疏月充满防备，但这几次，她守诺不打扰，便也没那么多排斥了。

据林疏月观察，钟衍除了睡觉、玩手机，也没别的嗜好。他房间陈设简单，唯右边半面墙的玻璃柜中，摆满了拼好的乐高。

林疏月挪回视线："聊个天？"

钟衍竖起防备，警惕不善地盯着她，冷呵："露出原形了，要给我治病了？"

林疏月置若罔闻，指了指玻璃柜："送我两盒拼拼，行吗？"

钟衍撇了撇嘴角，没料到她会提这要求。

"我有个弟弟，跟你差不多大。他每天在家也没事，我想让他拼着打发时间。"

"他不上学？"钟衍横眼不屑。

"他不能上学。"林疏月抿了下唇，"他心脏不好。"

"你就编。"钟衍理所当然地认为这是她的话术套路，气焰不减，"行，两千，付钱。"

林疏月不惯着："奸商。"

钟衍还挺自豪："不及我舅十分之一。"

乍一提魏驭城，林疏月闭了声，自发回避。

钟衍伸了个懒腰："我要睡觉。"

这夜行生物的作息紊乱，绝非一朝一夕就能改的。林疏月不拦着，只从包里拿了本书，往沙发上一坐，喃喃自语起来。

钟衍皱眉："你念什么呢？"

"书。"林疏月头也不抬，"你睡你的，我念我的。"

"吵死了。"

"多担待，不好意思，我看书这习惯改不了。"林疏月放低姿态，和颜软语，还真就合情合理无可挑剔。

钟衍眼珠一转，摸着良心说，她确实从没强迫过自己，这会儿挑刺，倒显得他尖酸刻薄了。

"随你。"钟衍大字一躺，脸转开。

林疏月轻声念，声音像云朵里藏着的雨，带着微微的湿润，甜而不腻。钟衍眼睛闭着，耳朵却舒张开来，一个字一个字地听进，不知不觉驱散了睡意。

钟衍转过身，面向她佯装不在意，耳朵却偷偷起立。

夏日傍晚，云烧红了天，黄昏从落地窗外溜进屋，分给白墙一小瓢色彩。林疏月坐着的地方正好浸润其中，给她的轮廓嵌了一圈毛绒般的细光。

盛夏光年，才是真正的淡妆浓抹总相宜。

魏驭城推门，看到的就是这一幕。

"活泼的生命完全无须借助魔法，便能对我们述说至美至真的故事……"林疏月婉转语调，温柔荡漾，她念得认真，一时没有察觉有人到来。

魏驭城抬起手，打断正欲汇报工作的李斯文。在门口站了几秒，轻声蹑步去另一侧的沙发慢慢坐下。

林疏月这才反应过来，侧头看他一眼。

魏驭城倒没看她，只低头，叠着腿，拂了拂西装裤上的浅浅褶皱。

林疏月自顾自地继续，念书的间隙，是指腹翻开纸页的沙沙声。光线随着时间迁移角度，由明亮渐暗，天然的光影扫过她的眼眸、鼻尖，最后凝聚侧颜，打上一层缱绻迷情的玫瑰色。

魏驭城看着，就这么看着，风流云散的记忆又重新凝固，每一帧过往依旧清晰旖旎。

一旁的李斯文处理好邮件，无意看向老板时，心"咯噔"一蹦。

魏驭城的眼神直白专注，像粗粝的纸，平铺于林疏月跟前，分寸拿捏得恰到好处——不跃进，却也不藏着欲望与野心。

指针一圈一圈地走，几页念完，林疏月刚要说话。

"嘘。"李斯文手指比到唇边。

林疏月看过去。

魏驭城枕着沙发，姿态倾斜，面容沉静且英俊，竟在她的声音中睡着了。

就连乖戾的钟衍也猛然安静，一点动作都不敢做。

魏驭城的睡眠向来不好，睡睡醒醒，通宵不眠是常态。能这样睡上一觉，太难得。可惜没持续多久，或者说，是某人声音一停，他就睁开了眼。

魏驭城眉心轻蹙，将醒未醒，看清林疏月还在后，才坐直了些，抬手揉了揉太阳穴。

钟衍努努嘴："你读的这本书是什么？"

林疏月合上封面："《万物有灵且美》。"

时间差不多了，她还记着上次魏驭城当司机的事。于是留了个心眼，悄悄打开手机。刚点进页面，就被钟衍这眼尖的瞧见了："林老师，你自己打车啊？男朋友不来接你？"

魏驭城和李斯文都看向她。

林疏月手一紧，脸色窘迫。

钟衍"啧"的一声，吹了句口哨："你这男朋友不行啊。"

晚上把这事在电话里跟赵卿宇一说，赵卿宇笑得不行："你这患者就是个小孩儿吧。"

"跟小星差不多年龄。"

"那就是小屁孩。"

话题聊到这儿，卡壳了。

十几秒的静默，赵卿宇打了个哈欠："我有点困了，月儿。"

林疏月"嗯"了声："那挂吧，早点休息。"

电话挂断后，赵卿宇又飞快发来信息："老婆，爱你哦。"

心里那点怪异的忐忑被抚平，林疏月扬了扬嘴角，也回了颗爱心。

周四晚，魏驭城有应酬。南青县项目启动在即，多方关系需要走动，饕餮盛宴，饭局酣畅，喝完一轮酒，基本上就不会到他这里了，自有副总部长去斡旋。

他从饭桌起身，李斯文跟着起身。

魏驭城抬了下手，人便又坐了回去。

他独自出来透气，在罗马柱后，却意外看到了赵卿宇。

赵卿宇与傅琳坐在一楼双人位，烛光鲜花，相谈甚欢。魏驭城从二楼睨之，静而不语。直到赵卿宇伸手越过桌面，拿着纸巾轻柔地帮傅琳擦拭嘴角。

魏驭城便什么都明白了。

目光太有力，让人无法忽视的存在感。赵卿宇莫名打了个寒战，下意识地回头。

双目相对，他肩膀明显一抖。

魏驭城还是这不痛不痒的姿态，就这么看着。

赵卿宇连忙起身："舅舅。"

魏驭城双手撑着栏杆，应了他这声招呼，正儿八经地问了句："你们约会？"

赵卿宇表情不自然，嘴形变了又变，最后心慌地顾左右而言他：

"您、您也过来吃饭？"

魏驭城直视他，虽远却有力，带着微微质疑。良久，才不咸不淡地应："应酬。"

饭局散了后，一行人又去楼上包厢唱歌。副总作陪，魏驭城不参与，直接去了水都汇。

最里边的包间，这里才是魏驭城得以放松的一隅天地。

厉钊手气不好，摸牌摸不准，烦得把筹码一推，开了瓶酒和魏驭城碰杯。魏驭城一口喝了大半，厉钊笑得眼梢风流："魏生上哪儿受气了？"

魏驭城没说话，侧头喊了声："开窗。"

然后跷着腿，燃了根雪茄。

烟抽得跟方才的酒一样猛烈，一口下去，急燃成烟灰，手一抖，混着焰星子落在了百八十万的皮沙发上。

厉钊太了解他，看着喜怒不形于色，但魏董这是心情不佳。

厉钊想着转移话题聊点别的："封喻林昨天跟我提了件事。一家小公司的贷款申请卡在他那儿。"

烟雾缭绕遮住魏驭城的脸。

"这公司的法人叫赵品严，我没记错的话，是你亲戚？"厉钊说，"他公司不良记录太多，但你点头，封喻林那边也能办下来。"

好不容易沉下的心又浮乱起来，魏驭城没过多表情，只将没抽完的雪茄用力摁熄在烟缸底。

"坏什么规矩。"魏驭城叠着腿，"不要让小封为难。"

凌晨两点，回明珠苑的路上，李斯文亲自开车。

算起来，魏驭城今儿是喝了两轮酒。他敞开腿坐在后座，微微仰头枕着后座，衬衫领扣松了两颗，露出喉结和若隐若现的锁骨弧线。

李斯文将冷气调小，放低电台音量。

"明早给钟衍打个电话。"魏驭城仍是闭着眼，"老徐的店开了，让他过去尝尝鲜。"

明珠市夜景在整个东南城市群堪称一绝，尤以飞沱大桥为标志物，一桥隔开渝江，东西两岸盛大辉煌。

东岸，魏驭城的库里南尾灯融入黑夜。

西岸，赵卿宇到家，明婉岚在客厅等他。

看着儿子愉悦的表情，明婉岚欣慰："我就说，琳琳是很好的女孩子。妈妈为你好，总不会害你。"

赵卿宇没吱声，低头换鞋。

明婉岚："你俩相处得这么好，什么时候见父母？"

赵卿宇换鞋的动作一顿，头更低了。

明婉岚知道他在想什么，索性挑明："你爸刚接到电话，公司那笔贷款下不来，资金一断，公司真撑不下去的。"

赵卿宇紧了紧掌心，转了个边。

"你也别逃避，咱们家就是这个情况。"明婉岚苦口婆心，"你和琳琳把关系定了，她父亲也不会见死不救。小宇，我知道你放不下林疏月，但你俩才谈多久？忍一忍也就翻篇了。"

不提起她名字还好，一听林疏月三个字，赵卿宇心尖就跟着颤了颤，他心怀侥幸："我们还可以去求魏……"

"魏驭城？这亲戚关系你没点数？人家只是不明说。"明婉岚撂狠话，"上次在美容院还不嫌丢人？你要想过那样的日子，随便你。"

赵卿宇咽了咽喉咙，僵硬地点了点头："我会解决的。"

缓过劲，他娴熟地编辑信息："今天的餐厅还不错。"

傅琳回得快："鱼子酱好新鲜。"

赵卿宇："无关鱼子酱。"

"啊？"

"是因一起吃饭的人，是你。"

"明天陪我再去吃一次，好吗？"

"我今天晚点回，红色的药快没了，我顺道去医院再开点。"林疏月对镜理了理碎发，"晚上夏初姐姐过来，她煲了汤。难得下一次厨，多夸夸她。"

林余星穿着浅色套头衫，皮肤白净，又乖又俊，他把包拎过去："姐，注意安全。"

林疏月刚要走，窗外传来喊声："林老师！林疏月老师！"

她以为是幻听，听了几遍，不可置信。跑去窗户探头一看，钟衍站在冰蓝色的臊气跑车跟前，捧着一臂弯的乐高。叫了太多遍，已是十分不耐烦了，好不容易见着人，钟衍目光桀骜："林老师，下来开个门。"

"你怎么找来了？"林疏月仍有点蒙。

"出去溜了圈，没带钥匙。"也是诡异，那个时间点，阿姨和张叔都不在。

"反正我舅给你开了这么高的工资，"钟衍扬着下巴理直气壮，"你总不能让我露宿街头吧。"

林疏月一时无言。

"你别这眼神瞧我，不白投奔。"钟衍下巴磕了磕纸盒，"上回不是看上我的乐高吗，喏，送你弟玩玩。"

林余星和林疏月面面相觑。

钟衍自来熟："小老弟，拜个师，哥教你拼。"

林余星不干了："谁哥谁弟还不一定呢。"

"嗬？小子还挺狂。"钟衍屁股一顶，门关紧，"咱俩比赛，敢吗你？"

"你先换鞋。"林余星转身就去腾地方。

两人年龄相仿，第一次见面也还投缘，几句话就能找到相交点，还真没林疏月什么事了。

她抿了抿唇，放下包和钥匙。

钟衍和林余星脑袋对脑袋，各自埋头拼乐高。

"就我这水平，整个明珠市再找不出第二……"钟衍放大话，抬头一瞄，顿时哑炮。

林余星的动手能力太强了，甚至先了他一步。

钟衍把话灰溜溜地咽下去，不再吭声。

林疏月看笑了。

钟少爷立即转移炮火："笑什么笑，让我舅扣你工资。"

林疏月在唇边比了个拉拉链的动作，站起身："你们玩，晚上给你做酱油炒饭。"——钟衍爱吃，她没忘记。

"做什么饭。"钟衍心情好，"晚上我请客，那家餐厅特难约，我找我舅走后门，不吃白不吃。"

钟少爷想做一件事，那是一定要做成的。林疏月见他心情好，便遂他意。走之前，给林余星找了顶帽子压头顶："别吹风。"

钟衍瞄了瞄，不屑："天气热，戴什么帽子。"

林余星的头低了低，脸微红。

林疏月睨他一眼："就你话多。"

钟衍反应过来，登时龇牙咧嘴："你怎么跟我说话的？"

确实，一路就他话多。林余星还挺能接他的梗，俩男孩一唱一和的，林疏月静静看着，听着。弟弟已经很久没这么高兴了。

钟衍的车能停去商场VIP专位，相当豪横。他没去过这家餐厅，电梯到二层，边逛边找。几分钟后，林疏月算是看出来，找餐厅是借口，这位少爷想逛店是真。

从潮牌到奢侈品，钟衍不带眨眼的。每每对上林疏月的目光，便跩得一扬下巴："我就随便看看。"

林疏月点点头，视线落至他手里的五袋战利品："哦。"

林老师话不多，眼神杀人。

钟衍难得无话可说。

"爱逛街又不是什么丢人事。"林疏月笑盈盈地说玩笑话，"见者有份啊。"

钟衍"喊"的一声："想得美。"

脸一撇，嘴角却也偷偷跟着扬。

之后，钟衍便更肆无忌惮了，男生爱买东西能到这种程度，也是令人叹为观止。眼见着半小时的工夫，钟衍消费不下六位数。林疏月敛了心思，魏驭城真能惯。

经理将钟衍买的东西送去车上，林余星叹了叹气："现在我们能吃饭了吗？"

钟衍摸了摸后脑勺，表情竟也有了些许歉疚。

"马上。你想吃什么都行。"刚迈几步，又停住，非常没有负罪感地说，"等我逛完这家店。"

新款琳琅，奢靡万花筒。等待间隙，林疏月随便看看，玻璃柜里的卡包精致小巧，夺人目光。林余星凑过来小声说："喜欢就买吧。"

六千多的价格，也只能让林疏月笑笑："不喜欢。"然后风轻云淡地走去一边。

钟衍在里边的厅试衣服："林老师你过来。"

林疏月绕过两个展柜，往左走了些："怎么了？"

角度一变，视野就换了方向。

再一抬头，就看见服装区的两道背影。

女人包臀长裙，尽显玲珑身段。"你觉得哪件好看嘛。"某些特定时候，女生的声音特别娇嗲。

"只要是你穿，都好看。"男人的嗓子像润了蜜，既熟悉，又陌生。

下意识地，林疏月希望自己认错人。但现实不给人侥幸的机会，他们侧了侧身，眼睛姓赵，鼻子刻着卿，嘴唇是宇。赵卿宇低头的角度那样温柔："都买吧，我送你。"

林疏月掉头进内厅，钟衍不太耐烦："帮我选个颜色，黑色好还是白……"转过头，才发现人根本没搭理自己。

林疏月在给赵卿宇打电话。

通了，长长的嘟音，最后几秒，他接听："月月？"

两个字，像出鞘的剑，委婉地划刺心脏。林疏月语调与往日无异，温和问："你在哪儿？"

她心里打了无数死结，乱颤，系紧，能把人勒断气。赵卿宇的回答，决定下一秒是生是死。她听见赵卿宇三分倦态、七分温柔的语气。

"公司加班，眼睛疼。"

"咚"的一声，巨石落地。疼了，凉了，也让人清醒了。

林疏月走出去，朝着赵卿宇和傅琳的方向："是吗，有多累？"

赵卿宇离傅琳远了些，捂着手机遮声音："别担心，我滴了眼药水。"

再一抬头，就和三米远的林疏月撞了个正面。

赵卿宇彻底蒙了。

林疏月目光平白直接，将他的慌乱和心虚尽收眼底。

"卿宇，"傅琳提着条领带走过来，好奇地问，"怎么啦？"她看向林疏月，"这位是？"

林疏月想，只要他说的是"女朋友"，她可以试图理解。

赵卿宇的眼神左躲右闪，这两秒的慌张真真切切。最后，他转过头对傅琳笑："一个朋友。"

傅琳不甚在意，拖了下他的手："过来过来，我觉得这条领带好适合你。"

赵卿宇根本不敢看林疏月的眼睛，他觉得自己成了一个漏气的球，轻飘飘的，丧失了五感。林疏月看着他，一直看着，他每一个字的答案，每一个转身，所有的所有，都写着逃避。

"哎。"钟衍冒出头，小声地，试探地问，"你没事吧？"

林疏月迟钝地，幅度很小地摇了摇头。

钟衍抓了抓后脑勺："那是你男朋友啊？"说完顿了下，觉得这不合适。张狂惯了，也不知道怎么弥补，索性憋着不吭声。

林疏月喉咙咽了咽，声音都是飘的："别告诉余星。"

"啊？"

"他心脏不好。"

钟衍"喊"的一声："这时候还能开玩笑。"

之后，林疏月看起来跟正常人无异，吃饭，听他们聊天，没有丁点伤心失意模样。只在俩小孩不注意的时候，偶尔瞄一眼手机。上面空空如也，没有等到该有的联系。

这边，赵卿宇将傅琳送回家后，一个人坐在车里抽烟。他本是不抽烟的，一口下去，呛得直咳。辛辣之气瞬间冲散心中郁结，他想，母亲说得对，迟早是要面对的。

赵卿宇不愿意失去林疏月。

自己辛辛苦苦追来的女孩，动心是真的，迷恋是真的，不舍是真的。他回想几小时前林疏月的表情，好像、好像也没有那么愤怒。赵卿宇甚至侥幸地想，这是不是代表，她是开明的，或许没有想象中那么糟糕。

这个点一想通，担子便卸了重。赵卿宇埋头在手臂间，深深呼吸。

他不想放弃林疏月，他要开诚布公地谈一次。

于是，林疏月回家时，看到了守在楼下的赵卿宇。

她站在车边没有动，林余星不知情，开心地打招呼："卿宇哥！"

赵卿宇晃了晃手里的四喜丸子："你爱吃的。"

林余星眼睛泛了光，但仍克制地瞄了眼姐姐。

旁边的钟衍翻白眼："你这么怕她啊。"

林疏月点头："拿家里吃。"

林余星是真高兴了，走路都带风，对赵卿宇摆摆手："谢谢卿宇哥，待会儿上来坐。"

钟衍白眼翻上天了都，油门一轰，贼酷地也走了。

傍晚起南风，夏日尽头，黄昏都淡了许多。梧桐叶悄悄落了几片到脚边，跟着余风簌簌翻扯。

林疏月站在赵卿宇跟前，低他一个头。仰视着，目光平静，直接。

这种平和氛围给了赵卿宇又一次的自以为是，并滋生出莫名的信心。他说："月儿，我知道你不喜欢欺骗。她叫傅琳，她爸跟我家认识很久，挺熟的，就是去年……"

林疏月打断无意义的阐述，直截了当："她是谁？"

赵卿宇默了默，说："我妈安排我俩相亲。"

林疏月的手指掐了把掌心，不知该庆幸他的坦诚，还是可悲他的欺瞒。

"如果不是我今天撞见，你打算什么时候跟我说？"她压制着嗓音，逼自己冷静。

"我、我要跟你说的，我马上就会说的。"赵卿宇忙不迭地解释，"月儿，我爸公司遇事了，贷款下不来，周转特别困难。傅琳她爸有实力，能帮忙。"

林疏月看着他："然后呢？"

赵卿宇痛苦地捋了捋头发："我家就我一个儿子，我爸妈都老了，我得担起责任。"

林疏月声音都有点抖："你对我没有责任吗？"

"有的。"赵卿宇急不可耐，"我对你是真心的，我也想跟你一起走下去。我们一起面对这些坎。"

"怎么面对？"林疏月顺着话，问。

赵卿宇吸着气，太急了，说话都有些打顿："我跟傅琳先谈着，你还是我的女朋友。等过了这段时间，我爸公司正常了，我再跟她做回朋友，我俩结婚。月儿，你包容包容我，多等等，就一会会儿。"

林疏月耳朵一片嗡嗡响，从没觉得这夏末黄昏如此刺眼。一个字一个字，似穿心箭。面前的男人，神色如此焦急，目光如此真挚，她相信，这是他百分百的诚意。

暮色四合里，林疏月温柔笑了笑，然后抬起手，往赵卿宇脸上狠狠打了一巴掌。

她不知道赵卿宇怎么会变成这样，或许，他一直是这样。林疏月记得他追自己的时候，那点傻劲虽然一直被夏初嫌弃，但总归是真挚的。

林疏月是个感情观相当"薄"的人，职业使然，悲和欢，聚与散，她能以专业的角度给予感性的理解和客观的化解之招，却很难做到共情沉沦。

夏初一直都嫌弃赵卿宇，说这男的不太聪明。

当时闺密俩聊天，坏话正好被赵卿宇听见了，蛮尴尬的一个场景。但赵卿宇没有生气，下巴扬了扬，倍儿自豪："我一眼就喜欢上月儿了，这还不够聪明吗？！"

语气那叫一个认真较劲，听得夏初眼皮子都要掀上天了，逗得林疏月扶腰笑。

想到这儿，林疏月目光一动，正好对着床头矮柜上两人的合照。没有正面，是相互依偎的背影。那是刚答应他时，第一次约会的迪士尼。晚八点的烟花秀快迟到，赵卿宇拉着她的手一路狂奔。

林疏月一直记得他那天穿的白衬衫，汗水微微浸湿后背，他全力以赴的样子，和那晚的烟花一样过目不忘。

林疏月伸手将相框打下盖住。

她在黑暗里睁开眼，眼泪替这点稀薄的真心收了尾。

周五晚上，魏驭城难得没有应酬。

在家吃晚饭时，钟衍也难得平和。

平日一点就爆的人，今天老老实实。阿姨端上最后一道白灼虾，对钟衍说："林老师刚才往家里打了个电话，我以为你在睡觉就没吵你。"

钟衍猛地抬起头："干吗？"

"她明天还要请一天假，说身体不舒服。"

"又请假！"钟衍下意识道。

听到这儿，一直没反应的魏驭城看过来："她请了几天假？"

钟衍眉峰一扬，特孝毛的神情："不用扣工资，这点小钱算了算了。"顿了下，怕人听出异样，又此地无银地遮掩了句，"就她事儿多，烦人！"

魏驭城不语，但脸色是深沉的。

魏董喜怒不示人，可钟衍不一样，他了解自己舅舅，一般这个样子，就是在做决定。

"真的不用换人。"钟衍干巴巴道。

魏驭城看着他，传递出来的意思：这个理由不服人。

钟衍说："她男朋友出轨，她失恋了。"

魏驭城眼色不变，拿起深蓝色的餐巾拭了拭手，又平平稳稳地放回碟子里："你怎么知道？"

"前几天我请她吃饭，撞见了他男朋友出轨。后来我没走，听到他俩分手。"至今想起，钟衍仍啧啧赞叹，"林老师打了那渣男一耳光，解气！"

魏驭城八风不动，手指摩挲汤匙匙柄。

"说起来她应该感谢我。"钟衍简直得意，"如果不是我请她去那家餐厅吃饭，就不会撞见这事。"

魏驭城这才淡淡"嗯"了声，他坐得直，黑色衬衣裁得肩形硬朗利落。眼皮不抬地问："好吃吗？"

"好吃啊。"

"你找斯文打个招呼，以后多去。"

钟衍感激地点头："谢了，舅。"

魏驭城起身，衬衫下摆在腰间堆了一层浅浅褶皱，平静地说："懂事。"

第二章

再续前缘

赵卿宇挨了林疏月一巴掌，五脏六腑都被打痛了。痛觉连着心，也跟着一点点疼起来。毕竟是自己正儿八经付诸真心的女生。美好和留恋，像强力胶水，撕不断，扯不散。

他回忆林疏月的好，扪心自问，那是无话可说。

赵卿宇太清楚自己是个什么样的性格，林疏月给予的，是润物细无声的包容与温柔。与这样的女生谈恋爱，太舒服。

他撑着额头的手猛地收紧，腾地一下站起来就要往外冲。

"上哪儿去？！"明婉岚堵在门外，扬声质问。

赵卿宇还算坚决："找她。"

明婉岚一点也不意外："你怎么这么糊涂。她和傅琳能比吗？"

"妈！"赵卿宇不悦，"不要这么说她。"

"不好还不让人说？"明婉岚冷呵，环手搭在臂弯的指甲明艳精致，"别以为我不知道，她的从业资格证被吊销，当初出的事，真嫌不够丢人了？"

赵卿宇的怒意冲红了眼，可维护的话到嘴边，又一个个地咽了回去。

"她有稳定工作吗？能帮助你吗？"明婉岚越发冷漠，"她还有个得病的弟弟吧。赵卿宇，你要跟她在一起，她弟弟的医药费、生活费，日后生活不能自理，可都成了你的负担。"

赵卿宇呼吸紊乱，暴躁地捂紧耳朵："别说了！"

他绕过明婉岚，跌跌撞撞跑出去。这一刻，他觉得自己心意已决，似是悲壮的牺牲，简直功德无量。直到他拿出手机，林疏月十分钟前给他发的信息：

"有空过来拿你的东西"——连标点符号都省略。

赵卿宇回拨电话，林疏月没有接。

再拨，掐断。最后直接拉黑了。

赵卿宇倏地愤怒，不过脑地，将电话打给了林余星。

林余星完全不知情，被赵卿宇激烈的言辞吓到。在躁动的逼问与诉苦中，他渐渐反应过来，姐姐这是遇上事了。赵卿宇咄咄逼人的质问和失控的言语刺激到了林余星。林疏月拎着菜进门时，恰好看到弟弟捂着心口，面色发白。

一顿手忙脚乱地安顿，林余星吃了药，有惊无险。林疏月却是彻底发了怒，她把电话打过去，起先还能极力克制情绪："赵卿宇，你知道小星不能受刺激，你还找他。今儿我把话摞明白，最后说一次，亏欠的是你，不忠的是你，撒谎的是你，你听懂了吗？"

赵卿宇炸了："林疏月，最最自私的就是你！知道我妈不喜欢你，你就不会为了我去讨她欢心吗？我们之间，你有过一点点努力吗？"

林疏月一字字地，像疾下的冰点，直击他的重点："努力什么？努力买跑车，努力投好胎，努力帮你家渡过难关？"她轻轻一笑，"就算是这样，也不是我不努力，而是你眼瞎。"

赵卿宇没料到，向来温柔大度的伴侣，能说出这样的话。他迟钝两秒，反应过来："你从没有爱过我。"

"这个时候再谈这个字，你不觉得可耻？"林疏月亦不正面回答，手起刀落，干干脆脆地通知他，"不用再来了，你的东西我烧了。"

其实也没贵重东西，甚至连衣物都没有。

赵卿宇追得久，在一起的日子却短。林疏月从不否认自己的"薄"情，但在一起时，灵魂是投入且诚实的。感情淡了，分手也得体体面面。而不是以背叛，以隐瞒，以种种私心与大倒苦水当理由。

林疏月花了一小时，将赵卿宇送她的东西打包封条。

限量版手办，花了两千个游戏币只因她多看了一眼，赵卿宇便非要抓到的娃娃，两人的拍立得合照，一个不留。林疏月拍拍手上的灰，本以为是场坚强的落幕，但一转头，就被矮柜上两人的合影击中。

赵卿宇一身白衬衫，眉眼温柔清隽。

眼睛不撒谎，那时的彼此，爱意沸声震地。

林疏月猛吸气，把相框往袋里一丢，掌心狠狠压上去。

许久沉默，直到"咔嗒"一声轻响，卧室门开了条缝。

"姐。"林余星小声，伸过手，递来一只打火机。

林疏月愣了下，然后笑起来。这一笑，心头阴云随之弥散。她轻轻碰了碰弟弟的手背，认真想了想："火灾隐患，不值当。"

第二天，林疏月把这大包东西都捐给了贫困山区。

走出邮局的那一刻，她抬头看了看半隐半现的太阳，在刺目的光线里闭了闭眼。至此，和赵卿宇的感情算是彻底画上句号。

分手的事很快被夏初知道。夏初是个朝天椒脾性，气得一巴掌拍向桌面："他还是人吗？！"

咖啡厅里旁人侧目，林疏月赶忙拉她："小点声，别人以为我俩干架。"

夏初说："我能抽死他信不信。"

"抽，你抽。"林疏月皱眉，"把人抽死了你不用坐牢？"

"你就是这么理智。"夏初不解气道，"就该去他公司闹！什么极品渣男！"

林疏月良久没吱声。

夏初觉得她胆怯，撑腰的话还没说出口，就听见林疏月很低的一声："我心快痛死了。"

夏初偃旗息鼓。摊上这种事，什么理智不理智的。被喂屎，臭了一身，难不成还真出去大肆宣扬。

"翻篇了。"林疏月深吸一口气，"你这暴脾气也收收。"

感情没了，钱还是得挣。钟衍那儿没耽误太久，很快恢复辅导。

钟衍瞅她半天，想问也不好问，于是凶巴巴地提高存在感："你请这么多天假。"

林疏月瞥他一眼："你跟你女朋友分手，也得花时间善后吧。我三天，你呢，当时花了几天？"

钟衍登时结巴："我、我、不是，你咒我？"

林疏月偏头笑了笑，眼睛还配合地眨了眨，讳莫如深道："懂了。"

"你懂什么了你。"钟衍气急败坏，"你以为我没谈过女朋友是吧？我谈过的。"

"哦。"

钟衍哑口。

林疏月收起玩笑，神色淡淡："总比我这种，所遇非人好。"

这话有点自戳伤疤，钟衍也算知情人，四舍五入也就是当场抓奸。他早想说了："这种渣男不早点分，还留着过清明？"

林疏月听到笑了，真心实意的。

"谢了。"她说，"我不会再请假了。"

钟衍极度不适应这种被人感谢的氛围，他心里暗升怪异，还藏不住一丝丝被需要的小满足，可又不想被她看出端倪。于是恢复往日那副厌世脸，脖子一歪，要理不理。

相安无事，很长一段时间安静。

"你真没交过女朋友？"林疏月忽问。

钟衍身体一弹，好大反应，这突然袭击，他耳根子都染了层纯情的红。

林疏月挑挑眉，不说话。

钟衍不以为意："你以为我是魏驭城。"

林疏月神色跳了跳，目光下意识地离开钟衍的眼睛。

这会儿的安静，倒是真正灼烧空气了。林疏月顺着话，平静道：

"我以为你家长辈早就成家了。"

钟衍嗤之以鼻："想当我舅妈的人确实很多。但我舅这人，反正我是没见他带过女人回家。"

林疏月眉心蹙着又松开，然后嘴角勾出个不屑的笑。

带不带人回家，好像和这人的风流没有因果关联。

毕竟，她也算是当事人。

以她稀薄隐约的记忆，魏驭城绝不是什么情场新手。一夜而已，能刻印，能入魂，能在她抽身万重山后，七百多个日夜消散中，极少极少回忆起过去的时候，依然能在他身上联想起世间无数旖旎之词。

思绪由点带面，刚要发散，林疏月手机响起。

她听了几句，脸色瞬间大变。

电话是派出所打来的，赵卿宇报的警。

原来昨天回去后，夏初越想越替她不值，今天一大早就去公司堵人，把赵卿宇当街骂了个狗血淋头。上班高峰期，那么多人看着，赵卿宇脸都绿了。

他也是做得出，报了警，指控夏初诽谤、扰乱治安。夏初气炸了，在派出所冲上去想掐死他，赵卿宇指着她："再加一条人身攻击！"

林疏月急着走，被钟衍一把拉住："你去有什么用？你等着，我能想办法。"

钟衍桀骜，说话做事没得章法，林疏月压根不信。

"你什么眼神。"钟衍不耐烦，"待着！"说完，他把人往外一推，"砰"的一声关紧了门。

林疏月无语，就知道不靠谱。

夏初这事不好办，毕竟理亏在先。她太了解赵卿宇，之前没少遭夏初白眼和不满，这是憋着恼火，一股脑全发泄了。

林疏月心乱，以至魏驭城站在面前了，才发现。

她闷着头走，越来越近，魏驭城也不避让，堵着正面，等着人往胸口撞。

林疏月猛地一顿，没撞成。但距离之近，心跳仿佛交织于一起。

她往后退一大步，觉着不够，又挪了一小步。

就是这个动作，惹着了魏驭城。

林疏月站得直，神色间的焦虑显而易见。所以在对视魏驭城的时候，目光里的不耐和似有似无的嫌弃来不及收拢。

魏驭城没有让的意思。

黑衬衫不压他半分个头，立领之上，喉结敞露，连着下颌的线条极其优越。

魏驭城看着她，就这么看着。

林疏月当仁不让，在他面前从不露怯。

这氛围感，有点较真和拉锯的意思了。林疏月还算理智，知道眼下自己是劣势一方，夏初那边耗不起。她缓了态度，先行低头，温软乖巧地叫了声："魏先生。"

魏驭城冒出的第一个念头，终于不是叫什么魏舅舅了。

他当然不是着美色之道而误国的昏庸之辈，也看穿对方的狡黠伎俩——毕竟上过这姑娘的当。

魏驭城的目光越发施压。

林疏月眉心蹙动，是真急了。

魏驭城平平静静的两个字："求他？"

静了几秒，林疏月忽然反应过来。这事要想解决，可能最后真的得求赵卿宇高抬贵手。两人已经彻底闹掰，林疏月不想低这个头。

权衡利弊，在魏驭城和赵卿宇之间，她没有半点犹豫，轻声说："求你。"

魏驭城四平八稳："你求人就要有求人的样子。"

林疏月本能反问："你想我怎么求？"

魏驭城说："你也不是没求过。"

林疏月愣了下。

愣得对视的目光定在他视野里，被记忆，被过去，被言不由衷悄无声息地缠紧。

这是只属于他们俩的缄默无语。

两年前的波士顿，荼蘼深宵，雨化春水。一眼天雷勾地火，一夜荒唐沦陷，一瞬也曾想过一生一世一双人。

魏驭城是绝对主导者，在她身上浓烈且浪漫地运作。至少那一夜，男人酒气财色，征服了她的七情六欲。

魏驭城用自己的方式，稳妥坚决地闯进禁地。

如此欲望深似海的沉沦之夜，一个女人，还能怎么求这个男人？

林疏月面颊忍不住发烫。

魏驭城看到她渐红的脸，倒也没有过分为难。他背过身，淡声道："这才是求我的样子。"

这话让人似懂非懂，他上楼去书房，消失没多久，林疏月就接到了电话。

赵卿宇撤诉，夏初没事了。

林疏月怔然，抬头看向二楼转角处。魏驭城的身影早已不见，却留下了一诺千金。

楼上，魏驭城在书房还没坐热，钟衍便冒冒失失地闯了进来，他举着还发烫的手机，激动问："舅，你跟她说了吗？"

皮椅轻旋一道弧，魏驭城看都没看他一眼。

"我跟晓峰说了好久，他才肯去求他爸帮忙。这人非跟我在电话里扯淡。"钟衍的情绪突突，一会儿自豪一会儿嫌弃。可魏驭城要理不理的样子，看着有点发慌。

钟衍以为是烦到他了，语气低了两分，解释说："我看到你的车回来，想着方便，才发信息给你的。"——编了条很短的信息，让魏驭城待会儿进屋告诉一下林疏月，事情解决了，可别出去跟渣男面碰面。

魏驭城平静地说："嗯，出去吧。"

钟衍指了指外头："这地方不好打车，我开车带她去派出所。"

"站住。"魏驭城施压的语气，"我说过，你不许再开车。"

钟衍犯了太多事，欠揍欠教训，有次跟狐朋狗友去山顶飙车，过弯时摔下了车，后脑勺缝了六针，血糊了一脸。魏驭城赶来医院，第一件事就是狠狠骂了他。

关键时候，钟衍是不敢顶嘴的。稍微冷静了些，也觉得自己好像热情过了头。

不送就不送呗，他挠挠眉毛，单手插袋吊儿郎当刚要离开。

魏驭城起身："我开。"

走到门口，对还在原地发愣的钟衍抬了下手，声音依旧平静：

"一起。"

魏驭城的心思，铺垫得滴水不漏。都在车上了，钟衍还搞不清舅舅的弯弯绕绕。他想自炫，但又觉得有点肤浅，林疏月坐后座，好像也没有要说话的意思。

钟衍憋得慌，暗示道："你都不说话的吗？"

林疏月看了他一眼，也没明白。要道谢似乎也是向魏驭城。

钟衍这一拳头打在棉花里，太不痛快。头一歪，闷着气。

到派出所，林疏月匆匆下车。跑了一半又折回来，钟衍稍打精神，挺直腰杆，准备说"不用谢"。

"谢谢。"林疏月微弯腰，却是朝着魏驭城。

魏驭城伸手摸烟，抖出一根夹在指间。他没回答，只看着她。

林疏月走了。

副驾的钟衍缓过神，气愤暴躁地嚷了句："我帮了这么大个忙，她为什么不对我说谢谢！"

魏驭城把烟放回盒里，往储物格一扔，颇有长辈气质地提醒："对女人客气点。"

夏初坐在接待室的长椅上，一脸烦闷。见着林疏月后，像受委屈的小孩。

林疏月吓掉半条命，也想发脾气。可一见她这模样，心里又泛起点点酸苦。她展了个笑："下回别单独行动，这不，受欺负了。"

夏初吸了吸鼻子："那可别。留一个，至少你还能捞我出来。"

林疏月走去和她并排坐着。

夏初问："姓赵的怎么突然和解了？"

"找人帮忙。"

说完，小手续的两位民警走进来，夏初去签字。其中一个年轻点的突然对林疏月笑了下："向阿衍问个好。"

林疏月皱了皱眉，随即就什么都明白了。

事情解决，夏初又活跃起来。大概是赵卿宇这种渣法让她叹为观止，连骂都懒得骂。只不停打听："你找谁帮的忙哪，这办事效率也太绝了。"

走出派出所，林疏月就看到那辆熟悉的黑色奔驰。

车窗降下，魏驭城的侧颜无遮无拦。

林疏月让夏初待在原地，一个人走过去。心里有困顿，也不是喜欢藏事的性格，所以直接问出了口："没看出来，当舅舅的喜欢抢外甥的功劳。"

魏驭城眉间神色平顺，不咸不淡地"嗯"了声："我也从没说是我。"

也是，自始至终，主动道谢的，心存感激的，一直是她自己。这么一想，倒成了自己的错。

被魏驭城的视线追太紧，林疏月下意识地别过头。不想被他占上风，于是反问："既然想'好心'当司机，何必还要拉上钟衍一起。"

这会儿的安静持续久。

就在林疏月以为他是心愧无话可说时，魏驭城说："是怕你不肯上我的车。"

魏驭城倒也没俗套地继续送人回家，见她平安出来，事情就算解决。

人走后，夏初优哉游哉地跟上，挑眉说："还发呆啊。"

林疏月神色敛不拢，轻易看出异样。

夏初了然："他帮的吧？"

"不是。"

"是不是也不重要。"夏初努努嘴，"上次你说他是家长，才没这么简单。"

林疏月没搭这茬，有几分逃避的意味。

这可让夏初来了劲，往后一段时间，都有的没的围着打听。林疏月真拿她没辙，吃的贿赂都堵不住小夏同学的嘴，嫌烦怒骂反倒换来她一张明艳笑脸，小夏没心没肺脸皮可厚。

两人大学挚友，毕业后也一块经历了许多事，是名副其实的患难见真情。夏初也不是谁都热脸相迎的人，就凭她提刀向赵卿宇索命的气势，就知她和林疏月的情分多深厚。

"你再不说，我就自己去查了啊。"夏初拖着音，"钟衍的舅舅哦，魏氏的董事长哦，也不是很难查的嘛。"

林疏月哭笑不得："怕你了。"

周五，钟衍临时打来电话，说家里人过生日，放她一天假。林疏月便约了夏初出来聚聚。

夏初这段时间工作压力大，想放松，直接把人带去了club。

这家店她是熟客，往吧台一坐，跟新来的小鲜肉调酒师没五没六地吹牛皮。小鲜肉只往林疏月身上瞄，夏初"啧"的一声："喂喂喂，砸店了啊。"

林疏月撑着一边脸，笑得妩媚动人。

二层贵宾包厢时不时闹出动静，偶尔有人一脸蛋糕笑哈哈地进出追闹。林疏月抬头看了一眼，估摸是过生日的。

"别瞧了，来，说正事。"夏初大声，"说说你和魏驭城。"

这音量，简直了。

头顶的炫光折在暗色砖面，挤出的光圈大开大合，疾速变换。吧台往后两米，是隐在罗马柱后的走道。走道直连二楼贵宾层，一双棕色切尔西皮鞋，在听到自己的名字时，倏地停步。

喧吵的重金属蹦迪音乐已近尾声，最后两下鼓点"咚咚"收尾时——

"两年前我去波士顿，和他有过……"林疏月停顿半秒，说，"交集。"

夏初眼睛瞪大半圈："你俩谈过恋爱？"

林疏月摇头："不是。"

她明白过来，完全想不到："你、你和他……"卡壳半天，夏初惘怅地竖起拇指，"夸你一句好样儿的吧。"

林疏月轻轻挥开她的手，笑着说："不走心。"

夏初凑过去了些："是是是，走肾。"

"边儿去。"林疏月笑，沾了酒，脸是红的。

"就是你去美国找人的那次吧。"夏初回想，大致能串联起前因后果。

那一年，林余星病重，医院直接下了病危通知书。林疏月四处奔波，累得筋疲力尽，眼看着弟弟一次次在死亡线上挣扎。

林疏月想，如果她能狠心一点，如果她松松口，或许，于她，于林余星，都是一种解脱。

林余星昏迷两天才醒来，气若游丝的第一句话就是："阿姐，你别哭。"

五个字，秒速斩断了林疏月的犹豫。

她替林余星的人生做出选择，也说了五个字："别怕，姐姐在。"

待林余星病情稍稳定，林疏月毅然决然地飞去美国。

这份苦难，不该是林余星，以及她来独担。那个生他却不养他的人，有什么资格潇洒自在。别说美国，北极她都要过去讨个说法。

林疏月给对方打电话，对方轻松无所谓的语气："你来呗，顺便玩一玩嘛。"

"玩？我哪有心情玩！"

"好啦好啦，不玩就不玩，机票订了没呀，我来接你。"

到波士顿，林疏月天真地在机场等了三个小时。

她按着平日邮寄东西的地址找过去，房子早就换了租客。

异国他乡玩蒸发，林疏月多韧劲的性子，哪肯就罢。费劲打探，终于得到一个不太确定的地址。那是人间风月场，她一身褴褛，格格不入。

人当然找不着，最后一根弦，崩了。

林疏月哭得忒惨，这一路太累太累，她去的那家酒吧名字已经记不太清，回忆当时，多半是痛苦的宣泄。

夏初第一直觉："你和魏驭城是不是以前就认识？"

"不认识。"林疏月答得斩钉截铁。

"所以只是单纯的……"

林疏月说："看对眼。"

"现在呢？"

"第一次知道，世界这么小。"

这都是矫情话，不过瘾。夏初追问："那你和魏驭城再见面的时候，你什么感受啊？"

此时此句话，让罗马柱后面的人身形微动。好在DJ切换舞曲，暂时是平和温柔的纯音乐过渡。从这个角度望过去，林疏月坐在高脚椅上，裙子及膝盖上方两寸，小腿细而匀称，堪堪一握。

淡色高跟鞋翘在半空，鞋尖忽上忽下，撩着魏驭城的心一高一低。他听见林疏月扬着恣意的神色，轻声答："第一眼啊，真没认出来。"

拔高的心倏地坠落，不给缓冲余地，结结实实摔向水泥地，钝了一块，缺了一角，歪七扭八变了形。

夏初一脸讶异，想好半天，才得出唯一解释："在你这儿如此没有存在感，那他应该……不是很厉害。"

幸亏灯效作掩，这半明半晦的光线，盖去了男人失温的神色和无奈的怒容。

躁动的音乐重新响起，两人的声音已听不见。

重新回去包间，门一推开，预谋已久的钟衍闪现，胆肥地将蛋糕往魏驭城右脸抹，语气中二又喜气："舅！生日快乐！你快不快乐？！"

身份摆在这儿，再放肆那也是有分寸的。这也就是钟衍，换作别人，多说一句都胆怯，更别提往魏董脸上糊奶油。

魏驭城沉了脸，像阴云覆海面，深不见底，望而生畏。目光投向钟衍，下一秒就想将其手刃当场。

快乐。

三十五岁生日，过得可太快乐了。

回程路上，魏驭城数落钟衍四十分钟。见他一头黄毛，不顺眼，近乎命令："明天染黑。"

钟衍不知死活，还傻兮兮地把脑袋凑过去："舅，我染黄的好看。"

"光头更好看。"魏驭城冷哼。

钟衍再横，也是有眼力的。舅舅此刻绝对不好惹，说什么都不回嘴便是。但魏驭城显然没有放过他的意思。

"你平时就玩这些，幼不幼稚？"

"能不能坐直了？没长骨头是吗？"

"我跟你说话，你这什么态度？"

钟衍倒也不恼，只优哉游哉地转过脸："难怪了。"

魏驭城止声，目光压着他。

钟衍说："我现在还没舅妈。"

魏驭城神色不变，但一晚上的情绪，到这里忽然就被冲散了架。

林疏月每周过来三趟，且遵守承诺，对钟衍不做硬性的说教，两人以一种十分奇异的方式和洽相处。

这天，林疏月在沙发上闭着眼。钟衍偷瞄，以为是睡着了。结果这一瞄，林疏月猛地睁眼，把他逮了个正着。

场面尴尬，钟衍想发飙，又觉得亏心。林疏月却无事一般："想聊天？"

钟衍把头撇一边："不想，谁要跟你聊。"

林疏月点点头："那我念书给你听。"

"不想听！"

"但我想念。"

林疏月从包里拿出浅绿色封面的书，叠着腿，将书轻轻放在腿上。她的声音温柔缱绻，不疾不徐，依旧是第一次读的那本《万物有灵且美》。

"这是我一生中最兴奋的时刻，因为我看着绝望变成希望，死亡变成生机。"

字里行间，是朴实，是治愈，与林疏月的声音相辅相成。钟衍听到这儿，嘴硬全憋了回去，像块大石头，悄无声息将心砸软。

他背过身，不让林疏月看见他此刻的茫然，却藏不住微蜷的手指。

钟衍在她的声音里，心境平和。

天色由亮变淡，黄昏映在室内墙上，像一个搅散的蛋黄。

阿姨敲门："可以吃饭了。"

钟衍如梦醒，沉浸其中未完全抽身："魏驭城回来了？"

"李秘书打来电话，魏先生晚上有应酬。"

钟衍又恢复一贯的不耐，并且只敢在人不在的时候横一横："就知道应酬，他这样，四十岁也单着得了。"

林疏月抬起头微微诧异："你舅舅四十了？"

"快了，差五岁。"

那他今年三十五。

林疏月心想，嗯，显年轻。

周六是休息日，林疏月陪林余星玩了会儿乐高，清点了药物，准备下周带弟弟去复查。下午，天气由雨转晴。林余星往窗外望了好几轮，可怜巴巴道："姐，今天都待家里吗？"

林疏月看出他的心思，到底于心不忍："走吧，带你去书店挑点书。"

林余星高兴极了，特自觉地穿外套。他今天的棒球服很好看，走前，林疏月压了顶棒球帽在他头上，由衷道："帅了。"

刚下楼，就听见钟衍的声音："要不要我送你们啊？"

林疏月看清人，讶异："你怎么来了？"

钟衍欲盖弥彰道："别多想，只是路过。"

"我们去书店，一起？"

钟衍双手插兜，装酷："既然你求我，那就去一趟吧。"

林疏月不点穿他这点小心思，配合地点头："荣幸荣幸，请吧，大少爷。"

书店，林余星逛得认真。钟衍瞅了瞅，得了，他选的书，都是些看不懂的。林余星好心道："我觉得那一架的，你可能会喜欢。"

一排漫画。

钟衍故作凶状："嘲笑我？"

"别凶他。"林疏月拍了拍他的肩，然后往他手里塞了一本，"看吧。"

看清书名，正是她常读的那本《万物有灵且美》。钟衍撇撇嘴，还给她："不看，下次你读。"

钟衍也从没想过，有朝一日，自己会在书店安静地待一下午。

林余星看量子科技，林疏月更绝，翻的是英文原版心理学。钟衍坐在墙角，不想显得格格不入，于是也拿起了一本书。

林疏月抬起头，看到钟衍认真投入的模样，嘴角悄悄扬了扬。

五点多，林疏月带两人去吃晚饭。

能吃什么，少吃什么，她一交代，林余星保准听话。钟衍"嘁"的一声："这么怕她干吗？"

林余星憨憨一笑，没说话。

"就你最不听话。"林疏月说。

"我哪里不听话了？"钟衍反驳。

"那你给我多吃蔬菜。"

钟衍盯着她夹到碗里的莜麦菜，愣了下："把我当小孩呢。"

"谁说不是。"林疏月挑挑眉，"小孩，听话。"

吃完饭，刚准备回家。林疏月接到林余星主治医生的电话，医生让她过去一趟。钟衍听到了，摆摆手："你忙你的，我把他送回去。"

林疏月想了下，点点头："注意安全。"然后对林余星说，"到家记得吃药。"

从这儿过去二十分钟的车程，没什么好担心的。

人走后，钟衍有搭没搭地敲着方向盘："你咋那么怕你姐？"

林余星："姐姐为我好。"

"你姐长得温柔，性子却跟母老虎似的。"

"不许说我姐。"林余星扭头抗议。

"绝了。"钟衍眼珠一转，"我们再去别的地方玩玩呗。"

“不去。”

“很好玩的。”钟衍瞄他一眼，“你姐办事少说也得俩小时，赶她回来之前，我就把你送回去，不让她发现。”

林余星默了默。

这份诱惑确实很大，他的活动范围很小，但这个年龄，对世界的探知欲是本能。

“就去一会儿。”林余星谨慎道，“一小时。”

钟衍打着响指：“行，坐稳了。”

从辅道入主路，再上高架，半小时后，钟衍把人带去了酒吧。

这是他常去的一家，熟人多。服务员都打招呼：“小衍哥来了啊。”

遇上更熟络的，对方还会拍下钟衍肩膀，笑呵着擦身而过。

重金属鼓点如重锤，林余星眼花缭乱，脚步有点飘。

“这是我弟。”钟衍逢人就介绍，并时不时地回头叮嘱，“跟紧点啊。”

两人找了个位置坐，这个点，酒吧稀稀拉拉的客人，乐队正在调试音响。虽不是很热闹，但对林余星来说，已足够万花筒。

新奇事物让人忘记时间。

天渐黑，客人越来越多，气氛愈演愈烈。

“这个看着像果汁吧？其实是度数很高的酒，你看看就行，别乱喝听见没。”

“瞧见那人没？今晚驻唱，嗓子还行。”钟衍如数家珍，“你有想听的歌吗，我让他给你唱。”

放松时刻没持续太久，身后响起一道声音——

“哟，这不是小衍哥吗？”

说话的人二十五六的模样，贴头皮的发槎，脸型瘦尖，笑起来眼神贼光尽现。

钟衍的脸色也瞬间冷下来。

此人小名叫毛哥，游手好闲的一混混。仗着上头的大哥，也是一贯的嚣张惹事，钟衍和他相当不对付。

没把冷脸当事，毛哥笑眯眯地看向林余星："今天带跟班了？来来来，酒我请。"

钟衍发了脾气，酒杯往下一扣："爷我今天不想看到你，能不能识趣边儿去！"

林余星被钟衍这反应也连带着一块儿紧张，怕他冲上去干架。

毛哥不怒，反倒笑嘻嘻的："办完事立马滚。"

钟衍冷呵："你有屁的事！"

毛哥扬了扬脖子，笑意收了点，声音也凌厉起来："现在这片归我管。"

钟衍眯缝了眼睛，语气不寒而栗："你什么意思？"

"没特别的意思，"对方尖嘴猴腮，刻薄且仗势，"把衣服脱下来，例行检查的意思。"

这边，林疏月从医生那儿回来，发现林余星没回家。电话过去，钟衍和弟弟都没接。都不用想，就知道是怎么个情况了。

她估算了一下时间，三人分开已两个小时。

林疏月没犹豫，电话直接打给了李斯文。

钟衍那辆跑车上有GPS，一查就查出了位置。李斯文做人做事滴水不漏，掂量轻重，当即汇报给了魏驭城。

林疏月离得近，先赶到酒吧，地大，灯影迷幻，完全找不着方向。无头绪地转了十几分钟，也不知到了哪个旮旯角落。右边是一扇半掩的门，林疏月不作他想，刚要推开——

"呵，钟衍这回完蛋了。"

林疏月动作一顿。

"他家里有钱，跩得跟什么似的，上回把毛哥打进了医院，毛哥恨不得让他死。"

"钟衍进来的时候，东西就放他外套里了。这回报个警，你说他死不死。"说话的人贼眉鼠眼，朝同伙做了个吸烟的动作。

林疏月蹙眉，反应过来后，凉意浇头灌下。

她拔足往外跑，逮着服务员问，终于赶到包厢，里头已经乱成一锅粥。

近十人围住钟衍和林余星。

钟衍头发乱糟糟，脸上挂了彩，一脸不服输的野劲。他把林余星拦在身后，是一个维护的姿势。但寡不敌众，显然是落了下风。

"这不是我的！"钟衍暴怒，指着姓毛的道，"你陷害我。"

毛哥阴狠："你有证据再说。"

钟衍的外套丢在地面，外套上是一小包白色的粉末状东西。

毛哥假模假样："我再浑蛋，那也是遵纪守法好公民。小衍哥玩得开啊，这玩意儿都敢明目张胆地带进来。"

"放屁！"钟衍暴怒。

毛哥眼色阴沉："东西从你衣服里搜出来的，按规矩，报警。"

钟衍脑仁嗡嗡响，一滴汗顺着额头下淌。他再叛逆不羁，也绝不会碰这种下三烂的害人之物。钟衍脑子转得快，想起进酒吧时，那个攀着自己肩膀套近乎的熟人酒保。

他明白，从头至尾，这就是个陷阱。

姓毛的不给他一点反应时间，手机随外套一起拿捏住，已经拨起了报警电话——横竖是让钟衍死。

就在这时，门被猛地推开，林疏月站在门口，所有人看过来。

钟衍眼睛眯成一条缝，目光迫切、警示，暗示她先把林余星带走。

林疏月的所有注意力确实是在林余星身上。她面若无事地走进来，牵着林余星的手语气埋怨："找你半天了，快点啊，车还等在外头呢。"

毛哥警惕。

林疏月语气埋怨，一顿数落："让你不好好学习，天天跟这纨绔子弟一起混，回去看爸妈怎么收拾你！"边说，边把林余星往门外带。

毛哥的重点只在钟衍，所以任由这俩无关人员退场，没空管。

人走，门关。

钟衍一边心里空落，一边欣慰，走一个是一个，幸好没把林余星牵扯进来。

他深吸一口气，拳头拧得咯咯响，豁出去地准备鱼死网破——

"哐"的一声，门再次被踹开。林疏月一个人重返，冷声呵斥："有完没完了！"

钟衍吼："回来干吗！给我走！"

毛哥也撕破了脸，威胁警告："别多管闲事。"

林疏月没被任何话语劝退，平静从容地与毛哥对视："你自己做的事，应该很有数。"

毛哥此时不屑，报以冷笑。

林疏月平铺直叙，字如细针往对方心口扎："钟衍进酒吧，你让个所谓的熟人找他勾肩搭背，然后偷偷把东西塞进他外套，再自导自演这一出贼喊捉贼。做了坏事，还想当好人？真当没有公序良俗了？"

毛哥登时变了脸："嘴巴放干净点！"

林疏月不再废话，直接告知："我能知道这么详细，你也不想想为什么。"语毕，她晃了晃手机，"不巧被我听见你手下聊天，更不巧，我录了个音。"

这回连钟衍都怔住了。

林疏月冷静至极："要么，放人走，要么，去警察面前评评理。你自己选。"

周围的人面面相觑，露出了心虚。

极其诡异的安静气氛中，毛哥阴毒的目光狠狠剜向林疏月，他倏地笑起来，一字字道："你有种。"

钟衍反应迅速，在他挥拳之前，抓住林疏月狂奔："跑！"

重音乐入耳，眼前是眩晕的灯光，身后是叫嚣的追打者。他们人多势众，越追越紧。钟衍把林疏月往前推，拿起一旁的椅子朝身后干架。

林疏月摸出手机拨号码，却被对方一脚踹飞。手背钝痛，疼得她冷汗直冒。

钟衍拳头往那人脸上砸，结结实实挡在林疏月身前。

毛哥急红了眼，恨意往上冒。敲碎酒瓶，拿着尖尖的玻璃碴向钟衍走去。刚抬起手，一股巨力猛然从后侧劈来，碎片飞了，毛哥痛苦大叫。

动手的是一个黑衣硬汉，动作快准狠，瞬间解了围。

钟衍喘着气，看清硬汉后，如获大赦："小强哥！"

混乱场景按下暂停，稍归安宁。

林疏月抬头，就看到炫目长廊尽头，魏驭城负手站在那儿。

魏驭城穿的是白色衬衫，袖扣没摘，显然是从会议上急匆匆赶来。昏暗环境衬托着他这一身白，是极致的反差。明明是温和纯粹的色彩，此刻映衬着他的脸，却如烈焰炙烤。

魏驭城什么都没说，只对身旁的李斯文做了个手势，人便转身离开。

李强是跟了魏驭城十年的保镖，退伍特种兵，处理这些自然不用再操心。

钟衍哆嗦了下。

如果不是幻觉，刚才魏驭城的视线，一分都没匀给他，而是全落在林疏月身上。

林疏月快步跑去酒吧外，望了一圈，没找到人，方才的镇定全然不见，满眼的焦虑忧心。

"姐……"

直到虚弱的呼喊从右边传来。林余星从一辆黑色欧陆下车，脸色泛白，嘴唇也失了血色。林疏月跑过去将人扶住："吃药了吗？快坐下。"

林余星被吓着了，身体已十分不耐受，可仍不想她担心："姐，我没事，真的。"

不远处的钟衍低着头，慢慢靠近，一脸新鲜伤口更显匪气，但语气是怯懦的："那个，林老师，对不起啊。"

林余星也低头，做错了事，不敢搭腔。

很长一段时间的安静。

林疏月猛地起身，她没看钟衍一眼，而是径直朝魏驭城走去。这几米远，女人走得气势生风。魏驭城一直平静注目，焦点不变。

林疏月抬头对望，目光没有丝毫动摇："魏先生，从现在起，我不再担任钟衍的心理辅导老师。"

钟衍一下子急了："我道歉了，我道歉了还不行吗！"

"闭嘴！"林疏月转过头，"你无法无天有人惯，那是你的事。但也请你学会尊重别人。"林疏月后怕，眼底红透了，哽咽道，"我告诉过你，我弟弟有心脏病的。"

"不是的，我、我……"钟衍话都说不利索，最后只会重复三个字，"对不起。"

气氛低压。

魏驭城一直看着林疏月，目光胶着且沉。

"林老师。"他开口。

林疏月仰起头，态度决绝，没留半分宽容大度："我不是请求你，而是通知你。"

骤起的夜风从琼楼玉宇的间隙处流灌，抚面力度轻柔，似委婉试探。

魏驭城没有意外的神色，他这一身商务装扮利落别致，与这声色风月格格不入，可他站在这儿，无论什么氛围景致，都无法喧宾夺主，沦为陪衬。

他想要漠视，那么人间风月便碎成粉末，难以动情。

他想要留住一个人，那么刀山火海也能化成缠绵春水。

魏驭城不点她这道题，或者说，全程至尾，他都不关心任何。这份心眼磊落于细微之处，他看向林疏月的手背，沉声问："疼不疼？"

林疏月一怔。

虚软的底气被无形的双手托住，五感六腑卸了劲，强撑的框架瞬间散了基石。

疼不疼？

怕不怕？

林疏月目光渐渐游离，疼是疼的，也是后怕的。

魏驭城："先处理伤口，总不能一直疼着。"

林疏月理智拉回几分，刚要振作反驳。

"林疏月，我不是通知你。"魏驭城的声音低了两度，把她刚才的话一字不差地重复。

话不说尽，点到即止。

在他至真至诚的目光里，林疏月看到了没说出口的下半句：

我不是通知你。

而是求你。

可惜她不是为两丝温情轻易动容之人，尽管魏驭城的眼神深邃如海，着实迷人。

林疏月就这么走了，走得真决绝，完全忽视钟衍这种混世魔王的哀求和悔意。出租车招手就停，开门，关门，只留一地尾气。

魏驭城全程注目。

他想，那年那夜，她把他甩了就走时，姿态是不是也这么潇洒。

到家，林余星跟在身后，低着头，不敢吱声。

林疏月绷着肩颈，也没有看他一眼。

手机不停响起提示音，全是钟衍发来的认错微信：

"我真以为你那时是开玩笑的。"

"对不起林老师，也对不起你弟弟。"

林疏月久不回复，钟衍换了语气：

"现在也难找工作。"

"喂，给你涨工资行吗？"

林疏月头疼欲裂，手机盖住，人往后仰，难以掩盖的倦容。

林余星难受："姐，对不起。"

林疏月倏地一笑，也重复了一遍这三个字："对不起。"她视线空茫，盯着天花板的某一点，"今晚我听到最多的，就是对不起。它唯一的用处，就是事后能够宽慰你们的心。"

林余星难过极了："姐。是我不懂事。"

林疏月侧了侧头，看着弟弟怯懦苍白的脸，一下子又软了心。她叹气，坐直了些："小星，这世上事，好的，坏的，容易的，困难的，件件不一样。我知道，这些年，你也不容易。是我束缚你太多。"

林余星眼眶子都红了："姐，是我拖了你后腿。"

他一哭，林疏月也跟着拧心，说到底，她和林余星之间，是相互扶持，是相依为命。话太浅薄，概括不了这份牵绊与情义。

林疏月微微叹气："行了，爱惜自己，对得起自己。姐姐态度不好，也跟你道个歉。"说罢，她站起身，轻拍林余星的头，"早点休息，明早给你做排骨面。"

林余星扯住她的衣袖，抬起头，小声道："我以后会听你话的。"

"听话啊。"林疏月笑意轻松，"那就先把药吃掉。"

事说开了，林余星气都顺畅些，少年情绪简单直接，面色都回了温度。他去拿药，结果找了几圈都无果。

"怎么了？"

"糟了。"林余星拍了下脑袋，无奈地说，"药可能是落在他车里了。"

"谁车里？"林疏月也紧张了，不比别的，这是林余星的救命药。

林余星顿了下，怕她听到钟衍的名字又不高兴，于是含含糊糊地说："他舅舅。"

林疏月愣了愣。

"你让我在外面等，我那时候心脏已经不太舒服。"林余星小声，"他舅舅扶我去车上休息，还找了药和温水。"

林疏月心情略复杂，平心而论，她不太想和魏驭城产生太多交集。但这些事堆到一块，又有了不可避的理由。

药要紧。

林疏月不会联系钟衍，唯一能联络的就是李斯文。李斯文没多问，秒速将魏驭城的手机号发过来。并且又补了一条信息："魏董不在公司。"

林疏月没想这句话的深意，她拨通号码，短暂等待间隙，是出于本能的深吸气，指尖在机身轻轻挠。体面的话术甚至都已想好。

三声长嘟音，魏驭城接了，很轻的一个单音节："嗯。"

林疏月嘴唇微启，还没来得及开口。

男人低沉的声音抚慰这一夜凉如水，他说："下楼。"

　　黑色奔驰停在梧桐枝叶下，车灯全熄，像黑黢黢的野兽。她出楼道，魏驭城便下车。林疏月有所设防，停在安全距离，略显茫然地看着他。

　　魏驭城手上搭着黑外套，随手搁在车头。然后探身进后座，拿出了林余星落下的药袋。

　　"谢谢。"林疏月松了口气，语气由衷。

　　她伸手过去，没扯动，药袋被魏驭城拽住不松。

　　林疏月加了力道，魏驭城这回松了手。

　　两人面对面，身高差在月影下错落和谐。林疏月点了下头："魏先生，再见。"

　　转身一瞬，魏驭城："钟衍的情况……"

　　林疏月脚步停住，重新转过身，专业使然，很难不多想："他回去闹腾了？是不是不觉得自己有错？不用道歉，我理解。他性格乖戾，耐心不足，看着什么都不在乎，其实没想象中的强悍。"

　　林疏月停了停，秉着好聚好散的职业素养，依旧善意公正地提醒："人本质都不差，我虽带他不多，但相处下来，钟衍没有那么不可救药。"

　　安静三秒，魏驭城说："如果只是闹，倒简单。"

　　他的语气低沉，眼中情绪是隐忍的无奈，很容易把倾听者的思绪调动。

　　林疏月眉心果然跟着一紧，直觉联想到更坏的结果，她问："他还做别的？"

　　魏驭城没否认，神色不轻不重难以分辨。欲语还休，点到即止，很像默认的暗示。他没再多留，言辞也少，夜风里背过身，就这么上了车。

　　林疏月这一夜思来想去，心里都压了块石头似的。她见过太多案例，偏激性格容易导致自残、自杀等极端行为。在床上辗转半小时没睡着，林余星敲门探进脑袋："姐，好像少了四盒尼可地尔。"

这药对心律失常有效，拿回来的时候，医生一再交代，得按时按疗程吃。

"我明天再问问。"林疏月说，"剩一盒你记得按时吃。"

林余星刚走，那边像是精准算好时间，信息跟着发了过来。

Wei："还有药忘了拿。"

魏驭城在林疏月的手机里，是随手编辑的一个"Wei"。她此刻的心情与这首字母的形状如出一辙，起伏不定，忐忑未知。

如此一想，一切发生都有了顺理成章的理由。

第二天，林疏月去了魏家。

她以为会见到钟衍大少爷狂怒失态的暴躁场面，但一进门，钟衍一身清爽，优哉游哉地站在餐厅里吃水果。他眼睛都瞪圆了，一半哈密瓜咬在嘴边，超大声地问："林老师，你是舍不得我吗？"

这跟昨晚魏驭城暗示的内容不一样。

不过钟衍是真高兴："你怎么来了？就是放心不下我吧。你原谅我了吗？我给你加工资你肯定很满意吧？"

林疏月头大："安静点。"

钟衍递过哈密瓜："尝一块，特甜。"

"我是来拿药的。"

但钟衍和阿姨都不知道这回事。

钟衍认定："不用找借口，你就是舍不得我。"

林疏月自己都想笑，点点头："你高兴就好。"

钟衍的笑意真情实感，眉梢眼角上扬，这才是少年该有的气质。林疏月忽然觉得，这也是很好的结果。

等了十分钟，没有等到魏驭城。

林疏月刚走出院外，黑色欧陆恰好停在门口。车窗降下，露出魏驭城的脸，他语带歉意："久等。"

从语气到神情，无一不诚挚妥帖，无可挑剔。

魏驭城今天是自己开车，他按开车锁："药在车上。"——并没有去拿的意思。

林疏月会意，拉开车门。药确实在后座，但离她稍远，伸手够不着。林疏月不作他想地坐上去，随即"砰"的一声闷响，车门关了。

林疏月的心跟着一跳，还没来得及反应，魏驭城已回到驾驶座。他没回头看她，低头系安全带，四平八稳的语调："看看是不是。"

林疏月反应迟钝："是。"

车已经启动，魏驭城说："送你。"

不过几秒，车速提了上来，根本不给林疏月拒绝的机会。

林疏月抿抿唇，下意识拽紧装药的塑料袋。

魏驭城从后视镜瞥见她的细微反应，沉吟片刻，说："聊聊钟衍。"

林疏月暗暗松气："好。"

"钟衍在酒吧遇麻烦，你本可以带你弟弟离开，为什么又要回去？"魏驭城问得自然，随手调高车内温度。

"没想那么多。"林疏月实话实说，"他跟我弟弟一般大，每次看到他，都会想到我弟弟。"

魏驭城大概没料到是这个回答，抬起头，与后视镜里林疏月的目光撞成一条线。

林疏月嘴角微微扬笑，本来紧张的手指渐渐放松："不想让他被欺负，才多大，舍不得。"顿了下，她反问，"如果是你，你会选择相信他吗？"

魏驭城说："信。"

林疏月笑意更甚："那就对了。"

车里的气氛温和、缓慢，像送香的出风口，自然又舒适。

红灯，魏驭城将车缓停："钟衍母亲过世早，他便一直随他父亲生活。其实在这之前，他是个很好的孩子，数学尤其出色，他母亲生前，寄予厚望。"

林疏月不自觉坐向前了些："后来呢？"

"他在滨城生活三年，性格大变。两年前，他父亲给我打电话，说人在医院，快不行了。"

钟名建打电话的语气，他至今还记得。哆嗦的，惧怕的，求救的，说钟衍可能救不过来。

魏驭城那年正在北京谈项目，连夜飞回滨城。两月前才见过的精神少年，此刻病骨支离躺在ICU。钟名建局促不安，躲在墙后不敢看魏驭城。

魏驭城从探视房出来，脱了外套，摘了手表，对钟名建晃了下手指，示意他出来。

到室外，魏驭城反手就给了钟名建一拳，怒火攻心上脸，是真发了脾气："我姐就这一个孩子，人要出事，你也别活了。"

钟名建怯懦胆战，一如既往。

魏驭城闭了闭眼，真不知道他姐魏芙蕖怎么会看上这么个废物男人。

钟衍转入滨城一中后，遭受了长久的校园暴力。他面冷心酷，得罪了不少纨绔子弟。钟衍被孤立，被差别对待，被排挤。

丧母之痛还未完全消融，少年桀骜敏感，在一切还来得及疏导时，亲近的父亲却对他置之不理。那群人以作弄钟衍为乐，把他骗进男厕，反锁门。几个人对他一顿揍，钟衍咬牙硬受，愣是不吭声。

最后钟衍面不改色，从地上爬起，未曾回头看一眼，三步爬上窗台，推窗跳了楼。

林疏月已听得变了脸色。

"三楼，摔成了大腿骨折，内脏出血，昏迷了两天才捡回一条命。"

林疏月嘴唇翕动，得知真相时，一切言语都无力。

"他是我姐唯一的牵挂，我想让他母亲安心。你带钟衍的日子虽短，但他的状态，是这两年最好的一次。"

又遇红灯，车停得无声无息。

等林疏月回过神，魏驭城正侧着身，目光不遮不掩将她全部包裹，没有说出口，但传情在眼角眉梢——

你别走。

世上就有这种人，能把公事公办，包装得动之以情。

林疏月尚且存留理智与清醒，断不会被魏驭城轻易拿下。她拿捏好分寸，话术得体大方："谢谢魏先生与我说这么多，我会慎重考虑。"

之后一路沉默，直至目的地。

再次道谢，林疏月拿好药，伸手开车门。

"聊完了钟衍，"魏驭城滑下车窗过风，说得如此自然，"我们再聊聊别的。"

林疏月发愣："嗯？聊什么？"

同时，很轻的一声响，车门落了锁。

车窗升闭，魏驭城将手里的火柴盒放回储物格。

他的声音四平八稳，目的性极强，如冷酒灌喉，直白辛辣——

"聊聊那一晚。"

林疏月的肩膀无意识地抖了抖，虽极力控制，但仍被魏驭城看出端倪。

"如果林老师忘记了，"他转过身，不给她躲闪的机会，"没关系，细节我记得。"

事情好像到了一个非解决不可的地步。

事实上，林疏月并不认为这有什么需要解决的。

露水姻缘，你情我愿。成年人的世界，某些默契应该是共情的。绝非是几年后刨根问底、誓不罢休。她迅速分析魏驭城的心理，思来想去，应该是自己的不告而别，忤逆了他的男人自尊。

林疏月不想过多纠缠，于是顺着这份揣测，要彻底圆掉这件事。

没有什么，比开诚布公更有效。

不等魏驭城继续，林疏月看着他，主动说："要是介意，我以后不会再出现在您面前。"

这话给魏驭城添堵，拿捏得死死的，显然不是他要的答案。

"为什么走？"他索性问得更直接。

"因为该走。"林疏月的回答行云流水，"我以为，这是共识。"

魏驭城冷呵："共识。"

"如果魏先生是为了先后顺序恼怒，"林疏月倒大度，"我道歉，不该是我先走。"

她强调的是"先"，并且打心眼地认为，魏驭城往事重提，是因为自己占了所谓的上风。以他的身份地位，主动权必须在他手中。

要玩，要走，要不要，那都得是他先选择。

林疏月态度顺从，目光带着真诚的歉意以及理性的清醒。魏驭城心升躁意，想伸过手，狠狠盖住这双能灭人自信的眼睛。

林疏月同时观察到他的神色微变，猜想是不是不满意，于是更加妥帖地保证："放心，我不会告诉任何人，尤其钟衍。"

魏驭城眉心落霜，不耐道："我们的关系……"

林疏月打断，目光笔直清亮："魏董，我和你没有关系。"

这句话，如刀入心，拐着弯地相劝，多大的人了，做个干脆体面的男人不好吗？直到林疏月背影远去，魏驭城眼里的爱与欲，便再不加克制与遮掩地紧追其后。

到家，林余星将航母的探测灯拼装完成。林疏月将刚才的插曲抛之于脑后，很是欣慰地给作品拍照。

林余星欲言又止。

"怎么了？"

"姐，你把照片发朋友圈吗？"林余星小声，"那小衍哥也能看到的吧。"

林疏月放下手机，转头看向弟弟："你不怪他吗？上次在酒吧，你被他吓着的时候。"

林余星把头摇得飞快："他其实挺好的，他带我玩，不觉得我是麻烦，有时候不耐烦，其实很细心。"顿了下，他问，"姐，我以后还能见小衍哥吗？"

在弟弟小心翼翼的解释里，林疏月明白了。

林余星这病特殊，自幼就没什么同龄孩子愿意跟他玩。这条路是孤独的，贫瘠的，他没有同等交流的伙伴，没有把他当"正常"的朋友。

林疏月意识到此，心揪着痛了痛。

她手轻扶着林余星的肩膀，扬出一个让他宽心的笑："嗯，会见到的。"

这边，林余星把拼装成功的乐高发过来时，钟衍从床上直接蹦起，噼里啪啦一顿语音："小子，挑衅我啊。"

"你这难度系数太低，等着，哥拿个更难的给你。"

钟衍像起死回生，劲头足足的。林余星能联系他，这也证明，是林疏月的默许。

两人约好晚上七点见。

钟衍在家翻箱倒柜，把剩余的乐高通通往车上搬。阿姨瞪大眼睛："你这是要去摆摊吗？"

钟衍清了清嗓子，努力维持酷哥形象："太多了，收拾收拾。"

五点，魏驭城破天荒地这么早到家。看着一地狼藉，他不悦地皱眉。钟衍又抱了几盒出来，看到他意外了一下，忙不迭地请假："我晚上出去一趟。"

"去哪儿？"

"林老师家。"钟衍答得响亮。

魏驭城脱外套的手一顿，不动声色："什么事？"

"乐高送她那个弟弟去，上次不是连累他嘛，算赔礼道歉了。"

魏驭城冷呵："倒有良心。"

钟衍闭嘴。

这些个词语搁他身上，自己都觉得违和。

"舅，我晚上不在家吃饭啊。"说完就要走。

魏驭城神色微动，侧了侧头："这些太简单，你拿过去没有意义。"

"啊？"钟衍果然迟疑。

"之前客户送了套新系列，国内还没上。在斯文的车里，你绕个路，顺便拿了去。"魏驭城平声说。

钟衍倒高兴，激动道谢。下一秒便兴冲冲地开车去集团，到大厦楼下给李斯文打电话。

结果李斯文微微诧异："嗯？"

"我舅说，你那儿有乐高。"

魏驭城的行政秘书当了十几年，举一反三的敏锐力极强。李斯文瞬间反应过来，面不改色："嗯，但我现在在城东，临时有个应酬。小衍，辛苦你跑一趟。"

于是，这一来一回的时间差，又碰上晚高峰，足够拖住钟衍的脚步。

六点五十，如魏驭城所料他接到这小子的电话。

"舅，我堵路上了，也不好爽约。您能替我跑一趟林老师那儿吗？先把家里的那些给他送去。"钟衍语气沮丧，还带着迫切与愧疚的乞求。

七点五分，林疏月洗完苹果端来客厅："钟衍还没到？"

林余星站在餐桌边："还没。"

"可能堵车。"

话落音，钟衍发来微信。林余星边看边说："他说他堵在路上，让他舅舅过来一趟。"

果盘差点没拿稳，林疏月皱眉："谁？"

"你忘记啦，他舅舅，那个不怎么年轻的……"

魏驭城在门边，声音透过门缝，这一句正好钻进他耳里。

林余星说："叔叔。"

他是背对着门，正面对着林疏月，所以并不知晓当事人已经站在后头。

但林疏月已经看见了魏驭城。

"叔叔啊。"她语意深远。

"年龄差不多吧，也不是特别显年轻，总不能叫伯伯，还没老到这程度。"林余星起先还认真分析，可眼皮一掠，从桌上的一个玻璃瓶身的反光中，猛地看清了门口站着的某位叔叔。

"其实叔叔也不适合，他和钟衍站一块，像兄弟。虽然和他只见过一次面，但他的品位、长相，还有稳重气质，真的让人过目不忘。"

林疏月被弟弟这见风使舵的本事弄得哭笑不得，不客气地提醒："你刚才还说他不年轻。"

林余星的小心脏就快不行了，魏驭城推开门，替他解围："你姐是不是很坏？"

林余星窘迫得红了脸，单纯性子，连忙道歉："对不起，魏舅舅。"

"没事。"魏驭城神色无比宽容，手上象征性地拿了两盒乐高，看完林余星，看林疏月。平移的视线里，有短暂交锋。

林疏月秉持待客之道，友好地将路让出，毕恭毕敬道："请进，魏叔叔。"随即转过身，背影纤纤，多少透着小得意。

魏驭城眉目轻扬，低头失笑。

林余星不敢和他主动搭腔，年龄差是其次，魏驭城自带阅历赋予的气场，往沙发一坐，周围空气都低温许多。

魏驭城看出他的不适，主动聊天："身体还好？"

林余星点点头。

"上次钟衍犯错，连累了你。"

"没事没事。"林余星一个劲地摇头。

林疏月可不惯着，冷不丁道："对，没事，差点送医院。"

魏驭城听出她话里的责怪，说："以后要去哪儿，让钟衍送。"

林余星愁眉叹气："可不敢使唤。"

魏驭城眼里多了疏松的笑意，说："使唤我，我送。"

气氛已不像刚才那般紧张，但也没熟络到不冷场的程度。

安静十余秒。

魏驭城没有要走的意思，他落座沙发，姿态舒展，对任何状态的处理都游刃有余。他指了指桌上的果盘，问林疏月："能吃吗？"——语气何其无辜。

林余星代替姐姐热情回答："能吃能吃。"

刚洗的苹果还有水滴，魏驭城拿起水果刀，有模有样地削皮。当然，他不是真想吃苹果，哪怕没有任何供其发挥的道具，他也要达成目的——

于是，刀锋偏离两寸，伴着他自然而然的皱眉，殷红的血滴从指尖涌出。

林余星吓了一跳："流血了。"

魏驭城微微蹙眉："没事，不小心手滑。"

林疏月起先还冷静，总觉得太巧合。但在弟弟的催促下，只好合情合理地拎出药箱。见她没有坐下的打算，魏驭城头也不抬，嗓音低沉："消毒就好。"

像一支被莫名其妙推上弓的箭，任由操控者拿捏方向。林疏月只得坐在他身边，履行这"救伤"职责。

魏驭城的手修长，手背筋骨微凸，肤白细实。指甲修剪齐整干净，细节都透着自律与矜贵。抬手的高度，露出半截手腕，粗而结实，一只积家限量装饰点缀，多了几分斯文绅士。

林疏月镇定上药。

先消毒，再用碘酒，动作放慢，除了认真还有躲避。躲避与男人的肢体接触，哪怕只是指尖碰指尖。

林疏月是个绝对的美人坯子。少女亭亭时，已够出类拔萃。挨得近，足够魏驭城细致打量。女孩杏眼微垂，浓密睫毛打出细腻的阴影。

这个角度，和那晚揽她入怀时一样。手臂是满的，心是暖的，低头时的风景，是旖旎的。再后续，是杯中清酒晃，攻城略地无回头路。

林疏月像只半醉半醒的野猫，留在他后背的每一道抓痕，都刻着甜蜜与沉沦。

纱布轻轻往他指间缠，稍用力地拉扯，扯回了魏驭城的思绪。林疏月动作轻柔，将纱布打结："疼就说一声。"

魏驭城微眯眼缝，为这诡异的巧合。唯一的区别，她的态度如待陌生人，再无往日柔情。

这多少让人不甘心。

魏驭城"嗯"了声，平静道："再用力一点。"然后闭声，话犹未尽。

这个引人遐想的停顿，果然让林疏月手一颤。她下意识地抬头，都是成年人，一瞬的眼神变化最真诚。半秒对视里，一个是明目张胆的暗示，一个是被迫拽入回忆的旋涡。

"好了，"魏驭城抽回手，"无辜"地请求，"你能帮我削苹果吗？"

这一来一回的暗中较量，林疏月算是彻底明白了。

钟衍的"临时"来不了，魏驭城的"好心"帮忙送乐高。再阴暗点想，突然要吃的水果，可能也只是为这一刀见血。

高手之处，在于你知道他的坏，却做不了任何回击，还得帮他削果皮。

林疏月沉默照做，削的不是苹果，而是某人的人头。

苹果削好，魏驭城伸手来接时，林疏月冷不丁地笑了笑："魏先生不怕我下毒？"

魏驭城用只二人能听见的声音，答得四两拨千斤。

"怕你再走。"

一晚上的重点，就在这四个字上。

魏驭城苹果没吃完，就起身告辞。他把烂摊子丢给林疏月，大有"你没让我好过，今儿你也别想好过"的意思。

第二天，钟衍抱着新款乐高屁颠颠地来找林余星。

林疏月捧着电脑查资料，钟衍偷瞄好几眼，不敢说话，喝水的动作都放轻。林疏月忽然抬起头，捕捉到他的视线。钟衍躲不掉，只能尴尬地笑。

"总看我做什么？"

"林老师，你昨晚没睡好啊？黑眼圈都出来了。"钟衍特直男地聊天。

林疏月被噎，继而故作正经地转移话题："上次的话还算话吗？"

"啊？"

"加工资。"林疏月说，"加工资，你就继续当我学生。"

她没用"患者"，而用的"学生"来形容彼此的关系。钟衍心头颤了颤，没有什么，比平等对待更让人动容。

"还有，你家我不去了。如果能接受，从今天开始，你每天就到我这里。"林疏月说，"不用急着答复。"

"急！我就要急着答！"钟衍说，"我答应！"

周四，李斯文陪同魏驭城赴城东应酬。

车程长，交通拥堵，公事暂时了结，李斯文是能和魏驭城说一些家常话的。"我听陈姨说，小衍每天去林小姐那接受辅导？"他语似玩笑，"林小姐有本事，治得了小衍的脾气。"

什么样的语气，有着几层意思，魏驭城听得明明白白。

他乏了，头靠后座闭目养神，眼睛都没睁："觉得她装腔拿势？"

李斯文万万不敢。

"她教会钟衍一个道理，"魏驭城平静地说，"不管什么关系，都是双向选择，做错了事，没人惯着。"

李斯文认可："小衍比以前懂事。"

应酬地在新开的奢华会所，装潢豪气浮夸，真正的纸醉金迷。

魏氏与南青县合作的锌电子建设项目开工在即，这是集团十四五规划中的重点工程之一，关系到魏氏在西北市场的原材料供应链。规模之大，投入之多，不言而喻。

除去几位重要合作商，其中，中标基建环节中，原辅材料供应的"盛腾"公司，是一家邻靠南青县的本土企业。老板叫万盛腾，长得不太凑合，嗓门也大。吹嘘自己之余，对魏驭城是百般恭维，夸他是天人之姿，又说日后去了南青县，定要将魏董伺候成天上玉皇老儿。

在座都是人精，三两句就知这土财主是什么路数。但生意就是这样，物尽其用，利益牵扯时，也能称兄道弟。

魏驭城自然用不着放下身段，只以一种疏离又礼貌的神情周旋。

万盛腾再闹腾，被魏驭城冷淡的目光投掷，也识趣地闭了嘴，讪讪笑着拱手："对不住了魏董，我这人说话粗俗。"

魏驭城却和气一笑，隔空举起酒杯："万总自谦，雅俗共赏。"

万盛腾受宠若惊，忙不迭地敬了三杯五粮液。

饭局尾声，魏驭城忽然交代李斯文："那道鱼，打包一份带走。"

李斯文奇怪，魏驭城的饮食习惯一向精简，从不吃夜宵。就算是带给别的人，他印象里，钟衍也不是爱吃鱼的人。

万盛腾对魏驭城点头哈腰，送其上车。车门一关，那点温和之色消失殆尽，魏驭城眉间冷淡，吩咐道："以后别再来这儿。"

过于艳俗的风格，入不了魏董的眼。

李斯文表示知道，刚要让司机开车回公司。

魏驭城淡声说："顺路，去接钟衍。"

城东跨江，一座城市，两个方向，这路顺得有点长。而到林疏月家楼下时，李斯文也终于明白，那道打包的清蒸鲈鱼，是给谁带的了。

李斯文："我给小衍打电话让他下来。"

魏驭城抬了下手，推开车门下了车。

刚到门口，就能听见里头传来的欢声笑语，再仔细一听，应该是在斗地主。钟衍号叫连连："我怎么又输了啊！"

魏驭城不自觉弯唇，就他这水平，输才是常事。

那两姐弟，都精。

他敲门，趿拉拖鞋的声音由远及近，林疏月还沉浸在轻松气氛里，一张笑颜那样纯粹，可在见到魏驭城时，蓦地一收。

这个神情转变，未免过于伤人。

魏驭城不悦地沉了沉眼，说："我来接钟衍。"

林疏月回头喊："小一班钟衍，家长来接。"

她也意识到刚才的表情不那么礼貌，于是用委婉的方式来缓解。不用明说，魏驭城感受得到。此刻他舒展的眉头，便是有效的佐证。

钟衍自个儿都愣了："我天，有生之年我还有这待遇！"

魏驭城倒也直言不讳："你没有。"说完，他的目光落向林疏月，在她面前，无加掩饰。

他把打包的鱼送给林余星，整个人都温和起来："上次看到餐桌上有一道剩下的鱼，猜想应该是你爱吃。今天这家餐厅的鱼做得不错，你尝尝。"

林余星惊喜，好感值噌噌上涨："谢谢魏舅舅，其实是我姐爱吃。"

魏驭城没接话，略微颔首，然后带钟衍离开。

"还热的呢。"林余星打开包装盒，"姐你快来吃。"

鲈鱼处理干净，汤汁浓郁，一点都没软塌。林疏月却没有丁点食欲，她盯着这条鱼，觉得这就是魏驭城的化身，下一秒就能在她面前蹦跶。

林疏月跟夏初说了这些困惑："你觉得他想怎样？"

夏初："就是顺便给了条鱼，我觉得没什么吧。"

林疏月敏锐且敏感，列举出魏驭城许多反常。

"他故意划破手，为了让你给他包扎伤口？"夏初不可置信。

这番自述，尴尬得很，林疏月自己都微微红了脸："也许是我多想，但我还是得阴谋论一下，我觉得他就是故意的。"

夏初："你没得罪他吧？"

林疏月想了想，回："那一晚，我自己先走了，算吗？"

夏初发了个惊恐的表情："等于说，你用完就扔，这还不叫得罪？"

林疏月愣了愣："我以为这是共识。"

"再共识，起码的尊重也要有吧。"夏初说，"就像去别人家做客，走的时候也要跟主人道个别。"

"他不是主人，我和他是自愿平等。"

"这就有点钻牛角尖了啊，你知道我什么意思。"

林疏月一想，好像有点道理，她犹豫："那现在该怎么办？"

夏初出主意："再续前缘，把之前的补上？"

"不可能。"林疏月说，"我现在只想赚钱。"

"那他也太惨了，失身又破财的工具人。"

林疏月懒得回。

很快，夏初又发微信："给他点补偿吧，虽迟但到，让他消气，就不会再这样拐着弯地各种提醒、暗示你了。没办法，谁让你摊上个这么小气的男人。"

其实很多年后再回看，这番对话有多滑稽无厘头。但对此时的林疏月来说，当局者迷，什么剑走偏锋的方法，都有那么几分可信度。她认真思考这个问题，把所有矛盾点往这个洞里穿插，别别扭扭的，竟也都能串通。

如果是补偿，什么东西才合适？

林疏月第一排除了钱。在这方面，她与魏驭城相比的资格都不够。以前也送过赵卿宇礼物，衣物太贴身，得避嫌。昂贵的古玩字画她也送不起。第二天去商场逛了几圈，最后谨慎选了一对袖扣。白金材质，一个不随流的小众品牌，林疏月心底认为，这和魏驭城的气质很搭。

当然，价格不菲，也彰显了她的诚意。

周三，魏驭城一如既往地"顺路"来接钟衍。走的时候，林疏月低声叫住他："魏先生。"

魏驭城脚步顿住，钟衍也转过头："怎么了？"

林疏月一时不知如何开口。

魏驭城对电梯的方向扬了扬下巴，对钟衍说："先下楼。"

钟衍巴不得，正好回车里组队玩游戏。

走道安静，适合开场白。林疏月很直接，把早准备好的纸袋递过去。

魏驭城微低头，不接，亦不言语。

林疏月说："以前多有得罪。"

明白过来，魏驭城的眼角颤了颤，神色如冰山溶解，镇压所有温度。薄唇似开了刃，每说一字都如刮肉放血："这是补偿。"

林疏月服气他的反应力，并且庆幸，果然猜对了。

"嗯，这是补偿。"她语带歉意，那样真挚无辜。

魏驭城看她一眼，觉得这些年，她伤人功力渐长。于是留下一句："没关系，毕竟我也乐在其中。"然后没了好脸色，拂袖而去。

"哎？哎！"林疏月追之不及，眼睁睁地看着他消失于电梯门。

门里，魏驭城闭目沉脸，周身阴郁。

门外，林疏月丧气颓然，乏力举步。

一夜思考，得出大概是他不喜欢的缘故。于是第二天，林疏月又跑去商场，挑了一套小三千的茶具。这一晚，魏驭城没有来接钟衍，林疏月便找了个由头，让钟衍转交。

次日，茶具又原封不动地被拎了回来。

钟衍挠挠头："我舅骂我乱拿人东西，我昨晚都被骂成蘑菇了，真是莫名其妙。"

林疏月又换了件价格更贵的水晶摆设，但这一次，东西仍然没送出去，魏驭城跟人间蒸发似的再没出现。

林疏月一想，总拖着不了断也不是个事，干脆在微信转账，把买礼物的钱折成现金。

就这样，魏驭城被从天而降的五千块砸得心脏稀巴碎。

林疏月再看手机——

转账已退回。

好家伙。

林疏月耐心磨尽，一顿闷火无处发，魏驭城的电话打过来。

她接的速度也不慢，通后，短暂沉默。就这几秒的冷静，把林疏月砸清醒了。她隐隐意识到，这可能又是个请君入瓮的陷阱。

"我就这么不值钱？"魏驭城的语气像降霜的秋夜，寒意乍起。

"五千还不够？"林疏月简直震惊，态度也像出枪的子弹，"那我也能怀疑你在碰瓷。"

隔着电话不用见本尊，也能想象男人真实的怒容。

林疏月一再告诫自己是来解决问题，不要逞一时意气。深呼吸后，她声音放软，态度良好地征询他的意见："如果这些您不喜欢，可以跟我说说，力所能及范围内，我尽量去买。"

角色互换，本末倒置。

魏驭城一个字也不想听，徒留一声冷呵："你跟我算不清。"然后挂断电话。

林疏月莫名怅然，也精力乏溃。她万万没想到，两年前的你情我愿，会延伸至今，阴错阳差的重逢，莫名其妙的牵绊。

怎么就算不清了？！

林疏月紧抿唇，一团愠火掺杂着丝丝委屈在肺腑打转。她收起温和，朝魏驭城豪掷尖尖的獠牙——发过去一个30元的微信红包：

"行，把账算算。安全套的钱，AA。"

掐准时间，她又发一条，带着刻薄的干脆：

"哦，一盒15个，那晚魏董用1个，请退14个，28元。"

解气带来的愉悦比设想还要短暂。

魏驭城的信息回过来：

第一条是一个红包，金额是24元。

第二条："你记错了，是三个。"

林疏月反应过来，脸颊如火烧。

就知道，这是一个他蓄谋已久的陷阱。

林疏月不敢回复任何话语，在魏驭城面前，每一个字，他似乎都能精准抓出破绽，然后见招拆招，伺机而动。

从最初的不以为意，到现在，林疏月有一种隐隐的后怕。她的直觉向来敏锐，魏驭城这样，应是不打算好聚好散。

手机蓦地又振，吓得她差点脱手掉地。

夏初："怎么样了？"

林疏月松了口气，然后找到了发泄口："不怎么样，你出的傻主意。"

夏初："他讹你钱了？！"

林疏月手指一顿，幽幽冒出一个想法。

魏驭城根本不想讹钱。

可能是想讹人。

这个意识闯进一瞬，又被迅速否决。只是惧意越聚越浓，变成毫无立脚点的空心地面。她甚至考虑，要不要放弃钟衍这边的工作。

钟衍依旧每天过来她家，魏驭城的微信头像也渐渐挤到了列表下层。忐忑过了一周，钟衍无意提了句："我舅去国外出差，这个月都不会回国。"

林疏月心里的小石子这才簌簌落了地。

"你觉得我舅舅人怎么样？"钟衍忽问。

林疏月陡然警惕："干吗？"

"他是不是还挺帅的？男人中的精品了吧，工作能力也出色，身高一八六很标准，人群中你都会多看两眼。我说得对不对？"

林疏月无语："想夸就直说。"

钟衍"喊"了声。

倒是林余星抓住重点："魏舅舅没结婚吗？"

"我就能和你说一块儿。"钟衍叼着笔杆，一上一下翘着玩，"你说这是为什么？"

林疏月冷不丁地答："又不是每个人都想结婚。"

钟衍："这话我舅也说过，一模一样！你俩是同一类人！"

林疏月怔了怔，急于撇清："谁跟他是一类人，我又不是不结婚。"

钟衍更加激动："我舅之后也说了这一句话！还说不是一类人！"

林余星费解："你舅舅为什么不结婚？"

钟衍瞅了瞅旁边："那你姐姐为什么不结婚？"

"有可比性？"林余星有理有据地反驳，"两人年龄不在一个层面。"

钟衍挠挠头："也是，我舅都三十五了。"

同一时间，美国早上八点。

魏驭城莫名觉得后背微凉，正准备出门的他又折回衣帽间，拿了一件风衣外套。这次行程李斯文未陪同，除了相关部门负责人，分部派了一个女翻译协同。

考察米德挪工厂筹建进度的工作提前完成，魏驭城放了随行同事一天假，并且安排车船游玩作为犒劳。

他抽身独游，从纽约州自驾去波士顿三小时，魏驭城是去见旧友唐耀。

唐耀的明耀科创在美国当地声名赫赫，魏驭城与他在常春藤进修时结识，关系匪浅。两人在唐耀新收购的棒球俱乐部相会，比了两轮，胜负平等，唐耀拄着球杆，人如其名，英俊闪耀。

"明天就回国？"

魏驭城说："常务会邀请了几次，我不好总拒绝。"

"晚上想吃什么，我来安排。"

魏驭城放下球棍，语气不经意："Hatch Shell附近转转。"

夜间，河滨周围灯影荼蘼，河风轻抚，带着丝丝沁人凉意。魏驭城从包间出来，在窗前眺望四周。这里什么都没变，又好像什么都变了。

唐耀记起："两年多前，你是不是也来过这里？"

魏驭城笑了笑，没答。

唐耀饶有兴趣："你这表情，在这儿捡到过钱？"

魏驭城背过身，抖了抖蓄了一段的烟灰，淡声说："捡到过一个人。"

初秋转凉，暑气未完全退场。明珠市这一周的天气都不好，湿热黏腻，时热时冷。早九点，林疏月看了几次时间，钟衍还没到。

林余星说："路上可能堵车。"

刚说完，钟衍打来电话，可怜巴巴道："我发烧了。"

林疏月皱皱眉："严重吗？吃药了？"

钟衍声音嘶哑，如蔫苗："林老师，我头疼睡不着，你来给我念课文呗。"

嚣张的人一旦脆弱，反差感更易让人心软。

但林疏月没忘正事："我来可以，但等你好了，要跟我去福利院做义工。"

钟衍抗议："要挟。"

林疏月没否认："怎么样，答不答应？"

钟衍重咳两声："行。"

林疏月顿时笑了："还有，我把小星也带来，他一个人在家，我不放心。"

打车到明珠苑，钟衍真病得不轻。烧到39摄氏度还没退，桌上一堆药。他倒不忘主人之姿，招呼林余星拆新款乐高拼。

林疏月没明说，但内心欣慰，小少爷学会照顾他人感受了。

林余星看了眼姐姐。

林疏月点点头："去吧。"

随后，她将空调关了，开了点窗户透气。钟衍枕着半边脸躺在床上，病态让他退行少年本真。

今天读的还是《万物有灵且美》。

钟衍："读完你准备给我读什么？"

林疏月看他一眼："《男孩的一百种矫情表现》。"

钟衍做了个吐血的表情。

林疏月笑了笑，闲适地靠着沙发诵读。

房间里，左边是病弱卖乖的钟衍，右边是安静拼乐高的林余星。林疏月置身中间，神色投入，声音缱绻。调暗的灯光晕出暖黄，室内气氛沉静下来，光不是光，像暗涌的烟火微芒。

魏驭城轻轻推门，入眼就是这样一帧风景。

舟车劳顿带来的疲惫尚在肩头，原本不觉得累，这一刻，时差带来的倦意席卷周身。所有人都是沉浸的，包括林疏月。

直到沙发猛地塌陷，她才惊觉。

转头，眼对眼，眸光无处可逃。

床上的钟衍已经睡着，魏驭城比了个嘘声的动作，然后靠着沙发另一边，浑身放松半躺。长腿交叠，腰间松塌，衬衫领扣也解掉两颗。

魏董很少以这般姿态示人，他闭上眼睛，倒也没过多打扰。

林疏月垂了垂眼，继续接下来的篇章。

在她的声音里，魏驭城睡着了。

林疏月先是看了看钟衍，然后转过头，不自觉地打量起身边的男人。

魏驭城的五官无可挑剔，哪儿哪儿都透着精英气息。鼻子尤其好看，无论哪个角度，都赏心悦目。

两年前，只顾纵情和沉沦，好像也没仔细看过这张脸。

林疏月侧了侧头，换了个更舒服的角度。

可魏驭城却忽地睁开眼，将她短暂的失神尽收眼底。

林疏月心一紧，做坏事被抓包的慌张感让她迅速转开头，假意看别处。

魏驭城眼底残存惺忪困意，神色并无过多起伏。

林疏月侥幸，或许他根本没注意，却彻底低估了捕猎者天生的敏锐。

魏驭城的嗓音带着自然的嘶哑，似诱似引，将她的心思精准狙击："所以不亏，对不对？"

他声音故意不小，钟衍醒了，林余星也望过来："啊？什么不亏？"

魏驭城睨了眼林疏月，幸亏灯光不亮，能掩盖她此刻脸颊的泛红。

"拼好了？"他走去林余星身边，微弯腰，打量起成品，"是不是还有个叶片没拼好？"魏驭城手指拨了拨小零件，"还有这个，装反了。"

林余星惊喜："您了解得好多。"

魏驭城"嗯"了声："机壳上的纳米碳管纤维材料，是汇中提供的。"

汇中集团是国内最早一批研究纳米材料的企业，几十年发展，已能成熟运用于各产品领域。顿了下，魏驭城问："你喜欢这些？"

林余星点头，不好意思地挠了挠脸："只是皮毛。"

"来。"魏驭城一只手轻搭林余星的肩，领着他去了书房。

床上钟衍小声嘀咕："他对你弟好温柔，我都没这待遇。"

林疏月没吱声，情绪盖了一层密实的纱。

近一小时，林余星终于出来。他和魏驭城有聊不完的话，简直意犹未尽。手上还抱着一本书，是物理相关的读物。

林余星聪慧，悟性高，逻辑思维也缜密。魏驭城看得出，他是棵好苗子。

"书看完了，再到我这儿拿。"

回去路上，林余星兴致高涨："魏舅舅好厉害，他拿过好多奖，证书和奖杯摆了一面墙！"

"姐，你知道吗，他公司的产品很厉害的，他还有好多实验室！"

林疏月语气凉飕飕的："哦，这么厉害啊。"

林余星机灵得很，连忙闭了嘴。

魏驭城给的那本书，林余星很快看完。钟衍身体还没康复，所以这几天林疏月一直去魏家。林余星便理所当然地，让她去还书，再借新的回来。于是不可避免地，她又要与魏驭城接触。

而说来也奇怪，一向分身乏术，忙得很少回家的魏董，最近都很按时。

旧的还，新的借。

每次他都在书房等她敲门。

一次两次三次，本来平平无奇的一件事，重复多遍，总会让人不自在。而且林疏月发现，他借给林余星的书，应该是一系列，薄薄一本，很快看完。

终于忍不住，她说："能不能把一套都借给小星，他看得快，我会让他保管好，很快还过来。"

魏驭城伸手递书："不行。"

这样干脆，林疏月无话可说。

她伸手去接，扯了一下，书没松。

魏驭城捏紧书页，语气平静："一次借完，我还怎么见你。"

自这夜后，林疏月有一段时间没再过来。

这天晚上十一点到家，钟衍还在房间捣鼓。一地混乱，看得魏驭城直皱眉："你要离家出走？"

"明天去福利院做义工，"钟衍不情不愿，"林老师说了，有不要的东西可以带过去捐掉。她真是个事儿精。"

魏驭城冷哼："她没嫌你，你倒挑三拣四。"

钟衍歪歪嘴："她真没少嫌我。算了，给她点面子。"

魏驭城应酬喝了酒，头疼，不想多看这个败家子。走前，他问：

"哪家福利院？"

"骄阳。"

当林疏月看到钟衍拎下来的两大袋闲置品，其中不乏全新未拆封的各种潮牌时，是一言难尽的。

钟衍满不在乎："都过时了，不喜欢。"

林疏月点头："你家没破产，真是奇迹。"

钟衍不满："你就不能夸我两句。"

林余星笑嘻嘻地凑过来："小衍哥人帅心善。"

钟衍调侃："还是你乖。你跟你姐真不像亲生的。"

林余星忽然没接话。

林疏月和福利院很熟，人人都和她打招呼。她做事也麻利，修剪花草，修补破损，再帮老人房间搞搞卫生。

林疏月告诉他，302房的李奶奶，儿子媳妇死于车祸，她受不得刺激，人变得痴傻。还有隔壁的赵姨，骨癌晚期，她不愿再治，不想拖累家人，一个人跑这儿来和老伙计们待一块儿。

"刚刚给你吃糖的王爷爷，三个儿子都不尽赡养义务，把他丢到这儿来。"林疏月平静地说，"这世间这么多苦难，这么一想，很多事，就不是事了。"

一向话多的钟衍，难得安静。起初的抗拒情绪渐渐消散，他不善言表，只能更卖力地干活。

林余星不能做重事，在东区教孩子们英语。一小时后钟衍溜过来，递给他一瓶水："你和你姐在这边做了多久义工？"

"我姐做得久，两三年得有。"林余星说。

钟衍意外："没有报酬？"

"都义工了，哪里还有。"林余星笑笑，"这里的人都很喜欢我姐。"

"能不喜欢吗？"钟衍本想冷嘲热讽两句，可看见林余星眼里纯粹的、骄傲的光亮，便把话咽了下去，由衷地点点头，"好人有好报。"

刚才的光芒一下子暗淡，林余星说："我不信。"

钟衍侧过头："你这什么苦大仇深的表情。"

林余星低声："对我姐不好的人，太多太多了。"

钟衍"嗷"的一声："别指桑骂槐啊。"

"小衍哥，你是好人。"林余星冲他笑了笑，"坏人不长你这样。"

钟衍敛了敛表情，试探问："难不成遇到过变态啊。"

一向温和"佛系"的林余星倏地沉了脸，他摇摇头，站起身。

"喂，话别说一半啊！"钟衍在后头喊。

林余星置若罔闻，脚步飞快。

在福利院待到下午四点半，三人准备走。天气转了性，云层厚重直往下压，像铺天的网。西风蓄力，马路边的树枝被吹弯了腰，落叶簌簌。

"糟糕，要下暴雨。"

钟衍刚说完，雨滴便"嗒嗒"往脸上砸。几乎同时，短促的鸣笛声有节奏地响了两响，钟衍看到那辆黑色车："哎，是斯文哥的车。"

PORSCHE（保时捷）开到三人面前，司机下车撑伞，笑着说："李秘书让我过来接你们。"

林疏月和林余星齐齐看向钟衍。

钟衍也一脸震惊："我的家庭地位已经这么高了吗？"

暴雨疾驰而下，林疏月也顾不上多想，赶忙让林余星上车。

车外风雨飘摇，车内暖风送香。司机接了个电话，随后对钟衍说："李秘书让你们过去百都汇，他在那边有点事，说是办完后一起回家。"

林疏月还没反应过来，钟衍已打着哈欠说："行。"又兴致勃勃地告诉林余星，"百都汇的甜品一绝，今天你有口福了。"

林余星爱吃甜食，眼睛都放了光："不太好吧。"

"你以为斯文哥会带我们玩啊，他可忙了，一般就让我去隔壁包厢自个儿待着。"钟衍满不在乎，"就我们三个，放心吃，记斯文哥的账，反正他能找我舅走行政报销。"

这四舍五入就是魏驭城请客，他对魏驭城有一种说不清道不明的亲近。林余星一想，便没那么不自在了。

到百都汇，李斯文早做了安排，经理把人带去二楼，殷勤告知："魏董在隔壁间，有什么事尽管叫我。"

林疏月脚步一顿，魏驭城竟然在。

上车时听司机一番表述，以为真的只有李斯文在办事。

甜品现做，摆盘精致，林余星好甜食，真正的心满意足。林疏月却食之无味，一墙之隔，像隐埋的雷，危险系数不低。

半途，李斯文进来了一趟打招呼。应酬在身，不方便多留，只说想吃什么尽管点，又特意看向林疏月，笑得更温和："今天的鲈鱼新鲜，待会儿林小姐尝尝看。"

回到饭局，李斯文先跟魏驭城低声汇报："鱼送过去了。"

旁边是齐名实业的张总，也是这次款待的客人，他耳尖："魏董还有客人？那叫过来一块儿吃。"

魏驭城笑意淡："不碍事，家里几个小朋友。"

"小衍？"张总更加来劲，指了指旁边的女儿，"他和敏敏同龄，正好一起。"

这位张总的女儿比钟衍大上一两岁，全程都只注意到魏驭城。男人的风度，样貌，举手投足间的成熟魅力，无一不吸引人。

魏驭城还是那副客套的表情，继而吩咐李斯文："待会儿叫去楼上。"

饭吃完，局没散，辗转楼上棋牌唱歌。

钟衍本身就是好玩的，忙不迭地拉着林余星赴约。林疏月戳在原地没动，钟衍又返回来拽住她的手："还不走？是要我背吗？"

林疏月被强架着上了楼，好在包间人多，隔开两室，男人在里面组牌局，外头是随行人员，还有张总女儿叫来的几个朋友。

帘子隔着，并不能看清魏驭城的脸。林疏月松了一半气，挨着最靠门口的沙发坐，极力降低存在感。

钟衍虽疯野，但很照顾林余星，一会儿交代这，一会儿不许他碰

097

那，俨然一名家长。林余星眼里有光，这是他不曾看过的世界，探知欲和新鲜感织成五颜六色，他的开心全写在眼眸里。

林疏月出神之际，没注意到魏驭城走了过来。

她像一只发呆的猫，恨不得给她顺顺毛。魏驭城往她身边一坐，然后灭了手里还没抽完的烟。林疏月转过头，神情一愣，完全忘记反应。

魏驭城微微侧头，向她靠近半分："鱼好吃吗？"

但还没等到回答，女孩娇俏的声音叫喊："驭城哥！我们要玩游戏，你也来好不好？"

那声"驭城哥"听得林疏月一身鸡皮疙瘩。魏驭城却自若得很，没答应，也没拒绝。只对右边正口若悬河的某人叫了声："钟衍。"

钟衍屁颠颠地跑过去，非常熟练地当起挡枪专业户。他睨张敏敏一眼："成啊，我来玩。"

张敏敏嘟着嘴，不满意。

她朋友已经磕着酒杯杯底，迫不及待地开始："真心话大冒险啊。来来来。"

有长辈在，总不敢太放肆。无非就是做俯卧撑啊，初恋是在几年级啊这些无关痛痒的东西。

再一次扔骰子时，按数顺位数，第十八，张敏敏故意没有跳过魏驭城："驭城哥，该你了哦。"

魏驭城风波不动，依旧叠着腿，懒懒靠着沙发。

林疏月也没反应，低头玩手机。

有人拉了拉张敏敏的手，小声劝阻："算了吧。"

张敏敏偏不，不服输地，挑衅地，势在必得地看着魏驭城，问了一个非常离谱的问题："你能接受一夜情吗？"

短暂安静之后，是爆炸般的起哄声。

连钟衍都张大嘴巴，虽然张敏敏很没分寸，但他也暗暗地期待舅舅的回答。

灯影烘托，魏驭城的神情晦涩不明。几秒之后，他倏地弯唇，笑着说："不能。"

林疏月的心莫名踏空，浑身不适，这两个字像尖细的钻头往耳朵里扎。她忽然觉得无趣至极，不想继续待在这满场谎话横行的地方。

离开包间时，她听到有人恭维："他好好哦，真是好男人。"

林疏月冷笑，再看一眼当事人，分明心安理得。

洗手间里消磨十分钟，林疏月连妆都懒得补。门外笙歌迷醉，隔着门板隐隐约约，越听越虚浮。魏驭城那句"不能"像块铁砣，把重逢后他的种种试探和遐想拖入海底。

林疏月转过身，对着镜子里的自己不由得一笑，梳齐短暂的郁结。可刚走出洗手间，就看见魏驭城站在走廊不远处。

他转过身，双手环胸，显然是在等她。

林疏月停顿一秒，然后往反方向走。

魏驭城忽然开口："生气了？"

忍不了这莫须有的指控，林疏月没好语气："魏董高看了。"

一轮对话，魏驭城已走到她身边，视线低垂且肆无忌惮地审视、观察，蓦地低笑："没说真话。"

林疏月点点头："魏董对自己的认识倒挺深刻，向您多学习。"

"学习什么？"魏驭城风轻云淡，亦步亦趋地靠近，"那真没见过这么笨的学生，学了这么久，还没学到我想做的事。"

他的嗓子被酒润过，更有辨识度，一字一字像结实的网，织得滴水不漏。林疏月不自知，其实人已经跌进了这张网里。魏驭城的语气不算友好，还带着一丝丝刻薄的强者姿态，引起她本能的好胜心。

算计好时间，在她快要甩脸子的前一秒，魏驭城淡声："在你那儿，我是One Night Stand。"

如此直白，瞬间烧红了林疏月的耳尖。

魏驭城再次靠近，眸光酣畅且笃定："但在我这儿，想要的从来都是更多。"

耳尖的红克制不住弥漫上脸颊，让她看起来才像真正醉酒的人。她没想过是这样的回答，完美解释了那句"不接受一夜情"。

林疏月强逼自己镇定，冷不丁地一笑："魏董是在彰显自己的魅力和成全自己的野心吗，还是觉得我仍是个憧憬这种虚无缥缈感情的小女生？"

对视几秒。

魏驭城突然倾身，笑意下嘴角："你不是。"

林疏月神色一言难尽，直直望着他。

"小女生善良不骗人，而你，"魏驭城的目光一瞬变温，不冷不热的情绪糅杂，最后筛出一丝若隐若现的委屈与无奈，他低声，"挺会玩我。"

林疏月算是彻底摸准了魏驭城的招数，攻她不备，娴熟自若。她也不是什么楚楚可怜小白花，见招拆招的本事不比他弱。

她笑："魏董不也被玩得挺开心吗？"

这回轮到魏驭城微怔。

林疏月眼皮轻挑，淡定得很："我又没让你负责。"

"我要你负责。"魏驭城半真半假地戏谑。

"个个都像你这样，我哪里负责得过来。"

林疏月甩手要走，没走成，手臂一紧，被男人用力拉住。她转过头，平静眼神里分明是不甘示弱。

僵持几秒，还是魏驭城先松的手。

林疏月回包厢叫林余星，林余星玩得正痛快，没有半点想走的意思。可一转头对上姐姐那双要迸火的眼睛，立马乖乖走了过来。

等钟衍再来找人，早没了影儿。

九点不到也散了局，魏驭城跟李斯文走后头，交代完事情后，李斯文点点头："明白。"

钟衍钻上后座，大大咧咧地叉开腿，没好气地瞅了眼外头仍笑眯眯戳在那儿的张总一家："他女儿的眼睛恨不得钉在你身上。"

逢迎礼貌点到即止，车门一关，魏驭城便恢复了一贯的冷淡神色。

钟衍说："你要给我找个年龄小点的舅妈，也不是不可以。"

魏驭城睨他一眼："你很闲？"

钟衍回嘴："说个事实怎么了？"

魏驭城晚上的心情着实不算好,气氛已经剑拔弩张。李斯文适时打圆场,聊起了别的:"听说耀总公司的后勤部在招人,给员工做心理咨询和培训的。"

钟衍果然竖起了耳朵。

"薪酬给得不低,前几日碰见,他特意说了这事,让我帮忙留意着合适人选。"李斯文说得详尽,"一时也想不到,回头问问大学同学。"

钟衍眼珠转悠了好几圈,舔了舔下唇打起了算盘。到明珠苑,李斯文刚要走,钟衍又急忙忙地把人拦住:"斯文哥。"

"嗯?"李斯文滑下车窗,"怎么了?"

钟衍吊儿郎当地趴在玻璃沿子上,用无所谓的语气说道:"就刚才你讲帮人介绍合适人选,我推荐一个呗,就林疏月,林老师。"

李斯文拖着腔调,犹豫的语气:"这样啊。"

不表态,钟衍就有点沉不住气了:"她好像也是985毕业的高才生,专业力也过得去,虽然凶吧,但总体没大毛病。"

李斯文诧异:"你俩关系这么好?"

"好什么好。"钟衍忙不迭地否认,找了一堆借口,"还不是看她压力大,她那个弟弟有心脏病,费钱。举手之劳当积德呗。怎么样,行不行你给句话。"

李斯文笑了笑:"我这边就捎句话的事,关键还得她自己愿意。"

钟衍自信满满:"这种好事她还不愿意真是脑袋有病,包我身上!"

等进入二环高架桥,李斯文才给魏驭城打电话:"事情办妥了,如您所料,小衍很热心。"他也意外,"这是小衍第一次吧。"

"对别人不会有第二次。"魏驭城意有所指,在书房的他掐灭烟蒂,起身面向落地窗外。他太明白,劝林疏月这种事,谁做都没效果,只有钟衍行。

李斯文再回想一遍,忍不住啧啧感叹,老板这番操作滴水不漏,简直叹为观止。

几天后，钟衍找了个理由把林疏月约出去吃饭，美其名曰感谢恩师，听得林疏月浑身直冒鸡皮疙瘩："有事就说。"

钟衍"喊"了"喊"："发自肺腑好吗？"

林疏月呵了呵："你个没心没肺的，我能指望什么？"

钟衍觉得没意思，以后都别想在这个女人面前说谎话，他清了清嗓子，以一种等着被感谢的姿态，把推荐她去公司上班的事说了一遍。

"你不用太感谢我，这顿饭请客就行。"钟衍得意道。

林疏月却干脆拒绝："不去。"

钟衍还没反应过来："啊？"

林疏月平静又冷静，重复："不去。"

"这么好的机会！高薪又轻松，我还是拜托李秘书帮忙呢！"见她油盐不进，执拗不语的样子，钟衍急着道，"你不是缺钱吗，你弟弟看病不要钱啊？！"

替人着想四个字在钟衍身上本就是天方夜谭，好不容易做件好事，对方却不领情，于是气得口不择言。

林疏月还是那副态度，不愠不喜，平声说："我是缺钱，但我不会去上班。"

"Why？！"她实在也不像好吃懒做的人。

"没有为什么。"林疏月低头搅动杯里的咖啡，动作稳而有序地添加糖球，"不过，还是谢谢你的好意。钟衍，你发现没有，你改变了很多，正朝着一个更有利于你自己的方向走。"

钟衍还计较得很，没好气："当然，毕竟我舅给你开了这么高的工资，总得物有所值。"

林疏月也不恼，笑嘻嘻道："谢谢夸奖。"

钟衍白眼翻上天："服了，简直对牛弹琴。"

他不算小劲地推了把桌子，起身去了洗手间。

林疏月侧头调侃："看清楚啊。"

"干吗？"钟衍停顿脚步，不解。

"男女厕所，别走错。"

直到钟衍背影完全消失，林疏月才收起笑容，脸上没了丁点神采。双手摩挲着咖啡杯杯壁，眼睛却不知该聚焦哪一处，餐厅里的悠扬乐声屏蔽在耳外，像久远的撞钟，一下下地抨击她记忆深处的某根弦。

林疏月眼角渗出淡淡的落寞之意，就这么几分钟的独处时间，从刚才迎风恣意的杨柳，瞬间变成浓秋里的枯花萎草。

钟衍半天不见回，林疏月有点担心，正准备去找人，就听见一道熟悉得不能再熟悉的声音："疏月。"

林疏月身形一顿，转过头。

看清人，赵卿宇表情隐隐雀跃，他向前一步靠近："你也在这里吃饭？"

林疏月没答，看了他一眼算回应，然后迈步要走。赵卿宇赶忙追随："一个人吗，要不要一起，我在楼上订了包厢。"

林疏月再次停步，视线直视他："很闲吗？不用去陪女朋友？"

赵卿宇却把这直白的讽刺当作是她的不甘心和赌气，自我脑补后，更加靠近她，笑得勉强："不提不开心的事，你想吃什么？"

林疏月直言不讳："你女朋友知道你又在找备胎吗？"她的眼神没有半点动容，冷得像冰，"请让开，挡着我路了。"

虽然分了手，但心理作怪，谁受得了女人这种高高在上的、纯粹鄙视的态度？赵卿宇自觉已经够低声下气，却不料她翻脸连人都不认，浑身都带了刺，刺破了他那点自尊心。

赵卿宇窝火，一把拽住林疏月的手："你还在怪我是不是？"

林疏月被他捏疼了，冷呵："恬不知耻。"

赵卿宇简直不敢相信："你以前不是这样的，从不会说这么没素质的话。"

"那你得先做个人。"林疏月挣扎，"放手。"

赵卿宇抓得越来越用力，两人推搡，林疏月用尽全力推开，赵卿宇没站稳，撞到了身后经过的服务生。服务生手里的托盘掀翻，碎片声刺耳、突兀。

别的顾客都望过来。

赵卿宇气急败坏，指着林疏月："至于吗？！真想跟我老死不相往来？"

林疏月："是。"

邻桌的小情侣不由得窃笑。

赵卿宇面子挂不住，越发言三语四："当初分手也是你先提的，现在还成了我的错？你有什么好端着的？不知道的还以为是千金大小姐，起码的礼貌你没有，认识一场我跟你打个招呼还要给我脸色？"

林疏月差点给听笑了。

她还没来得及回话，肩膀一沉，一条结实的手臂潦草地搭了上来。钟衍吊儿郎当的嗓门可太清亮了："礼貌个屁啊，你不要随时散发魅力OK？站在这儿都能吸引苍蝇。"

林疏月一身鸡皮疙瘩，一言难尽地回看钟衍。

钟衍高她半个头，痞帅痞帅的，气质年轻又洋气，比赵卿宇扎眼多了。

赵卿宇不可置信："这是你新找的男朋友？"

林疏月实在承认不出口。

钟衍颇有为她撑腰到底的意思，下巴一扬，耳朵上耳钉闪了闪："绝了。"他啧啧感慨，"想不到你以前眼光这么差。"

赵卿宇气急，指着林疏月。

钟衍甩手打开，眼神阴骘："你指哪儿呢，这我女朋友。"

赵卿宇带着愤懑狼狈而逃，上赶着找了番羞辱。

重回平静，林疏月冷冷道："还不松手。"

钟衍连忙收回手，有模有样地甩了甩，一副累极了的表情："想不到你这么矮。"

林疏月笑骂："吃你的吧，少爷！"

钟衍热血沸腾的劲还没下去，不停追问："我刚才演技能拿奖吗？我头一回演戏，我觉得天赋还行，你觉得呢？不过再嗲一点点就好了。"

林疏月正喝咖啡，半口卡着喉咙，一顿狂咳。

钟衍递纸巾，觉得是伤害到了她，于是苦口婆心地宽慰："你怎么现在还放不下这渣男呢，大气点林老师，找我舅都比找他好。"

得了，咳得更厉害了。

下午六点的溪碧阁，魏驭城在这儿有应酬，南青县的工厂新建进度在即，很多程序上的审批都得抓紧。一般商业交际都由李斯文出面，但行政这块牵扯面太多，还得魏驭城亲自来。

几个老朋友，用不着客气逢迎，事谈得差不多，魏驭城出来透气。往栏杆处一站，一眼就瞧见了个熟人。

赵卿宇和傅琳约会，但看样子不太愉快。

赵卿宇虽然赔着笑脸，任由傅琳一脸挑剔不悦，嘴上甜言蜜语哄着，但神色中仍是透着微微不耐。最后还是没哄好，傅琳甩脸子走人。

赵卿宇也是气着了，没去追。

没半分钟，他接了个电话，边接边往魏驭城这个方向走，所以内容听得一清二楚。

"她除了会告状还能干吗？妈，你不用拿这些东西压我，我已经够忍耐了。是她非要来这里，来了又要换地方。我开了俩小时车从城东来城南，她又要回城东吃火锅，毛病吧！"赵卿宇一肚子火，也委屈。

明婉岚说了几句。

赵卿宇情绪更大了："娇气？她这是无理取闹！还有，别拿她和林疏月比。"

听到林疏月三个字，魏驭城神情变了变，侧了下身，更仔细地听。

"什么叫我忘不掉？！我忘不掉她又怎样？人家已经找新男朋友了！"赵卿宇愤懑。

魏驭城的手指下意识地蜷了蜷。

"长得真年轻，一看就比她小。他俩关系好得很，勾肩搭背的，那小年轻还挺护着她，说话气死个人！"赵卿宇不想承认，钟衍各方面条件确实碾压自己，而且他总觉得钟衍面熟，却又一时想不起，只得不甘心地找碴儿，"肯定不是正经人，还戴耳钉，玩儿她的！"

抱怨连连，魏驭城没再听。

有些字句脏得入不了耳。

魏驭城心里冒出一个想法，难怪这么多暗示明示，她都八风不动。原来结果是最棘手的那一种，只不过，她是什么时候交的新男朋友？

再回席间，魏驭城沉着脸，没说话。所有人面面相觑，不知道上个洗手间的工夫，魏董怎么就坏了心情。

九点多回家，一路上司机都没敢大喘气。工程部负责人请示工作，汇报的时候一个数据说错，魏驭城直接挂了电话。李斯文晚上在另一饭局应酬，结束得早，正在明珠苑等魏驭城，同行的老总捎了份价值不菲的礼物，正好帮忙送了过来。

魏驭城一进门，就听到钟衍夸张的语气："反应速度之快，演技之绝，斯文哥你是没见着，我都后悔没拍下来。"

什么乱七八糟，魏驭城心情本就不佳，此刻眉眼更阴沉，隔空投掷在钟衍身上，是淡淡的嫌弃和重重的警告。

钟衍哆嗦了一下，他能分辨出舅舅的情绪火候。比如这个眼神，绝对是正儿八经地要发飙。他讪讪闭嘴，并且下意识地往李斯文身后站。

李斯文站起身，笑着帮忙解释："今天小衍帮了林老师。"

魏驭城神色松了松，语气还是绷着的："帮什么了？"

钟衍按捺不住炫耀，"吧啦吧啦"将前因后果又说了一遍："事情就是这样的，我急中生智，反应迅速，勾着她的肩就演起了姐弟恋。我说我是她新男朋友的时候，她那个渣前男友脸都黑了。"

像春风劈开严寒，一缕缕弥上身。魏驭城的眉眼渐渐柔和，一晚上的阴郁不快也随之落地。再看钟衍时，魏驭城宛如慈父般温和，和声问："零花钱够用吗？"

钟衍："啊？"

"圣旨"下："这个月涨一点。"

钟衍反应过来，头发丝都喜滋滋地起立，浑身上下洋溢着喜庆劲。他刚准备接旨谢恩，魏驭城脱外套的动作一顿，复审了遍他刚才的话。

就像一名严谨考官，终不会错过任何纰漏。

还没等钟衍过完瘾，魏驭城忽地又问："你刚才说，手放哪儿了？"

钟衍不明所以，天真坦诚："她肩膀啊。"

魏驭城点点头，淡声："这个月零花钱取消。"

"我舅越来越难搞了。"钟衍送李斯文出去的时候，抱怨连连，"李秘书，你说他是不是提前更年期？"

"大概是觉得，你不尊重师长吧。"李斯文解释得合情合理，比了个嘘声的动作，"别说这些，不然下个月零花钱也没有了。"

钟衍不情愿，但还是闭了嘴。

明珠苑临江而建，夏夜江风徐徐，周遭温度都降了些许。花园被阿姨打理得精致生机，无尽夏开得紫糯团团。钟衍双手插兜，悠悠荡荡，刚要说拜拜，李斯文问："上次招人的事，你跟林老师说了吗？"

"别提了。"钟衍暴躁，"拒绝了。"

李斯文意外："条件不满意？"

"谁知道。"钟衍踢开一颗小石子，就着这个话题聊开，"我觉得她好奇怪，明明要花钱的事一大把，她也是个勤快人，为什么不接受一份轻松优越的工作呢？"

李斯文说："林老师挺要面子？"

"连我这种硬骨头她都啃下来，"钟衍摇摇头，"没点厚脸皮真做不到。"

李斯文轻笑："一时不知道该夸你有自知之明，还是夸她能屈能伸了。"

钟衍摆手："早点回去啊斯文哥，车慢开。"

这边，赵卿宇一身酒气回到家，直奔洗手间趴着吐。拖鞋踩地的声音急急传近，明婉岚憋了一整晚的抱怨倒豆子似的："你去喝酒了是不是，为什么不接琳琳的电话？"

赵卿宇捂着耳朵，一顿狂吐。

"你闹什么情绪，就不能多让让琳琳。情侣之间吵架多正常，你难道和那个女的不吵架？"

胃里灼热难受，直逼脑门。"够了！"赵卿宇暴吼，"有完没完了！老子不想伺候这个祖宗行吗？！"

门板摔得"砰砰"响，明婉岚不可置信，一向听话温顺的儿子会变成这副模样。她把所有的过错转移："我就知道，你还忘不掉那个女的！"

赵卿宇躺床上急喘气，对，他确实忘不掉林疏月。

林疏月懂事，独立，鲜艳的灵魂和恣意的生活态度是那么有后劲。而不像傅琳，娇气矫情的公主，他就是伺候公主的太监，一味忍让、讨好。

赵卿宇疲倦极了。

而更让他挫败的是，林疏月这狠性子，是真跟他一刀两断不留余地。

这天林余星一起床，就看到林疏月站在镜子前往眼皮上贴小白条。

"姐你在干吗？"

"眼皮跳得厉害。"林疏月食指按住左眼，可烦心，"跳得我一晚上没睡好。"

林余星神神道道："左眼跳财！"

"迷信。"林疏月揉了揉，"面部神经问题，我冷敷会儿，没好我再去看医生。"

林余星乖乖"哦"了声。

兜里的手机又振了下，林余星瞄了眼。

还是钟衍的微信轰炸："劝劝你姐啊，这么难得的工作机会，你说她是不是有毛病？！"

钟衍是真热心，也是真执着。想着拉拢同盟，一块儿劝林疏月去李斯文熟人的公司。

林余星面无表情地回了俩字："不去。"

钟衍："这到底是为什么啊？！"

林余星言简意赅："酷。"

下午林疏月出去了趟，陪夏初逛商场买衣服。夏初家里条件不错，爸妈开了家内衣公司，誓将国产品牌做大做强，最近在忙上市的事。她自己的心理咨询工作室业务也不错，但花钱大手大脚惯了，一年到头也存不下几个钢镚。

当然这街也没能好好逛，钟衍那小子的信息还在不停发。

李斯文告诉他，要是没答应，就直接拒绝了，那边好安排别的人。

钟衍很犟，觉得这种好事凭什么让给别人啊，于是没少啰唆。

夏初见她不对劲，问了句"咋啦"。林疏月便告诉了她。

夏初衣服也不试了，拉着她的手走到一边，小声问："那个人已经很久很久没来找过你了。"

林疏月默了默，"嗯"了声。

夏初："或许他找不到你了，不会再来捣乱，疏月，试试回到正常的生活里。"

一刹那，林疏月是心动的。但一想到以前种种难堪场面，它们像根根钢针，突突地扎进她脑袋。压抑感瞬间灭掉蠢蠢欲动的萌芽。

林疏月摇了摇头："不想给钟衍添麻烦。"

夏初没再劝，她了解真相，所以更加理解。于是只轻轻捏了捏林疏月的手背，笑嘻嘻地说："没事，姐们在呢。跟着我，饿不死你和咱弟弟。"

林疏月配合地拿手背擦眼睛，然后抱紧夏初的手臂："夏姐的大腿我要抱紧了。"

"去你的，这我纤纤美手呢。"夏初臭屁道。

朋友真好，闺密真好。

但好心情没持续太久，就被阴云打蔫了。

俩人买完衣服，夏初肚子疼去洗手间，林疏月就是这个时候碰到明婉岚的。

明婉岚也在这家商场逛，并且很早就看见了林疏月，趁她现在一个人才走了过来。赵卿宇最近太叛逆，和傅琳处得不愉快，傅琳她爸颇有微词，几次拿公司上的事要挟。明婉岚不痛快，把因果全怪罪在林疏月头上。

林疏月一看明婉岚这虎虎生风的架势，总算明白眼皮一直跳的原因了。

起初，她还能出于尊重和礼貌，好言好语面对明婉岚的尖锐。但明婉岚觉得她是软柿子，好拿捏，高高在上的态度充满蔑视："林小姐，你和卿宇在一起时，也没少花他的钱。我们卿宇心性简单，没有坏心思，过去的事就算了。但他现在是有女朋友的人，请你自重。"

就这句话，再能忍就不是人了。林疏月当即反驳："伯母，这话您对您儿子说，可能更合适。"

明婉岚本就带着憋的怒气，这下更不得了："说什么？说他花你钱了，还是他骚扰你。你这是搞笑。"

见林疏月要说话，明婉岚抢先一步打断。

不说别的，这个年龄的人制造情绪的能力一等一，堪称举要治繁——"你有工作吗？你有稳定收入吗？你只有一个随时要拿钱养病的弟弟。"

明婉岚扬高下巴，带着逼人的刻薄："至于为什么不工作，你应该心里有数。你被吊销过从业执照，原因不用我明说吧？给你留点面子。"

林疏月脸色白了白，这些很隐秘的私事，一定是赵卿宇说的。

路过的行人纷纷打量，明婉岚音量不算小，是故意让她难堪。从二楼看，对峙的场面就更加明显。来这边帮魏驭城取西服的司机王叔看了没几分钟，先是皱眉，然后摸出手机，眯缝着眼睛调整相机。

一张拉近的照片，正好拍下林疏月楚楚无措的神情——"魏董，林老师好像碰到点事。"

见她沉默不语，明婉岚占了上风，更加得寸进尺："你看上卿宇的钱，不怪你，毕竟你也陪了他……"

"老巫婆你说什么呢？！"

夏初一声呵斥，风风火火冲到林疏月面前。碰上她这一点就炸的性子，场面简直比跨年时的烟火表演还热闹。

"没工作""没钱""废物渣男"这些词在她耳朵里循环打转。她整个人都是飘浮的，游荡的，没有重点的。忽然，手机振了振，像在手心很有存在感地挠了挠痒。

林疏月低头去看。

屏幕上，只两个字。

Wei："别怕。"

林疏月的心狠狠一跳，先被扎紧，等窒息感充斥到极限时，猛地炸裂。这是一种很奇妙的共鸣，明明没见到这个人，或者说，是不是这个人不重要。关键时候能撑她一把勇气，便一下子能把深陷泥潭的人给救出来。

他说别怕，林疏月就真没觉得有啥好怕的了。

夏初是个嘴皮厉害的，明婉岚显然不是对手。但明婉岚知道林疏月的弱点，专挑"没工作""自知之明"这些回击。

林疏月什么都没说，拿起手机拨号码。

钟衍接得快，语气含沙射影的："哟，还记得拨号码呢。"

林疏月打开免提，有条不紊地问："李秘书朋友的公司规模怎么样？"

钟衍："明耀科创没人不知道吧，这规模还用说吗？"

"工作强度。"

"看你自己呗，耀哥我认识，有啥事我帮你走走后门。"

"薪酬待遇。"

"早帮你打听好了，月薪五位数，正式入职后享受规定内的绩效奖金。"

"福利呢？"

"明耀的员工工作满三年，都能分一套小公寓，还有一年一次公费出国旅游。"钟衍如数家珍，这会儿反应过来，激动问，"你改变主意了？！"

林疏月说："我愿意去。"

钟衍"嗷"了声："早这样不就完了，行，等我通知！"

电话挂断，林疏月看都没看明婉岚一眼。

夏初底气足了，像孔雀开屏似的光辉耀眼："我姐们儿优秀得很，多的是公司要。有空嘴碎别家姑娘有没有工作，不如多操心自己儿子的信用卡有没有逾期！别到头来又问我姐们儿要钱还债，恶心死了。"

这波实打实的反击漂亮又解气，明婉岚那猪肝脸色够夏初回味三天的。

"哎，公司你得去啊。别人一番好意，你还要利用，那可不厚道了。"夏初叮嘱。

林疏月点了下头："知道。"

这么快改变主意，倒也不是因为真的想开、想好。是一种莫名的冲动，像经历寒冬后的枯土地下，种子奋力破壳。而敦促它生长的推动力……

林疏月脑海里顿时闪出那声"别怕"。

或许夏初说得对。

一切都朝好的方向发展，她的人生轨迹可以重归正常。

钟衍急不可耐把林疏月答应的事告诉了李斯文，李斯文虽诧异这突然的转向，但结果是满意的。他接到钟衍电话时，里面正在开总经理办公会。魏驭城深锁的眉头一直没松过，散会后，小助理抱着文件犹犹豫豫，不敢进去找签字。

李斯文挥了挥手："我来。"

小助理如获大赦，忙不迭地道谢。李斯文进去，把事情一说，魏驭城的表情果然松动了。

"小衍把人劝服了，林老师愿意去。"李斯文半笑半认真，"只是耀总那边？"

魏驭城合上笔帽，头也未抬："我来说。"

唐耀接到这通电话，简直匪夷所思："我没听懂。"

"揣着明白装糊涂。"魏驭城靠着皮椅，眉眼松活。

"以我公司名义招个人，然后上班地点是你那儿？"唐耀确认一番后，直言不讳，"大费周章，不是你魏生的风格。"

魏驭城笑起来，眼角扬起浅浅纹路，吊着眼睛，是难得的温和带情。

很快，林疏月就接到了明耀科创HR的电话。在确定好身份、基本资料后，对方通知她下周一正式赴公司面试。

林余星早就竖起耳朵在旁听，通话一结束，他急不可耐："没问题的吧？可以去上班了吗？不会反悔的吧？"

林疏月哭笑不得："不知道的还以为我多懒呢。"

林余星撇撇嘴，高涨的情绪一下子熄火，他低了低头，"嗯"了声。

林疏月知道他在想什么，于是摸了摸他脑袋心，笑着说："姐姐试一试，不一定能面上。"

"不会的。"林余星吸了吸鼻子，"姐姐是最好的。"顿了下，他抬起头，眼神澄澈，"姐姐要加油，我也会加油的！"

再没有什么比这个眼神更治愈的了。

那点忧心和对前途未卜的迷茫顷刻消散，重塑成新鲜的勇气。林疏月不由得展颜，笑着应："好，加油。"

周一，林疏月准时去明耀科创报到。

接待她的是一名三十出头的人事主管，亲和力十足地握手："你好，疏月。叫我畅姐就行。"

当然，必要的面试都按流程进行，林疏月诚实说："我之前因私事被吊销过从业资格证，一年前，我又重新考取。"

HR表示知道，并没有在这个问题上深挖。

畅姐拿起包："走吧，去你的工作地。"

林疏月见这是要外出的架势，虽然有疑虑，但还是随行。

畅姐领着人，从地下停车场开车穿梭，五六分钟，直接停到了大厦A座区。电梯从负3层上升，林疏月心有疑虑："畅姐，这边离办公区挺远的。"

畅姐只笑笑，没说话。

电梯门开，地毯厚重吸音，高层区的办公场所宽敞人少，林疏月看了看四周，五六米外为界限，分左右两边。右边是正常的办公区，但工位分布相对仍是很少，只偶尔能见到人影走过。

畅姐往左边走，双扇木门隔出的房间，闹中取静的好位置。室内装潢是新中式风，四五十平方米大小，格局设计清隽雅致，中间用水墨画式样的屏风隔开，是非常标准的休息环境。

畅姐拍了拍手："这里呢，就是你以后的工作场地啦。"

林疏月："挺好的，但畅姐，是不是离公司远了点？"

畅姐笑了笑，直言不讳："确实远，毕竟这是另外一家公司。"

林疏月蒙了下："嗯？"

"明耀科创和汇中集团相邻，AB座，穿过地下停车场的距离。"

"所以这里是汇中集团？"林疏月蹙眉，"我不明白。"

"耀总特意交代的。"畅姐也是一万个问号，但还是极具专业素养地解释，"今年是第十三个全民健身年，响应号召，大概是，为了锻炼员工的体魄吧。"

汇中。

林疏月忽然反应过来，这里是魏驭城的地盘！

心口梗的血还没来得及吐，门开，想什么来什么。魏驭城负手而立，站在门口，把路堵得严严实实。

畅姐多有眼力见，飞快闪人，十厘米高跟鞋踩得像风火轮。

"嘭"的一声轻响，门关。

魏驭城没穿西装，白衬衫衬得腰肩比例十分吸睛。他卷了卷衣袖，手腕上的积家表随着动作往下滑了半点，然后卡在微凸的筋骨处。

林疏月的眼神是躁动的，不解的，窝火的。

男人从容又自信，像一个收网的猎人。

林疏月彻底明白，这个陷阱挖得有多精密。

她下意识地碾出两个字："骗子。"

"你的老板是唐耀，唐耀租了我这一层这一间办公室。"魏驭城亦入定如僧，把自己择得干干净净。

林疏月冷呵："所以月薪五位数。"

魏驭城说："没有。"

"绩效奖金和分红。"

"没有。"

"出国旅游。"

"没有。"

"员工福利。"

"没有。"

一个明知答案仍孜孜不倦地问。

一个一本正经还认认真真地答。

今日落日早，黄昏提前来到。紧邻总裁办公室的绝佳高层，优先阅览人间厚赠。光不是光，是温柔的晕染。把本该剑拔弩张的气氛，悄悄抽丝打薄。

两人以同款认真的眼神对望，沉默点到即止，自然而然地升腾起七分无奈三分滑稽。

林疏月没忍住，先弯了嘴角。

她一笑，魏驭城的眉眼即刻融化。

"那有什么？"林疏月环抱手臂，腰椎骨抵靠桌沿，神色慵懒地问。

魏驭城的视线直落她眼眸，将所有克制顺手推开，海浪汹涌，野心蛮蛮地打湿林疏月的心。他说：

"有我。"

秋日黄昏太缱绻，光亮在落地窗玻璃上折了下，烫着了林疏月的耳朵。魏驭城站姿挺拔，半边身子浸润在光影里，仿佛自持柔光。

无可否认，这个男人是英俊的，有魅力的。说话直接，欲望不掩，但望过来的眼神，偏又是恰到好处的柔软，恍惚可辨几分真心。

林疏月笑了笑，问："魏董是要给我两份工资？"

魏驭城没什么表情，提醒说："你老板是唐耀。"

张弛有度地控制距离，哪种态度都无懈可击。林疏月想笑，点点头："谢谢提醒。"

倒也没多留，露个面，表了态，人便走了。

林疏月背过身，当即给畅姐打了个电话，说工作不能胜任。

畅姐似乎并不意外，象征性地劝留几句，最后说："行吧，明天咱们再联系。"

以为事情就这么过了，但这天晚上，林疏月就接到了一个陌生号码打来的电话。对方的声音温文尔雅："林小姐好，我是唐耀。"

林疏月怎么也没想到，唐耀的电话直接打她这儿来了。再三地挽留，林疏月不为所动，她甚至想问，是不是有人拿枪抵着你脑袋瓜子了？

周旋几分钟，唐耀先停顿几秒，嗓音依旧清亮温和："明耀科创一向致力于员工归属感的创造。我与方海明教授略有交情，如有这方面的需要，我乐意引荐。"

方海明是国内心脏外科领域的权威专家，国际医疗部一号难求，据说被别的医院判死刑的病人，都能在他手里起死回生。

林疏月搭在手机上的指尖下意识地一紧，这个谈判筹码太诱人。

唐耀的意思很明白，我可以帮你，但前提是，你得在我公司工作。

晚上，林疏月把这件事从头至尾回想了遍，后知后觉，什么都通了。也许从最开始，就是某人处心积虑织下的一张网。连钟衍这傻小子，可能也是结网的一根绳。

林疏月推开侧卧的门，昏暗的光从门缝挤进，能看见林余星酣睡平静的侧脸。床边的矮柜上，是他常吃的药。而相比一般人，林余星的脸色更苍白无血色。

林疏月看了弟弟很久，最后轻轻带上门。

她回了条信息："耀总，明天起，我会准时上班。"

"满意了？"同一时间，唐耀把手机递去魏驭城面前晃了晃。

魏驭城瞥了眼，并不意外。

"这么大费周章，不给点反应？"唐耀戏谑。

魏驭城抖出根烟，单手掐掉最顶端的一截烟丝，然后才点燃："你要什么反应？"

唐耀："就这么自信她会来？"

"不是自信。"魏驭城说，"是看得清。在她那儿，她弟弟排第一。"

"所以你在威胁她。"唐耀眯缝着眼睛，调侃。

魏驭城纠正："不是我，是你。"

"倒打一耙。"唐耀嗤笑，无不好奇，"这不像你追人的风格。"

他和魏驭城相识这么多年，不是不清楚，三十往上的男人，有条件，有资本，不可能没有过女人。但魏驭城的私生活相当隐秘，或许有，但从不携女伴公开露面。两人关系匪浅，唐耀都没见过他身边正儿八经地出现过哪个伴侣。

烟不合口味，浓烈冲鼻，魏驭城抽了两口就摁熄。他起身去吧台，倒很认真地回答了唐耀这句话。

追人吗？

不追。

魏驭城淡声："是再续前缘。"

钟衍那边的治疗不会断，事实上，他这种过往伤害造成的偏激性格，也没有更多形式上的对症下药。适度的陪伴、沟通，还有别惯着，对他是最有效的。

她大致看了一下，明耀科创这边的工作时间非常固定。那么周六日可以顾着点钟衍。钟衍听后，打了个长长的哈欠："你不来找我，我也会去找你的。耀哥公司挨着我舅的，我认识路。"

林疏月本能道："你不用来了。"

钟衍"嗷"了一声："我又惹着你了？"

林疏月抿了抿唇，心里无由头地惆怅。

第二天上班，林疏月站在明珠金融中心大楼前伫立许久，日光均匀洒在深灰偏光的外墙上，颇有开疆拓土的镇守气势。明珠金融中心于三年前建成，一度上了各大新闻推送。斥资巨头就是汇中集团，汇中集团占据层王之称的黄金五层，而魏驭城的办公室，则在一览众世小的正中间。

林疏月收回眼神，乘电梯。

上班高峰期，电梯里人头攒动。西装革履，精致妆容，得体套裙，老少不一的每张脸上，都洋溢着生机与干劲。这是林疏月太久没有感受过的东西。她置身其中，像漂浮的船，听着熟人之间道早安，看着善意的笑脸。既恍然，又熟悉。

大部分员工在32层就出了电梯，电梯门合上时，竟只有林疏月一个人。

到36层，这里与刚才的气氛全然相反，是一种冷肃的安静。右边虽然能看到工位，但对接的视野并不广阔。这时，身后的电梯门滑开，一个年龄相仿的女生走出。

对方先露笑容："你好。"

"你好。"

女孩白净，眼睛生得格外聪慧。她指了指左边，试探问："新来的？"

林疏月点点头："是。"

女生没有多追问，她只指了指右边："我在行政部，我叫周愫，有不懂的地方可以来问我。"

林疏月尴尬地笑了下："其实我不是你们公司的员工。"

"啊？"

林疏月手心微微冒汗，自己都觉得滑稽。

周愫压低了声音，眼睫轻眨："你是耀总公司的人，没事，别紧张。你这间办公室，是李秘书交代我收拾的。哎呀，不跟你说了，我要去打卡了。有空聊。"

周愫踩着高跟鞋，小碎步地跑去右边。跑到一半回过头，冲她俏皮地挥了挥手。

林疏月松了口气，转身进去她的工作地。

这间房明显是新装修的，所有的摆设、格局，都很符合一间心理咨询室该有的水准。大到遮挡隐私的屏风，小到同色系的水杯套件，桌上还有唱片机，十几张黑胶碟片齐齐整整摆在旁边。

林疏月打开纱帘，阳光与风齐齐涌进，倒成了她这儿的第一批访客。

电话响，畅姐打来的："疏月，你先适应一下，缺什么再跟我说。公司这边在走发文流程，上午就会通知各部门。如果有心理咨询方面的需要，都可以来找你。"

林疏月应声道谢，冲淡了心里的那点介怀。她开始期待，第一个过来的，会是哪种情况的咨询者。

初晨阳光和煦，十点过后越发明亮，烧开的沸水已凉在了45摄氏度恒温，却没等来半个人。

林疏月站在窗边有点想笑，甚至可以想象，当明耀的员工收到邮件时的错愕表情，自家的心理咨询室却设在别人的公司，老板是不是有病。

想到唐耀，就想起某个人。

林疏月嘴角的笑意收拢，头轻抵玻璃，思绪发散。

这时，叩门声响，她立即站直，回头一看，得，想的人来了。

方才的闲适瞬间萎靡，林疏月下意识地竖起防备。魏驭城对她略显抗拒的变化视而不见，反倒悠闲自得地往沙发上一坐，再拿起手边的画册翻阅。又指了指水壶："能喝一杯吗？"

林疏月没应，但还是给他倒了杯水。

魏驭城一口下去半杯，喉结随之上下微滚。他仰头的时候，能看见下颌骨的隐秘处，有个半块指甲大小的印。

他把水杯放桌上，叠起腿，且没有要走的打算。

林疏月直言不讳："魏董不用上班？"

赶客的意思很明显，魏驭城听而不理："缺什么跟斯文说。"

"缺份清净。"她接得快。

魏驭城弯了唇，一瞬即收。他认真想了想，说："你暂时不忙。"

"什么？"

"解个心结。"魏驭城说得道貌岸然，说得一本正经，"按时付费。"

他心思全写在脸上，林疏月不慌不忙，自己也倒了杯水喝，这才悠悠答："一千。"

魏驭城欣然："好。"

林疏月说："一分钟。"

魏驭城顿了下，对上她得逞的眼神。

稍长时间的安静，就在林疏月以为他知难而退的时候，桌面上的手机振了振。

魏驭城冲手机的方向抬了抬下巴："收。"

林疏月一看，上面赫然弹出了微信转账信息，十五分钟的报酬数字。

魏驭城没给她开口的机会，换了个更加放松的坐姿，俨然他才是这里的主人——拿我的钱，就得办我的事。那股凌厉感从眉眼间传递出三五分，足够有威慑力。

"我坐这儿可以？"他问。

开场幕布由他自己亲自拽开，外边的人不得不配合演出。

林疏月骑虎难下，索性就不下了。她还是靠着桌沿，没有因为正式咨询而变得严肃。消除来询者的差别对待感，不让他们觉得自己是异类。

"魏董可以说说看。"林疏月转过身，拉紧半边窗纱，减低光感。

"你不是我司员工。"

林疏月依旧背对着，改口："钟衍舅舅。"

魏驭城仍不满意："钟衍不在这儿。"

林疏月转过身，双手环搭胸前，静了两秒，她点头："魏先生。"

魏驭城的神色勉强松动，投掷的眼神还是不温不火。

林疏月："介意我放点音乐吗？"

"《第十九交响曲》。"魏驭城说，"右手边第五张碟。"

林疏月照做，乐声起，带着婉转的节奏，给这屋子披了层若即若离的薄纱一般，很有氛围感。

不等她的开场白，魏驭城自顾自地说："我以前遇到过一个人。"

林疏月面色镇定，专业素养平衡住了情绪的跳动，她问："什么样的人？"

"有好感，有想进一步的可能，但她没给我一个合理的交代，这让我很不甘。"魏驭城吐字如雾，既清晰得能让人听懂，又克制得不让人全听明白。

林疏月抵着桌沿的手，在身后无意识地撑了撑。

她目光不露怯，不逃避，直视男人的双眼："魏先生有领袖气质，习惯掌握主动，这也许是本能。"

"所以呢？"魏驭城问。

"好感不是好感，进一步的可能或许也大可不必。您所有的情绪失衡，或许只是因为意外，一个意外的交集，并且这个意外没有遂你的意愿。"林疏月旁敲侧击，没顺着他的话往笼子里跳。

魏驭城淡淡一笑："林老师，不急着劝我，先共鸣，再行动。"

林疏月轻抿唇："好，请继续。"

魏驭城盯着她的眼睛，抛了个辛辣无比的问题："林老师，如果是你，你是怎么想的？"

他开始大举进攻，步步紧逼。

林疏月手心微汗，一时失语，强行镇定后，她微抬眼眸，以一种疏离冷淡的语气答："有时候揣摩太多，对魏先生不见得是好事。"

魏驭城轻笑："人都走了，没有比这更坏的事。"

林疏月挪开目光，游荡地打了个转，再重回他视线："你情我愿的开始，就图一个好聚好散的结束。"

魏驭城翻译她的话："只是玩玩，别当真。"

林疏月缄默不谈，他始终淡定从容，太有侵略感和压迫性，看似给她发言权，实则把主动权揽在掌心。

林疏月后跟不稳，从小腿开始发麻。随后笑了笑，迎难而上："你说得对，或许玩得不尽兴，不开心，不值得有什么好留恋。"

显而易见的敌意，并没有惹怒魏驭城。他先是微微皱眉，然后神色舒展："林老师说得对，对方可能确实不满意。"

林疏月愣了愣，不对劲的感觉又涌上来。

魏驭城语气淡："毕竟那一晚，她哭的次数有点多，我哄了很久。"

男人的自信源于他深刻的自我认识和强大的内心，尤其魏驭城这种，野心和坚定像粗粝带刺的网，自眼神传递，隔空就能把她勾入地盘。

林疏月再不是他对手，脸颊像烫熟的云，烧得她连背脊都在冒汗。

遇强则强的气势终于泄了一角，慌乱的情绪有些控制不稳。她冷声："我以为魏董下一句话，会和某些男同胞一样，对我来一句死都不放手。"

魏驭城还是笑，能听到气息声。

他放下叠着的腿，双手手肘撑在膝盖上，上半身向她前倾，这个角度，男人的目光如深沉的云，将她毫不保留地遮盖。

"别的男人我不知道，"他说，"但我不想放一个女人走，那她就永远走不掉。"

字字相连，便成了瓢泼的雨，瞬间打湿林疏月的心。这灼人的态度，彻底乱人心神。至少这十几秒的沉默，她已甘拜下风。

好不容易重新拾起语言功能，却也只能生涩干枯地回了句："魏董高位坐久了，忘记万金难买乐意，难不成想把人给捆了绑了。"

魏驭城声音微低，张弛有度地开起玩笑："怎么，林老师喜欢这一种？"

情绪天平的最后一块砝码被彻底攻破，林疏月怒喊他全名："魏驭城！"

魏驭城的态度毋庸置疑，沉声道："看来不喜欢，那就按我的来。"

过电的感觉充斥全身，无力感过了头，倒还品出一丝丝的松软。

林疏月无语对望，满眼服气。

"还有……"他停顿。

"还有什么？！"林疏月像炸毛的刺猬。

魏驭城始终介怀他生日那天在酒吧听到她和闺密间的谈话——

当时夏初追问：那和魏驭城再见面的时候，你什么感受啊？

林疏月说，没认出来。

罪魁祸首此刻就在眼前。

魏驭城看着她，眼神一点点软下来，兼具着两分无辜可怜："这回名字叫对了，别再忘记我。"

第三章

势均力敌

　　气氛如停摆的钟，林疏月那句"你到底想干吗"都到了嘴边，敲门声响，李斯文在门外说："魏董，开会时间到了。"

　　林疏月瞥了眼时间，十五分钟的咨询费付得精准，一分钟都不差。

　　明白过来，他是早就算计好的。

　　魏驭城站起身，边单手扣西装外套边往外走。手搭在门把上时，他转过头看了眼林疏月："下次给我打折。"

　　工程部的会议一向专业、枯燥，魏驭城又是做数据出身的，所以要求格外严格。每次都让与会人员如临大敌。但今天，众人惊奇发现，魏董难得温和，甚至还会开几句玩笑。

　　会后，有相熟的向李斯文打听："魏董遇上高兴事了？"

　　李斯文笑："少打听。"

　　那笔天价咨询费林疏月没有收，等着系统自动退还。中午临近下班，唐耀过来了一趟。这是她第一次见到唐耀，人如其名，英俊清爽，和魏驭城是一张八卦图阵上的。

　　林疏月起身："耀总。"

唐耀问："第一次见，就知道我是谁了？"

"老板才有这气质。"林疏月笑了笑，恭维话说得大大方方。

唐耀笑了，走进来环视一周，又摸了摸桌上的唱片机，眼熟得很："这个是隔壁那位拿来的？"

"嗯？"

"你不知道？"唐耀说，"魏驭城的办公室也在这一层。"

林疏月被噎，整个人静止。

唐耀笑意了然，没再多说，把顺手带上来的蛋糕放在桌子上："员工福利。"

从林疏月这儿出来，唐耀又去了魏驭城那儿。

层面宽阔，虽然在一层楼，但距离也不近。唐耀进来时，魏驭城正站在落地窗边揣眉心。

"人挺聪明，也有眼力见。"那句恭维的话让唐耀很受用，"形象出挑，丢这儿屈才。我正好还缺个女秘书。"

魏驭城回过头，眼神冷淡地扫他一眼。

唐耀不以为意，自个儿拿水喝。瓶盖拧到一半，他停下来："长得有点面熟，我是不是在哪儿见过。"

魏驭城没应答，也没否认，往皮椅上一坐，抬手揉太阳穴。

唐耀喝了口水，知道他睡不好这老毛病："没去章教授那儿看看？"

魏驭城说："忙。"

唐耀笑："章教授估计比你还忙，舍远求近，要不就去隔壁那儿坐坐。"

魏驭城把手放下，平声说："早坐过了。"

唐耀皱眉："进展这么快？看不出来，你尺度够大的。"

魏驭城隔空指了指他身后。

"干吗？"

"门在那儿，自己走。"

六点多，林疏月下班的时候正好碰见周愫。

周愫精神倍儿好："巧呀！你住哪儿？"

"西林街。"

"那正好，我也要往那边走，一起呗。"

周愫像朵太阳花，无论上班下班，都是精神奕奕的状态。开朗乐观的性格很能感染人，林疏月一开始对她的印象就很好。

"第一天上班感觉怎么样？"周愫开辆白色马自达，开车前换上平底鞋。

"我如果说，太闲了，你会不会打我？"

周愫做了个挥拳的动作："拉仇恨呢。"

林疏月笑起来，扣上安全带："你们工作量大不大？"

"八小时里每一分钟都被榨干，有时候忙，加班也是常事。"周愫话多，一股脑地倾吐，"其实我们大老板还好，不是事多的人。主要是我们领导，未雨绸缪，事无巨细，什么都喜欢提前安排。"

周愫在行政部上班，林疏月猜想她的领导是李斯文。

李秘书办事的效率，已经见识了几次，倒是很符合描述。林疏月说："你领导也是按上面的指令安排工作。"

本意是讽刺一下魏驭城，但周愫矢口否认："不不不，我们大老板挺好的。"

林疏月无言，但不接话好像又太突兀，于是敷衍地问："怎么个好法？"

"他从麻省理工毕业后，回国接任了汇中。你知道前几年发射的月渠号吗？机身主体的高分子特殊材料，就是魏董大学时就开始着手研究的。我们老板在国内各大院校都出资建设了实验室，还在高校设立科研教育基金。"周愫说，"这东西很烧钱的，而且回报周期特别长。"

谁的钱都不是大风刮来，这么大的企业，牵扯方方面面。魏驭城能有这份决心和执行力，是计之长远。这没有半分破绽可供讽刺，林疏月客观说："有能力的老板，让人信服。"

"没觉得。"周愫笑着说，"主要是老板颜值比较高。"

林疏月呛得直咳嗽，对她比了比大拇指。

"我家在陶海佳楼，加个微信嘛，以后下班咱俩一块儿走。"周愫递过手机，"喏，你自己加。但这几天我得加班，有个项目客户来考察，得忙接待的事。"

到后，林疏月看着周愫的车没了影才迈步往家走。

阳光好的一天，黄昏都依稀可见夏天的身影，耳边有叫卖声、汽笛响，还有孩子打闹的童言童语，这些交织成烟火气，包裹住林疏月，她低了低头，就算想起魏驭城，相比之下，也是好心情更多。

次日，林疏月来上班，果然看见右边汇中的行政部比昨日忙了不少。

周愫踩着高跟鞋，抱着文件来回穿梭。林疏月走近了些，叫了她一声："嘿。"

周愫侧过头："嘿嘿嘿。"

林疏月迅速递过纸袋："没吃早餐吧，拿着。"

周愫不客气："呜呜呜，你也太好了吧！正好有几分钟空闲，我先吃了哟。"

"里面有豆浆，小心别洒出来。"林疏月挥挥手，"拜。"

南青县工厂建设项目那边来的合作方，许多基建材料只能依托本地周边，这客户叫陈刚，四十五六，身材矮短，是南市的基建大头公司，手握资源方方面面。

魏驭城之所以重视，是因为同期施工的还有另一家公司的大项目。原辅材供给先后顺序的竞争至关重要，这份关系有必要维系妥当。

陈刚很有老板派头，做事说话端着拿着，过了头，反而显做作。

李斯文那是人精中的人精，对什么人，说什么话，那叫一个如鱼得水。上午的安排先是去汇中集团在明珠市郊的产业基地参观，李斯文亲自作陪，随行的还有两位行政部的女同事。

李斯文的属下也是得力干将，其中一个年轻女孩是应届毕业生，才过来实习三个月，陈刚的眼神没少往她身上瞟。

午餐宴请时，魏驭城来了趟。这陈刚喝得有点高了，举着酒杯指向魏驭城："魏董，你这秘书不错，做事麻利，是我喜欢的类型。"

李斯文笑着起身，抬起酒杯隔空碰了碰，不动声色地替魏驭城挡：

"陈总谬赞。"然后一口喝了小半杯。

陈刚乐呵呵地调侃："小李，你干脆跳槽去我那儿得了，我就喜欢你这种年轻人，我给你开八千一个月，再给你配辆车怎么样？"

李斯文始终笑得礼貌："陈总高看。"

这明显是给他台阶下，偏这人没眼力见，非得刨根问个底，对魏驭城说："咋啦，魏董不放人哪？"

魏驭城眉目朗朗，态度不温不火："李秘书还有很大成长空间，暂且在汇中多历练。"

再傻的人都听出话里深意，陈刚还不至于糊涂到这程度。他转头对隔座的实习女生笑得刻意："小黄，你哪儿人啊？"

女生面露丝丝勉强："九江。"

用餐后，会议安排在两点。

还有差不多半小时，李斯文吩咐说："黄樱，你把陈总带去休息室。"

黄樱犹豫了下，还是答应："好的李秘书。"

魏驭城那边还有个视频短会，李斯文安排好后便随同离开。

中午一点，畅姐过来给林疏月送了些资料，聊了十来分钟，畅姐看了眼时间："哎哟，我得回去了，下午还有个面试。"

"我送你出去。"林疏月从包里拿了小盒樱桃，"早上从家里多带了两盒，畅姐你拿着吃。"

畅姐大方接过，喜笑颜开："不客气了。"

她视线一转，"咦"了声。

顺着目光看过去，原来是昨天唐耀带过来的甜品盒子。

林疏月为避嫌，故意没说是唐耀给的："我昨天买的，畅姐喜欢吗？下次给你带。"

畅姐内心复杂，她昨天亲眼看见唐耀应酬完回来，手里拎着一模一样的甜品盒。

她忍住震惊，笑了笑："不用了，我减肥呢。"

林疏月送她出去，等人进电梯才回来。

36层很安静，她不由得放慢脚步，一点一点往右边走。汇中行政部的工位卡座，整齐的公用电脑，往前延伸，深灰色地毯开路，最后定在两扇宽尺木门底沿。

几秒后，林疏月挪开视线。

下午上班时间尚早，她准备下去走走。汇中集团占据黄金五层，一时起兴，也不知道每一层都长什么样。

林疏月推开厚重的门，从安全通道下楼，可台阶没下几级，蓦地听到声音。

"陈总，是往这边走。"女生声音略急。

林疏月探头往下望，楼道间站着一男一女，明明地方宽敞，男的偏要往女生那侧靠拢，明显故意。

陈刚笑得满脸褶皱，眼神往她脖子下瞄了瞄："小黄你有多大啊？"

暧昧语气让人不适，林疏月皱了皱眉，手背向身后。

黄樱憋红了脸，呼吸都急促了些，但想到这是汇中的客户，还是忍了下来："陈总，往这扇门出去，您可以去休息室喝点茶水，只有十分钟，魏董就过来了。"

陈刚对话里的暗示警告置若罔闻，依旧无下限地往她那边靠。黄樱已被逼退到墙面上了，忍无可忍低声呵斥："陈总，请自重！"

林疏月皱眉，刚要过去，陈刚又很快站规矩了，若无其事地说："走吧。"

黄樱松口气点点头，没多想地朝外头走。

擦肩而过时，陈刚暗暗地伸脚去绊她，趁她摔倒之际，一把将人搂住："哎呀，你怎么不看着点呢！"

油腻的掌心蹭上女生的胸，黄樱尖叫："你干吗？！"然后反手打了他一巴掌。

陈刚被打蒙了，没料到她会动手，怒火中烧地指着她："你乱说什么你！"遂又恶狠道，"你们公司跟我合作，把我当上宾招待，连你们老板都亲自出面。你敢说出去试试，真指望谁给你出头？"

黄樱气得眼泪直飙，嘴唇发抖。

实习期快结束，她当然想留在汇中工作。陈刚的话足够把人吓唬住，想东想西一时犹豫。男人将女生的反应看在眼里，越发肆无忌惮，示威一般又伸手揩了把她的脸。

黄樱彻底炸了："我要告你性骚扰！"

她哭着跑出去，这动静大得再也掩盖不住。很快，人都围了过来。

黄樱指着陈刚："性骚扰！"

陈刚不是省油的灯，脸不红心不跳的，还装起了无辜："误会了啊小黄，你摔倒了，我好心扶你一把，你、你怎么能这样说呢。"

黄樱气得话都说不清："你胡说！"

围观同事越来越多，这场面多少有点微妙尴尬。周愫跑过来，揽了揽她的肩："别哭别哭，擦擦眼泪。"

电梯门滑开，一干参会的人走出来，魏驭城在最前，见到此番景象，驻足没有动。李斯文也意外："这是怎么了？"

黄樱委屈得要命，难以启齿的事更容易怯胆。

陈刚反倒恶人先告状："魏董，我倒要评评理，我到你们公司，还被冤枉，你说我能没有想法？"

黄樱啜泣："你撒谎！"

"你说我骚扰你，行啊，调监控。"

楼梯间是监控盲区，想必他早就观察到了。所以才能如此有恃无恐，嚣张蛮横。

"没有证据，你必须向我道歉。"陈刚恶语相欺。

场面一时胶着，犯恶者扬扬得意，受害者无从辩解。

这时，楼梯间的门再度被推开，林疏月走出来，一字一字响亮清晰："她被这个男人骚扰了，我做证。"

一语出，气氛瞬间骚动。

黄樱捂着嘴，眼泪流得更多。

陈刚大概没料到还有这一出，扬高声音，抢先卖惨："天啊，我做错什么了到底。"

"她更没有错。"林疏月说，"我只表述我看到的事实。"她指了指陈刚，再指向黄樱，"13点18分，35层和36层之间的楼道处，你先拦着她不让走，接着故意伸脚把人绊倒，趁机摸了她的胸。在她的严厉抗拒下，你不但没有道歉，反而继续威胁、挑衅。"

精准到分秒，且没有一句废话。

很多人已经皱眉，陈刚却不当回事，面似无辜："哎，这位女士，我俩有过节吗？"

他态度嚣张，就是仗着没有监控。事实上，在找借口把黄樱叫出来的时候，他就已经选好了地方。

林疏月没说话，先是看向受害的女生："介意吗？"

黄樱咬着嘴唇，摇头。

征得当事人同意后，她又看向魏驭城。说到底，这事怎么处理，多少也取决于他的态度。顾全大局，利益至上，但凡这样权衡，那一定是避轻就重，舍弃掉微不足道的实习生，不了了之。

魏驭城轻抬眼眸，将她的眼神包裹半秒，极细微地仰了仰头。

林疏月淡淡移开目光，拿出手机对陈刚说："我把你做的事，录下来了。"

陈刚脸色瞬变。

林疏月按动播放，音量调到最大。

"性骚扰""你故意的"……不堪入耳的话公布于众。围观者的目光万箭穿心，带着鄙夷和憎恶，通通投向陈刚。

陈刚铁青着脸，怒气中烧，他卷起衣袖朝向林疏月，周遭的男同胞们反应快，愤怒地将人拽住。

虽没打着林疏月，但她的手机被陈刚劈落，重重掉在地上，屏幕登时四分五裂。

林疏月眼皮都不眨，目光清淡蔑视："你还说，汇中集团不敢跟你翻脸，他们求你办事，把你当上宾。"

陈刚下意识地去看魏驭城，迎上他淡如水的目光，肩膀抖了抖。

气氛陡然死寂，注意力全在魏驭城身上。没人敢搭腔，也不敢擅自妄动。

时间流速减慢，魏驭城没有表态。

黄樱低着头，吸了吸鼻子，大概也觉得无望。

林疏月掌心微湿，心里的那点盼头，也一分分冷却。她无奈想笑，傻吗，刚才竟会对他抱有一丝期许。

陈刚似乎也感受到了翻盘的希望，冲魏驭城一脸讪笑："魏董，一点小误会。我是抱着诚意来的，以后您来南青县，有事尽管吩咐。"

这既是阿谀讨好，也是拐着弯地提醒，咱俩可是合作，怎么着也不能坏这份关系。

合同文本已经揣在李斯文手上，听到这儿，李斯文后退一步，有意识地将手背去身后。魏驭城紧盯陈刚许久，忽然笑了笑。

这一笑，笑得陈刚重石落地，笑得林疏月别开了头，默默攥紧手心。再紧，最后一根幻想的救命稻草还是枯萎了。

魏驭城拿过李斯文手里的文件，慢慢踱步走近。按着陈刚的数双手都犹犹豫豫地先后松开，陈刚抖了抖脖颈，得意扬扬，神色谄媚地问："魏董，合同我签哪儿？"

魏驭城的目光冷而厉，下一秒，劈手就将合同砸他头上，然后抵着对方脑门，狠狠把人往后推——

"你算个什么东西。"

陈刚面如猪肝，踉跄摔地。

魏驭城背挺拔，从这个角度仰看就如一棵笔直的松柏。他没再正眼看陈刚，抬手往被骚扰的实习生方向指了指："通知人事部，她提前转正，以后就是公司正式职员。以及，汇中法务无条件、无期限为其提供法律援助。无论是出具律师函，还是将来提起诉讼，全程协助。"

男人声音沉如钟，态度有棱有角，是不容置疑的威慑力。

几秒后，掌声与叫好声自发响起。

魏驭城转过身，鞋底踩上掉落在地的合同，真金白银成了脚底淤泥，他始终如朗朗乾坤，昭昭雾月。

林疏月有点蒙，也有点受撼动。还没反应过来，已经走远半米的魏驭城又一步步地后退，折返至她身边。

所有人屏息，目光不自觉地在二人之间探秘。

魏驭城看她一眼，然后偏过头，低声吩咐李斯文："给她换部新手机。"

他没忘，林疏月的手机被打落在地坏了屏。林疏月张嘴欲拒，但魏驭城不给她机会，转身走了。

陈刚被保安押解出汇中，黄樱不怯懦，坚定地选择报警。

人去时，周愫隔空对林疏月比下大拇指。

林疏月回到自己办公室，抵着门板，长长出了口气，她捂了捂心脏，心跳这会儿倒快了起来。

半小时后，敲门声响。

李斯文真给送来了新手机："林老师不必介怀，就事论事，也是为汇中员工伸张正义，才损耗了手机。按规定，这是应报销给你的。"

魏驭城身边的秘书真不是白当，一席话有尺有度，知道她顾虑私情不会接收，索性拿公事公办来堵缺口——

你接受，是理所当然。

不接受，心里难不成真有什么了。

不明不白的态度，太好做文章。

于是，林疏月选择大方接受。

临近下班，她才顺手将新手机开机，软件不多，崭崭新新。点开通讯录，林疏月指尖倏地静止。

里面已经存了名字，两个字清晰躺在里面。

魏魏。

这是魏驭城身边最亲近的人才能叫的名。

定睛一看，竟还设成置顶。

电话适时进来，林疏月接听。

短暂安静。

魏驭城声音如外头的缱绻黄昏："手机好用吗？"

林疏月闲地靠着桌沿，嘴唇很浅地弯了弯。

一个假公济私不安好心。

一个势均力敌温柔回击。

"没你好用。"

窗外黄昏眷秋风，光影随之轻轻荡，跳跃在室内白墙上，是一种迷离的明亮。魏驭城的呼吸像扎紧在口袋里，流速变慢变沉。他极轻一声笑："好用。好用第一眼还没认出我？"

林疏月答得四两拨千斤："魏董自己反思。"

魏驭城被她又将一军，笑意攀上眼角："好，下次一定让林老师满意。"

稍冷静，林疏月觉得这语境过于危险。不是你来我往的暗自较量，更像步步攻心的隐晦调情。

"林疏月。"魏驭城叫她全名，如此正式。

林疏月心口扎紧，屏息竖耳。

魏驭城低声："好用就多用，别浪费。"

电话是林疏月先挂。

挂断后也没犹豫，把通讯录里的"魏魏"改回"魏驭城"。林疏月手指停在屏幕上，半秒后，又改成了：

男狐狸。

下午的事很快在集团内传播开。

一方面唾弃施暴者的可憎，一方面赞叹魏驭城的处理方式。这都是虚头巴脑的东西，魏驭城自然不用此来彰显什么。

更现实的问题摆在眼前，陈刚那头的供应链，是他实实在在需要的。几个资历老的董事颇有微词，说魏驭城唱了黑脸，那就再派人去当白脸，继续把关系建立好。

结果不得而知。

不过这天下午，这几个董事是黑着脸离开了他办公室。魏驭城可以逢迎各色人等，但从不更改已决定的事。

同时，林疏月这个名字，也越多被提及。汇中的大部分员工都莫名其妙，新进的员工？在哪个部门？一番打听，瞠目结舌，所以，明耀科创的人为什么要来汇中办公？

唐耀晚上才知道这件事，笑得没了边，一个电话通知下去，第二天，林疏月的仗义事件在明耀科创内部通报表扬。

畅姐乐滋滋地送来奖金："老板嘉奖。"

三千块，唐耀还挺大方。

畅姐问："耀总是不是很好？"

林疏月客观点头："老板看得起。"

畅姐意味深长地眨眨眼："你忙啊，拜。"

事情热度不超两天便消退，但渐渐地，林疏月察觉出不一样的地方。

比如中午，偶尔会有陌生面孔在她们门外徘徊，等林疏月看过来时，又都笑了笑，很快闪走。下午的时候，门终于被敲响。

一个戴眼镜、朴实年轻的女生问："你好，我可以进来坐坐吗？"

林疏月以笑待人："欢迎。"

女孩怯生犹豫地打量四周，欲言又止，目光重回林疏月温柔又耐心的笑脸上时，便一下子坚定了。

她突然捂脸啜泣，带着哭腔说："其实我也有这样一段经历，太、太痛苦了。"

林疏月反应过来，她迎来了明耀科创的第一位心理咨询者。

女生听说了林疏月的事，反复的内心斗争后，终于决定过来找她："以前在老师家补课，他对我、对我……"

一段冗长且沉重的故事。

岁月鞭长莫及的过去，困住的只有自己。

林疏月面色深凝，包容对方的语无伦次和崩溃情绪，全程给予耐心。

女生痛苦抚额："我没有告诉爸妈，没有告诉任何人。但从那时起，我下意识地排斥异性，拒绝了好多追我的男生。我觉得我这一辈子都完蛋了。"

林疏月适时握住她的双手，安抚她的情绪。

"错的从来不是你，应该被道德审判和岁月折磨的，是作恶的人。"

女生眼睛通红，怔怔望向她。

林疏月带着点笑意："你能克服种种桎梏和枷锁，把自己成长得这么好，身体健康，学业有成，有一份体面工作。你带着善意去生活，苦难虽然让人惧怕，但你还是迎难而上，你这么好，不愉快的遭遇，没资格成为你笔直前行路上的绊脚石。"

劝人大度，一味地放下过去，是最残忍的开导方式。未尝他人苦，就别劝人把日子过成糖。林疏月鼓励她、夸赞她，感受到生命的盛开和灿烂，是因为她自身的努力。

一小时后，女孩抹干眼泪："谢谢你。"

林疏月将门打开，透进来的风将沉闷之气一扫而空。她示意女孩等一会儿，从桌边的抽屉里拿出一个小瓶："抹点眼霜，眼睛就没那么疼了。"

哭了太久，眼睛又红又肿。女生愣了愣，被她的温柔和细心感动得又想哭了。她问："我能抱抱你吗？"

林疏月没回答，主动张开手臂一把将人抱住。

女孩才能更懂女孩。

接下来几天，陆陆续续有更多的人来找林疏月。其中不乏触景生情，也有隐晦痛苦被骚扰经历的女生，她们压抑了太久，需要一个倾诉的树洞。

很多次，魏驭城经过时，只要门打开，都无一例外地能看见林疏月温和、熠熠生光的笑脸。她的眉眼生得最漂亮，像镶嵌了一颗人间稀有的宝石。

魏驭城莫名想到三个字。

迷魂劫。

忙完已是两点半，送走同事，林疏月捂着胃直不起腰。

来咨询的同事不能耽误太多上班的时间，只能趁着午休时候，所以林疏月基本没能按时吃午饭。她有点胃病，好了几年，这几天又给折腾复发了。

摸出两颗胃药囫囵一吞，也没力气出去买吃的。

这会儿周愫敲了好久门，她才慢吞吞地去开。不等开口，周愫一惊

136

一乍："我天！你脸怎么这么白！"

林疏月弓着腰，龇牙说："胃疼。"

"我看午休的时候你们一直关着，忙到现在哪？"

林疏月点点头，说话的劲都没有。

"等着啊，我给你找点吃的去。"高跟鞋"嗒嗒嗒"小跑而去，周愫从抽屉里翻出两包小零食，正拿手上，抬头就看见了李斯文站在工位前。

周愫把手一收："我上班没吃东西。"

李斯文仍然严肃一张脸。

"那边的，胃病犯了。"周愫小心指了指林疏月待的方向，小声嘀咕，"好凶哦。"

李斯文无言片刻，转身走了。

周愫塞的几小包零食都是酸的辣的，林疏月没胃口。胃疼得厉害，她只能窝在沙发上躺着。睡不踏实，十几分钟就清醒了。

等林疏月坐起来，一眼就看到矮桌上竟放了一个保温瓶，旁边还有一大袋吃的。

保温瓶里是清淡温热的粥，一闻勾食欲。林疏月手持汤匙搅了搅，正纳闷，畅姐发来信息："月月，东西是耀总带来的，收到了吧？"

林疏月才明白，原来是唐耀送的，真是体恤下属的好老板。

药效发挥作用，加上这碗热粥下肚，胃疼终于缓解。天气预报，今天是入秋后明珠市的第一场降温，上午艳阳恣意没点预兆，这时起，阴云翻涌，疾风起势，高处往下望，成片树枝被压成绿色波浪。

"咚咚"，很轻的敲门声。

"请进。"

门被推开，林余星探进脑袋瓜子，嘿嘿憨笑。

随即，上边又冒出一颗，钟衍咧嘴傻乐："林老师，我们来探班的。"

林疏月万没想到是他俩："怎么来了？"

林余星指着钟衍，急于撇清："小衍哥非拉我来。"

钟衍瞪大眼睛："喂喂喂。"

林疏月不接话，微微偏头，双手环腰。

林余星败阵，诚实说："只是想来看看你。"

弟弟不放心，始终记挂着姐姐。想来又不敢提，钟衍看得着急，风风火火地把人带了过来。

"工作环境没得说吧，你看这办公室，我都想过来上班了。"钟衍俨然是这里的主人。

林余星连连点头，高兴又放心。

林疏月不自觉弯了弯唇："我还没下班，你们自己坐吧。"

"走，我带你去我舅舅那儿。"钟衍置若罔闻，拽着人就往外走，林疏月喊都喊不住。恰好畅姐打来电话，就这么拖住了脚步。

魏驭城伏案看资料，西装外套随意搁在皮椅背上，一只衣袖稍往右倾斜，下坠的长度比左袖多。这构成不规则的背景，他置身其中，却有一种奇异的和谐。

钟衍先进来，魏驭城抬眸看一眼，没什么反应。

紧接着是林余星，乖巧小声地喊："魏舅舅。"

魏驭城看清是他，即刻放下派克笔，起身而笑。

钟衍小声嘀咕："反差要不要这么大。"

魏驭城瞥他一眼，无声警示。转而又对林余星温和客气："过来看姐姐？"

"对不起啊，打扰了。"

林余星礼貌、懂事、安静，十分招人喜欢。魏驭城一手轻揽他的肩，轻声交谈。见他的视线在书柜短暂停留，魏驭城问："喜欢哪本？"

"《时间序列车》，"林余星说，"这套绝版了。"

书柜里的还是英文原版，魏驭城拿下来，说："送你。"

林余星受宠若惊："不不不。"但又弃之不舍，于是挠挠脸，"方便的话，我借来看，看完了再还您行吗？"

魏驭城随意："好。"

钟衍在旁懒洋洋道："俩学霸啊。"

"魏舅舅是，我差远了。"林余星不好意思地低下头。

魏驭城一眼投掷，嫌弃之意如此明显。倒也没多说，起身拿了一套孔明锁放桌上。钟衍"啧"的一声："我舅最阴险，拐着弯地鄙视我呢。"

林余星不自觉地与魏驭城统一战线，露出了难得的少年意气："小衍哥，咱俩比比？"

林疏月办完畅姐交代的事，过来找弟弟。魏驭城的办公室笔直相望，门没有关，能隐约看到三人的身影。

林余星挨着魏驭城坐，正悉心听着什么。

钟衍玩了两下解不出，没耐心，撑着半个脑袋打哈欠。

魏驭城侧着头，低声讲解，孔明锁在他指间翻转移动，很快，林余星一脸崇拜与笑容。

林疏月定在原地，看了两分钟后，便无声折返回去。

刚进办公室，畅姐那边又打来电话，临时加了任务，跟她探讨规章方案。这通电话的时间更长。

变天效应突飞猛进，五点不到，外头已暗如黑夜，风声拍打窗户，温度也明显下降。十分钟前，她和畅姐通电话时，林余星发了条信息，说和钟衍先走了。

林疏月担心："变天了，你穿得薄。"

林余星："走的时候，魏舅舅给了我一件外套。"

林疏月指尖一顿，几秒后："好。"

她无从曲解魏驭城的用意，愿意把它当成好意。没空想太多，畅姐交代的工作得加个班。

六点，雨成瓢泼之势往下浇。

七点，林余星说已经安全到家。

八点，林疏月去洗手间。外面依旧有灯，工位空了，唯有窗外风雨声来做客。林疏月抬眼往前，魏驭城办公室的门半掩，光从中渗出。

他也没有走。

林疏月不以为意，接着加班。九点给畅姐发去邮件，然后等她的回复。近十点，终于搞定。林疏月伸了个懒腰，看着外头的天气，看来得打个车了。

她拿好包包锁门，门响声在安静的楼层里很清晰。

没几秒，另一道关门声也随之响起。林疏月心思动了动，蓦地往右看。魏驭城的身影凑巧出现，与她同时下班。

宽敞空间就他们二人。

电梯数字规律跳跃。

魏驭城只着一件单薄衬衫，外套没穿。

林疏月的视线从他肩线挪开，忽地想起林余星说，魏舅舅给了他一件外套。这么干巴巴地戳着也尴尬，于情于理，林疏月主动开口："明天我把外套带给你。"

是客套的感谢，也是打破微妙气氛的一个借口。魏驭城没应答，与她齐进电梯。他先按负二层，林疏月接着按下一层。

电梯直降，冰蓝数字跳跃于液晶屏。

三十六层如倒计时，每变动一下，新鲜氧气便更近一步。魏驭城站她身后，一个字没说，却如有千钧力顶着她背脊。

5、4、3……

林疏月心跳加速，身体已做好往外走的准备。

到2时，魏驭城突然伸手，按了指令取消。

林疏月反应不及，电梯已直降，堪堪往负楼层一去不回。

魏驭城的声音自背后响起："我的外套给了你弟弟。"

林疏月回头望着他，忐忑且莫名："所以呢？"

"变天了，冷。"到停车场，电梯门滑开。魏驭城从后面向前迈步，顺带着把林疏月也给逼了出来。

"一起。"他淡声，"帮我挡风。"

自此，林疏月什么都明白过来。

这男人不是延迟加班，而是按时狩猎。

林疏月望着他背影，勃发的怒火渐渐熄灭，只剩忍俊和无奈。魏驭城的自驾是一辆黑色迈巴赫，他把车直接开停她身边，目光压得低，一整晚的伺机铺垫，就只为这一刻——

"上车，我送你。"

疾雨不停，夜深起雾。从汇中过去林疏月住的地方要绕很长的路程，再回明珠苑又是另一条路线。魏驭城近十一点才到家，雨势愈大，像给人间织了一件缠绵多情的衣裳。

进屋这段距离，外套湿了肩膀，魏驭城脱西服时，钟衍从房间里蹦跶出来，年轻人体魄强健，秋雨夜丝毫不知冷，仍只穿一件宽松短袖。

魏驭城瞥他一眼，问："林余星什么时候回家的？"

"不到七点吧。"钟衍后知后觉，不满意念叨，"你好关心他。"

"不然呢，关心你这个纨绔子弟？"魏驭城犀利地陈述事实。

钟衍还是有自知之明，歪着脖子往沙发上一坐。魏驭城自小是学霸，所以一直也喜欢会读书、脑瓜子聪明的人。

"对了舅，你听说了吗？"钟衍眼珠转了转，等了他一晚就为通风报信，"林老师在公司有点小道消息。"

魏驭城松领带的动作一顿，再继续时，指间翻扯的速度慢下来。

"什么消息？"

"她的绯闻。"

领带彻底不解了，魏驭城双手垂在腿间，中指指尖轻轻动了下，等他继续。

"明明是去明耀科创上班，工作地点却在你公司。听说啊，我也是下午去了你办公室才听说的，不仅有人给她送东西，还送午饭，送奖金。那谁吧，时不时地去她办公室晃悠，明明隔了这么远的距离，你说是不是有问题？"

魏驭城心绪松弦，并且暗滋些许欣慰。

分寸感把握得这么好，确实很难不被人发现端倪。处心积虑地设局，小心翼翼地交集。拳拳盛意，感莫可言。连钟衍这情窦未开的傻小子能品出一二，魏驭城想，是该让他知道。

魏驭城正欲开口。

钟衍说："想不到哈，耀哥追人真有一套！"

魏驭城顿时失声。

"怕吓到她，所以给她刚刚好的距离，这样又能低调地发展办公室恋情。耀哥浪漫，耀哥牛哇。"钟衍赞叹。过了会儿，他转头，被魏驭城阴沉的脸色吓得一咯噔。

"不会吧舅舅，耀哥没跟你说过吗？"钟衍自行脑补，心有戚戚地点头，"那他不对，利用你追女人。"

魏驭城此刻的脸，让室外风雨较之逊色。

钟衍沉浸前因后果之中，丝毫没有察觉空气流速的减慢，还自顾自地定论："其实耀哥和林老师挺配。"

魏驭城躁意升跃，蛮横胡乱地扯下颈间领带，单手揉成一团后，兜头丢向钟衍的脸。

魏驭城冷声："回房。"

钟衍见情形不妙，迅速跑离。

这时，魏驭城手机响，唐耀来电。

"人在哪儿呢？"电话那头有音乐蹦迪嘈杂声，唐耀声音很大，"牌局三缺一。"

魏驭城坐向沙发，衬衫不整，让他看起来有一种消沉的锐利感："你往她那儿送东西了？"

唐耀反应过来："送了好多次，你说哪次？她是你的人，我必须多照顾。哎不说了，你到底来不来打牌？"

"来。"魏驭城眯缝着眼睛，双腿抬至矮桌上交叠，慢着语速问，"赌什么？"

"老样子。你要想玩大点，小金条小金片什么的也行。"唐耀说。

魏驭城淡声："既然你这么热情。"

"啊？"

"就赌你的头盖骨煲汤，正好可以给员工送温暖。"

唐耀从不挨无辜的骂，头盖骨也不能被他白拿了去。正不得要领时，钟衍给他发来微信，一句"你是不是想追林老师"让他醍醐灌顶。

唐耀牌也不打了，酒也不喝了，一晚上越想越觉得冤枉。次日大早，他就去了林疏月办公室，比她还早到。

林疏月见老板站在门口，心里咯噔一跳，指了指自己："我迟到了？"

唐耀让出路，示意她先开门。

林疏月照做，转过身面露狐疑："耀总，是我哪里没做好？"

唐耀宽她的心："你很好。上次你伸张正义的事我也听说了，公司鼓励这种行为，我也通知人事部额外嘉奖，这是你应得的。"

"多谢耀总，这也是我应做的。"林疏月坦然大方，疑虑仍不得纾解。

唐耀欲言又止，对望几秒后，一声轻笑："不绕弯，有件事解释一下。"

林疏月莫名。

再一抬眼，猝不及防地看见也来上班的魏驭城，凑巧经过，然后脚步渐慢。

"昨天你桌上是不是有两样东西？一袋是我让吴畅送来的，另一样是保温杯里的热粥，那是魏魏给你的。"唐耀说，"魏魏的心意，你别误认是我。"

"我对你多加照顾也无私心，只因你是他的人。费这么大周折就为留住你，这份功劳我不敢抢。"唐耀平铺直叙，没有半点委婉的语言技巧。

林疏月表情无异，眼神还有丢丢往后瞄。

唐耀下意识地回过头，与魏驭城眼对眼，面对面。

魏驭城的脸色已失温，垂落腿侧的手掌也似要握成泄愤的拳。怎么会有这么直接的队友，简直活生生的直男。

唐耀不自知，还自觉良好，松口气说："我都解释清楚了，放心。"

魏驭城不想放心，想放血。

唐耀看了眼时间："还有会要开，晚上一起打牌。"

魏驭城冷面相对，没有丝毫温度。

人走后，尴尬二字直接在男人头顶爆灯。平时的游刃有余，此刻都变成缄默无言。林疏月反倒心情愉快，难得看到魏董这般失语模样。

她故意拿眼神轻瞥，对方的目光甚至没敢在她身上多停留，便径直往自己的办公区走。

魏驭城肩宽臀窄，背影堪称西服杀，林疏月从他的脖颈往下扫，直至收窄的腰间停顿两秒后，才慢悠悠地移开视线。

上午，周愫跑过来给她送了盒杧果班戟："这个超好吃的，你留着，不然中午忙起来顾不上吃午饭，又得胃疼。"

林疏月也给了她一瓶果汁："我自己榨的。"

周愫尝了一口："嗯，酸。"

"没添加，健康。"林疏月问，"今天不忙？"

"领导外出，能偷会儿懒。"周愫撑着下巴朝她眨眼睛。

"看我干吗？"

"你和魏董关系很好哦。"周愫拖着音调，怪八卦的。

林疏月矢口否认："不熟。"

周愫的睫毛根都写着不信："都传你和耀总的关系，就我看出来，其实魏董对你吧，很上心。好几次他都故意往你这边走，还有上次的粥，我听到是他交代李斯文去买的。"

林疏月卷起手边文件，作势往她头上敲打："小脑瓜子乱脑补。"

周愫佯装受伤："你慌了欸！"

林疏月镇定点头："是，慌得站不稳，可太慌了。"

周愫小声"喊"了"喊"："好啦，我回去干活了。下班一块走啊！"

门一关，林疏月心跳还真加快了。这姑娘太机灵，什么都能说到点上。换个角度，魏驭城这心思，以后谁都能知道。

林疏月想到这儿，不由得嗤笑。

夸一句魏董好心机，真不过分。

下午下班，汇中那边空无一人，周愫也没见过来打卡。

林疏月等了会儿没等到人，就给她打电话。

响了好久周愫才接，却是惊慌紧张的语气："月月你今天自己走啊，我们这边出了点事。"电话里夹杂着喧闹嘈杂声。

林疏月皱眉："出什么事了？"

周愫急急道："有人要跳楼！"

电话挂断，林疏月快步走去窗边，这个角度看不到什么，但能明显感觉到一拨拨的人往右手边的方向跑。

林疏月担心周愫，没做多想地也赶了过去。

汇中大厦有ABC三座，成"工"字相连形。其中A座是写字楼办公区，B和C是以高端商场和部分外租的形式存在。人流量密集，奢华无比，也是明珠市CBD金融圈的地标建筑。

C座的一处设计平台处，约六层楼的高度，边沿坐着一名衣衫褴褛的中年男性，大肆扬言汇中集团不近人情，逼至绝路。

这事出得猝不及防，又掐着下班的点，正是人流聚集，受关注度最高的时候。

林疏月找到周愫，她已焦头烂额。

"什么情况？"林疏月扶住她肩膀，周愫有了支撑力，稍稍镇定。

"上个月在公司待过半月的临时工人，自称因为生病，汇中才把他开除的。"周愫勉力镇定，但还是被这阵仗弄乱手脚。

林疏月问："报警了吗？"

周愫点头："但赶过来需要时间，而且他情绪好激动，我们根本不能跟他沟通。"

适时，人事部的人跑来："张志福，四十二岁，是上月公司外墙翻新项目里的一名墙漆工，但这些公司都是外包委派的，和汇中不存在任何雇佣关系。"

纸页上，资料笔笔清晰。

林疏月凑近看了看，抓取关键字，目光在"南青县"上停顿。

另一名汇中员工赶来："魏董在赶回来的路上，李秘书说他们马上到。"

那男子激动的叫唤声自高空传来，刺耳怖人。

有人已经上去游劝，但他更受刺激，甚至拿出了刀架在自己脖子上。

围观群众尖叫声响彻，像一个即将爆炸的气球。

林疏月提醒周愫："别让人再上去了，不恰当的言语反而适得其反！"说完，她径直往楼上跑。

电梯到六层，再通往天台是镂空的铁制楼梯。林疏月没犹豫，脱掉高跟鞋拎在手里，就这么赤脚走上去。

男人厉声："你别过来！再过来我就跳下去！"

高楼风大，傍晚降温，像沾着盐水的刀刃往脸上拂。林疏月面不改色，用平静的目光注视："好，你跳。"

男子瞪大瞳孔，呼吸急喘："你别激我！！"

林疏月往前挪近两步："我不激你，我就跟你算算账。这六楼，下面已经有人充好了救生垫。你跳下去，运气好，皮外伤，运气差，伤筋动骨。你想想，汇中集团能赔你多少医药费？"

"我不要钱，我就是来求一个公道！"男人声嘶力竭。

林疏月直视他："公道不在人心，在证据。法律角度上讲，你与公司没有任何关系。你若真跳下去，上半天社会新闻，汇中集团再发份声明，这事就这么翻篇。你这么博人眼球，我猜有两点。一，没钱治病。二，受人蛊惑。"

男人脸都白了，头发迎风乱飞，怒气熏红了眼睛："你胡说！"

林疏月一点一滴观察他的情绪变化，对方的凌厉劲明显软了气势，起伏急喘的胸口泄露了他的心慌。

林疏月又靠近两步，冷静道："你是南青县人，你认识陈刚。"

男人慌乱："我不认识！"

林疏月忽地软下声音："我理解你。"

男人情绪再度激烈："你不理解！你们都不理解！！！"

"我理解。"林疏月说，"因为我也有一个生病的弟弟。"

男人嘴唇干裂，不自觉地发抖，目光从方才的狠厉变得一瞬茫然。

"我弟弟先天性心脏病，无数次地跑医院，我签过最多的单子，就是病危通知书。"林疏月又走近几步，见他重新紧张，便悄然停住，原地坐了下去。

"我理解你的剑走偏锋，但你知道吗，那个陈刚，他对汇中的一个女职员性骚扰。你也有孩子的吧？那个被骚扰的女孩，应该跟你孩子差不多年龄。"

男人目光犹豫，神情也呆滞起来。

林疏月说："人说积德行善，不为自己，为了亲人，也得明辨是非。你虽是被利用的一方，但助纣为虐，想过后果吗？跳下去，死了残了，姓陈的会负责？还有，汇中集团什么实力，你了解过？人家拥有全国数一数二的法务部，不仅一毛钱没有，还会告你敲诈勒索。"

男人喉咙滚动，干巴巴道："我、我不知道。"

"那你现在知道了。"

他骤然掩面呜咽："我需要钱，我要钱治病！"

冷风灌面，直接吹进林疏月的喉咙眼，刮得内腑生疼。她刚要说话，身后一道沉稳有力的声音："你下来，汇中愿意资助你的治疗。"

林疏月一愣，猛地回头。

魏驭城就站她身后，西装笔挺，立如松柏。

男人瞬间警惕："你凭什么这么说？！"

魏驭城一字千金，"我姓魏，汇中集团董事长。"

一锤定音，熄灭所有杂音。

男子愣了愣，然后蹲在地上，抱头痛哭。

警车、消防到，一大堆人拥上天台。在魏驭城的示意下，暂不追责。

林疏月后知后觉，赤脚踩地的腿已经麻木到无法动弹。她微微伏腰，低着头，呼吸如喘。忽地，手心一空——

她抬头，魏驭城就站在身边，手里拎着她的高跟鞋。

"手给我。"他沉声。

林疏月默了半秒，照做。

她有自知之明，腿软根本没有力气，犯不着这个时候矫情，倒显得刻意了。手指刚搭上他手臂，魏驭城收紧，轻而易举将人提起来。

林疏月逞强不得，大半力气都依赖于他。

身体也不再像方才那样寒意空洞，魏驭城倾身，以身体咬碎了大半冷风。围观的人群已松动，汇中的人拥上来目光焦急。下那道悬空铁窄梯时，跳楼的男人折腾了够久，身体本就有病，一下子没站稳，人直挺挺地往下栽。出于惯性去扶东西，这一捞，就把正在他身后的林疏月狠狠拖拽。

"啊！"旁人的惊叫声再次响起！

林疏月滚下楼梯的一瞬间，魏驭城迅速将人搂住，臂弯环得死紧，连着一块儿倒下去。楼梯陡峭坚硬，两人像团雪球，速度之快，根本来不及挽救。

"吭"的一声沉闷响，魏驭城的背狠狠撞向墙壁，林疏月抵着他的怀抱，虽痛，但大半的重力已被魏驭城挡了去。

"魏董！"

"快叫救护车！！"

一大堆人围过来，李斯文最是紧张。魏驭城疼得眉目深皱，无人敢触碰。

救护车响，警车鸣笛，场面混乱。李斯文走最后，小跑着折返林疏月身边，一席话说得郑重："林老师，这次谢谢你。魏董那边得有人，我让周愫陪你去医院，有问题随时给我打电话。"

林疏月除了手掌擦破皮，一番检查后没有大碍。周愫陪着她弄完所有，已是晚九点。周愫拎着一袋药，再三和医生确认后才放心。

"你一定要按时吃药，消炎的，还有明天要换纱布，到时候我陪你哈。"周愫心有余悸，"月月，你也太勇敢了。"

林疏月倒很平静，头发丝乱了，垂在侧脸，如慵懒的睡莲。她笑了下："没事，举手之劳。"

周愫崇拜："你好厉害哦。"

"我大学时，跟着导师做项目，去刑侦部待过一段时间。"林疏月想了想，说，"也不算实习，就是跟着学点东西，受益匪浅。"

周愫反应过来："谈判专家啊？"

林疏月笑着摇头："我学的不是这个专业。"

周愫一顿赞美，林疏月始终听着，神色温淡。之后坐她的车回家，夜景流光幻动，像织出的绸缎，透过车窗跃进仪表盘上。

林疏月划亮几次手机，手指犹豫、反复，最终又次次摁熄。

车停，目的地到。

"好啦，你早点休息，明天见。"

心尖有束小火焰，萎靡不振地烧了一整夜，此刻直冲喉咙，烧化所有犹豫不决。林疏月终于问出口："魏董，怎么样了？"

"不怎么样，"周愫，"左手骨折。"

才融化的小火苗又遇风熊燃，这次直蹿三丈高，烈烈不得灭。到家后，就连林余星都看出来她的不对劲："姐，你还好吧？"

林疏月没跟弟弟说下午发生的事，也有意藏着左手在长长的衣袖里。她笑了笑："没事，想工作去了。"

林余星信以为真，晃了晃手里的书："上次魏舅舅借我的，我看完了。姐，你明天帮我还给他，行吗？"

默了默，林疏月说："他还给了你一件外套，一起还掉吧。"

次日阴雨渐停，傍晚时还有一斜余光亮在西天。

房间隔着门板，隐约听到钟衍那小子大嗓门的一句"林老师"，魏驭城盖上文件，心如浮尘落地。

"我舅左胳膊骨折，这两天在家休养，还好吧，没太大事，医生每天过来两趟。"钟衍的声音隐隐约约钻入魏驭城耳里，"记起来了，这是我舅上次借给小星的书。行，我待会儿跟他说。咦，林老师你就走了？"

魏驭城微微蹙眉，终忍不住提声："钟衍。"

楼下的林疏月蓦地一怔。

钟衍惊奇道："没睡觉啊，林老师，那我就不代劳了。"

林疏月没有过多僵持，她既然过来，是真情实意心存感激的。

她拎着外套和书上楼，刚停步，房门开。

魏驭城身披黑色外套，袖子没穿，宽大衣襟正好遮住受伤的手。不细看，仍是风度翩翩的矜贵模样。

林疏月双手相递，书和外套架在半空，在他深邃眸光的注视下，本该有的关心封了口，只客套出一句："我来还东西。"

魏驭城眼睛低了低，又轻淡移开，没有任何动作。

林疏月被干晾着，一时不知所措。

魏驭城被她研磨出丝丝挫败与委屈，淡声问："只是来还书？"

林疏月看着他打了石膏的左胳膊，心一软，诚实说："来看你。"

短暂安静，魏驭城迈步去书房，林疏月无声跟在后头。她只进去三两步，想把书和外套放下就走。

门边有木椅，东西还未脱手，"咔嗒"轻响，门被魏驭城按压关合。

林疏月转过头，倒也没多惊慌惧怕。

魏驭城问："昨天摔着了没？"

林疏月说："没你严重。"

魏驭城笑："感谢我还是关心我？"

林疏月想了想，轻声："谢谢你。"

魏驭城逼近一步："怎么谢？"

别有用心的施压已昭然若揭，话虽短，却尖锐犀利，非得要个说法一般。林疏月看穿他伎俩，也不落荒而逃，反倒坦荡直视，以柔克刚。

"魏董又想让我负责？"林疏月貌似无辜，精准在那个"又"字上。

魏驭城顺着她的话设陷："所以，终于肯对我负责了？"

林疏月语噎。

他的眼神深邃浓烈，带着隐晦的势在必得。

林疏月别过头，索性直截了当："陈年旧事，何必耿耿于怀，魏董实在不像自我感动的人。"

魏驭城片叶不沾，情绪依旧平稳："你总拿时间说事，那一晚是有多污秽卑微？"

这几个字让林疏月耳根子一烫。

"你和赵卿宇，认识得够久，结果又如何？"

实话逆耳，真相刻薄，魏驭城攻守有度，从一开始就没打算给她退路。

林疏月脑子"嗡"的一声，阵地完全失守。

书房的光线柔和温淡，掺着木质沉调和纸页油墨的混合香气，一缕一缕偷袭鼻腔。每多一秒沉默，就代表她更多一分的示弱。

林疏月脑海一闪，下意识地问："我们之前是不是见过？"

魏驭城嘴角扬了扬："我哪里你没见过？"

她本意不是如此，男人坏起来，不给退路。

林疏月望着他，阵地失守，口不择言："你让钟衍怎么想？"

她的本心是在提醒，应当照顾钟衍的感受。

安静数秒。

魏驭城心知肚明，却故意曲解——

"怎么，那小子也喜欢你？"

林疏月思绪卡壳，顿时无语。

"那不正好。"他剑眉轻挑，淡声带笑，"刺激。"

"感情分得这么清，有用？最后能有个好结果，才是真正的盖棺定论。我不否认对你的感觉，我想跟你要个明路，你不，我也不能拿你怎样，但心意斤两还是得称给你看。

"我实在看不出你的半点厌恶和排斥。别这样瞪着我，多瞪一眼，只会让我想起更多细节。

"我告诉你，你的故事在那一晚结束，但在我这儿，不算，现在才是故事真正的开始。"

…………

光影重重叠飞，炫目眼晕。王叔今晚开车有点快，几个弯路出明珠苑时，林疏月心悸得不行，索性闭了闭眼。

一闭眼，耳朵里又是刚才魏驭城说的话。

每一个字，像尖锐的钉，环环相扣，差点把她给钉死在那间书房。他手真断了？实在看不出半点伤残病样。气势如风起，眉目深沉咄咄逼人。

"林小姐，介意我放点音乐吗？"王叔说话，暂时把她从游离的状态给拽了回来。

"您随意。"林疏月轻呼一口气，别过头看窗外。

午夜电台，唱腔旖旎，歌词浓烈：

"多少人爱我/却放不下你/是公开的秘密。"

清秀男声娓娓诉说，微微的较劲和淡淡的委屈，和魏驭城一模一样。

林疏月手撑半边额头，再也无心看风景。

魏驭城救林疏月的时候，撞击力全部受在小手臂上，幸亏对位良好，只上了夹板固定。大多数人知道他滚下楼，但不知具体伤势。

人在这个位置，牵一发动全身，魏驭城连医院都没去，直接让医疗团队来的明珠苑。李斯文调整日程，尽量让他休息。对外只说那日滚下阶梯无大碍，照常出差，三两天就回。

汇报完毕，魏驭城没发表意见。

李斯文还想起一件事："章教授明天过来明珠市出差，您要不要和他见个面？"

魏驭城敛神："明早给他打个电话，章老也忙，多余的安排就不必了，约个饭就好。"

章天榆是国内有名的心理学教授，北师大任教，也是公安部特聘的刑侦心理顾问。协助处理了几次大案，在业内颇有声望。

魏驭城与他相识数年，也曾受益于他的治疗手法。再见面，章天榆毫不客气地点评："驭城，没好好睡觉。"

魏驭城笑道："要不您留下来，我一定听您话。"

他张开手臂迎上前，与章天榆拥了拥。

章天榆拍拍他的背："我还不知道你，在这件事上，说的永远比做的好。"

魏驭城"啧"的一声轻叹，双手作揖："章老，您给我留点脸面。"

章天榆冷呵："斯文比你乖多了。"

李斯文起身沏茶，笑着说："我还是沾魏董的福，今儿受您表扬。"

一番问候叙旧，最后的话题仍回落到魏驭城身上。

章天榆想了许久，问："我记得以前，介绍过你去了一个义诊。接诊你的，是我亲自带的一个实习学生。"

魏驭城"嗯"了声，平静道："姓叶。"

章天榆也想起来："叶可佳。你说，她对你的辅导有效果，那一周时间，你状态很好。当时我也特意交代，给了你们彼此的联系方式。怎么没有再继续了？"

魏驭城手持精致镊柄，缓慢搅动玻璃器皿里正烘焙的茶叶。他眼睛低垂，察觉不出情绪，仍是平静的语气："是我太忙。"

章天榆皱眉敲木桌，配合节奏，不悦道："等你到了我这岁数就会明白，利挣不完，权揽不尽，名夺不全，保齐自己才是真谛。"

魏驭城给他斟茶，笑意上眉梢："受教，我改。"

一看就不是真心话。章天榆摆摆手，罢了。

闲坐两小时，章天榆走前，说："叶可佳国外进修，听说是回来了。你要没有更好的人选，可以与她再联系。"

魏驭城八风不动，没有表态。

章天榆思及往事，不免感慨："她们那一届，我总共带了五位学生，其中一个我很喜欢，无论是外在条件，还是专业能力，都是一棵好苗子。可惜一些原因，她放弃了这份职业。"

短暂沉默。

李斯文看了眼老板，心中有数，笑着接话："章老与她还有联系？"

章天榆一脸惋惜，不想继续这个话题，只叮嘱魏驭城："不要硬抗，身体是自己的。"

魏驭城亲自去送他，老少并肩，又闲谈几句。

李斯文没跟，站在原地轻轻呼气，心说，您那宝贝学生，已被我老板安排得明明白白了。

周二工作日，忙了好一段时间脚不着地的夏初，终于有空约林疏月一起吃饭。

夏初接了几个公司的员工测评，其中不乏奇葩事，惹得她一肚子吐槽。林疏月适时提醒："可以了啊，我只有一个半小时。"

夏初喝了一大口柠檬水，咂咂嘴说："对了，你看大学群里的消息了没，叶可佳回来了。"

"最近忙，没注意。"林疏月夹了块牛柳到她碗里。

"当初她跟你玩得那么好，同个寝室形影不离的，成天围着你，你也没少帮她忙。"夏初是直性子，不满全挂在脸上，"我记得有一次，你们教授办了次义诊，明明她该去实践的，她又想去车展当车模赚外快，最后她求你半天，还是你替她去义诊签到。"

林疏月笑："你那会儿不是挺吃她醋的吗？说我冷落了你。"

夏初哼了哼："还好意思说，良心呢。"

女孩之间的情感磁场很奇妙，在夏初看来，叶可佳有点故意的意思。见她和林疏月关系好，非得热乎乎地贴上来，在她这儿就是挑拨离间。

"快递没少帮她拿，饭没少给她打，座位没少帮她占。咱们毕业两年多了吧，她可有主动联系？连个电话都没打过。"夏初说越生气，"人家现在从斯坦福进修归国，调子更高了信不信。"

林疏月不停给她夹菜："高不高又怎样，跟自己较劲不愉快。好好吃饭。"

夏初下午也有事，匆匆一顿饭便各忙各的。

上班还有十几分钟，林疏月顺路去星巴克买咖啡。排队的人不太多，她正低头看短信，到了队伍里才猛地发现，前面站着赵卿宇。

赵卿宇正在打电话："你想喝拿铁还是冰美式？几分糖？想好了没有？我没有不耐烦啊，后边还有好多人在排队。好好好，我道歉行吗？"他的语气虽耐心，但表情已是明显的不耐烦。

点好单，赵卿宇走出队伍，转身也看见了林疏月。

眼神交汇一秒，谁都没有打招呼，如陌生人。

林疏月是真的心如止水，买完咖啡就走。刚出星巴克，等在门口的赵卿宇喊道："疏月。"

还是那张清隽干净的脸，还是一贯的清爽穿衣风格，但人似乎瘦了些，眼眶微微凹陷，少了意气风发的精英气质。

林疏月没应声，被拦了路，也没法走。

赵卿宇嘴唇动了动："上次的事，是我妈不对，我替她向你道歉。"

林疏月看向他："只有你妈不对？"

赵卿宇如嚼蜡，满肚子的苦本想倾诉，但她这冷掉渣的态度实在让人不好受。赵卿宇狠了狠心，问："你知道你那个小男友是谁吗？"

钟衍上回在餐厅，揽着她肩说是男朋友。赵卿宇当时给气炸了没太细想，很久之后灵光一闪，越想越觉得钟衍面熟，终于记起他是谁了。

"那是魏驭城的亲外甥，心理一直有病！你上哪儿认识的他，还敢跟他谈恋爱？我觉得你是疯了吧。"

林疏月"哦"了声："也是外甥啊，这外甥都病得不轻吧。"

赵卿宇反应过来她的讽刺："我知道你还怪我，但我当时也是没有办法，我家里那种情况，你知道的。"

"我不知道。你家什么情况，关我什么事？"林疏月冷淡道，"赵卿宇，咱俩已经分手，请你不要再想当然，你错了，就是错了，还指望我来共情？那不仅有病，还病得不轻。"

甩下一脸怔然的赵卿宇，林疏月走得干脆。

她知道他在原地没动，还看着。

于是经过垃圾桶时，林疏月手一挪，指尖一松，把咖啡丢了进去。

赵卿宇看得仔细，分明还是"不可回收"分类。

感情这东西，藕断丝连是最没劲的，尤其赵卿宇这种，不仅没劲，还处处恶心你。一次偶遇，一场对峙，太消减内耗。比如本来大好的心情，一下子灭了灯。

林疏月越想越郁闷，就跟夏初发微信吐槽。

前因后果一通描述，夏初果然气炸。语音消息一条接一条，林疏月手机不停提示。她边走边听，有共同话题，听得认真仔细。电梯正好开着门，跟着人，林疏月也没看，径直走进去。

"这贱男人难道想吃回头草？他也太恶心了吧。以前吊着你，现在脚踏两条船，真是狗改不了吃'shift'！"

夏初嘴瓢，听得林疏月直乐，心情往上提了提。前边的小姐姐拿文件时，碰到了林疏月的手，手滑，手机就没握稳。林疏月反应快，一把捞住，但语音就成了自动扬声器播放。

夏初嗓门又清脆，像往电梯里丢了串挂炮："赵卿宇真不是人，想当初你对他也够好的了。饭菜不吃葱姜蒜，回回出去聚餐，还要你帮他挑出来。咖啡非得指定哪一家，三糖半奶乱七八糟的，他真是我见过最矫情的男人！也就你这么宠着惯着，把他当男宝贝，我……"

林疏月掐得再快，这段话还是被公放得一清二楚。

36层到，林疏月走回自己办公室，边走边投入地给夏初回信息，丝毫没有注意到电梯里的人。

李斯文顿了顿："魏董？"

站在电梯后侧的魏驭城一语不发，迟几秒迈步，倒也没有明显反应。

上班没多久，畅姐打来电话："月月晚上没事吧，部门一起吃个饭啊。"

国内企业很少设专门的心理咨询岗位，规模大，企业文化成熟的公司，才会更倾向于人文管理。林疏月的编制归属人事部，畅姐算是她的半个领导。

"晚上要加班，约了七点的咨询。"

"不冲突，七点前能送你回公司。"

林疏月答应下来，畅姐说："下班后停车场等你啊，坐我的车走。"

到了吃饭的地方，才发现唐耀也在。而且也不是畅姐说的部门聚餐，应该是公司的几个中管和高层。

唐耀很随和，招呼林疏月坐："海鲜新鲜，就叫你一起了。"

他显然把她当成"自己人"，畅姐有眼力见，热情地拉她一起坐下。这顿饭吃得自在，唐耀没什么老板架子，同样穿着西装，但就是比有些人平易和气。林疏月思绪分了道小岔，后知后觉这个"有些人"太有指向性，顿时不自在起来。

唐耀这人很有意思，让你来吃饭，那就是好好吃饭。逢迎、敬酒、客套话通通省略。所以这饭吃得速战速决，吃得林疏月恍恍惚惚。

尾声时，侍者送来一提打包好的外带："耀总，这是按您说的做好的菜。"

唐耀对林疏月说："正好，带回去给魏魏，他没吃饭，你俩一层办公室，顺路。"

这么多双眼睛看着，林疏月不好拒绝，只得讪讪接过："好。"

畅姐把人送回到汇中楼下就走了。

林疏月拎着一袋外带，也没多想。她现在也不害怕见魏驭城，这男人什么招数，她也摸得清清楚楚。越逃避，信不信他越得寸进尺。

有句歌词唱得好，"若无其事，是最狠的报复"。她和魏驭城之间自然谈不上报复，但确实是最佳应对办法。

魏驭城在公司加班是常态，林疏月就没侥幸他不在，然后偷偷放下闪人。她大大方方地敲门："耀总让我带的。"

魏驭城坐在红木桌后，披着一件浅灰色的风衣。风衣是休闲款，身上的衬衫是商务风，搭在一起，和他平日西装革履的风格全然不同。

外套是用来掩藏骨折的左手，夹板不能拆，挡一挡免去不少是非。

林疏月本来心无旁骛，但一见她进来，魏驭城便自然而然地抖落风衣外套，上夹板的手明晃晃地露出。

林疏月的视线果然凝聚去他身上，放东西的动作也骤然一僵。

魏驭城："方便帮个忙？"

林疏月点点头："你说。"

"帮我把饭盒拿出来，顺便打开，手不方便，麻烦你。"他的语气正常，听不出丝毫异样。

林疏月照做，三菜一汤依次摊开。也是这时才发现，怎么都是口味偏重的湘菜，明明那家店是吃海鲜的。

身后，魏驭城声音平静："我不吃葱姜蒜和辣椒。"

林疏月蓦地转过头。

魏驭城不疾不徐："骨折，手疼。"他的眼神施重，悉数落于她眼眸，交汇之际，分明是无声且张狂地提醒——我疼是因为你。

林疏月似有再次踏入陷阱的预感："所以呢？"

魏驭城下巴轻抬，目光清冷，态度执拗："帮我挑出来。"

几秒静默对视，林疏月忽然反应。

魏驭城这副天理昭昭你看着办的姿态，吃什么湘菜，就应该点一条没有西湖没有鱼的西湖醋鱼。

两人对望许久，林疏月让步，点了点头，遂魏董的意。

一份红烧排骨她挑得又快又干净，魏驭城看着她脖颈微弯，露出一截的肤色赛雪。耳畔垂下来的发丝正好止于锁骨，和她此刻的身体弧度相得益彰。

魏驭城用这种不讲道理且拙劣稚嫩的方式，专横直接地传递情绪。他的目光太深邃，像座山压在她身上，有绝对的存在感。

林疏月心思澄澈，嘴角微弯，甚至没有看他："是不是很熟练？"

魏驭城一时没反应。

林疏月云淡风轻道："这事我做得多。"——你说气不气人。

魏驭城果然被将，言语匮乏。

林疏月才不是被他三两下就能制服的小可怜，她有强大的心理知识做补充库，攻心计这招不一定玩得比魏驭城差。魏驭城算是看出来了，这女人遇强则强，谁能讨着便宜真没个定数。

"行了，吃吧。"林疏月乖巧无害地双手奉上。

就在魏驭城脸色渐沉一瞬，她忽地放软语气，小声说了句："不愧是一家人，跟钟衍一样难伺候。"

魏驭城身体向后靠，背脊松沉下去，衬衫薄薄勾出挺立的直角肩，他平静道："钟衍能跟我比？"

林疏月抬起眼，呵，还挺有自知之明。

下一句，魏驭城说得何其无辜："我难不难伺候，你两年前不是早知道？"

林疏月手一抖，没有葱姜蒜的排骨饭差点失手掉地，算是体会了一遭什么叫寒蝉仗马。

魏驭城能如此精准回击，是掐准了这一部分的记忆她也不曾忘记。那一夜是旷日经年，是藤枝缠绵。她的身体是雪化春水，滴在他身上，融成多情涟漪。

与有情人共快乐事，动情是真的，放肆也是真的，细枝末节，足够烙刻记忆深层。林疏月一瞬闪过的怔然和此刻虽极力克制，但仍绯红的脸颊，就是最好的证明函。

魏驭城势在必得，游刃有余地重夺主动权。

此刻的安静都显乖顺。

可惜持续没多久，林疏月重新看向他，羞怯之色褪去，眼角浮现淡淡笑意。笑起来的眼睛会设陷阱，容易在这个话题还未冷却时，让人遐想联翩。

魏驭城忍不住低声："为什么要走？"

林疏月把排骨饭放在桌上，眼神真诚："因为不是很厉害啊。"

说完，林疏月又朝他走来，桌前站定，伸手而探，掌心轻轻盖在桌面。

魏驭城低头，看着桌上的一捧星星糖。

林疏月的声音纤软动人："盖盖味，魏董办公室酸气超标了。"

报完仇就走，哪管什么口是心非。还没踏出门，魏驭城上一刻的表情已足够回味千万遍。

李斯文进来办公室，魏驭城正在吃饭。只用一只手，吃相也是顶顶的赏心悦目。李斯文把咖啡放下，三糖半奶，按要求买的。以前魏驭城都只喝纯黑咖，控糖戒糖的生活习惯非常好，也不知今天怎么突然转了性。

李斯文扶了扶眼镜，开始汇报工作："人事四季度的工作安排已经上会通过，新的培训制度体系建立，下周正式开展。"

他递上纸页版的实施细则："这一块的工作需要相关专业人士的共同参与，李部长物色好的人选，下周一过来集团报到。"

程序汇报到这儿，细枝末节的东西，魏驭城一般放权。跟着他的都是些身经百战的老部将，做事条理和分寸都值得信任。

"周五晚上同学会，你去不去？"提前一周，夏初就问过林疏月，临近一天，她又问了一遍。

林疏月想都没想："得加班。"

夏初知道是借口："其实去一去也无所谓啊，吃吃喝喝玩玩呗。"

林疏月把头摇成了拨浪鼓："小星这两天有点不舒服，我不放心，在家陪陪他。"

夏初关心："咱弟没事吧？"

"我挂了号，下周的。"林疏月说，"号源太紧张了，好几个黄牛加我。"

"最恨这帮趁火打劫的，别惯着。"夏初想了想，"实在不行，我去问问程亦？"

"可别。"程医生是夏初的前男友，书香世家顶顶帅哥。夏初先甩的人，林疏月不希望姐妹折腰再去求人。

"没事，我自己能搞定。"林疏月说。

周五，林疏月确实在加班，完善HR面试时的心理测试内容，完工已经近晚十点，她这才有空看手机。

朋友圈从未这么热闹过，都是同学会相关。刷屏的视频，心有戚戚的大段文字感言。林疏月顺手点开一个，《同桌的你》旋律响起，是叶可佳和当年的班草正深情款款合唱。

同学群内，消息仍在不停刷屏：

"可佳今晚全场最佳！班花班花！"

"华子你这话可把班上其他女同胞得罪完了啊。"

"不小心酒后吐真言了。"

狂欢之际，冷不丁地冒出一条信息。

"班花换人了？"

"不，班花没来。"

后句是女同学发的，就看不惯这帮男的颅内高潮的巴结模样。

话题也到此终止。

夏初打来电话，一顿吐槽："早知道我也不去了，我们班那些男的跟什么似的，对叶可佳各种献殷勤，废物点心。还有叶可佳，她去斯坦福进修的是绿茶烹制法和白莲插花技术吗，对男的嗲声嗲气，对女的就爱理不理的。她以为自己是女总裁呢，端着！做作！"

这话带个人情绪，夏初本就不喜欢叶可佳。

林疏月："她没惹你吧？"

"她敢惹我，我立马把卸妆水泼她脸上信不信。"

林疏月笑起来："消消气，你跟她也不会经常见面。"

夏初冷哼："那可不一定，她说她这次回来就不再走了。"

"工作？"

"找好了，大公司。晓琴问她是哪家，她还卖关子吊人胃口。我晕死，她真的好戏精哦。"

夏初是直脾气，谁对她好，她一定加倍还回去。看不顺眼的，那也是绝不会逢迎讨好："不说了，我饿死了。小星那儿有什么问题你一定跟我说啊。"

明珠市这几天的天气都不错，秋天的阳光像知性淑女，温淡宜人刚刚好。林疏月今天特意提前一站下车，兰考梧桐叶片渐黄，浓绿未褪，调色攀缠，隐隐洒下细碎阳光。

等电梯的时候碰到周愫，周愫热情打招呼："早啊疏月。"然后又转过头，和人事部的同事继续没聊完的话题，"什么来路啊，还让你们部长亲自请。"

"肯定是有关系的，我们部长那种强势风格，一般不轻易出山。"

同事到34楼，电梯里就剩她俩，继续往上升。

周愫说："我们公司在做明年的人事管理框架，很多流程细则都要改，前几天我就听李斯文说了好几次。"

林疏月心细："哎，直接叫李斯文啊？"

周愫若无其事道："还没到上班时间呢，才不叫领导。"

林疏月抛了个似是而非的眼神给她。

周愫立刻反应："干吗啦。"

林疏月悠悠道："你今天的妆好美。"

电梯门开，周愫"噔噔"走出去："我哪天不美。"

外边站着的李斯文恰好听到，林疏月忍俊不禁，周愫脸不红心不跳地从他面前经过。

上午，林疏月去明耀科创本部参加了个会议，畅姐今天请假，很多事情都由她汇报。再回到办公室已经十一点。

开会费喉咙，林疏月去倒水，水杯刚拿到手里，敲门声响。

"请进。"林疏月没有马上转身。

开门声音很轻，连带着别的动静都沉下去。林疏月感觉不太对，回头一看，顿住。

阳光充斥房间，成为天然滤镜，叶可佳一身DIOR裙装，曼丽卷发披肩，非常惹眼。

"疏月，好久不见。"

林疏月蓦地想起早上周愫和同事聊天，所以，世界要不要这么小。

她也笑，寒暄客气滴水不漏："可佳，好久不见，越来越漂亮了。"

叶可佳微一歪头："我今天过来公司报到，想不到会碰到你。"

这话本意没毛病，但从叶可佳口里说出，就有几分高傲的意思，无从深解她的内心，但多半不是什么好意。

林疏月便也投桃报李，不温不淡地笑了笑："我也没想到能碰见你。"

叶可佳挂着笑容，两秒后才开口："你先忙，我去魏董那儿。"

乍一听魏驭城，林疏月心尖像被针缝了两下，也给缝清醒了。早上周愫聊天的"硬背景""关系户"，背后应该就是这棵大树了。

魏驭城这边刚结束视频会，李斯文正与他低声讨论议程细节。助理来通报，提到"叶可佳"的名字时，李斯文先行诧异。

不等魏驭城点头，门外的人已走了进来。

叶可佳容颜焕发，含笑娇俏："新生报到，魏老师，请多指导。"

魏驭城抬眸扫了她一眼，并未过多停留。

李斯文见机行事，自觉离开。

门轻关，地毯厚重吸音，似连呼吸声也一并隔绝。

魏驭城审完最后两条款项，旋上笔帽，这才慢慢直起肩膀："分到人事部了？"

"李部长带呢。"叶可佳走近两步，眼神漪漪。

魏驭城起身，拎着文件往外走。

经过身边时，叶可佳忽然伸手，轻轻扯了扯他的西服下摆。

魏驭城站停，睨她一眼。

女孩双瞳似剪水，私心泛滥。

"我会交代你领导，好好教。"

叶可佳神色放光。

下一秒，魏驭城胳膊轻抬，直接用文件打落她的手："第一件事，就是规矩。"

魏驭城不顾佳人，留下叶可佳一脸错愕，唇齿泛白。而他一出办公室，便脱去外套，单手揉成一团，扔去李斯文手中。

魏驭城不是没有风度的男人，待女性，他都有一把明明白白的标尺。什么身份，对应什么态度。是亲昵女伴，那自然柔情厚待。是女宾，也能风流蕴藉。至于叶可佳，别人不知道，李斯文很清楚，不属于这两者。

拖到下午，李斯文才重新进去他办公室，每月20日是一些机构出资产分析表的日子，基金债券期货，魏驭城的私人理财数量庞大。

魏驭城粗略阅览，他对数字相当敏锐，最后视线停顿在压在最下面的一份账单上。

扫了几行，他皱眉："这么多？"

李斯文没敢吱声。

钟衍上月的消费真相当可观，对应每一笔，买包占大多数。魏驭城实在费解，一男的怎么比女的还讲究。如果"包"治百病，臭小子身上的臭毛病也没见着少几个。

魏驭城把这份账单往桌前一甩，任其寒酸地飘落至李斯文脚边，语气不容商榷——

"下个月，他的零用钱减半。"

傍晚，林疏月带着林余星去了明珠苑。

这事纯属意外。

下午快下班的时候，钟衍给她打了通电话，林疏月接听，他也不说话，莫名其妙地挂断。过了几分钟，又打来，还是不说话，再挂断。

林疏月担心他出事，电话回过去。

这兔崽子第一遍还不接，她腿已经迈出半条了，终于接了。一副要死不活的语气："我新买了乐高，林老师，你带你弟过来玩呗。"

林疏月听出古怪："出什么事了？"

"没事，再见。"

说挂就挂，一反常态。

林疏月不放心，她存了钟衍家阿姨的电话，打给阿姨一问，才知道他感冒发烧，蔫在床上一整天了。阿姨如抓救命稻草，几近央求："林老师，能麻烦你来看看小少爷吗？"

想了很久，林疏月一方面担心钟衍的心理状况又出问题，一方面，林余星和他四舍五入也算年龄相仿，都是没什么朋友的人。回回见面，都是轻松愉悦的氛围。也很难得的，在两人脸上看到暌违的少年生机。

"你还挺脆弱啊，三天两头发烧，都快不如我了。"林余星冒出头，眨了眨眼。

床上的钟衍瞪大眼睛："你们怎么来了？"

林疏月的手背在身后，作势转身："不欢迎就走了啊。"

"别别别。"钟衍翻身坐起，抓了两把头发，乱如鸡窝，"走什么啊，特意过来不就是为了欣赏我的帅气吗？来，好好欣赏，欣赏得久一点，不收你钱。"

他声音有点嘶哑，感冒不轻，说话的时候用手捂着嘴，朝林余星挥了挥爪子："你、你、你走远点，别传染了，去外头拼乐高，都给你买的最新款。"

林疏月侧头："去吧。"

林余星这才乖乖动作："小衍哥，祝你早日康复啊。"

钟衍白眼："我服了，说话老气横秋的。跟我别这么客气，下次直接喊一百遍'钟帅哥'我立马好。"

林余星："违心。"然后迅速溜了。

乐高放在客房，他玩得很专注，所以没有注意到玄关处的动静。阿姨开的门，轻喊一句："魏先生。"然后接过他的外套，"林老师和她弟弟来了。"

魏驭城下意识地寻觅。

阿姨说："在小衍房间。"

魏驭城比了下手指，嘘声。

钟衍眼尖："林老师，你还给我带了花啊？"

林疏月手是背在身后的，确实拿了一束淡蓝色的满天星。发现了就不用藏了，于是拿近了些，在他面前轻轻晃了晃："香吗？"

钟衍吸吸鼻子："没我香。"

林疏月挑挑眉："小孩一个，奶香吧。"

钟衍努努嘴："你没闻出来吗？今天我喷了我舅的香水，我跟他一个味。"

林疏月点点头："难怪你今天的气质成熟很多。"

"拐着弯地骂我老，顺便也骂了我舅，别以为我听不出。"钟衍的喉咙眼干涩，没了平日的张扬气质。

门里静了静。

门外的人也跟着调整呼吸。

林疏月蹲下来，微仰头看向他的眼睛，轻言细语道："你要是遇到事了，或者哪里想不通，再或者，遇到让你不开心的人，不要憋在心里，都可以跟我说。"

钟衍嘴角颤了颤，慢慢垂下脑袋。

"别钻牛角尖，控制好你自己的情绪数据库，不要被任何东西干扰。小衍同学就该闪闪发光，熠熠生辉。"

说完，林疏月从花枝尖上掐了一小簇满天星，轻轻别在钟衍耳朵后。

她的声音和笑容太温柔治愈，目光如春风轻抚，让人相信，哪怕黑夜如茶，只要仰头向上努力伸手，就一定能揪出隐藏的星星盲盒。

钟衍眼睛都熬红了，但又不想哭出来，这样一点也不酷。他情绪低落，低低呢喃："看到你，我想妈妈了。"

钟衍母亲去世多年，林疏月哭笑不得："小子，别咒我啊。"

"不是我妈的妈，是舅妈的妈。"钟衍吸了吸鼻子，"我妈死了，回不来了。退而求其次，求个你这样的舅妈应该能实现吧。"

温情慰藉在林疏月无语的眼神里，彻底画上句号。

而门外的某人，连离开的脚步都带着浮跃的欢喜。

八点半，钟衍让司机送姐弟俩回家。

林余星身体特殊，林疏月也没有客套拒绝。走之前，她看到玄关鞋柜处，一双放置整齐的深棕切尔西皮鞋。

林疏月本能地看向二楼，这个角度能看到主卧门板一角，而门是紧闭的。

魏驭城回来了，但没有露面。

阿姨拎了两小盒猕猴桃，塞给林余星说："以后常来玩。"

林余星又乖又礼貌，双手接着，还微微鞠躬："谢谢阿姨。"

车停在门口，林余星走前。

"林老师。"阿姨突然叫道。

林疏月侧过身："嗯？"

"小衍这几天状态不好，"阿姨犹豫了下，还是小声告诉她，"明天是他母亲忌日。"

而凌晨，李斯文忽然接到老板电话："上次钟衍看中的背包，明天让老王买了拿给他。"

李斯文一头问号，刚想提醒，您下午才看过账单大发雷霆，还要减半钟衍的零花钱。

下一秒，魏董语气低吟如慈父："他最近表现不错，下个月，零用钱多给一半。"

翌日五点，像一只四方纸盒扣盖人间，天空未透半点光亮。但明珠苑的房子却亮起了灯。魏驭城出卧室，素日生活作息混乱的钟衍，已经穿戴齐整，规规矩矩地独坐客厅。他手边，是一束鲜百合。

舅甥俩驱车去三十余里外的公墓。青山连绵，自此，天际晕出淡淡的鱼肚白。钟衍蹲在墓碑前，碑上，魏芙蕖眉目温婉，照片年年如新。

"妈，又一年了啊，你觉得我又帅了吧？"钟衍擦拭案台，动作轻而仔细，"您多看两眼，下次再见，我又是另一种不同的帅气了。"

魏驭城弯唇，臭小子每一年，都是一样的开场白。

"我过得还行，认识了一位好老师，交了一个新朋友。但我朋友跟您一样，身体不太好。妈，您保佑一下他，别成天病恹恹的，赶紧好起来，我还想有个伴一块儿去夏威夷冲浪呢！"

魏驭城冷声："国内不能冲浪，非要去夏威夷。想出去玩就直说，别打着林余星的幌子。"

"又来又来。"钟衍告状，"妈，我舅凶死了。知道他没老婆的原因了吧，无法无天，外公都不敢管他了。"

反正钟衍每一年上坟的三部曲，先夸自己帅，再抱怨魏驭城凶，最后给魏芙蕖磕个头，把新鲜百合摆在母亲照片旁边："妈，这花香，赶紧闻闻！"

魏驭城站在一旁抽烟，抽完后，给魏芙蕖上了炷香。虽是黑白遗照，但姐弟俩清冷凛冽的眉眼相似。隔空对望，如心有灵犀。魏驭城一诺千金："我会照顾好小衍，有空的话，多去梦里看看他。"

这边，林疏月也起得早，八点前得赶到公司，今天要和畅姐出趟短差。洗漱化妆，匆匆忙忙。畅姐发信息来问她到哪儿了。林疏月正穿鞋，穿到一半，单脚跳着去敲弟弟的门。

"星儿，我走了哦。"

林余星醒了，侧身躺床上，掌心枕半边脸："好啊，姐你什么时候回？"

"短差，下午就回。"林疏月一如往昔地交代，"记得吃药啊。冰箱里有蔬菜，牛肉我也切好了。中午自己随便炒炒，乖乖吃饭听见没？"

林余星脸色掺了点灰白，但因为赶时间，林疏月也没太在意。他自己也不想耽误姐姐的事，于是转了个边，背对着她"哦"了声，声音听起来无异样："知道啦，你也注意安全。"

林疏月风驰电掣地出门，关门声刚响，林余星绷着的身体一下子松垮，蜷曲成一只虾米状，难受地用手盖在胸口。

"你眼睛不舒服啊？"中午和接待方吃完饭，畅姐悄声问林疏月，"我看你擦几次眼睛了。"

"眼皮总是跳。"林疏月又揉了揉，"跳得我脑门一抽抽地疼。"

"这么严重？"畅姐说，"下午别回公司，我让司机送你回家休息。"

林疏月没逞强，心里总挂着秤砣似的，时不时地往下扯坠。

"谢了啊畅姐。"

"身体重要。"畅姐叮嘱，"有事给我打电话。"

把人送到，公司的车就走了。

直觉突然冒出来，诡异地在心口打转。林疏月不由得加快脚步，出电梯时，她已经用跑的了。钥匙搁包里一时找不着，林疏月左手在包里掏，右手急急敲门："星，余星，林余星!"

钥匙颤颤巍巍终于对进锁孔："咔嗒"一声，门竟开了。

"姐，你回了啊。"林余星勉力支撑，一张脸白得已不能看，所有的力气也就够撑到这儿了，眼前一黑，"嘭"的一声栽倒在地。

林疏月吓得血色全无，但没失去理智。

现在叫救护车，到这儿至少二十分钟。她把林余星抬高抱在怀里，一手掐他人中，一手给还没走远的畅姐打电话。

畅姐到得快，和司机一起把林余星抬上车，轮流给他做心脏按压复苏。

林疏月抖着手，给他的主治医生打电话，电话是关机的。再打去护士站一问，医生外出培训，不在明珠市。

林疏月彻底慌了。

畅姐安抚道："没事没事，先送去医院啊，医生都会想办法的。"

到了才知道，这根本不是办不办法的问题。

林余星的病一直就棘手，要么不发病，一病就是大事。急诊医生一看，赶紧往住院部送。可办手续的时候，林余星根本没有身份证。

医院卡着规矩原则，当然可以按规章制度先救人。但林余星这种情况危险系数相当高，平心而论，愿意承担这种巨大风险的毕竟是少数。

林疏月眼泪吧嗒往下掉，整个人都在发颤。

这是畅姐第一次看她哭，无声的，压抑的，但更多的是束手无策的脆弱，每看一眼都割心肝子疼。畅姐没犹豫，去走廊上给唐耀打了个电话。

唐耀听完说知道了，然后也没个明确表态。

不到一分钟，魏驭城的电话就打了过来，简明扼要的四个字："手机给她。"

畅姐眼珠一转，脚步生风地跑去林疏月身边："接。"

林疏月木讷着，手都抬不起。

"接啊。"畅姐急得直跺脚。

"喂。"林疏月语不成调。

"听着，东西收拾好，五分钟后有车过来，别的不用担心，跟着车走。"魏驭城直截了当，没有半个字的废话。

甚至用不了五分钟，他说完这句话，就有人来找了，中年男子身穿便服，态度温和："你就是林小姐？"

林疏月呆怔地点了下头。

"东西收好了吗？我们马上转院。"

医院内的救护车就等在门诊外，一路风驰电掣，把林余星转入了明西国际医疗部。到了都不用林疏月找人，已经有人接洽，把林余星移上担架床，直接推去了心外科。

"林小姐你放心，魏董已经安排好了所有。"随行的那位中年男子宽慰，"明西的心外在国内排名前三，冠状动脉搭桥术在国际享誉。魏董得知消息后，立刻给方教授打了电话。"

林疏月嘴唇张了张："哪位方教授？"

"方海明教授。"

国内心血管外科专家，创造过多例医学奇迹。他已经不太出诊，专注医学研究，能把他请出山，魏驭城这是下了功夫的。

林疏月嘴唇动了动，一个字都说不出。

"方教授晚上的航班飞南非，时间凑巧，幸好还在国内。"男子笑了笑，宽慰道，"魏董已经在赶来的路上了。"

林疏月嗓音都变了，道谢后，往墙面走。还没走到，她人已经摇摇欲坠，慌忙伸手借力，才不至于仓皇倒地。

林疏月顺着墙蹲下去，双手环抱膝盖，头埋在腿间深喘气。就这么几十分钟，身体的血好像都被抽干，仅靠一副躯壳行尸走肉般地撑着。

林余星在里面急救，什么状况，她一点都不敢问，也不敢想。

其实，林疏月真不是逃避懦弱的性子，她决定认这个弟弟时，就已经做好了心理建设。所以每一次林余星犯病，遇险，命悬一线，该签的责任书，单，她都能一笔一画从容不迫地签掉。

哪怕是坏结果，她也问心无愧。

至少，她给了林余星能拥有"结果"的资格。

但这一次，她忽就不甘心了。

畅姐、司机、唐耀，甚至魏驭城，这么多不相干的人，都能够倾囊相助，施以援手。可始作俑者呢，不闻不问，甚至根本不知道林余星正在受苦。

林疏月倏地站起身，拿出手机拨了个号码。

大洋彼岸，此时是凌晨夜。

没接，她就不停地打。那头烦了，挂断了。林疏月冷着脸，重复着微信视频申请。

"吱吱"的电流声短暂扰耳，通了，倒也没有多尖锐的回击，甚至带着慵懒讨巧的柔情蜜意："宝贝儿，我睡觉呢。"

林疏月一下子崩溃了："你有什么资格睡觉！自己造的孽不管，只顾爽不顾收拾摊子的是吗？！你儿子，你生的，现在躺在手术室里！你有什么资格睡觉？！"

那头轻飘飘的，并不以为意："好啊，那你别管呗。"

"你是人吗，能说句人话吗？你才是他妈！"林疏月细碎的哭声破了音，一点点沉降下去。

"Mr.Li又不是不养他，你非要揽功劳，我没办法喽。"

"你不是不知道，那人有多变态。"林疏月冷静了些，抬手抹干眼泪，"我不跟你废话，机票我给你买，酒店我给你找，我求你回国一次，把林余星的户口上了。"

"好啊，等我忙完手边的事，明天我有场秀。"

林疏月郑重警告："辛曼珠，哪怕你对这个儿子没有半点爱，也请你，给他一个存在。"

"再说喽，好困哦，晚安我的宝。"

电话挂断，只有嘟嘟短音回旋于耳膜，像深海的浪，一个接一个往她脑子里砸。林疏月慢慢垂手，手机握不稳，一点点往下滑，她像提线木偶，只两根手指捏住，指尖还在微微发抖。

特需楼层，消毒水味被百合花香替代。

眼泪坠地，很快被脚下的地毯稀释，只剩一圈淡淡的水印。林疏月忍了忍，转过身，猝不及防地对上魏驭城的目光。

他站在身后，就这么站着、听着、看着，一言不发。深色西装没系扣，里边是一件浅烟灰的平领羊绒衫，略宽松的版型，仍能被他紧实的胸腹勾出隐约线条。

林疏月别过头，不想见任何人，或者是，最不想见他。在她看来，泾渭分明的原则之上，一旦把软肋递过去，原则就塌了一角。

魏驭城也没说话，往前头走。

林疏月意识到什么，也迅速跟上去。

手术室外，已有医生等在那儿，见着人，颔首招呼："魏董。"

"小杨辛苦。"魏驭城抬手示意，"怎么样了？"

"急性心衰，而且是比较严重的左心衰竭，幸亏急救措施到位。这孩子是不是先天的？"杨医生问。

林疏月点头："是。"

"能有这样的生活质量，可见家里是用心照顾的。"杨医生说，"有惊无险，又是方教授主刀，请放心。"

"动手术吗？"魏驭城问。

"室性心动过速，而且血管腔堵得已经太细窄了，先做个微创，后续治疗方案再定。"

多余的不必再解释，只需知晓，林余星这一关过了就好。

魏驭城上前与杨医生又聊几句，林疏月站在原地，看他眉目舒展，风度自信。印象里，他很少待人如此殷切。明西国际医疗部的心外医生，随便拎一个出来都是顶尖。一个杨医生已让魏驭城如此，更何况是亲自给林余星做手术的方教授。

不用想都知道，得费多少功夫。

魏驭城一转头，就撞见林疏月怔怔相望的目光。他好像会读心术，走近了，平静说："小杨是斯文的高中同窗，你若要谢，回头请斯文吃顿饭。"

语气轻，叙述简洁，好像真的只是举手之劳一般。林疏月显然不信，问："那方教授呢？"

魏驭城有意撇开头，没再与之对视："你不用有负担，人情你来我往，今儿我求人，以后找个机会还回去。多大点事。"

他越说得风轻云淡，内里便越沉淀厚重。

林疏月动容，才止住的情绪又泄了堤坝，她低下头，知道眼泪已经忍不住，却要忍住不被他看到。

魏驭城给够她缓冲的余地，也只有在她低垂头颈之时，眼神才不加遮掩，深情浓烈。

估算到位，他这才开口："做这些，不过是求你一次记得。"顿了下，他说，"不要再把我忘记了。"

今日事，旧日情，顺理成章地交融，让林疏月再也不能将他翻篇。魏驭城克制着揽她入怀的欲望，提醒自己还不是时候。

林疏月重新抬眸，泪痕泛波，眼睛温情又涟漪。

"魏魏。"忽然响起的这道中厚男音，让魏驭城后背如吹凉风。接着，不远处的护士纷纷招呼："陈院好。"

陈蓬树，明西医院的副院长。他能这么叫魏驭城，可见关系亲厚。

魏驭城颔首，神色略微紧绷："陈伯。"

陈蓬树慈眉善目，笑起来尤其亲和，双手背身后，颇有节奏感的语速："上回和你父亲喝茶，听老魏说，你还单着。老魏头都快摇掉了，哎呀，早知如此，和我当亲家不就好了。"

陈院就是这性子，加之两家交好，总爱开点玩笑。但在别人听来，可不就是玩笑了，其中的信息素太多太敏感。

果然，林疏月的目光掺了两分狐疑。

"我接到电话就过来了，火急火燎，我还以为是你遇事。方教授那边应该也在收尾，等手术做完，你们姑侄俩一起，我请吃饭。"

魏驭城心一紧，背脊随之发寒。

他回头看，林疏月的眼泪如退潮的夜海，一滴都不剩。

很快，陈蓬树被叫走，这一隅，又只剩两人相对。

林疏月矫正目光，清清淡淡，方才的动容只不过是，只要被她抓住破绽，就是指间流沙。

魏驭城虽无言，但还是坦荡接受她的审视。

"方教授。"林疏月刚说三个字，就被魏驭城迅速抢断。魏董慌了，颇有几分急促之意表真诚，说："是我表姑父。"

静了静，林疏月看着他："还有什么瞒着我？"

顿了顿，魏驭城低头垂眸，沉声坦白："这家医院，也是我的。"

林疏月皱眉，掌心不自觉地虚握成拳，带着薄薄的怒意问："你有过一句真话吗？"

"有。"魏驭城看着她，声音低了低，"不想再看你哭。"

林余星转危为安，转入特需病房。

没能和方海明教授见上面，小杨医生跟林疏月沟通了所有情况。谈不上多好，但心外病就是这样，过了这次坎，就度过一道生死劫。

"方教授还要赶飞机，但走之前，他给了一个初步的治疗方案。"杨医生笑着说，"如果你相信我们，有任何问题，都可以带弟弟过来。"

坚强惯了，就觉得一个人扛事也没什么大不了。但真的有一堵坚固的墙体可以依靠时，那是完全不一样的感觉。

从杨医生那儿出来，一眼就看到还等在走廊的魏驭城。对视时，他的眼神分明带着收敛的谨慎。林疏月软了心，走近他，真心实意地说："谢谢你。"

魏驭城："杨医生人很好，能这么快找到他，也托李斯文的功劳。不用谢我，谢我的人太多了。我愿意为你做事，就永远不需要你这个谢字。改天请斯文吃顿饭就好。"他低声，"小杨医生是斯文高中同窗，这个真没有骗你。"

默了默，林疏月抬起头，轻声说："也请你吃。"

魏驭城没应答。

林疏月心里头一紧，竟也滋生出忐忑，于是补充道："我会提前跟李秘书约你的时间。"

"不用约。"魏驭城神色升温，唇角藏着笑意，"万事以你为重。"

明西医院有两大王牌，一是医疗水平处于尖端，二是提供顶尖的病患服务。魏驭城亲自打过招呼，围着林余星转的，自然是双重保险。

但林疏月这晚还是留下来陪护，第二天早上回家洗了个澡，又匆匆赶过来。

十点多，畅姐和几个同事过来探望，鲜花买了好几捧，鲜艳点缀，病房里多了不少生机。走的时候，畅姐还给林余星塞了个红包。林疏月死活不要，捂着她的手说："畅姐，大恩不言谢。"

"哎呀呀，举手之劳，千万别有心理负担。"畅姐告诉她，"耀总在忙证监会那边的资料审查，就不过来了。但他说了，不用着急上班，他那边直接给你批假，先照顾好家里。"

林疏月点点头："我会尽快。"

"走了啊。"畅姐挥手拜拜，一干同事也善意地叮嘱她自个儿也要注意身体。

过了十分钟，畅姐人走远了，才给她发了条信息："月，红包放在床垫下，记得拿。"

"早日康复"四个烫金字大俗大喜，红光映在林疏月眼里，跟着一块儿发了烫。

这事知道的人不多，所以当收到周愫的微信，也说下了班就过来时，林疏月相当意外。

周愫："昨天开总经理办公会，开到一半，魏董暂停会议，直接就走了。但应该没人知道是你这边的事。"

指尖一颤，林疏月压下涌动的心潮，问："那你怎么知道的？"

"李斯文呀。"

林疏月语气笃定："愫，你俩办公室恋情吧？"

"他想得美。好啦不说了，我还上班呢。晚点我来看你哈，给你带提拉米苏。拜！"

讲完电话，周愫捏着手机转身，结果吓了一跳。

叶可佳站在她身后很久了。

两人其实并不熟，只是进公司时，行政这边的手续流程是周愫办理的，所以彼此有印象。周愫笑了笑算是招呼，正迈腿要走，叶可佳追切地把人拦住："不好意思哦，我刚才无意间听到的，是不是疏月出什么事了？"

周愫警惕，眼珠转了半圈，依旧笑盈盈的："所以你在我身后，一直听我讲电话哦。"

叶可佳抱歉道："关心则乱，其实我和疏月是大学同学。你刚才说，她在住院？"

"不是她。"周愫留了个心眼，没全告诉。

"你和疏月关系很好？"叶可佳没再追问，而是自然而然地聊起别的，"我看到你俩一起下班。"

"是很好。"周愫睨她一眼，"大学同学啊，那怎么没听月月提过。"

叶可佳笑意勉强："我也不知道，可能是避嫌吧。疏月一直是这样，大学时我就习惯了。其实我们之前的关系挺好的，但出社会，彼此的想法发生了变化。"

周愫"哦"了声。

叶可佳把路让出来："那你还去吗？"

周愫幽幽问："你怎么会这么想？"

"别误会，"叶可佳笑着说，"去的话，能不能帮我也带个好。"

周愫扬了扬下巴，倒是一点都不留情面："你不是知道了吗，既然又是关心则乱，又是大学关系特别好，那你亲自去不是更好？你这样的说法简直前后矛盾，你好奇怪。"

周愫这姑娘有点小傲娇，也不管面不面子的，神神气气地走了。

下班去医院，和林疏月见了面。周愫买了牛奶和水果，第一次见林余星，惊为天人般地一顿狂夸："我天！这什么小正太，立刻给姐姐出道！"

林疏月点点头："颜控的春天。"

林余星不好意思，脸悄悄别去另一边，抿着嘴偷乐。

林疏月让周愫坐，给她剥枇杷吃。周愫说："本来中午想来的，但时间太紧了，月月你瘦了，一定没好好吃饭。"

林疏月说："我吃得多，就这体质，再多也不长肉。"

周愫满目羡慕，纠正说："都长到该长的地方了。"

林疏月"咳咳"两声："这儿有正太呢。"

周愫嘻嘻笑，聊了好一会儿，家里打电话催她吃饭，林疏月便送她出去。到外头了，周愫才说起叶可佳的事："她真的很有意思啊，阴阳怪气地挑拨离间。"

林疏月愿往好的一面想："多心了。"

"不多心，对方什么心眼，我一眼就能看穿。"周愫年纪轻，但能在李斯文手下做事，耳濡目染，看人识人也有一套。

林疏月不想深扯这个话题，调侃问："对她很有意见啊？"

周愫嘬嘬嘴，大方承认："她来第一天我就不太喜欢。"走远病房，她小声说，"而且你知道吗？魏董前几年交过一个女朋友。"

林疏月的重点却离奇："只一个？"

周愫白眼翻上天："我们老板还是挺正派的好吧。"

"衣食父母，明白。"林疏月笑着点头。

周愫歪了歪脖子，告诉她："公司有传言，说魏董交的女朋友，就是叶可佳。这事以前根本没听说，她来了之后，几乎全公司的人都知道了。你说古不古怪？"

林疏月很久没接话茬，最后才说了俩字："般配。"

周愫眨眨眼："呀，怎么觉得你也在阴阳怪气呢。"

三天后，林余星出院。林疏月给他找了个靠谱的做饭阿姨，安顿好后，便也恢复了上班。

畅姐还蛮意外："这么快？"

"家里都安排好了。"林疏月说，"谢谢你啊畅姐。"

"谢什么。"畅姐说，"这事帮大忙的，是魏董。"

林疏月点了点头。

畅姐瞄了眼周围没人，便小声问："你和魏董关系很好啊？"

林疏月不想骗畅姐，抿了抿唇，说："以前认识。"

畅姐拉了拉她胳膊，示意她走去角落的地方："你和魏董吧，关系是不是有点深？我的意思呢就是……"

林疏月看出了她的斟酌谨慎，于是直接打断："畅姐，你想问什么？"

畅姐索性不揣着明白装糊涂："就连我都听说了你俩的绯闻。"

虽然她和魏驭城之间的关系，真的不是绯闻。

客观来说，林疏月能感受到魏驭城对她的锲而不舍，四舍五入也能担得起几分薄情。但这种环境下，世界对女生的恶意本就大于事实真相。

林疏月再回去汇中那边，心事重重，倒个水都差点被烫到。几次点开手机想问问周愫，又作罢。毕竟不是汇中的人，万一没这个事，反倒显得自己多此一举。

但很快，林疏月不这么想了。

她去了趟洗手间，随即又有人进来。大概是想着这里隐蔽无人，所以毫无顾忌地聊起天。林疏月手都放在门把上，蓦地听到自己的名字。

"林疏月也不像那种人啊，每次碰见，她都会笑着打招呼。"

"对你笑就是好人了？我看她挺有手段的。"另一人道，"占据位置优势，和魏董一层办公，没少在他面前晃悠。"

"就是，心思太明显了。她们这清闲活没那么多事，加班的目的估计就是想和魏董巧遇。"

第一个仍试图替其辩解："我觉得你们好会脑补。"

"谁给她脑补啊。李部长亲自请来的那个，那个哎呀名字我忘记了，她们好像是同学，认识的人都这么说，可见大学时就有这习惯了。"

淅淅沥沥的抽水声，烘手机的"嗡嗡"声后，脚步声也渐行渐远。

林疏月这才从门里出来，拽紧的手心已冒出湿意。她深吸口气，给夏初发了条信息。

夏初："她闹幺蛾子了？"

夏初："等着，我这就去打听。"

一小时后，夏初打来电话："月，现在讲话方便？"

林疏月起身关上办公室的门："你说。"

"还真没太多线索，叶可佳大学毕业后跟祈佑发展工作室，明珠市和北京两地跑，事业应该很不错。再然后就是一年前去斯坦福进修，回国就进了汇中集团。"夏初说，"我问了冬冬，叶可佳没有正儿八经的男朋友。"

林疏月敏锐："正儿八经？"

"就是，想承认，但又含糊其词。冬冬说，刚毕业那段时间，她提过有一个心仪对象。有一次聚会喝多了，听到叶可佳给那男的打电话，边打边哭，说什么没有骗他之类的，反正很惨。"夏初摸不准，"月儿，打听这些做什么？"

几个关键词一直在林疏月脑海里循环浮游，但确实没有太明晰的关联。林疏月被下午的流言蜚语越搅越烦，不由得抱怨："就莫名其妙吧，以前我也没有对不起她的地方，能帮的我都帮了。"

"帮"这个字一说出口，林疏月顿了顿。往事碎片试图拼接，摩擦出滋滋的电流。某个光点忽然闪现，极短暂的一瞬，又云山雾罩地消逝不见。

挖掘不出原因，才更让人不甘心。既不甘心，便更不想忍耐。于是掐着下班的点，林疏月将叶可佳堵在电梯口。下班高峰期，那么多人等电梯。在叶可佳即将进去时，林疏月一手横向电梯门，眼睛像一枚锆石，清亮坚定。

"借一步说话。"

叶可佳压下心慌，佯装无辜之态："怎么啦疏月，来，我们进电梯说。"

林疏月："就在这儿说也行。"

多少双眼睛盯着，叶可佳讪讪弯唇，还是顺从着跟她走去旁侧。

林疏月想跟人谈事，就事论事没半个字废话，单刀直入问："一直有疑问，今天索性问个明白。可佳，如果我得罪过你，请你明说。是误会，我解释，是不对，我道歉。"

叶可佳被她的直接弄得措手不及。

"说不出，还是没得说？"林疏月笑了笑，"既然你不说，那就是认可我的问心无愧。好，现在轮到我要一个说法。"

停顿半秒，脸上的笑意一瞬敛去，林疏月眼里肃意弥漫："编造那些谣言，你很开心？还是，只要我不开心，你就开心。"

她的目光太难抵挡，叶可佳硬着头皮回复："不是我。"

林疏月笑得纯真无害："你不想承认，我也不逼你。我们换一种方式，我来猜猜看。"她一字一句，轻言细语，"因为你很喜欢魏驭城。"

叶可佳身形一颤，话到嘴边，可对上林疏月势在必得的眼神，又觉得实在无须当小丑，便以沉默回应。

林疏月眼睫轻眨，显然不满意，她更近一步，轻声："并且，魏驭城不喜欢你。"

语气轻如飘羽，却如千钧利剑，一招攻碎了全部面具。叶可佳怒目圆睁，高傲姿态不复，她近乎嘶喊："你胡说！"

越是歇斯底里，越是答案证明。

到此，什么都不必再揣摩。

求而不得四个字，无疑增加悲壮感。或许旁观者有同理心，但林疏月是受害者，她实在不必共沉沦。

叶可佳短暂失控后，情绪整理相当效率。再开口，又是一副能上阵杀敌的骄矜姿态。她不受挫，也能体察要害，冷不丁地一笑："怎么，魏驭城难不成喜欢你？"

林疏月满不在乎："你都把我当假想敌了，可见心里已有了数。"

叶可佳嘴角颤了颤，扬高下巴："既然都有数，疏月，那就各凭本事了。"

不远处的电梯门，就在这一秒滑开。

还没有见到里头的人，林疏月心里忽升一种不讲道理的直觉。她连看都懒得看叶可佳，笑得自信从容："你叫魏驭城什么？魏董？驭城？"

叶可佳愣着没反应。

"你不是挺想知道我和他的关系吗？你猜，我怎么叫他？"刚说完，魏驭城的身影果真从电梯里走出，满足了她那份"不讲道理"。

赶鸭子上架也好，争一口气也罢。他既然这么及时地出现，林疏月怎能不成全有心人想看的一场好戏。

她冷静地留了心眼，特意等了两秒。

魏驭城身后空空如也，确定只有他一人。

于是，隔着距离，林疏月大声道——

"干爹！"

魏驭城脚步一停，皱眉看过来。

几乎同时，他身后跟上一个又一个的人。视频会刚散，都跟来去办公室汇报工作。像卡壳后的电影镜头，每个人同款表情，震惊连震惊，如此戏剧性。

这叫什么来着？

大型尴尬现场。

林疏月脸如火烧，聪明反被聪明误，她不敢看任何人，此时近乎凝固的气氛，让她大脑暂停运转。

渐渐走近的脚步声切割耳膜，直至一双深棕色的切尔西皮鞋停至半米远。清淡的男香袭入鼻间，轻轻重启知觉。

魏驭城低头看她，神色深了一寸，沉声说："注意场合。"

…………

"回去叫。"

魏驭城的声音不重不轻，分寸拿捏得死死的。比如离得近的叶可佳，一定能听得清清楚楚。再比如电梯口的众人，耳朵起立，也只能听个大概。但被当"爹"的老板，似乎并没有明显怒意，相反，表情还挺满意。

魏驭城的出现点到即止，也给两人的对峙盖棺定论。叶可佳落败灰脸地走了，林疏月也没觉得多舒适，浑身的鸡皮疙瘩筛了一层又一层。她有点后悔，有什么好要强的，赢了又有多光荣？

魏驭城懂得给台阶，不用知晓个中缘由，能让林疏月叫出这声"干爹"，一定是迫不得已。他没过多拿这事说事，只意味深长地看她一眼，便径直往回走，领着一群人消失于转角。

麻木地回到办公室，把门反锁，终于只剩一个人了，林疏月猛抓头发，疯狂甩了甩头，并且怨责自己，憋下这口气能死啊！非出这种洋相才解气是吧！平时冷静的性子都哪儿去了！碰到叶可佳就失控究竟是为什么！

退一万步，叫什么不好，叫干爹。

林疏月再次复盘当时情景，肠已悔青。她跟夏初发短信，把这事说了一遍。

夏初秒回："姐妹牛哇！魏驭城怎么说？"

林疏月："回去叫。"

夏初："哈？"

夏初："开口就是老色坯。我敢保证，他当时的脑子里装的绝不是什么纯净水。"

林疏月："我不是来听你剖析他心理的。"

夏初："但他很有研究价值啊哟喂！太会接你的梗了！"

差点忘记，她这姐们儿也是一个单纯的颜控。

林疏月在办公室待到八点半，估摸着这一层应该也没什么人了才锁门下班。等电梯时左顾右盼，生怕冒出旁人。进电梯后赶紧按关门，非得把自己封闭起来才稍觉心安。

到大厅，林疏月反倒心事重重。走到室外被冷风一扑，把脑子扑清醒了些。刚要迈步，眼睛被突然涌进的强光晃了晃，她扭头一看，黑色奔驰已停于面前。

车窗滑下，魏驭城侧着头看她，眼睛弧度微弯，眼廓更显狭长，这个角度，就如犀利的探照灯。

林疏月别开头，视而不见，拢紧外套往左边走。

她一走，车也跟着动，像两个匀速前进的平行点。就这么动了十几米，转个弯就是宽阔视野，保安室在不远处，稍微注意，不难发现他俩的古怪。

魏驭城吃透这一点，不言不语却势在必得。

林疏月当然不想被人看到他们这对"父女"，站定数秒，还是坐上了车。

车速上提，风驰电掣地开出汇中。

九月夜凉，车里开了点热风。魏驭城的外套丢在后座，只着一件深色商务衬衫，袖口折上去半卷，露出手腕上的积家表。

林疏月记得，上一次见他，戴的也是这一只。

"表有我好看？"魏驭城忽地出声，内容却不着边际，还有一丝调侃。

林疏月压住想往上翘的唇角，正儿八经的语气："嗯，毕竟它贵。"

这个款式是这品牌的经典，四舍五入能付明珠市一套房的首付。

魏驭城没接她的话，等到下一个红灯车停，悄无声息地解开表扣，就这么轻扔进她怀里。

表盘冰冷，正巧贴了下她锁骨，凉得林疏月肩膀一颤。

魏驭城说："送你。"

这人说得轻巧不在意，好像扔的不是百万奢品，而是博美人一笑的小玩意儿。这突如其来的将军之策，林疏月心眼明净，拿在手里看了看，学他动作，风轻云淡扔还回去："不是很好看。"

这招式接得不落下风，魏驭城睨她一眼，"嗯"了声："所以，别看表，看我。"

绿灯起步，两人维持沉默直至目的地。

林疏月住的小区路窄车位少，尤其这个点，连大门口都摆满了车。横七竖八停得乱，堪堪留出一条刚够过车的道。

"就这儿下吧，前面你过不去。"林疏月提醒。

魏驭城没有要停的意思。

眼见越来越近，从林疏月这个角度看就要撞碰上。她急着说："真别开了，太窄了！"

"我在这儿，怕什么？"魏驭城镇定依旧，一只手搭着方向盘，油门轻点，毫不犹豫地会车穿过。从后视镜看，两边距离控制精准，大概就两指宽的空余。

林疏月心跳未平复，下意识地松口气。

魏驭城轻声一笑。

林疏月扭过头，不满问："笑什么？"

"没考驾照？"

"考了。"

魏驭城不满意："胆子小。"

"大学考的，考到后一直没有摸过车。"林疏月坦诚道。

"以后我教你。"

林疏月抬眼："不敢开你的百万豪车。"

魏驭城把人送到楼下，等她下车后，才不疾不徐地隔着车窗叫她："不打声招呼再走？"

林疏月点点头："慢走，路上注意安全。"

魏驭城眼里融了调侃的笑意："谁慢走？"

林疏月一怔，脑子里倏地冒出"干爹"二字。

他故意的。

夜色缱绻，却挡不住她双颊绯红。待人近乎落荒而逃不见身影，魏驭城靠向椅座，再次轻声笑起来。

林疏月一开门，就被林余星堵个正着，小孩没点大病初愈的虚弱样，兴致勃勃道："姐，魏舅舅送你回来的！"

林疏月吓一跳："你怎么知道？"

"我看到他车啦！"林余星说，"你都进楼道了，他的车还没走。"

林疏月愣了愣，下意识地走去窗边，探头一看，空空荡荡："没有啊。"

转过身，对上林余星向下弯的眼睛："姐，你很有问题哎。"

林疏月作势要揍人："欠打。"

林余星的开心写在脸上："我知道，小衍哥说过，这叫欲盖弥彰！"

"钟衍都教你什么东西。"林疏月佯装生气，"好好反省。"

林余星疯狂点头："知道了。反省魏舅舅为什么送你到家门口。反省为什么一听到他没走，你的反应超激动。"

都退到房门里了，过了三秒，林余星又忽然冒出头："姐姐，魏舅舅好喜欢你。"说完，"啾"地一下关门。

林疏月哭笑不得，小屁孩长大了，会猜人心事了。

客厅安静，时钟走针嘀嗒如心跳。

林疏月轻靠窗沿，回头看了眼楼下，明明地方是空的，但又觉得，那儿其实是满的。

而林余星也在房里发微信："你觉不觉得你舅舅有什么问题？"

钟衍回得快："发现了！！我正想跟你说。"

林余星小激动："你先说。"

钟衍："那天我偷看我舅洗澡，我才发现他有六！块！腹！肌！我都只有四块。"

林余星略有无语，关注到重点："你为什么要偷看长辈洗澡……"

钟衍："？？"

钟衍："难不成光明正大地看？那我会被他打死的。"

钟衍："对了，你发现我舅什么问题了？"

林余星："发现他家有一枚傻蛋。"

　

林疏月替自己尴尬了两天缓不过劲，好在忙碌的工作节奏取代了短暂的多思。明耀科创的新品发布会举办在即，不比汇中集团，明耀虽精尖，但唐耀今年才决心将业务重心迁徙国内，相当于业务继续开展，但并未正式公之于众。借由这次发布会，也算一举两得。

整个公司轮转，哪个部门都不轻松。畅姐也忙着审流程，索性把林疏月揪过来一起帮忙。林疏月是个勤奋的，不管分不分内，她都乐意学点东西。

唐耀不似传统新贵，他自幼在美国成长，做事并不拘于条框。发布会场地设于明瑰庄园，庄园风景极佳，倒很契合他一贯的跃进风格。

发布会时间定在这周五。天蓝云淡，湖光映色。光影糅合下，丝毫没有秋日萧条落败之感。这就是户外场地的优势，可供设计发挥的余地颇多，足以让人留下深刻印象。

唐耀很是满意："怎么样，可还行？"

魏驭城不搭理他的炫耀语气，只抬手指了指嘉宾席上的花束："多余。"

唐耀一声令下，秒速让人按照魏董说的办，又问："你真不参加？"

"这庄园我五年前买的，已经看腻了。"

魏驭城过来，纯粹是友谊捧场，两人这份关系知根知底，所以唐耀连邀请函这种台面功夫都省去。

魏驭城一身浅色休闲装，男人到这岁数，稍年轻点的风格不好驾驭，多一分是油腻，少一分又装嫩。但魏驭城的气质太有延展性，穿正装是西服杀，穿随意了是芝兰玉树临风而立。

会场工作人员忙碌着，穿梭不停做最后的准备工作。魏驭城眼尖，瞬间看到刚露面的林疏月。

唐耀察言观色，先打预防针："别搁这儿给我脸色，于私是你的人，于公是我下属。"

魏驭城无话可说，拧开瓶盖喝了口水。

"魏魏，你俩现在什么状态？"

魏驭城睨他一眼："公私不分的状态。满意？"

唐耀后知后觉，有被阴阳怪气到。

"名牌和座次再核对清楚，千万别落了名单。"畅姐风风火火指点大局，"哪个环节出纰漏收不了场，我就让他去台上跳舞救场。"

林疏月手持名单，弯腰核对嘉宾姓名。畅姐点了点她的肩："月，待会儿去入口做接待，把人往座位上带。"

林疏月形象佳，气质有辨识度，来宾有个疑问，也很容易找她解答。八点半，宾客媒体陆续到场，一切有条不紊地进行，唯一的不适，就是低估了工作量。高跟鞋是上周新买的，穿了两次，当时也没觉得磨脚。

但今天路走多了，每一步都跟踩在刀尖上似的。最忙的时候，倒也淡化了痛感，嘉宾坐了八九成，稍微放松，疼意便止不住了。场合上也不能表现太明显，林疏月只能忍着。好不容易四周没人，她想靠着柱子站会儿。一转身，又见车至。

林疏月迎上前，换上笑容。车门开，接连走出来三四人，赵卿宇个头高，最显眼。林疏月脚步顿了顿，随即平静自然地招呼："各位好，签名台在这边，请跟我来。"

赵卿宇故意走在最后，跟在林疏月身边："我换公司了。"

林疏月充耳不闻，依旧是职业微笑。

"待遇比以前好，发展前景也不错，上升空间也很大。"赵卿宇拖慢脚步，语速却快，迫不及待地传递出他过得很好这一讯息。

签名是走最前的那位中年人执笔，林疏月瞥了一眼，姓傅，然后什么都明白了。她甚至连头都懒得转向赵卿宇，冷声问："你这样跟前女友讲话，你现女友的父亲知道吗？"

赵卿宇果然退缩，一时半会儿没吱声。待傅琳爸爸走远了些后，才压抑地问："疏月，你非要这样吗？"

林疏月猛地看向他，笑得明媚动人："你如果不是我老板邀请来的嘉宾，我真的会抽你，立刻，当场。"

"你！"赵卿宇没讨着痛快，憋着气走掉。

而之后的时间，他似是蓄意报复，隔几分钟就以嘉宾之名，让林疏月过来解决问题。不停地要水，要宣传册，又问洗手间在哪里，可问完之后，他根本就没有要去的打算。

林疏月本就脚疼，几番折腾，脚指头被石子磨似的，疼得钻心。

毕竟当过亲密爱人，赵卿宇对林疏月相当了解，她什么表情，什么动作，代表了什么，一看一个准。

两人像是无声的拉锯战，互相较劲。

林疏月这不服输的性子，也绝不会让渣男称心。赵卿宇再刁难，她都能滴水不漏地应付，让他挑不出能大做文章的错处。

九点整，发布会终于开始。赵卿宇再没借口整幺蛾子，林疏月走到座次最后，摄影组乌压压的影音器材占据空地，林疏月半天都找不到可供休息的椅子。

她仍这么干站着，疼痛加剧，脚踝都要断了似的。忽然，一只手从后面扶了她一把，继而掐住她的小手臂，将人往后带。

林疏月本能反应地去借力，半边身子都往他身上靠拢。近了，未先见清脸，他身上的乌木调淡香先识了人。

林疏月扭头一看，果然是魏驭城。

魏驭城戴着墨镜，鼻梁更显优越，下颌线与颈部完美接界，林疏月的额头轻轻贴了贴。

魏驭城没说话，以动作半强迫着让她跟来。小十米的距离，草皮修建再规整，仍不好受力。魏驭城就这么单手把人勾住，为配合身高，特意微弯腰。

"你要不想被我悬空拎着，就继续动。"他说。

林疏月想象了下画面，太诡异，于是瞬间听话。

魏驭城的车停在内场，还是他自驾时最常开的那辆。车边停下，他的手总算松了松。林疏月也顾不了形象，屈着腿站立，像被人揍瘸了似的。

魏驭城皱眉："疼不知道跟唐耀说，逞什么能。"

"这点小事就跟老板说，下一秒就会被开除。"林疏月挠挠鼻尖，龇牙呼气，见魏驭城仍不痛快，她轻飘飘地道，"我老板又不是你。"

魏驭城差点被噎道："没人跟我汇报这种小事。"

林疏月偷偷弯唇，反应还挺快。

秋风本寒，但艳阳天给它裹了件衣，怎么吹都是暖的。自两人之间溜过，顺走了彼此的点点呼吸。

林疏月也不知是缓解腿上的不适，还是心上的不自在，下意识地弯腰假意揉膝盖："本想找地方坐坐，但那儿没我的位置了。"

耳边传来车门开启的声响，下一秒，魏驭城又把她捞起。一手抵在车门顶沿，一手施以力道，把她塞去后座。

他低声："嗯，你的位置在这里。"

林疏月愣了愣。

"过去点。"他又说。

"干吗？"林疏月干涩涩地问。

魏驭城看她一眼，长腿跨挤而上，与她并肩而坐。

"我的位置，也在这里。"

第四章

暗里着迷

车门关，空气瞬间排挤，剩下只够两人呼吸的分量。呼吸不能太深，怕下一秒就缺氧。林疏月如临大敌，但魏驭城并没有进一步的动作，甚至连话都不说，靠着椅背闭目养神。

林疏月渐渐放松，弯腰揉自己的脚踝。

外面宾朋满座，车里一片宁静，是两人少有的和谐时刻。

时间差不多，发布会近尾声，林疏月准备下车。魏驭城忽地睁开眼："还过去被前男友使唤？"

原来他看到了。

对赵卿宇有怨气，林疏月语气也不善："他是你外甥，做长辈的多管教。"

魏驭城笑："管不住，我又不是他干爹。"

又来又来，这个词是过不去了。

林疏月瞪他一眼，然后下了车。

没走几步，畅姐给她发短信："你腿疼啊，不早说，赶紧回家休息，这边没啥事了。"

这也太及时了。林疏月意识到什么，转身回看，魏驭城的车已不在原地。

晚上，夏初发来信息："看群里消息了没？"

林疏月："怎么了？"

夏初："章教授来明珠市了，昨天几个同学去看了他。他问起了你。"

林疏月陷入沉默，不知该怎么回消息。

夏初："章教授当年那么器重你，你要不要见他一面？地址我都打听好了，下榻在明珠饭店。"

林疏月手指几次移动，最后打了两个字："算了。"

夏初又发来好多信息，林疏月看都没看完，把手机调成了静音。

章天榆是林疏月整段求学之途的良师，他以深厚的知识储备和宽广的胸襟，育人教理，不吝点拨。大二那年，他就带着林疏月跟项目，去刑侦部实习，去北京聆听讲座。林疏月的论文一向被他赞誉，每每谈及，章天榆总自豪有这么位学生。

那时候，林疏月也觉得，自己会成为不负恩师所望的优秀心理师。

后来，她的人生里，再谈不起理想。愧疚也好，逃避也罢，她不再活跃于昔日同窗中，也刻意疏远恩师。以往逢年过节的问候通通取消，再后来，手机号换了几次，就更联系不上了。

章天榆起先还问问别的人，但学者心气高，久而久之也生了恼怒。只是偶尔提起，对林疏月是又爱又恨。往事再难回首，林疏月像一只缩壳的乌龟，只敢一个人细细回忆。

回忆一旦冒头，往往意味着有事发生。

这天上班，林疏月和畅姐一起做了新员工面试，并针对重要岗位的应试者做了MBTI[①]测试。忙完过来自己这边近十一点，出电梯的时候，

---

① MBTI：迈尔斯-布里格斯类型指标（Myers‐Briggs Type Indicator）的缩写，是由美国作家伊莎贝尔·布里格斯·迈尔斯和她的母亲凯瑟琳·库克·布里格斯共同制定的一种人格类型理论模型。

林疏月正低头看资料，蓦地听到一声醇厚的嗓音："林疏月。"

林疏月怔住，抬起头，章天榆就站在面前。

她站得笔直，下意识地低头："章教授。"

章教授也是不可置信，但很快镇定，并且皱着眉略显生气的语气："你还认我这个老师啊。"

一句话，林疏月已无地自容。

她这才看到，与章天榆一起的，竟是魏驭城。

魏驭城笑了笑："章教授，这是？"

章天榆没好气："就是我跟你提过的那个学生。"

林疏月头更低。

"怎么，都不想请老师去你办公室歇歇脚了？"章天榆恨铁不成钢。

林疏月这才反应，忙把路让出来，低低地喊了声："老师。"

章天榆叹了口气："算了，也不勉强。你自己看着办吧，若还记着我的好，就请老师吃个饭。我还在明珠市办事，后天早上的飞机回北京。"

林疏月手指揪紧，不敢看恩师。

"如果还记得我这老头的好，地址你问魏生要。"章天榆睨了魏驭城一眼，"好好当老板，多开导你员工。"

魏驭城笑意更甚，边走边按电梯，伸手做了个请的动作："教训得是。"

俩人走后，林疏月浑身发软，跟木偶似的站在原地。

她一上午心神不宁，总往外头瞄。尤其听到电梯的提示响，心口更紧扎。百叶窗帘缝调宽，有人经过她便张望，这一天，都没等到魏驭城回办公室。

快下班的时候忍不住，林疏月给周愫发微信："愫，李秘书出差了？"

周愫在忙，十分钟后才回："对啊，中午的航班飞深圳。"

林疏月这是拐着弯地打听。李斯文和魏驭城向来形影不离，李秘书出差，魏驭城肯定也不在明珠市。

林疏月懊悔不已，犹豫不定的事情，到这一刻才骤然亮出清晰答案。

自我较劲害死人！

林疏月丧气极了，手机一盖，生自己的气。

在办公室心不在焉地坐了好久，夜色披甲上阵时，她才恍恍惚惚地准备回家。拿包，关门，转身却看到右边行政部隐隐渗出光亮。

林疏月心里咯噔一跳，那种不讲道理的直觉又来了。

她快步往那边走，绕过屏风、几个工位，一眼就看到了目标。果然是魏驭城办公室的灯亮，他竟然没走！

该怎么形容此刻心情？劫后余生，失而复得不为过。

门没有关严，她先探头，然后一点点挤进半个身子，左右张望两圈也没找到人。最后，魏驭城的声音近乎是贴着她的背传来："在这儿。"

林疏月本能往后退，肩膀被扶住，魏驭城就站在她身后。只不过这一下退得急，脚刹住了，后脑勺仍撞上他胸口。

"砰砰"响，特硬的一下。

不夸张，林疏月疼得耳里"嗡嗡"响，捂着头蹲下。

魏驭城也蹲下，皱眉问："撞哪儿了？"

最疼的两秒已经过了，但林疏月没起身，而是直直望着他，唇瓣微启："挺严重的，脑震荡。"

魏驭城一边流连她此刻的眼神，一边忍着笑问："赔多少钱？"

"章老师住哪里？"她语气干巴。

"明珠饭店。"

"哦。"林疏月欲言又止，慢慢低下头。

魏驭城也低头，看了眼她的表情，故作正经地一语双关："还有什么要我赔的？当场结清，过期不候。"

他作势起身，衣摆迅速被扯住。

林疏月仰起脸，眼里怯意明显："你和我老师认识，能不能陪我一起去？"

魏驭城没有马上回答。

静默太久，鼓足的勇气又一点点散开，林疏月刚要松手，就听他说："我等了这么久，终于来找我了。"

次日，明珠饭店。

章天榆腰椎不好，严重的时候走路都不方便。明珠市秋季雨水绵长，林疏月没订太远的餐厅，就在他下榻的酒店。二楼的粤菜厅口味正宗，也符合老人家清淡的饮食习惯。

林疏月一声不吭地给他布菜，谨小慎微，过分紧张。章天榆本来有点摆脸色，可一看她这样，无奈叹气：“坐吧，自己来。不知道的还以为我是老虎。”

一旁的魏驭城笑道：“您得多笑，这么多年不见，别又把人吓跑了。”

章天榆冷哼：“腿长她自个儿身上，爱跑不跑。”

魏驭城转过头，轻声问：“还跑吗？”

这话术其实是给两人找台阶，但林疏月总觉得他是话里有话。

林疏月点了点头。

章教授气得：“还跑？”

她又猛地摇头：“不跑了。”

章天榆消气大半，终是关心爱徒：“还在这个行业吗？”

“在。”

章天榆神色眼见着回温，瞥了眼魏驭城：“你也不跟我说。”

魏驭城直呼冤枉：“我也不知道她就是您学生啊。”

听不懂两人的哑谜，林疏月眼神疑虑，看向他。

“但您放心，人在我这儿，我一定帮您看牢了。”魏驭城起身倒酒，桌上还有一瓶没开的五粮液。

“行吧，”章天榆虽有惋惜，他当初一心栽培林疏月往心理研究方向发展，如今虽差之千里，但她至少还没放弃这个专业，“汇中也是大集团，多行实践，对你有益。”

林疏月觉得他应该是误会了，但一想到解释起来更复杂，便把话咽了回去。

章天榆有点酒量，闲暇之余也好这口，难得高兴：“小月是能喝一点的，给她倒个杯底的量。”

林疏月也高兴，爽快伸出杯子：“行，陪老师。”

魏驭城却没顺意，左手掐着酒瓶子，不疾不徐道："她明儿还要上班，不要误事，章老，我陪您喝个痛快。"

林疏月撑着脑袋不满："你明天也要上班啊。"

"我是老板。"魏驭城淡声。

林疏月举手做投降状，服气。

章天榆可能也看不上她那点酒量，立刻赞同。就这样，一老一少举杯畅饮，恣意闲谈。国事军事天文地理，就没有魏驭城接不上的话。

林疏月一直在留意。

酒是一杯接一杯，魏驭城脱了西装，径直丢到她腿上。林疏月今天穿的裙子，虽有打底裤，但秋夜寒凉，他看在眼里。

也是这时林疏月才发现，魏驭城喝酒那叫一个爽快实诚。并且不像有些男人，喝酒话多，忘乎所以。他很有分寸，总是仔细聆听，恰到好处地接应，涵养与体面不减。

章天榆尽兴之时，还哼唱了一段黄梅戏，长叹短调，宝刀未老。唱完了，又要倒酒。林疏月忍不住出声："老师，您喝得已经很多了。"

"不多不多，这哪儿叫多。"章教授借酒还童，直摆手。

酒瓶刚倾，就被一只手堵住瓶口。魏驭城说："章老，听您学生的话。"

章天榆虽不肯，但还是克制了许多。到后边，就变成魏驭城陪酒，林疏月偷偷计量，两瓶五粮液他得喝三分之二。

多是多，但人很清醒。知道章天榆明早的飞机，八点半前便把人送回房间。走时，章天榆望着林疏月重叹一口气："你啊你，既是我最放心的学生，也是我最担心的一个。"

魏驭城笑了笑，似做保证："我看着，她以后跑不掉了。"

与章老道别，又只剩他们二人。

其实吃饭的时候林疏月就在想，魏驭城喝了酒，该怎么回家。后来又想，他应该安排了司机来接。

可直到出电梯，步入酒店大堂，也没听到他给司机打电话。钥匙捏在魏驭城手心，随着动作轻轻碰响。

林疏月忍不住了："你自己开车？"

"我喝了酒。"

总算还知道。林疏月问："你司机来接了吗？"

魏驭城睨她一眼："来了。"

林疏月意外，下意识地看外头："嗯？在外面吗？"

他目光不移，一直看着她。

林疏月忽然反应，指了指自己："我？"

钥匙已塞进她手中，魏驭城迈步向前："你。"

"不是，我不会开！"

"你有驾照。"

"有是有，但我真没摸过车。"

林疏月急着追上去。男人腿长，又故意走快。她像一只蹦蹦跳跳的兔子围在他身边。门侍已经将车停在门口，魏驭城置若罔闻，拉开副驾的门径直坐了上去。车门"砰"地一关，是铁了心。

后方还有来车，等久了，忍不住轻声鸣笛催促。

林疏月没办法，只能硬着头皮坐上驾驶位。

"挡在这儿，往下拨。"魏驭城甚至都没睁眼，酒劲上了头，轻言淡语，"踩油门。"

摸着方向盘，林疏月豁出去了，结果第一脚油门踩重，车疯狂前倾，她又赶紧刹车到底。这一颠簸，颠得魏驭城睁开眼。

他皱眉说："待会儿我吐一车，你收拾。"

林疏月扬着下巴："闭嘴，对你司机好一点。"

魏驭城忽地一笑："也是，一车两命。"

林疏月不跟他打嘴炮，她是个做事非常投入的人，读书时就这性子，要么不做，要做就往好了做。魏驭城的这辆顶配奔驰好开，夜深，道路上的车也少。

起先她还开得慢，后来并入明珠路，宽敞到能阅兵的八车道开起来不要太爽。魏驭城轻睨打量，她是沉浸的，隐隐兴奋的，放松的。

"开点窗，更有感觉。"

"不用了。"林疏月说，"你喝了酒不能吹风。"

魏驭城笑："关心我了。"

林疏月手心冒汗，直接把车窗全部降下，反驳得明明白白。

魏驭城懒着声："没良心。"

后来他也不说话了，歪在座位上，难得没坐相。长腿屈着，衬衣贴着腹，不见一分赘肉。他应该是睡着了，开到明珠苑一个半小时，动也不动。

林疏月停好车，话到嘴边了，可一转头看见他沉睡的侧脸，又维持住了沉默。

钟衍似乎说过，魏驭城睡眠不好。

林疏月下意识地去看他的头发，浓且密，魏驭城多大了？三十五？还真没脱发烦恼。林疏月被自己逗笑，想的都是什么乱七八糟的东西。

五分钟后，魏驭城自己醒了。视线蒙眬，染了酒精，眼睛都不似平日漆黑，呈现淡淡烟灰色。他哑着嗓子："我不太舒服。"

林疏月轻哼："我以为你有多能喝。"

魏驭城"嗯"了声："我装的。"

男人一旦诚实，会显得可爱许多。林疏月无奈叹气，先下车，再绕去副驾开门："你家那大门我停不进去，车就放这儿了。你搭着我点，我扶你进去。"

魏驭城很配合。

车门一关，林疏月就后悔了。低估他的重量，他这哪叫"搭着点"，简直是整个往她身上挂。林疏月吃力："你能不能自己站直些？"

"林老师，我站不稳。"他嗓音似是更哑。

林疏月没法，只能把他胳膊横勾在自己肩膀，这才勉力支撑住。短短七八米，慢如醉酒蜗牛。

"你这酒量真是纸老虎，还劝章教授别贪杯，"林疏月费劲，"好意思。"

魏驭城脚步趔趄，勾着她东走西荡。碰撞之间，两人肌肤隔着衣料相贴，每走一步，都是一次摩擦。

林疏月碎碎埋怨，魏驭城垂着头，不发一语。

终于到外院门边，林疏月一手扶着他，一手试图去按门铃。指尖刚要触碰按钮，魏驭城像突增了重似的，大部分身体重量都送去她手臂。

"哎！"林疏月本能地双手去搂他，但魏驭城压根站不稳，反而顺着她手的方向往下栽。他自己怕摔，半拥着林疏月，并且将人连连逼退，直至墙壁。

就没见过酒疯这么迟才发作的。林疏月不堪受重，抵住他胸口："魏驭城，魏驭城。"

魏驭城头一沉，靠在她的肩窝处耍赖。

呼吸热烫，攀萦耳边，没有难闻的酒味，反倒是淡淡的薄荷水味。

"我腰快断了！"林疏月无奈告饶。

魏驭城突然抬起头，眼角压着红血丝，林疏月好像听到他说了句话。

"嗯？你说什么？我没听清。"

魏驭城头一歪，半边脸又枕去她肩窝，撑着墙的手也不断箍紧："我厉不厉害？"

林疏月愣了愣："啊？"

"那晚我厉不厉害？"魏驭城呼吸声重，欲望弥漫。

酒后的无赖，烧红了林疏月的脸。

魏驭城仗酒欺人，像个讨糖的小孩。然而，抗拒、沉默根本无济于事，魏驭城沉着声音，胡搅蛮缠。

"厉不厉害，你说，快点说。"

他的胸腔越贴越近："你说不说？"

林疏月抛戈弃甲，一败如水，她闭眼，声音微微发颤。

"厉害。"

语毕，静如死寂。

魏驭城看着林疏月，头一歪身体一倒，又往她身上靠。在她看不见的瞬间，将笑意盛满她肩窝。

人身体实在是重，又被他的醉话刺激，林疏月忽然来了蛮力，一鼓作气将人连拖带背地弄到了家门口。

林疏月把人一丢，任他瘫坐在地上。再连按三声门铃，就匆匆跑了。家里阿姨很快开了门，即刻惊呼，又转身去叫人。

接着是钟衍，没穿鞋光着脚，半截运动短裤，应该是从床上爬起来的。林疏月隐在栅栏后，直到魏驭城被钟衍扶进家后，才长松一口气，甩着箍疼的胳膊离开。

"舅，你这是喝了多少酒啊？！"钟衍架了个大势，准备把魏驭城背上楼，"陈姨你扶着点啊，我舅重，我怕我背不起他。"

就在钟衍准备使劲时，背上忽地一松，魏驭城沉声："缺乏锻炼。"

眨眼间，他已没事人一般自行站立，腰背笔直，眼角虽能看出淡淡的红血丝，但瞧不出半点酩酊大醉之相。

钟衍蒙了："这么快就醒酒了？"

魏驭城从容地脱外套，还不忘摘下袖扣。他睨了眼钟衍："见到你就醒了。"

人走后，钟衍嘀咕："啊！内涵我丑呗。"

这边，林疏月走了不到五分钟，身后响起短促鸣笛。

她回头，是魏驭城的司机老张："巧啊林老师。"

"张叔。"

"回去？"老张热心道，"上来吧，我送你。就别拒绝了，这个点了，明珠苑这边上不来出租车。而且你也不白搭便车，我儿子吧，这几天情绪不太对。你是专业的，帮个忙，指点一下。"

跟在魏驭城身边做事的人，人情往来滴水不漏。态度热情，又给出体面台阶。林疏月上了车，跟老张聊了一路教育话题。把人送到，见她安全上楼后，老张才打电话："魏董，林老师到家了。"

魏驭城刚洗完澡，穿了件深色绸质睡袍。衣襟斜斜往下敞，隐约可见胸腹线条。白酒热身体，他觉着热，特意调低了空调温度。

敲门声响，魏驭城："进。"

钟衍先是探出个脑袋，又晃了晃手里的东西："喝了这个不头疼，舅，你喝一瓶呗。"

到了这个位置，魏驭城这几年很少在应酬局上喝业务酒。但年轻时候也是海量，家大业大，身不由己亦时常有之。钟衍记得，魏驭城喝过量的时候，胃总难受。

"我们小年轻都喝这个。"钟衍嘴瓢。

魏驭城微眯眼缝，目光压过去。

钟衍立刻意识到关键，嬉皮笑脸地讨好："您也年轻，所以我才拿过来的。"

鬼滑头，魏驭城看破不说破，钟衍有这份心意，他多少也觉得慰藉。于是很给面子地喝掉，带着果香口感偏酸，并不难喝。

钟衍双手插袋，贼酷地离开。魏驭城心情不错，连带着觉得这小子的一头黄毛也没那么难看。

酒精催眠，魏驭城难得这个点觉得困乏。但一点不到，魏驭城就醒来了。一背的汗如流水，头痛欲裂。睡前的空调忘记关，这会儿如寒意刺骨，刺得浑身发软。喉咙间还有钟衍那瓶醒酒饮料的甜稠腻感。

连续一周的阴云天终于转性，晴阳露脸，高楼耸立里的CBD商圈都显得颜色鲜丽许多。林疏月最喜欢直通明珠金融中心的这百米梧桐大道，泛黄的叶片像天然的竹筛，阳光从其中细碎洒落。

"早啊！月月！"

林疏月转头看见周愫："早啊，愫。"

"我这周快累死了，昨天加班到十点。"周愫挽着她胳膊撒娇，"终于解放了。明天周六，你陪我逛街呗。"

林疏月："那可能还真不行，昨晚上公司发了通知，明天我们部门团建。"

周愫："去哪儿啊？"

"秋叶山搭帐篷。"

这是明耀人事部的月活动，天气不好的时候就聚餐唱歌，反正每月一次不落下。这几天天气好，又网传有狮子座流星雨，畅姐他们就定了秋叶山搭帐篷露营。

"呜呜呜，那周日吧。"周愫委屈巴巴地靠在她肩头，"急需花钱续命！"

这个角度，林疏月眼尖地能看到周愫被衬衫盖住的锁骨上有个形状清晰的吻痕。

两人说说笑笑进电梯，迎面碰上李斯文。林疏月打招呼："李秘书。"

李斯文略一颔首："早。"停顿半秒，又看向周愫。

周愫慵懒懒道："领导早上好。"

李斯文说："一早就这么没精神。"

周愫索性更没站相了，靠着林疏月跟没骨头似的，正眼都没给，敷衍道："知道了，领导。"

李斯文面露无奈，虽是公事公办的语气，但显然服了软："魏董上午不在公司，你手上的事交到我这里，整理一下工程部报上来的预算表。早点做完，下午可以早点回去休息。"

周愫的重点却是："魏董出差？"

"小感冒。"这里没外人，李斯文便说得随意些，"昨晚喝了酒，吹了风，受凉了。"

林疏月面色不改，指尖却无意识地蜷了蜷。

李斯文去35层办事，电梯继续上行。周愫感慨："魏董很少请假不来公司，应该病得不轻。"

魏驭城确实病得不轻。

昨晚头痛只是开始，后半夜，发烧咳嗽都齐活了。不知是不是钟衍那瓶醒酒饮料作祟，魏驭城肠胃极度不适。折腾到天亮，现在还挂着吊瓶。

公司实在没法再去，更要命的是，魏驭城到现在仍是不舒服的。下午稍晚，唐耀打来电话："晚上出来吃饭。"

魏驭城身体疲倦："不去。"

爽约了唐耀几次，耀总也要面子："可以啊，下次你也甭给我打电话了。"

魏董心气高，最听不得威胁。虽病着，气势不减："在明珠市，没有我求人办事的道理。"

唐耀也不明白这突然的较劲是怎么回事，他这边还有事："不来就不来吧，我这边也不会到太晚，周六人事部团建活动，邀请了我参加，得赶早。那就挂了。"

魏驭城陡然出声："人事部？"

"是，就小林待的部门。"

"去哪儿？"

"秋叶山露营。"唐耀不太确定，"好像。"朋友叫他了，声音不小。"不说了。"

"唐耀。"在电话里，魏驭城的声音听起来更显嘶哑。

听完后，唐耀止不住地调侃："刚才谁说，在明珠市，就没他求人办事的道理？"

魏驭城荣辱不惊，声音如静止的浪："不记得了。"

畅姐组织的团建，从来都是气氛轻松和谐。明耀科创总部迁徙国内时间虽不久，唐耀是个用人很有一套的领导者，在最短的时间内让公司步入正轨。林疏月观察过，明耀的管理层年轻化，但单独拎出来，个个都是专业内的尖端人才。

偶然之下，林疏月看到了畅姐的资料，竟是A大人资管理专业毕业的。还有另外几位人事部同事，张韬、林小山，履历那叫一个漂亮。

畅姐租了一辆商务小巴车，安排得明明白白。

"小山坐前排啊，他晕车。韬子你力气大，下车的时候负责搬两箱水。"畅姐有条不紊地安排，"月月联系一下露营基地老板，就说我们两小时后到，12点准点开饭。"

所有人："好的！"

张韬身材略魁梧，特自觉地坐去后排："畅姐，人齐了。"

"还差两个。"畅姐弯腰看了看车窗外，"哟，来了。"

几米远，两道浅色身影正走近。看清楚了，张韬意外："是耀总和魏董啊！"

这下好了，一车都炸锅了。

畅姐得意道："惊喜吧这个彩蛋。"

林疏月本来口渴，现在水都不想喝了。直至俩男人上车，她的表情始终沉默，一言难尽。魏驭城今天穿了件浅杏色风衣，极简的款式，内搭了件稍深的高领薄线衫。这是他少有不穿西服的样子，看起来平易不少。

唐耀自然而然地冲林疏月打招呼："早。"

林疏月笑了笑，想起身。

"坐这儿吧。"唐耀压了压手，"我坐后边。"

这话其实给魏驭城留了台阶，林疏月身边还空着一个位置。魏驭城却没动作，看她一眼后，也知她不甘愿，便随唐耀坐去了后排。

小巴车启程，众人也无拘谨，听着歌有说有笑。

唐耀："你别总这么严肃，还追不追人了？"

魏驭城闭眼休息，没说话。

唐耀笑着调侃："魏魏，你今儿这身没西装好看。"

魏驭城眼皮一掀："出来爬山穿西装，有病？"

"你快别说话了，嗓子都哑成什么样了，我在这儿你还不放心人？非要求着一块儿来。"

魏驭城坐直了，淡声纠正："不是我求你。是你邀请。"

唐耀递给他一瓶水："好好好，赶紧歇着吧。"

秋叶山近两年开发得不错，集生态观光和人文于一体。虽没有铺天盖地的广告，但口碑一直不错。小巴车到山脚，行程安排的第一项是爬山。

天晴如水洗蓝，映着绿荫成片，着实让人心情大好。大伙儿兴致高涨，个个奋勇当前。男同胞们绅士，挺照顾女同事。到了第一个陡坡，都给搭把手。

拽完了才发现："疏月呢？"

刚问完，人便从远处走了过来。畅姐问："去哪儿啦？"

"小超市买了点东西。"

林疏月这才发现，没上坡的就剩自己和魏驭城。

男同胞们彼此相望，既有试探也有怂恿，但僵持了十几秒，谁都没有伸出手。最后还是林小山单纯，把手递给林疏月："来。"

畅姐差点吐血，小伙子没眼力见。一旁的唐耀笑呵呵地出声："小山你过来。"

林小山发愣："啊？"

畅姐就差亲自去拎他："老板叫你还不快来，扣工资了啊。"

援助之手生生折断，林疏月看得明明白白，都搁这儿演戏。魏驭城倒也没多说，两步跨上去，然后侧身朝她伸出手。

林疏月从下至上仰看他，光影从树梢间坠落，均匀细腻地打在男人的脸庞，勾出他线条漂亮的下颌。

她的目光太清澈专注。

一定是身体不适作祟，魏驭城悄然别开头，不敢再看。

林疏月优哉游哉地收回目光，大大方方把手给他，两人力气搭一块儿，很快又并肩站了。

秋叶山高度一般，但陡峭弯绕，爬起来并不轻松。体力强的小年轻们一个个往前冲，女同事们的体力稍弱，落下个五六米。

"月儿你可以啊。"畅姐累得直呼想死，叉腰喘气看着前头的林疏月。

"你别看她瘦，她马甲线超明显的。"女同事搭话，声音不大不小，离得近的魏驭城听见，目光下意识地往她腰间移。

林疏月不自在地转过身，小幅度地拢紧外套。

魏驭城剑眉微挑，低头极浅地笑了下。

爬山到一半，唐耀走过来问："你撑得住吗？要不我让车开上来吧。"

魏驭城的脸色较平日白，表面看不出异样，但这爬山的状态显然不是他正常水平。

"不用。"

"你别逞能，回头真出什么事，我没法跟魏家交代。"

"魏氏现在我当家。"魏驭城沉声，"你走前边去。"

唐耀笑道："你和小林差多少岁？九岁？怎么，怕她看出来，觉得你老？"

魏驭城没脾气了。

一个半小时到山顶，基地早已搭好帐篷。

"女生住上面这一行的，男生住下面的。"畅姐大刀阔斧地做安排，女生单独住，男士两人住一个。

最后，畅姐请示："魏董，这边帐篷满了，给您安排别的。"

距离十来米的右手边，还有两个小点的新帐篷。

魏驭城环视一圈，停在林疏月站着的位置，然后说："没关系，我跟他一起住。"

林小山一脸蒙："我？"

魏驭城颔首："对。"

本就瘦小的小山同志，都有点发抖："我、我那个、那个睡觉……会打鼾！"

笑声顿作一团。

魏驭城眉眼松动，和颜带笑："没事，我睡眠质量好。"

林疏月抬头看他一眼。

魏驭城这是宽慰人。别人不知内情，她一清二楚。就他，能有什么睡眠可言。

住宿的事就这么定下。

中午吃完柴火饭，一行人又说去果园摘水果。问到魏驭城去不去时，林疏月懒懒站一旁，拿余光打量他。

似有感应，魏驭城知道她在看，于是应声："去。"

林疏月心里翻了个白眼，都不舒服成这样了，还逞能呢。

就这样，魏驭城强撑体力，跟这群小年轻上山攀树摘果子，女同胞们在一旁说说笑笑地聊天。林疏月聊几句，便往魏驭城那边看一眼。

得了，脸都白成什么样了。

终于到晚上。

林小山不知所措，他本就沉默胆小，现在还要跟魏驭城同住一个帐篷，简直窒息。忐忑忑忑到晚上，林小山紧张兮兮不敢进帐篷。

魏驭城说："别拘谨，你睡你的。"

林小山："魏董，我真打鼾。"

魏驭城笑："不碍事。"

林小山觉得魏董也不似平日的高高在上了，他放松了些："我要是打得响，您就推推我。"

魏驭城点头："好。"

俩男人站在帐篷外，林疏月站在高处看得一清二楚。

山顶夜温更低，魏驭城该是怕冷，风衣外套扣得严实。他站在树荫和月光的接合处，藏不住消沉的倦态。

"月月。"畅姐走过来，碰了碰她的肩，意味深长道，"林小山分到的这个帐篷，离你是最近的，晚上有事就叫他啊。"

折腾了整天，大家都累，聊了一小时天，兴致勃勃地约定明早五点去看日出。

山间夜静宁，帐篷里的灯一盏盏熄灭。

林疏月看了几次时间，且时不时地往外看。过零点，她也准备睡时，帐篷外传来林小山急切的呼喊："疏月，疏月。"

林疏月拉开帐篷门帘："怎么了？"

林小山急得话都说不利索："魏、魏董好像挺不舒服的，我不敢摸他额头，但我觉得他在发烧。"

舍远求近，都这个点了，林小山根本不知道该找谁。

魏驭城和衣而睡，躺在帐篷的厚垫子上。林小山把自己的被子都给了他盖，但他还是觉得冷。

林疏月皱眉，看了一眼后又走了。再回来时，手里拿了一袋药和保温杯。

"小山你搭把手，把药给他吃了。"林疏月找出体温计，蹲在魏驭城身边，"量个体温。"

魏驭城烧得热，但看到她，又觉得没那么难受。

她把体温计递过去："夹好，别乱动。"

林疏月说完，魏驭城抬起眼。

对视一瞬，他眼里绝不是什么正经内容。

发烧似会传染，林疏月脸颊也跟着烫起来。魏驭城体察细微，嘴角浅浅扬了个小钩子，偏又语气低沉无辜："听你的，你让动，我再动。"

林疏月抓起被子就往他脸上盖。

魏驭城偏头躲开，越发得寸进尺："它总掉，要不我用嘴？"

恰好林小山端着药进来："趁热喝，有三种，喝完这个消炎的我再去泡感冒药。疏月你哪儿找来的药？都还挺对症的。"

林疏月不咸不淡道："早些日子放包里没拿出来，今天我又背的那个包。"

"那太巧了。"林小山点头如捣蒜泥。

"小山。"魏驭城嗓子嘶哑，"麻烦你帮我倒杯温水。"

"好好好。"林小山实心肠，迅速跑了出去。

帐篷里又只剩两人。

林疏月坐在林小山的厚垫上，眼神坦坦，不怯懦地迎向魏驭城的注视。

"想看日出？"他忽问。

"嗯？"

"我听到你们聊天。"

林疏月将他一军："想一起？"

"你想吗？"他一语双关，你想跟我一起吗？

林疏月站起身："病成这样，别逞能。"顿了下，她补充，"我不想看日出，起不来。"

"热水来了！"林小山屁颠颠地走进来。

魏驭城没再说话，把体温计拿出，语气病弱："39摄氏度。"

林疏月的背影一顿，没回头，真走了。

魏驭城心悸失重，一茬茬的冷汗冒出背脊，林小山紧张兮兮："要不我去给耀总汇报吧，也不知道这山上能不能上来救护车。"

魏驭城没了气力："不用，睡吧小山。"

林小山忐忑不定时，手机振了下，林疏月发来的微信："他要是不舒服，你跟我说。"

林小山哆嗦："魏董整晚状态都不好，怎样才叫更不舒服？"

这边，林疏月看到信息后久久没动作，手指松了又紧，最后回：

"他睡眠不好，如果你发现他睡得好，那就代表他很不舒服。"

林疏月握着手机，心思繁杂。

什么时候睡着的，她已忘了。再醒来时，天昏依旧，手机在手心躺了半宿，屏幕上没有消息提示。

04∶55。

林疏月简单洗漱，披着外套钻出帐篷。

这里已是秋叶山最高区，往前边走二十来米便是观景平台。山林晨与昏如一，天际云团缠绕，厚重如棉絮，妄想盖住日光的报到。

昨晚信誓旦旦要早起看日出的同事不见半个人影，都在帐篷里酣然而眠。林疏月拢紧外套，刚走到观景台入口，心口一窒。

魏驭城先她一步，已站在不远处。

察觉动静，他回头，神色并无意外。

山里秋风裹着初冬的寒意早早试探，男人一身浅灰风衣，将这自然光景纳入背景板，身高腿长，气质临风，病容未褪，让魏驭城看起来有几分病美男气质。

两人对视，几乎同时低头而笑。

昨夜一个说起不来，今日一个病成这样仍起得来。

心知肚明，都是骗子。于是也没了针锋相对与防备。林疏月双手环胸："说了我不想看日出。"

魏驭城睨她一眼："但你还是来了。"

林疏月走去他站的地方，这里视野最好，山与天仿若一体。太阳的先锋军已犀利试探，穿透厚重云层为日出造势。

魏驭城看一眼，再看一眼，显然有备而来："昨晚的药，是你爬山前买的。"

林疏月转过头。

魏驭城逼近一步，气势迫人："你早发现我状态不好，你观察我，担心我，也关心我。"

林疏月不接他炽热的注目，传递出来的情绪也如蜻蜓点水，一停即逝。

魏驭城低咳两声，凉风入喉，咳得肺腑都疼。但嘶哑之下，震慑力更显存在感："你想看日出，但故意说起不来，是怕我发烧，也会跟着来。"

"我知道你喜欢，也怕你真起不来。你喜欢的事，我不希望你错过。"话不说满，他只下意识地，捏紧掌心的手机。

如果此刻解锁，手机停留在视频功能。

魏驭城哑声："林疏月，对自己诚实一点。"

风似乎静止，流云却缓慢移动开来，飞雀扑翅，从一棵树到另一棵树，歪头斜脑地当围观者。

林疏月侧颜清丽，目光深而悠远，看似望远方，其实空无一物。

她低了低头："魏驭城。"

魏驭城眸色微动。

"三年前，明珠市嘉里医院。章教授安排的义诊实践，本来这次实践我不用参加，但室友有事，我便替她出诊。"

林疏月的语气平静笃定，再看向这个男人时，眼里有了内容。

"我接待的第二位患者，是你。"

三年前，林疏月大四。在校表现突出，又深得章教授器重，毕业工作的事早已敲定。章教授有意栽培，带着她去刑侦部实习，那段时间她相当忙碌。

章教授一共带了四名实习生，两男两女，另一个女生便是叶可佳。去市二医院实习，本是章教授布置的任务，纳入毕业考核当中。但叶可佳要去赚外快做车模，便央求着林疏月代她去。

那日章教授去北京授课，叶可佳又跟两位男同学说好，这事穿不了帮。市二精神科在省内公办医院排前列，是难得的临床实践机会。为保护病患隐私，咨询室里隔了一张屏风，与来询者只能言语交流，见不到彼此面容。

林疏月那日一共接待五名病患。因性取向迷茫的高中生，长期遭受丈夫冷暴力的新婚妻子，还有一位，睡眠障碍。

林疏月温言浅语，跟对方聊了许多。每一句话都认真聆听，当时的魏驭城其实并没有认真对待这次诊疗，但意外的是，他发现这个实习生的声音太好听。

魏驭城抱有好感，提出留个联系方式。

林疏月体面拒绝："我们有规定。"不能与病患在咨询时间外产生一切不必要的联系。

当年的魏生风流倜傥，有好感的人或事，从来不加掩盖。没达到目的，他便坐着不走。屏风里，林疏月的声音似雪掩梨花："先生，您还有别的事？"

魏驭城说没有。

林疏月说："后边还有排队的，要不您挪挪座？"

魏驭城笑，意有所指："我跟你老师认识。"

林疏月在屏风后想了两秒，认真回："章教授贪酒，那你能劝劝他少喝点吗？他有脂肪肝和高血压，我师母可愁了。"

魏驭城乐得，一整天都回味无穷。

加上在校实习和毕业后正式工作，林疏月接诊过太多心理咨询者。从专业角度讲，魏驭城的情况绝不是令她印象深刻的。这个插曲很快过去，只是那天晚上复盘这一天的实习时，林疏月想到魏驭城，也只留下声音有磁性这一印象。

直到在汇中集团与叶可佳重遇，对方的种种敌意以及周愫告诉她的那些小八卦，才让林疏月开始细想。再后来，是她发现章教授与魏驭城熟识。那几个常年不亮的小灯泡"啪"地一下全通了电——她反应过来。

所以某种意义上，真如魏驭城所说，他俩的那一夜，不是故事的开始，很久很久之前已由他单方面拉开序幕。

魏驭城此刻缄默无语，站姿笔直依旧，神色间也无过多起伏的情绪。半晌，他竟笑起来，问："你非要这么聪明吗？"

魏驭城感冒未愈，嗓子嘶哑得像沾着秋露的柴扔进火里，压抑着火焰。他说："你有什么想问的？"

那些好感与喜欢，他会一个不留地告诉她。

这个台阶铺得如此动情精准，林疏月慎重思考了许久，抬头看他，问：“所以你真的和叶可佳在一起过？”

魏驭城烧了一晚上都能若无其事扛过来，但听到这句话后，觉得自己可能真要叫个救护车了。

这天回到家，魏驭城的烧还没退下，只能去明西医院住着。魏董住院的消息不能走漏，他在医院秘行吊了两天水，工作都由李斯文带来汇报。

这天汇报到一半，李斯文问：“需不需要再休息两天？”

魏驭城交代明天出院，自己的身体自己有数。

“南青县那边的辅材供应商不好找，市场已被陈刚垄断，规模小的，供不上我们这边要的量。”李斯文继续汇报，“您看要不要和陈刚再谈谈？”

陈刚性骚扰员工那事，算是彻底撕破两家公司的脸面。但在商言商，利益共同体面前，也没什么绝对的敌人。

这全看魏驭城的态度。

魏城没有回答，抬头一记眼神，李斯文就知道话说错了。

他低了低头：“我明白了魏董。”

魏驭城嗓子干痒，握拳抵唇咳了两声。正巧被进门的钟衍听到：“我的天，咳得这么厉害能出院？住，必须接着住！”

魏驭城冷呵：“我不在家，正好没人管你了是吗？”

钟衍“喊”的一声：“你在家，我也没变多好啊。”

死小孩翅膀硬了，能飞天了。

“小衍哥，你别气魏舅舅。”身后的林余星冒出脑袋，皱着眉头，温声劝解。

魏驭城见着人，神情立刻松弛，哪还有半点愠怒的痕迹。钟衍叹为观止，指了指林余星：“他才是你亲外甥吧。”

林余星不好意思地挠头，特乖巧地慰问：“魏舅舅，您好点了吗？”

魏驭城面带笑意：“你来。”

林余星听话到病床前。

210

魏驭城弯腰从抽屉里拿出一本书："你应该会喜欢。"

书名都是英文，钟衍想知道是个啥都困难。他向李斯文告状："斯文哥，他俩欺负我呢。"

李斯文笑："这书是魏董常翻的一本，上面还有他手写的笔记。"简而言之，不好好读书，你连书名都看不懂。

钟衍回过味，摸了摸下巴一脸高深莫测："斯文哥，我怎么觉得你也有点阴阳怪气的意思呢？"

魏驭城平静道："他是实话实说。"

钟衍后退两步，做了个向胸口插刀的动作。

林余星高兴道谢，魏驭城适时邀请："周六有空？想去明大物理实验室看看吗？"

明大物理系位居国内前列，魏驭城投资了国内几所高校的物理科研实验室，都是超高标准。林余星难掩兴奋，哪儿哪儿都透着愿意。

魏驭城想，只要答应，他就能理所当然地说出后半句："叫上你姐姐一起。"

林余星张嘴几次，最后还是拒绝："谢谢魏舅舅，但周六不行。"

"嗯？"

"我姐生日。"林余星说，"我得陪她一块儿。"

钟衍终于能搭上话："好啊好啊！我给她庆祝庆祝！！"

"千万别。"林余星说，"我姐特别不喜欢过生日，她从来不买蛋糕也不吹蜡烛，更别说给她庆祝。她真能跟你翻脸信不信。"

钟衍将信将疑："她是女人吗？"

"别拿性别说事，男的女的，都有不喜欢过生日的。"林余星听不得半点姐姐的坏话，"她就是觉得没必要，相当抗拒。"

钟衍算了算："周六是21号，哟，林老师是天蝎座！别说啊，还挺符合。天蝎座的人最腹黑了。"

"不准说我姐坏话。"林余星握拳警告。

"哪儿坏了，夸她呢。"钟衍这阴阳怪气的成分严重超标。

魏驭城不悦地看向他："话多。"

林余星如小鸡点头："舅舅说得对。"

李斯文带两人出去吃了午饭，又叫司机把林余星送回家。钟衍回明西医院陪魏驭城，窝在沙发上组局玩游戏。

难得地，魏驭城没有嫌弃他没坐没坐相。

钟衍边玩游戏边念叨："舅，刚熬好的蜂蜜柚子水，你趁热喝啊，我看你还咳得挺厉害。"

魏驭城握着玻璃杯，于手心轻转半圈："后天是你林老师生日，你怎么想的？"

"她弟不是说了吗，她不过生日的。"钟衍叉开两条大长腿，窝在沙发里手指狂按屏幕，"不过就算了，我才不找不痛快，她凶起来我真有点犯怵。"

魏驭城忍着他这鸟样，不疾不徐道："有谁不喜欢过生日？"

钟衍手指一顿："也是哈。"

"林余星比你懂事，最怕麻烦人，这都听不出来？"魏驭城循循善诱。

"没错没错，他就是这样的人，都不诚实做自己。"钟衍如捣蒜泥直点头。

魏驭城沉凝半秒，堪堪忍耐这智商。

"所以舅你的意思是，"钟衍说，"我还是得给林老师过生日？"

魏驭城不点破，不明说，只旁敲侧击地暗示："林老师对你好不好？"

"好啊。"

"你以前还连累过她弟弟。"

钟衍至今懊悔："是我莽撞。"

"你和林余星是不是好哥们儿？"

"勉强算吧，我一般不跟长得比我帅的人做朋友。"钟衍臭屁道。

魏驭城淡声："那你自己看着办。"

钟衍点头："就这么办。"

钟衍本就是爱热闹的性子，加之对林疏月的感情确实不一般，说办就办，还要办得风风火火。于是，订包厢，买蛋糕，布置生日场地，一刻也不停。

而且也不知被什么洗了脑，专业宴庆公司不找，跃跃欲试地非要自己动手。网购了一堆生日装饰，还搞了个私人定制。

周五晚上，魏驭城问了句："你林老师会来？"

"不会来。"钟衍摇头，随即咧嘴一笑，"但我使了个法子。"

"嗯？"

"说我快死了。"

魏驭城倏地咳嗽，咳了半天都没停下。

钟衍装病扮弱有一套，给林疏月打了个电话，说自己和人起冲突，干架到头破血流，肋骨好像也被踩断，求她来见最后一面。

声情并茂，电话里真把林疏月给吓到。衣服都没换，穿着家居服就跑去了会所。包厢门"咣当"一推，然后"嘭嘭"礼花响，漫天彩带飘下，包厢里灯影绚烂，生日快乐歌欢快愉悦。

钟衍激动大喊："Surprise林老师！"

林疏月定睛，墙上竟还挂了红色横幅——恭喜林疏月喜提二十六岁！

当事人差点命丧当场。

林疏月完全眩晕，包厢里音乐震天，桌上的草莓蛋糕，还有一房间的同事，齐齐祝她生日快乐。钟衍拉她走去正中间："林老师，我唱歌可好听，你一定要听。"

畅姐、周愫都在，祝福是真挚的，心意是炽热的。林疏月整个人也是蒙的。她被动接受，木讷地坐去沙发，在钟衍确实好听的歌声里，看到了独坐右边吧台角落的魏驭城。

他没喝酒，玻璃杯里是纯净水，视线正好与她搭了个正着。这个角度借了光，折在杯身，又跳跃进他的眼眸中，格外显亮。

林疏月极轻地蹙了一下眉。

钟衍的歌近尾声，魏驭城在昏暗光线里走过来，非常巧妙的一个侧身弧度，低声说："是不是不喜欢？"

我带你走。

后四个字才是他的别有用心。

可还没说出口，林疏月姿态放松，笑意隐晦俏皮："很喜欢啊，可以好好玩了。"

魏董的无言失策，林疏月喜闻乐见。

林疏月融入热闹中，和畅姐她们有说有笑，周愫端来果酒，她喝得比谁都豪迈。她是热闹中的一分子，眉眼盘活，侧影腰肢妩媚勾人。

钟衍屁颠颠地跑来："舅你说得对！女人都是说反话的！你看，林老师玩得好开心，一点都不想走！"

魏驭城抚额，手指用力掐了把自己。

林疏月这尽兴模样，估计是真不会走了。她有交好的同伴，压根没看过他一眼。魏驭城大病初愈，包厢内气氛燥热，不适感又起了势头。

玻璃杯里的水已喝完，莫名的失落跌宕心池，魏驭城扯了把衣领，打了个手势，示意酒保上酒。冰蓝渐变橙，一杯极漂亮的玛格丽特。

魏驭城刚端起，手腕一紧，竟被拽拉住。

他怒意上脸，转过头，却对上林疏月的眼。光晕之中，她的眼角似是蓄了水，哪哪儿都是亮的。

"喝了酒还怎么开车？"林疏月说。

魏驭城："嗯？"

林疏月眼角轻轻上扬，双手环搭胸前："费这么大周章让钟衍办这个生日会，不就是想英雄救美带我走？"

这话只差挑明：你不就是想单独和我待一块儿？

林疏月抽出他手里的酒，放去一旁。然后撑着半边脸似笑非笑："魏董，遵纪守法好公民，是不酒驾的。"

女人直接起来，真没男人什么事了。

对视几秒，两人眼中的内容在某一刻重合。

魏驭城弯唇，侧身勾走椅背上的外套。林疏月也起身，先他一步去和钟衍说着什么。魏驭城先去车里等，三分钟后，林疏月出现在旋转门。

她上车，车里暖气傍身，还有清幽的精油香。

林疏月看了眼后座，空空如也。

魏驭城低笑："找礼物？"

这男人不按套路出牌，林疏月不甘示弱，挑衅说："总不能浪费魏董的深谋远虑。"

讽刺人的功力渐长，魏驭城淡声："能不能别这么聪明。"

林疏月轻抬下巴："魏董下次再努力。"

魏驭城的笑意始终没散，他单手搭着方向盘，将车往城东开。林疏月滑下半车窗过风，看城市琉璃光景，看夜如月中海棠花静开。

车里安安静静，谁都没有开口说话。

直到车停在商场前，这里有魏驭城的VIP专属车位。他先下车，然后拉开副驾驶的门。林疏月是认真的："不要给我买礼物，我不过生日。"

魏驭城听笑了，左胳膊撑在车门顶，上身往里倾："在生日会上还挺投入，林老师演技派。"

林疏月当仁不让："魏老师过奖。"

"今天你生日。"魏驭城撑在车门顶上的单手放下，双手搭在窗沿上，语气危险又迷人，"你说什么都是对的。"

"下来。"魏驭城率先转身，宽肩窄腰从背后看赏心悦目，"陪我去拿东西。"

魏驭城是去专柜拿一块手表。

深蓝丝绒包装盒简单高级，这个品牌林疏月知道，算是表类奢品中的佼佼者。回到车里，魏驭城把盒子丢给她，懒着声说："帮我戴。"

林疏月睨他一眼，不动。

魏驭城也没再要求，只随手从储物格里拿出火柴。林疏月以为他要点烟，火柴划亮，却精准无误地烧去他指尖。

魏驭城眉目不皱，用手指捻熄火焰，平静说："我手受伤了。"

魏驭城要做的事，不择手段也要达成。

林疏月心服口服。

林疏月将手表从盒里取出，是一块深棕色皮质表带的机械手表，指针幽幽泛蓝光。表盘银白作铺色，中间是一个简洁的符号形状。

她没细想，大大方方给他戴上。

魏驭城手腕粗细均匀，皮肤白，一看就是十指不沾阳春水的矜贵公子，倒很符合他的魏董身份。林疏月是有疑虑的。魏驭城不是花里胡哨的男人，他一直戴的是一块积家表。这个年龄，自然有稳定的喜好。不是特意留意，但印象中，他好像从未换下过那块表。

"愁眉苦脸做什么？"魏驭城忽说，"心里又骂我，只给自己买东西，却不送你礼物是吗？"

林疏月哭笑不已："行吧，你说什么就是什么。"

之后竟再无别的活动。

怎么来的，魏驭城就怎么开回去。

原路返程，夜色依旧。林疏月喜欢冷冽的风，这种感觉正正好，像小刺，扑在脸上能让人清醒。

从高架桥下来，就是明江路。右边是浩荡江水，风更甚更凉。魏驭城把车靠边，忽然停下。

林疏月不解："怎么？"

魏驭城看了眼时间："差不多了，下来。"

直至下车，林疏月仍是蒙的。魏驭城只顾低头看手机，倒数计时差不多，他扶正林疏月的肩膀，带着人面向江水。

男人声音低沉："3、2。"

"1"字落音，万千银柳绽开于江对岸，天边映出迷雾般的色彩。接着一团又一团，烟花不尽，携流云奔月。今晚没有星星，人为盛意，依旧可以与明月遥相呼应。

人间月亮在天边。

他的月儿在身边。

魏驭城低声："林疏月可以不过生日，但我喜欢的人，值得这份仪式感。今后有我，希望每一年的生日，你都会多喜欢一些。"

江夜同色，落下的不是烟花，而是蜜糖。

魏驭城说："林老师，生日快乐。"

直到到家，林疏月的心跳还有三尺高。

魏驭城太能搞事了，以真心以耐心以恒心，哪一样都是狩猎利器。

林余星在客厅喊："姐，洗澡啦，我洗完了你快去。"

林疏月稍稍回神："好，就来。"

今天气温明明不高，但总觉得水好热。林疏月索性调低水温，身体被水冲凉，顺带也冰镇住发散的思绪。

洗完澡后，林疏月忽然想到什么。她打开手机搜索，输入魏驭城晚上那块手表的品牌，然后凭借记忆，描述了几个关键字。

结果弹框而出，林疏月愣住。

PIX星座系列。

她往下滑，找到了和魏驭城一模一样的那款。

天蝎座，林疏月的星座。

他把她的生日贴身戴着，这就是他送的生日礼物。而这个品牌关于天蝎座的铭牌——

"对你俯首称臣，是我此生甘愿。"

翌日上班，出电梯的时候正好碰见周愫。周愫吓一跳："你昨晚酒精过敏？脸色这么难看。"

林疏月对着旁边的钢化玻璃照了照："不是吧，我今天底妆特意上多了点。"

周愫悄咪咪地凑近："昨晚你和魏董又去进行别的节目了？"

林疏月缄默。

"别瞒我，我都看到了。"那个点李斯文打来电话，周愫去外边接，正巧看见林疏月上了魏驭城的车。

"月月，你和魏董到哪一步了？"周愫笑嘻嘻地调侃，"老板娘，以后要罩着小妹妹哟！"

林疏月伸手戳了戳她脸蛋："别乱说。"

"乱不乱说你自己清楚。"周愫吐了吐舌头，"放心，我会保密的啦。"

周愫是小人精，但汇中集团察言观色的人真不少。流言蜚语暗自低传，只是不敢明目张胆议论魏驭城是非。

林疏月万万说不出清者自清这四个字，她开始思考寻找某个平衡点，或许能够和平共处。但很快，她便不这么想了。

十一点多忙完，林疏月总算有时间去洗手间。

刚到门口，就听见叶可佳在和人谈论。

迈出的脚步下意识地回收，林疏月原地定了定。叶可佳声音一如既往的柔软："是吗？魏董陪她过生日？"

"不确定，这话从技术部那边传过来的。说是看到魏董的车停在JW门口，他站在副驾驶那边和里面的人说话。"补妆的一个女同事说。

"我还挺吃他俩的颜值，站在一起般配。"另一个客观表达。

叶可佳慢条斯理地洗着手："疏月是很好，只是有一点最可惜。"

"可惜什么？"众人吊起胃口。

"疏月被吊销过从业执照，但她后来重新考了，所以也没什么。"叶可佳话说一半，很会抛耐人寻味的钩子。

"咦？为什么被吊销？"

叶可佳佯装深思："她被一个心理咨询者举报，说她利用职务之便，和来询者谈恋爱。那事闹得很大，她还被告上法院。具体我不清楚，我也只是听说，你们别当真也别跟别人说啊。"

谁都知道，与咨询者建立亲密关系是心理学行业大忌。

"我天，不会吧，我看她挺好的啊。"

叶可佳腼腆一笑："疏月是很好的，你们千万别对她有不好的想法。"

"砰"的一声，门忽然推开。力道不轻不重，门板刚刚好撞去墙面，沉闷地发出提醒。林疏月冷着脸，指了下叶可佳："你出来还是我进来？"

两个女同事面面相觑，纷纷往外走。

林疏月坦坦荡荡，用不着关门，径直走到她面前。

叶可佳丝毫不觉理亏，也没有半点怯色，眼神越发凌厉与其对视。林疏月忍她很久了，尤其拿这些戳刀子的东西说事，特别没意思。

叶可佳之所以有这番底气，是因为她明白，对手一旦较真，那就表示已输了一半。

几秒后，林疏月极轻地笑一声："叶可佳，你跟魏驭城谈过？"

叶可佳面色不改，向前一步，也带着从容笑意，没明面答，而是问："三年了，他喜欢朝左边睡的习惯还没改吗？"

犀利的挑衅一语切中要害。

既侧面肯定林疏月的问题，又旁敲侧击地宣告他们的关系有多亲密。

林疏月沉默，对峙的眼神一时瞧不出情绪。

就在叶可佳觉得胜利时，林疏月忽然双手慵懒环搭胸前，笑容像掺了砒霜的蜜糖："当我的替身，有什么好骄傲的？"

叶可佳脸色刹变。

这才是真正的一击致命。

"那年我替你出诊，接待了魏驭城。事后他去查过名字，以为你是我。"林疏月向前逼近一步，"他认错人，很快又认清人，所以没跟你周旋太久，但你真的喜欢上他。怎么说，我也是你的铺路人，你该感激我才是，怎么还恩将仇报了？"

"你！"叶可佳破防，表情似憎似恨。

她的反应足以说明一切问题。魏驭城是不达目的不罢休，那年对林疏月有好感，他又与章教授认识，侧面一打听，章教授告诉他，这天实习接诊的学生叫叶可佳。

魏驭城有心接触，叶可佳早知他认错了人，却被男人的俊朗多金打动，自欺也欺人地接受这份好意。

但魏驭城何等精明，一顿饭之约，就知道所寻非人。这不是关键，关键是他想知道那天究竟是谁。叶可佳酸着心思，亦不甘心，于是拖着吊着，就是不坦诚。

她确实和魏驭城有这么一段牵绊，也确实只是单相思。可骄傲如她，又怎么愿意承认失败。

林疏月姿态高扬，没有丁点受气的打算："我俩本可以井水不犯河水，你喜欢谁，和谁在一起过，那是你的事，有不满，有意见，你可以面对面与我对峙。要么就管好你自己，背后说三道四别被我听到。"

停顿半秒，林疏月目光凛冽："再有下次，你试试。"

她转身要走，叶可佳脸色如火又如冰："不管你怎么说，我就是跟他在一起过！"

林疏月脚步放慢，头也没回："那又怎样，我又不爱他。"

最后五个字，如无坚不摧的盾，把所有敌意都轻描淡写地挥落。但说完，林疏月心一跳，那种不讲道理的直觉又汹涌而来。

她下意识地抬起头，与两米外的魏驭城面对面。

什么都听到了。

魏驭城的脸色如秋夜落霜，一点一点暗冷。他看着林疏月，就这么看着。然后什么都没说，转身离去。

林疏月出于本能地去追，迈了几步，魏驭城已经消失于转角。

办公室里还有两个部门的一把手等着汇报，可一看到魏驭城的神情，所有人都闭口不语。李斯文见势不对，做了个手势，其余人便知趣离开。

魏驭城陷进皮椅中，肩膀松垮，疲惫至极。他闭眼，抬手狠狠捏了把鼻梁。

林疏月这一把，是彻底将叶可佳制趴下。但她并没有过多的喜悦与安心，一整天，脑子里都是魏驭城最后那记眼神。

对视时间太短暂，她做不出当时的情绪解读。这样更难受，思绪发散，浮想联翩。她以为她可以不在乎，苦熬至下午，才总结出这叫患得患失。

"喂，你有事啊？"周懔也跟来洗手间，拍了拍林疏月的肩膀，"下午我都瞧见你走三趟了。你肚子不舒服？"

林疏月摇摇头："没。"顿了下，又点头，"是，不舒服。"

"啧啧啧，有古怪啊。"周懔瞄了眼门外无人，才小声说，"中午你和叶可佳起争执了吧？"

"你怎么知道？"

"公司里面没有秘密。"周懔告诉她，"魏董也正好听见了，落下

220

办公室的人，是想过来替你解围的。"

林疏月心口像一只被勒紧的塑料袋，不停挤压、膨胀。她克制不住追问："魏驭城在不在办公室？"

"不在，和李斯文一块儿出去的。"

患得患失终于定性，此刻只有一个"失"字在心底回荡。林疏月又拿起手机，几次解屏锁屏，最后沉沉攥紧手心。

她不知缘由。

但知道，自己说错话了。

直至下班，魏驭城的办公室始终大门紧闭。

林疏月病恹恹地给夏初打电话，约她一块儿吃饭。夏初正好在附近办完事，顺路开车过来捎带她。一见着人，夏初直皱眉："你胃病又犯了？"

林疏月站直些，揉了揉肚子："大姨妈。"

"上车吧，吃点补的去，铁锅炖鸡怎么样？那家鸡汤超肥美。"

林疏月兴致缺缺，往后用力一仰头，疲惫闭眼。

"得了，找个地方喝酒吧。"夏初太了解自己姐们儿，"你肯定遇事了。"

夏初会找场子，找了家花里胡哨的，三两杯下肚，人也燥起来："你对魏驭城到底啥感觉？"

林疏月饮尽杯底，刺辣捏喉："你知道吗？大四我替叶可佳去义诊那次，接诊过他。"

夏初惊得骂了句脏话："所以他那时候就对你一见钟情了？！"

钟不钟情无从得知，但有一个人，能把自己放在心底这么久，是块石头也磨软了。再一细推，夏初细思极恐："在波士顿，他认出了你，所以才跟你在一起？换作是别人，他可能就不上床了？"

林疏月被酒呛得狂咳："你、你能不能委婉点？"

夏初激动拍桌："所以你也想到了这一点对不对？！"

林疏月没吭声，起开啤酒又喝了起来。

"其实你心里已经有了数，那你还防着魏驭城做什么？跟这么个精品男人谈一场恋爱，你不亏的。"夏初有一说一，"无论财力人力，他都碾压赵卿宇好吗？"

林疏月烦死："怎么又扯到别人了。"

"没有对比就没有伤害。"夏初敲了敲她脑袋，"我是让你认清本心。"

林疏月倏地安静下来，垂着头，细长的睫毛在下眼睑打出一片密实阴影。酒精积压在胃里，有翻涌涨潮之势，沉闷隐秘的难受往上蔓延，扯着心脏也跟着大幅度收缩。

她低低说了句："他给的东西太重了。"

铺垫太重，心意太重，这个人，太重了。

林疏月闭了闭眼，压抑的声音从嗓子眼挤出："今天叶可佳提了我以前的事。"

"这'白莲花'有完没完了！"夏初差点砸酒瓶子，"你别怕，她再敢说什么，我帮你教训她！"

林疏月十指抵进头发，埋头于手臂间，近乎哽咽："夏初，你知道的，我从来不怕别人说。但我怕，我怕那人找到我，他又找到我。"

夏初心疼得要命，握住林疏月的手："不会的不会的，现在是法治社会，他不敢乱来的。"

林疏月抬起头，眼里裂痕斑驳："我怕他伤害无辜的人。"

"乖啊你别多想，没谱的事。他这两年一直没有找过你，说不定他不找了，脑子正常了。"夏初是知道内情的，人如蜉蝣寄世，只要活着，便是四面楚歌和八方虎视。坚强点的，跟日子死磕，筋疲力尽好歹能留半条命。

林疏月就是捡着半条命过来的。

大学时候那么多男孩追求，她不为所动，也落了个清冷孤傲的名声。闺密之间说句真心话，林疏月当初选择赵卿宇，可能也不是因为有多热烈的爱。就觉得，这人相处得来，气质温和干净，哪儿哪儿都舒坦。

所以赵卿宇在分手时，会发怒指责，说林疏月也不见得多爱他。

看尽人间狭隘与戾气，还能成全自我，活成纯净菩萨，哪有这么多理想化呢。

夏初一面心疼，一面还是心疼。

她审视林疏月许久，盖棺定论："月月，你喜欢魏驭城。"

嘈杂的蹦迪声掩盖了这句话，林疏月或许听见，也装作听不见。她侧脸枕在一只手臂，另一只手举着玻璃杯，眼神迷离地聚焦于杯壁。

透明玻璃上附着了许多小气泡，细细密密，破灭一个又涌起一个，似无尽头。林疏月数不过来，干脆仰头一饮而尽。

酒瓶倒了一桌，夏初尚且保持清醒，知道这妞彻底喝趴了。夏初也喝了酒，虽不到醉的程度，但也用不上什么劲能把林疏月搬动。

夏初找了一圈通讯录，都没有合适的人，总不能半夜给前男友打电话吧。点开林疏月的微信，钟衍的头像正好排在前头。

这边明珠苑，钟衍穿个短袖蹦跶下楼，脚步声太重太快跟砸地似的，惹得客厅里正和李斯文谈事的魏驭城相当不满。

"你又去哪儿？"魏驭城今天本就心情不佳，文件往桌上一扔，"噗噗"闷响。

李斯文立刻递了个眼神给钟衍，暗示他别回嘴。

钟衍抓了抓鸡窝似的一头黄发，火急火燎地说："我没出去玩，是林老师朋友给我发视频了，她在Box酒吧喝醉酒了。"

魏驭城脸色依旧沉着，没有说话。

钟衍很够义气，管不了那么多已冲出门外。静了静，魏驭城也站起身，李斯文了然，递过外套和车钥匙："您感冒刚好，车我开。"

夏初多少年没见林疏月喝醉过了，她无奈："还和大学一样，喝多了就睡觉。"

林疏月趴在吧台上一动不动。

其间来了好几拨搭讪的，夏初应付烦了，直接挑明："别过来了啊，我姐们儿不喜欢男的！"

但仍有个不知好歹地往上凑。

忽然后边有人出声："小林？"

夏初警惕："你谁啊？"

"张韬，工程部的，她同事。"张韬看到一桌空瓶，惊呆，"这么能喝啊。"

"等等你别说话。"夏初拿出手机翻开朋友圈，上次秋叶山露营，林疏月发过一张团建照。确定这人出现在合照中后，夏初才放心。

纯属巧合，张韬跟朋友聚会，来这边刚喝上，就瞧见了熟人。他本想过来打个招呼，走近了些才发现，好家伙，喝醉成这样了。

帮忙是想帮忙，但林疏月是完全趴着的，张韬有点无从下手。把手穿过人姑娘手臂再搂人？这不太合适。更何况，林疏月今天穿的打底衫很贴身。

"这样，你先把她扶起来，然后我背，成吗？"张韬研究半天。

"成。"夏初卷起衣袖，架势豪迈。但林疏月喝多了，成心似的，就是不起身。夏初越扶，她也越用力往下沉。汗都出一背了，这妮子纹丝不动。

夏初恨不得拍死她："坏死了！"

可林疏月又突然自个儿站起来了，动作直挺挺特干脆。夏初服气，赶紧叫上张韬："走走走。"

夏初换着，林疏月东倒西歪，一会儿独立行走，一会儿又软绵无力。张韬想来帮忙，林疏月转个身，更加往夏初身上挤。

"哎哎，你别过来了。"夏初勉力支撑，"她喝多就是这样的。"

银白色的玛莎拉蒂MC20先到，深秋寒夜，钟衍一身短衣短裤就下来了。一头黄毛跟车一样高调，大声嚷嚷："我林老师呢？"

瞧见人了，钟衍乐得，拿出手机，遇事不慌，凡事先拍个小视频。接着，黑色保时捷缓停于后。

魏驭城亲自开的车，还没停稳，视线就胶着在林疏月身上。

夏初直言直语："罪魁祸首来了。"

钟衍莫名其妙："又是我？我都一周没见她了。"

李斯文低头笑，适时破局，走过去关心地问："林老师，还好？"

林疏月勉强站立，体态乍一看无异。酒精熏染眼睛，像桃花红的眼影。面对钟衍伸出的仗义之手，李斯文温文尔雅的关心，还有同事张韬的热心肠，她一动不动。

林疏月明明已经喝昏了，却不知哪儿来的劲儿，生生把自己稳在原地。

她谁都没有扶，也跟本能似的，谁都不去靠。

直到魏驭城走过来。没有走到最前面，只随意站在钟衍身后。像一丝细微的光，晃动了林疏月的五感。

她眼底潮红，忽地抬手，摇摇摆摆地指了指，正中魏驭城。

魏驭城眸色深邃，又走近两步。林疏月头一歪，身前倾，这才毫无戒备地倒了下去。

枝蔓有依，软玉满怀。魏驭城被她扑得退了一小步，单手箍紧她的腰。胸口满了，心口也满了。一天的委屈与怨气，顷刻消散。

他低头，用只有两人能听见的声音低语："我原谅你。"

林疏月抬起头，目光如沁水，神色懵懂。

这一记眼神杀，彻底勾起回忆。

魏驭城忍住想吻她的冲动，在她耳边沉声："如果你没倒我怀里。"

酒精纵意，扒下顾虑与掣肘，某一个点，回归真心与本意。林疏月仰视他，面颊轻泛玫瑰色，直勾勾地问："你要弄死我吗？"

她以眼神设陷，哪怕陷阱之下深渊万丈，魏驭城都觉得值了。他施压手劲，掌心在她腰肢扣紧，沉声无奈："没心肝的，白疼一场。"

可又哪里舍得。

魏驭城挑了角度，旁的人听不清他俩之间的声音。但从这个角度看，林疏月全身重量交付，魏驭城扶得敷衍，更像一个勉为其难的拥抱。

钟衍嘀咕道："我舅好没力气，都扶不起林老师。斯文哥，你该监督他好好健身了。"

李斯文推了推鼻梁上的眼镜，心说，你舅的身材可能是你未来五年都难以企及的。

上车的时候人员重新分配，李斯文开钟衍的车回自己家，钟衍坐魏驭城的车顺路，这样就不用两边跑。

林疏月团在左边靠窗的位置，夏初坐副驾驶，魏驭城靠右。钟衍开车，往后瞄了好几眼，惊奇道："林老师喝醉酒也蛮安静的。"

夏初："她喝晕就这样。"

"不会吐吧？"钟衍说，"这车是斯文哥的，他昨天才送去做了保养。"

林疏月肩膀忽地一抖，皱眉，神色忍耐。

"真是怕什么来什么。"夏初着急问，"月儿，真想吐了？"

林疏月手捂着嘴，眉头皱得更深，下意识地往窗边靠。

"开窗开窗。"钟衍伸手要去按。

"别开。"魏驭城沉声制止，"喝了酒，别吹风。"

车内气氛瞬间安静，钟衍伸到一半的手哆嗦了下，迅速收回方向盘。魏驭城往前坐了一截，方便自己脱下外套。

才剪了吊牌没穿两次的阿玛尼风衣，下一秒便铺平到了林疏月腿上。衣袖垂吊一只落地，衣服里还带着薄薄温度。明明是暖的，却让林疏月下意识地颤了颤。

魏驭城说："往这儿吐。"

等林疏月醒酒后，再从夏初嘴里听到这件事，她是蒙的。

"绝了，这男人一定是细节控！"魏驭城的好感值飙升，夏初对他赞不绝口，"他当时看你的眼神真太灵了，不刻意，不谄媚，就像是分内事似的。"

林疏月只关心："我最后吐了没有？"

夏初说："吐了啊，吐了两次。"

林疏月猛地一闭眼："那我样子是不是很丑？"

夏初挑眉："月月，你在意了。"

"我在意自己的形象怎么了。"林疏月底气不足。

"那你在意形象，是给谁看的？"夏初悠悠道，"就承认呗。"

林疏月朝她扔了个抱枕。

夏初啧啧："恼羞成怒。"

把林疏月说得无言以对。

"好啦，骗你的，昨晚你没吐。"夏初感叹，"那个品牌的成衣定制外套，两万起步吧。"

林疏月别过脸，一时没吭声。

"哟哟哟，你笑了。"夏初调侃。

也没什么好藏的，林疏月白牙如贝："不用赔那么贵的衣服当然得笑。"

架不住夏初的眨眼，林疏月低下头，没说满的话化成嘴角的弯弧。

周六，林疏月让林余星把钟衍约出来吃饭。

钟大少爷随叫随到："什么好事啊？"

"发工资，请你吃肯德基。"

"别啊，林老师，这也太贵重了！"钟衍吊儿郎当道，"我们去米其林餐厅吧，也就比一顿肯德基多两三千块。"

林疏月笑着扬手："欠打。"

钟衍挠挠头，笑得阳光："开玩笑的，谢谢林老师。"

不止是因为钟衍与林余星差不多年龄，把他当弟弟。林疏月是打心眼里觉得钟衍是好苗子，桀骜不驯是表象，他内心的少年意气，蓬勃恣意，某种意义上，就是林余星的互补。

在钟衍身上，林疏月也找到一种慰藉心灵的平衡。

钟衍似能感知，不知不觉也在往好的方向发展，比如此刻，他懂得照顾，懂得尊重，指了指林余星说："油炸的他不能吃，我们去吃猪肚鸡汤吧。"

愉快的一顿约饭，就连林余星都多喝了两碗鸡汤。时间还早，三人又去乐高专柜逛了逛。林疏月对这些不感兴趣，俩小年轻不亦乐乎，偶尔听到他俩的争执声，什么哪个系列更经典，林疏月扭头看了眼，不由得一笑。

再转回头时，恰好听见低沉的一声："疏月。"

林疏月还没反应过来，就看见赵卿宇站在前面。

客观来说，她当时的心是"咯噔"一跳的。

赵卿宇像变了一副骨相，不单是瘦了的原因，而是没了精气神。一件衬衫也穿没了型，夹克外套挂在身上，肩膀撑不起来，整个人都空了一圈似的。

赵卿宇往乐高店里看了看："小星也在吗，我好久没见他了。"

林疏月竖起防备，但仍表现得不露声色："有事？一边说。"

她怕林余星受干扰，有意规避。

赵卿宇沉默低头，再看她时，无尽悔意："月月，我还能重新再追你一次吗？"

林疏月以为自己听错。

赵卿宇眼圈泛红："我错了，我错得离谱，你给我一次机会好不好？"

林疏月挺平静的，心里就一个想法，好歹喜欢一场，他这是侮辱谁呢。半口气还没叹完，身后铿锵果断的一声——"不能"先说出口。

林余星背脊挺直地站在那儿，身形单薄瘦削，但意气满满。

"你不能这么对我姐姐。"林余星眼神像冰。

赵卿宇颓败不可置信："小星，卿宇哥以前对你不差的。"

"你怎么又来了！"钟衍卷起袖子一脸上火，非常暴躁地把赵卿宇一推，"听不懂人话是不是，上回我怎么跟你说的，她现在是老子女朋友！"

赵卿宇慌张，但仍不甘心："我、我也喊魏董一声舅舅。"

"你也配？"钟衍狂傲得理所当然，"魏驭城就我一个外甥，你算哪根野葱？别以为我不知道，你家打着我舅的名号在外边撑场面。我舅日理万机没空管，但我有的是时间，再被我发现一次，打死你！"

说完，钟衍还有模有样地揽住林疏月的肩宣告主权。

侧目的人越来越多，赵卿宇走前，心有不甘地看着林疏月，最后愤懑离开。林疏月被他最后那个眼神刺了下，阴鸷的，带着恨意的。

这会，轮到林余星惊呆："你、你和我姐？"

钟衍收起一贯的纨绔，有分寸得很，不敢在他面前开玩笑："假的假的，别误会，我只是帮林老师解围，你千万别激动！"

林余星眼珠一转，摸了摸下巴说："但我更想我姐和魏舅舅一块儿。"

钟衍点头："对对对，我也是这么想的。"

"那你跟我姐先分手呗。"

"分，马上分。"钟衍信誓旦旦，"不分不是魏家人。"

俩孩子无厘头的对话纯粹且无恶意。他俩乐在其中，林疏月嘴一抿，忽然也不想辩解什么了。

听之任之，只在林余星期盼的小眼神望过来时，她伸手揉了揉弟弟的脸："不得了了，跟着小衍学坏了。"

新的一周开始，林疏月被畅姐叫去开了一上午会。回来的时候拿着一沓文件步履匆匆。人事那边出了点小问题，搞混了人事聘任的部分资料。因为匿名，整理起来有些难度。

这种失误本不应该，畅姐挨了唐耀的训。她也是典型女强人，把出纰漏的手下骂了个狗血淋头，林疏月见那小姑娘可怜，好心解了围。林疏月做过这一批面试者的MBTI测试，跟畅姐说，中午之前她能全部区分出来。

周愫早上就跟她约了中午一起去楼下吃过桥米线，这会儿爽约，林疏月还觉得不好意思。

周愫说："你不吃啊，待会儿胃又疼。"

"吃的，晚一点点。"

"好，那你记得哦，实在不行，打电话我帮你带个外卖。"周愫挥挥手，等电梯的时候恰巧碰见从里面出来的李斯文。

李斯文看她一眼，点头走了。

很快，周愫收到短信："一个人？不是想吃米线？"

周愫回："不吃了，月月加班，我没人陪。"

李斯文敲门，得到应允后进来魏驭城办公室："魏董，中午请一小时假。"

魏驭城正看文件，没抬头："好。"

似是回礼答谢，李斯文说："林老师也在办公室，一个人。"

加起班来没个时间观念，幸亏没让周愫等，这一时半刻也完不成。林疏月是有点较劲的性子，答应的事，一定会做到。

这时手机响，周愫的电话，挺急的语气："月月你还在办公室吗？"

"在。"

"一点半开技改会，资料我放桌上忘送给领导了，你能帮我送一下吗？"

举手之劳，再说也是饭点，林疏月没多想。她走去周愫工位，上面确实有一沓装订好的文件，贴了标签，魏董。

魏驭城办公室的门中午一般不关，他不在时，会定时有保洁进去清扫。门没有关严，露出半门宽的缝。从门口望，不见人影，但林疏月还是礼貌地敲了两下门。

等了两秒，她进去，幽淡的沉木香静心，这里仿若与外界不是一处天地。林疏月把资料放去办公桌上，刚转身要走，很轻的关门响自背后传来。

林疏月回头，是魏驭城。

他的手还放在门把上，一个侧身的站姿，绝不是刚进来。

林疏月皱眉："你在啊。"

"一直在。"魏驭城指了指右边的待客区，皮沙发高掩，从头至尾，他都坐在那儿。

林疏月抿了抿唇，已经见怪不怪。

她要走，转了几下门把手，竟是锁住的。林疏月倒也不紧张，只斜睨他一眼："又有何指教？"

魏驭城脱了西装，随手丢去三米远的沙发。这一丢没丢准，衣服一半滑落到地毯。他的语气和这团衣服一样随意："陪我吃午饭。"

林疏月愣了愣，视线跟着他背影挪动，这才看清，矮桌上，餐盒整整齐齐码放。魏驭城率先落座，白衬衫的衣袖卷至手肘，那块天蝎表刚好卡在手腕，他稍动作，小手臂的线条十分明显。

"忙归忙，饭还是要吃。"魏驭城语气极自然，逐一打开盒盖，试图以佳肴勾引。

这个场景很奇妙，魏驭城这么精英在上的气场，此刻看起来，颇有几分洗手做羹汤的烟火气。林疏月很喜欢这一秒的感觉，踏实的，安心的。一上午的紧绷神经释了压，脚底轻飘飘的，想找个地方坐下。

能坐的只有魏驭城身边，林疏月没什么好扭捏的，大大方方坐过去后，很认真地问了句："如果我说句挺没意思的话，这饭你还吃得下吗？"

魏驭城没抬头，把白灼虾和青菜对调了位置放去她面前。他说："只要是你说的话，就不会没意思。"

魏生是谈情说爱一把好手，林疏月弯了弯唇，无论如何也说不出这没意思的话了。

她安静，魏驭城看她一眼，冷不丁问："要跟我AA？"

林疏月眉眼一挑，神灵活现地带着一丝小傲娇："既是请客，哪有出钱的道理。"

这话合他心意，魏驭城也笑起来："嗯，我请客，你多吃些。"末了，又补一句，"魏董的便宜不好占。"

"又不是没占过。"林疏月随口一说，说完便懊悔不已，遂又欲盖弥彰地一通解释，"你帮过我弟弟，也帮过我，我是感激你的。"

魏驭城品出她的三分真心，自己却仍是七分不满。

真当自己人，哪还会说谢。

碰到这个敏感界限，双方都会各怀心思，场面也就冷了下来。魏驭城不言不语的模样，似是习惯。林疏月忽然不怎么舍得他受这份习惯，于是主动，把没吃的米饭盒推过去："分一半给你吧，我吃不完浪费。"

魏驭城手停住，看向她。

林疏月自然而然地用筷子拨了一半的米饭去他碗里。这是两人为数不多的独处中，最和谐的一次。

魏驭城用餐很有规矩，碗勺不发出丁点声响，细嚼慢咽，却没有半点做作之感。体面与教养，与他这个人浑然一体。

二十分钟不到，两人将饭菜吃得干干净净。林疏月动手收拾，魏驭城也帮忙。林疏月说："你歇着吧，别把衣服弄脏。"

林疏月做事麻利，把残渣装进一只袋子，还给打了个漂亮的蝴蝶结。魏驭城指了指右边："洗洗手。"

右边做了道嵌入式的隐形门，直通二十余平方米的小房间，那是魏驭城的休息室。里面家具以及衣服生活用品一应俱全，还隔出了一个单独的盥洗室。

林疏月记起钟衍提过，魏驭城睡眠极差，多半是在公司待着，有点倦意就眯一会儿，但也维持不了太长时间。

林疏月洗完手走出来，见魏驭城斜靠着沙发扶手，叠着腿正翻阅邮件。他头也没抬："休息会儿？"

没有回应。

魏驭城刚欲抬眸，手心一空，文件被抽走，林疏月已站在面前："忙归忙，觉还是要睡的。"

分明是照着他说过的话重复。

对视之间，魏驭城忍着笑意，目光如添加软化剂，慵懒懒地说："林老师，睡不着。"

他这姿态，哪还有半点集团一把手的样子，倒像是风流的纨绔子弟，轻浮调笑地让人哄。

林疏月低头轻笑，然后问："你这儿有音响吗？"

魏驭城钟爱古典乐，办公室自然有顶级设备。他从矮桌的抽屉里拿出遥控器，按了开关。

林疏月将手机配对："这是我大学时，跟师兄团队一起做的一套配音，运用在了很多失眠患者的治疗中，效果总体不错。你试试看。"

林疏月做专业的事情时，不自觉地投入其中，她认真，耐心，从她的神色中，能感觉到自己被重视，被倾听。这让魏驭城心潮如夜海波动。

"你就在这儿眯会儿，别强迫自己非要睡着，就当尝试。"林疏月指了指他坐的沙发。

钢琴曲做引，然后是一段非常勾人的白噪音，循序渐进地按摩人的神经。魏驭城四肢舒展，肩膀也温沉下来，他变得放松。

"你刚说，这音乐叫什么？"

林疏月的英文发音很标准，念了一遍。

"嗯？"魏驭城拧了拧眉。

许是声音小没听清，于是，林疏月稍稍提了提音量。

魏驭城干脆伸手："给我看看。"

"是我说得不清楚吗？"林疏月纳闷，乖乖递过手机。

魏驭城忽地握住她手腕，一用力，人便往沙发上踉跄。林疏月重心不稳，慌慌忙忙也坐了上去。一瞬，魏驭城侧身躺下，就这么枕去了她腿上。

很轻的力道，也没有刻意的接触提醒，全然把她当成了舒适枕头。魏驭城闭着眼，声音沉闷："林老师，我就睡一会儿，可以吗？"

林疏月身体僵硬，上唇碰下唇，声线也有一丝丝紧："可以。"

魏驭城顿了下，低声："我这样睡，可以吗？"

耳边的音乐恰好到雨声，淅淅沥沥恍若三月春光里。这样的催眠曲，治人也愈己，这一刻他们是平等的。

林疏月周身也被奇异的感觉托举，她并不排斥，也不想违背本心。于是她答："也可以。"

魏驭城闭眼时，双眼皮仍有两道浅褶，睫毛虽长，但不算卷，而是直着生长，倒与这漂亮的双眼皮互补了。

耳边的雨声变换成风声，是透过树叶，从缝隙里过滤出的那种细微温柔。如春入夏，涨潮的心海成为无边际的幽深夜潭。

魏驭城的额头饱满，皮肤紧致不似这个年龄的男性，甚至看不到半点额纹。林疏月的目光往下，逐一勾勒他挺立的鼻梁、人中，最后停在男人的薄唇上。

像是将燃未燃的焰火星子，一点点，就能勾出明晰旧梦。

魏驭城闭眼沉睡，似与这安眠曲融为一体。或许是鬼迷心窍，或者是粗率冲动，或许是真心本意。林疏月下意识地伸手，轻轻触了触魏驭城的下颌线。

如烟花烫手，却又流连不已。

她刚想收，手腕一紧，竟被魏驭城猛地握住。

林疏月一僵，但低头看见男人仍紧闭的眼，和蹙紧的眉——像是一场梦，怕睁眼便醒。

魏驭城掐住的不是手，而是感情命门。

林疏月忽然软了心，再开口，语气温柔缱绻，低声安抚。

"睡吧，这次我不走。"

定于一点半要开的会议早已过了时间，门外，一干人等着，连李斯文都不敢进去。

门里，林疏月看了几次时间，话都到了嘴边，可一见魏驭城这难得的深度睡眠，便于心不忍起来。

一次次的纠结与妥协后，林疏月还是把人叫醒。

她轻点肩膀两次，魏驭城才蒙眬地睁开眼。他的表情挺有意思，不情不愿，还有点恼意。

林疏月适时开玩笑："哟，看不出来，你还有起床气。"

魏驭城眼睫眨了眨，适应光亮，半天才慢悠悠地说了句："不想起。"

"你一点半有会的吧？"

"嗯。"魏驭城问，"你知道？"

说到这个就没好气了："明知故问。"

魏驭城勾了个很浅的笑意弧度，声音仍是惺忪未醒的嘶哑："周愫是李斯文的下属，你找李斯文算账。"

林疏月呵了呵："清清白白魏驭城。"

魏驭城颈脖偏了偏，由低至高看她，戏谑语气彻底醒了瞌睡："不是应该叫干爹？"

都过去百八十年的梗，又重提！

林疏月不算轻地打了下他的脸："你什么癖好，喜欢当老头。"

魏驭城无辜起来："叫别的，你又不肯。"

这话危险指数超标。林疏月不惯着，推开他脑袋站起来。

魏驭城忽然扯开衬衫领口，还往右肩大幅度地拉下了些。他懒散散地又开腿，跟风流公子哥似的坐没坐相。林疏月意识到什么，脚步停住，然后快速折返他身边。"把衣服穿好。"她手臂环抱胸前，皱眉要求。

魏驭城什么鬼主意她还不清楚？办公室门一开，一定有人会看到。他这衣衫不整的浪荡模样，不误会才怪。

魏驭城挑眉："没力气。"

没力气你个大头鬼。

林疏月不纵容，亲自动手，倾身过去，衣领给他扯回原样，扣子系得严严实实，还不忘讽刺调侃："魏董，要守男德。"

魏驭城任其摆布，行动配合，表情却不正经。

林疏月冷哼，手劲一重，衬衫领一下勒紧他喉咙。魏驭城皱眉，轻咳一声后，蹙眉认真："林疏月。"

林疏月唇抿了抿："怎么，记仇啊？"

魏驭城分明笑得浪荡风流："像正宫娘娘。"

方才数轮你来我往的交锋，没让林疏月怯场。但这一句话，却蓦地击中要害。她转过身，疾步如逃。双手拉开办公室的门，外面十余双眼睛注目。

林疏月愣了愣，脚踩刀尖似的装死离开。

下午，畅姐打来电话，让她参加明早九点的一个新人面试。说这几个岗位至关重要，环节和审核上更加严格。晚些时候林疏月看了面试者资料，七选一，技术研发是明耀科创的中心环节，能被录取，就是明耀的尖端人才储备库里的一员了。

看完一遍，林疏月又从头翻了一遍，第五位面试者姓傅，林疏月总觉得有点面熟，想不起来也就不想了。第二天的面试按规章流程走，四位面试官各司其职，各有擅长领域的评判标准。最终结果综合，里面唯一一位女生被录取。

林疏月看了一下结果，姓傅的那位分值垫底，且差距不是一般的大。畅姐知道她在想什么："这个啊，翟总那边介绍来的，说是朋友的儿子。"

235

林疏月心领神会，试探问："那就这样刷下来了？"

"刷啊。"畅姐毫不在意，"能加塞是本事，但要不要，是明耀的规矩。再说了，这人讲两句话，就知道是什么水平，差距不是一点点。既然耀总没有交代，那就按规矩办事。"

这点林疏月认同，心理测试的评分也能佐证。

本以为这事过了，但下午，林疏月接到一个陌生号码打来的电话。

林疏月接了，结果是赵卿宇，劈头盖脸就是质问："你对我有意见，我接受。但是你不能借此打击报复！"

林疏月当时就给听蒙了："啊？"

"傅鑫的心理测评分数是你打的吧，你干吗给他打了那么低的一个分？"赵卿宇压着声音。

林疏月火冒三丈："你是不是有病？有病去看病，别来我这儿找存在感！"

挂电话，拉黑。林疏月越想越窝火，留了个心眼去打听。夏初认识的人多，加之赵卿宇在他同学里也算个小名人，很快就知道了原委。

"面试的那人是傅琳的弟弟，不学无术，家里找了关系想进明耀科创。打点进最后一轮没有录取，傅家人打听到你也是面试官，也知道你和赵卿宇的关系。"

林疏月便全明白了。

赵卿宇没少受傅家人的阴阳怪气，开始时就不是平等关系，这下更没了底气。难怪赵卿宇会冲她发脾气。

林疏月想起半个月前，带俩弟弟吃饭时碰见赵卿宇时，他说的想复合，这不是前后矛盾吗？

"赵卿宇没和傅琳分手吗？"她问夏初。

"怎么会分，傅家这棵大树给他吊着！"夏初说，"婚期都定了，而且据说，赵卿宇是入赘。"

嫁娶不管以何种方式，都无可厚非。

但赵卿宇这种人，只配林疏月一声冷笑。

敲门声响，林疏月一时没收住情绪："哪位？"

门缝慢镜头般地挤开，周愫探进脑袋，紧张兮兮地说："是我。"

林疏月顿时平衡好情绪："怎么啦？"

周愫双手合十："又想请你帮忙啦。"

这个"又"字别有深意。林疏月睨她一眼："愫愫，你叛变了啊。"

周愫眨眨眼："没办法嘛，领导扣工资的。"

林疏月呵了呵："今天你又没时间送文件？"

周愫点点头："是啊，我待会儿去买咖啡。"一本正经瞎说八道。

和上次相同时间，魏驭城在办公室等她吃午饭。

林疏月双手环抱胸前，吊着眼梢看他。魏驭城甚至不抬头："今天换了一家，你尝尝味道。喜欢哪个，明天再点。"

好家伙，连明天都安排上了。

林疏月见他一直弯腰摆弄餐盒，懒着声，忽地问了句："魏驭城，你怎么不敢看我？"

魏驭城抬起头，眼神深了一寸，随即笑："忙吓着你。"

林疏月背着手，走近，傲娇的小模样似是巡查工作："这鱼好多刺。"

魏驭城平静道："我帮你挑刺。"

林疏月没忍住，被这句话融化了笑意。

魏驭城看她一眼："非得哄。"

林疏月将他一军："谁哄谁？"

顿了下，他轻声："哄我。"

不再嘴皮战争，林疏月真心实意道："我把音频传给你，这一系列是师兄和我初时约定好，公开免费的篇幅。你若觉得效果不错，可以考虑购买付费版。还有，中午可以试着睡一会儿，别觉得自己一定睡不着。"

魏驭城笑了下，问："林老师，你是怎么收费的？"

林疏月弯唇："我啊，很贵的。"

魏驭城走过来，坦坦荡荡地轻扯她衣袖，带着人一起坐去沙发："再贵也先陪我睡午觉。"

"没付钱。"林疏月笑着抗议。

魏驭城已轻车熟路地枕靠在她腿上，闭眼说："赊账，月结。"

像是怕浪费和她在一起的每一秒，魏驭城连毯子都没去拿。林疏月勾到他脱在一旁的西服外套，轻轻盖在他胸口。

这套音频的催眠效果绝佳，林疏月都有些昏昏欲睡。她一手撑着额头，也闭眼休憩。另一只手无意识地，轻轻落向男人胸前。

魏驭城睡着了，但睡得并不踏实，偶尔颤动，林疏月便本能反应地，掌心轻拍安抚。渐渐地，两人的心律节奏仿若一体。办公室内是清幽冷冽的精油香，耳边是恬然的音乐。

林疏月再睁眼，映进眼帘的是魏驭城沉睡的侧颜。

男人放松的时候，最是考验五官。

魏驭城今年三十五，眼廓狭长上扬，眼角平顺不见一丝皱纹。鼻翼处也没有年龄带来的皮肤问题，光滑细腻，像天生自带的滤镜磨皮。

林疏月没忍住，以指腹轻触他的睫毛。

不柔软，还有些许刺手。刚想移开，就被魏驭城一把握住。五指被他收于掌心，像握着一把小火焰。

他没睁眼，只沉声："痒。"

自此之后的午间，像是两人心照不宣的秘密，魏驭城的办公室，是只属于他俩的小天地。

日子朝一个非常奇妙的方向过渡，林疏月喜欢这份感觉。

就连周愫都说："月月，我觉得你最近心情超好，笑的都比以前多了。"

林疏月说："我中彩票了。"

周愫："好巧，我也中了。"

"你多少？"

"二十。"周愫问，"你呢？"

"五块。"

俩姑娘都笑得停不下来，简简单单的，属于女孩子的小快乐。

下午两人一块儿下班，往停车场走的时候，林疏月的脚步忽地慢下

238

来，转头向后面望。

"怎么了？"周愫也跟着回头。

"没什么。"林疏月奇怪，"总觉得有人在后面跟着。"

周愫又看了看："没有啊。"

林疏月觉得可能真的是自己多想，这两天恍恍惚惚不是一两次了。

周六，钟衍约了姐弟俩来家里玩。林余星上周在明西医院接受一周的常规治疗，有一阵没和钟衍联系了。

"你怎么样啊？医生怎么说？"见面就知道关心，钟大少爷如今越来越细心。

"还可以吧。"林余星"嘿嘿"憨笑。

钟衍眼睛放光："那明年夏天我们去冲浪！"

林余星摸摸头："我不会。"

"我教你。"钟衍得意道，"我有ISA的冲浪认证书。夸啊。"

"哦，厉害。"

"嗷，一点都不走心。"钟衍宛若长辈般的老沉语气，"按时吃药做治疗，听医生的别乱来，就这么约定了啊，明年我教你冲浪。夏威夷太远你吃不消的话，咱们去三亚也行。"

林余星不好意思："我还没去过三亚呢。"

"没事，你认我当哥，哥带你去好多地方旅游。"钟衍说，"我舅在三亚有一块私人海域，他去度假，最喜欢大半夜的一个人裸泳。"

林疏月正喝水，听到这儿差点呛死。

钟衍眨眨眼："林老师，看不出来你还挺纯情的，其实裸泳挺正常的。"

林余星无辜地说出重点："她是没看过魏舅舅裸泳。"

"有道理哦！"钟衍脱口而出，"下次我让你见识一下。"

"我有病吗？没事看男人裸泳。"林疏月无语，一人拍了一下脑袋，"瞎聊什么，尊重长辈。"

钟衍舌头吐得老长，歪向一边装死："林老师杀人。"

林余星冷不丁地附和："为魏舅舅杀人。"

林疏月哭笑不得。

明珠市入冬后，天气一度阴沉降雨，昨天开始转晴，到今天，湿漉水汽挥发干净，把人间蒸得晴暖如早春。

本来想着午饭后出去看电影，但饱食胃暖，人也变得懒洋洋不想动弹。这房子是顶层复式，整个明珠苑的楼王户型，从二层偏厅延伸出去，还有一个二十来平方米的空中花园。

花园被阿姨打点得生机盎然，一年四季都有花朵盛开。钟衍打着哈欠："上映的电影没什么感兴趣的，咱们斗地主呗，晚上再去吃火锅。"

就这样，三人坐去小花园玩起了牌。

林余星脑袋聪明，钟衍也不赖，林疏月在他俩面前可就太吃亏了。当地主的时候，被俩农民欺负死，当农民了，还要被搭档"嫌弃"："林老师，你出这张牌认真的吗？这局你又要被惩罚了啊。"

所谓惩罚就是真心话大冒险。

就这么短短一小时，林疏月的初中暗恋对象都被俩小孩挖掘了出来。

"来了来了啊。"钟衍撑着半边脑袋，吊儿郎当地看着林疏月，"林老师，真心话还是大冒险啊。大冒险也不搞难的，你就说十遍'钟衍明珠市第一帅'。"

林疏月果断："我选真心话。"

这边正玩着，屋里，阿姨听见门铃声去开门，乍一见人很是意外："呀，魏先生回来了。"

周六，魏驭城一般都要参加活动或是应酬，早上出去，晚上都不一定回明珠苑。魏驭城今日事情办得早，本要回集团，但看微信时，恰好看见钟衍发了条朋友圈——几张牌，花园，配字："赌坛小王子大杀四方。"

心思一动，魏驭城便吩咐司机改道，回明珠苑。

他换了拖鞋，悄声走至二楼露台花园门边。冬日暖阳与漂亮姑娘一起映入眼帘，林疏月蹙眉噘嘴，分明是受委屈的小可怜模样。

钟衍显然没对她手下留情："真心话啊，做好准备林老师——你觉得我家，谁最帅？"

林疏月想都没想："反正不是你。"

钟衍不服："不是我还有谁？"

"巧了，你正好也认识。"林疏月说，"你舅舅，魏驭城。"

钟衍不死心："怎么个帅法？"

林疏月轻飘飘地斜睨他一眼："想夸你舅就不能当面夸吗，非得借我的嘴。"

钟衍丧到漏气，重点是这个吗，显然不！

气氛一时安静。

只有风声轻抚花与草，阳光像蚕丝被，轻薄一层，却无比贴身保暖。林疏月的皮肤像奶昔白的瓷器，被温度熏出微红。

她认真思考，一时不语。

魏驭城立在门边，忽然心生期待。

半晌，林疏月眼珠轻转，神色平和，慢着语调一字字地讲真心话："帅得无法无天吧。"

魏驭城一愣，笑意自眼角弥漫，在这隆冬时节，竟感受到了三月春暖。

钟衍大手一挥："洗牌。"

这一局是林疏月当地主，牌不错，她觉得翻盘有望。小心斟酌了半天，打出一对3的小牌。结果钟衍上来就是一个炸弹："好，该我出牌。"

林疏月气死："这么小的牌你也炸。"

钟衍欠儿欠儿地道："不好意思，炸弹多。"

林疏月无语颓丧，觉得百分百要输时，身后一阵清风，幽淡的男士香先袭入鼻间，然后是魏驭城低沉的声音："总欺负她做什么？"

林疏月一愣，转过头，对上魏驭城含笑的眼。

他说："别怕，这局定不让你输。"又势在必得地对钟衍说，"出牌。"

钟衍的对子和单张都往大的给，张狂得跟他这人一样，最后六张牌，五连顺一甩，本以为赢定，不料魏驭城竟吃得起。随即，形势扭转，魏驭城一手撑着桌面，伏腰弯身地指点林疏月出牌："他手上是张

J，要不起，你赢了。"

钟衍瞪大眼睛："透视眼吧！"

林疏月扬眉吐气："哼哼，小孩，真心话还是大冒险哪？"

钟衍选真心话。

林疏月没想为难人，就一游戏打发时间。于是随便问了个："你现阶段最想做的事。"

钟衍直球性子，想什么说什么，不懂半点委婉："我想要个舅妈。"然后手一抬，直指林疏月，"就你这样的。"

直男本男了。

林疏月慢慢别开头，表情一言难尽。

这个方向和角度，恰好对上另一位当事人似笑非笑的眼。魏驭城直起身体，双手环抱胸前，表情欣慰与满意更多。

钟衍眼尖，看到魏驭城的左手腕："咦，舅你换表了？"

魏驭城淡淡"嗯"了声。

"你怎么换了？这块明明没有那块值钱啊，我没记错的话，也就十几万吧？"

一旁的林余星差点噎死："也就？十几万？"

钟衍："我舅挑剔得很。我看看啊，这是PIX的星座系列吧，什么星座啊？"钟衍伸长脖子一探究竟，"天蝎。好巧啊，林老师，你也是天蝎座的吧！"

林疏月心被扎紧，略为心虚地没有应声。

倒是魏驭城循循善诱，冷不丁地开口："知道为什么了？"

钟衍先是沉默，深思，脑海里串起某个点，接着所有线路都被连通。费解的小灯泡倏地点亮，照明了所有的百思不得解。

他一脸认真，望向魏驭城："知道了。"

魏驭城正欲弯唇，以表慰藉。

"舅，你破产了？"

十分钟后，挨了魏驭城一顿训的钟衍莫名其妙，逮着林余星一顿诉苦：“我说错话了吗？可我明明告诉他，破产没关系，我也愿意打工养他的啊！”

林余星避之不及：“小衍哥，你以后出去别说是我哥。”

借口去洗手间的林疏月，一出来就被魏驭城堵在门口。

林疏月忍着笑，好整以暇地看着他。

魏驭城被那小子气出了一身汗，闷得慌。一手扯了扯衣领，呼吸声都沉重了些，问：“笑什么？都怪你。”

林疏月错身而过，两人距离最近时，她声音轻柔似蛊：“怪我什么？真破产了，我也没说不养你。”

外头还有俩孩子在，魏驭城有分寸。灼灼注视数秒，便上了楼。

这边，钟衍还纳闷：“我打工还不够让他感动吗？”

林余星说：“还是关心一下你下个月有没有零花钱吧。”

钟衍暴躁地捋了把头发：“我舅最近阴晴不定的，总克扣我零花钱。没钱了，你的就分我一半呗。”

林余星连忙退后一大步：“养不起养不起。”

行程安排照旧，晚上出去吃火锅。林余星顶顶聪明：“要不要叫上魏舅舅一起。”

林疏月意味深长地瞥了眼弟弟，林余星假意看别处。

不过还是没有遂林余星的意，李斯文恰巧过来，向魏驭城汇报工作。李斯文颔首：“出去吗？”

林疏月笑了笑：“是，李秘书。”

刚要走，楼上忽然传来魏驭城的声音：“斯文，车钥匙给钟衍。”

钟衍满头问号：“我有车啊。”

那辆定制的冰蓝色超跑才拿回家，正好开出去兜风。

魏驭城双手臂撑着二楼栏杆，语气虽淡，却不容置疑：“斯文的车安全。”

钟衍特无语，他不喜欢开保时捷，觉得太商务范了，不符合他的潮男气质。路程过半了，他还在不断吐槽：“我舅也太关心我的人身安全了，长辈的爱意真沉重。不是，林余星你把话说清楚，此刻翻白眼是几个意思？"

吃了一顿聒噪的火锅，快到家了，林疏月耳朵还"嗡嗡"叫。她瞥了眼弟弟，摊牌道："行了，没外人了，小脑瓜子别藏心思了。"

还剩几百米距离到小区，林余星双手插衣兜，低了低头说："姐，坐坐呗。"

绿化带能挡风，倒也不是特别冷。林余星显然有话说，单刀直入地问："姐，你会答应魏舅舅吗？"

在弟弟面前，林疏月不想隐瞒。她很诚实地告知："不知道。"

"你犹豫了，其实心里已经有了答案。"林余星咧嘴一笑，"我太了解你啦。"

林疏月笑了下，没否认。

"姐，你知道吗？我特别希望你找到一个靠谱的爱人。所以我以前，总是帮赵卿宇说话。其实我能看出来，他有时候很幼稚，不顾你的想法。但我觉得，你能有个依靠，便什么都能接受了。"

林余星抬头仰望天际，阴云团团，是深浅不一的灰，一颗星星都不见，他却望得那样认真。

"姐，我多希望你有新生活，新的人生际遇。那样，我的负罪感就能少一点。"林余星眼底灰暗低落，"在我这儿受的苦，至少在别处有幸福。"

林疏月坚定地握住林余星的手："星星，你从不是负担。你若总这样消极，才是姐姐真正的苦。"

林余星转过头，眼圈都红了："姐。"

"姐姐有姐姐的担当，弟弟也要有弟弟的勇敢。"林疏月轻揽少年瘦削的肩，"别瞎想啊。"

林余星吸了吸鼻子："那你和魏舅舅，会在一起吗？"

"你喜欢他啊？"

"喜欢。"林余星掰着手指细数优点，"帅，有钱，你以后不会过得太辛苦。"

林疏月笑着拍了拍他脑门："你倒实在。"

隔着绿化带的身后就是马路，轮胎飞驰的磨地声、汽笛声交织，填补暂停住的心事。姐弟俩沉默许久，林疏月轻声道："我可以试一试。"

周二临近下班，林疏月看了好几次手机。周愫忙完工作，溜达过来串门："你怎么心不在焉的。"

"一朋友要来，还没到。"林疏月又打开手机。

周愫凑近，怪八卦的："什么朋友啊？"

林疏月斜睨她一眼："男朋友满意不？"

周愫点点头："那我去跟大老板汇报喽。"

林疏月"啧"的一声："你这叛徒当得挺没负罪感啊。"

周愫嘻嘻笑，吃了她两小块杨梅姜丝："下班一块儿走。"

离下班还有十五分钟，电话终于来了。林疏月精神奕奕，快步往外："等我会儿啊。"

一大学同学，来明珠市出差，和林疏月共同实习过，同窗情要好。林疏月远远跟他打招呼："班长。"

"疏月。"男生摆摆手，把东西给她，"你看看是不是这个。"

林疏月确认了番，喜笑颜开："没错，谢谢了啊班长。"

两人有说有笑，远距离看，关系和谐愉悦。

同学还有事，很快道别。

林疏月转过身，就对上不远处，魏驭城深邃的目光。他和李斯文站一起，正从迈巴赫里下车。方才后车座里，已将两人尽收眼底。

魏驭城的表情挺沉静，不轻不重地看着她。林疏月觉得空气有点酸，她眼睫轻眨，故意扬着下巴，目不斜视地从他身边经过。

电梯耽误了会儿时间，到楼层时，她一出来，就被人抓住手腕。

魏驭城到得比她早，候在这儿伺机而动。

林疏月也不挣扎，任他领着往一旁楼道走。

门关，窄小楼道宛若无人之境。

魏驭城抱胸而立，林疏月好整以暇，吊着眼梢望向他："魏董，有事吩咐？"

"别拿公事语气，我不是你领导。"魏驭城不客气地提醒。

还摆臭架子，林疏月懒洋洋地问："那该什么语气？"

魏驭城低头一笑，然后逐步逼近："你该质问……"他学她语气，捏着嗓子语气略细，"魏董，吃醋了？"

不按常理出牌，林疏月被他突然的反差烫了下心。

明明是占据上风，局势却一瞬扭转。

她一时无言，魏驭城却从容意气："觉得我见到你和别的男人一起有说有笑，醋坛子翻了，要收拾人了？"

林疏月忍笑，眼珠一转看别处。

魏驭城忽地伸出一根手指，轻轻挑过她的脸，又变成了对视："真要二选一，这种自信我还是有的。"

林疏月笑意再藏不住，没好气地吐槽："自大。"

魏驭城的手指一触即收，没有再多的越界："明天中午过来，陪我午睡。"

林疏月抬抬眼："陪不了。"

魏驭城脚步顿住，此刻的神色才是真实的危险。

"出差一周哦领导。"

魏驭城皱了皱眉，理所当然地不满："你不要我了。"

林疏月被他突然的孩子气撩得心神微漾。一个西装革履的成熟男人，反差起来简直是纵火犯。于是眼神软了，语气软了，心也软了。林疏月递过手中的东西："给。"

魏驭城垂眸。

"我大学时的班长是中医世家，我托他带的助安眠的药枕，这方子我改了几处药引，应该更适合你。"林疏月轻扬眉，学他方才的动作，也伸出食指，不轻不重地点了点男人的衣襟。

"表现乖一点，不会不要你。"

你来我往，从不认输。

魏驭城望着她离去的背影，蓦地低头笑。

下班坐周愫的顺风车，绕去庸云路买了糯米烧，俩人边排队边聊天，好不自在。前边是一块玻璃镜面装饰，林疏月无意一瞥，顿时愣住，猛地转过头。

"怎么啦？"周愫被她突然的反应吓了一跳，"熟人？"

身后除了排队的，只有行色匆匆的路人。

林疏月松口气，摇摇头："总觉得有人跟着，没事，幻觉吧。"

回家收拾行李，忙碌暂时忘却这段插曲。

出差的地方在广州，和畅姐一起。次日上午十点的航班，登机前十分钟，林疏月收到魏驭城发来的短信，只两个字。

"我乖。"

林疏月没忍住，笑意盛满眼角眉梢。

畅姐瞧见她这表情，凑过来问："咋啦，中彩票了？"

林疏月握紧手机，像握住秘密，笑着说："是啊，六等奖。"

畅姐笑死："六等奖五块钱，把你乐得。"

林疏月笑意更甚。

这微妙的甜蜜与隐晦的心意，让人暗里着迷，也让人满心欢喜。

第五章

再离别

　　跟畅姐出差真不轻松，她有无限体力，一天可以转四个场子，晚上应酬起来也精神满满，豪迈得不输男人。

　　林疏月也很机灵，虽应酬得少，但眼力见不减，与畅姐心存默契，一唱一和把甲方哄得服服帖帖。

　　饭局后，畅姐对林疏月满意至极："月儿，以后出差我都带上你。"

　　林疏月欣然："行啊，畅姐一句话的事。"

　　"不行不行。"畅姐笑眯眯地说，"我有数。"

　　林疏月也喝了酒，一点点，微醺的状态。她看着畅姐觉得亲切，便抱住她手臂，变成了一只树袋熊。

　　畅姐摸摸她的后脑勺，略显犹豫："月，我一直想问你件事。"

　　林疏月维持姿势没动，平静道："是不是想问，我之前为什么会被吊销执照。"

　　不料她如此直接，畅姐连忙道歉："对不起啊。"

　　"没事。"林疏月枕着她的肩，神色与语气一样平静，"因为一些事，一些人，碰到他们，我的生活变得很糟糕。那年我大学刚毕业，进

248

入一家业内非常优秀的心理咨询机构工作。后来接待了一位有自残倾向的患者，起初，他很配合，效果也不错，顺利地完成了既定辅导。但就在结束的第二天，他态度大变。"

畅姐紧张："怎么了？"

"说我在辅导期间，勾引引诱，对他精神控制，蓄意让病患产生依恋感情，要跟他谈恋爱。并且他有备而来，深谙行业规则，写举报信，去法院告我，这事闹得太大，影响极度恶劣。"林疏月说，"当年我经验浅薄，很多一对一辅导治疗时的话术，都是他有意设计，并且录了音，恶意剪裁拼凑之后，变成了冠冕堂皇的证据。"

畅姐心里一阵恶寒，既不可置信，又觉得无比心疼："月，你得罪过他吗？"

林疏月摇了摇头，然后以极缓慢的声音，轻声道："我母亲跟过一个男人，这个男人之前，还有一个儿子。"

畅姐惊愕得说不出话，脑子灵光一闪，忐忑问："小星弟弟，是、是你妈妈和那个男的……"

林疏月低了低头："嗯。"

畅姐以为她的情绪会受影响，但第二天，林疏月容光焕发，清透漂亮的妆容惹眼得像人群中的一颗璀璨明珠。

"早啊畅姐。"她笑盈盈地打招呼。

"早。"畅姐说，"进度比想象中快，顺利的话，我们能提前两天回去。"

周四，提早两天半结束工作。

拿着签好的合同，畅姐伸了个放松的懒腰："月，这两天在广州好好玩，购购物。"

林疏月刚要答应，手机适时响。

Wei："周六回？机场接你。"

冰冷的手机顿时变成了一整罐的水果糖，暖心的甜悄悄轻蹭她掌心，挠出一条隐晦的彩虹。

林疏月心思一动，对畅姐说："家里有点事，我想早点回去。"

冲动起了头，便刹不住车。第二天她都不想等，直接订了最晚航班回明珠市。她一路风尘仆仆，却不觉疲惫，反倒有了暌违的欢喜。

没等到回复，魏驭城又发来确认信息："周六回？"

此时的林疏月正在出租车上，刚从航站楼出发。她没回消息，而是直接发了个位置实时共享。没一会儿，魏驭城的头像也加入进来。

他们的距离，同一座城市，45公里。

魏驭城没再退出。

林疏月能想象他复杂的表情。

如心存默契，无须多言，一个位置共享，两个小点在同一平面，一点点地挪动，靠近。

手机机身微烫，像一只暖手炉，轻轻熨帖她掌心，林疏月不由得握得更紧。她扭头向外看，从未觉得明珠市的夜景如此旖旎多情。

高楼耸立不再冰冷不讲人情味，绚烂灯影不再花了眼睛，就连便秘似的交通，也变得可以忍受。林疏月每隔一分钟，就看一眼手机。

38公里。

25公里。

11公里。

两个小圆点越来越近，未见面，心先悦。

红灯时，司机师傅笑呵着问："姑娘，赶着见男朋友吧？"

男朋友三个字新奇，烫了烫林疏月的耳朵。她笑着问："您知道是男朋友？"

"知道啊，"司机师傅倍儿自信，"接过那么多乘客，我会看表情的。"

林疏月笑意更深："您厉害。"

司机看了眼后视镜："哎哟这兔崽子，跟我后头晃我一路了。"

林疏月在明珠金融中心下车，抬头看，光晕从大厦背面弥漫开，徒添壮阔。灯火通明的明珠，也有一盏灯，是为她而亮。

林疏月脚步不由得轻快，走前再看一眼屏幕，她和魏驭城的头像几近重叠。进了大门，林疏月甚至小跑着奔向电梯。

快到时，忽然从身后传来染着诡异笑意的一声："疏月，好久不见。"

林疏月如遭雷击，从天灵盖直劈脚底心，猝不及防地将她撕成两半。她以为是幻听，就跟这段时间总觉得有人跟踪她一样的幻觉。

她僵硬地转过头，与李嵘面对面，眼对眼时，才明白，这一切，都是真实的。

李嵘的五官与两年前一模一样，就连这双看似无害的温和双眼，也没有丝毫改变。比如此刻，他带着可亲的笑，但林疏月知道，这笑里藏着裹了毒液的刀。

如见鬼魅，她生命里最痛楚的一角，还是被扒皮暴露。

李嵘个高，精神抖擞的短寸头，笑起来时，五官会挤出一种奇怪的弧形，但给人的第一感觉，是斯文的，内向的年轻人。

他手指竖起，往上指了指："我知道了，你在这里上班。"

林疏月的心被这句话狠狠掐紧。她下意识地把手机揣进衣兜，转头就往大厦外走。李嵘没有跟来，高瘦的身影没站直，融进暗色光影里。

他没有跟上来。

大厦外停着出租车，林疏月拉开后座坐上去。司机师傅"嘿"一声："又是你啊姑娘，事办得这么快？"

正是刚才载她过来的司机，他还在等着上客。

林疏月哑着声说："师傅，麻烦您原路开。"

她指尖发抖，指纹按压两次才解锁手机。两颗小头像仍岁月静好地重叠一起，随着车动，林疏月的位置一点点偏离。

视线模糊，林疏月咽了咽喉咙，抖着手，退出了位置共享。

魏驭城的电话几乎秒速打来，林疏月按了静音，没有接。

自动挂断后，她打给夏初。

一开口，喉咙便哽咽住："夏夏，他找到我了，他来找我了。"

夏初就在附近办事，一个刹车靠边停："别慌，我马上过来。"

风驰电掣地赶到约定的江边，林疏月孤零零地站在那儿，双手撑住额头。

"月月！"夏初慌张跑来，一把将人抱住，"没事没事啊。"

林疏月起初想忍，可怎么都忍不住了，她像一只被猎人盯紧的飞鸟，枪响一动，打散半边羽翼。她哽咽道："李嵘找到我了，他知道我在哪里上班，他一直跟着我。"

听完，夏初怒火中烧："这个畜生有完没完了！月月你先别慌，他要是敢乱来，咱们报警，我就不信法治社会，还治不了他了！"

林疏月无力垂手，冷静了，也更无力了："李嵘这个人，你清楚的。"

夏初顿时无言。

那些狠话，别人或许怕。但到他身上，治不了根本。

林疏月的妈辛曼珠，十九年前跟一个男人生了个孩子。母女俩关系自小割裂，林疏月第一次知道自己有个弟弟，林余星那年十二岁。

客观来说，情感的双向选择无可厚非。

她妈跟谁一起生孩子，林疏月可以不闻不问。但之后才知道，这个男人与病逝的前妻还有一个孩子。

这个人便是李嵘。

李嵘外表平和，性格却阴鸷古怪，且有智商，最会忍耐。他出现在林疏月生活中，对其温水煮青蛙式地打击报复，一度将林疏月推至地狱边缘。

大四实习期，林疏月特意申请去别的城市，带着林余星一起。可无论去哪里，都能被李嵘找到。哪怕什么都没做，可他的存在，本身就如幽灵。

再后来，林疏月被吊销从业执照的事一出，半只脚已坠入地狱。

那是她生命最黯淡灰心的时光。

李嵘阴魂不散，她的生活稍稳定，他总能精准打击，不疾不徐地告知她周围人，她有一个多恶劣的母亲，有一段多卑劣的工作经历。他像一只隐形的恶鬼，偏就带着上帝的审判，单方面地向林疏月洒下阴影，不许她看到天明的太阳。

之后，在夏初的帮助下，林疏月回到明珠市。

最危险的地方，或许最安全。

她不再正式上班，不再选择任何需要暴露身份的工作，而是挂个匿名账号，接接心理专业相关的文献修改。

这样平静的生活，维持了一年。

就在林疏月觉得一切都好起来时，就在她遇到钟衍、魏驭城、畅姐这些人时，她以为幸福终于光临，她可以主动推开禁闭的门。

直到这一刻，灰飞烟灭。

林疏月没有哭，整个人消极空洞，她说了一句让夏初难受如刀刃割心的话："可我，又有什么错呢？"

夏初差点就哭了："你别这么想啊月月，很多人很多人，都是爱你的。你想想星星，想想魏驭城。"

听到魏驭城的名字，林疏月声音更哑了："夏夏，我……"

"嘶——"轮胎磨地刺耳声中断她的后半句。黑色奔驰开着双闪，掐着黄灯最后一秒直接掉头朝这边开。

奔驰斜横在两人面前，急刹车抖，魏驭城从驾驶座推门而下。

他一路风尘急速，深沉的眉眼直落林疏月。

夏初震惊："这么快？"

魏驭城没应声，注意力都在忽然放他鸽子的人身上。

林疏月不接电话，他便不再继续打，而是联系上了夏初，要了地址，不过十五分钟时间就赶到。

夏初摆摆手："我先走，你俩聊。"经过魏驭城面前，她压低声音，"今晚顺着她点，求你了。"

魏驭城不知前因后果，但还是听出话里的郑重。

夏初走后，他才轻叹一口气，将恼意转为无奈，半调侃的语气："手机坏了？迷路了？"

林疏月微微低头，神色未从愁容中抽离。

魏驭城笑："不怪你，怪手机。"

林疏月眼热，眼底又泛起了红。

魏驭城蹙眉："好，不怪手机，怪我。"

沉默里每多一秒，林疏月的眼睛就忍红一分。

安静许久。

魏驭城低声："是我冒昧。你若不想看到我。"顿了顿，他轻轻将车钥匙塞进她掌心，"太晚，开我的车回家，我打车走。"

金属片凉透掌心，林疏月下意识地握住。

魏驭城神色一黯，点点头："慢点开。"然后转身欲走。背过身了，他才按住自己的左手臂，极轻微的一个动作。

没迈几步，林疏月的声音清冷，如往静湖掷石："你伤哪儿了？"

魏驭城脚步一僵，欲盖弥彰："哪儿都没伤。"

林疏月边说边走近，声线嘶哑："你的车，左边车头凹进去了一大块。伤着左手了是不是？"

魏驭城直叹什么都瞒不过，无奈转身，以笑作掩："担心你，所以开得快，出车库的时候没看到左边的石墩，就轻轻撞了一下。没事，我没伤着。"

车都撞成这样了，怎么可能只是"轻轻"一下。他刚才按手的动作，林疏月看得一清二楚。

这个男人，连真心都小心翼翼。

魏驭城第二次叹气："出差不开心？我帮你骂唐耀好不好？还是我开车送你回家，你这样我不放心。"

还没说完，林疏月忽然冲过来抱住他，连人带撞，魏驭城直退好几步。

她身上有清幽好闻的淡香，可配着此刻的氛围，魏驭城生生品出了一味苦。

"怎么了？"他低头，双手仍克制着垂于身体两侧。

林疏月将脸掩埋他胸口，隔着衣料，呼吸烫心。她哑声："提前回来，我是想给你惊喜的。"

魏驭城一颤，自此，才抬手，轻柔地回抱她："我感受到了。不信你听听，这里的心跳是不是特别快。"

语罢，他的手温柔按压林疏月的后脑，让她的脸完全贴至自己心口："嘘，别说话。不管发生什么，先在我怀里待着。"

魏驭城的怀抱是暖的，衣服布料柔软，让人安心。

林疏月将全部重量推卸，像一只被大海托住的船只，在晃荡中找到港湾。第一次，她有了贪恋的欲望。

魏驭城低声笑："好抱？"

林疏月下意识地要撒手，却被男人用力按住："好抱就多抱一会儿。"

在他怀里，像置身寂静山岭。安静之下，有治愈的能力。林疏月塌陷的心一点点鼓气复原，也恢复了理性。无论对方是谁，她都不想以脆弱示人。很快，她抽身，深吸一口气，没忘记他受伤："上车，我带你去医院看看。"

魏驭城把手背去身后："不碍事，我心里有数。只是这车明天要送去修了。"

林疏月想都没想："那我给你报销打车钱。"

魏驭城眼露笑意，吊着眉梢轻佻道："魏董不缺钱。"他向前一步，倾身侧耳，"缺人。"

最后还是魏驭城把人送回的家。

走前，林疏月隔着车窗说："慢点开，到了给我发信息。"

转身刚要走，魏驭城把人叫住，平静看向她："有事不要瞒我。"

林疏月静了两秒，点头："好。"

到家，进门前，林疏月深呼吸，将情绪调整归位。如往常一样，只要她晚归，林余星都会一边拼乐高一边等她。

"姐，"听见开门动静，林余星抬起头灿烂一笑，"这个火箭好看吗？"

"好看。"林疏月看到包装盒，"钟衍给你的？"

"魏舅舅给的，是他公司的联名款。"林余星的笑容单纯无害，一点点小惊喜就能填充他所有的快乐。

林疏月蹲下，平视着弟弟："还有什么想拼的？姐姐明天都给你买回来。"

"小衍哥给了好多，都没拼完呢。"林余星眨眨眼，"怎么啦姐？"

林疏月给了个安抚的笑："没事。看天气预报了吗？接下来两周天气都不太好，你少出门，在家拼拼乐高。夏初姐姐最近不忙，白天会过来陪你。"

林余星不疑有他："知道了。"

林疏月摸摸他脑袋："乖。对了，我刚回来看到小区门口张贴了通知，发生了两起入门盗窃事件。你也注意点，别轻易给陌生人开门。"

"嗯嗯。"

从她淡然不乱地交代这些事起，心里就已经知道该如何去做了。

李嵘这人，斡旋这么多年，林疏月太了解。

最阴毒的蛇不会明目张胆游于人世，而是潜伏于湿冷角落，如定时弹药给予威胁。他是一座阴影大山，挡住了所有阳光。林疏月也明白，他再次出现，一定是想故技重施。

果不其然，第二天，林疏月在上班途中见到李嵘。

他穿一件黑色宽大罩衫，从头到尾都是黑的。身材高瘦却微微佝偻，等在林疏月上班必经的地铁口。他不打招呼，一双鬼魅似的眼睛盯着她。

林疏月走，他也走，始终保持几米的距离，像一道甩不掉的影子。

地铁到站，熙攘的人群涌动，车厢内，林疏月一侧头，就能对上黑色的身影阴魂不散。

林疏月神色沉默，步履不慌不忙。她以平静、无声对抗李嵘的跟踪。这种淡然表现，更能激怒对方。

早高峰，明珠市CBD商圈人流最大。到站时人头攒动，李嵘眯了眯眼，一时没找着林疏月。他脚步加快，往她上班的大厦走。

刚出地铁口，林疏月的声音自右边传来："这里。"

她就站在那儿，冷静地，毫无惧意地盯着他："聊聊。"

李嵘不会跟她聊，永远沉默着。他往后退，林疏月却步步逼近，截断他的去路，先发制人道："这一次你要怎么对付我，我都知道。"

李嵘目光机警，浓眉断开一条很细的缝，看起来更阴冷。

"跟踪我，出现在我的生活轨迹里，让我生活圈的人逐渐发现不对，他们会问我，你是谁。我犹豫，恐惧，不知所措。你得逞，高兴，满意。继而传播给所有人，说我有个狐狸精妈，勾引你爸，还生了个孩子。别人会想，有这种妈，我这个女儿人品能好到哪儿去。他们的猜疑

256

给我施加压力，我无所适从。最后，你会说，我引诱过心理咨询患者，被患者告过。直到所有人都议论我，远离我，彻底毁掉我的生活，你的目的就达到了。"

李嵘低着眼睛看她，唇瓣向下抿了抿。

"等我搬离这座城市，好不容易找到落脚点，小心翼翼地重新开始，你又会出现。周而复始地操纵着这老鹰捉小鸡的把戏。我的恐惧与慌张，是你的高潮点。"林月一字一字，清晰有力，"李嵘，你真可怜。你存在的意义，就是让我不快乐。你以为你凌驾于我，可事实上，你才是被我捆绑的那一个。你所有的意志力、专注力，都围绕我展开。就不觉得自己很可怜吗？"

反其道而行，林疏月是铆足了劲儿打这场心理战。

她一夜未眠，早已想得透彻明白。

"李嵘，你尽管放马过来。诋毁我，打击我，报复我，我告诉你，我不在乎了。你就自导自演吧，我不会再被你左右情绪。我偏要努力活着，你最好别走，我且让你看一看。你给我看好了。"

林疏月目光坚毅，心里有了无上勇气。

她满意现在的生活，也有了更想追寻的未来。以前漂荡似浮萍，无依无靠，现在不一样了，林疏月说不出哪里不一样，只直觉，好不容易摸到幸福的苗头，凭什么让他给拔了去。

林疏月转身就走，恣意且自信地撂话："跟着我上班吗？看看别的年轻人是怎么朝气蓬勃过日子的，再看看你自己如何卑劣，像个死气沉沉的怨夫。"

擦肩而过时，李嵘平静得像一潭死水。他没什么多余的表情，唯一不变的是阴冷眼神，盯着林疏月的背影，然后冷不丁道："记住你说的话。"

打完卡，进办公室，林疏月的心跳已平复。她本想去窗户边看看李嵘在哪儿，但很快把自己勒令住。

对敌人的在意，便是对自我的惩罚。

林疏月狠了心，如果即将有暴风雨，她也绝不做软绵无力的春雨，怎么着都要当一记惊雷，不让对方讨着便宜。

正出神，很轻的一声敲门响拉回思绪。林疏月手一抖，杯子没拿稳，洒了半桌面的水。

魏驭城皱眉："烫着没？"

林疏月抽纸巾："没事。"

魏驭城走近，语气不怎么正经："见到我，这么激动。"

这一次，林疏月没阴阳怪气地否认，承得大大方方："早上好，魏董，见到你好开心哦。"

魏驭城眉心蹙了下，随即笑意弥散："今儿转性了。"

"哪儿转性。"林疏月故意曲解，"货真价实女儿身。"

魏驭城轻撩眼眸，随手拿起手边的玻璃茶罐把玩。长而匀称的手指一下一下按压在罐壁上，随即，手指变换方向，两指指腹捏住出玻璃盖上的那颗凸起的装饰圆球。

他意兴阑珊地应了声："嗯，早验过了。"

林疏月起先还想忍，可抬头一对视，便什么都忍不住了。她笑骂："还不上班吗？老板带头迟到。"

魏驭城看她一眼："没人敢说我迟到，最多议论一句君王不早朝。"

正值上班高峰期，进进出出的员工都瞧见，魏董是从林疏月办公室出来的。好些双眼睛都若有似无地往里瞄。

林疏月轻倚桌沿，背影窈窕。

她后知后觉，低头笑起来。这句诗前面怎么说来着？

春宵苦短日高起，从此君王不早朝。

魏驭城的欲望，总会找个隐晦方式明明白白地传递。

林疏月敛神，这样的男人，喜欢得坦坦荡荡，追人直接，热情，再发散，他的优良家世，出众个人能力，丰厚的财富，哪一样都是光明闪耀的。

魏驭城对感情的方式，是分寸拿捏刚刚好的强势，谈情说爱，简单明了，让人舒适。哪怕是以前不在意时，也从不觉得困扰。

想到这儿，林疏月下意识地回头往外望。

人明明已不在，他待过的地方，也是一幅好风景。

恰好来了新短信提示：

Wei："午睡陪我？"

林疏月嘴角漫出淡淡笑意，将屏幕轻压心口，忽然觉得，什么都不怕了。

午睡还是没睡成，魏驭城临时有事，与李斯文外出忙工作。

林疏月给他发短信："魏董放我鸽子。"

过了几分钟，魏驭城才回："林老师失落了。"

不是疑问句，而是十拿九稳的陈述语气。

这老狐狸，才该去当个心理师。

林疏月索性承认："是。"

这次是秒回："等我，一起吃晚饭。"

月："就这？"

Wei："再把中午欠的觉，晚上补掉。"

李斯文今天压力格外大。

魏驭城从不催他办事，一是彼此心里有数，二是李斯文妥帖仔细，着实让人放心。但今日，连遭老板三轮催促，他自己心里都没了底。

后面耽误了十分钟，魏驭城看了两次表，脸色已然不耐。李斯文没敢说，他背后筛了层层冷汗，还特意确认了番今天的日程，真的没什么重要事啊。

直到回公司途中，魏驭城吩咐司机："不进地库，楼下等林老师。"

李斯文才反应过来，原来是赶着回来见林疏月。

离公司还有三公里，魏驭城就给林疏月打了电话。那头也不知说了什么，魏驭城叠着腿，笑得剑眉斜飞，佯装严肃的语气："最多等你十分钟。"

林疏月已在电梯口，单手环腰，低头浅笑："只十分钟？"

进电梯，冰蓝数字在液晶大屏上规律跃动。谁都没说话，电话也没挂。呼吸声静静交织,越靠越近。

到大厅,隔着旋转门,林疏月说:"我看到你的车了。"

魏驭城"嗯"了声:"你出来。"

一切再正常不过。

五百来米的距离,辅道转个内弯就能直接过来。司机已经减慢车速,可就在电光石火间,从右边广告牌的盲区处突然开出一辆白色桑塔纳。

车速快,重力猛,"砰"的一声巨响,撞上了奔驰的右侧面。

几乎同时,这一幕撞入林疏月眼帘。

电话里,魏驭城的手机发出"嘶——"的刺耳电流声。

右侧,正是魏驭城坐着的位置,李斯文反应再快,但还是来不及了!

魏驭城被这一波震到,身体惯性地前栽。他下意识地用手肘去挡,皮肉撞在椅背的闷响如此清晰。一阵剧痛顺着手臂攀延,魏驭城额头瞬间布满冷汗。

他左手上有旧伤,那次在天台保护林疏月,从阶梯上滚落留下的。

李斯文脸色煞白:"魏董!"

司机惊魂未定,哆嗦着推开车门,先行控制住肇事车辆,义正词严:"报警!"

魏驭城忍着剧痛,先是狠狠剜了眼肇事司机,黑衣,高个,表情不见丝毫惊慌,是一种极致的漠然。

一眼略过,魏驭城扭头去找林疏月。隔着车窗,他看到林疏月惊慌的表情,失措地往这边跑。那一瞬,手臂的疼好像也可以忍受。但下一秒,林疏月慢下脚步,接了个电话。

这个电话一接,她的脚步以可见的速度迟疑,继而生生定在原地。

李嵘的声音如狰狞鬼魅:"再走一步试试,下次就不会撞得这么轻了。"

林疏月如被铁箍骤然锁紧喉咙,几秒就被抽空体内氧气。李嵘的每一个字都如注铅,凝固了她所有知觉。

"这是你喜欢的人?你有什么资格喜欢人,好日子轮得上你?妹妹，你得有自知之明。"李嵘在电话里笑了下，"我很不喜欢你早上跟我说话的语气，下次要改。"

林疏月眼前一片眩晕，把完整的世界切割得四分五裂。几乎出于本能地，她往后退。先是踉跄的小步，最后垂下手。

而她每退一步的犹豫，都踩在魏驭城心里。

直到她完全转身离去，魏驭城捂着手臂，忍受剧痛来袭。

明西医院。

幸亏车身结实，魏驭城手臂至少没添新伤。但同一个位置，左手臂骨裂过，时间间隔太短并未完全恢复，这一撞也着实不轻。

李斯文轻敲病房门。

正上药的魏驭城对医生眼神示了示意，医生便自发将空间留给二人。

李斯文压紧门："人被老张扣着，等您的态度。"犹豫了下，"还有……"

魏驭城抬眼："说。"

"他是林老师的哥哥。"

魏驭城皱了皱眉。

"这人叫李嵘，是林老师异父异母的哥哥。"李斯文大概也觉得绕口，但就是这么个事实，"魏董，还报警吗？"

魏驭城不发一语。

李斯文会意："我通知老张，先不动。其余的事，我再去查。"

魏驭城低头，呼吸深了些，问："她呢？"

"我来联系。"李斯文刚要去办。魏驭城把人叫住："不用了，她会来找我的。"

这事就发生在大厦门口，虽不是下班高峰期，但看到的人不少，很快便传得沸沸扬扬。魏驭城的工作手机快被打爆，都由李斯文接听周旋，谢绝任何人来探望。

左手臂又固定上了夹板，他的私人手机一直放在身边，魏驭城看了好几眼。

李斯文陪在病房，晚八点，听到很轻的敲门声。见着人，李斯文愣了愣："林老师。"

林疏月来了。

魏驭城不意外，转过头看她，眼神平静似海。

林疏月走近，看着他打了夹板的手，唇抿紧些。她也没有过多情绪渲染，挨着魏驭城的床边坐下："你想知道的事，我亲自来说。"

林疏月声音清冷麻木，像念一段没有感情的课本："我爸还没死的时候，我妈婚内出轨，跟一男的在一起。李嵘是这个男人的儿子。他对我有敌意，这些年一直没缓解。"

林疏月尽量轻描淡写，她觉得，这些原生家庭带来的扭曲与苦痛，和魏驭城没有干系。他不该成为被绑架者，也无须与她共沉沦。

"我来，不是替他道歉。只是想告诉你，你不用考虑我的感受，该怎么办就怎么办。"林疏月又看一眼他左手，愧疚溢满心口，直冲喉咙眼，她堪堪克制忍耐，才维持住语气不变调。

"你好好休息。"她说，"出院后我再来看你。"

林疏月起身，手却被魏驭城一把抓住。

他的右手还扎着针，这一用力，挤出了针尖，吊瓶软管一下子回了血。林疏月蹙眉，不敢挣扎对抗，本能地往他那边站近，不想他使更多的力。

魏驭城的手指像烙铁，目光也似剑鞘的锋。这是他第一次，用强大的气场和不容商榷的态度对待喜欢的女人："你若离开我第二次，我保证，不会再有第二个魏驭城。"

温声沉语下，是义正词严的提醒，也是严肃冷绝的威胁。

魏驭城不在医院过夜，吊瓶打完就回了明珠苑。

李斯文在车里打了几通电话，将事情全部处理好后，转过头跟魏驭城说："老张把车开去修了，和队里打了招呼，按规章办事。把人关几天，吊销驾照，他这几年是别想开车了。"

从严处理，但魏驭城没有追究其民事责任。

"别的事我还在查，但应该与林老师说的八九不离十。"李斯文话里有话，实则是在试探，还查吗？

魏驭城说："查。"

李斯文办事效率高，凌晨一过就来了消息。

"您最想知道的，三年前她被吊销执照，是因被一个病患告了，说林老师引诱他，产生了极度精神依恋。"李斯文说，"从我目前得知的消息来看，和她这个哥哥似乎并没有关联。"

魏驭城："那人呢？"

"失踪。"李斯文说，"两年前从精神病院跑了，至今下落不明。"

魏驭城沉默抽烟。

他心里只冒出一个念头。往事一场，林疏月到底受了多少苦。

"我这边安排合适的人去和李嵘谈，看样子，应该只是个贪钱的人。"李斯文说，"等他拘留期满，我这边再作打算。"

如果当真是好吃懒做，钱能收买，那便不值一提了。

魏驭城摁熄烟蒂："把事办好。"

次日，一切照旧。

林疏月按时上班，看起来并无异样。她早上还给魏驭城发了信息，说下班来看他。魏驭城回了个"好"。

周愫跑来送牛奶，试探打听："你听说昨天魏董车被撞的事了吗？"

林疏月说："嗯。"

周愫不疑有他，只是一顿感慨："幸亏人没事。"

林疏月低头时敛去笑意，轻声："嗯，还好没事。"

十一点，夏初给她发微信："今天给咱弟做糖醋小排骨！"

月："你还是做红烧吧，难度系数低一点。"

"你姐不信我的厨艺呢。"夏初在厨房里倍儿热情，"星儿，给夏姐录视频，咱们证明给她看。"

林余星乖乖照做："夏夏姐，我开美颜了，放心。还有你真不忙啊？都陪我好多天了。"

"不忙不忙，怕你无聊嘛。"

"一点都不无聊，我都习惯了，别耽误你事才好。"

十七八岁的男生，总是小心翼翼地为他人着想，生怕麻烦了人。这让夏初听得挺心疼，再想到李嵘那个王八蛋，就更愤怒了。

"不许多想，我也是你姐。"夏初在袋子里翻找，"终于找到蒜苗了。"

"虽然但是，"林余星说，"你拿的是葱。"

捣鼓一小时，厨房差点炸了。

夏初妆都花了，口吐白沫地拿手机："点外卖。"

除了生病，林余星很好养。不挑食不啰唆，一顿还能吃两碗饭。夏初觉得看他吃饭就很治愈："我以后一定也要生个你这样的娃。"

林余星挑着最后一片青菜，低头笑："别生我这样的，受罪。"

夏初难受极了，轻拍他手背："胡说，我们星星天下第一好。"

林余星摸着后脑勺，给了她一个宽慰的笑。吃了一会儿，他忽问："我姐最近是不是遇到什么事了？"

"没吧，没听她说啊。"

林余星敏感且敏锐："我也说不上来，直觉吧，我觉得我姐最近挺不开心的。"

"可能是工作压力大。"夏初试了试排骨汤的温度，放去林余星面前，"快过年了，忙着考核啊，报计划啊。挺多事的。"

"还有多久过年？"林余星算了算。

"不到两周。"夏初答。

吃完饭后督促林余星吃完药，一点半，他有午睡的习惯。夏初估摸着睡着了，才悄悄去隔壁房间打电话给林疏月。

"月，星星好机敏，他是不是看出什么了？"夏初很是紧张，"我这几天留意过，没在你家附近看到过李嵘。他会不会私下见过……啊？不是吧。他还是人吗！"

夏初压着声音，压不住愤怒："先不说了，我怕吵醒星星，回聊。"

电话挂断，她一转身，骤然发现门不知什么时候开的，门口站着林余星。

夏初吓一跳："怎么不睡了？"

林余星挠挠头发，打了个长长的哈欠："想上洗手间。"

然后没再说什么，走了。

夏初松口气，应该是没听见。

林余星回到房间，在床边静静坐了会儿，刚要继续睡，钟衍发来微信："那啥，不好意思了，哥要放你鸽子。"

两人本来约好明天去商场买乐高新款，钟衍说："我舅出了点事，我不太放心，还是在家陪他吧。"

"魏舅舅怎么了？"

"别提了。被一黑车给撞了，我舅那车质量好，副驾车门都撞凹一大片。他左手本就受过伤，这次又是左手。"钟衍骂骂咧咧，"那司机最好别被我碰见，揍不死他。"

林余星的手慢慢垂下，几秒之后，紧紧捏住手机。

魏驭城在家休养两天，这两天林疏月也忙。

她好像听进了魏驭城那日在医院的"威胁"，虽然没时间过去明珠苑，但很懂这个男人要什么。于是，每天到了一个点，都会自觉发条慰问短信。

魏驭城已读，回一个字："嗯。"

嗯，有点像查岗。

晚七点到家，林疏月丢下包，揉着发胀的颈椎去林余星房间："星儿，吃饭了没？"

林余星正蹲在地上拿换洗衣服："早吃了，姐，给你留了碗汤在保温壶里。我去洗澡了啊。"

林疏月吃东西快，小碗汤几口就喝了。

卫生间里淅淅沥沥的花洒声，林余星心情挺好地哼着歌。

林疏月笑了下。回头往他卧室一看，地上掉了双袜子，应该是刚才拿衣服的时候没放稳落下的。林疏月弯腰去捡，这个高度正好对上衣柜倒数第二层。

那是林余星换季不穿的衣服，叠得齐齐整整。

林疏月本是随意一瞥，却看见两件外套的间隙里，似乎有一个深棕色的胶状物。她伸手拿开上面那件衣服，猛地一怔。

深棕色手柄上，是铜锈色的刃。

林余星在衣柜里藏了一把匕首。

林疏月背后冷汗直冒，差点蹲不住。她抖着手把刀拿出，确定不是玩具。

"姐。"林余星无忧的声音乍然停滞。他站在门口，还维持着擦头发的动作。平静的笑颜一分一分收敛，彻底安静。

林疏月站起身，目光冷如冰霜："你想干什么？"

林余星绷着下颌，也不打马虎眼："李嵘又来找你了。"

林疏月审视两秒，确定，他知道了。

"所以呢，你要杀了他吗？"林疏月逼前一步，"且不说你能不能成功，你觉得这样值当吗？"

林余星目光失温，全然没了平和气质，一个字："值。"

林疏月眼睛微眯。

"我反正是这样的身体，迟早要死的，多他一个就是赚！"林余星口不择言，话刚落音，林疏月扬手打了他一巴掌。

掌心是窝着的，其实一点也不痛。她打下来的力气顶多就两成，可眼泪已如雨下。林余星白了脸，喉咙像被火烫似的，一个字都说不出，更不敢看姐姐。

林疏月一个眼神如刀割，用着规劝、谈心、试探，姐弟俩太有默契。林余星知道她的愤怒和无奈——我这么拼命保护你，你却如此不珍惜自己。

林余星心口一窒，道歉脱口而出："对不起，我错了。"

林疏月依旧平静，眼泪凝在睫毛，不再有多余的泪，她抬手，虚指了下林余星，已然恢复理智："你我反应越激烈，李嵘越高兴。你要是傻到上这当，我也无话可说。"

林余星摇头："姐，我不上当。"

林疏月叹气，向前一步将弟弟轻拥，眼底的潮红已褪："姐姐最近会很忙，可能还会出段长差。等事情都安排好了，你去夏初姐姐那儿住一段时间。"

林余星下意识地揪紧姐姐的衣服，悯默无言里，哑声挤出一个字："好。"

那把匕首被林疏月拿下楼丢了，垃圾桶边，冬日低温掩盖，并无难闻气味。油绿色的桶身刺目，林疏月站着发了会儿呆。

没穿外套，薄羊绒衫抵不了寒，手臂冻得像冰块。林疏月边揉边往楼道走，脸上的茫然无助已不见分毫。

次日，林疏月跟畅姐打了个电话，聊了一些工作上的安排后，畅姐觉得不太对劲："哎，疏月，安排得这么仔细，是不是要请假？"

林疏月"嗯"了声："上午有点事，畅姐，我请半天假。"

畅姐松口气："哦哦，行。听你刚才的语气，我还以为你要辞职呢。"

林疏月不放心地将林余星送去了夏初的工作室。夏初的工作室布置得像温馨住所，复式结构改造上下两层，外面还有个小院子。

夏初就是看中这个院才买下的，明珠市不管哪个地段的房价都不便宜，这套房花了夏初小两千万。她是存不住钱的，回家跟老夏哭穷，最后答应一年内找个男朋友带回家，爸妈才给拨款。两年过去了，男朋友的脚毛都没见着一根。所以老夏同志常说，女儿是个绝世大骗子。

"上周做了复查，身体情况很好，这里是他每天要吃的药。他有点贪嘴，不许惯着。"林疏月交代。

"放心吧，我明白。"夏初拉着她的手走到一旁，"你跟魏驭城说了李嵘的事吗？"

林疏月点头："说了大概。"

"那他知道你以前的事了？"

"我没跟他说太详细，有些东西我真的说不出口。"林疏月深吸一口气，垂着头低声，"夏夏，其实我挺没自信的。尤其魏驭城被撞那一下，我真的想过放弃。可他那天用很冷静的语气跟我说，如果我走，就再没有第二个魏驭城了。就是这句话，狠狠撑了我一把。"

林疏月回头看了眼林余星，再转过来时，眼圈有点红："可你知道吗？小星他昨天藏了一把刀，想要跟李嵘同归于尽。"

夏初捂住嘴，眼神惊恐。

林疏月忍住眼泪："我不会做蠢事，但这事总要有个了断。"

夏初下意识地掐她一把："你也不许乱来啊！"

"不会。"林疏月把情绪归位，不慌不忙道，"我心里有数，还要上班，先走了。"

夏初这一天做事总心不在焉，哪儿哪儿都不顺坦。中午吃饭，她随口问了句："星儿，你姐早上送你过来，上班会迟到的吧？"

林余星抬起头："她上午请假的。"

夏初皱眉，不对劲。

手机搁在一旁，同学群里免打扰消息99+。夏初点进去一看，都是"恭喜""新婚快乐"的祝福。翻到最顶上，原来是赵卿宇发了条要结婚了的通知。

夏初茅塞顿开，心咯噔一跳。

赵家落败，公司全靠四处贷款勉力维持，赵品严原本也不是个做生意的料，破产了也还不完这些债务，别提还有乱七八糟的网贷，高额利息惊人。

赵卿宇入赘傅家，傅琳她爸才愿意帮这个忙。并且拟了婚前协议，生的孩子也全都姓傅。赵卿宇这人性格不够坚毅，但一表人才，又挺懂礼貌，是很好拿捏的结婚人选。

他和傅琳的婚期定在年后，喜帖这几天也往外派送起来。林疏月有办法打听，这天下午，在婚纱店堵到了人。

赵卿宇穿着高定西装，试衣镜前很是满意。听到店内接待人员问："您好女士，请问有预约吗？"

"我找人。"林疏月指了指前边，"赵卿宇。"

赵卿宇身体一僵，看向她。

林疏月穿着白色呢子衣，长发如墨披肩，不比这一店梦幻礼服逊色。她走过来，目光冷而决绝，释放的信号让赵卿宇不安。

"你来做什么？"他先发制人。

林疏月开门见山："是你告诉李嵘的吧。"

乍一听名字，赵卿宇肩膀颤了颤："我不知道你在说什么。"

"不知道吗？"林疏月目光压着他，不给他闪躲的缝隙，"李嵘和我的关系，你是知道的。你为了报复我，把我的现状、地址，通通透露给他。不用你说，我也清楚，你的言辞有多激烈和夸张。总而言之，不想见我好。"

赵卿宇胸口搏动，空调暖风似乎全变成了冷风，吹出了他一茬茬的汗："你别胡说！"

林疏月笑了下："胡说就胡说吧。"

赵卿宇没底："你想干什么？"

"没什么，祝你新婚快乐。"林疏月弯唇，笑意存于眼睛，像真挚的星光。明明是灿烂的，温柔的，赵卿宇却心慌。

这样的林疏月，一定是憋大事。

他乱了阵脚，试图拉她的手："我要结婚了，你能不能别闹！我走到这一步很难。"

"难道我就过得容易吗？"林疏月轻蔑一笑，"赵卿宇，你真双标。"

傅琳试穿婚纱出来，正巧看见赵卿宇去拉林疏月的手，神色顿时不满："你们在干吗？"

赵卿宇倏地松手："没、没事。"

"傅小姐，首先祝你新婚快乐。"林疏月从容地打招呼，"但我觉得，你知道一些事情后，应该不会觉得多快乐了。"

傅琳既起疑又生气："你到底是谁啊！"

"赵卿宇的前女友。"林疏月轻飘飘的语气，势在必得的表情，很能震慑场面。

傅琳脸色瞬变，指着赵卿宇尖声："你有事瞒着我是吧！"

"没有，我没有。"赵卿宇彻底急了，"林疏月。"

"作为赵卿宇心心念念忘不掉的前女友，我是一定要为他送上新婚礼物的。"林疏月的语气乖得很，拿出手机，调开早就备好的音频。

音量最大，听得一清二楚。

窸窸窣窣的风声、喘气声后，赵卿宇带着急切的乞求："我跟傅琳先谈着，你还是我的女朋友……我爸公司正常了，我再跟她做回朋友，我俩结婚。月儿……多等等……"

这是两人分手时的对话。

赵卿宇被雷劈到头顶心，直接劈蒙了。

录音，她当时竟然录音了！

音频设置成重复播放，像咒语，一遍遍向本人施法。傅琳瞪大眼睛，气愤不已："赵卿宇！你还是个男人吗？！"

头纱和头花被扯落在地，傅琳哭哭啼啼地说要告诉家里。赵卿宇白着脸，语无伦次地去抱她，求她："琳琳你听我说，她故意的，这个音频是她恶意剪辑的。对，对，就是恶意剪的。"

林疏月点点头，又摁开下一段。

仍是赵卿宇的声音，那天在商场，他当着钟衍和林余星的面相求："我错了，我错得离谱……你给我一次机会再追你好不好……"

似乎早有预料，加之职业习惯，林疏月当时留了心眼，全部录了音。

这真是炸了场子，店员们都不敢向前劝阻。

傅琳这下彻底甩开赵卿宇的手，尖声愤怒："你别碰我！给我滚！"

任凭这边撕扯，林疏月转身就走。

目的达到了。

赵卿宇似乎被甩了一巴掌，女孩尖声哭叫聒噪不已。林疏月推开门，被冷空气扑一脸，心里的郁气散了些。

轻松吗？

并不。

但林疏月觉得，不能平白被欺负。

"林疏月！"身后赵卿宇果然气急败坏追过来，一把揪住她的手，睁着红眼呵斥，"你满意了！你满意了！"

"满意。"林疏月给他想要的答案，"你能把我的行踪告诉李嵘，就该想到有这一天。"

"你太恶毒了!"赵卿宇嘶吼。

林疏月看着他,目光笔直清亮:"赵卿宇,我从未想过害你。但你一次次做的事,太让我寒心。既然我的安稳生活被破坏,那么,你就陪我吧。我不让你下地狱,只是回到你该待的位置。"

一字一字,没带一丝感情,林疏月连看他的眼神都是空洞麻木的。

明珠市每到过年都会下雪。

簌簌风雨飘在脸上,阴沉厚重的云盖住大片天。

今年的初雪,应该会来得更早些。

林疏月拨开赵卿宇的手,想走。

赵卿宇后知后觉,盯着她的背影忽然歇斯底里:"站住!"他掐住林疏月的肩膀,死死拖着她。

林疏月吃痛:"你放开!"

赵卿宇跟疯了似的,不停摇她,林疏月伸手去挡,敌不过对方力气,差点踉跄摔倒。

好不容易挣脱,林疏月向前跑。

赵卿宇哪肯放过,愤怒地追上来,眼见着就要落于下风,就在这时,"嘶——"剧烈的轮胎擦地声响起,黑色奔驰打着双闪掉头疾驰而来。不带半点减速,车身直接横到赵卿宇面前,拦住他的去路。

车子离人不到五厘米,赵卿宇被吓冷静了,急忙后退绊倒在地。

车子再次启动,急轰的引擎声如野兽咆哮,是对他的警告。赵卿宇吓得瑟瑟发抖,怕它下一秒碾压而来。

车熄火。

魏驭城下车,一身黑色呢子衣如肃穆的夜,湿寒天作背景板,气场越发压制逼人。

魏驭城牵紧林疏月的手,领着她把人送上副驾。直至车开,他都没有看过一眼赵卿宇。

车里暖风送香,隔绝一切杂音。

林疏月垂着头,一语不发地坐着。

魏驭城亦一路无言，直至十字路口的长时间红灯，他的右手越过中控台，掌心覆盖于林疏月的手背。

"凌厉劲哪去了，嗯？"他声音带着有分寸的笑，宽解着她的心。

林疏月转过头，哑着嗓子问："你不觉得我很坏吗？"

魏驭城笑："不止坏，还又悍又虎。"他低头点烟，薄薄迷雾荼眼，窗缝的冷风携烟味远走，车内仍是沁人的海洋淡香。

停一秒，他淡声道："但我喜欢。"

红灯时间有多久，魏驭城便抄着这副风流却不下流的神色看了她多久。直到后边鸣笛催促，林疏月伸手拍开他的脸："开车。"

再扭头看窗外，她的嘴角笑意淡淡，那些糟糕情绪，在他身边不值一提。魏驭城也没问她去哪儿，有自己的路线，哪个路口转弯，一点都不犹豫。

路过街西公园，林疏月看出来，至少这不是往明珠苑去的。

城南繁宁都郡，有一处精装公寓。这里魏驭城来得少，但每周物业会打扫，看起来宛如新房。魏驭城很喜欢黑灰色调，只在卧室的背景墙上抹了一处很深的橘色。非常夸张的色号，却不显突兀，视觉冲击之余，有一种隐晦的性感。

魏驭城过来这里的原因，是透过落地窗，能看见明珠江最绮丽的水域。宽阔江面，渡轮漫游穿梭。这边，是低密度的高端住宅区，江对岸，是明亮繁华的高楼耸立。

林疏月发现，魏驭城很喜欢对比极致的画面。

在落地窗边站了会儿，没听见动静。林疏月扭头去找人，却见魏驭城背对着，很轻微地扶了扶左手臂。

固定扭伤的夹板前两天刚拆，但还是扎了软纱布固定。林疏月走过去："怎么了？伤口疼了？"

魏驭城"嗯"了声："开车开太久，淤着了。"

"医生怎么说？"林疏月想去看他的手，"还要换药吗？"

魏驭城侧了下身，没让她碰到，平静道："纱布每天要换。"

"那我开车送你。"林疏月下意识地去找他的车钥匙。

"不用。"魏驭城说，"东西有，家里就能换。"

车里有个医药袋，装着纱布碘酒。林疏月下楼帮他拿上来后，魏驭城已不在客厅。隐约的水声和蒸腾的雾气弥漫浴室玻璃。

他在洗澡。

林疏月心思定了定，坐在沙发上等他。

十来分钟后，魏驭城裹了件黑纹睡袍出来，从肩一直罩到脚踝，像一件龙袍戏服。略显夸张的款式和图案，在他身上并不突兀。

衣服遮得很严实，除了露出锁骨并无再多。腰间那根系带最点睛，垂下去的一截，还有一小段金线流苏。

林疏月看了他一眼便低下头。

魏驭城走过去："不好看？"

"太好看，怕看了太喜欢。"林疏月说，"我买不起。"

魏驭城笑颜朗朗，也挨着她坐向沙发，笑意收敛后，神情认真："月月，我们谈谈。"

"我知道你想谈什么。"林疏月说，"我和余星同母异父，我一直不愿意提起过去，很多原因也是他。他身体不好，先天性心脏病，我妈不管，他亲生父亲……你看看李嵘，就明白是个什么样的家庭。辛曼珠第一次带他来见我，星星十二岁，脸色苍白，瘦得像只小猫一样。把人丢下，辛曼珠找了个借口去洗手间，其实是偷偷走了，飞去了美国。"

"我当时也想过，学学我妈的狠心。但林余星低着头，第一次叫我阿姐。"林疏月眼底涌现微红，"我还是没学会我妈的心狠。"

魏驭城调侃，是想放松她的情绪："对我不是挺狠的吗？"

林疏月忍俊不禁，到底没接这一茬。

思绪打了岔，很多想说的话也就这么不了了之。魏驭城看出她的低落，温声说："不想说，便不说。我都懂。"

这世界，温柔二字最煽情。

"我帮你换药。"林疏月听他的话，转开沉闷的话题，转过身，药包散开在桌面。

魏驭城却没动作。

林疏月伸手，想扯过他的手臂上药，可还没碰着，魏驭城一个闪躲动作，就这么避开她的好意。

林疏月仰头看，他的目光更浓烈，像有一股执念。

林疏月再次伸手，魏驭城后仰，拢紧外袍，反倒将浑身裹得严严实实，如同贞烈男子。

林疏月想笑："怎么了又？"

魏驭城声音淡淡："你以什么身份给我换药？"

林疏月没忍住，轻笑一声："看不出来，魏董如此守身如玉。"

魏驭城见不得她玩笑模样，一把抓住她手腕："说。"

林疏月被他拉近，懒懒答："随便啊。"

"随便不了。"魏驭城如严谨求学的学生，"我这不是宾馆，我想要过个明路，想要明确在你那儿的身份。"

林疏月低了低头，再抬头时，眼里有坚定，有勇气。随即，她先仰起了脸。魏驭城该是没想到这一出，林疏月能很明显地感知他的紧张和意外。

怎么形容呢？就像刚出烤箱的松香淡奶蛋糕，这一瞬，林疏月在努力回想两年多前的那一夜，试图比对。短短数秒，这感觉太妙。她忽然就洒脱了，觉得管它什么过去，再没有比及时行乐更好的事了。

魏驭城眸光深了几度，一点点松弛下来。他的腰背往沙发垫靠，双手搭着扶手，既有恣意的享受，也有冷静的审判。

林疏月浅尝便离开，蹙眉狐疑："哪有人这时候不闭眼的？"

魏驭城极轻地嗤笑一声："就这？"

语毕，松软的蛋糕瞬间冰封冷藏室淬炼成生杀予夺的利器，不余力地攻打城门，一会儿化身和煦春风，一会儿骤变暴烈风雨。像喝了一口酒，蓄意让她醉。

魏驭城终于放开她，偏还一副冷静自持正经模样评价道："我月月退步了。"

他这样唤她，轻浮又花心，可又让人心化如糖。

林疏月温言软语，带丝丝挑衅的笑意，说："想要身份，那就让我看到魏董的诚意。"

之后，他不仅让她看到了诚意，还奉上了全部魄力。

林疏月愣了愣，随即失笑："魏驭城，真这么喜欢我？"

魏驭城坦诚道："比喜欢更多。"

林疏月不满意，轻戳男人的脸："更多的是什么？"

魏驭城太适合这身装扮，恣意却不随意，好景一览无余，注目她的神色也深邃极致："不知道，你自己领会。"

月夜做证，所谓天生一对，其实从遇见的最开始，就注定棋逢对手。

很久之后，魏驭城有了困睡之意。

但林疏月更来了精神，要么是想听故事，要么是闲聊有的没的。

"魏驭城，你公寓到底有几处？"

"嗯，太多了，不记得了。"

"这么多，金屋藏娇用的吗？"

"能藏谁，不就你这一个嘛。"

"哎，你说钟衍看出来了没？"

"他要是看出来，就不会冒充和你的姐弟恋了。"

"他到底恋爱过没有？"

"没有。"

"那暗恋过女生？"

"不清楚，但应该更多人暗恋过他。"

魏驭城的眼皮都快打架，但林疏月依然喋喋不休，像个低分贝的爆米花机。

明明是冬夜，室内温暖，像置身于春天里。身边的人带来的是满心安全感，他的眉眼包容，如春天之中发芽的新翠，只一眼，就能想象出繁花似锦的未来。

这极致的温馨带来无尽的幸福，哪怕是幻象。但恍惚间，真就觉得，这是地老天荒。

魏驭城记得，他合眼前，最后一次和林疏月的目光对望。女孩眼神清亮如星，似要望穿他的灵魂。

也是之后才明白。

她真清醒，从一开始，便处心积虑，看他跌落陷阱。

魏驭城睡得死死沉沉，晨曦四点，林疏月从他臂弯间翻了个身他都没有知觉。室内光线暗淡，空气里的精油香浅浅发散。林疏月细细打量熟睡的男人，没有半点困顿之意。

魏驭城的三庭五眼比例完美，也听过公司职员八卦谈趣，说魏生的鼻子最点睛。林疏月却觉得，他的人中和嘴唇相连的弧度最妙，此刻的他彻底无知觉无防备，鼻间呼吸轻洒似温绵的小火山，卧室呈极致的安静，像一个被真空隔离出的世界。

林疏月分了会儿神，看了眼时间，没再过多犹豫，轻掀被毯下了床。

魏驭城一觉到七点。

一醒来，就发现身边空空如也。

被毯呈自然的褶皱，还保持着掀开时的样子。房间内安静，或者说是死寂，只有探窗而进的阳光和他照面互动。

魏驭城皱眉，光着脚踩地："月月。"

卧室就这么大，一眼尽览。他又走去客厅，依旧空无一人。沙发上的包，玄关处的鞋，都随她这个人消失不见。

魏驭城心一沉。

林疏月的手机一直提示通话中，拨了三遍，魏驭城心里便有了数。他直接打给唐耀，那边接得快，还未等他开口，唐耀火急火燎地问："林疏月辞职了你知道吗？"

魏驭城肩膀紧绷。

唐耀："她主管早上看到信息，凌晨三点发的。她早就把手头上所有的工作做了规划整理，交接邮件也设置的定时发送。魏魏，你知道这事吗？"

魏驭城精准抓住两个字：早就。

所以，她早就做好了离开的打算。

魏驭城沉默地挂断电话，他甚少有这般无头绪的时刻。一股气直冲脑门，太阳穴一跳一跳地涨痛。

第一直觉就是找去她家。

不无意外，大门紧闭。

魏驭城起先还有耐心敲门，久不回应，他两拳头直接砸去门板上。这时，隔壁开门，一位奶奶走出来，扶了扶老花镜问："找小林的啊？"

魏驭城收敛戾气，克制着情绪，礼貌道："是。"

"哎哟不要找了啦，都说了，这房子她不租了，你们总是找上来呢。找了也没用的呀，她都不住这儿了。"老奶奶感慨念叨，"真的太坏了哟，你们要不得的。"

魏驭城眉心更深："还有谁找她？"

"咦啊，你们不是一起的吗？"老奶奶叹气道，"可怜孩子哟，招哪个惹哪个了嘛。"

魏驭城缓了缓脸色，诱导道："我是小林同事，她遇事了，我可以帮她。"

老奶奶点点头，"哎"的一声："总有东西往小林这儿寄，丢在门口又腥又臭的，也不知道是什么。还有个人哪，高高瘦瘦的，长得还挺有模有样，说是小林哥哥。我看一点也不像的嘛。"

这时，一年轻女孩走出来："奶奶你快回去啦，别自言自语的了。"女孩儿抱歉地看向魏驭城，"对不起啊，我奶奶。"她悄声指了指脑子。

正要关门，魏驭城问："这住处真搬走了？"

女孩点头："嗯啊，一周没见到人了。"

"是不是经常有人来找他们姐弟？"

"有。"女孩说，"高高瘦瘦的一男的，是谁我就不清楚了。"

魏驭城出楼道，给李斯文打了个电话："李嵘出来了没有？"

李斯文说："不清楚，但拘留七天，也该差不多了。"

魏驭城听完，手机丢去副驾驶，迅速将车掉头，直奔城南。

夏初这边刚忙完，揉着发胀的后颈去楼上瞧林余星拼乐高："差不多了啊，眼睛要休息会儿。"

刚落音，就从窗户看到了院子外正从车里下来的魏驭城。

夏初叹了口气："我就说，今天眼皮总跳。该来的都会来，星儿，以你对魏驭城的了解，他打不打女人？"

林余星低头，很轻地笑了下，声音都有了些卡顿："魏舅舅，他很好的。"

魏驭城直奔目标，两步并一步地上楼。见到夏初，沉声质问："她人呢？"

夏初说："你比我想象中来得快。"

魏驭城皱眉，转而看向林余星。

林余星不敢看他，默默低下了头。

魏驭城凉了心，深吸一口气，语气仍是温和的："余星，舅舅对你好不好？"

字字锥心，林余星一下红了眼睛。

夏初拦在两人之间，说："你等会儿，我给你看点东西。"

她打开手机，调出截图，然后递给他。

是她与林疏月的聊天页面，一共十来张，魏驭城翻了两页，眉间如结霜，指腹按压屏幕也越来越用力。

201×年1月：

夏夏，我该怎么办？李嵘又威胁我了。

他竟然守在我公司楼下，我真的好害怕。

201×年4月：

太可怕了，他竟然跟踪我领导，领导吓得要死问他想干吗。他说，跟着你做事的林疏月，你最好注意点。呜呜呜怎么办，我觉得我会被开除了。

夏夏，我真的被开除了。

201×年2月：

受不了了，我辞职了，明天搬家，真的真的不想让他再找

到。

201×年7月：

yeah，三个月了！！他应该不会再来了吧。

老天爷保佑，我能够过正常点的生活。

最近的一张，是十天前。

夏夏，他撞了魏驭城。他一定是故意的。他为了报复我，

什么事都做得出。我太难受了，我真的想跟他同归于尽。

魏驭城视线下移，停在最后一条信息上：

我有顾虑了，我舍不得了。

魏驭城的心，吧嗒一下被捏扁，那种乏力感是他从未有过的。林疏

月的这几年，浓缩于这几张聊天记录中。他能想象每一条信息的当时，

那个无助的、崩溃的、低潮的、侥幸的、期盼的女孩是何等战战兢兢地

过生活。

"李嵘才是个真正的变态，他心理扭曲，觉得是月月她妈破坏了他

家。辛曼珠是我见过最没担当的妈，人在国外，李嵘找不着，他便把所

有的怨气撒在月月身上。月月报过很多次警，但李嵘这人聪明，并没有

做出实质性的伤害，顶多批评教育，再丢一句话，这是家事，你们自己

协商解决就完了。"

夏初说起这些，愤怒极了："李嵘根本不是人，起先，月月还觉得

愧疚，好意劝解他去接受心理治疗。但这人根本就是蓄意。月月说，这

一次，她不想退缩。"

夏初哽咽道："但李嵘威胁她，这个王八蛋竟然威胁她！"

魏驭城悯默，周身有戾气在酝酿、翻涌。

"李嵘联系过她，她身边的人有一次意外，那么等他出来，还会有第二次，第三次。他哪里是报复，根本就是想毁了月月！"

夏初忍住情绪，缓了十几秒才继续："李嵘不会对林余星下手，他说这是和他有血缘的弟弟。他竟然还懂慈悲，可笑吧。"

林余星在一旁，眼泪"啪嗒啪嗒"，如断线的珠。

"她走，是自保，也是保护身边的人。只要李嵘找不到，这段时间消停了，他自然就放弃了。"夏初深吸一口气，语气诚恳，"至少，不会再牵连你。"

落针可闻，安安静静。

三人站立的位置成三个角，魏驭城先发现，窗外竟飘起了雪。

明珠市的初雪，竟是这时候来应景。

魏驭城收回视线，眼里是沉甸甸的定心力，他没有附和任何话语，也未透露一丝立场。只问了一句话："是你们自己告诉我她在哪里，还是等我来查。"

平静语气滞缓，如最自然的聊天。但夏初不由得发麻，男人的气场似密雨，一泼一泼透心凉。夏初稳住心神："你别拿这眼神警告我，我也没打算瞒你——上半年，月月就跟我提过支教援助的事，但当时她没考虑。也算命中注定吧，可能老天早安排好了。"

夏初语气郑重，不惧不躲地直视魏驭城："她知道你会找到我，也知道我一定会告诉你。"

没说出口的后半句，才是林疏月的真心本意。

夏初不用明说，因为她看到魏驭城的眼神，就知道，他一定懂。

李斯文看了几次时间，十一点，终于等到了魏驭城回公司。

"魏董，"李斯文守在电梯口急着汇报，"李嵘出来了，没跟上，他不见了。还有，林老师辞职了？"

魏驭城脑门钝痛，抬了下手示意他别跟来，然后关上了办公室的门。

落地窗淌进来的光线刺目，他双手撑在上面，人呈微弯曲的站姿。魏驭城低下头，想缓解头顶的充血。冷静之后，他自己都想苦笑。

时至今日，真的不能不夸一句，林老师，厉害。

就没见过这么能拿主意的女人，清醒独立，不留余地。从不掩盖喜欢，也不压制欲望。魏驭城明白，昨晚她能与他同床共眠，一定是动了真心。

辞职，退租，把弟弟托付给夏初。她把工作，生活，包括他在内，都安排算计得明明白白。她甚至不避讳自己的去处，支教援助，落脚地都让夏初告诉了他。

如果说，从头至尾就是一条笔直的线，那林疏月以绝对的定力，知道自己要什么，没在这条直线上走一点弯路。而魏驭城算是知道，昨夜她那般主动，像缠在他身上的枝蔓，就是为了让他彻底陷落，放松警惕。

他以为自己是胜者，却还是跌进了温柔陷阱。

魏驭城闭紧眼，再睁开，眼底都是血丝。他右手握拳，狠狠砸向玻璃。

今冬寒潮早到且频繁，几次席卷，明珠市在初雪过后，又迎来两场暴雪。

天气原因，高铁到达南祈市后，大巴停运，散流至各县镇的交通暂时延后。等恢复正常，是次日上午。

再经两小时国道和二十余里的盘山路后，终于抵达目的地。

大学时的学长骑着小电驴，早已等在车站，见着林疏月从中巴车下来，热情扬手："疏月，这里！"

林疏月行李不多，一个登山包和中号行李箱。她也笑着打招呼："牧青师兄。"

"辛苦了啊。"牧青帮她拿箱子，特别朴实实在的一号人物，"你能答应过来，我真的没想到。咱们这儿条件一般，但正常生活所需还是没问题的。饿了吧，来，咱们边吃边聊。"

林疏月看到牧青的这辆摩托车后，还挺意外，善意地调侃："师兄，家里的法拉利不开了啊？"

牧青家条件好，父母做玻尿酸原料供应，真正的富二代。他憨笑："在这里，小电驴比四个轮子管用。"

把行李箱绑在后车座，林疏月上车前，看了眼右边的麻石大碑，上头是鲜艳的朱砂描红，娟秀小楷，雕刻着这里的名字，也是未来三个月，她要待的地方——

青山隐隐水迢迢，
秋尽江南草未凋。
中国南青县。

【未完待续】

MEMORY
HOUSE

MEMORY HOUSE

记忆坊文化

咬春饼 著 下

烈焰鸳鸯

（全 2 册）

江苏凤凰文艺出版社
JIANGSU PHOENIX LITERATURE AND
ART PUBLISHING

图书在版编目（CIP）数据

烈焰鸳鸯：全2册 / 咬春饼著. — 南京：江苏凤
凰文艺出版社，2022.8
ISBN 978-7-5594-6832-1

Ⅰ.①烈… Ⅱ.①咬… Ⅲ.①长篇小说 – 中国 – 当代
Ⅳ.① I247.5

中国版本图书馆 CIP 数据核字 (2022) 第 079600 号

烈焰鸳鸯：全2册

咬春饼 著

选题策划	北京记忆坊文化
责任编辑	白 涵
特约策划	绪 花
特约编辑	绪 花
版式设计	天 缈
营销统筹	杨 迎 史志云
出版发行	江苏凤凰文艺出版社
	南京市中央路 165 号，邮编：210009
网 址	http://www.jswenyi.com
印 刷	环球东方（北京）印务有限公司
开 本	880 毫米 ×1230 毫米 1/32
印 张	19
字 数	593 千字
版 次	2022 年 8 月第 1 版
印 次	2022 年 8 月第 1 次印刷
书 号	ISBN 978-7-5594-6832-1
定 价	72.00 元（全 2 册）

江苏凤凰文艺版图书凡印刷、装订错误，可向出版社调换，联系电话 025-83280257

目 录
CONTENETS

第一章
新年

　　林疏月的母校C大，在国内建立各种援助机构，且都有爱心学子加入，十余载，完成了百个乡镇的心理援助试点。

　　牧青是高她两届的师兄，一直负责南青县的援助工作。与他一起的还有另一名男生，出于家里一些原因，不能再继续留下来。牧青便尝试给昔日同学朋友发邮件，第一个想到的合适人选便是林疏月。

　　邮件是四月所发，当时林疏月和赵卿宇关系稳定，她没有这方面的考虑，回绝了牧青。所以她能来，牧青是真高兴。

　　"南青镇刚摘了贫困乡村的帽子，这边的银耳特别有名。H省派来的扶贫队伍做了不少贡献。当然，条件不能和城市比，但已经很大进步了。"

　　牧青一路讲解，顺便带她去到住处："这里是镇政府的旧办公楼，改造了一层当接待所。不止有咱们，还有几个常驻的扶贫小组干部。喏，这里是你的房间，我的在右手边第二间，咱们离得近，有事可以来找我。"

牧青告诉她："南青镇大多是孤寡老人，有劳动能力的青年大部分出去务工。这两年扶贫小组的重点，就是号召年轻人回家乡创业。也确实引了不少企业过来投资，因为南青县的矿山资源丰富，县南就有一个大工程项目启动在即，是一家大型上市集团的工厂建设。"

林疏月点点头："师兄你继续。"

"虽然这两年有改善，但这儿的留守老人、留守儿童的数量仍然很多。"牧青打开房门，里面简洁明亮，"我们主要的工作，就是协助学校老师，帮助有困难的家庭和孩子。当然，经常也有来调解矛盾的村民，把我们当民警同志了。"

林疏月笑起来："师兄，我跟你慢慢学。"

"你不用学的，你是章教授的得意弟子，咱们有目共睹。"牧青把钥匙交给她，"今天你先好好休息，明天我就带你去熟悉一下环境。"

林疏月"嗯"了声："谢谢师兄。"

"我谢你才是。毕业好多年了，大家择路奔前程，已经很少有人愿意再回这种小地方吃苦了。"牧青感慨，"虽然只有三个月，但能抽出这三个月的勇气，太难得。"

林疏月客观道："选与被选，没有对错。"

牧青笑颜更甚："对！"

晚上，牧青特地办了个简单的接风宴，也带她认识了很多人。席间，林疏月听得最多的就是镇南的工厂项目。

一个扶贫组员说："项目启动，能够解决当地很多就业问题，更能拉动经济。"

另一位年轻干部道："这也是我们第一次和明珠市建立合作关系，希望由点带面，招商引资会越来越好。"

明珠市三个字像回旋镖，一来一回在脑子里飞转。都知道她来自明珠市，也会问她一些明珠市的情况。

林疏月礼貌应答，也无心深入。明明菜看可口，但一下没了胃口。可偏偏人似低血糖，手指微微颤抖，夹不起碗里的青菜。

自迟来的初雪后，老天后知后觉地开启落雪模式，这小半月，明珠市已下了四场厚雪。汇中集团腊月二十七正式放春节假，而魏驭城在农历二十九那日，才从上海回来结束出差。

就连李斯文最近都不太敢和魏董说话，即使他的工作状态依旧高效率无异。别人或许看不出，他是明白的。

魏驭城位居高位，很多年的应酬都不沾酒。但这几次，他都来酒不拒，甚至还醉过一次。李斯文和几个下属扶着他回酒店房间，魏驭城一直找手机，李斯文递过去："魏董，需要拨谁的号码？"

魏驭城的目光瞬间冷下来，有一丝分割的痛苦。

李斯文默了默，问："是不是打给……"林字还没说出口，魏驭城抬手一挥，将手机狠狠拍落在地。

自那夜以后，魏驭城再无过多情绪袒露。

飞机落地，李斯文说："魏董，您也该休假了，提前祝您新年愉快。"

魏驭城颔首："好，你也辛苦。"

体恤下属，魏驭城没让司机送，而是自己开车。从机场高速下来，直奔明珠大道。积雪扫至路两旁，厚直延伸，像清晰明亮的引路标。

春节气氛渐浓，四处可见路政喜庆的装饰物。魏驭城心如止水，只在红灯时才扭头望窗外。一年又一年，到收尾时，他发现，其实每一年都一样。

而他本以为，今年会不一样。

回明珠苑，钟衍早早等在门口，美其名曰接风洗尘，又是拿拖鞋又是端茶递水的，殷勤得实属过分。

魏驭城睨他一眼，直言："有话就说。"

钟衍眼珠一转，贼兮兮地含糊了一句。

魏驭城没听清，不耐："什么？"

这次鼓足勇气，钟衍忐忑大声："林余星能不能和我们一起过年？"

魏驭城瞬时沉默，脸色晦暗不明。

钟衍直觉没戏，但还是不遗余力地说理由："林老师赶不回来过年，他一个人在林老师朋友家，又是一女的，多不方便。"

魏驭城冷声："你这就不是'别人家'？"

"我哪一样，他认过我当哥哥的。"钟衍理直气壮，"人家合家团聚，欢声笑语，林余星这小子性格又敏感，敏感也就罢了，不喜欢也从来不说，他肯定会不自在的。你让他上我们家来吧，至少我俩同龄人，能说到一块儿去。"

魏驭城皱眉，一如既往的冷面，不甚在意地撂话："随你。"

魏驭城父母也是老来得子，年龄大了，早已退居幕后，手中股份全部转移至魏驭城名下，让他接魏氏成为真正的当家人。

俩老人养花练字耍八段锦，活得清心简单。对林余星的到来无比欢迎，热情又亲和，舒缓了林余星的紧张。

"想不到你外公外婆这么好。"林余星小声羡慕。

"好就常来玩呗。"钟衍刨根问底，"你跟我说实话，你姐到底干吗去了？再有事，不至于连年都不回来过吧。"

林余星低了低头："她去支教了，那边冰雪天封路，所以她没回来过年。"

"什么？！"钟衍震惊，"怎么，我林老师去做这么酷的事了吗！"

他是藏不住情绪的，瞧见魏驭城从楼上下来，就迫不及待分享："舅！你知道吗！林老师去支教了，酷毙了！"

一刹那，落针可闻。

魏驭城的脚定在一级阶梯上，周身低气压。

林余星适时插话："小衍哥，你带我去喝水吧，我渴了。"

魏家年夜饭向来隆重有仪式感，贵气却不冷情，团圆二字，平和且丰盛。按家族规矩，小辈都有吉利红包。林余星也得了一个。

钟衍嘴甜，一口一声："外公外婆新年好。"

林余星懂事，也想说祝福，但看着两位和蔼老人，一时不知该称呼什么。

最后还是魏驭城发话，沉声说："跟着钟衍叫。"

林余星心头一热，笑颜意气："外公外婆新年好！"

钟衍贱兮兮地接了句："还有早日抱上孙女。"

啧啧啧，这话真让长辈笑得合不拢嘴。

魏驭城忽地递过一只红包："新的一年，要健康。"

林余星愣了愣。

钟衍登时号叫："我舅偏心！都不给我发红包，外公外婆你们可得好好管管。"

老魏笑着说："调皮，小林是客，你还争风吃醋上了。"

钟衍算是听明白，敢情一家都帮林余星说话呢。

年夜饭后，俩老人有自己的活动，驱车去家族祠堂敬香。钟衍和林余星在连通花园的玻璃门边聊天海吹。电视放着春晚，一片欢声笑语点缀今晚。

魏驭城斜靠在沙发上，手机搁一旁，阿姨端上点心摆盘，满目琳琅。太多人给他发祝福短信，客户、高管、朋友，手机调了静音，魏驭城偶尔翻看。

点进朋友圈，一派繁荣热闹。

正好刷见李斯文的，李秘书根正苗红，严谨至极。年三十转发的也是领导新春致辞，紧跟时代主旋律。魏驭城心如撩拨的弦，抿着唇，从通讯录里找到林疏月的头像。

点进去，她竟然二十分钟前也发了条朋友圈。

和很多人围坐在大圆桌前，举杯共庆的画面。环境简陋，菜肴也不精致，但墙壁上的红对联和窗花，是溢出屏幕的喜庆。

魏驭城一眼看到林疏月。

她穿一件白色面包服，像一只小气球，这也把脸衬得越发显小。长发束成马尾，笑容淡淡，看起来像学生。

魏驭城一点点审阅，绷着脸，神色未辨。

她真行。

做什么都是坦坦荡荡，朋友圈照发，年夜饭照样吃得开心，也不会心虚地把他屏蔽。在和他的关系里，永远先发制人，永远平等。

钟衍和林余星的大笑声将他拉回思绪，魏驭城下意识地将手机盖住。侧头一看，俩孩子乐得跟什么似的。忽然，林余星手机响，是视频请求的提示音。

林余星惊喜："是我姐！"

钟衍也"噢"了一声："林老师！"

林余星接之前，特意看了一眼魏驭城坐的方向。男人只见半边背影，后颈修长，一手搭在扶手，肩背的弧度没有半点改变。

他平静得像一汪湖水，似对任何风雨都不在意。

接通，林疏月的声音清晰而明亮："星星，新年快乐哟。"

林余星说："姐，新年快乐。"

还没说上两句，钟衍抢着插话："林老师，你也忒不仗义了！说走就走，都不打声招呼。"

林疏月那边信号不好，画面卡顿几秒，才勉勉强强听清她说："契机突然，没来得及。"

"这么酷的事，你就该叫上我的。"钟衍心里有疙瘩。

林疏月那边有烟花爆竹声，加之杂音，像一锅乱炖的交响曲。林余星举着手机四处找信号，不知不觉靠近魏驭城这边。

恰好听到她的声音："我也就来三个月，等你来，我这边也结束了。"

钟衍叽里呱啦实属聒噪，魏驭城被他嚷得头疼，于是起身往书房去。

钟衍冲他"哎"了半天，舅不理。

"还想让你看看我舅的呢。"他嘀咕。

那端信号一般，也不知林疏月听没听见。视频挂断后，她给俩孩子都转了账。钟衍点开："林老师给了我688。你多少？"

跟拆彩蛋盲盒似的，林余星说："588。"

钟衍舒坦了："你姐喜欢我多一点。"

林余星"喊"了"喊"："看把你给得意的。"

魏驭城去书房后，直到快零点才下楼，小年轻们喜欢仪式感，钟衍备了一大箱烟花，准备去外头放。

这人做事毛手毛脚，又带着个林余星，魏驭城实在不放心。

明珠苑驱车五公里，是无人湖畔。

车停，魏驭城选了个最好看的给林余星："放这个。"

林余星仍有怯色："魏舅舅。"

魏驭城蹲在纸箱边，黑色羽绒服裹住腰臀，他身板直，体态好，休闲装上身，商务范减退，像极了政法体系的年轻官员。

魏驭城的眼神渐柔软，对林余星笑了笑，然后弯腰点烟花。引线燃起簇簇火花，魏驭城站起来，牵着林余星的手快步往前。

男人的掌心宽厚温暖，不轻不重地把他握紧。就像以无尽宽容之心，牵住自己的孩子。

五米远，魏驭城轻揽林余星的肩，共看烟花绽放。林余星拉了拉魏驭城的衣袖："魏舅舅。"

"嗯？"魏驭城微弯腰，倾身听。

林余星小声："我姐姐很喜欢你的。"

恰好烟花变模样，噼里啪啦作响。魏驭城没什么表情，亦没有回应，若无其事地站直了身体。

林余星抠着手指头不知所措。

烟花燃尽，硝烟犹存，一箱子爆竹被钟衍造作得干干净净。明珠苑临近生态区，依山傍水，闹中取静。由远望去，群山成起伏的浪，笼罩袅袅烟气，分不清是硝烟还是雪后薄雾。

钟衍搓手喊冷，快步先去开车过来。

魏驭城走了几步，脚步忽停。

他侧过身，对林余星说："我知道。"

魏驭城一年到头难得春节这几天假，只初一早上去家族祠堂给已故祖辈敬香，其余时间都与朋友聚着。牌局饭局高尔夫，安排得充实放松。

只这一次，魏驭城带上了林余星。

这些发小哥们儿都是自己人，什么都敢调侃："哟，魏魏这你亲戚啊？"

魏驭城挺护林余星，淡声说："嗯，私生子。"

初十，假期结束，汇中集团正式复工。

复工后不清闲，开不完的会，做不完的决策。这月起，南青县的工厂生产线项目正式启动。汇中集团筹备多时，有条不紊。这条生产线拉通，将缓解石墨烯相关材料在国内市场供不应求的局面。

汇中在东南亚国家也有不少工厂，但在魏驭城心里，一直想将更多的生产资源集中于国内。要说唯一漏缺，就是原辅材料的供应商。

去年和陈刚因性骚扰事件撕破脸，南青县最大的供货商这条线算是折损。汇中原本是想集中小供货商，但推进过程中发现，这些小供主并不太好说话。

不问也能猜到其中缘由。

陈刚相当于地头蛇，都忌惮他。

但这天终于来了好消息，李斯文汇报说："南青县的扶贫工作组，正着手招商引资，他们手上对接的有几家规模不错的，合作的话，大致能满足我们的建设需求数量。"

这无疑能解燃眉之急，魏驭城当即决定过去一趟。

南青县。

年后天气回暖，一下如春回。

在外边奔波的时候，羽绒服已能焐出薄汗。林疏月感慨："这边温度升得真快。"

"南青县就这样，天气直上直下的。"牧青也换了薄外套，递给她一瓶水，"今天咱们还要去三家做工作，要费不少口舌，多带瓶水。"

这边不让孩子上学的家庭多，每个月都有几家。林疏月就和班主任一块儿上门做工作，顺利的，能做通；死犟的，一盆水直接把他们轰出来。

今天运气不错，顺利说通两家。

第三家的孩子叫赵小宇，父母离异，只有一个瘸腿的奶奶在抚养他。赵小宇的情况特殊，三岁时，奶奶没看住，打翻了刚烧滚的开水，一半都泼在他脸上。家里没条件，处理得马虎，以致他的左脸从鼻子下方到锁骨，留下可怖的疤。

一说上学，奶奶就说，这娃儿自卑，别人都讲他，他自己不想上学了。哎呀，我年纪老了也管不动了。然后不耐烦地就把他们赶了出去。那孩子就站在角落里，身体单薄衣着破烂，但始终仰着脸，没点自卑之意。

回去路上，牧青说："这个奶奶最固执，我估计悬。"

老师："今天还算好的，上回我来，她拿扫帚打人呢。"

林疏月说："短期内能改善物质条件，但要改变人的精神思想，不是一朝一夕。"

牧青赞同："就是这个理，任重而道远。行了，明天再战吧。刚刚朱主任给我打电话，晚上一起吃饭。说是招商组那边的企业代表来了。"

牧青和他们关系处得好，互相帮衬，人多也能彰显待客之道。林疏月吃了几次这样的饭，挺和谐的氛围。组里有规定，不许外出用餐，尽量就地招待。所以宿舍楼一楼，改出了两间简陋的"餐馆"，都是食堂自己做的菜。

四点多，牧青敲门："疏月，时间差不多了，下楼啊。"

在室内还是冷，林疏月又换上羽绒服："就来。"

一行人等在外头，这会儿有工夫闲聊："这次是大企业，而且县南的工厂项目就是他们投资的。资源互换，互相帮助。"

另一人问："哪儿的？"

"明珠市。"

"哟，那和林老师一个地方。"

林疏月笑了笑，心里像悬了个秋千，摇摇晃晃起了势。

"来了来了。"有人提醒。

县道尽头，驶来两辆车。走前边的是一辆白色丰田霸道，车停，林疏月正巧回短信，站在人群最后，她低着头。

"魏董，欢迎您，远道而来辛苦了。"

林疏月手指一僵，猛地抬头。

男人下车，也是一身黑羽绒服。他摘手套，一把捏在左手，徒添气势。从肩膀缝隙里，林疏月看到他的脸，带着温和的笑意和分寸恰到的礼貌。

纵如此亲和，仍难掩其矜贵气质。那种透过皮囊，由内散发的气场。魏驭城顶着一头日光，哪儿哪儿都是耀眼的。

林疏月倏地反应过来，所以，一直提及的县南工厂建设，就是汇中集团。

那一瞬，她五味杂陈。

也不知谁提了声："我们这的支教老师中，也有一位是明珠市的。来来来，林老师。"

林疏月如梦醒，她没上前，但前边的人自发让路，空出一条道。魏驭城站在那儿，目光清冽且冷静，就这么看着她。

明明是好天气，林疏月却恍如风雨飘摇。

两人这般对峙场面，很难引人注意。大家你看我，我看你，接待的组长笑呵呵地问了句："魏董不会和林老师认识？"

林疏月心里倏地想起那日在病房。

魏驭城抓着她的手如烙铁——你若离开我第二次，我保证，不会再有第二个魏驭城。

林疏月下意识地对上他的目光，魏驭城却一秒挪开，淡声说："不认识。"

"那就是老乡。"组长不明所以，笑着说。

魏驭城颔首："对，老乡。"

他被前后簇拥，在人堆中谈笑风生，如朗月玉树，何其出众。擦肩而过时，也没看林疏月一眼。

魏驭城在忍，忍住冲动。

他想，老乡太嚣张，把他算计得明明白白，他不是魏驭城，也不是魏董。

他是怨夫，来收拾人了。

南青县民风淳朴，原本是个闭塞的山旮旯，经过几年努力，去年终于摘掉贫困县的帽子。接风洗尘的宴席虽不是顶顶规格，但大鱼大肉，一点都不含糊。

扶贫组的年轻干部居多，黝黑的面庞上，目光明亮，言语积极向上，能感受奔头劲。

宴席上，林疏月打量魏驭城，发现这男人是个很能收放的人。既能西装革履，一身十几万的高定正装出入名利场，也能简单的黑色羽绒服，接地气地围坐木桌前，与有志青年谈天说地。

魏驭城在这边待两天，因为要视察工厂建设进度，这里更为方便。所以他主动提出，就在这儿借宿。

"当然可以。"年轻干部说，"只是我们这儿条件差了点。"

"大家能住，我就能住。"魏驭城没一点架子，温和说，"早些年在西北山区做实验，搭个帐篷和衣而睡，一待十几天。"

所谓忆苦思甜，不过是目标明确，他是住定了。

吃完饭，林疏月有事先走，还在席间聊天的魏驭城，始终没看她一眼。

去了趟小学回来，林疏月回宿舍时，发现右手边第二个房间门是打开的，她好奇地问："搞卫生吗？"

忙活的人道："稍微整理一下，客人住的。"

还有哪个客人？

林疏月算是彻底明白了。

魏驭城下午和此次的供应商见面，这人是承市人，承市虽与南青县不属同一地市，但边界相邻，驱车不过一个半小时。老板五十出头，叫王启朝，做事踏实稳重，话不多，是干实事之人。

谈完事回来，天色已黑。

小镇人民休息早，路途中就很少见灯光。到住处，魏驭城看了眼林疏月的房间，还亮着一盏昏黄台灯。

两人隔一个房。

房里，林疏月整理好笔记资料后，她也没急着洗漱，而是靠着桌沿静静待着。

九点半，外头安安静静。

十点，林疏月看了看时间，心里也没了底。她忽然有点捉摸不透魏驭城，复盘下午所有的细节举动，他好像真把她当老乡了。

林疏月抿了抿唇，这份忐忑没持续太久。

敲门声忽然响起。

打开门，魏驭城的出现，化解了她方才的所有猜疑。

他沉默不语，脸色也不太好。

林疏月双手轻环胸前，抬着眼睛看他。本以为会是一场势均力敌的你来我往，但魏驭城只皱眉说："房里有蟑螂。"

林疏月愣了愣，没忍住，笑了起来。

魏驭城眼底有薄薄怒色。

林疏月适时勾勾手指，带着七分调侃三分得意："没事，有林老师。"

魏驭城这种人，活得通透明澈，八面来风，在这个位置，就会刻意规避明显的喜怒哀乐。他是内敛的，有尺有度，永远有分寸感。所以这反差感，让林疏月忍不住地想笑。

她进入他房间，抄着一本废旧的笔记本淡定不慌："这边气候湿润，雨季多，蟑螂在这儿挺常见的，有的还能上蹿下跳外加飞翔技能。"

魏驭城站在门边，没有出声。

林疏月仔细寻找："你晚上睡觉关好窗，实在不行，我那儿有蚊香，把它迷晕就不会乱飞了。"

久未听到回音，林疏月转过身，就看到魏驭城反手按压住门板，"咔嗒"一声木头响，把门关上。

林疏月皱眉。

魏驭城没进一步动作，只往木椅一坐，叠着腿："你找吧，不找出来我睡不着。"

林疏月懒得搭理这无赖言辞，睨他一眼："平时也没见你能睡着。"

魏驭城一条手臂横在椅背沿子上，下巴垫着手臂，不经意地反驳："我要是睡不着，你能来这儿?"

两人对视，一刹安静，最后是林疏月先别开脸："你别阴阳怪气，我有我的打算。"

魏驭城极轻地冷呵一声："没打算阴阳怪气，林老师还够不上。"

林疏月倏地站直了："对，毕竟咱俩只是老乡。"

说完了，又继续弯腰找蟑螂，心说，别找了，蟑螂陪你睡得了。虽这么想，但还是翻找得格外细心。

"真没有，可能飞出去了。"林疏月跪在床上，呈一个匍匐的姿势，连被子枕头都掀了一遍。

脚刚落地，就撞上硬邦邦的魏驭城。

她扭头："你走路不吭声的?"

魏驭城不知什么时候站在后头，并且有意贴着床沿站。近距离，他身上有淡淡风尘味，抑或是羽绒服的淡淡鹅绒味。很真实，真实到这一刻，林疏月才有了一种"他还是来了"的归属感。

魏驭城沉着脸，有点公子哥的派头，要理不理的，没好脸色。林疏月拿手肘轻推他胸口："让开。"

纹丝不动。

她更用力些："老乡还骗人，根本没蟑螂。"

魏驭城一副你奈我何的狂妄模样，没让，反倒嚣张地更贴向她。林疏月站不稳，眼见就要倒他床上——她忽然一声尖叫："蟑螂！"

魏驭城着实被她吓到，下意识地后退一大步。

林疏月趁机脱身，直蹦去门口，扬着下巴还挺傲娇。

魏驭城才知，又上了她的当。憋闷苦楚在心底翻搅，但还是舍不得说重话，只自嘲一句："真是不一样。"

林疏月既心疼又想笑，在昏暗灯影里，看向他的目光逐渐柔软。魏驭城起先还能冷淡招架，但林老师的温柔乡太拿人了，能榨出本能爱意，也能勾出心底委屈。

魏驭城慢慢转开头，下颌线随着喉结轻滚也颤出道很小的弧。

这一刻不是魏董，是等着被哄的怨夫。

林疏月竟也恍恍惚惚，自己好像个渣女。走之前，她没忍住："事情办完了？明天我带你去镇上转转。"顿了下，她轻声，"就我俩。"

次日延续好天气，七点多，天已蓝得像初夏。林疏月早早等在大门口，扎着高马尾，淡紫色冲锋衣拉到下巴，本就小的脸更显秀气。见到魏驭城，她递过餐盒："红豆发糕，这边的特产，你尝尝看。"说完，又给了他一瓶牛奶。

魏驭城接过，边走边吃，倒没点讲究，吃了一半，他问："总看我？"

林疏月笑："好看嘛。"

魏驭城悠悠转开眼，冷静如常："知道就好。"

林疏月带着他从东边村口走，种植示范园、文化学堂、村民文娱中心。魏驭城客观道："这几年扶贫组做了不少实事。"

"工作不好做，刚开始要收地建这些公共设施时，村民不肯，闹起来都拿刀砍人的。"林疏月说，"昨天接待你的那个年轻主任，额上的疤就是那时候留下的。"

两人沿路走，时不时地有人和林疏月打招呼，问她吃早餐了没，还忙不迭地往她手里塞红薯粉、野果子这些。

魏驭城冷不丁道："才来多久，当明星了。"

又来阴阳怪气了是吧？林疏月没回嘴，而是快一步走到他前边，转过身直勾勾地凑近，眼睛对他眨了眨："我漂亮吗？"

魏驭城没料到她如此直接。

女孩皮肤白皙，表情生动，注视他的眼眸最吸引人，在阳光下通透明亮，呈淡淡的烟灰色。像一张妩媚的网，猝不及防地往他头上撒。

魏驭城呼吸都沉了，"嗯"了声。

林疏月没继续追问，站直了，恢复了正常距离。也不知她什么时候扯了根狗尾巴草，在手里甩啊甩，还哼起了歌。

曲调熟悉，有次魏驭城坐钟衍的车，在那小子车上听过。

"漂亮的让我面红的，可爱女人，坏坏的让我疯狂的，可爱女人——"

魏驭城弯唇，学心理的都这样吗？会读心术。

转了一个来小时，林疏月说："前边都是老房子，家里条件好点的，去安置房。条件差的，大多仍住在这儿。对了，你等我一下。"

魏驭城脱口："你去哪儿？"

"这家有个小孩，只有他奶奶带，最近辍学了，我们做了两次工作，都没做通。"林疏月往中间那户走，"赵小宇被开水烫伤过脸，有很深的疤。如果不上学，我觉得他以后的日子会更难过。我想再试试。"

无意外，她还没进屋呢，就被正在坪地里扫地的赵奶奶赶了出来。

老人家心烦，嗓门大："有完没完了，说了我家娃子不上学了，学不进了，我一个老人，你们还想我怎么样。我做不动活了，他得自力更生去赚钱，不然才是害他一辈子。"

林疏月头疼，但还是好言好语地讲道理。

"去去去，别说了，你那些话，我一个老太婆都能背，你还老是说个啥子。"

"九年义务教育，不用您花钱的呀。"林疏月仍然坚持讲道理，"赵小宇还小，有些事您可以替他拿主意，有的事，您替不了。至少，您要给他一个成长的时间，让他自己来选择。"

林疏月问站在门边的小孩："小宇，你真的不想上学吗？"

赵小宇犹豫地点了下头，小声说："想。"

赵奶奶脾气大，抓起扫帚就想揍他："你这瓜娃子，懂个什么事。"

林疏月也生气，还想理论，被魏驭城忽然拉住。

她转过头，气呼呼的，脸都红了。

魏驭城始终平静，给人一种"再大的事都不是事"的踏实感。他怕老人家没个轻重，挥着扫帚打到林疏月。

魏驭城把人拨到身后："我来。"

他让林疏月待在原地别动，然后主动走去李奶奶那儿，起初，老人也是万分敌意，凶巴巴地拿着扫帚要赶人。可当魏驭城说了几句话后，她的态度起了变化。

随着他们交谈时距离的移动，林疏月更加听不清内容。

约莫十分钟，李奶奶竟然喜笑颜开，撑着扫帚佝偻着背，再三跟魏驭城比画手指确认着什么。最后，魏驭城走到赵小宇跟前，揉了揉他头顶心。

"怎么样？"林疏月焦急追问。

"答应继续上学了。"魏驭城依旧是波澜不惊的语气。

林疏月惊叹："你怎么劝的？"

魏驭城迈步向前，不想被别人的事耽误太多两人独处的时间。他平静说："只要老人家愿意继续送孩子上学，我给她两万块钱。"

林疏月怔在原地。

有钱人的世界果然简单粗暴。

"但你这样治标不治本，想过没有，反而会养成她贪婪懒惰的习惯。"林疏月追上人，越想越不对劲，"今天你给两万，下学期她就要三万。"

魏驭城站定，她差点没刹住车，撞去他背上："哎！"

"你想不想让赵小宇上学？"他问。

"想啊。"

"只要你想，这钱我乐意出。"魏驭城皱眉，说得豪气又果决。重点不是钱，是能解决你的燃眉之急。

林疏月一时哑口，这逻辑链完整得找不出突破口。动之以情，晓之以理，魏驭城算是把这句话做到了极致。

魏驭城放低声音："说好了，你上午属于我。"

林疏月后知后觉："不是，这句话我说过吗？"

魏驭城背身向前，在她看不见的时候，嘴角扬了道极小的弧。

南青镇自然风光确实不错，低山群连绵蜿蜒，山天相接，远处墨绿发深的树影随风轻摆，像道道波浪，日出东方处仍有明灿痕迹，很是壮阔。

林疏月领着人绕主路走了一圈，主动找话题打破尴尬，她问："工厂建设进度怎么样？"

"筹备一年，小问题解决之后，会正式动工。"

林疏月无心一问："那你要经常来这边了？"

魏驭城没答。

林疏月后知后觉，这问题问得实属暧昧。

本以为这话茬就这么过去，魏驭城冷不丁道："你想听到什么答案？"

刚落音，就听到坡下有人喊："呀，魏董，林老师，你们挺快的啊。"

是扶贫小组那边的几个年轻干事，正和牧青一起在坡下的果子园。

这些人魏驭城昨天都见过，个子最高的姓宋，矮胖点的叫小周，一表人才的这位，是和林疏月一块儿工作的。

魏驭城不由得多看了他几眼。

"魏董，这儿是咱们推广的试验果园，南青镇的天气特别适合种这种青果。如果量产成功，明年就能全面推广了。"小宋一脸憧憬，弯腰拔出果树边的几根杂草。

小周从树尖上摘了两个青果，衣襟上擦了擦便递给魏驭城："魏董你尝尝，看口感怎么样。"

魏驭城没任何嫌弃地接了，很懂行地先往手里掂了掂。

"青果有点硬，还要过个半月才熟透，可能有点难咬啊。"小周笑呵呵地说。

这边介绍得欢快，小宋也跟林疏月闲聊："林老师，你们最近也挺忙的吧，晚上回来得晚，让牧青送送你。"

小周："哪回没送哪，哎，林老师，你俩是一个大学的吧。其实你来之前，牧青就常提起你。说你成绩特别好，还是国内一个特别有名的心理专家的学生呢。实不相瞒，我们一致认为，牧青就是你的头号粉丝。"

场面瞬间安静。

林疏月感受到莫名的压力顶着自己的背，侧头一看，正是魏驭城站在那儿。他手里掂着两枚青果，不发一语，像认真听讲的路人甲。

牧青作势要敲他俩的脑袋，笑着说："还头号粉丝，真会概括啊。"

"照顾林老师是应该的，只不过下次，小树林那么好的地方，也别藏着掖着，带我们也去小树林坐坐啊。"小周小宋是直性子，心直口快，想到什么说什么，没那么多顾虑和讲究。

忽然，"咔哧"两声响——

众人循声而望，顿时惊愕。

一直沉默的魏驭城，就这么若无其事地，捏碎了手中的两颗青果。他表情如无事发生，且自然而然地尝了一口捏碎的果肉，平平静静赞赏了一句："甜。"

林疏月看得出来，他介意了。

自小山坡分开后，就一直没见过魏驭城的身影。临近晚饭，她没忍住，问了一个干事："明珠市来的企业团去县城吃饭了吗？"

"啊，对。"干事说，"沟通得挺好，行程提前完成，听说是明儿一大早就走。"

这一晚，林疏月一直撑着眼皮，留意走廊的动静。

她的作息在这里已经调整得很规律，乍一次等到零点，真有些扛不住。近一点，终于听到脚步声经过。

林疏月猛地开台灯，鞋都穿反了，急急打开门："魏驭城。"

魏驭城背影在五步远，停住了，但没有转身。

林疏月迟疑了下，还是问："明天回？"

魏驭城肩头有薄薄一层雾水，他应该喝了点酒，站得稍久时间，周围的空气便染上淡淡酒味。

"林老师如此关心，等我至深夜，难道想告诉我，明天和我一起走？"男人声音低沉冷冽，三两短句切中所有要害。

林疏月抿了抿唇："祝你一路平安，代向钟衍问好。"

魏驭城说："他好得很，该问好的你却视而不见。早点休息，别耽误你和别人去小树林。"

这话带了情绪，也带着尖锐的指责，其实不是很舒服的交流。林疏月等他这么晚，当然也不是为了这冷嘲热讽。

她无心拉锯，到嘴边的话吞咽回肚里，终是沉默收尾。刚转身，半只脚迈回房间，魏驭城沉声："月月，我尽力了。"

说完，他长腿阔步，先她一步回了房。自始至终，都没看她一眼。

林疏月第二天要赶早去学校，天蒙蒙亮，牧青便来敲门。走时，林疏月看了眼右边，牧青察觉到她的注意力，说："魏董一行人五点多就走了，因为要赶九点的飞机，从这儿去机场要两个半小时呢。"

林疏月的心先是如坠高空，哪儿哪儿都塌陷不得劲，然后又被心底的欲望种子萌芽推扯，陷进去的部分猛如涨潮，迅速复原，继而拔高造势。

心里的冲动不是冲动，而是一种本能。

林疏月忽然跟牧青请了一小会儿假："师兄，等我一下。"

她掉头就跑，跑到无人的平地，给魏驭城打电话。

九点的飞机，那现在还在候机。

电话通了，磨人耐心的长嘟音一声接一声，不长不短的等待，似故意磨人心智，然后才被接起。

男人低沉的一个单音节："嗯。"

林疏月深吸一口气，没有废话连篇的开场白，没有试探犹豫的铺垫，她平铺直叙，直白得像一枚耀眼小太阳："魏驭城，其实我昨天等你那么晚，就是不放心你。"

"你问我，等你到深夜，是不是要跟你一起走。不是的。我是想跟你说，你要愿意，我这就带你去小树林。"

一口气说完，林疏月语气不自觉地变软，还带着一丝温柔的诱惑勾引："小树林挺刺激的，下一次，你敢不敢跟我去？"

不等他回答。

也不给他回答的机会。

林疏月说："你必须跟我去。"

远在千公里外的小树林是鱼饵，轻而易举地让人蠢蠢欲动。

这个电话把魏董哄得舒舒坦坦，他仍克制着，心说这女人千万别惯坏。所以依旧维持住平静态度，不咸不淡地"嗯"了声。

小树林自然没能马上去。集团事情多，一项接一项的工作提上日程，忙碌才是魏驭城的正常生活。

和林疏月的联系也没有刻意，彼此都忙，扯得平平的。

李斯文偶尔会问问林疏月的情况，之所以敢，是因为魏驭城让他寄过两次东西，李秘书心细如发，自然察觉出两人关系的缓和。

周二去江苏无锡出差，候机时，魏驭城交代："周六余星去复查，你让老王送他去。"

李斯文正要说："昨儿小衍特意跟我说了这事，周六他去。"

俩孩子关系好，钟衍高中时期家逢巨变，性格也随之大变，尖锐叛逆了相当长一段时间。难得交了这么个朋友，林余星聪明纯真，能互补他骨子里的戾气。

有一说一，都是很好的拍档。

魏驭城应允："那就让他去吧。"

南青镇。

林疏月在这边的心理援助囊括很多方面，主要是与学校对接，辅助做好素质教育工作。也会被当地公安系统邀请，去传授一些刑侦心理方面的知识。

林疏月本科主攻临床心理，但章教授一直倾向于让她做研究。牧青硕士阶段选修了刑侦心理，有着非常坚实的理论基础。他虽年轻，但授课时意气风发，侃侃而谈，赢得了认可。

讲完课，牧青拍拍胸口："差点忘词，怪紧张的。"

林疏月对他竖起大拇指："让我想起你大学时的演讲，那年你拿了第一吧，真是风采不减。"

"你才谦虚。"牧青笑着说，"我们C大心理学专业的当家门面。"

林疏月微微低头，笑意渐淡："师兄，别这么说。"

牧青"唉"的一声："是我说错话了，我真没别的意思。疏月，你毕业后发生的事，我确实听说了很多版本，但师兄讲句实在话，我不信。"

林疏月抬起头，神色意外。

"我不信人云亦云，我有自己的判断和逻辑。我认识的师妹，有原则，有素养。你接诊没有错，心理治疗也没有错。如果要说唯一的错，就是遇人不淑。"牧青至今愤愤不平，"当初吊销你的从业资格证，有一部分也是兼顾舆情影响。但疏月，你要坚信，体制在进步，法规在完善，行业标准也在提升。"

林疏月眼热，心也热。她点点头："谢谢你，师兄。"

牧青说："好了，不提不愉快的了，下午的活动两点开始，咱们随便吃点也得赶去学校了。"

镇上小学原本教育师资落后，也是扶贫组进入后，提升了关注度，号召了许多大小企业、个人捐赠。教学楼翻新两座，塑胶跑道，影音设备都陆续跟上。下午办了个答谢活动，诚邀所有爱心企业代表参加，顺带报道宣传。

致辞，颁奖。人多分了两批，牧青待在这儿的时间长，差不多都认识，耐心地给林疏月介绍。第二批上台，牧青语气高扬了些："左边第三位，是南青县的纳税大户，做建材生意的，门路多。"

林疏月一看，愣了愣。

牧青察觉她神色变化："认识？"

林疏月收敛表情："不认识。"

最后合影环节，他俩也算支教老师，所以也被邀请了上去。负责人还特意引荐了番，林疏月想躲都来不及。

"这是陈总，我们南青县的建材巨头。这是牧老师和林老师，大城市过来支教的。"

陈刚穿得有模有样，看起来就一普通商人。他的视线落在林疏月身上，手相握，笑呵着说："年轻人有理想，有担当，真的了不起。"

短暂礼貌招呼，看不出异样。

林疏月想，或者是真没认出来，或者是装不认识。哪种都好，多一事不如少一事。

入春三月，明珠市回暖。这时节是冬季尾声最好的一段天气，雨水不多，晴日舒悦心情，世界亮堂堂的，随手拍个照片都不用找光线补滤镜。

周六，钟衍起得比谁都早，老父亲般地操心："资料都带齐了吧，以前的检查报告啊，病历本啊，你看看，再确认一下。"

林余星无语："放心啊，去医院我经验比你多。"

"你很骄傲哦，可把你给骄傲的。"钟衍不乐意道，"我今天算是你的监护人，你得听我的。"

知道林疏月去支教后，钟衍隔三岔五就让林余星来明珠苑住着玩。他喜欢打游戏，玩的东西五花八门。心理疾病这两年，把他的生活习性毁得凌乱无章。这半年好转许多，但仍然没有完全转性。好在林余星是个有分寸的，心里记着时间，看他玩得差不多，说什么也不服从，递本英语书过去："记二十个单词吧。记熟了再玩别的。"

钟衍暴躁哥上线，发再大的火，林余星跟没听见似的。等他发完了，还特虔诚无辜地问一句："小衍哥，可以记单词了吗？"

钟衍直接晕死："行。"

记完单词了，林余星又拍拍语文课本："顺便背篇课文吧。"

两人一上午耗在医院，魏驭城打过招呼，又是杨医生团队亲自看诊，该做的检查事无巨细。下午结果出来，杨医生欣慰说，很好。

像考试的小孩，紧张兮兮地终于等来成绩。及格分数足够让他们欢欣雀跃。钟衍长松一口气，觉得去三亚冲浪的目标又近了一步。

"听医生的，按时吃药做检查，小脑瓜子别成天想东想西。"钟衍语气老成，"你想看我舅舅裸泳的吧，夏天就带你去三亚。"

林余星摇头："不想不想。"

钟衍"嘁"的一声："我知道，这叫口是心非。"

"不，你不知道。"

"我就知道。"

两人拌嘴，和天气一样，明朗又恣意。

刚出医院，林余星转头往右边随便一看时，突然沉默。

察觉异样，钟衍也往那边看："怎么？"

五六米远，常年穿着一身黑的李嵘站在梧桐树下。冷天低温，他就一件薄夹克披着，打底一件圆领短袖，身高腿长但人瘦，阔脚裤里空荡荡的。

他像常年居住于阴冷潮湿之地的人。哪怕阳光包裹，也没有一点生机。

李嵘传递出的气质非常不友善，钟衍下意识地把林余星挡在身后："这谁啊，你认识不？"

林余星平声："认识。"

然后拨开钟衍，朝李嵘走去。

林余星个头矮一些，微仰头，目光却坚定得没有半点起伏："你跟着我有什么用？是想激怒我，然后逼我姐现身吗？"

李嵘在看向林余星时，虽也淡漠，但较之对林疏月，到底少了几分狠厉劲。

林余星出于身体原因，外出比一般人少，所以皮肤特别显白。连带着眼眸，都如清澈溪底，让所有猜疑算计无处藏身。

"我以前，确实很想杀了你，同归于尽。"林余星漠然直视李嵘，"但我现在不会了。我不会做出任何伤害自己的事，你也撩拨不了我的任何情绪。我有挚友，有爱我的姐姐，我在努力地活着。你呢，你什么都没有。"

林余星始终平静，哪怕谈论生死，也无所畏惧。他的平和，超越了这个年龄，他从林疏月身上学会：漠视，才是碾压敌人的武器。

回去路上，钟衍好奇追问："那人谁啊？奇奇怪怪的。"

林余星说："我哥哥。"

一脚急刹。

"真是哥。"林余星低了低头，心似海草滋长，他小声说了句，"小衍哥，你家里人很爱你。舅舅，外公，外婆，甚至王叔，魏舅舅的秘书。你要珍惜这样的生活，因为你能轻易拥有的，是很多人，一辈子都无法实现的。"

钟衍手指紧了紧方向盘，似懂非懂，说不出一句辩解的话了。

原本以为这样的好天气会持续到下周，但周日就变了天。早晨出了点太阳，粗率潦草，九点多就飞沙走石起了大风。

明珠机场。

下飞机后，李斯文见着这天气犯了愁。出差时估算错误，没带太厚的羽绒服。恰巧在北京的这几天雾霾严重，魏驭城呼吸道感染，昨晚上就咳得厉害。今早一看，似是更严重了。

好在商务舱服务周到，李斯文不放心，让空乘给魏驭城量了体温，低烧。李斯文说："魏董，下飞机后直接去医院看看吧？"

魏驭城喉部刺痛，但还是能忍："先回公司开会。"

工程部很多事情都积压到他回来定夺，很多项议程确实紧要。这会一开没个时间定数，中午吃了个简餐，会议持续到下午五点半。

魏驭城嗓子已经非常难受，低烧温度似乎也在上升。公司开了暖气，闷热笼罩，他背上全是冷汗。

还有想过来继续汇报的部下，魏驭城眼神示意，李斯文立刻会意，起身拦了拦，温和道："先跟我说，我这边汇总。"

人走，门关。

办公室一安静，魏驭城陷进皮椅，身体已撑不太住。他双手撑着额头，指腹为自己按摩释压。忽然想到什么，他摸到手机。

与林疏月的对话框已经滑降至列表下层，内容也乏善可陈，如今再看，更多的是防备和试探。魏驭城心思一沉，他不喜欢这样的对立，于是按了清除。

不悦继而带来不甘，不甘总意味着蠢蠢欲动的开始。

于是，魏驭城心思深沉地发了一条朋友圈动态，两个字：

难受。

发完后，魏驭城单手捏着手机，很浅地扬了个笑。这时，敲门声响。以为是李斯文，魏驭城没抬头："进。"

脚步声几不可闻，陌生的香水味隐隐袭入鼻间。魏驭城敏锐抬头，门口竟站着叶可佳。

室内再温暖，也难抵春寒料峭。但她穿着最新款春装，娇艳夺目，手里拿着糖浆和保温杯，期盼之情跃于脸上。

叶可佳说："您不舒服吗？我给您送点药。"

魏驭城皱眉："谁跟你说的？"

叶可佳轻咬下唇："我也在开会。"

魏驭城根本没注意，这不是重点，他语气冷淡："我还有事。"

拒绝的意思明明白白，叶可佳不知所措，委屈道："您还怪我是不是？"说几个字，眼睛红得能落下泪来。

魏驭城静静看她。

安静的时间过于长，叶可佳心中窃喜，觉得有希望时，魏驭城开口："上班要有上班的样子。你心思如果不在汇中，不用递交辞呈，我直接批准。"

叶可佳简直无地自容。

魏驭城不想浪费时间，索性明言："还有，我很不喜欢有人拿林疏月做文章。你觉得，在林疏月和你之间，我会站在谁后面？"

人贵有自知之明，答案不言而喻。

魏驭城目光冷漠："不要再有下次。"

叶可佳自然无立场再待，白着一张脸失魂离去。

恢复安静，魏驭城清了清嗓子，不适地拿手揉了揉喉结。再拿起手机一看，那条动态发了不过十分钟。

林疏月给他点了个赞。

相较明珠市的突然变天，南青县依旧艳阳灿灿，连晚上都是青空当头。恰逢十五，圆月隐在高山起伏间，像歪扭随意的宝石项链。

林疏月翻来覆去看了几遍魏驭城的那条动态，又打开明珠市的天气预报，一夜变天，温差近15摄氏度。

魏驭城的朋友圈内容贫瘠，也没设置时间权限，上次发的，还是一本全英文的书封。钟衍在下边留言："金瓶梅？"

他只认识第一个单词，Gold。

纵使看过很多遍，林疏月还是想笑。手指一划，再刷新时，竟又刷到魏驭城的新动态。

23:00：发烧。

林疏月不想笑了。

这时，门外走廊传来脚步声。林疏月打开门，正经过的牧青吓一跳："呀，还没休息呢？"

牧青拎着包，刚从学校回来。林疏月深吸口气："师兄，明天我有点事，想请一天假，晚上就回。"

"可以啊。"牧青问，"怎么了，是急事吗，需不需要帮忙？"

"没关系。"林疏月说，"一点私事。"

于是第二天大早，林疏月就坐上了去市区的大巴。

魏驭城的感冒愈加厉害，晚上高烧，白天低烧不退，嗓子疼得像电锯电钻轮番上阵刮割。家庭医生来看过，说是扁桃体发炎，得吊两天水。

集团事务繁杂，也休息不得。魏驭城强撑着去上班，一连三个会下来，冷汗浸湿底衫。李斯文难得态度强硬："魏董，您得听医生的。"

驱车把人送回家，路上就给保健医生打了电话。进门，钟衍一个飞身跑过来："舅你能不能别硬扛，都这样了还工作呢。扎个吊瓶也不会影响你的帅气啊。"

魏驭城睨他一眼："不然呢，我拿什么养你。"

钟衍自觉领用"废物点心"的标签，但这一次，不怎么甘心地辩解："我以后会给你养老的，你信我。"

李斯文也笑着解围："小衍最近很用功，上回还让我给他买汉英词典。"

"自己不会买吗？使唤我秘书。"魏驭城说，"臭毛病，不许再惯着。"

他嗓子哑得很，不难听，反倒有种消沉的性感，挠着耳朵，格外有说服力。人随医生上了楼，钟衍站在楼下嘀咕："这话怎么跟林老师说得一模一样，怪默契的哈。"

魏驭城对头孢过敏，格外慎重地打了试验针。四瓶水先开着，没个三小时不得完。

难得的，魏驭城睡沉。

沉到连楼下钟衍不小的惊呼声，都没能将他吵醒。

五点多，还剩最后半指药水，医生进来拔针，魏驭城睁开眼。困顿未醒，脑子像重启的机器慢慢运行。

他以为自己看错了眼。

床尾方向，林疏月身影窈窕，她靠着书桌沿慵懒站着。见他醒，脑袋歪了歪，目光有意无意地轻轻打量。

魏驭城分明看见她在笑。

医生拔完针，叮嘱他按压五分钟，走后，魏驭城忽然松了手，故意让棉签落地，手臂懒懒垂于床边。针眼很快渗出血渍，他无事人一般，眼睛看别处。

林疏月走过来，拿了根新棉签，然后蹲下帮他按压住针眼：
"三十六了吧魏董，有点不符身份了。"

魏驭城依旧心安理得，目光灼灼："什么时候来的？"

"两小时吧，"林疏月睨他一眼，"我看你睡眠质量这不挺好，故
意骗我的，嗯？"

魏驭城"嗯"的一声："骗身又骗心。"

故意反讽呢。

林疏月忽觉有愧，低了低头，手上的动作更加轻柔。

"不说话了？"魏驭城斜看她一眼，"又在盘算什么坏主意？"

林疏月回看过来，眼睫轻轻眨："冤枉了啊，我要坏，现在能在
这儿？"

魏驭城不说话，表情平平，但嘴角眉梢上扬，分明是藏不住的心满
意足："天气不好，容易感冒。"

林疏月又重复那句话："三十六了吧魏董。"

魏驭城气定神闲："三十六的魏董还没娶妻，可怜吧林老师。"

林疏月忍俊，伸手往他脸颊轻轻一戳："别作。"

"不作你会来？"魏驭城何其无辜。

林疏月不惯着，指着人命令："自己再按三分钟。"

魏驭城照做，看她去桌边倒水。时间长了点，他闷哼："流
血了。"

林疏月头都没回："还有力气说话，没事。"

魏驭城咳了咳，眉间涌起不适，语气越发可怜："血流一地。"

"嗓子成这样了，能不能安分点。"林疏月递过水杯哭笑不得，然
后倾身探了探他的额温，"怎么还有点烧？"她又试了试自己的。

魏驭城老实起来，听她摆弄。

喝水，吃药，乖乖再量一次体温。确定温度正常后，林疏月放了
心，甩着体温计交代："别逞强，该休息休息，反正公司是你的，也没
人敢笑你。"

魏驭城"嗯"了声："你还走吗？"

"走啊。我就请了一天假，待会儿就要去赶车。"林疏月飘了个眼
神给他，"我都没去看弟弟，感动吗魏董？"

魏驭城靠着软枕，半坐在床上，针眼不出血了，松开棉签，偏白皮肤上像点缀了一颗红豆。林疏月觉得很好看，视线不由得低了低。

魏驭城说："不感动，毕竟你还欠我一座小树林。"

林疏月反应过来，小树林里能干什么，衍生意义不要太暧昧。她没搭话，眼睛也看别处，接过保温杯双手握着摩挲。

"但林老师这么关心我，小树林配不上你，等我好后，一定给你种片大森林。"魏驭城不疾不徐道。

"少来。"林疏月才不轻易被拿捏，睨他一眼，"给点颜色就开染坊了是吧，昨晚谁发两条朋友圈，还设成仅我可见。"

魏驭城躺没躺相，睡衣也歪七扭八，领子滑去右边，不遮不掩地露出锁骨和半边胸口："林老师不也除夕夜发了一条仅我可见的朋友圈？怎么，只准州官放火，不许百姓点灯？"

他笑得剑眉斜飞，拿散漫的目光盯着她。注视灼灼，空气升温，有些东西便渐渐变味。

这男人脑子里绝对没正经东西。

林疏月冷冷看他一眼："别想些有的没的。"

魏驭城从善如流："嗯，病着，付诸行动确实困难。"

"要不，你动？"他忽地抬头，目光真挚。

林疏月像卡壳的录音机，直直坐着，憨憨看着。

"忘了，林老师体力不好。"魏驭城佯装思考，片刻，又体贴给出方案B……

林疏月发现，魏驭城这人特爱占便宜，哪怕当时吃了亏，日后也一定会找机会补回来。

"你闭嘴不说话就还挺英俊绅士的，一说话，才想起魏董是位商人了。"

魏驭城当仁不让："成功商人。"

林疏月忍不住笑起来，窝着手掌去拍他的脸："脸呢？"

魏驭城将她的手一把抓住，放在唇边若即若离地轻蹭。发烧原因，他的呼吸比平时热，手腕内侧又敏感，像草长莺飞三月里的柳絮扑向易过敏的人，从身痒到心。

这难得的安宁时刻，林疏月很贪恋。

魏驭城问过一次走不走，她说走。那他就不会再黏糊地问第二次，只挑重点："机票订了吗？"

"订的六点那一趟。"林疏月说，"差不多要走了。"

"别走。"魏驭城一把握紧她手腕，仍是平静的语气，"改签最晚那一班，到南祈，我派车去机场，把你送回南青镇。"

林疏月故作惊讶状："明星待遇啊。"

魏驭城吊着眼梢看她，纠正："女朋友待遇。"

乍一听这三个字，耳尖从里到外被狠狠烫了下。她没接话，太突然的正名，有点忐忑，还有点心神荡漾。她扬着下巴："别乱叫，我还没答应。"

魏驭城不恼，仍握着她手腕，用她的手，朝她自己的脸上拍了拍，笑意淡淡："没答应还威胁我必须去小树林？"

林疏月不吃这套，拿余光刺他："威胁啊，挺不情愿啊，那算啦。"

魏驭城乱糟糟的头发软在额前，加之衣衫不整，眼神也不知是不是故意使坏，总之怎么看都是放浪形骸。他更用力一下，直接把林疏月拖拽坐到床边："不威胁。情愿。我昨晚梦到你在小树林里。"

林疏月莫名："我在小树林干吗？"

魏驭城挑挑眉："你说呢？"

一定不是正经梦。

敲门声响，林疏月下意识地起身。

是钟衍，楼下猴急半天，早想进来了。他逮着林疏月一通问："林老师你一定是放心不下我才回来的吧？"

不然怎么一来就上魏驭城这里，肯定是沟通他的近况。

林疏月笑了下，没答。

钟衍就觉得是默认："别担心，我还挺好的，我舅刚才没跟你告状吧？他的话你只能信百分之十听见没有。"

林疏月"哦"了声，尾调拖长："这样啊，但魏董表扬了你半小时，全是优点呢。"

钟衍变脸飞快："这种情况，他的可信度是百分之百。"

林疏月忍着笑，不用看都知道身边男人的脸色有多精彩。她起身，语气郑重："小衍，谢谢你对余星的照顾。"

钟衍摆摆手："不用，他是我小弟，必须罩着。"

说到这，他问："林老师你是不是今天就得走？"

"走。"

"那你去看林余星吗？"

林疏月压在心底的不舍瞬间放大，好不容易忍住，平静说："我跟他打过电话，他挺好的。"

钟衍这就不满意了："回来了都不去，那小破地方有多重要啊。"

他是不知缘由，替哥们儿仗义抱不平。林疏月一时没吭声，心里跟碾磨石子似的，有苦说不出。

"重不重要，都是她自己的选择，你这么大声做什么？"魏驭城既解围，又施压。

钟衍特直，号码一拨，打给林余星，通了："你姐回了，在我旁边，跟她说话吗？"

林余星在夏初那儿，此刻正拼着乐高："不说，我知道她回来了。"

"她不来看你你没意见？"

"没意见。"

其实飞机降落明珠市，林疏月第一条消息就是发给林余星。林余星让她少联系，说李嵘前几日跟踪他去医院，就是想知道她的行踪。林余星还说，这次自己很冷静，不想伤人伤己。林余星又说，"我非常听你的话。"以及——

"姐姐我爱你。"

明珠飞南祈的最晚班是八点半，林疏月掐着点走的。走时，魏驭城也没送，只在她关门的时候，目光跟着那道门缝移动，直至紧闭。

林疏月离开明珠市已经一个月，李嵘跟了几天林余星，最近也不见了踪影。或许，他已经放弃。林疏月乐观地想。

回程，都是魏驭城安排的人车接送，到南青镇是零点五分。牧青在一楼休息室写材料："疏月，回来了啊。"

林疏月吃惊："师兄，还没休息？"

牧青说："还有点收尾写完，我以为你今天不回了。"

"回的。"

"那个车，"牧青瞧见她从白色丰田霸道里下来，魏驭城来南青县考察，坐的就是这一辆，"是魏董的吧？"

林疏月没否认，点了下头。

牧青善意地笑了笑："懂了。"

刚上楼到宿舍门口，就收到魏驭城的短信："到了？"

林疏月："平安。"

魏驭城："晚安。"

奔波一天，睡眠质量奇好。早上，林疏月是被敲门声催醒的，她披着长羽绒服去开门，眼睛都未完全睁开。牧青在门口着急道："赶紧的，赵小宇不见了。"

"谁？"林疏月以为听错。

"赵小宇。"就那个差点辍学的，脸和脖子有开水烫伤疤痕的小男孩。

林疏月第一想法："他奶奶又不同意他上学了？"

"不是。"牧青说，"班上其他同学的家长到学校来闹，说赵小宇偷看女同学上厕所，必须开除他。"

为首的几个家长代表都是爷爷伯伯辈，这年龄段的人，没受过太多教育，还保留着彪悍野蛮的民风。拿着锄头铁锹堵在校长办公室，大嚷大叫非让学校把人退学。

这边闹得不可开交。

林疏月去教室找了一圈，没见赵小宇的身影。老师说，他这几天一直旷课，昨天起索性不来了，并且不在家里。

林疏月当机立断："先把人找到。"

八九岁的娃儿，能跑哪儿去，但附近找了两遍，就是没人影。林疏月在稍高的陡坡上叉腰站了会儿，忽然想到一个地方。

镇南方向，汇中集团在建的工厂。

项目已经启动前期准备工作，挖机轰鸣，拆拆打打很多废弃的边角建材。牧青骑摩托车载她过去，果然，在施工场地外找到了赵小宇。

瘦不拉几跟竹竿似的，右肩背着一只麻布袋，压得肩膀变了形，正在地上捡废料。攒个十斤就能卖七八块钱。

牧青挺生气："小宇，林老师好不容易说服你奶奶，你怎么能不珍惜呢？"

赵小宇垂着头，不吭声。这么冷的天，他里面也只穿了一件平领的旧线衫，脖子上的凹凸疤痕清晰可见。

林疏月拉了把牧青，低声说："师兄，我来。"

她在赵小宇面前蹲下："捡这个能挣上钱，很高兴对不对？"

赵小宇默默点头。

"但是呢，这个工厂迟早会建成，那时候，你还去哪儿捡这些边角料卖钱？"林疏月伸手摸了摸他的头，"其实你是想上学的对不对？"

赵小宇冻得流鼻涕，但他用力吸了吸鼻子："想。"

孩子或许会撒谎，但内心的渴望足以支撑他说出真心话。林疏月轻声对牧青说："师兄，小宇手臂上有伤。"

牧青惊愕，刚想去看。

"别看他，他本就敏感。"林疏月声音更低，"走，我们回学校。"

校长办公室里，依旧吵闹不休。这些家长是铁了心要赵小宇退学，什么理论都听不进去。民风彪悍，今日得一见。

林疏月去到赵小宇所在班级，站在讲台上环视一周："赵小宇是不是大家的同学？"

孩子们你看我，我看你，稀稀拉拉地冒出几道声音："是。"

"现在呢，老师要把他开除。但是少了一些证据，你们可不可以告诉老师，他平时做的坏事？"

林疏月故意反其道而行，孩子们瞪大眼睛，教室变身真空舱，压榨得不剩一滴新鲜空气。

林疏月面不改色："他欺负老实同学，揪女生的辫子，吐口水，骂脏话，上课不认真，考试抄小纸条。"边说，边假装在纸上记录，"还有要补充的吗？"

这时，有同学忍不住道："教室里的扫把，还是赵小宇修好的呢。"

紧接着，又一人小声："他总是主动擦黑板，倒垃圾。"

"我、我的桌子脚掉了，也是赵小宇帮忙绑好的。"

场面扭转，孩子心本纯真，不擅欺骗。

林疏月循循善诱："所以，大家愿意和赵小宇成为同学，成为好朋友。如果愿意，那老师就不开除赵小宇了。"

这次没犹豫，全班齐声："愿意。"

"但是呢，有人说他偷看女生上厕所。"

一个小胖子举手，嗓门洪亮："老师，赵小宇从不上厕所。他说他有疤太丑了，他怕吓着低年级的同学。"

门外闹事的家长们顿时哑口，不占理，虚了气势。林疏月乘胜追击，领着赵小宇过去，卷开他的衣袖，露出可怖的抽痕。

林疏月对校长说："他不是不想上学，是因为有人打他，威胁他。至于是谁……"她看向那群家长。

一个老汉气势汹汹："你什么意思，是讲我们喊人干的吗？"

"我什么都没说，您不必这么激动。"林疏月始终冷静对待，这些人不经推敲，甚至不用含沙射影，就急着不打自招。

"你这个年轻老师会不会讲话！"老汉恼羞成怒，竟抓起一本书朝林疏月砸去。太突然，根本来不及躲，尖锐的书折角正中林疏月额头。

这种快速的攻击特别危险，林疏月脑袋一晕，差点当场倒地。幸亏牧青把她扶稳，大声呵斥："你怎么能打人呢！"

林疏月的额头瞬间鼓起个大包，疼得龇牙咧嘴。

气氛一时尴尬，进退两难。

就在这时，人群外冒出一道很细微的声音："赵小宇是被人威胁的，就在山林子那条小道，我看到了，也听到了。"

做证的是初一年级的一个女同学，瘦弱，个高，扎着马尾，彩色皮筋已经磨破。她脸颊有皲裂的小细口子，该是冷风吹的。虽瘦小，但目光很坚定。

闹事的家长瞪眼无话可说，牧青先行压下气势："难道你们又要指责她也在撒谎吗？！"

校长："不管是事实，还是国家法律规定，每个孩子，都有接受义务教育的权利。我无权开除任何一个孩子，你们更没有权力。"

下课铃响，出来看热闹的孩子们越来越多。

林疏月忍着痛，毅然决然地牵紧赵小宇的手，带他光明正大地走到最前面。赵小宇本能带着怯色，想挣扎，但林疏月很用力地握了他一下。

"家里的孩子都上学，你们做的每一件事，说的每一句话，他们都看在眼里听在耳里。你是什么样子，你的孩子也会成为这个样子。"

这话一针见血，闹事的家长讪讪离开。

林疏月对赵小宇笑了笑："好了，没事了，下节数学课，赶紧回教室。"

孩子心本纯善，这才是校园该有的模样。

牧青他们担心林疏月的伤势，要带她去医院。走前，林疏月对刚才帮赵小宇做证的女孩儿挥了挥手："嘿，你叫什么名字？"

女孩小声说："申筱秋。"

去镇上卫生所稍做检查，医生给开了点消肿药。本以为没什么事，到下午，林疏月觉得头晕恶心，从椅子上起身，眼前一片金星飞旋，竟直接栽倒在地。

把旁边扶贫组员吓得，当即把人送去镇人民医院。拍了个片，轻度脑震荡，她额头的肿包跟包子似的，里头全是充血青紫。

吊了两瓶水，医生说可以回去休息。

回宿舍，林疏月倒头就睡，手机直接拉了静音。这一觉，直接睡到月挂树梢。睡眼惺忪地醒来，林疏月如游魂，呆坐在被窝里半天没缓过神。

摸起手机一看，夏初给她发了好多短信。

"我跟你说，我今天真气炸了！明晨教育那个项目你还记得吧，我费了好多功夫对接，标价也谈好了，就等着签合同。结果你猜怎么着？竟被人截和了！"

"你知道这人是谁吗，白莲花叶可佳。"

"她打着汇中集团的招牌，她手上那么多项目可供选择，偏偏和老娘争！"

"后来我找人打听，才知道她仗势魏驭城，明里暗里表示两人关系不一般。别人哪是给她面子，是给魏驭城面子。我都快气死了！"

这个项目林疏月是知道的。

夏初开的工作室有资质，会去学校、教育培训机构这些地方接业务。这次是想和一家大型英语机构合作，做他们的心理教育课程。十几万的线上会员数庞大，再按点分成，利润可观。夏初没少花心思，眼见着就要成了，她哪能不炸。

林疏月也惋惜，但还是宽慰为主。

夏初竟然号啕大哭，可见是真难受。聊了半小时情绪才情绪稳定，挂断后，林疏月微信有消息，打开一看：

叶："疏月，还是想跟你说一下。"

叶："我这两天拿了个项目，事后才知道夏初也在竞争。但公事公办，我也没有办法。"

叶："希望你跟夏初解释，不要误会哦。"

林疏月冷着脸，当即回复一条："你没嘴？自己不会说？"

这话挺噎人，叶可佳没再回。

林疏月肯定挺自己姐们儿，她点进叶可佳的朋友圈，半小时前发了一条九宫格照片配两句话：

开心，顺利拿下Case，和老板庆功。

照片花里胡哨的，多是美食、奢华酒店景色。最后一张是和部门同事的集体合照。就在餐桌前，中心位是魏驭城，叶可佳挨着他坐，身体向他倾，很是亲密。别的人都站着，只有他俩坐着。叶可佳笑容娇美，魏驭城靠着椅子，单手搭在椅沿上，姿态和神色舒展松弛。

有共同的大学好友，很多人留言："好般配啊！"

叶可佳回了个似是而非的微笑表情。

林疏月心里顿时不悦，魏驭城的表情带着淡淡笑意，越看越刺眼。心里头的火刚燃起苗头，当事人竟来了电话。

林疏月特意等响了五六声才接，语气伪装冷静："不是在庆功宴吗，有空了？"

魏驭城停顿一秒："你知道？"

"我知道啊。"林疏月平息呼吸，"我还知道魏董体恤下属，对女性尤其关怀，都能平起平坐了。"

能想象电话那头男人皱眉的模样："kelley又找你了？"

"我都反应半天这是叶可佳的英文名，"林疏月说，"您这语气，特像在外偷吃害怕被家里那位抓把柄的渣男。"

魏驭城低声笑，带着丝丝调侃："偷吃谁？家里头那位又是谁？你说清楚。"

他越从容以对，林疏月越不舒坦，加之夏初那事做铺垫，她语气很不好："汇中的人事部不专注自己公司内部，还发展副业去外面揽项目。何况，我也不觉得你们人事部的工作人员本职做得有多好。"

魏驭城何其敏锐，单刀直入地问："那项目是不是你朋友也在争取？"

"是。"林疏月说得快，越干脆，越代表她不满。

"我不知道这事。"

林疏月思维理性，职业关系也有很好的自制力。她了解魏驭城，或许心计深，但不屑欺骗。心里的磨砂粒稀稀拉拉筛选出大半，刚想和平交流。下一句，魏驭城说："但就算知道，我也不会干涉。"

磨平的砂砾顿如狂风席卷，在她心里堆出一座陡峭大山。林疏月胸腔急速起伏："我和叶可佳的关系你不是不知道。"

"嗯，我知道。"

"那你还这样！"

"哪样？"魏驭城始终保持冷静，"这是人事部内部工作计划，我不插手。在汇中，不管哪个部门，这类事宜我都不会过问。"

分级管理，层层把关，是魏驭城一贯的统领原则。重点根本不在这儿。林疏月眼前全是那张叶可佳依偎向他的照片，还有同学评论的"般配"。

魏驭城的态度不明，怎么听都像是维护对方。林疏月心情跌进谷底，冷着声反驳："既然不过问，还去参加庆功宴？"

"不是庆功宴，只是人事部的聚会。"听出她情绪不对劲的当时，魏驭城就一手握方向盘，一手打开手机刷朋友圈，然后看到了叶可佳发的照片。

"拍照的时候，她自己快速坐下的，我没来得及。"

这话，啧，听得林疏月脑震荡严重了。

"所以她和你并肩坐来不及，故意贴向你来不及，你脸上的笑也没来得及收。"林疏月说着说着，莫名委屈。

电话里，很长时间的沉默。

安静里，林疏月眼睛都有点红。

魏驭城慢慢回过味，再开口，他低声："重点是别人吗？你吃醋了。"

林疏月耳朵似有一辆辆的绿皮小火车轰隆隆穿过，飞沙走石，烟尘曼曼。撞击去心里跟子弹壳一样。这是从未有过的感受，陌生带来莫名惧意，林疏月矢口否认："我没有。"

魏驭城也不爱这口吻，平铺直叙道："没有你在这儿跟我闹什么脾气。你要不爱我，跟我上什么床。你要没吃醋，还管我叫叶可佳还是叫kelley。"

林疏月眼红，脸也快红了。

"好了月月。"魏驭城服软低声，"电话里说不清。"

说不清就别说了。

林疏月挂了电话，单手抵着头，没注意，正好戳中被书砸的伤口，疼得她脚指头都蜷缩起来，眼泪一下就流了出来。

她想承认，又不敢承认。哪怕对魏驭城有喜欢，也是临近一个刻度，她可以给他想要的，亲密，体贴，生病时不顾一切奔赴千里出现在他面前。

她看似顺从，实则从来都有自己的标尺。像调酒师，拿着量杯精准计算。今天是5ml的朗姆酒，明天加10ml的威士忌，后日再放一片草莓兑出一点甜。这酒调得小心翼翼，不至于喝完让自己醉得迷失方向。

但今晚她发现，不知什么时候，从根本里，她已经不想做这个调酒师了。

她想做一壶干干脆脆的烈酒。

她有野心了，她想要魏驭城的怀抱只属于她自己。

额上伤口的疼痛缓过劲，又匀了几分给心里。林疏月抱膝坐在床上，头埋进手臂间，神色茫然又可怜。

时间已是晚上十点。

林疏月深吸气，快快地正欲去洗漱。

手机响，魏驭城来电。

如同油锅煎炸，许久后，她刚准备接，电话自动挂断。

几秒后，手机屏亮，显示新信息。

Wei："下来。"

林疏月："什么？"

虽没明白意思，但身体从心，如被按动遥控的机器，她下意识地照做。因为思绪一片空白，她把拖鞋都穿反了。小跑到走廊，趴在栏杆上往下一望——

黑色迈巴赫车灯全熄，魏驭城靠着驾驶门，身体微微弯曲站立，他一身同色呢子大衣，里面是没来得及换下的西装，似与夜色融为一体。唯一的明亮色，是指间抽了一半的烟。淡淡的焰红如蛰伏的火山，提醒着林疏月，这不是幻觉。

手机振动，林疏月木讷接听。

近在眼前的人，近在耳边的声音熨帖耳间："下来，当面吵。"

林疏月眼睛红了。

他在电话里沉声："有人告诉我你头上受伤，我不放心，中午吃了饭就往这边赶。"

风尘千里，破冬雾，携星月，只为这一眼面对面。

成年人之间，不应惧怕困难和矛盾，也不应吝啬任何赞美与反省。魏驭城开车八个多小时，这是他的魄力和诚意。林疏月明白，这事自己也有不理智的地方。

她从本心地，刚要道歉。

坪地里的魏驭城仰视她的目光平和坚定，低声说："我的错。"语气里，还带着一丝风流调侃，"让喜欢的人吃醋，就是千错万错。"

汇中在南青镇的工厂建设项目已经启动，有不少汇中集团的员工在这边驻点。时间短的年后刚过来，时间长的已经常驻半年。南青镇就这么大点地方，一点风吹草动基本都知道。

上午那群闹事的家长阵仗大，林疏月去工地找赵小宇时，恰好也被汇中的人瞧见。事情是先到了李斯文这儿，正值午饭点，汇中人事部聚餐，黄部长亲自过来邀请。魏驭城在这个位置，很多人情往来必须顾全，于是掐着点，在饭局近尾声时去了一遭以抚人心。

不在工作时间，气氛自然不必紧绷。

拍照的时候，叶可佳也不知从哪儿挤了过来，眼明手快地往他身边一坐。

照片已经定格了。

后来李斯文表情沉重地过来跟他说了林疏月受伤的事，李秘书做事妥帖，当即查了机票，最早一班竟到了傍晚。

魏驭城没犹豫，问李斯文要了车钥匙，直接从饭局上走的。

开车九小时，风尘仆仆。

"还吵吗？"魏驭城靠着车身站，开车太久，筋骨不得舒展。虽带着笑意，但神色仍是难掩疲惫。

他说："林老师，我都送人上门了，抓紧机会。"

林疏月觉得自己挨了一场大雨，什么枯木朽草都给泡软了。

她摇头。

魏驭城笑："不吵，那我就要问个清楚。你电话里说的，我偷吃谁？家里头那位又是谁？嗯？"

林疏月别开脸，压着唇角不让它上扬。

魏驭城也没再继续追问，而是懒懒伸出手："牵我啊。"

林疏月看向他。

"我一个人开车快九小时，踩油门踩得脚都麻了，走不动。"

林疏月握住他的手，把人往前边扯："体力堪忧啊魏董。"

牵到她手的那一刻，魏驭城觉得踏实了。他像个听话学生，由老师领着过马路。林疏月先把他带去自己宿舍。魏驭城进去往床上一躺，闭眼深深呼吸。

"喝水。"

"不喝，躺会儿。"

他手枕去后脑勺，按压后颈。

"肩颈疼？"林疏月说，"你坐起来，我给你按按。"

魏驭城坐在床沿，林疏月站他身边，焐热了手指才去触碰："待会儿我去找人拿钥匙，你还住上次的房间吧。"

"很晚了，你确定？"

"不然你住哪儿？"

魏驭城侧头打量她，轻挑眼皮，这个角的眼廓像一片桃花瓣，温柔又多情。林疏月一眼看穿他的想法，终是于心不忍。

"睡我这儿也行，"她说，"但你得睡正经觉。"

魏驭城不以为意："我跟你，哪回睡过正经觉？"

林疏月手指一重，掐着他的后颈皮肤提了提以示警告："能不能正经点？"

魏驭城伸手一捞，箍着她的腰往下，两人一起倒向了床。魏驭城抱着不撒手，头埋在她颈间，低声说："陪陪我。"

林疏月心软又心疼。

他闭着眼睛，呼吸略重，手仍克制着抬起了些，怕压得她疼。两人的脸贴得很近，呼吸浅浅交织，一会儿凉，一会儿热，均匀地洒在眼皮上。

林疏月的食指蹭了蹭他的小手臂，小声说："跟你吵架是我不对，我不该发这无名火。对不起啊。"

魏驭城仍闭着眼，慵懒着声音："只是发火？是不是还喝了点醋？"

林疏月指尖加了力道，戳了戳他的胳膊肘："蹬鼻子上脸。"

静静拥抱了会儿，林疏月觉得这姿势有点累，索性放松地将下巴抵在魏驭城的额头上，坦白道："我不喜欢叶可佳，她心思深，不大气。我从不怕竞争，不管哪方面，但你得明着来，总搞些背后小动作，还自认为聪明。我就觉得特别累。"

魏驭城很轻地"嗯"了声："她来汇中上班，我确实不知情。很多事，不用到我这里。"

林疏月小声"喊"了"喊"："这时候你不应该霸道总裁一点，把她给开掉吗？"

"你希望？"魏驭城突然睁开眼。

林疏月咽了咽喉咙，风轻云淡道："不在意她。"

"那在意谁？"

"你。"

魏驭城满足了，手自然而然地往下，若无其事地放在她侧腰。林疏月笑着想躲，她是怕痒的。

魏驭城忽说："没有偷吃。"

"嗯？"

"家里头也只有这一个。"

说完，他握住了林疏月的手。

初春小镇的夜依然寒冷，月如弯镰，清凉又孤傲地悬在天边。不像城市，再晚都有霓虹灯影入室，总不至于太黑暗。这里不见一丝光，世界分明，风流云散。但林疏月觉得，没有哪一刻，比此时更加光明耀眼。

魏驭城从床上坐起。

"怎么了？"林疏月诧异。

他理了理外套，拿着车钥匙揣兜里："我找地方睡。"

林疏月愣了愣。

"你一个女孩子，大半夜的，收留一男人，别人知道了不好。"魏驭城转身捏了捏她的脸，意味深长道，"不舍啊，不是还欠我一座小树林吗？以后补。"

魏驭城的风度和气度是刻在骨子里的，虽风流，但从不下流。喜欢时坦坦荡荡，想要时明明白白，该做什么，能做什么，他更多的是为林疏月着想。这么晚，魏驭城不想再开车去县城，就在车后座将就了一夜。

次日清晨，六点不到，小镇苏醒。

上回在山坡摘青果的小周揉着睡眼出来打洗脸水，乍一看坪地里停了辆迈巴赫，还以为在做梦。紧接着，魏驭城推门下车。小周惊愕得手一松，洗脸盆"哐当"掉地磕破了两片漆："魏、魏董？"

魏驭城揉了揉发麻的后腰，平静打招呼："早。"

小周使劲揉两把眼睛，确定不是幻觉："您、您什么时候到的？"

"昨晚。"

小周感觉魔幻。

就算不是昨晚，魏驭城也会过来一趟。和陈刚的合作关系断裂后，经由这边的扶贫小组牵线搭桥，结识了邻市的建材商王启朝。过来进行细节对接，就能直接签采购合同。

这事一直是李斯文部署落实，他和相关部室的负责人于中午赶到了南青镇。再见林疏月，李秘书笑着打招呼："林老师。"

林疏月亦惊喜："李秘书。"

李斯文从车上搬了两箱东西:"小衍知道我过来,特意嘱托我带给你的。"帮忙搬上楼时,趁周围无人,李斯文又给了她一个文件袋。

"这是林余星两次的体检报告,结果很好。但魏董怕你不相信,所以让杨医生复印出一份,让你亲自看到才安心。"

林疏月心跳一室,手指微颤着接过。

这是她最想要的安心。

"李秘书,谢谢您。"

"不谢我,是魏董吩咐的。"李斯文说,"他昨天听到你受伤,直接从饭店走的。路上给我打电话,交代务必办妥此事。"

有公事在身,李斯文将东西送到便走。

林疏月把人叫住:"李秘书,你们这次待多久?"

"顺利的话,明天走。"

一旦进入工作状态,就很难见魏驭城的身影。上午,先去项目现场视察。中午赶去县城,与王启朝见面。

王启朝年近五十,身材中等,气质稳重。接触之前,李斯文查过这人的背景。白手起家,在广东开过磨具厂,经营不善欠了一百多万。那时的王启朝已近不惑之年,他又去东南亚的工厂找机会,两年还清债务回国,便一直扎根邻市建材行业,稳扎稳打,也积累了不少财富。

王启朝与陈刚不太对付。这样能理解,虽是两个城市,但城市相邻,只一小时车程,哪能没有竞争。

王启朝与魏驭城沟通时,逻辑清晰,不卑不亢。他说:"我知道魏董和陈刚的渊源。我就是一个生意人,魏董开得起价,我自然也尽心服务。我们之间谈不上帮与不帮,只要钱到位,我便做我该做的事。"

林疏月这边。

周三是走访日,这次是一些家庭条件极差的学生。留守孩子居多,部分孩子正值青春期,没能正确引导和沟通,很多性格缺陷就是这个时候埋下的。

翻看名单时,林疏月注意到一个人。

"师兄,这个申筱秋是不是昨天帮赵小宇做证的女生?"

"啊,是。"牧青看了眼确定,"她情况更特殊。父母早早过世,爷爷奶奶带着，俩老人没几年也意外去世，现在是她大伯照顾。"

林疏月点头："万幸，还有亲人可以照顾。"

牧青轻声叹气："他爷爷奶奶是近亲结婚，生了两儿一女。女儿小时候在池塘里淹死了。大儿子，也就是申筱秋的这个伯伯，精神有点问题。"

林疏月皱了皱眉。

"她伯伯还有个儿子，在考上大学之前，没什么异常，就跟正常人一样，成绩也还不错。但后来据说，也犯了病。时好时坏的，还认识了个人，不怎么回家。"

林疏月问："那他现在呢？"

"不清楚，别人也不愿跟这一家往来。听人讲，好像是在精神病院治疗。"

"对了林老师，你应该发现筱秋年龄比一般学生要大几岁吧。"牧青说，"本来就入学晚，后边她又断断续续休学，耽误了两年。"

林疏月诧异。

申筱秋登记的资料上是已满18周岁，她一直觉得是改了年龄。没想到是真的。

"家里条件不好，也没人悉心照料，营养不良瘦瘦弱弱的，看着显小。"牧青长长叹了口气，"这边很多这样的孩子。"

申筱秋的悲惨遭遇，让林疏月对她格外留意。

和牧青分开走访，一人负责三家。

林疏月把申筱秋那儿定在最后一个过去，到时，她正蹲在外坪上洗衣服。门边坐着的应该是她大伯，沾灰的黑外套已难辨它原本颜色，地上散着青菜叶，一部分已经发黄。

大伯对林疏月的到来非常冷漠，一句话都不说，这家门好像谁都可以进一样。

申筱秋甩着湿漉漉的手，怯懦却难掩高兴，普通话不怎么标准地喊了声："林老师。"

林疏月笑着走过来："洗衣服呀，我帮你。"

"不用不用。"申筱秋慌忙拦，"这水很冻人，老师你别。我、我先不洗了。"手就在衣服上蹭干，然后把林疏月领进屋。

经过时，大伯仰着头，冲林疏月嘿嘿笑了下，用方言慢吞吞地说："老师来了。"

他表情有些迟钝，眼神也空泛没有聚焦点。林疏月想起牧青说的，大伯精神不太正常。这房子也简陋无比，黑漆漆的瓦片不平整，哪里漏水就补一块。室内采光不好，日头正午，屋里竟要开灯。

林疏月看了一圈，发现墙上挂着一个老式木框，里面乱七八糟镶着一些大小不一的照片。林疏月凑近才勉强看清，多是黑白照，最上面的一张应该是年轻时的大伯的全家福。大伯和妻子站一起，面无表情抱着个一岁左右的小孩。

申筱秋性子沉默寡言，给林疏月搬了条椅子："林老师，坐。"

"谢谢。"

申筱秋想去倒水，一转身，林疏月看到她裤子上暗红色的突兀印痕。她很快反应过来，忙把人叫住："申筱秋。"

"嗯？"

林疏月提醒说："裤子弄脏了。"

申筱秋反应过来，脸顿时通红，手指抠手指不知所措。

林疏月轻揽她肩膀，温言软语地开导："这是正常的生理现象，不用觉得不好意思。就跟怀孕、生宝宝一样，没什么好羞耻的。来月经的时候，注意个人卫生，不要碰冷水。"

申筱秋脸还是红的。

林疏月摸摸她的头："去换裤子吧。"

申筱秋从一个旧抽屉里拿了个薄薄的塑料袋，然后抽了几张毛糙的卫生纸。林疏月起先没明白，直到她捏着往外面走，林疏月才反应过来，这就是她的卫生棉。

这么普通的生活必需品，但有的家庭，甚至实现不了。林疏月忍着心酸，等她换好后聊天，她说不敢要钱，大伯不肯给，除了量多的时候总是弄脏裤子，总之也习惯了。

并且不止她一个，很多留守家庭的女孩都是这样的。

家访结束，牧青那边还没完，林疏月先回到宿舍。牧青的摩托车钥匙在她这儿也放了一把，林疏月骑着就往镇上去。

合同签得顺利，魏驭城心情不错。

酒店订在县城，其他同事自由休息，他与李斯文过来南青镇。李斯文善解人意，看了看时间："林老师应该也忙完了。"

正巧拐弯，就看见一辆黑黢黢的摩托在路上疾驰。

这不是那种秀气的小电驴，纯正爷们儿款式，气场非常彪悍。但骑手小小一只，显然不能得心应手地驾驭，像小孩偷穿大人的高跟鞋。

李斯文起先觉得新鲜，后来越看越眼熟，油门点了点，追近了些。

两声短促的鸣笛，林疏月车技一般，急刹一抖，摇摇晃晃地停在路边，然后摘下头盔转过头。

而看清人，副驾坐着的魏驭城也拧了眉。

李斯文先推门下车："林老师？你还会骑这个啊？"

魏驭城也下了车，记挂她安全，所以神色不悦，语气也不善："你干什么去了？"

林疏月拍了拍后座绑紧的两大袋东西，笑容娇憨："买卫生棉。"

魏驭城还未弄清楚前因后果，只知道她不能再骑这摩托车了。

这一瞬的安静，李斯文预感不妙。

果然，老板开口："你把车骑回去。"

就这样，李秘书一个从没摸过摩托车的人，硬生生地在这乡村田野中成功解锁新技能。

林疏月这次很顺从，一点都不拖泥带水，跟个女汉子似的将两大包东西塞进后备厢，然后像鱼儿似的灵活钻进副驾驶。

魏驭城被她这反应逗笑。

他一上车，林疏月立刻展颜，身体向他倾，无比关心地问："你今天办事顺利吗？辛不辛苦呀？"

魏驭城系安全带的手一顿，睨她一眼。

"也是，魏董英俊潇洒，一表人才，巧舌如簧，肯定没问题。"林疏月往后仰了仰，将他认真打量，"哇"的一声，"你今天这身真有气质。"

魏驭城平静道："嗯，我昨晚上来见你，就穿了这一套。"

林疏月不慌不忙，笑得跟花儿似的，从善如流："好看的人，每天都看不够。"

魏驭城开车，速度慢，一手搭着车窗沿，指尖有下没下地轻敲，忍着笑，一脸平静地问："说吧，想让我干什么？"

林疏月不好意思："这么明显？"

"只差凑过来亲我了。"

林疏月揉了揉脸，认真说："能不能考虑一下好人好事？"

她把走访的事简要一说："这还算好，再往低级别的乡村，很多贫苦家庭，根本不会买卫生棉。我能帮一点是一点，但杯水车薪，帮不了太久。"

魏驭城"嗯"了声："想让我捐钱。"

看不出他的情绪，林疏月有点没底，她点点头："你考虑一下吧，不行也没关系，回去我跟牧青商量。"

魏驭城车速加快了些，山田间涌进的风像稻谷干壳扑脸，冬寒犹在，却也能感知到春天的临近。

"你那师兄家里做什么的？"魏驭城忽问。

"嗯？哦，牧青家里做医疗设备的，条件不错。在这边待了一年多。"

"家里同意？"

"他父母开明，是支持的。"

魏驭城语气不咸不淡："连他父母是不是开明都清楚。"

林疏月扬扬眉，拿手指轻戳他手臂："还没吃午饭呢，你怎么又吃上西湖醋鱼了。"

魏驭城也缓了脸色，拿余光或轻或重地勾她："想让我做善事，林老师是不是也要拿出诚意？"

林疏月耳尖挨了烫，阿谀奉承的活泼劲一下没了影，没好气地回句："要挟。"

魏驭城坦然至极，反问："那林老师上钩吗？"

春深草木萌发，月亮也比往日的要澄圆明朗些。魏驭城走得慢，偶尔仰头看一眼。他已经很久没有见过这么安逸的夜了。点点繁星如珍宝镶嵌，夜空是绸缎，山林间时不时有惊鸟掠过，树影在月光下迅速雀跃起来。

林疏月对这边的地势轻车熟路，在前面边走边提醒："这儿有个小坑，你注意点。哎，是个坡，别绊倒了。"

幸而走动得快，夜晚冷也够呛的。林疏月像灵活的鹿，背影纤细，长发会随着动作轻晃。魏驭城腿长，走这种山路比她稳。时不时地伸手，默默在身后护着怕她摔。

所谓小树林，其实就是一片野生的果林。胜在地理位置佳，迎东方，背有山，地势又高，一览天高云阔。而百来棵野果树长势参天，上百年的生长互相嫁接变化，已经结不出能吃的果实。枝叶层层叠叠，像是一个天然的野外帐篷。

林疏月经常来这边看日出，很是了解周围环境。在背山右边的隐蔽处，有一个干净的山岩洞。魏驭城一米八六的身高勉强弯腰能进，林疏月带了应急探照灯，把里头照得通亮。

魏驭城看着铺在地上的一堆稻草，挑眉说："林老师，未雨绸缪啊。"

"别多想。"林疏月蹲着，把稻草堆去一处垫高，"一开始就有的。你过来。"她转过头，笑意盈盈地朝他伸出手。

魏驭城被她的笑容撩着了，夜如静海，内心潮涨无边。

他把手交过去，林疏月拉着他，坐在了堆高的草垛上："你看。"

魏驭城顺着她手指的方向，看到了明月当空。

洞口如天然取景框，仿若把这世间最好的景色框裱成画。未尽的寒风被阻挡在外，只容得下温柔暖意。

林疏月双手捧脸，幽幽道："我刚来的时候，最喜欢上这儿看日出，看落日。冬天冷，躲在这里面正好。"她问，"你冷吗？"

魏驭城眸色深了深："冷。"

林疏月眼睫轻眨："那我抱抱你吧。"

眼见她倾身过来，魏驭城却忽然后仰，双手往后撑着草堆，一个明显拒绝的姿势。他眼色压低，问："只想抱？"

四目对视，暖意疯生。

林疏月抿唇一笑，搂住他的脖子低头献吻。

魏驭城今儿特别磨人，不主动，不回应，像个懒骨头的混账公子，等着女孩来取悦。林疏月嘴唇都麻了，笑着推他："木头人。"

魏驭城懒懒"嗯"了声："林老师诚意不够。"

"无赖。"林疏月笑骂。

"亲一下，捐一万。"魏驭城得寸进尺。

林疏月眼神变温，像春雨洗礼，柔情泛光。她直起背，自上而下望着他。胆怯散尽，矜持也成了最无用的东西。

在这个男人面前，做自己似乎是一件特别容易的事。

林疏月像只山野小妖，不当回事地挑衅："那魏董做好破产的准备。"

之后的一切，如枯柴遇火星，在温情与疯野之间回旋。

林疏月发现，这男人是越来越难招呼了。

灯影灼灼，人间月色无双。

魏驭城舒缓："小树林名不虚传，依山傍水。"

第二章

是归途

　　夜空黛蓝，月亮随着时间移挪位置，退却在眼角之外。

　　林疏月枕在魏驭城胸前，头一直往下低，调整着角度想去找月亮。头发丝蹭得人痒痒，魏驭城的手指缠着她的一缕头发玩，松开再绕紧。

　　"头还往下？"魏驭城故意曲解，"嗓子好了？"

　　林疏月拧了把他胳膊肉："下流。"

　　魏驭城把自己的外套披去她身上，起身去找裤子。洞里窄小，他身高体长不得舒展，微微弓背，肩背的线条便格外明显。林疏月的目光不加掩饰，将他从上扫到下，最后停在他腰间："魏驭城，你有腰窝。"

　　宽肩窄腰，比例刚刚好。

　　魏驭城随手套上长裤，平静说："有腰窝的人怎么？比较厉害吗？"

　　林疏月登时无语，这男人绝了："就跟脸上有梨涡一样，很好看，很特别。"

　　"嗯，想夸我特别好看就直说。"魏驭城拿眼神烫她，"是不是还特别好用？"

林疏月把外套丢过去："别说话，衣服穿上。"

魏驭城笑着走近，重新将她搂进怀里："别动，这个角度能看见月亮。"

林疏月投眼远望，果然，能看见西移的明月半隐半现在林间树梢里，周围是散落的星辰以及如烟的薄雾。月如波光雪亮，山野之夜盛满清风。洞穴内温度适宜，像是提前置身初夏。

林疏月没来由地提了句："你是不是快过生日了？"

魏驭城淡声："不清楚。"

"钟衍会帮你记得的。"

"那小子喜欢弄这些有的没的。"魏驭城话虽嫌弃，但语气是温柔的。他有这份心，就不是冷情的人，这也是魏驭城欣慰的一点。

说到钟衍，就提到他上次帮林疏月操办生日会的事。

魏驭城早有疑问："你为什么从不过生日？"

"不喜欢。"林疏月答得快。

顿了顿，魏驭城说："不想说就不说。"

林疏月咽了咽喉咙，缓过来的这会儿时间，喉咙比刚才痛感更强了。她抿抿唇："没什么不能说的。其实还是跟我妈有关。"

安静片刻，林疏月的视线从月亮上收回，低声道："我妈当年，不想把我生下来。她发现怀孕的时候，还成天喝酒蹦迪，也不想去医院，自己托人买了打胎药吃了。结果我生命力顽强，这药没把我打下来。"

魏驭城一怔，缓缓低头看她。

林疏月的脸很小，掩在他手臂间，就更显稚嫩。长密的睫毛稍遮眼睛，看不出她的情绪。

"后来我爸知道了，发了火，我爸老实，第一次要跟人同归于尽的架势吓到了我妈，没办法，只能把我生下来。"林疏月吸吸鼻子，"可能这就是我妈一直不爱我的原因吧。"

辛曼珠是典型的野够了找个老实人接盘。从广东打工回来后，找了老实的林至业结婚。刚结婚半年还算相敬如宾，可辛曼珠骨子里就不是安分的，想要赚大钱，迷恋灯红酒绿，喜欢追寻刺激。她又开始出入声色场所，交了一大堆狐朋狗友，今天陪这个老板朋友谈生意，明天陪那个富太太朋友泡酒吧。

林疏月出生那天，辛曼珠生完后的第一句话就是：这大肚子终于没了，不用再缠束腰带了。

为追求漂亮，她在怀孕期间一直想尽办法让肚子显小点。

每次林疏月生日，辛曼珠都会以一种非常傲慢的语气跟她说，我以前是不打算要你的，是你那个死鬼老爸拿刀子威胁我，我没办法才生的。

心情好的时候，语气只是刻薄嫌弃。

心情差的时候，尖酸，羞辱，无止境的打击，凌骂。

"她用我的生日，提醒我，我是一个多么不堪的存在。我从懂事起，就特别害怕过生日，一到零点，我妈就会推门进来，对我冷嘲热讽，哭诉着她的生活有多不如意。"

林疏月眼睫眨了眨，目光眺向某一点。

她以极平静的语气，将过往疮疤与生命之痛复盘描绘，默了默，她转头看向魏驭城，眼里是渺渺水雾，像一只被欺负到不敢嚎叫还手的可怜小狗。

"魏驭城，我自杀过。"

魏驭城忽然后悔了。

后悔问她这样的问题。

他伸手，猛地将林疏月抱住，压着她的后脑勺，让她的脸完全贴实自己的胸口，让她感受到温度与心跳。

"嘘，不说了。"他一下一下轻拍她的背，"都过去了。"

"你不是想听故事吗？没事，说完吧。"林疏月轻轻叹了口气，"我七岁那年，我妈跟人去了美国，说那边能发大财，再也没了消息。没两年，我爸车祸过世了。肇事者赔了钱，我就靠着这笔钱继续生活，考上大学。我二十岁的时候，她带回了林余星。"

林疏月仰起脸："你知道我为什么要学心理吗？"

对视两秒，魏驭城说："我知道。"

想好好活着。

林疏月就像阴暗夹缝里奋力生长的野草，经历暴风雨捶打，却仍向着太阳努力生长。

这一秒，魏驭城做了定论。

这个女人，这一辈子都不要放手了。

洞穴内的那点余温随着夜的延长而逐渐蒸干，两人往回走。来时是林疏月带路，这会儿她慢吞吞地跟在后头，小声要求："慢一点好不好？"

林疏月可怜兮兮地抓住他的手："我腿软。"

魏驭城笑，在她面前蹲下："上来，背你。"

下山路不好走，魏驭城依旧走得稳稳当当。林疏月箍着他："魏董，三十六了吧？"

知道她打的什么主意，魏驭城大气不喘，淡声说："嗯。"

"林老师，二十七了吧？"

突然觉得是陷阱，林疏月闭口不搭话。

魏驭城把人掂了掂："二十七就要我背，到了三十七，岂不是要用担架抬。"

魏驭城先把林疏月送回宿舍，自己再开车回了镇上宾馆。回明珠市的飞机是次日下午，汇中的工作团队上午又过来了趟工地现场。扶贫组热情，中午留他们吃了简餐，林疏月正好忙完回来，乍一看李斯文坐在外面吃饭，想起昨晚魏驭城的话，顿时不太自在。

"林老师。"李斯文温和打招呼。

"李秘书。"

李斯文吃惊："你感冒了？嗓子哑成这样？"

身后的牧青随口一说："能不感冒吗？昨晚她好晚才回来，得有12点了吧。"

李斯文反应过来。

昨晚魏董也好晚才回宾馆，嗯，挺巧。

傍晚，飞机降落明珠机场，繁华城市高楼霓虹连片，不分黑夜白昼。魏驭城出机舱后走在最后，低头给林疏月发短信。

偏远的南青镇已渐渐休眠，亮灯的住户都少之又少。偶尔几处昏黄灯影，镜头拉远，村庄宛如蒙尘的美玉。

Wei："平安。"

月：“嗯，晚安。”

日子好像没什么改变，两人都忙，也不是腻腻乎乎的性子。魏驭城这个位置，要跟毛头小子似的调情腻歪，也挺变态。他们之间很好地互补，分寸感拿捏得刚刚好。自小树林那晚后这半个来月，林疏月算是摸清了魏驭城的路数。

他不喜欢打电话，通常是一个视频直接弹过来。

要么是衣衫不整地躺在床上，要么是刚洗完澡穿着浴袍懒懒散散，总之没个正常场景。有一次更过分，直接在浴缸里泡澡。

那次晚上有事，临时开了个会。林疏月坐在会场后排，手忙脚乱地挂断视频，情绪激动地发信息：“我在开会！”

魏驭城：“我在泡澡。”

林疏月：“那你好好泡。”

消停了。

五分钟后，手机振。

魏驭城：“酸了。”

林疏月背一僵，顷刻脸如火烧。

又过了几天，林疏月和牧青一起去参加了图书馆落成活动。这是南青镇第一座图书馆，建得大气漂亮，当天很多媒体都到场报道，南青县也正好借此契机宣传。活动不仅邀请了各级领导，还有各路捐赠赞助的企业家。做好事又能留名，喜闻乐见。

中午吃饭的时候，认识的扶贫组领导把牧青和林疏月都叫上。设宴芙蓉楼，一个包厢开了两桌席。林疏月本觉得无所谓，到了之后，竟然看到了陈刚。

林疏月的步子放慢，牧青顺着她的目光看过去，以为她忘记了：“那是陈总，上次在学校，你见过的。他给图书馆捐了三万册书籍，还有主体建材也是他负责的。”

迎来送往，陈刚在本地的声望颇高，在包厢门口很多人跟他打招呼，笑声朗朗。

“走吧，我们也去打声招呼。”

林疏月把人叫住："师兄，我没胃口，我不去了。"

"啊？"牧青意外，"那少吃一点。"

"真不用。"林疏月笑了笑，"人我也都不认识，不自在。这样吧，我自己在外面转转，等你吃完一起走。"

牧青体贴地没再劝，点点头："那不为难你，你自己注意安全，我吃完就来找你。"

小镇就这么大，实在没什么好打发时间的地方。林疏月在外头走了圈又回来，坐在包厢外头的大厅等。

估摸着饭局也到一半，时不时地有人进出包厢，门没关紧，敞开一半，能听到里面的聊天声和偶尔的笑声。

陈刚坐对着门的位置，很多人过来敬酒，他都却之不恭，笑嘻嘻。林疏月看在眼里，不由得低头自嘲一笑，就觉得挺讽刺。也罢，异地他乡，多一事不如少一事。

酒喝高了，里头聊天的声音也越来越大。

阿谀奉承陈刚的不在少数，刻意的逢迎偏偏最讨人欢心，陈刚夸张的笑声如此突兀。忽然，林疏月听到了熟悉的名字。

有人提："明珠市的汇中集团，不是很想跟陈总合作吗？"

另一人附和："想啊，当初不知道怎么巴结陈总，他们那个董事长，都亲自来请，和陈总称兄道弟的，不就是想要陈总手上的资源吗？"

陈刚冷笑两声，捏着筷子隔空摆了摆："别提了，碰上小人了。"

"不会吧，汇中集团那么大的上市公司。"

"上个市就有多高尚？魏驭城吧，他在业内的名声你们以为有多好？出尔反尔，背信弃义。"陈刚嗜酒，酒劲上来嗓门也大，"魏驭城是吧，魏董是吧，就一背信弃义的伪君子！"

这话骂得重了。

酒桌上一时无人敢吭声。

陈刚记仇，窝着火，上次在汇中的事，让他颜面扫地："求着跟老子合作，我呸，人人怕他是吧，我就不怕，就他，给老子舔鞋都不……"

"哐当"一声，门板忽然弹开，重重摔打在墙壁上。

骤然出现的林疏月站得笔直，也没什么苦大仇深的表情，反倒带着点点笑意。有人认出来："林老师？"

"正好！过来一块儿吃点，这位是陈总。"

林疏月笑意更甚，走向陈刚。林疏月是那种俗称"直男斩"的长相，杏眼多情，鼻翘小巧，嘴也不是那种死板的薄唇，红润饱满，给本来偏妩媚的长相综合了几分娇憨无邪。陈刚虽然认出了她，却也是个不折不扣的好色之徒，乍一看林疏月的殷勤之姿，还以为是来巴结讨好的。

"陈总好，久仰大名，果然名不虚传。"林疏月偏头一笑，慢条斯理道，"把颠倒是非，傲慢无礼，丑陋自私发挥到了极致。"

在场的人鸦雀无声。

陈刚脸如猪肝："你，你！"

"陈总的丰功伟绩太多，有一件可能忘记了。我来提个醒。"林疏月不疾不徐道，"去年您去汇中集团谈合作，在楼梯间性骚扰了一个女职员。律师函上怎么写的，陈总是不是忘记了？"

一语出，众人骇然，刚才敬酒巴结的人都缩了缩肩，大气不敢出。

"魏驭城是个什么样的人，轮不着你来说。"林疏月收敛笑意，神情孤傲冷淡，"你自己先做个人吧。"

陈刚恼羞成怒，发酒疯地扬起手。

"住手！"从门外冲进来的牧青猛地扑过去，把陈刚按在桌上，"你还打女人是吧？！"

场面顿时大乱，陈刚理亏，第一想着的就是关门，怕丑事被更多人看到。很多人过来拉架劝和，这事比图书馆落成仪式可热闹多了。

林疏月算是和陈刚彻底撕破了脸，牧青是个仗义的，无条件站在她这边："不管对错，他能动手打女人，就不是什么坦荡的人。"

"谢了啊师兄。"林疏月抱歉地说，"你本可以不牵扯其中的。"

"哪儿的话，今天就算不是你，我也会制止的。"牧青说，"我只是奇怪，你怎么突然发这么大的火？师妹，这不是你的风格。"

林疏月笑了笑，没答。

晚上，魏驭城打来电话。南青镇如今也有不少汇中的人，只要有活动，该参加的也会参加。尽管当时包厢门关着，看到的人不多，但这事还是到了魏驭城耳里。

电话里，他难得沉默。

还是林疏月笑着打破，坏坏地开玩笑："怎么了，别告诉我又在泡澡啊。"

魏驭城的呼吸声沉了些，只说了一句话："没必要为了我，搭理无关紧要的人。"

林疏月却不赞成："我听不得别人说你不好。他是无关紧要，但你不是。"

此时的魏驭城刚洗完澡，空调温度打得高，他只系了一件浴袍，宽宽松松地罩在身上。水渍没擦干，胸口袒露处可见一滴正往下坠。加之头发半湿，魏驭城像个风流公子哥。听到这话，笑得低低沉沉，却仍不满意地问："那我是什么？"

一瞬静止。

几秒后，就听林疏月软声："魏魏。"

钟衍敲门进来时，猛地看见舅舅的大长腿架在书桌上，边看手机边笑的稀奇场景。他下意识地要退出去，没来得及，魏驭城已然不悦："不会敲门吗？"

钟衍摸了摸脑袋："我敲过了，您没听见。"

魏驭城心情好，不跟他计较。

钟衍往沙发上一躺："叫我什么事啊舅？"

魏驭城起身，解开睡袍又重新系紧，把自己包裹得严严实实。他走去右边转角的小吧台倒酒，头也不抬地说："桌上的东西你看看。"

钟衍一个骨碌爬起，走到书桌前，果然有个包装精美的纸袋，打开一看，全是口红。

"舅，我没变性。"他觉得有必要澄清。

魏驭城就佩服这小子的脑补能力，也不知上哪儿修炼的。

"你挑一下，觉得哪个颜色好。"

钟衍反应过来："舅舅，你送人的啊？"

魏驭城默认。

钟衍惊奇："送女的？"

魏驭城忍无可忍："选。"

"噢！"钟衍没多想，不知不觉给自己挖了个坑，"这能看出个啥啊，口红不都要试色吗？"

魏驭城接话："那你就试。"

这里边有几十支口红，钟衍试到想死。他皮肤白，也是娇生惯养的小少爷，气质样貌都是顶顶帅气。魏驭城一直觉得这孩子长得过于俊秀，也罢，正好物尽其用了。

钟衍起先还不自在，试到后面，便彻底放飞自我。

"舅，这个斩男色，是不是很适合我？"

"吃土色？也太符合我的现实写照了吧！"

"哎！这不错啊，气场全开。"钟衍对着试衣镜左右摆脸，拿起口红盖底一看，嗯，姨妈色。

魏驭城眼睛一闭，实在看不下去。并且这天晚上，就做起了噩梦。

春雨一下，南青镇回暖，好似一夜之间，寒意远走他乡。田地里大片的油菜花鼓起花苞，向阳之处已率先变淡黄。

帮扶组正在筹划以此开拓个景点，吸引周边市县的短途游客。牧青脑瓜子灵活，在学校就经常组织各类活动，经验丰富，所以时常过去帮忙。

林疏月忙完手头的事也会去现场看看，这天下午，手机响，是钟衍给她打的电话。林疏月以为是林余星出了什么事，心一紧，赶紧接听："小衍？"

钟衍的声音像春天里的惊雷，轰轰烈烈没完没了："林老师我跟你说，我发现我舅一个秘密。我觉得他有喜欢的人了！事情是这样的你先听我说。我早发现他不对劲，经常拿着手机看，有时候还莫名笑！前几天大晚上的，他竟让我试口红。肯定是要送给女人的礼物！"

林疏月心里陷了陷，忍着笑："那你怎么想的？"

"我不高兴！我觉得我舅为爱失去了自我！你品，你细品！"钟衍憋了一肚子话，倒豆子似的全盘倾出，"林老师，我心里的最佳舅妈人选是你。但我舅这样，我也没有办法。对方肯定是个渣女，看看都把我舅折磨成什么样了，最好别让我知道她是谁，不然我揍不死她，揍到她整容，林老师你信不信！"

林疏月身体一抖，下意识地挠了挠自己的脸，应了声："信。"

过了两天，学校教语文的老师有事，拜托林疏月代几节课。林疏月欣然，去了才发现竟是申筱秋所在班级。申筱秋见到林疏月，眼睛亮了亮，弯出两道漂亮的弧。

申筱秋坐靠窗倒数第二排，成绩处下游，据林疏月这两天观察，她上课时的注意力也一般，时不时地走神。有时候叫她答问题，她便沉默地摇摇头。不过她的人缘倒不错，下课后也能跟一两个女生经常玩。

周四从学校回宿舍，快到门口时正巧碰见小周出去办事，小周顺嘴一提："林老师，有人找你，一年轻帅小哥。"

林疏月听前半句以为是魏驭城，一听年轻两字，便很快否认。快步走回去一看，扶贫组这边的工作人员正在接待，现场四五个人，钟衍的气质出类拔萃，一眼就看到了他。

林疏月愣了愣。

钟衍也看了过来，不似往日咋咋呼呼，只相当有风度地对她笑了笑："Hi，林老师。"

接待的人连忙介绍："林老师，你这朋友做善事来了。他代表个人捐了两百万的计生物资，运输车已经到了南青镇，我们会马上安排分配。"

林疏月明白过来。

想那日在小树林，魏驭城说的"亲一下一万"。

何止一万，简直一吻千金。

钟衍忙完就飞速过来找她，没人的时候，又变成那个熟悉的小少爷："林老师你想我吗！激动吗！高兴吗！你别忙着说话，先回答我一个问题，是不是觉得我又变帅气了！"

林疏月双手背身后，正儿八经地围绕他转了一圈，点头："帅了一点。"

钟衍情绪激动："只有一点？！你再仔细看看！我来之前还烫了头发，耳钉也是定制限量款！给你个机会，再回答一遍。"

林疏月忍笑："好，帅得像换了个头。"

钟衍满意了，告诉她："我舅派我来的，没用汇中的名义捐款，以

057

我的名字捐了实物。就是这卫生棉有点，唉，不是说不好，只是不太符合我的酷哥形象。林老师，你在这边还好吗？我怎么觉得你瘦了点。"

林疏月陪他闲聊了会儿。

钟衍乖得像个等考试的学生，问什么答什么。林疏月觉得未免过于乖巧："怎么了？有心事了啊？"

钟衍长长叹气，口吻老成："操心我舅，真的没想到，老房子着火，烧得噼里啪啦没眼看。我走之前还非常委婉地关心了句，但他压根不搭理我。"

林疏月："怎么个委婉法？"

"舅舅，你不要遇上诈骗犯，我不着急要舅妈。"钟衍心有余悸，"他当时的眼神，我觉得是想断绝舅甥关系。"

钟衍在这边能待一周，下月起就要去上补习班。林疏月挺意外，这至少是个好现象。她说："下午我还有两节语文课，你跟我一起去吧。"

这是钟衍第一次到这种教室上课。望着那些衣着朴素，甚至打补丁的，没比他小几岁的人，钟衍陷入沉默。林疏月的知识储备已足够将高中课程讲得生动有趣。

她像一个发光体，在讲台前熠熠生辉。钟衍认真听，觉得这些东西似曾相识。环境很重要，一旦想开小差，瞥见这群求知若渴的学生，便会觉得，浪费是罪大恶极。

这是钟衍近三年，第一次有了迫切的，自愿的，想回归学海的冲动。

下午的是高二年级的课，结束后，林疏月想起上午在初中部还有教案忘了拿。钟衍陪她走了一趟，路过教室时，里头还在上政治课，林疏月下意识地看了眼，结果发现，靠窗边，申筱秋的座位是空的。

到办公室随口问了句班主任："赵老师，申筱秋下午请假吗？"

"没请假啊。又走了？"赵老师皱皱眉，"好几周了，今天周四吧？每周都是周四下午跑了。我问过她，她只说家里有事。"

申筱秋家里就一个精神状态不佳的大伯，穷苦孩子早当家，老师于心不忍，一般也不会严厉批评，只觉得可惜。

出校门的时候，林疏月不放心："钟衍，陪我去家访吧。"

钟衍第一次看到申筱秋家的房子都惊呆了："远看我还以为是养殖场之类的。这能住人？"

"你是好日子过惯了，对很多人来说，有个遮风挡雨的地方都是奢求。"林疏月敲门，没人应，但是门又没有关紧。她便自己推开走进院子。

脚步声太轻，屋里的申筱秋没听到，转过身一看是林疏月，她顿时吓得脸发白。

林疏月皱眉："你怎么哭了？"

申筱秋猛摇头，慌慌张张地去收拾刚换下来的裤子，把它背在身后，拽得紧紧的。林疏月宽了宽表情，笑着说："老师只是路过，你忙吧。"

没多留，退出门外，叫上等在外头的钟衍走人。

"这么快？问清楚她早退的原因了吗？"钟衍不明所以。

"没事。"林疏月说，"走吧，带你去吃饭。"

钟衍在南青镇倒也不是无所事事，魏驭城用心良苦，让他来办捐赠的事。一是磨炼心态，二是见见世面。最重要的，是想让他来看看人世间的每一面。

钟衍感慨舅舅对他隐晦的爱意时，林疏月简明扼要道："这是送你来参加《变形计》的，贵族少爷的心灵净化之旅。"

钟衍一想，确实是这么回事。

"林老师，我活干完了。你下午带我转转呗。"

林疏月似是有急事，拎着包就往外走："没空，你自己待着。还有，借你的车用用啊。"

钟衍对着她背影"哎哎"叫："我还有话没说完呢。"——忘了说，魏驭城下周过来。

又过了一周，今天是周四。

林疏月先是给赵老师打了电话，确定申筱秋又早退。

电话刚断，就看到一辆黑色本田驶过来，停在申筱秋家门口。林疏月早早在这里守着了，她没跟任何人提，其实上周四，申筱秋手忙脚乱地藏裤子，林疏月看到了裤子上面沾了点点血渍。

没多久，申筱秋从屋里出来，低着脑袋，脚步犹豫。

副驾驶坐着的人不耐催促，她还是上了车。

本田往去镇上的路开，林疏月开着钟衍的车，小心跟在后头。到了县道，车密集许多。本田开的速度不快，林疏月跟得隐蔽且小心。最后，看到车停在芙蓉楼前。不仅申筱秋下了车，司机和副驾驶的两个青年也跟着一起往里面走。

林疏月暗暗松了口气，芙蓉楼只是吃饭的地方，应该不是最坏的那种情况。等了一会儿，林疏月也走进芙蓉楼，两个青年带着申筱秋往楼上雅座去。

正是饭点，芙蓉楼生意繁荣，进进出出的人络绎不绝，倒也方便了林疏月的隐藏。每隔一个雅间都有一棵观赏性的天堂鸟，这植物叶片宽大，能很好地隐蔽其后。二层呈一个鱼尾形，包间数量左右两边对称，中间吊了一顶奢华大气的水晶灯。

林疏月记住申筱秋进去的包间位置，然后找到对面的同一间。这一间没有安排客人，也没有开灯。林疏月掩在门后，一刻不松地盯着对面的动静。

陆续还有几个人进去，开门的时候，能清晰看见坐在桌前的申筱秋，几次开门、关门，林疏月发现，似乎还不止她一个。

不多时，又来了一拨，这次林疏月看到了个熟人。

陈刚穿着浅纹格的西装，梳着大背头，隔着这么远的距离，都能瞧见油光发亮。林疏月心里一咯噔，没多想地拿出手机，调整位置，手伸出去了些，对着陈刚的方向。

可还没按下录像键，陈刚似有感知，往这边看了眼。林疏月心惊肉跳，收回手，准备趁机走，结果刚出包厢，就被人拦了去路，陈刚领着两个男的，其中一个右眉断了半截。

林疏月下意识地往后退了一步。

陈刚笑，声音阴恻恻的："林老师，好像特别喜欢偷拍。来都来了，就进去一块儿吃个饭吧。"

林疏月被半胁迫地带了过去。包间里，申筱秋看到她后脸色窘迫，咬着嘴唇，把头低得看不清表情。

林疏月挣开那个断眉男人的钳制，走到申筱秋面前："你早退不上课，来这儿做什么？"

申筱秋悯默不答，手指抠手指，无措地微微颤抖。

这桌上坐着的都是成年男性，能和陈刚称兄道弟，指望什么好秉性？林疏月长得出挑，今天又穿了件短款小西装，腰间一根细细皮带，把腰线勾勒出两条弧，往下是长腿翘臀，着实吸睛。

一个胖子阴阳怪气地笑："哟，美女老师啊，正好和学生一起了。"

林疏月气愤不已，狠狠瞪他一眼，冷声问："叔叔，您没五十也有四十五了吧？孩子是不是也上初中了？你要这么喜欢跟孩子吃饭，怎么不把自己家的带来。"

"你！"胖子脸色讪讪，被说得颜面扫地。

林疏月不搭理，转过头，神色严肃："申筱秋，你到底在干吗？"

申筱秋吸了吸鼻子，仍不吭声。

"我问你，是不是有人强迫你来的？陪这群人吃饭，喝酒！"林疏月质问，"这都是能当你爸的人了，没人逼你，我不信。"

陈刚敲了敲桌面，冷哼道："林老师，说话是要负责的。"

"负什么责？我说错了吗？你们心里清楚！"林疏月毫无怯懦，目光转向陈刚，眼底像驻扎了坚硬磐石。

陈刚骂了一声，把酒杯子猛地往地上一砸，碎裂声刺耳，凶狠地指着林疏月："你今天最好有证据讲这话！不然我非要讨个说法！"

两人恩怨已久，陈刚能做出性骚扰这龌龊事，就甭指望他有多高尚的品格。那次让他丢了面，下不了台。退一万步讲，魏驭城是站得住理，再者实力斐然，和他压根不在一个级别，所以陈刚也不敢明面上得罪。但林疏月不一样，落他手上，早想收拾了！

这杯子砸地，是吓唬，也是摆态度。但林疏月眼皮都不眨，目光清亮执着，一动不动地盯着陈刚。

这场面已经骑虎难下。

林疏月难熄愤怒，扭头问申筱秋："你跟老师说实话，是不是有人逼你来的？"

申筱秋犹豫、忐忑、恐惧，不知所措，很多种情绪在她脸上穿梭交织。

押她过来的那个胖子冷不丁地开口："你说就是了！"

申筱秋肩膀抖了抖，声若细蚊："没有。"

像一根冰柱从头顶心直钻脚底板，林疏月心寒至极，她忍不住扶住申筱秋的手：“你知道你在说什么吗？你知道这意味着什么吗？”

陈刚底气高涨，气焰飙升，冷笑道：“林老师，你别逼孩子啊。”

林疏月转过头，一脸不甘心。

“我不跟女人计较。”陈刚装大度，优哉游哉地在桌前走来走去，“这么多人听到了，你总得给我个交代不是？这样吧，你向我敬三杯酒。这事就算过了。”

旁边的胖子眼明手快，立即倒满一杯白酒，笑眯眯地递给林疏月，眼睛不怀好意地在她锁骨下描摹：“美女跟我坐一坐，慢慢喝呗。”

林疏月神经绷得紧紧的，一时想不出脱身理由。她看了眼申筱秋，眼里是无尽的失望和受伤。

申筱秋死死咬着唇，眼泪无声往下流，根本不敢接她的目光。

这时，门“砰”的一声被推开。

看到不请自来的人，陈刚愣了，林疏月也怔住。

魏驭城姿态闲适，不慌不忙地打量了一圈。他穿了件深灰风衣，衣襟敞开，露出同色系的薄线衫。纵是简单款式，丝毫不妨碍他的气场镇住局面。

他当无事发生，表情甚为从容温和：“陈总，好久不见。”

陈刚皮笑肉不笑，从牙齿缝里挤出一句：“魏董大驾光临。”

魏驭城面带淡淡笑意，直言不讳：“事儿我也听说了，陈总是个爽快人，那我也乐意做爽快事。”

一语出，落针可闻。

陈刚目光渐变阴鸷，甚至做好了动手的准备。

但下一句，魏驭城却收敛气势，客气道：“今天这出，是我家妹莽撞，纯属误会。陈总生气是自然，道个歉也是应该。”

林疏月扭过头，不可置信。

魏驭城向前一步，主动拿起酒杯：“她喝不了，我替。陈总消消气，以后抬头不见低头见，总不至于伤了和气。”

林疏月胸腔剧烈起伏，呼吸都顺不过来一般。魏驭城手持酒杯，杯底朝桌面磕了三下，然后一口饮尽。空杯朝下亮了亮，一滴不剩。

陈刚眼神眯了眯，没敢表现太明显，但魏驭城这种身份，无疑是给了他脸面和台阶。于是顺杆而下，也笑着倒了杯酒，一口喝完回敬魏驭城："魏董大气。"

魏驭城颔首一笑,慢条斯理地将空杯放回桌面。他没急着走,而是看向陈刚旁边的胖子。

目光太锐利,如干涩的寒风咄咄逼人。那胖子不由得后退一小步,无形之中像被电泵抽走所有氧气,莫名觉得窒息。

魏驭城朝他走近两步,神色严峻压迫。还没等人反应过来,他猛地伸出右手,掐着胖子的脖颈往墙上顶。胖子底盘不稳,像只任人拿捏的灌水海绵,中看不中用。

任他死死挣扎,舌头往外吐,魏驭城不松半分力道。手背青筋微凸,根根凌厉分明,是下了狠劲的。

"下次坐坐之前,先看看对方是谁。"魏驭城一字一顿平静道,"管好嘴,才能保住命。"

松了手,魏驭城颔首:"姑娘们在不合适,陈总这桌我请,人就带走了。"

语毕,他箍着林疏月的手臂,又指了指申筱秋,一并走出包厢。林疏月怒火难消:"凭什么向他道歉!他就是在做坏事!我看到了!我看到了!"

霸道车横停在芙蓉楼外,魏驭城让申筱秋在旁等着,然后不算温柔地把林疏月塞进后座,自己也坐了上去。

车门关,魏驭城冷静质问:"你看到有什么用?你有物证还是人证?"

"申筱秋裤子上有血!今天又出现在这里!那群男的能干什么人事?!"林疏月气炸了,串起所有细节和因果,她一想到这些肮脏东西,心里难过得要死。

"就算是事实,你也要讲究证据。"魏驭城保持理智,没有顺从地诱哄,没有无脑认同,"你一个人贸然过来,就是一种错。"

"我错什么了!我要事实真相,我揭穿丑恶面孔也有错?"林疏月一团火往心口冲,泪水涌上眼底。

"不讲方法,鲁莽行事,有理也变没理,还会害了你自己。"魏驭城语气克制,目光冷傲,"这是陈刚的地盘,就算我来,他真要耍横,我也镇不住。莽撞如归,头破血流,伤人伤己,有用?"

眼泪忍不住往下滑，但林疏月不再争辩，只泪眼汪汪地看着他。

魏驭城："空有孤勇就是愚蠢，除了感动自己，没有任何用处。月月，人生少不得忍辱负重。先活着，才有资格谈以后。"

林疏月撅着嘴，低着头，不停吸鼻子。

魏驭城知道，她这是听进去了。

"好了，好了，不急在这一时。"他想去抱她。

林疏月倔强撇过脸，眼睛又红透了："这种人不值得你敬酒。"

魏驭城说："但你值得。"

林疏月反应这么激动，一半是因为真相，一半是因为魏驭城这样的身份，竟跟这帮草包握手言和，让她更加愤怒失去理智。她哽咽："才这么小的女孩，怎么下得去手。"

魏驭城依旧平静："卑劣者哪里都有，满足虚荣心也好，怪癖也罢，都不是开脱的借口。既然知道，就更应该有谋划地去解决。保护自己是首要，这个世界，不是靠你一腔孤勇就能维持绝对的正义。"

林疏月闷声："我知道。但我没想到，申筱秋会站在他们那边。"

魏驭城笑了笑，掌心覆盖她手背，体温蔓延传递："关心则乱，林老师自己还是学心理的高才生，怎么想不明白了。你既知这事不简单，她一个孩子，又能决定什么？你又何须与个孩子计较？"

林疏月擦了擦眼泪，睫毛尖上还有泪珠，看起来楚楚可怜："魏驭城，你怎么来了？"

魏驭城佯装伤心："终于关心我了啊。"

林疏月看起来更愧疚了，他不忍再逗弄："这边有项目，跑得自然就勤快些。和钟衍碰了面，他说你把车开走一直没回。我不放心，查了定位赶了过来。"

顿了顿，他后怕："幸亏我来了，不然你要吃大亏。"

林疏月小声宽慰："毕竟公众场合，他也不敢太过分。"

魏驭城伸出手，林疏月立刻会意，乖乖把自己交过去。

终于抱到了。

"林老师这颗正义之心太纯净，我想好好保护。至于我，"魏驭城从容自信，"不总说我奸商吗，我能站在青天白日之下，也无惧寡廉鲜耻的阴谋手段。应付这些人，不值一提。"

林疏月怔了怔，然后勾了勾他的手指："以后别叫我林老师了。"

"嗯？"

"你才像人生导师。"

魏驭城低低而笑，眼神似诱似哄："崇拜吗？"

林疏月点头："魏老师，心悦诚服。"

这边交完心，两人下车，申筱秋老老实实站在那儿一动不敢动。林疏月也没再责怪，只平平静静说："走吧，先送你回家，明天记得按时上学。"

把人送到，车里就剩他们俩。

短暂沉默里，气氛渐变。

这边电台信号不佳，柏林之声里放的是英文歌。情情爱爱，旖旎回旋。林疏月忍不住侧头，男人喉结恰巧滚出一道弧，很是性感。

魏驭城低声："晚上去我房间？"

林疏月正襟危坐："不太行，钟衍在。"

"别管那小子。"魏驭城说，"他慢热，情窦未开。"

寥寥数语，把车内本就稀薄的氧气消耗更净。林疏月没吱声，魏驭城便当是默认。回回来南青镇，魏驭城都在镇上宾馆住着。

纵然是最好的，条件也实属一般。

房间是钟衍提前开好的，拿了房卡，找到房间，一进门，门都来不及关严实，两人就迫不及待地搂抱一团。魏驭城的手往下挪了挪，林疏月笑着躲："别碰那儿，痒。"

魏驭城故意拿手指点："怕痒的女人，以后怕丈夫。"

"歪理。"林疏月驳斥，"我才不怕你。"

魏驭城似笑非笑，吊着眼梢自下而上看她，一脸有逗神色。

林疏月反应过来，烧着脸把人用力推开："老狐狸。"

魏驭城也没强人所难，顺着力道慵慵懒懒往床上一倒。双手手肘撑着床面，支起上半身笑。

与此同时，走廊处电梯门开。

钟衍吹着口哨双手插袋，贼酷地出电梯。刚上来时顺便问了前台，得知房卡拿走了。那一定是魏驭城回来了。

他准备过来看望长辈，看能不能以孝心感动舅舅，下个月涨点零花钱。

门里。

魏驭城仍保持慵懒躺床上的姿势，和林疏月虽隔着距离，但眼神艳丽，风流调情："怎么回事啊林老师，总是口是心非。一见面就想玩，一到床上就要。时间短了说不尽兴，玩久了呢，又哼哼唧唧，娇娇气气……"

门外。

钟衍脚步一顿，瞳孔地震。

门没关，魏驭城也瞬间看到了他。

舅甥俩四目相对，气氛死寂。

下一秒，魏驭城面不改色，如常语气说完下半句："玩个手机都这么费劲，林老师，少玩手机，注意身体。"

钟衍一口大气终于缓了过来，拍拍胸口，心想，舅舅现在真的和蔼慈祥许多，是个晚辈都会关心了。

钟衍如捣蒜泥般附和："没错，是要少玩手机，不然颈椎病。"

林疏月忍着笑，点点头："好好好。"

钟衍忍不住提醒："舅，你能不能坐帅一点，这个姿势我都不常用。"他一个男人，都替魏驭城此刻的外放气质感到脸红。

魏驭城蜻蜓点水的语气："你不知道的姿势还有很多。"

林疏月如噎断气，不怎么自然地挠了挠鼻尖，脸别去一边。只有钟衍直球，点点头："不要讽刺我了，很多坏习惯已经在改了。"

她指了指洗手间："借用一下。"

她前脚刚进，没几秒，魏驭城后脚便跟了来。门轻声上锁，腰间一紧，被男人搂住。

林疏月紧张："钟衍呢？"

"打发他去帮我买水。"

魏驭城下巴放在她肩窝，呼吸也沉重了些，呼出的气贴着她皮肤，渐渐化作湿意，重复数次，就像烧热的水一样。魏驭城低声："昨晚没睡好，累死了。"

"我给你的音频没听吗？"

"听了想起你，就更睡不着。"

林疏月转过身，双手搂上他脖颈："合理怀疑魏董在撒娇。"

魏驭城没否认，懒懒应了声。

他高，为配合林疏月，站得不怎么直，弯着背和腰，更显压迫感。林疏月踮脚亲了亲他唇角："还累吗？"

"累。"

"这样呢？"往上，又亲了亲男人的眉眼。

他本闭着的眼睛悄然睁开，这么近，能看清根根分明的睫毛和狭长上扬的眼廓。魏驭城这双眼睛长得很多情，也是素日严肃作掩，冲散了这点眉目温柔。

林疏月仔细分辨："魏驭城，你是桃花眼哎。"

魏驭城低头索吻，直接且凶悍，相濡以沫时，可以是缠绵的春水洗礼，也可以是无往不利的侵袭，他以浓烈情绪瞬间将人拉进自己的世界。

深尝浅磨时，眼角的桃花开了。

钟衍快去快回，不能亲昵太久。两人刚出来，人便拿着水回来了。

"舅，农夫山泉有点甜。"钟衍一手递水，一手刷手机，"这镇不起眼，没想到业务还挺野的啊。"

林疏月："怎么了？"

"我刚下去买水，小商店门口有个二流子把我叫住，问我要不要找个人陪。拿出手机就给我看照片，说什么样的都有，陪聊天陪喝酒陪吃饭都行，又硬塞了张名片给我。"钟衍当街边八卦。

林疏月抬起头："长什么样？"

"有点面熟。"正儿八经一问，钟衍的记忆雷达便开始搜刮，他抓了抓后脑勺，灵光一现，"好像上周，你家访的那个女生！"

林疏月下意识地紧了紧掌，第一反应就是看向魏驭城。她按捺住心头澎湃，听进他的话，在一切落定之前，学会了隐藏自己的情绪。

而魏驭城，也回应着她的目光。无声的默契里，似是告诉她，是吧，千难万难，总有拨开云雾的那一日。

这事不好瞒钟衍，林疏月把今天发生的事跟他摊牌。钟衍觉得不可思议："这些生物是不是有大病？行吧，林老师，这事包我身上。"于是第二天，钟衍按照名片上的联系方式打去电话，吊儿郎当地说："那啥，你们这儿有年轻漂亮的吗？"

声音和昨天商店门口给他塞名片的是一个人，态度殷勤："有的有的，老板你要什么样的？"

"淑女点，老实点，听话的。"钟衍拖腔拿调高高在上，"最好有照片，我选两个，明天你带来。"

"好嘞，等着啊老板。"

钟衍长相出挑，一身潮牌很有衣品，他是典型的小白脸长相，脸型小，眼廓长且上挑，货真价实渣男气质。所以说这些混账要求，简直浑然天成。

马仔办事利索，很快发来照片。

果然，里面有申筱秋。被特意打扮过，妆容成熟，小吊带露出令人遐想的锁骨，眼神却难掩懵懂无措。

钟衍把所有对话全截了图保存，并约定次日晚六点，昭阳宾馆见。这边谈完，钟衍腾的一下站起身："我现在就报警，明天抓现场！"

魏驭城没发表意见，林疏月当机立断："不行，就凭这几张截图，完全可以翻脸不认人。"

钟衍："那我该怎么做？"

林疏月："录下来。"

钟衍下意识地抱紧手臂："林老师，我不对她们下手。"

林疏月笑着捏捏他的脸："怎么会，你也还是个宝宝。"

次日，钟衍在朝阳宾馆门口等，马仔掐着点也赶到，钟衍不废话，保持高冷姿态："人呢？"

"马上来。"马仔点头哈腰。

钟衍拿出手机转账："完事后再给剩下的。"

马仔机敏："哥，你要留下过夜？"

"废话。"钟衍桀骜不羁，"不然我找你找个寂寞。"

"那得加钱。"马仔立刻比画手指。

钟衍爽快答应，调子颇高："费事，我先上去洗个澡，人到了送到502房。"

马仔喜笑颜开地收款，点头哈腰道："放心，老板玩得开心。"

钟衍走进宾馆，理了理外套，悄然按下微型录像设备。然后找了个隐蔽靠窗的位置，能将楼下看得一清二楚。

又是那辆黑色轿车，就这么光明正大地停在宾馆门口，先是司机下车，接着拉开后座车门。里头的人不愿下车，司机凶着挥拳吓唬，很快，申筱秋摇摇晃晃地下了车，表情痛苦。马仔嫌慢，扯着她的肩膀就往宾馆里推。

钟衍录好这一切后，飞速跑回502房冲了个头发。

很快，门铃响。

钟衍打开门，头发湿漉漉地往下滴水，边擦边说："进来吧，你们走远点。"

门关，马仔暗暗"呸"的一声，他俩年龄差不多大，真是同人不同命。

门里，申筱秋恐惧得发抖，眼泪无声往下掉。钟衍把毛巾一扔，睨她一眼，然后侧了侧头："林老师。"

申筱秋一愣。

就见衣柜门倏地推开，林疏月从里面钻出来。憋了太久，气都快断了，热得她脸颊潮红。她大口呼吸，目光紧追申筱秋："所以，你现在还不打算跟老师说实话吗？"

申筱秋愣在原地，慢慢地，眼泪倾盆流泻。她捂着嘴，身体像被掏空，慢慢蹲在地上埋着头啜泣。

钟衍急得要命，围着她团团转："你怎么回事啊！我们是在帮你！冒着多大的风险你不知道啊，上回我姐差点被那小杂碎害死，你有没有心啊。"

"小衍。"林疏月出声制止，对他摇了摇头。

申筱秋哽咽着小声："是我大伯逼我来的。这些人每个月都给他一笔钱，我要是不来，我伯就拿火钳打我，捅我肚子。"

林疏月不自觉地握拳，强逼自己冷静："逼你干吗？"

"陪叔喝酒，吃饭，还去唱歌。"申筱秋又哭了起来。

林疏月："有没有人脱你裤子？"

申筱秋死死咬牙，没说话。

林疏月紧紧抿唇，脸上也无半分血色。她转头问钟衍："录下来了吗？"

钟衍晃了晃胸口的翻领，小心扯出隐蔽摄像头："必须。"

林疏月也蹲下来，扶着申筱秋的手，此刻她心疼更多："你还想过这样的生活吗？"

申筱秋迅速摇头。

"那你相信老师吗？"

她又用力点头。

林疏月起身，有条不紊地说："让她在这里睡一晚，明早五点，有车把你送回家。"

钟衍自觉举手："我马上去找我舅舅！"

录下来的证据，连夜被送去南祈市。魏驭城交代过，他私人的律师团早做好准备，且各级人脉牵线搭桥，点对点，直接走了举报流程。

第二天，马仔先被拘留。接着是扣押黑色丰田作案车辆，根本不给他们运作的时间。

案件调查需要时间。申筱秋的大伯有精神病，不在刑事拘留范围内。林疏月只觉荒谬："犯事的时候，怎么没想起精神病？既然有病，就好好治病。"

于是，申筱秋大伯被送往了精神科。这老头挣扎着不肯，力气奇大，哪还有半点神经病模样。

林疏月一直冷眼盯着，站在角落里，像陷入某种魔怔一动不动。钟衍发现她不对劲："怎么了林老师？"

林疏月慢半拍地回过神，低了低头："没事，只是想起了一个人。"

那年她被诬陷，她找对方对峙时，他也是这般歇斯底里的反应，面目狰狞，眼珠子激动鼓出，像打了兴奋剂的失控者。

林疏月当即觉得不对，脱口而出："胡平川！跟我去做精神鉴定！"

胡平川力大无穷，把她狠狠推在地上，跑了。

这一跑就再没了踪影，给她扣了一段洗不清的黑历史。

林疏月诡异地，把思绪往某一个点上重合。他看着申筱秋大伯发狂的样子，从眼底冷到心底。那个人来咨询室时，登记的名字是胡平川。林疏月闭了闭眼，根本不搭界的两个人。她自嘲一笑，自己也跟着走火入魔了吗？

申筱秋大伯有严重的精神疾病，上级医院建议住院治疗。只不过这样的话，申筱秋就没了人照顾。林疏月想了个办法："实在不行，暂时在扶贫组那边住着吧。"

虽然办案刻意低调，但哪能不走漏半点消息。很快，这事如一记炸雷，在南青县都传得沸沸扬扬。阴云撕破了道口子，烈阳便争先恐后地刺探出来。流言蜚语也好，有心散播也罢，很快，陈刚让人陪酒的事传得沸声震地。

陈刚虚有其表，平日只对有利益贪图的人礼尚往来。阿谀奉承的人多，看不惯的更多。他是想尽办法，没让那群马仔把自己供出来。但不知怎么的，有人塞了一沓照片进他家，被他老婆看见——陈刚和人吃饭时，左右陪着两个年轻女孩儿；KTV里，他搂着一个女的情歌对唱。各个场合十几张，还有他左拥右抱进宾馆开房的照片。

陈刚老婆本就不好惹，性格刚烈强势，据说当天下午，直接拎着菜刀要跟他同归于尽。里里外外的麻烦事，够他喝一壶的了。

这人名声急转直下，继而影响到了生意。很多在签的合同纷纷黄掉，起初陈刚还狂妄："不签就不签，除了我，我看谁敢给他们供货！"

结果，第二天就有人抛出橄榄枝，以低0.5个点的价格，吸括了他的客户资源。

次日，扶贫小组那边传来消息："王启朝愿意资助申筱秋，直到她大学毕业。"

林疏月不知道王启朝和魏驭城的渊源。只觉得，这事再完满不过。她得意扬扬地向魏驭城炫耀："怎么样！我脑瓜子是不是挺聪明的？有勇有谋，临危不乱，逻辑满分。"

魏驭城面色温和，很捧场地夸赞："林老师厉害。"

他这么正经一夸，林疏月反倒不好意思起来："我知道，很多事你都在默默筹划。"

魏驭城挑眉："嗯？"

"会不会觉得我多管闲事？大费周章，为了一个毫无关系的人。"林疏月眼睛湿漉漉的，忐忑不定。

魏驭城依旧是平静神采，他望着她，淡声应道："我希望林老师永葆赤子之心，天真不被折损。"

所以我坚持你的坚持，让公平正义与你同在。

这件事之后，钟衍觉得林疏月简直酷毙了，对她的好感值飙升，并且愈加惋惜，大骂魏驭城没眼光："我觉得我舅被PUA①了，喜欢被折磨，被羞辱，被捆绑。"

林疏月睨他一眼："有本事当你舅舅的面说。"

"那还没这本事。"钟衍挠挠头发，"林老师，你啥时候回明珠市？"

"干吗？"

"回明珠市，才好和那个渣女公平竞争。"

林疏月皱皱眉："你见过那女的吗？"

"没，"钟衍说，"我想象的。"

林疏月正喝水，呛得咳了好几声。她一时起了兴趣，又问："你觉得你舅舅会喜欢什么样的女生？"

"这我就有话说了。"钟衍掰着手指头正儿八经地数数，"我舅看颜值的，我知道的就都是大美女，身材要好，不能干巴巴。得听我舅的话，未经他允许，绝对不许到家里来。"

林疏月脸色渐渐冷下来，不咸不淡道："哦，也就是说，很多女朋友到过你家。"

"没。"钟衍说，"我舅不带人回明珠苑的。"

林疏月理解成，只带去酒店开房。她放下水杯，坐得笔笔直直，像一座严肃的雕像。钟衍觉得气氛不太对："林老师，你怎么突然自闭了？"

林疏月扯了个笑，温柔说："豪门八卦很好听，谢谢你小衍。"

钟衍后知后觉，有一种大事不妙的预感。

---

① PUA：全称"Pick-up Artist"，原意是指"搭讪艺术家"，其原本是指男性接受过系统化学习、实践并不断更新提升、自我完善情商的行为，后来泛指很会吸引异性、让异性着迷的人和其相关行为。

这天晚上，魏驭城好不容易找着机会，趁人不注意，闪身进了林疏月的宿舍。门一关，就迫不及待地和她拥抱。

温热的呼吸还带着室外的冷意，从她的眼睛一路向下，遇体温化成点点湿意，预告着他不加遮掩的欲望。林疏月被蹭得痒，偏开脸："大白天的，外面那么多人。"

"我让李部长代表公司请吃饭，都去芙蓉楼了。"魏驭城语速和动作一样迫切，唇还贴着，不耽误地反手脱掉自己外套。

林疏月不冷不热地回应，踮脚贴他去墙上，然后把魏驭城双手抬高，定在墙面不许动。

从没哪个女人对他玩壁咚。

魏驭城低声笑，低头去碰她的鼻尖："林老师，要亲。"

林疏月便亲了亲他唇角。

魏驭城不满意："敷衍。"

林疏月慵慵懒懒，态度不甚明朗："那魏董教教我呗。"

于是，潮水汹涌将她劈头浇灌。魏驭城也不是清心寡欲的男人，忍了这么久，早想做了。

就在他要将人打横抱起直奔主题时，林疏月手指点了点他的肩，一个抗拒的动作。

"嗯？"魏驭城气息不平，胸口起伏频率陡增。

林疏月秒变无辜："不行呢，生理期。"

他审视数秒，额上的汗细细密密满布，眼角还有未退的动情。火气没处发，僵着身子望着她。

林疏月不理会这小可怜，风轻云淡地从他臂弯间钻出："对不起啊，你且忍忍。"

魏驭城难得爆了句粗口。

男人衣衫不整，又性感又欲，林疏月心尖发颤，觉得这样的魏驭城太性感了。她收敛情绪，正儿八经地出主意："你到外面透透风吧。"

魏驭城没好脾气："这样我怎么出去？"

衬衫扯出半截，还有半截仍扎在皮带里。沉默平复许久，魏驭城说："下午两点的飞机，这个月我要去一趟国外，没时间过来。"

是交代，也是若有似无的委屈。

他手放在门把上，林疏月忽然把人叫住，飞快跑过去，勾下他的脖子飞快亲了一口，小声说了句话。

魏驭城八风不动，假意皱眉："没听清，再说一遍。"

林疏月于心不忍，轻咬下唇。

"魏魏。"

钟衍随魏驭城一起回明珠市，候机时，钟衍闲得无聊，竟破天荒地拿出一本英文单词背起来。连魏驭城都忍不住看两眼："转性了？"

钟衍跩得很："我早就发奋了好不好，一点都不关心我。"

魏驭城眼神施压："你再说一句试试。"

钟衍立刻身体转向一边。

安静片刻，他主动道："来这里一趟，我其实挺难受的。"

魏驭城冷呵："怎么，我能来，你这个少爷还委屈上了？"

钟衍默了默，合上单词本："不委屈，就觉得，自己以前挺混账的。"

魏驭城听出来，这是幡然醒悟了。他内心欣慰，以这小子的名义捐资行善，心意总算没白费。

魏驭城淡声："不是一直念叨想去夏威夷冲浪，找个时间，我让李斯文安排，你去美国玩一段时间。"

钟衍内心狂喜。

片刻，魏驭城没来由地，冒出一股直觉。他随口搭了句："走的时候，跟林老师道别了吗？"

"道了啊。"钟衍沉浸在梦想成真的喜悦里，管不住嘴地全盘托出，"聊了好一会儿，她还夸我豪门八卦讲得好，林老师挺幽默的。"

魏驭城抬起头："什么八卦？"

"咱们家还能谁有八卦，只能是您这位一家之主。"钟衍不忘臭屁恭维，"我说您很有魅力，很有女人缘。每次出席场合携带的工作女伴都是人间尤物。把林老师听得一愣一愣的，我觉得她更崇拜你了，舅舅你放心，我没再多说别的了。"

魏驭城面带微笑，很好。

"夏威夷不用去了。"

"以后每天跟我上班，去我办公室背单词。"

魏驭城不喜欢嚼舌根的人，这点钟衍是知晓的。但骤失夏威夷冲浪机会，心里难以接受，斗胆辩解："还不让人说了。"

魏驭城斜睨他："对，不能说。"

钟衍："霸道。"

登机广播响，魏驭城眼神施压："知道就行。"

他这个年龄身份，逢场作戏也好，应酬需求也罢，不可能没有过女人。但这事拿上台面说就没意思了，他养着这外甥这么多年，锦衣玉食伺候着，关键时候拆台第一名。

不过换个角度想，林疏月介意，是因对他用了心思。魏驭城思虑许久决定不再提这件事，让它自然晾过去。

几天后的周四，林疏月接到夏初的电话。

夏初有意减少与她的联系，只每周用另一个微信号跟她报平安。三两个林余星的视频，让她知道弟弟好好的。这次是夏初常用的电话号码，林疏月心头一紧，以为是林余星出状况，慌忙接听，夏初像是猜到她心思，第一句话就是宽慰："弟弟没事，别多想。"

林疏月松口气，手掩了掩："怎么了？"

夏初告诉她："李嵘已经很久没出现了。我找人查了他的行踪，一月前，有购买高铁票的记录，去了M市，并且没再出入过明珠市。"

林疏月抿了抿唇："他就是M市人。"

夏初："嗯，他回了自己家。正巧，我有个关系不错的合作伙伴也在M市。按照你之前给我的地址，我让他帮忙去看了看。那房子没人住，问了一圈邻居。"

林疏月屏息："怎么样？"

夏初藏不住高兴："打听到的消息，李嵘父子俩去了北京，原因不知，但有人讲，他爸李修源的肾脏一直有毛病，拿药保着命，但这次复发，挺严重的。"这也意味着，李嵘陪李修源治病去了，不会再回明珠市。

"月月，你在听吗？"太过安静，夏初以为断了线。

林疏月握紧手机，机身滚烫，嗓子变了音似的，挤出一个字："嗯。"

"你知不知道，李嵘他爸有病？"

"我听我妈提过。"林疏月是有印象的，但具体什么毛病就不清楚了。

"那消息应该不假。我那个朋友问了几家邻居，都说看到李嵘收拾行李，带李修源去北京治病。"夏初问，"所以，你打算什么时候回来？"

夏初与她亲密无间，是交心交命的挚友。姑娘性格大大咧咧，但真要做件事，比谁都靠谱。她今天能打这通电话，那一定是有把握的。

"还有魏驭城。"夏初蓦地提起他，"上回他过来看余星，说了一句话。"

"什么？"林疏月启唇发问，还没听到回答，指尖已止不住地微微颤抖。

"他对余星说，不管有多少麻烦事，他都不放在眼里。他之所以允许你走，不是因为害怕被车撞，也不是怕被伤害。他尊重你的选择，无论是两年前的萍水姻缘，还是两年后的蓄谋已久。不同的是，第一次，他留不住你。但这一次，既然留不住，他愿意追随你身后。至少回头时的第一眼，他能被你看到。"

林疏月蓄了一眼底的泪，终于落了下来。

夏初感觉到电话里细微的抽泣："不会吧，这话魏驭城没对你说过？"

对，一句都没有。

他对林余星说，是想宽对方的心。而对林疏月缄默不谈，是已经润物细无声地，雕琢在每一次的千里奔赴里。

和夏初通完电话，林疏月又打给魏驭城。明明知道这个点他正忙，但就是克制不住。先接的是李斯文，语气关切："林老师？是出什么事了吗？你等等，魏董在开项目会，按规定任何人不能带通信设备。你别挂，我把电话给他。"

不一会，魏驭城的声音低沉紧绷："怎么了？"

林疏月眼睛酸胀，像一个出走多时终于找到家方向的小孩，哑着声音说："魏驭城，想你了。"

魏驭城顿了下，手还搭在会议室的门把上，然后笑意薄薄："还没到晚上，来，说说看，怎么想的？"

林疏月鼻子抽了抽："你怎么想我的，我就怎么想你。"

魏驭城走到落地窗前，身后是正襟危坐，表面认真工作，实际个个竖起耳朵探听八卦的汇中员工。他不以为意，入目是繁华城市如蝼蚁，他心里自有明珠，仍是轻松的笑语："那恐怕难实现，你没我这个力气，耍赖不动是第几回了？"

身后员工：这是上班时间能听的吗？！

那头迟迟没有回音，魏驭城心说是不是过了点，刚想认错缓解，就听林疏月说："你等我回来。"

魏驭城手指收紧，语气依旧平静："我一直在等你。"

身后员工：我爱上班！

在南青镇的支教时间节点是到下周四，牧青十分坦然，甚至提出，只要她想，可以提早离开。

"新的一批老师下月过来报到，没关系的师妹，聚散有时，能跟你共事这么久，十分愉快，也深感荣幸。"牧青笑容真诚。

林疏月点头："做好该做的，没什么提不提前。师兄，你会在这边待多久？"

"南青镇工作结束，我应该会去湘西。"牧青目光悠远眺望，他是平静的，没有豪言壮语，也没有多伟大目标，只一句质朴的话，"尽力而为吧。"

还有一周时间，林疏月帮着牧青做好资料收尾。他们编制了南青村所有学龄儿童、在读学生的家庭资料，毫不夸张地说，每一户都进行过走访。这边老一辈的民众文化程度普遍偏低，多的是不讲道理的人，被辱骂，驱赶，放狗咬是常事，有两次，还被老人拿着铁锹追打。

纵如此，林疏月和牧青始终没放弃，将每户的生活困难、基本情况，以及孩子的性格特征都进行了记录。林疏月对每一个孩子可能潜在的性格因素，都做了提醒备注。

这些珍贵的档案资料，回归到老师手中。林疏月针对一些特殊的孩子，与牧青一起积极奔走于相关部门，在法律范围内，替他们争取最大的援助。

在南青镇近三个月的支教援助工作，正式临近尾声。

林疏月最放不下的，还是申筱秋。

这两天，公安局那边来了消息，因为涉及未成年人，且案件本身的社会影响不良，又综合受害者监护人的意见，给予案件不公开处理。林疏月所知道的是，那几个马仔面临较重的刑事诉讼。

当然有不尽如人意之处，但林疏月如今已能平和心态。就像魏驭城教她的，这个世界没有绝对的公平，但只要赤子之心永驻，天真不折损，就是问心无愧。

回明珠市的车票买在周六。

周五这天，林疏月去探望申筱秋。王启朝的资助都是落到了实处，第一件就是帮她把这老破旧，盛夏也不见光亮的房子给重新翻修。

乍一进去，林疏月还以为走错了地方，外墙刷白能泛光，邋遢的院子也重新规整，还给搭了个钢筋棚晾晒衣服。屋子里面仍在施工，申筱秋穿着一件浅绿色的短袖，正往外头搬东西。

见着林疏月，女孩儿笑靥如花："林老师。"

五月初夏，新翠发芽，光影鲜活明亮得给人间涂抹颜色。林疏月觉得，这才是女孩子该有的明媚姿态。

她卷起衣袖帮忙："还有什么要搬的？"

申筱秋不再胆怯，大大方方地接受好意："还有一些书。"

这个家的东西本来就少，杂物零零碎碎散落一地。林疏月看得饶有兴致，拾起一枚火柴盒，受了潮反倒旧得更好看。她拿了个纸盒，把这些小玩意儿归纳一起。最后收拾稍大的物件，几本卷边的作文本，发黄的粮票以及一本棕红色的老式相册。

林疏月顺手翻了一页，黑白老照片居多。第二页，有申筱秋五六岁的彩色照。小姑娘从小就长得清秀，和现在没差太多。再翻一页，依旧一张泛黄的彩色合照。林疏月视线扫过去，在看到最右边的人时，心脏像被狠狠掐紧。

浓到突兀的眉，细长眼睛眼角下吊，面无表情地站在最后排，虽是高中学生模样，但还是被林疏月一眼认出。

胡平川。

那个指控她利用专业之便蛊惑病患产生依恋感情的胡平川！

林疏月的指尖如被冻住，死死磕印在薄膜塑料上。像撞钟"嗡"的一声砸在太阳穴，瞬间把她拉入逼仄牢笼。

"林老师？"申筱秋不明所以，"你还好吧？"

林疏月深吸一口气，强逼自己冷静。她将相册翻了个边，指着胡平川问："这是谁？"

"我堂哥。"

"叫什么名字？"

"申远峰。"

林疏月一刹迷茫。

胡平川。

申远峰。

所以，"胡平川"根本就是假名字。他为什么要用一个假名字来看诊？林疏月脑袋一空，蓦地想起李崃。这个假设只冒了个泡，已让她浑身像被抽断肋骨支撑不住。

林疏月克制不住扬高声音："他在哪里？"

申筱秋害怕，嘴唇张了张。

"人在哪里！"林疏月陡然大声。

申筱秋被吼得后退一步，胆怯不知所措，声若细蚊哆嗦道："我不知道。"

林疏月咽了咽喉咙，指甲尖狠狠掐向掌心，强迫自己冷静。再开口，她压着嗓子先道歉："对不起啊筱秋，老师态度不好。但这个，这个人呢。老师认识。"林疏月每说一个字，都像被刀尖划似的，眼睛都憋红了。

申筱秋飞快答："老师，他虽然是我哥哥，但我真的很少见他了。他是我们村为数不多考上大学的，出去上学后，就再也没有回来过。"

林疏月咬牙："一次都没有吗？"

"没有。"申筱秋急急保证，"老师，我真的没骗你。"

林疏月点点头："老师信你。"

"我大伯精神时好时坏，他以前不这样的，去年就严重了。阿花婆说，这是一个传一个。迟早的。"申筱秋说，"前两年，我听伯伯说，表哥不上大学了，在外头跟人混，要赚大钱，就不再回来了。"

林疏月："知道他跟什么样的人赚钱吗？"

申筱秋仔细回忆了番，想起："来过家里一次，个子高高的，记不清长什么样了，但那天穿的是黑色衣服。"

林疏月抖着手拿出手机，按了几次才按进相册。她有李嵘的照片，问："是他吗？"

申筱秋辨别半天，茫然地摇了摇头："林老师，我真不记得长相。"

林疏月慢慢蹲下去，相册滑落在地，她抬起手，脸埋在手间，许久许久没有反应。等这口气顺下去，她才抬起头："这张照片可以给老师吗？"

申筱秋立即点头："可以。"

林疏月头发晕，起身的时候扶了把她的手，忍过这波眩晕。

申筱秋想问不敢问，犹犹豫豫："林老师，哥哥是不是做了不好的事？"

林疏月的笑容很虚浮："跟你没关系。"

线索到此中断。

林疏月收好这张照片，决心一定要找到胡平川，也就是申远峰。

晚上，大伙儿给她践行。扶贫组、学校老师都来了。牧青张罗着办了四桌饭，这待遇，暂时扫清了心头郁结。

共事久了有感情，真到了分别的时候，林疏月也惆怅。从开饭，来的人越来越多。有学生有家长，拿着土特产非要塞给林疏月。

后来，林疏月一眼看到了藏在门口的赵小宇。她笑着勾勾手："过来。"

赵小宇不怕冷，赤脚惯了，鞋都不穿，脚丫子黑乎乎的。他在林疏月面前站定，递了个本子。林疏月打开一看，眨眨眼："你画的老师啊？"

他点点头："画得不好。"

林疏月笑："画得很好，老师特别喜欢。"

小男孩顿时笑出八颗白牙。

林疏月摸摸他的头："好好学习。"

赵小宇敬了个少先队礼："天天向上。"

饭吃到一半，还来了个人。

王启朝开了辆凯美瑞，单独让人把林疏月请了出来。林疏月没见过他，正狐疑，王启朝自报家门。林疏月心生感激，原来是他资助了申筱秋。

王启朝是个少言的，直奔主题，从车后座拿了个信封递给她："帮忙带给魏董。"

如此直接，想必也是知道她和魏驭城的关系。于是也没什么好扭捏的，林疏月大方接过："好，一定带到。"

边说边打开包，想把信封放进去。

她今天背的是一只双肩包，系绳一解，堆在袋口的东西滑了出来。其中之一，就是从申筱秋家要来的那张照片。

王启朝目光一低，忽说："这个人……"

林疏月心一跳："您认识？"

王启朝拿起照片又看一眼："眼熟，像在我厂子里做过工。"

林疏月焦急不耐："您知道他住哪儿吗？"

王启朝摇头，把照片还回去："应该是前年，没做太久就辞工了。不过我可以帮林老师去问问，有消息我再告诉你。"

林疏月这一晚没怎么睡，先是翻来覆去地失眠，凌晨终于入睡，又不停地梦魇。梦里她被一朵黑云追，笼罩头顶，越压越低，最后幻化成一张丑陋无比的脸，獠牙锋利朝她颈间咬下。

林疏月睁开眼，虚汗满背，像从水里捞上来似的。

三点半，房里只有她的心跳声。

林疏月就这么睁着眼睛到天亮，六点，牧青骑摩托送她去镇上坐大巴车，牧青很有绅士风度，一直把人送到南祈机场，才挥手作别。

林疏月今天回来的消息，没有提前告诉任何人。

明珠市的房子走之前就退了租，林疏月打车去明珠路附近，找酒店开了间房。昨天该是感冒了，又一夜没睡，她头疼欲炸。加之这两天的信息太凶猛，心里装着事，脑子更加放空。

在去申筱秋家之前，林疏月是想着，要给魏驭城一个突然回来的惊喜。这下彻底有心无力，她看了看时间，汇中还有两个小时下班。睡一觉过去也来得及。

结果这一睡，直接睡到夜色霓虹。

林疏月嗓子干，摸了摸额头，好像还有点发烧。她挣扎着坐起来，眼前一片眩晕。好不容易缓过劲，她长叹一口气，本来还想买个礼物，这样会显得比较有仪式感。

现在仪不仪式的，不重要。就自己这状态，能撑到见面都不错了。

林疏月趴床上给魏驭城打电话。

通了，一直是长嘟音。

就在她以为不会接的时候，最后一秒，显示已通话——却不是魏驭城的声音："你找他有什么事吗？"

林疏月以为拨错号码，还特意拿下手机看了一眼，她皱眉："怎么是你？"

叶可佳语气带着一贯的高傲姿态："怎么不能是我。"

林疏月渐渐回过味："你拿魏驭城的手机。"

"这不是很正常的事？"不用见面，都能想象她说这话时的轻蔑神色。

林疏月恍恍惚惚，一瞬间以为自己是打扰有妇之夫的小三。想到这儿，她差点笑了，然后笑意微敛，不疾不徐地搭话："叶可佳，你是不是忘了我跟你说的话？"

电话挂断。

明珠公馆，灯影璀璨。

顶楼贵宾包间，接待的是汇中集团重要客户。业务涉及，叶可佳的上司便也把她带来。到了才发现，魏驭城也在。

他在人群里应付自如，谈笑风生，就像一颗移动的夜明珠，无论多少人，魏生永远是最闪耀的那一个。叶可佳无数次地朝他递眼神，含蓄的，娇怯的，热情的，但他一眼都不回应。

在场别的同事围坐一起嘀咕："叶可佳眼睛都快长魏董身上了，太明显了吧。"

"她才来集团多久就这么高调，生怕别人看不出来她喜欢魏董似的。"

"刚我看到她拿了魏董手机。"

客户来敬酒时，魏驭城正在沙发上和别的老总谈事。手机还放在稍远的牌桌上，叶可佳最先看到他手机屏幕亮光。走过去一看是林疏月，酸涩瞬间蒙了心，她不动声色地揣着手机，走到隐蔽处接听。

接完后，还把电话记录给删了。

这边，李斯文来魏驭城身边静静候着。

魏驭城正和王总聊最近的大宗商品走势，结束话题后，才把注意力匀给李斯文。李斯文神色微变，甚少有这么犹豫的时候："魏董，刚才，林老师给我打了个电话，问您在哪儿。"

魏驭城皱了皱眉，双手抱在胸前几秒，折身去牌桌边拿了手机。

没有未接来电，也没有短信。

他刚想拨号码——包间门从外推开，林疏月站在门口。

林疏月肃着脸色，眼神从容极了，精准地在声色迷离里搜索目标。越过任何人，甚至是魏驭城。最后，她看到站在靠里边的叶可佳。

叶可佳虚心，下意识地往后躲了躲。

林疏月定了心，迈步朝她靠近。这两天发生的事已够让她烦的了，加之身体不适，火气正没处发，既然有人往枪口撞，那也实在不必吝啬这几颗子弹。

叶可佳压低声音："你干吗，想动手吗？"

不理会这先发制人，林疏月冷笑："你有什么打不得的？"

场面霎时安静，连点的歌都没人去唱，都往她们两人身上盯。

林疏月是属于温柔那一派的容貌气质，平日相处也是温和细雨，像涓涓细流悦眼舒心。但真要厉害起来，那也是完全镇得住场的。比如此刻，她目光像裹着蜜的箭，不动声色地往叶可佳心尖上刺。就在叶可佳觉得她铁定要为难自己时，林疏月反倒温柔一笑，一字一字地说："你是听不懂人话，还是天生就爱跟我抢？抢东西也罢，让你就是了。怎么连我男朋友也觊觎上了？"

叶可佳顿时无地自容："你、你。"

林疏月点头："对，我，是我。你既然忘记我跟你说的话，那我只好当面再说一次，只这一次你给我听好了——这个姓魏的，是你的老板，你的领导，你的衣食父母，你的魏董。唯独不是你的男朋友。他是我的，听懂了吗？"

说完，林疏月看都懒得看叶可佳一眼，又径直走到魏驭城跟前。方才的凌厉神色一瞬消匿，她双手环胸，蜻蜓点水般扫过目光。

甚至都不用开口——

魏驭城侧过头，淡声吩咐李斯文："手机脏了，换新的。"

几个汇中员工恨不得立刻拍小视频群发同事群，内心疯狂腹诽：快看呀！你们嗑的CP①是真的！

---

① 嗑cp：指对自己喜欢的或者支持的屏幕情侣或者搭档表示喜欢支持的意思。

第三章

三十六的月亮

两人一唱一和，把这场戏唱得完满。

看热闹的，探八卦的，心满意足，明天的汇中集团一定血雨腥风。只是叶可佳面子挂不住，起先还想以楚楚可怜博同情，但魏驭城一句"换手机"直接打了她的脸。

谁说魏董怜香惜玉？

那也得看是谁。

局继续组着，客户表面当没事，象征性地喝了两杯后，就说醉了要回酒店休息。都有眼力见儿，知道魏董该处理家事了。

朝叶可佳发完火，之后林疏月一直很乖。这会儿在车上，和魏驭城坐在后座也是一言不发，撑着半边脸看窗外风景。

魏驭城吊着眼梢，闲适地靠着椅背，眼神慵懒懒的。他伸手过去，作弄似的轻扯林疏月的衣袖口："不打算跟我说话？"

林疏月还真没打算，手收了收，藏进袖口里，放在大腿上。

魏驭城喝了酒，不似平日的清心禁欲，眼底微微熏红，像深藏不露的桃花瓣，不经意淌出深情。他朝林疏月挪近，有点无赖公子的做派："那我跟你说话好不好？"

奉令专心开车的李斯文压根就专心不了，职业素养使然，他此刻很想提醒一下老板，"撒娇"不是您这个身份该出现的东西。

林疏月没忍住，嘴角轻扬一道浅弧，然后疲惫地往椅背一靠："不想听，我头疼。"

魏驭城蹙眉，手背挨了挨她脸颊："怎么发烧了？"

林疏月补觉补回来的那点精气神，都用在了对付叶可佳上。她此刻不是矫情，也不是故意吊着魏驭城，更没什么兴师问罪的念头。

纯粹是累的。

她"嗯"了声："就，烧起来了。"

魏驭城被这语气逗笑，眼角扬了扬，然后展平。他伸出手，揽着林疏月的肩头把人拨进怀里："什么时候回来的？"

"下午，本来想买个礼物，等下班再去找你。"

"住哪儿？"

报了酒店，林疏月感慨："离你公司近的地方真是寸土寸金。"

魏驭城抬眼，李斯文从后视镜里瞥见，立刻会意："好的魏董，我会安排签单。"

安静了会儿，魏驭城说："晚上有应酬，跟去的人多。我手机放在牌桌上，没接到你的电话。然后，她应该删过通话记录。"

林疏月如鱼打挺，立刻精神了，优哉游哉地感叹："一往情深，娶她吧。"

魏驭城将人重新摁回怀里，手指有下没下地缠着她的头发："我也对你一往情深，没听你说嫁我。"

车速镇定，李秘书面不改色，实则手指扭曲，方向盘都快被他抠下来。林疏月果不其然没接这茬，低着头，蔫得像颗小蘑菇。

魏驭城叹气："先去医院。"

林疏月确实难受，没逞强拒绝。从这儿绕去明西医院太远，就近去的附二院急诊。挂了两瓶水，开了药，到酒店已是十一点。

下车时，魏驭城和李斯文在车里迟了分把钟才出来。等电梯时，林疏月靠着镜面墙，脸色呈病态的白皙，徒添楚楚可怜。

她歪着头，鼻间呼吸还是热，浑身不得劲："你和李秘书在车上干吗？"她随口一问。

魏驭城侧身站在她对立面，斜睨她一眼，说了三个字。

林疏月差点跪了。

魏驭城伸手捞她一把，正经着脸色说："这就腿软了？"

林疏月蹭开他的手。

"牵好。"魏驭城声音淡，"对病人下手这种混账事我还不至于做。"

林疏月嘀咕："算你有良心。"

有了这个保证，她也变得有恃无恐许多。出电梯了不肯走，赖在魏驭城身上像条八爪鱼。磨磨蹭蹭进房间后，林疏月又搂着他胳膊装可怜："魏董，我头疼。"

魏驭城扶她去床上躺着，然后把开的药配好，倒了水递给她："头疼还这么不老实，回来告诉我一声，我也好去接你。"

"告诉你，我还怎么抓奸当场？"

魏驭城听笑了，然后收敛神色，轻声说："答应你，没有下次。还有，别听钟衍胡说，败坏我名声，说得我好像多纵欲一样。"

林疏月也安静下来，然后笑了下："我和钟衍的聊天，你都能套出话，我现在倒有点同情小衍了，天天被一只老狐狸算计。"

"我算计，是让他长脑子，总比以后出去被别人算计好。"魏驭城这话正理昭昭，乍一听也没毛病。

林疏月眼睫低低垂下，在眼下打出细腻的阴影。魏驭城的指腹轻抚她眼角："明天，让叶可佳走人。"

林疏月漫不经心："魏董不是不管这些小事的吗？"

魏驭城"嗯"了声："就为你当一次昏君。"

林疏月坐直了些，把剩下的药倒进嘴里，就着他手上的水杯大口吞咽。嗓音带着湿意，若无其事地说："算了，显得我小肚鸡肠。她爱作妖随便吧。"

"对我这么有信心？"魏驭城挑了挑眉。

林疏月瞥他一眼："这要有什么信心，男人那么多，换一个就是了。"

魏驭城面色平静，最擅长眼神施压，凌厉从眉峰间传递，就这么盯着她。林疏月被盯得浑身发麻，伸出掌心盖住他眼睛。

短刺感扎着手心，很奇妙的触感。林疏月忍不住赞叹："魏驭城，你的睫毛好长哦。"

"林老师转移话题技术一流。"语气虽冷，但他还是松了眉眼，然后轻轻握住她手腕。

林疏月散了头发，病着，连发丝都乖巧淌在肩头。两缕顺着锁骨往下，垂落在胸口。魏驭城视线跟低，然后停在某一处。林疏月的内搭款式贴身，浅驼色更显温柔，把身材勾得凹凸起伏，又纯又欲。

林疏月察觉他眼神变化，瞬间警惕："干吗？"

魏驭城淡淡挪开眼："改主意了。"

"嗯？"

"想当混账。"

明珠市入夏自有规律，疾风骤雨下个三五天，天放晴时，也意味着夏天来临。五月中旬，热得已经能穿短袖了。乘出租车去城东这一路，艳阳像个光感盒子，把城市照得明晃晃的。在春雨里洗礼过的枝叶草木长势渐盛，叶子又带着新翠的鲜艳。初夏的明珠市，像一位等待成人礼的明朗少年。

出租车送到地方，一下车，就看到独栋小复式门口的无尽夏开得粉蓝一片，相当治愈。林疏月走进大门，院子里的颜色更多，像一座缩小版的夏日森林。

夏初正在打电话，抬眼一见到人："不是不是，我没说你，我姐们儿过来了晚点再联系啊。"

林疏月站在门口，歪着头对她笑。

"笑屁！"夏初佯装凶状，走过来狠狠把人抱住，"回来也不打声招呼！"

林疏月拍拍她的肩，眼睛却四处搜刮："小星呢？"

"咚咚咚"的脚步声入耳，然后是林余星急切激动的声音："姐！"

"慢点！"林疏月松开夏初，赶紧迎上前。

林余星从二楼下来，本来想抱一下姐姐的，但又觉得不好意思，便憨憨地摸脑袋，站在原地笑得牙白如贝。

小孩大了，还会避嫌了。

林疏月伸手摸摸他的头，笑着问："乖不乖，有没有听夏初姐的话？"

林余星红着眼，点点头："有的。"

林疏月也跟着难受，主动抱了抱他，哽着嗓音说："辛苦了啊星星。"

夏初呼呼气："得了，我最辛苦。"

林疏月一手揽一个："记着呢，晚上请你吃大餐。"

"帝王蟹波士顿大龙虾，我一人要吃四只。"

"四百只都行。"

夏初"啧"了声："有男朋友的人就是不一样。"

林疏月笑得含蓄，没否认。

林余星机灵，瞬间反应过来，顺杆搭话："魏舅舅很喜欢我姐姐的。"

夏初捂心口："就因为我单身，所以要承受这么多暴击吗？"

林疏月笑："就演。"

夏初清了清嗓子："提前说好了，到时候不许帮魏驭城说话。闺密这一关都没过呢，甭想追走我老婆。"

林疏月倒淡定："随你。"

林余星吃不得海鲜，夏初也就开开玩笑。晚上三人去嘉福吃猪肚煲鸡，排到一百多号，到他们时，饿得饥肠辘辘。

都没话说，每人喝了两碗汤才渐渐缓过劲。夏初爱新鲜，问了许多南青县的事，林疏月挑重要的讲，讲故事似的，把夏初听得一愣一愣。

林余星也张着嘴巴，满脸震惊。

"不是去支教吗，怎么跟演枪战片似的。"

"可能是观念冲突吧。"林疏月一笑而过。

夏初瞄了眼林余星，拖腔拿调地审问正事："老实交代，和魏驭城什么时候在一起的？"

林疏月如实答："去南青县之前。"

夏初惊讶："这么早！"

林疏月不咸不淡道："更早的你又不是不知道。"

"我懂我懂。"夏初把头点得如捣蒜泥。

林余星茫然地看着俩姐，最不懂的就是他。

吃完饭都快九点，商场逛了小半圈，林疏月特意去买了新款的乐高。她很了解每一个月的上新，能准确报出系列名字。

林余星感到意外。

林疏月买完单，拎着满满三大袋笑意盈盈地朝他走来："我知道你喜欢，所以每个月都去官网记下来。回来一起补给你。"

林余星感动地点点头："谢谢姐姐。"

林疏月眼带歉意："把你一个人丢下，姐姐觉得很对不住。"

林余星低着头，摇了摇："如果不是因为我，你根本不会遭受这一切。"

"姐姐不喜欢听这样的话。"林疏月收敛神色，"余星，你从来不是我的负担，你是我的弟弟。"

回夏初的工作室，在二楼陪林余星一起拼了会儿乐高，林疏月才下楼。夏初在小院子里等她，起开一瓶啤酒递过来："喝点。"

"就一点啊，我昨晚上还发烧呢。"林疏月接过，也往躺椅上盘腿坐下，然后和夏初碰了碰瓶，仰头一口酒。

"回来住哪儿？"夏初说，"住我这吧，楼上还有个房间。"

"明天就去找房子。"林疏月轻轻呼气。

夏初斜睨她："魏驭城肯？"

林疏月笑了笑。

问太多就是给她压力，好不容易回来，夏初也不想聊不愉快的话题。她朝林疏月伸出酒瓶："月月，你一定会幸福的。"

林疏月"啧"了声："干吗啊，突然这么煽情。"

"煽情了吗？真心实意好不好。"

俩姑娘对视一笑，默契地同时仰头喝酒。

五月夜风最温柔，院子里一盏矮矮的灯，照得光影各半。栀子花隐在栅栏里，散送阵阵淡香。清风问路，不请自来，温和地拂在脸庞，时间当静止。

明西医院。

林余星每月一次的常规体检。这半年来一直是小杨医生看诊，轻车熟路开了检查单，一路绿灯，所以结果出得快。

一沓报告，杨医生看得仔细。

如临考检测，这么多年，林疏月还是很紧张。

许久后，杨医生说："挺好的。"

林疏月松了口气。

"心电图还可以，彩超单的指标也及格。血象指标，"杨医生拿笔圈出其中一项，"要多晒太阳补补钙。"他笑着对林余星说，"老规矩，去找小赵姐姐拿药。"

力所能及的事放手让他去做，也是让对方感受自己被需要的一种存在感。

林余星出去后，林疏月转过脸，神色依旧平静："杨医生，您可以跟我说真话了。"

杨医生仍是温和的笑容："真没大事啊，别紧张。"他抽出压在最下面的CTA检查单，"二尖瓣血流，VE小于VA。左室比上次检查稍扩大，并且收缩功能也较上次减退。不过目前来看问题不大，我调整了用药，半月后再来做个心脏彩超。平日让小星不忧思，别多虑，保持快乐心情对他的病至关重要。"

从医院出来，林余星比来的时候要开心很多。

他嘴上不说，也不表现，其实跟林疏月一样，都是等待考试的紧张学生。不乞求高分，能及格就心满意足。

林疏月看着弟弟俊秀阳光的笑脸，苦味淌进心里，说不出的难受。

掐着点，钟衍的电话就打了过来："怎么样啊，你检查是正常的吧？"

林余星说："还可以吧。"

"去掉那个'吧'，好就好，不好就不好。"钟衍还挺有大哥风范，这语气，嗯，有点像魏驭城了。

林疏月凑过去，佯装不乐意："少爷，脾气很大啊。"

钟衍爆了句粗口后说："我林老师。什么都别说了，赶紧过来，小爷我今天亲自下厨。"

到明珠苑，还没进门呢，门口就闻见一股烧煳的味道。

阿姨来开的门，一脸忧心忡忡："林小姐来了啊。"

"陈姨好。"林疏月换了鞋，厨房门是拉上的，她才推开一条缝，就被里面的烟呛得狂咳，"干、干吗呢？炸厨房啊。"

陈姨担心坏了："我说我来，小少爷非不肯。他从小到大哪里进过厨房，别烫着伤着才好。"

林疏月宽慰："没那么娇气，男生磨炼磨炼也是好的。您去休息，我来。"

陈姨带着林余星去客厅，林疏月捂着鼻子进厨房。好家伙，稀乱。钟衍一身白T恤，一头黄毛卡了根发带，反差特喜感。

他难得挫败："这做饭比问我舅要零花钱还难！"

林疏月边笑边咳："沾点人间烟火气，对你有好处。"

"我宁愿叫外卖。"

"普通家庭哪扛得住这开销，你是好日子过惯了。"

"除非我舅破产。"

行，没毛病。

让钟衍做一桌饭是没指望了，但也不想打击他热情，林疏月便指导他做了道西红柿炒蛋。钟衍觉得还挺有仪式感，又是拍照又是发朋友圈的。

没多久，他惊喜道："我舅给我点赞了！"

林疏月正把排骨焯水："待会儿我也给你点个赞。"

钟衍眼珠一转，靠着厨台懒懒散散站着，有搭没搭地聊天："林老师，你真有男朋友了？"

林疏月不动声色："嗯。"

这事纯属凑巧。前阵子还在南青镇的时候，钟衍也不知抽了什么风，一直问她对魏驭城什么感受？用魏驭城的评价来说，这外甥情窦未开，咋咋呼呼的。说两句话就猜到了他心思，是想撮合她当舅妈呢。

那时她和魏驭城没完全确立关系，便似是而非地说自己有男朋友了。

钟衍一晚上都没睡好。他很挫败，捏了片黄瓜吃："算了，没戏了。"

林疏月于心不忍："其实我和你舅舅……"刚想坦白，院里两声短促鸣笛。钟衍一溜烟跑了出去："舅舅回来了！"

魏驭城自己开车回的，今天没带司机。下了车，手里还拎着一篮樱桃。钟衍指着林余星："他爱吃，亲生的。"

林余星朝厨房里抛了抛眼神，别有用意地说："我姐也爱吃。"

钟衍压根没往深处想。

下午气温飙得高，这会儿太阳还红彤彤的像个鸡蛋黄。余晖金黄灿烂，像专属夏天的滤镜，把世界烘焙得像刚出炉的椰香奶包。

魏驭城左手挂着西装外套，右手拎着樱桃，玉树临风地走来，身后是郁葱花木。透过厨房窗户，像刚刚好的取景框，这画面实在美好。

魏驭城也看见了她，隔着距离，眼角眉梢透着温情的笑。

"魏舅舅好。"门外，林余星主动打招呼，然后是钟衍的声音："舅，我做了西红柿炒鸡蛋，你今晚一定要多吃两碗饭。"

魏驭城心情不错，陪俩孩子聊了会儿，然后打发钟衍去洗樱桃。林疏月腰间一软，被他从身后拥住，下巴抵靠她右肩："林老师，贤惠。"

林疏月切姜丝，刀法勉勉强强："我怕钟衍把厨房炸了。"

魏驭城"嗯"了声："他很喜欢你们姐弟。"

林疏月侧着身，问："那你呢？"

"比他更喜欢。"魏驭城亲了亲她耳朵，又握住她的手腕，"让陈姨弄，看出来了，林老师厨艺也一般。"

陈姨早想夺回主场了，以最快的速度妙手回春，准点开饭。

有好几道大菜，但钟衍非要把他的西红柿炒蛋放在C位[①]："怎么样，好吃吗？"

魏驭城尝了一口，没发表意见，慢条斯理地吃饭、夹菜，淡淡"嗯"了声。

这就是对钟衍的最大肯定。

钟衍欢天喜地夹了一筷子，入嘴就全吐了出来："啊！咸！舅爱如山。"

---

① C位：即Carry或Center，核心位置的意思。

魏驭城把那盘菜放到自己手边，不让林疏月夹："能怎么办，自己的外甥，就别祸害无辜的人了。"

钟衍推了推林余星的肩，酸不溜秋地说："你就是亲生的。"

安静吃了一会儿。

钟衍阴阳怪气地关心："什么时候带舅妈回来啊？"

魏驭城八风不动，端着碗勺慢条斯理地喝汤。

"不是吧，这么久还没追着，那肯定是吊着你玩的，是不是啊林老师？"钟衍企图拉拢同盟，递了个真诚的眼神给林疏月。

林疏月低头吃饭，余光瞥了眼魏驭城，下意识地答："不是。"

钟衍清了清嗓子，实在是好奇，索性一股脑地全问出来："舅，你女朋友腿长吗？"

魏驭城"嗯"了声。

"胳膊细吗？"

"细。"

"长得呢？"

"漂亮。"

钟衍觉得这是真爱，但又不死心，最后侥幸地问："和林老师比呢？"

魏驭城抬起眼，还真朝林疏月看了又看。目光认真，带着一丝丝严谨的审视，以及只有当事人才懂的意味深长。最后盖棺定论，沉声说："差不多。"

钟衍彻底放弃，沉默寡言地扒米饭。

吃完后，俩小年轻凑在一起聊二次元，魏驭城和林疏月坐在对立面的单人沙发上，一个看邮件，一个看文献资料。

应该是聊到什么动漫角色，钟衍情绪投入："他的武力输出值还是挺厉害的，然后最喜欢叠罗汉！"

林余星听他讲解，表示不懂："叠罗汉是个什么姿势？"

"就是趴他身上，或者把他压在身下，这是他表达友情的方式。"

林余星似懂非懂："那还挺热情的啊。"

听到这儿，一旁的魏驭城忽地抬起头，巧了，对面的林疏月也正看向他。两人视线搭在一起，无声地试探，胶着，冒出滋滋小火花。

魏驭城盖上笔记本，搁在扶手边，然后起身离开。

几秒后，林疏月收到他短信，一个字："来。"

室外的热风好似吹进了屋，全往她脸上扑，哪儿都是热的。钟衍和林余星聊得正开心："哎，林老师你干吗去？"

"洗个手。"

客厅横过去是一截走道，摆了一盆枝叶繁茂的天堂鸟作隔断。魏驭城站在洗手间门边，斜斜靠着墙，正低头抽烟。

走道与外面的花园相通，相当于半敞开式，空气流通好，清风很快卷走烟雾气，闻不见什么烟味。魏驭城很少抽烟，这几年越发注重保养，以前有烟瘾，后来戒了。台面上的应酬偶尔会抽一支，但绝不上瘾。

咬着烟的魏董很迷人，把成熟男人的气质魅力外露得八九分，以无意伪装蓄意，目光让人笔直下沉。

林疏月挑挑眉："巧啊魏董。"

"不巧，专门等你。"魏驭城轻抬下巴，眼睛却往下压着看她，嘴角轻轻咬着烟，很有雅痞气质。

一条走道，一盆天堂鸟之隔，这是只属于他们两人的暗里着迷。

魏驭城拉着林疏月的手，顺势就把她往墙上推，看久了，越看越喜欢，于是低下头，想吻。林疏月把脸一偏，嘴角藏不住笑："客厅还有人呢。"

魏驭城心痒，身体贴紧点，还故意压了压，低声说："月月。"

林疏月笑着推他，双颊微微飞红，介于女孩和女人之间的半熟气质，非常拿人。魏驭城偏爱这隐匿的依偎，堵她堵得不留一条缝隙，非要一个肯定回答。

"你别闹。"林疏月怕痒，他又动来动去没个正经，简直折磨。

"好，不闹，叠罗汉。"魏驭城沉沉缓缓地说，"下午场还是晚场？"

连呼吸都是同频率了。

林疏月伸出手，食指从他的下巴开始，一点一点往下滑，喉结，锁骨，颈间往下那一点点凹进去的浅弧，林疏月最喜欢这一处的触感，不是那种刻意练大的胸肌膨胀，而是自然而然的，没有训练痕迹的线条。

她的指腹不轻不重地压了压，不输气势："包两场行不行呀？"

话落音，钟衍的声音猝不及防地响起："你坐着玩吧，我给你洗樱桃——"

钟衍拎着一篮子，就这么站在了走道上。

越过天堂鸟的翠绿叶片，他瞳孔放大，彻底呆在原地。

魏驭城和林疏月调着情，挨得近，又是戳胸又是搂腰的，相当限制级的画面给了钟衍当头一棒，把他砸晕了，砸糊涂了，砸得像经历一次地震。

钟衍话都不会说了，眼睛死死盯着，一会儿在魏驭城身上，一会儿又看林疏月。冒出头的第一个想法是，完犊子了，舅舅和林老师这俩各自有对象的人，怎么能这么寻刺激？虽然是挺刺激，但道德不允许啊！

可就这静止的十几秒，从他出现起，魏驭城的手就没从林疏月的腰上松动过。这无疑是地震之后的一次次余震，飘下的碎石子把他彻底扔清醒了。

钟衍渐渐反应过来。

魏驭城和林疏月本来就是一对。

他无法形容此刻的心情，一直以来想凑的CP终于幻梦成真，本是该高兴的事。高兴归高兴，心里又翻出一份小账本。

什么时候开始的？

开始多久了？

为什么不告诉他，所以他果然不是亲生外甥吗？

最重要的是！

那几次零花钱白扣了！

钟衍心颤，他本不应该在这里，而是待在夏威夷冲浪游艇看草裙舞！

一想到这儿，钟少爷彻底崩溃。他眉峰刚动，就被魏驭城一记目光压了回去。

都这个时候了，气势还这么凌厉。钟衍莫名委屈，忍不住大声："你骗我这么久都这个时候了还凶我！我费力撮合你和林老师，结果小丑竟是我自己！平日还克扣我零花钱让我愧疚反省寝食难安！我好大的火气，吹一口能烧掉整座明珠市所以你现在千万别惹我！"

魏驭城轻拧眉头，都没来得及说话。

"我今儿就大点声音怎么了，您要是为这事又扣我六月份的零花钱，我立马开车去明远山哭坟。告诉我妈你欺负我！我妈晚上就到梦里来，吓唬死你就问你怕不怕吧！"

钟衍从未敢在魏驭城面前这样豪横，他心里还有点小忐忑。魏驭城跆拳道拿过证书，真要动手，他能立马从这个家除名，与他妈合葬。

气势得保持在巅峰时刻，所以钟衍单手抄裤袋里，转身酷酷地走掉。

魏驭城始终冷眼，倒是林疏月于心不忍："哎，小衍。"

钟少爷吃软不吃硬，一听这带着歉疚的语气就心软，但还不想表现出来，于是没好气道："小什么衍！干什么，你也是元凶之一！我还在气头上你说话注意点，我什么都没学会，就学会了我舅的冷血凶残！待会儿凶着了你可别怨我！这是你自找的知道了吗！舅妈。"

钟衍平日看着挺真性情，但骨子里的清高劲也是足足的。这些年跟着魏驭城耳濡目染，养成了点少爷脾气。本来挺和美的一件事，但他拗起来，气头上简直六亲不认。

魏驭城看不惯他这模样，当场也没好态度，把人呵斥住："走一步你试试。"

试试就试试！

钟衍不理会，腰杆子挺得更直。

魏驭城："下个月零花钱还要不要了？"

钟衍很有骨气地说："不要了！"

"下下个月的也别想了。"

"下下下个月的我也不要了！"

"记住你说的话。"

"我马上去文身把它刻在我胸口！"

魏驭城的脸色已然铁青，钟衍也气鼓鼓的，一头黄毛向上起立。明明是剑拔弩张的气氛，一旁的林疏月却想笑。待钟衍走后，她无奈问："他几岁你几岁，跟小孩儿闹别扭一样。"

魏驭城指着客厅的方向，一脸愠色："反天了他！"

钟衍气呼呼地在客厅乱窜，林余星坐在沙发上，表情平静地看着。

钟衍抓了抓头发："想必你也明白是怎么回事了，我知道你一定跟我一样愤怒，但你还是别激动，对身体不好。"

林余星摇摇头："我没事。"

钟衍叹气："别逞强，咱们互相开解。"

林余星不咸不淡道："小衍哥，其实我已经提醒过你很多次了。"

"什么意思？"

"我姐去支教前，我至少暗示过你四遍。"林余星望天，"你怎么就捅不破这层纸呢？"

这事逆了少爷反骨，钟衍别扭了好几天，与魏驭城的舅甥关系降至冰点。有次吃饭时，魏驭城有意主动搭话，但钟衍压根没给面子，当没听见。

魏驭城把筷子一撂，眼色凛冽："摆臭脸给谁看？"

钟衍梗着脖子："我天生就这张臭脸，看不惯？找你姐算账去。"

魏驭城眼缝微眯，语气冷到极点："对你妈放尊重点。"

钟衍也撂碗筷，推开椅子就走："行，我现在就滚去我妈那儿哭坟。"

陈姨拦着，拉着，劝着，担心得要命。

魏驭城说："让他滚。"

钟衍只是不成器地放狠话，说完就有一点点后悔。但魏驭城是真动了怒，不仅卡了零花钱，停了他所有的副卡，还没收了车钥匙，并且吩咐司机，不许给小少爷用车。

钟衍狂了三天，狂不动了。

没了魏驭城的庇佑，简直反转人生。他去投奔林余星，要面子，说什么魏驭城不开着迈巴赫亲来接，他死都不回去。

"那你还是别来了，我觉得我死了，魏舅舅可能都还没来接你。"林余星把头摇断。

钟衍无语："咱俩是好兄弟吗？"

"还真不是。"林余星嘿嘿憨笑，"我是你长辈。"

这一剑把心扎得难受，钟衍往沙发上一躺，一字不吭。

"我也不知道你在别扭什么。"林余星挨着他坐，掏心窝地聊天，

"你不是一直挺想让我姐当你的舅妈吗？现在成真了，怎么还闹天闹地的。"

顿了下，林余星问："难道你不希望我姐和你舅舅一起吗？"

"没有。"钟衍矢口否认。

"那为啥？"

"挫败。"钟衍顶着头黄毛，一脸颓废，"把我当傻子，不把我当一家人。"

"所以你是怪我姐咯。"

"怪我舅。"钟衍吸了吸鼻子，"一直以来，他都是强势的，有主见的，好像什么事都胜券在握，一切都在掌控之中。就，把我当傻蛋就这么有成就感吗？"

林余星翻了个大大的白眼："我看你就是好日子过惯了。"

"他的行事风格，是他的生存之道。管个那么大的集团，没城府怎么活？倒是你，一直让魏舅舅操心。不勇敢面对困境，不努力上学。你有一个这么伟大的标杆在生命里，却不朝他靠近。还为了这点个人小情绪自怨自艾。"林余星看得通透，身体病着，但内心清醒强大，"就算魏舅舅不告诉你又怎么样，那是他的成年生活。其次，我姐也不一定会和他走到最后啊。"

钟衍猛地坐直："咋的，你姐还想分手？千万别，我外公外婆想抱孙子想疯了！"

林余星无语："我只是说，可能！重点是这个吗？我在跟你举例讲道理好不好。"

钟衍："这个例子不吉祥。空穴不来风，怎么，林老师透露过这方面的想法？那是危险信号啊，我舅还被蒙在鼓里吧。"

"小衍哥请闭嘴。"

"我们家有我一个傻蛋就够了，断断不能出现第二个。"

林余星捂住耳朵："我晕死。"

钟衍可能是个乌鸦嘴，这两天，林疏月和魏驭城之间确实有了丝不畅快的分歧。那天在一起时，魏驭城突然告诉她："你回唐耀那儿继续上班。"

林疏月说不回。

魏驭城脱外套的动作慢下来："原因？"

"夏夏让我去她那儿帮忙。"

沉默十几秒，魏驭城脱下外套，把手里的车钥匙就这么给了她。

林疏月莫名："嗯？"

"我这辆车你开得顺手，拿去用。从这儿过去城东也方便。"

"我不住你这儿呀，夏夏工作室有两层，有个小房间空着。"

魏驭城不满："隔这么远，我怎么见你？"

林疏月起先还哄他："魏董大忙人，知道了，我会经常来找你的。"

"你忙起来，还能见人影？"魏驭城的不悦已经非常明显。林疏月渐渐回过味，笑意也敛了一半："所以，我要服从你安排吗？"

"不必服从，别又哪天消失不见就行。"魏驭城说。

这话带了情绪，两人谁都没再提这事，但心里梗着根刺一样，都不痛快。这晚在他那套江景公寓，睡觉时魏驭城一直抱着她，两手箍紧腰，一个绝对占有的姿势。

林疏月哼唧说难受，他也不松劲，跟证明什么似的。之后林疏月才回过神，不是证明，是惩罚。

过犹不及。

不管哪种感情，超了那个刻度线就不平衡了。

林疏月也没惯着，按自己的规划做，没要他的车，不住他的江景公寓，也不选择他安排的体面工作。第二天推了个行李箱，利利索索地去了夏初那儿。

所以钟衍从二楼窗户看到从出租车里下来的林疏月时，再度自我怀疑。但吃一堑长一智，他告诉自己要稳重，先别发表意见。

林余星倒很淡定："姐，你来了啊。"

"来了。"

"房间给你收拾好了，夏夏姐说，被套床单都是你喜欢的浅灰，备了两套给换洗。"

林疏月"嗯"了声，平平静静地跟钟衍打了声招呼，然后推着行李箱去房间。

钟衍能再忍就是个神龟了。

他压着声音问林余星："你姐怎么上这儿来了？她拎着行李箱干

吗？别告诉我长住。"

"不然呢？"林余星反问，"行李箱都推过来了。"

"真绝了。"钟衍瞳孔再度地震，"我舅别做人得了！"

"啊。"林余星张着嘴，似是而非的语气，态度模棱两可。

钟衍更不是滋味了，立刻替魏驭城道歉："对不住了，我舅确实挺过分。自己的女朋友，分套房子给她住怎么就不行了？太不男人了。这事是他做得不对，我舅平时很大方的，绝对是受了什么刺激才这么不怜香惜玉的。"

他已经能脑补魏舅舅的辱骂——养不熟的兔崽子，真是拆舅专家。

林疏月放了行李箱就出来了，所以钟衍的话听得一清二楚。她微眯眼缝，一秒变脸，委委屈屈楚楚可怜地叫他："小衍。"

钟衍一看，心里那叫一个愧疚，立刻表明立场："林老师别担心，我肯定站你这边。我舅名下房产三位数打底还不包括国外的。不对女朋友好一点，难道还想让你去租房？真不是人。"

此刻的汇中集团，不是人的魏驭城莫名其妙打了个喷嚏。

林疏月吸吸鼻子，可怜兮兮地说："别这样讲，你舅舅对我很好的。要不是谈到你，他不会对我生这么大的气。"

钟衍："我？"

"他说他骂了你，既心疼又后悔，绞尽脑汁想着怎么弥补。他想给你翻三倍零花钱，我不过提了一句，是不是有点多……"林疏月故意停顿。

钟衍激动："他就跟你翻脸了！"

林疏月低头擦眼睛，分寸拿捏刚刚好。

钟衍愣了愣，愧疚道："原来我才是罪魁祸首。"

林疏月适时叹气："在你舅舅心里，你永远是第一位。"

钟衍喉咙发紧，怪感动的。

原来，魏驭城愿意为他这个外甥，当个"一房不拔"的小气鬼。

钟衍神色凝重，目光深沉，整个人恍恍惚惚。

林疏月眼睫轻眨，低落丧气地下了楼。

到楼下，她不自觉挺直背，微微呼了口气，去倒水喝。在厨房待了会儿，正欲抬手看时间，林余星的短信跟着就来了：

"姐，小衍哥主动给魏舅舅打了电话。"

"态度极好，就是说的话有点肉麻。"

林疏月："说什么了？"

林余星："舅舅，您的爱永远是那么内敛。"

"我偏不，我就要直接表达。"

"魏舅舅说，表达吧，我听着。"

"小衍哥告诉他，我本来想今年正月去剪个头发的，现在决定不剪了。感动吗？"

"然后魏舅舅只说了一句话——我很久没练拳了。"

魏驭城确实很久没练拳了，听到臭小子说了句那样的话，也真的很有练拳的冲动。但冲动归冲动，还是深感欣慰的。

虽不知这小子怎么突然醒悟主动和好。

宽心不过三秒，很快，魏驭城复盘他刚才的话。

他还想正月剪头？

死舅舅吗？

魏驭城一瞬暗了眼色，于是当天晚上，在房间背单词的钟衍突遭魏驭城的死亡逼问。

"你对我意见大到要正月剪头发了？"

"平日我竟不知，这些年把你养得纸醉金迷，挥金如土，你就是这样回报我的。"

"你这么喜欢剪头，我就应该早些把你送进少管所，这样就能剪到无发可剪。"

魏驭城递了个"赏你光头"的眼神，着实把钟衍吓得一哆嗦。

沉默之中，刀光剑影。

许久后，钟衍小声："我都被骂蒙了，你这样骂过林老师吗？她一定也很怕你吧。"

魏驭城没忍住，弯了唇角。

钟衍挠挠脸："你要温柔点，说不定早就追上林老师了。"

魏驭城笑意更甚，舅甥俩视线一搭，像冬雪消融，这才算真正意义上的和解。

次日，林疏月很早忙完，于是去了汇中。

她没上去，在大厅坐着，给魏驭城发了条信息，就四个字："接你下班。"

魏驭城的信息很快回复："在哪儿？"

月："你公司楼下，不上来了。"

魏驭城没强求，回了句，十五分钟。

林疏月喜欢这种直接的相处模式，有什么说什么，明明白白，让人安心。

十分钟不到，电梯门滑开五六轮，她无聊，所以留意这些。门再开时，意外地，看到一熟人。

王启朝也看到了她，温和笑了笑："林老师，好久不见。"

林疏月起身："王总，您好。"

王启朝是魏驭城在南青镇工厂投建项目的建材供货方，林疏月知道他俩的合作关系，所以在这儿见到并不意外。

王启朝依然是简单质朴的着装，说话也实在："不用叫王总，听着别扭。我比你大，赏脸就叫一声王哥。"

林疏月点头："王哥。"

王启朝也颔首："正巧碰见了，本来我也准备给你回个电话的。"

林疏月心一紧："找到胡平川，不，申远峰了？"

"找到了。"

"在哪里？"林疏月嘴唇有点抖。

王启朝说："死了。"

"一年多前，他在我其中一个厂子里做电焊工，表现平平，也不与人交际，无功无过。待了两个月，领了工资就辞职了。"王启朝说，"我托朋友留意，昨天才传来的消息。人去年死了，车祸，路口被一辆大货车碾了腰。"

王启朝实事求是，看她状态不对，也没有过多劝慰。说还有事，便先走了。

人只剩背影，林疏月才想起忘了说谢谢。

她脑袋都是麻的，像被两面锣左右夹击，只剩"嗡嗡"声。旧事一下子破裂成碎片，她想努力拼凑，都抓不出一块成型的。

死了。

怎么就死了呢？

申远峰用了胡平川这个假名，找她问诊，心理治疗。林疏月还记得他的模样，平平无奇，丢人群中都不会特别注意的那种。如同她接诊过的很多二十岁左右的青年，厌世、颓废、胆小、目中无人。他诉说人生的不如意，口气老成，时而莫名痛哭。

林疏月给予了他最大程度上的心理纾解，眼看他状态一次比一次好，无数次地表达感谢。却不曾想，他治疗周期结束的第二天，就向行业举报林疏月利用专业便利，诱使他产生依恋情感。

那是林疏月本就坎坷的人生里，又一度的阴暗。

申远峰消失了很长一段时间。

林疏月最后一次得知他的消息，是心理状况急转直下，被送进了精神病院治疗。然后，申远峰从四楼攀爬下水道管，偷偷跑了。

这一跑，就再也没有过消息。

如今却告诉她，人已经死了。

像是扎在天灵盖的一根刺忽然被拔掉，没有愈合的痛快，反倒鲜血横流，哪儿哪儿都是空洞的。林疏月说不出此刻的感受，浮萍漂游，无着无落。

魏驭城到面前了，她还没发现。直到手背被掌心覆盖，体温传递，林疏月才懵懵懂懂抬起头。

魏驭城是蹲着的，眼神平静又包容，还有一股天生的容纳力，能吸收掉她所有的摇摆、犹豫，以及失魂落魄。

林疏月眼睫眨了眨，无法控制地红了眼眶，哑声说："那个人他死了，我再也无法知道真相了。"

魏驭城握紧了些她的手，依旧是淡然的语气："不管你发不发现，真相永远是真相。它不会因为哪个人的离开而改变。"

林疏月撇了下嘴角，眼底泛红，拼命忍耐的样子，到底是让魏驭城心疼。他伸手摸了摸她耳边碎发："都过去了，以前的事不想了，林老师值得更好的生活。"

晚上两人去了那套江景公寓。

林疏月过于热情，像一只急待发泄情绪的小兽，有心胡闹，解放天性。从客厅到浴室再回去主卧，甚至魏驭城抽空去厨房喝水的工夫，林疏月都巴巴贴上来，低声撒娇："魏魏。"

魏驭城眸色点漆，一只手还拿着半杯水，另一只手环着她的腰就这么把人圈离了地面，然后直接扔上中岛台。魏驭城慢条斯理地喝完剩下的半杯水，叮咚一声，杯底磕碰大理石的脆响。

在他手里，身体总能挖掘出荒唐巅峰。次日，林疏月醒来已经九点，意外地，魏驭城竟然也没起床。她推了推他："不上班啊魏董？"

魏驭城摇摇头，语气何其无辜："林老师昨晚有点……唉。"

林疏月呵呵："倒打一耙。"

魏驭城一条腿横跨在她腰上："你能把我怎么着吧。"

安静依偎了会儿。

魏驭城说："把手上的工作安排好，我带你和余星去三亚玩几天。"

林疏月知道，这是给她散心。其实她去不去无所谓，但林余星从未看过大海，这让她无法拒绝："你有假？"

魏驭城"嗯"了声："我也是汇中员工，享受年假福利。"

只不过是自己批自己的假。

在他这儿，去三亚是再如常不过的一件事，这次也带上了钟衍。夏威夷变三亚这落差有点大，但舅甥情刚修复，钟少爷也没敢太作。

魏驭城在三亚有两套别墅，一套在亚龙湾，一套在海棠湾。海棠湾那一块的海水更好，也适合冲浪。这边的产业都由他的私人理财团队协助打理，名下投资的酒店公寓也不在少数。

魏驭城每回过来，都住海棠湾。这别墅买得不算早，价位也不低，但他很喜欢步行五六分钟就能抵达的私人海滩，无束缚地往水里一扎，游得通体舒畅。

到地方，入目就是森林一般的私家园林，花木品种杂而不乱，修葺得工工整整。三层别墅屹立于枝叶之中，灯火通明。

林余星张了张嘴，下意识地问："这么大，得多少钱哪？"

"不贵。"钟衍说，"一个来亿？不记得了。"

魏驭城神色平平，只在俩小孩走前头说话的间隙，忽地朝林疏月倾身："魏董有钱，嫁了吧。"

林疏月耳尖发烫，这是他第二次说"嫁"。虽然只是调侃的语气，但林疏月太了解他，魏驭城从不开玩笑，把这事拿到台面上提，心里一定是有筹谋的。

　　林疏月没吭声，睨他一眼，闲得慌。

　　魏驭城笑得淡，踱步往前，揽着林余星的肩说："你睡个午觉，下午带你去看冲浪。"

　　钟衍登时来劲，不停地炫耀："是时候展现我的技术了，我会帅到让你无地自容！"

　　林余星难掩兴奋，但还是先看了眼姐姐。

　　林疏月对他笑了笑："去吧。"

　　这几日海棠湾的风浪正好好，合适的冲浪海域肯定不在岸边。下午三点多，林疏月午休了会儿后起来。客厅里，钟衍已经换好装备，夹着冲浪板贼酷地站在那儿。

　　"这种极限运动特考验勇气，我最喜欢去夏威夷。"他侃侃而谈，一旁的林余星听得认真。林疏月看到弟弟发亮的眼神，心里难受得很。

　　他本是如此阳光的少年，应该乘风破浪去远航。而不是小心守着随时发病的身体，战战兢兢地过日子。

　　"魏舅舅呢？"林余星四处看。

　　林疏月腰间一紧，她回头，魏驭城已经在身后。他在二楼站了很久，留意到林疏月的神色变化，他知道，这是有心事了。

　　四人乘运动艇去到冲浪海域，这边风浪大，林疏月被晃得有点晕船，魏驭城干脆完全抵靠她身后，像一堵坚实的墙，给了她支撑力。

　　魏驭城不耐催促："钟衍。"

　　钟衍墨镜一戴，安全绳一系，夹着滑板就这么扎进了海里。

　　运动艇立刻飞速启动，速度一上来，摇曳的不适感就减少许多。林疏月好些了，掐了掐他手臂，仰头问："你会吗？"

　　魏驭城低头看她："你说呢？"

　　林疏月猜他应该不会。

　　这运动耗体力，魏董大忙人，应该没这闲工夫操练。

　　海面蔚蓝，海天相接成一条线。钟衍确实会玩，乘风踏浪，像个发光的小太阳，又狂又野。林余星眼睛都看直了，有赞叹、羡慕、期盼、憧憬，还有一丝丝失落。

魏驭城走过来："冷不冷？"

"不冷。小衍哥真的厉害哦。"林余星裹着防风服，头上还压了一顶鸭舌帽，被海风一吹，衣服鼓起来，他显得更单薄。

"这辈子，我都玩不了这个。"林余星小声道。

魏驭城扭头看他，视线低至他手腕："你姐姐也有一个。"

"啊，对，是个平安铃。"林余星晃了晃，"我姐姐手上的是一片小树叶。"

红绳系着小小的黄金吊坠，这是林余星十七岁生日时，林疏月买的一对姐弟手链。

魏驭城说："解下来。"

林余星虽不明所以，但立刻照做："怎么了魏舅舅？"

魏驭城把他递过来的手链戴在自己左手："不是想冲浪吗？"

"嗯？"

"我带你去。"

说完，魏驭城戴上墨镜，衣服一脱，拿着冲浪板往后几步助跑，然后翻身一跃，就这么跳进了海里。

林疏月本来在运动艇前面，听见动静猛一回头，魏驭城已经趴在了冲浪板上。

他冷静地观察身后一波涌浪的速度和高度变化，然后调整自己的游速，身后下压住冲浪板的板尾，利落果断地站了起来。

海浪继续往前涌，且与魏驭城的板身高度差越来越大。魏驭城却站得稳，微弓腰，双手张开维持平衡，压在海浪上高速冲行。

这样的魏生太帅了。

身高腿长，标准的倒三角上身浸湿后，在阳光下炙热发亮。踩冲浪板的腿扎得紧紧的，肌肉线条流畅，看得人心潮澎湃。

风浪起势，远处白色浪花汹涌扑打，迅速吞噬深蓝海面。魏驭城回头看了眼，不断压低身体控制平衡，精准控制好角度，竟从卷浪的空隙里穿梭而过。

浪即将铺平时，他的身姿掐着时间完美跳跃，完成得漂漂亮亮。本来还觉得不错的钟衍，在魏驭城面前，简直不行。

魏驭城像一条鱼，快速游回运动艇，没急着上来，而是对林余星晃了晃左手上的那根平安铃："就当带你冲过浪。"

然后原物奉还。

魏驭城附在冲浪板上，又看了眼林疏月，撩手朝她泼着水花："呆了？"

林疏月呆呆地点了下头，原来男人性感起来，真的能征服星辰大海。

魏驭城撑着手臂往上提了提，半边身体出水，人鱼线和腹肌一览无余，遂又一秒埋进水里。

林疏月被这一秒弄得，呼吸都有点错乱了。

魏驭城眼尾轻轻一挑："帅吗？"

林疏月如被下蛊："帅。"

魏驭城朝她伸手："来，拉我一把，我上来。"

林疏月伸过手。

刚一碰上，就对上魏驭城得逗的笑，下一秒，林疏月一声尖叫，就被他拉下了海里。林疏月会游泳，但技术一般，也从没在这么深的海里待过。她吓得脸发白，搂着魏驭城死死不放。

魏驭城享受美人在怀，然后侧过脸，在她耳边低声："这么帅的人现在是你的了，林老师，嫁吗？"

林疏月觉得自己待的不是海水里，而是烈焰熔浆中。

这样的魏驭城有点让她害怕，环境是轻松美好的，语气却是认真的。那种一眼能望到未来的郑重与托付，让林疏月措手不及。

她搂紧魏驭城的脖子，皱眉说："有鲨鱼吗？"

魏驭城说："有。"他的脚在水下勾了把她的腰，特暧昧的一个缠绵，"正咬你呢。"

林疏月伸手捂他的嘴："弟弟听得见。"

"听见不正好，该改称呼了。"

兜兜转转，话题又到了原点。魏驭城看出她的不自在，也没再调侃。推着她往艇边游："先伸手抓艇板，脚踩我肩膀。"

魏驭城一直在下边护着她，稍一使力，就把人推上了运动艇。魏驭城双手一撑，轻松上岸。头发一甩，在阳光下漾出两圈晶莹的水环。

林疏月衣服都湿透了，身材曲线玲珑展现。魏驭城眼缝一眯，浴巾一扔，直接把她罩严实了。

"舅舅帅吗？"同样的问题，魏驭城再问一遍林余星。

哪知林余星机灵，不像他姐被男色迷惑，挺客观地评价："帅是挺帅的，但还是先叫魏舅舅吧，改称呼这事以后再说。我得看我姐姐的态度，您别蛊惑我，我永远跟我姐一条线。"

魏驭城想笑，摸了摸林余星的头："是个人物。"

林余星觉得自己守住了底线，还挺骄傲。但骄傲不过一秒，就听魏驭城云淡风轻地问："想不想开摩托艇？"

林余星猛地转过头："我可以吗？能够吗？"

"可以。"

林余星蠢蠢欲动，少年不知藏心事，心思全写在脸上。但又忐忑地看向姐姐，没抱希望。魏驭城轻扭他的头，让他重新转过来："姐姐大还是舅舅大？"

林余星眼珠一转，立刻领会："舅舅大！"

"那就听舅舅的。"魏驭城朝游艇前边的熟人打了个响指，运动艇立刻掉转方向，往海岸开去。魏驭城的玩水装备堪称小型仓库，很快，一辆摩托艇驶了出来。

林疏月不放心，刚想开口，魏驭城先打断，只四个字："信不信我？"

她一愣，点点头。

魏驭城笑得堪比这万丈霞光，对林余星提声："林小哥，上艇。"

林余星站得笔直，生机蓬勃似是从他身后展出翅膀。光芒霸道地打在他脸上，驱散了原本的病态苍白，与这天色齐亮。魏驭城把他当真正的、正常的男人对待，这才是最难得的理解。

林疏月从未见过这么意气飞扬的弟弟。慢慢地，便红了眼眶。

魏驭城说："我先带你骑一圈，油门，手刹，控制好方向，艇头重，尾轻。看到那边的浪了吗？"他手遥遥一指，"反方向切过去，什么都别怕，我在身后保护你，不会让你落水。"

林余星对方向感与机器的操控性似有与生俱来的天赋，魏驭城带他压着浪骑了两圈，他便掌握了要领。再回岸边，魏驭城下艇，戴着墨镜，对林余星抬了抬下巴。

林余星跨坐在艇上，自信地比了个"OK"手势。

"钟衍。"魏驭城侧头。

只听"轰轰"的连续声，钟衍已经骑在另一只摩托艇上。就这样，林余星油门一拧，无所畏惧地朝着深海破浪。魏驭城和钟衍夹道而行，分护左右两边。三个人像春燕的剪尾，朝着太阳的方向一往无前。

碧蓝海面，人间宽广。

三道浪痕匀速，留下白雪一般的印迹。林疏月拿出手机，把画面定格在最震撼的这一刻。林余星操纵摩托艇越发娴熟，甚至还能起身离座，站着驾驶。

少年当如此！

迎朝阳，赴远方！

魏驭城用男人的方式，给予了林余星最大的尊重。让他找到自信，满足心愿，实现人生的另一种可能。他身体力行地，让这个久病萎靡的少年相信，人间美好，不要自弃。

破完浪回来，虽没落水，但一身还是被浪打湿半边。也没敢掉以轻心，几人回了别墅。林余星被赶去冲淋热水澡。衣服来不及拿，钟衍大气，丢了件T恤进去："穿我的。"

有点大了。

林余星出来时还不好意思，扯扯下摆，拎拎领口："怪不自在的。"

"可以嘛。"钟衍围着他转了两圈，"虽然不及我帅气，但也勉强有资格当我弟。"

魏驭城正好推门进来，听到这话皱了皱眉，淡声说："乱押什么韵，别乱了辈分。"

钟衍听得明白，也不似前几日的易怒，不咸不淡地反击："无所谓啊，林老师真当成我舅妈了再说。"

魏驭城难得被这臭小子噎得无言以对。

真是头疼。

他递了条毛巾给林余星擦头发："有不舒服的地方要跟我说。"

林余星乖巧点头："谢谢魏舅舅，我回来的时候已经吃过药了。"

"好，有问题我们随时去医院。"魏驭城问，"今天开心吗？"

"开心！"林余星眼亮如星，"人生目标又实现了四分之一！"

钟衍耳力了得："四个？"

林余星不好意思地摸摸头，在他们面前没什么好瞒的："嗯，想拼齐一百个乐高作品，想看到大海，想去看流星。"

"你还挺浪漫的啊，哪儿那么容易看到流星。"钟衍问，"还有一个呢？"

林余星说："想看到我姐幸福。"

这话一出，俩孩子的目光齐齐往魏驭城身上瞟。魏驭城笑意淡："知道了，一定不负你所望。"

俩小年轻有搭没搭地霸在魏驭城房间聊天，钟衍又聊到了二次元动漫，一堆专业名词听得魏驭城耳朵燥。只在出现"叠罗汉"这种字眼时，他格外留心。

"这里的浪不算顶好，每年四五月的夏威夷，真的太适合冲浪了，咱俩约好啊，你好好养身体，明年我带你一块去夏威夷。"钟衍真诚地说。

林余星抿抿嘴，当场拆台："小衍哥，拿我当挡箭牌的吧。"

钟衍恨铁不成钢："没点兄弟默契！"

魏驭城忽然开口，平静说："只要余星在，去哪儿都可以。"

钟衍啧啧，指着林余星说："弟凭姐贵，嫉妒死我了。哎，我饿晕了，什么时候吃饭？"

厨师烹了海鲜，就在楼下餐厅。钟衍想去叫林疏月，被魏驭城拦住："先吃，她累了，让她睡会儿。"

林疏月坐运动艇的时候晕船，又晒了两小时，一回阴凉地方就难受得不行。喝了瓶藿香正气水，就去房里睡着。中途，魏驭城进来过一次，调高空调温度，见她没踢被子，便放了心。

厨师这几天都留在别墅，不用给林疏月留饭，待会儿她醒了，直接重新做一份。钟衍喜欢吃芝士焗龙虾，一张嘴就没停过："舅，晚上我能跟你一起裸泳吗？"

林余星倒吸一口气，这位哥还真是勇敢做自己。

魏驭城说："随你。别挡我道就行。"

钟衍游泳速度不算慢，但跟魏驭城比起来就是业余与专业之别。

"我舅上大学的时候，就是校游泳队的扛把子。他还拿过全国大学生游泳比赛的一等奖，要不是继承家业，他可能真的会去当一名运动员。"钟衍满心骄傲，如数家珍，"他跆拳道也有教练证的，下次你试试。"

林余星一脑袋问号："我为什么要去挨打？小衍哥，这不是你的位置吗？"

钟衍已经能预感到日后的家庭地位。

房里。

林疏月模模糊糊地醒了几次，这次是被枕头下的手机彻底振醒的，来电人是周愫，林疏月接听。

周愫的声音一如既往的活泼明朗，听着让人心情好，那种娇娇软软的女孩子，说什么都是明媚的："月月，我上回听说，你要回来上班啦？"

该是林疏月和魏驭城闹小矛盾的那件事。魏驭城安排好一切，给她个通知，挺让人不痛快的。林疏月揉了揉眼："没，我去朋友那帮忙了。"

周愫语气失落："好吧。"

林疏月清醒了些，笑着调侃："怎么了啊，想和我每天一起上下班啊？"

"想是想，但已经有自知之明了。"周愫揶揄，"不敢抢老板饭碗。"

林疏月忍俊不禁："知道啦？"

"公司内部群里，你收拾叶可佳的小视频疯传呢。"周愫八卦的小火焰在燃烧，"太解气啦！就很迷，叶可佳也是学心理的，但她情商真的不太够，一来汇中就是高高在上的姿态，恨不得把'我有背景'贴脸上。谁不知道，她是单恋魏董，挺多戏的。"

林疏月保持沉默，没吱声。

"但更奇怪的是，她竟然没被开除呢，反倒调去了华南子公司。"周愫嘀咕，"也不知道领导怎么考虑的。"

林疏月先是愣了愣，然后也平复下来。说实在的，自从知道魏驭城一早就对她一见钟情后，林疏月就没太把叶可佳放在眼里。说句不应该的，于情，她也挺艰难。当然，林疏月没那么圣洁伟大，就冲叶可佳当时做出的那些事，就不值得被共情。

如今，她和魏驭城的关系过了明路，至少，她是真真切切想和这个男人好好发展。不想，不该，也不值为无关紧要的人和事生了嫌隙。

所以，林疏月按下了疑虑，无论魏驭城对叶可佳做什么样的处理和决定，她都不发表意见。

身上的疲惫在打电话的时间里，也已经缓了过来。林疏月下床扭了扭胳膊，浑身软绵绵的，便先去洗了个澡。洗完澡才算彻底恢复元气，吹头发的时候她看了眼手机，上面有一个未接来电。

陌生号码，归属地是南祈市。

林疏月回拨，但对方显示占线中。

这个号打了两次，应该不是骚扰电话。头发吹得半干，林疏月又打了一次，但仍无法接通。算了，她想，或许是广告骚扰。

换好衣服，她去找林余星。一层大厅不见踪影，阿姨告诉她，都去海边了。

魏驭城刚热完身，专业的连体泳装，从脖颈罩到膝盖上方，修身款式，绷得哪儿都是紧的。钟衍磨磨蹭蹭地过来，一身花里胡哨的衣服，看着像来从事不良职业的小白脸。

魏驭城看都懒得看，德行。

钟衍一个劲地往他这边瞄，啧，虽然见过很多次，但每一次看到，都不由得内心感慨，他舅舅，真的是"资本家"。

林余星不能下水，坐在沙滩椅上吹海风。也是他最先看到林疏月，远远喊了声："姐！"

钟衍回头："咦哟，林老师来了。"

魏驭城声音平静："你别下水了。"

钟衍一脑袋问号："为什么？"

"裸泳，你不合适。"

"我有什么不合适的？我穿着裤子还不行吗？"

"不行。"魏驭城的语气毋庸置疑。

"不是，舅，你也太霸道了吧！"钟衍再度震撼。

"知道了。"魏驭城睨他一眼，"披件衣服，别感冒。"

钟衍就是吃软不吃硬，前面的对话已经剑拔弩张，子弹上膛，但最后这句话，他感受到了来自舅舅的稀有关爱，于是很给面子地跑去了林余星那儿。

"林老师，你好点了没？"

"没事了，谢谢关心啊。"林疏月摸了摸弟弟的胳膊，不太凉，问钟衍，"你舅舅呢？"

"下海了。"钟衍说。

"你不去游啊？"林疏月扫了扫椅子上的沙，挨着边坐下，"下午说几次了。"

"魏舅舅不让。"林余星抢着说，"小衍哥泳裤都换好了，但你来了，魏舅舅不想你看别的男生裸泳，所以就把小衍哥赶上岸了。"

钟衍："我又犯傻！"

林疏月忍着笑，目光不自觉地投向海面。魏驭城半边身体浸站在海水里，明月当空，海天之色融为一体，耳边是规律的海浪响，入目所及，不似真实。静止画面里，魏驭城是唯一的动态风景。明明泳衣包裹住了全身，但就有一种隐晦的性张力。

林疏月喉咙咽了咽，低下头揪了揪裙摆。男色误人，真想把他那件多余的泳衣给撕了。

"我舅一般游个十来分钟，就会脱光了裸泳。"钟衍热心介绍，"他还会漂浮，待会儿你们什么都能看到了。"

林余星摸摸头："魏舅舅有的我也有，所以我不看。"

钟衍："那我也有，我也不看。"

然后，两人齐齐望向林疏月。

林疏月莫名："看我干吗？"

钟衍挤眉弄眼："就你能看。"

林余星跟着附和："魏舅舅也只会给你看。"

林疏月面色窘迫，被堵得无话反驳。家里小孩学坏了，说的都是什么虎狼之词。

这俩坏孩子默契伸手，兴高采烈地击了次掌："好耶！"

得意不过三秒钟，魏驭城竟上了岸，甩着头发上的水往这边走来。林疏月难掩委屈，远远地就开始告状："你的俩好跟班，联手欺负我。"

钟衍下意识地往林余星身后躲："你挡着点啊，你是他亲生的，不会对你下手。"

魏驭城没说话，走过来朝两人脑袋上都敲了下，不算轻，疼得林余星都龇牙咧嘴嚷疼。

钟衍心理平衡了："咱俩地位终于一致。"

魏驭城牵着林疏月的手，挺护短。林疏月笑着看他："不游了？"

"嗯。"魏驭城问，"吃饭了吗？"

"不饿，没胃口。"林疏月揉了揉发酸的颈椎，"晕乎乎的，我过来吹吹风。"

海边的夜晚清爽怡人，不像明珠市的夏夜，起风也跟蒸笼一般。林疏月换了条及脚踝的绸质长裙，腰身卡得纤纤一握，上身是一件短款的民族风纹路一字领，把锁骨勾勒得像两道弯弯月牙。

魏驭城就地换衣，罩着一件宽松的纯色T恤。头发半湿，一把抹上去，露出饱满的额头，很显年轻。四个人坐海边，捧着新鲜椰子汁喝，身后是明月千里，耳边是滚滚海浪声。

钟衍话多，和林余星叽叽喳喳聊个没完。

魏驭城和林疏月安静听，放在桌下的手，自然而然地勾在一起。魏驭城捏了捏她手指，然后带着放在自己大腿上。短裤折卷上去，摸到的全是硬朗的肌肉。

"知道你为什么在我舅心目中地位这么高吗？"钟衍推了推林余星的手肘。

林余星很有自知之明地点了点头："因为我姐。"

"不全是。"钟衍很了解魏驭城，"我舅一直喜欢脑瓜子好使的孩子，尤其物理化学成绩好的。"

林余星当仁不让："我以前上学的时候，物理年级第一。"

魏驭城笑了笑，单手掐着椰子，隔桌与林余星当碰杯："我也是。"

钟衍咂咂嘴，鼓起勇气哼唧："那咱俩一块儿上学呗。"

魏驭城抬起头，神色意外。

可林余星没抱希望地摇摇头，笑着说："小衍哥，你早该回去上学了。但我不行。我就算去上，上一段时间又得走。麻烦，还不如不上。"

林疏月没发表意见，一直低着头，心里难受。

这话题很敏感，林余星身体状况特殊，谁也没法保证不出事，魏驭城目光直白，直指钟衍："难道他不去，你就不去了？还好意思提要求，休学这一年多，我看是把你脑子休木了。看你妈的面子，我纵着你。但你给我记住——"

钟衍双手靠后，搭在椅沿上，懒洋洋地接应："魏家不养废物。林老师，他都说八百遍了。"

林疏月笑了笑，抿了一小口椰汁。

魏驭城神色没松解，手指微曲，叩了叩桌面："谁让你这么叫的？多久了，不长脑子，也没点眼力。"

钟衍一脸蒙："又怎么了我？"

魏驭城蹙眉，沉声提醒："以前是林老师，现在不是了。"

那声"舅妈"就差写在脸上。

钟衍"喊"了声，委屈死了，身子转了个边，对着林疏月疯狂吐槽："我舅太坏了，太能忍了，心里装着一百把算盘，时时刻刻挑我刺算计我。还差几天就要过三十六岁生日的人了，一点都不心疼晚辈。"

魏驭城脸色阴沉，眼神像剑锋。

钟衍叨叨个没完没了："还不让叫林老师，我就叫，就叫。你真得好好管管了，不能让他这么嚣张——知道了吗，魏驭城老婆。"

紧绷气氛顷刻瓦解。

魏驭城没忍住，唇角向上弯，低低笑骂了声："兔崽子。"

钟衍为这一声"魏驭城老婆"，得到零花钱翻倍的彩蛋嘉奖。他一下子开窍，摸索出了发家致富之道。连叫几声，把林疏月给叫发飙了："你这么喜欢叫老婆，自己找一个去。"

钟衍觍着脸皮，立刻改口："舅妈，你喜欢什么样的外甥媳妇？"

林疏月做了个抹脖子的动作，彻底拜服。而魏驭城一手搭着她的椅背，叠着腿，笑得英俊爽朗。

在三亚待了两天半，四人便回了明珠市。

候机时，俩小孩去买水，林疏月从洗手间回来，听到魏驭城正在打电话，他没避着，听内容，应该是在安排钟衍复学的事。

打完电话，魏驭城的手机就搁在桌上，屏幕朝上。

没几秒，又有电话进来。

林疏月下意识地看了眼，显示王启朝。

魏驭城没接，按了挂断。

林疏月起疑不解，贵宾厅的工作人员恰好过来，温声提醒："魏董，可以登机了。"

回明珠市后，各归各位，又恢复了正常的工作生活。

夏初和邻市一个教育机构达成合作，着手他们的教育心理框架构造，过几天就会和林疏月频繁出差。工作室这边的安排日程提前，林疏月这两日忙得脚不沾地。

三亚那通陌生的未接来电，一直梗在她心里。奈何事太多，一天天的，也就耽搁了下来。

周四下午，林疏月接诊了一个初中男生。

男孩戴着眼镜，看起来斯文内向。父母领着人过来的，一直对他骂骂咧咧。林疏月问了情况，原来是他妈发现他在看成人小电影。

"变态""有病"，父母俩你一句我一句，骂得极端激烈。那男生一直垂着头，神色麻木空洞。

父亲："你让心理老师说，你是不是个小变态！"

林疏月皱眉："您先不要过于激动，这样会加重孩子的心理负担，我们先听听他的想法，好不好？"

母亲情绪一下拔高："还要听他什么想法？他看那种不正常的东西，难不成还有理了？你是不是医生啊，我们来治他病的，不是来开导他的。走走走，没水平！"

当爸的暴躁道："我早说送他去特训学校纠正，你非得听你二姨的建议来这儿，以后少跟那帮八婆接触！"

两口子拌了半天嘴，气势汹汹互相较劲。最后那父亲狠狠拽了把儿子："养条狗都比你省心，还不走！"

一家人又骂骂咧咧地离开。

二楼的林余星探出脑袋，眼睛乌溜溜的，小声说："姐，那个学校我在新闻上看到过，经常体罚学生的。"

林疏月也知道，很多私人特训营打着纠正不良习惯的幌子，当那些所谓的问题少年进来后，各种严苛对待。打都要把你打"正常"了。

林疏月见过太多这样的父母，以暴制暴，觉得沟通就是个屁。

她仰着头，对林余星笑了笑："你玩吧，没事。"

五点多，林疏月过去了趟江景公寓。

魏驭城下午给她发了条短信，说头疼。

开着会的正经场合，听报告听腻了，如今也有一个可以倾诉，可以撒娇的爱人。铜墙铁壁做的心房，被林疏月生生凿出一条缝隙，洒出去的是真心，照进来的是温柔。

魏驭城很喜欢。

林疏月跟他说，晚上要是没应酬，回公寓，她做饭。

魏驭城立刻回了句："没应酬。"

林疏月去了趟超市，她厨艺一般，没挑复杂的食材。等电梯的时候，手机响，又是归属南祈市，在三亚没接到的那个号码。

林疏月这次接得快，愣了愣："申筱秋？"

"林老师。"

"你拿谁的号码打的？"林疏月很意外，也很高兴，"最近过得怎么样？还跟得上课吗？哎，不是遇到什么事了吧？"

申筱秋一时不知道该先回答哪个，慢慢说："林老师，我借别人的电话打给你的。就，我想跟你说件事。"她的语气缓缓，迟疑，打了个停顿。

电梯液晶屏显示楼层，林疏月很耐心："嗯，没关系，慢慢说，老师等你。"

申筱秋："老师，我上周，听到王伯给魏叔打电话了。"

"叮——"电梯门滑开，林疏月站在原地，却没再动。

"王伯找到了我哥，他问怎么处理，魏叔说什么我听不见。然后王伯讲，知道了，我会告诉林老师，就说他死掉了。"申筱秋的话一字一字像小钻头，清晰有力地往林疏月耳朵里扎，"后来我偷偷跟着王伯，见他上了一辆黑色的车，开门的时候，我瞧真切了，后座坐着人，就是我堂哥申远峰。"

林疏月拎着食材的手越绞越紧，紧得有点颤，都快拿不住了。她深吸一口气，逼自己冷静："筱秋，你确定王启朝是在和魏、魏……打电话吗？"

申筱秋："我确定的，林老师，我听得很清楚，王伯叫他魏董。"

林疏月脑子一片浮动的白，像烟像雾，一会儿厚重一会儿轻薄，把她的思绪彻底架空。她最后的定力，是勉强着，延续未完成的关心。学习，生活，成绩，一一问完后，挂电话。

电梯升降了两趟，她才机械地走进去。

魏驭城回来早，他今天穿了一身清爽的浅纹格衬衫，白金袖扣上雕了两道暗金色，与腕间的手表相得益彰。进门一见到林疏月，他的神色就不自觉地放松，眼角眉梢处处透着温和欢喜。

这样外放明显的情绪，在他身上太难得。

魏驭城换了鞋，走去沙发，两手轻轻搭在林疏月肩膀上，语气温情："来多久了？"

两人是胸贴着背的姿势，林疏月也没转过脸看他，只坐着一动不动。魏驭城正想开口，她侧过身，仰着脸忽地对他笑了笑："没多久。"

魏驭城端详了一会儿，拿指腹压了压她眼角："怎么了？"

"没事。"林疏月起身，不动声色地躲开他的触碰，朝厨房走去，"简单点，面条行吗？"

魏驭城往她的方向看了一眼，又看一眼："好。"

林疏月在厨房忙活，有条不紊。她原本是想忍着，忍着吃完饭再提。可摘了几根葱，实在忍不住了。她忽地提了句："王启朝找到了申远峰。"

魏驭城面色不动，"嗯"了声："之前不是说，他车祸死了。"

"死了吗？"林疏月更平静，低头剥蒜，一瓣没剥下来，"我说的，还是你说的。"

魏驭城一下子明白过来。

林疏月抬起头，看着他，把话拿到台面上说，一定是伤人的，但他能做出这件事，做之前，就没想过会不会伤她？

林疏月目光像光下的雪，不让他有半点可逃之机，她问："为什么骗我？"

魏驭城张了张嘴。

"你别说是为我好。"林疏月堵死了他的回答。

魏驭城没否认，点了下头："是。你应该有新的开始，我不想你再在往事里沉着，申远峰死或者不死，在你一念之间。"

林疏月一直压制着自己的情绪，听到这儿，气血跟着往喉间涌："我应该？你凭什么替我做决定？这个人死或者不死，结果完全不一样！"

魏驭城更加冷静："哪里不一样？如果你知道他没死，唯一的结果，就是你想方设法让他死。你要把你的全部精力，都赔在他身上是不是？"

"你根本不懂！"一团怒火直冲心口，"你不是我。还串通王启朝，魏驭城，你永远在自以为是。"

"我自以为是？"魏驭城定了定心，自己缝合好这一刹的伤口，依旧冷静，"你在气头上，我不跟你做无谓的争执。你自己好好想想，我的话有没有理。"

"你的理，就是一边瞒着我说申远峰死了，一边又跟他和解。给一大笔钱，或者更优渥的条件，让他永远不出现在我面前，是不是？"

魏驭城只要结果，他觉得，这就是最果断的解决。于是，承认得干干脆脆，一个字："是。"

林疏月眼泪一下就淌了出来，她哽咽着说："我本该有个好前程，可就是这群王八蛋，让我的生活一团糟。我有什么错？我想要一个真相，又有什么错！"

魏驭城顿时沉默。

"你用你的思维来看待这一切，觉得我浪费时间，浪费精力。在你眼里，我已经有了你这么个男朋友，有钱，有地位，还有什么不满足的？"林疏月颤着声音，"这已经是我无上的光荣了是吗，我要做的，就是别给你惹麻烦，别把那些乱七八糟的过去带到现在。我要做的，就是服从你的安排，不管是工作，还是住的地方，还是伤害我的，你已经替我做了决定，我除了感恩戴德地陪着你，别的都不重要，是吗？"

这话能捅心窝子，一刀下去，都不给人流血的缝隙。魏驭城声音如霜降，一点点结了冰："你就是这么想我的？"

林疏月浑身虚脱，目光凄离地看着他："魏驭城，你骗我。"

"我骗你？"魏驭城自嘲地笑了下，朝她逼近一步，"说这句话的时候，你好好想一想。我们之间，谁骗谁更多。你走了一次又一次。你那么潇洒地不要我，想没想想过，我被骗的时候，也会伤心。"

像一幅电路图，战战兢兢地运行到极限，一个节点没顺畅，电压猛增，"啪"的一声，烧断了。火花簌簌，燃烧几秒又颓然熄灭，只剩一股烧煳的余味——

像极了他们此刻的状态。

其实魏驭城说完就后悔了，他不是一个喜欢翻旧账的人，更明白，这个时候说气话，是会伤着林疏月的。他也不明白，一个思虑周到的决定，方方面面都替她着想，怎么就成了一发不可收拾的导火线。

缓过这几秒，他刚想说些缓解的话。

林疏月看着他，眼神像绞碎一般："你没有开除叶可佳，并且把她调去了发展前景和待遇都不差的华南子公司。而你，明明跟我说，你会开除她。那样的语气，我真的信以为真。"

魏驭城身形一僵，彻底沉默。

林疏月心被撕碎一般："我在意的，从来不是叶可佳。而是你承诺的，不仅没做到，反而帮她铺好后路。现在，你又有什么资格说我骗你。"

她嘲讽地笑了笑，眼底却是斑斑泪水："顶多，算是扯平了。"

气氛彻底陷入死寂。

屋内的低气压不断朝两人笼罩。

维持这种绝对静止的状态十几秒，林疏月的脸色越来越苍白。

像是感知到某种预兆，林疏月脚步一迈，魏驭城心一跳，立刻抓住她的手："你去哪儿？！"

"你放手！"林疏月不断扭动，挣扎。像按下开关，她不管不顾，彻底崩溃。可到嘴边才恍然，原来在这个世间，她连一声"我回家"都没资格说出口。

人间浩瀚，广漠无边。

她竟找不到一个容身之处。

林疏月眼睛像灼红的桃花瓣："反正，不待你这里。"

奋力地对抗，挣扎，让魏驭城心慌。他本就不是什么温柔善男，那种天生的领袖魄力和骨子里的占有欲，让他渐渐失去耐性。

"不待我这儿，你还想去哪儿？"魏驭城从身后死死抱紧人，贴着她的侧脸说，"你想让林余星看到你这样子吗？他受得住吗？"

人一急，什么话都说得出，也不斟酌语气，明晃晃的提醒和威胁。

这是底线，林疏月气炸了："你松开！我俩就不是一路人！"

"不是一路人？"魏驭城熬红了眼，脸色如地狱修罗，箍着她的手愈加用力，"不是一路人你还跟我在一起？那你跟谁一路人？我这样的你不要，你还能找出一个比我更爱你的？嗯？林疏月我算是看出来了，你根本就没那么爱我是不是？你说，你说话！"

林疏月泪水夺眶，唇都咬出了血，就是不吭声。挣扎的动作越来越激烈，一个想逃，一个不让。魏驭城宁愿她大吵一架，或者直接来一句"我不爱你"。

吵架的气话不作数。

不作数，他就可以不计较。

但她偏就什么都不说，魏驭城心里头没底，他意气风发的人生里，在她身上栽了太多次跟头。

两人像兽在撕扯，魏驭城气血冲脑，完全失了理智。

他把林疏月拖去主卧，不算温柔地将人推去床上。林疏月被震得眼冒金星，视线刚清晰了些，就见魏驭城在扯领带。

林疏月翻身爬起，又被他重重按回了床上。都豁出去了，谁的力气都不小，林疏月推不动，就用脚踹，一脚踹到魏驭城膝盖，他眼都不眨，身体的疼，比不上心里的疼。

对抗之间，也不知是谁扫落了床边柜上的计时沙漏，水晶材质不经摔，稀里哗啦碎了一地。魏驭城眼缝一眯，眼疾手快地捞住林疏月。

她没受伤，但惯性力使然，为维持住平衡，魏驭城用手撑着地，掌心全摁在那些碎片上。霎时，鲜血从指间直涌，染成触目惊心的红。

林疏月一愣。

这半秒放松，手已经被魏驭城一把掐住，粗鲁潦草地用领带绑紧，再用力一拉，打了个彻彻底底的死结。

魏驭城单脚支撑地面，左腿屈起，压着她乱动的双脚，然后挺直背脊，单手按开皮带扣，胳膊往上一扬，"嗞啦——"一声脆响，皮带就从腰间抽了出来。

领带绑手，皮带捆腿。

魏驭城甚至不知道自己受了伤。

他的胸口急剧起伏，心里就一个想法，不能让她走！

林疏月哭红了眼睛，像一条濒死的鱼落难河滩，力气流失，终于一动不动，只眼泪无声倾泻。

安静了。

两人的呼吸未平，压抑的急喘声提醒着刚才的荒唐。

魏驭城一手的血，手掌心全是水晶碎碴扎在肉里一半。衣服乱了，衣扣被林疏月扯落两颗，露出胸腹。他甚至不看林疏月一眼，转身出了卧室。

门"嘭"的一声巨响。

彻底静下来。

喧嚣后劲在空气里肆意飘浮，然后沉沉下坠。林疏月被绑在床上不得动弹，一颗心被刺成了筛子，哪里都漏气。她闭上眼睛，一滴泪滑落嘴角，是苦的。

魏驭城坐在客厅，手肘撑着膝盖，被她踢过的地方一动就疼。手垂着，血滴滴答答往下掉，浅驼色地毯晕染一片刺目的红。

魏驭城拿起手机，打了个电话，烟嗓低哑："你过来一趟。"

钟衍不知道发生了什么，但没敢耽误，半小时的车程20分钟就赶到了。他按了好久的门铃，门才开。一见魏驭城，钟衍彻底愣住："舅，你、你怎么了？"

魏驭城抬眼看他身后。

钟衍忙说："听你的话，我没告诉林余星，就我一个人来的。"他不敢太大声，直觉是出了事，小心翼翼地往里瞄一眼，忐忑问，"林老师呢？"

魏驭城的眸色一下黯淡。

钟衍如被勒紧喉咙，顿时不敢吱声了。

几秒后，魏驭城让出路，开门时，门把上全是手心的血。钟衍一时蒙了，想了想，还是先去找林疏月。

身后，魏驭城语气颓然："她回不了林余星那儿，给她找个酒店，照顾好她。"

钟衍拧开主卧门，彻底怔住。

林疏月手和脚被捆得死死的，侧躺在床上。

这画面太冲击了，钟衍赶忙去解领带："我舅这么霸道的啊！"

林疏月目光麻木，倒也不流泪了。

"林老师你放松，我尽量轻一点啊。"钟衍解了半天，大汗淋漓，"绝了，这什么惊天死结。"

林疏月深呼吸，哑着嗓子说："抽屉里有剪刀。"

钟衍找着后，把这价格不菲的皮带和领带从中铰断，林疏月白皙的皮肤上，全是青紫的勒痕。

钟衍扶着她起身，小声说："林老师，我开车来的。"

林疏月点点头："谢谢。"

"我舅，他应该不是故意的，他、他从不这样。我、我……"钟衍想宽慰，想替魏驭城解释，能言善辩的一张嘴，此刻却笨重得不知说什么。

林疏月该是冷静了，崩溃情绪不见，像一张苍白的纸，浑身轻飘飘的。她说："没事。"

这个时候说没事，谁信？

她的脚踝被皮带勒出两道很深的血印，走路都不利索。钟衍扶着她往外走，客厅里，魏驭城已经不在。如台风过境，徒留沉默的狼狈。

夏夜繁星，没有起风，外头像一个压闷的蒸笼。

魏驭城站在梧桐树后，一根一根地抽烟。烟雾缭绕中，看到林疏月一身伤痕地上了钟衍的车。他的目光暗沉无光，烟夹在指间，燃尽了，烫着指间拉回了思绪。

车里。

一路沉默。

钟衍抓心挠肺，偏又不知如何开口。林疏月看起来很平静，一直正视前方，眸色清澈，没有半分多余的情绪。

钟衍憋啊憋啊，憋得眼睛都红了。

红透了，就容易多想，一多想，就全是不好的结局。

林疏月听到不太对的动静，转过头，愣了下："你怎么哭了？"

酷哥脸上淌了两行泪，鼻头也红红的。他吸了吸鼻子，止不住哭腔："一想到我快没舅妈了，心就碎成了一片片的雪花。"

林疏月被噎，半晌，她忍不住想笑："我都没哭，你倒先发制人了。"

钟衍语气又乖又萌："我替你流眼泪，你就别哭了行吗？"

林疏月的愁容渐渐舒缓，开了点车窗，风抚脸，吹散额前的发，眼睛越发干涩。钟衍忙不迭地表忠诚："我肯定是站在你这边的，哪怕你找了个小白脸，魏驭城也不能对你这样啊，魏驭城垃圾，魏驭城不是男人，魏驭城个老畜生。"

这三连骂，钟衍骂得心虚。

车内再次沉默。

钟衍小声："下周五他的生日，你还去吗？"

怕她答不去，更怕她不答。

所以钟衍又飞快补了句："去的话，别告诉他我骂他行吗，舅妈？"

工作室肯定不能去，林余星看到会担心。

快到十字路口时，车刚往右边偏了点方向，林疏月平静地说："往左。"

钟衍抠着方向盘，要不要这么机敏。

往右是去明珠市CBD，那边的酒店离汇中集团特别近。往左就是反方向了。钟衍放弃，"哦"了一声打了左转向变道。

林疏月自己开了导航，让他照着走。钟衍一瞅地名："这个酒店啊，一般般的。去澄天吧，房间比较大。"

林疏月说："你想住你自己去。"

钟衍立刻闭嘴。

林老师太能拿主意了，该做什么，心里一本谱，甚至连酒店钱都是自己付的。钟衍根本不敢抢，她那股劲，慑人。

拿了房卡，她也不留人，一句"谢谢"就自个儿上了电梯。

钟衍双手插兜，原地踢了踢鞋尖。

兜里的手机响了几次短音提示，他拿出一看，慢吞吞地回了句："人送到了，林老师自己开的房。"

那头回了一个字："嗯。"

夏初在城东签合同，一接到林疏月的电话，立刻火急火燎地赶过来，进门后，倒吸一口凉气："魏驭城他是人吗？"

林疏月自己买了药，正费劲地涂抹脚踝上的勒痕。

她窝在沙发上，缩成小小一团，头发随手一扎，掉了几缕在耳侧，模样楚楚可怜。夏初这暴脾气一下子上来："这是男人干的事？绑你？亏他想得出来，这是犯法的知不知道！"

夏初气死了，拿出手机翻找号码："我这就找记者，曝光他！让他公司股票明天大跌！"

林疏月不咸不淡地说："有用吗？"

夏初抿抿唇，也是。

魏家什么盘子，汇中集团在业内佼佼如定海神针，公关手段那是一流。别说负面新闻，就连魏驭城个人的照片都很少外泄。估计电话还没凉，消息已经被拦截了。

夏初生气归生气，但也绝不是一头热的性子。

辱骂了魏驭城十分钟后，她坐在林疏月对面："所以，你俩究竟为了什么事？"

林疏月把申远峰的事简要说了一遍。

夏初也很意外："他为什么骗你啊？"

林疏月说："他在替我做决定。"

"那这就是他不对了，不管出于哪种好意，至少要跟你商量。"夏初客观道，"不过我觉得他也没恶意，你想啊，他那种家族，那个位置，习惯了运筹帷幄。这可能是他的惯性思维，替你一手包办了。一码归一码，真要说他有什么不可告人的阴谋，不至于。"

许久，林疏月低低"嗯"了声："但他从没考虑我的感受。"

"错，不是没考虑，而是太考虑，聪明反被聪明误。"夏初冷静帮她复盘，"我早说，你这男人占有欲特别强，他想要的，一定会牢牢抓在手中。你甩过他两次吧，这一次，是不是也跟他提了分手或者要走？"

不愧是学心理的。

夏初凝重地点点头："那就不奇怪了。占有欲强的人，比较容易失控。"为了表示自己是和闺密一条战线，她又补了句，"但下手这么重，真的不应该。"

林疏月轻声："他没开除叶可佳。"

夏初："我听你提过，说他会开除叶白莲的呀？"

"没开除，还把她调去了条件不错的子公司。"

夏初腾地一下站起，一脸坚决地说："他去死吧！"

林疏月反而笑起来。一小时前的烈焰风暴，耗费了全部气力，这会儿反倒格外冷静，甚至还能将自己抽身出来，客观看待旁人的情绪。

夏初也说不出劝分手的话，这是他们两个人的事。原则性的问题上，不该乱给意见，只说："你今晚先睡这儿，我跟余星说你出差，别让弟弟担心。至于别的，想清楚了再做决定。"

明珠市如其名，白日盛大辉煌，像一株强劲绿植，苍天生长，散发出的精气神永远张扬外放。到了晚上，稍稍收敛，但仍不掩盖锋芒，风情高涨，潋滟迷人。

魏驭城驱车到明珠会所，把车横在旋转门边，踉踉跄跄下了车。

众人纷纷侧目。

他一身狼狈，却丝毫不损俊朗气质，手上的血蹭得满衣都是，干涸的血印略微发黑，新鲜的血渍细细涌出，可他无痛感。

唐耀亲自下来接的人，蹙了蹙眉，随即对身旁的保镖使眼色，很快清了场。

两人进包间。

唐耀捞着电话刚想打，魏驭城开口："不用叫医生。"

唐耀没听，坚持把私人医护叫了过来。

帮他上药的是一个年轻护士，约莫是被魏驭城吓着了，捏着镊子的手不由得发抖。抖得魏驭城烦了心，就这么收回手："你走吧。"

小护士都快哭了，唯唯诺诺地蹲在原地。

魏驭城唇抿紧："我又没凶你，哭什么。"

本来不哭的，这下真要哭了。

唐耀适时解围，手指点了点小护士的右肩，温声说："先走。"

魏驭城拿过药箱，粗鲁直接地旋开瓶盖，棉签都不用，就这么往受伤的掌心倒碘酒。半瓶酒出来，湿了沙发。

动作一顿，魏驭城扬手就把碘酒瓶砸了出去。

唐耀先是看瓶身滚落在地毯上，然后看向他："这是我第一次看你发这么大的火。"

魏驭城弓着背，手肘撑着膝盖，头埋低了，瞧不见半分真切表情。

再抬头时，眼底都熬红了："怎么就爱了这么个倔强的女人！"

唐耀笑得坦然："我就知道，除了林疏月，也没谁有这能耐了。"

不用问原因，结果已经摆在这儿，伤筋动骨的，想必事发时刀刀见血。

唐耀给他开了瓶酒，魏驭城一口喝完，杯底磕碰大理石桌面，碎了一角。唐耀很直接，问了一个问题："那你还要她？"

魏驭城"嗤"的一声冷笑，呼吸都急了些："我要她？我敢不要她吗！"——这话带了明显的情绪，唐耀都知是赌气。真是稀有事，有生之年，竟能看见魏生赌气。

而下一秒，魏驭城颓声道："她还要不要我了。"

唐耀摇摇头："估计不会要了。"

魏驭城的眼神像递刀。

唐耀漫不经心地分析："她甩你不止一次了吧，可见是真潇洒。你这次要是动了她的原则，可能真不会回来了。"

芒种时节，盛夏正式到来。

工作室的小花园郁郁葱葱，看着就生机、喜庆。林余星最近拼乐高的时间比以前短，拼一会儿，休息一会儿，盯着满院青绿发发呆。

这天，钟衍来了。

他这一周来得特别勤，有事没事都往这边跑，有时一天来两趟，送送小零食或者奶茶。林余星有点不习惯："小衍哥，你有什么事吗？"

"没事，我闲嘛。"钟衍溜达了一圈，问，"你姐呢？"

"和夏夏姐出差了，她俩忙一个项目。"

"去的哪儿啊？"

"这次好像去了苏州。"

林余星没骗他，林疏月确实是忙，和夏初一起对接一家培训连锁机构的教育框架，经常出差。

合作时难免有应酬，而这家培训机构近两年发展势头迅猛。创始人很年轻，叫裴彦，二十八岁，长得清隽帅气，不是那种大开大合的男人味，反倒很有少年感。

老板年轻，团队也年轻。应酬时，没那么拘谨，什么都能聊，也会开玩笑。席间，裴彦一直很照顾林疏月，好感不遮不掩，谁都看得出来。

技术小哥半玩笑半认真："林小姐，再留苏州玩两天吧，我们裴总做导游。"

夏初挑挑眉，看把戏。

林疏月始终从容，站起来敬了杯酒："以后有的是机会，但这次，我们还是赶回去先把工作做好，才好跟裴总交差。"

就这么不着痕迹地拒绝了。

散局后，夏初挪揄："感觉你跟魏驭城在一起后，变得更聪明了呢。待人接物滴水不漏的，所以说啊，好的伴侣，是能提携你共同进步的。"

林疏月没说话。

夏初有搭没搭地聊天："我看这个裴总也不错，还比魏驭城年轻好几岁。"

林疏月把脸转过去看车窗外风景，话显然是不爱听。

两人一直没有联系。

电话空的，短信空的，就连微信列表，魏驭城的头像也已滑降至了底层。好几次摁开对话框，魏驭城又重重点了返回。

不是置气，是太了解林疏月，那一晚，她是真的动了怒。就像唐耀说的，是不是触到了她底线？是的话，他就等着再被甩吧。

魏驭城理智地设想，觉得可能真被唐耀说中。可他又私心作祟，只要没听她亲口说，便不算数。用这几日冷静期，博一个转圜的余地。他再三交代钟衍，不要刻意去找林余星。

但钟衍回一句："都过得好好的呢。"

魏驭城一顿："没有看出端倪吗？"

"真没。"钟衍告诉他，"林老师和夏初姐忙着出差，这次去了苏州。我听林余星说，就今天晚上回。"

挂了电话，魏驭城即刻拨给李斯文。

李斯文接得快："魏董？"

魏驭城说："查一下苏州飞明珠市的航班。"他看了看手表，"五点后的。"

李秘书办事效率绝高，不到一分钟就回复。

统共两趟，晚八点，以及十点。

魏驭城合上文件，拿起车钥匙就往外走。

盛夏日头足，迟迟不肯谢幕，高架桥上，一片泼了蛋黄的天壮阔又温情。下高架就开始堵车，魏驭城不停看时间，又反复刷着航班信息。他开车从不是急躁风格，但这一次，见缝插针，霸气又惹人嫌。

一辆小车差点被逼停，司机滑下车窗破口大骂："开个豪车了不起啊！有钱了不起啊！"

魏驭城置若罔闻，车窗也不关，听着。待前方稍有挪动，立刻加油门紧跟。

紧赶慢赶，终于在八点前赶到机场。其实他并不知道到底是哪一班，但不管早晚，都不愿错过。

停好车，魏驭城得空刷信息，结果"航班延误"四个字赫然在列。他坐在车里等，一直留意出口的人，八点的飞机延误四十分钟，没有看到林疏月。

魏驭城下车，靠车门沉默抽烟，一包完了，又折身回车里，弯腰从储物格里拿包新的。就这么等到十点，手机显示航班抵达。

魏驭城转过身，一动不动地留意出口。

几分钟后，林疏月和夏初出现。她走在夏初身后，正打电话。一身白色收腰连衣裙，长卷发披肩，初熟妩媚。魏驭城掐了烟，刚想过去。可看到她身边出现的男人时，脚步猛地一收。

裴彦白衣浅裤，个高又耀眼。他帮林疏月推着行李箱，时不时地看她一眼。夏初偶尔回过头，应该是和他们搭话，然后三人笑得恣意明亮。

林疏月眉眼弯弯，不见半分愁容。

裴彦说了句什么，正好出租车驶过，轰鸣声搅乱，她没听清，于是凑近了些："不好意思，再说一遍。"

身后的辉煌背景，无疑锦上添花。

好一对郎才女貌。

不多久，叫的车到了。裴彦绅士地拉开车门，女士优先。夏初先进车里，裴彦坐副驾。林疏月上车前，忽然一停，心里莫名升起直觉。她往右边望了眼，接机车辆排成长龙，隔着两三辆，是一辆半隐半现的黑色保时捷。

林疏月下意识地想后退一步，去看看车牌。

但司机催促，她便匆忙上了车。

尾气冲出薄薄的烟，刹车灯一亮一暗，没多久便从拐弯口消失。

魏驭城坐在车里，直至后方不停鸣笛催促，他才驱车驶离。一个人来，一个人回，这一路的心思延展，终成空。

他给李斯文打了个电话，说，晚上回公司加班。

安顿好一切，到家。

夏初累趴了，行李东倒西歪，她瘫在沙发上一动也不想动。林疏月轻手轻脚地上楼，林余星已经睡了。再下来，夏初笑嘻嘻地揶揄："你猜裴彦付合同款这么痛快，是为什么？"

林疏月睨她一眼："别阴阳怪气。"

夏初点了点她胳膊："让姓魏的有点危机感，这世上有钱有颜的人不是只有他一个，还比他年轻，气死他。"

林疏月不想谈这些。

默了默，说："夏夏，我明天想回一趟南青镇。"

夏初坐直了，点点头："我陪你一起。"

申远峰就是她心里的死结，这个结必须她亲自解。

夏初惋惜，她都能想明白的道理，魏驭城这种角色，怎么反倒当局者迷了。

人人都说，不求远大前程，只愿前路顺坦。可在林疏月的人生里，不说顺坦，连往前赶路的资格，都已被截断，她怎么能甘心。

清晨五点，两人便出发去机场，赶至南祈最早一趟的航班。

飞机上，林疏月睡了一觉，头歪向夏初肩膀，是真睡得香。她太平静了，夏初反倒不放心。航班降落，林疏月轻松迈步："走吧。"

夏初忍不住了："疏月，万一、万一那个王什么的，不让你见申远峰呢？"

林疏月笑了笑，仍是这句："走吧。"

别说夏初，其实她心里也没底。但就是有一股执念，她找了这个人这么多年，现在知道他在哪儿，她不可能无动于衷。

不问结果，来了就是一种自我成全。

但意外的是，王启朝竟然在机场接她。

小城市，机场人不多。他的凯美瑞就停在显眼位置，一出大厅就能瞧见。王启朝依然镇定自若，走过来，没有什么寒暄客套："林老师，上车。"

林疏月哪能没有情绪，定在原地，没动。

王启朝径直拉开车门，头也没回，只说了一句话："我带你去见申远峰。"

林疏月身形一僵，慢慢看向他。

王启朝这人看着就是一位平平无奇的中年男人，但做事真有一股狠劲，比如开车，连夏初这么爱冒险的性子，都不由得抓紧了手把。

他一路无言，直接去目的地。

南青县精神病院。

夏初忍不住问："怎么来这儿？"

王启朝往前领路："人就在这儿。"

医院环境实属老破旧，没有电梯。走楼梯到三楼，一个脱漆的铁门上了锁，上面写着"禁止入内"。王启朝和守门的老头打了声招呼，然后一个年轻医生出来，"吱吱呀呀"的刺耳声后，开了门。

第三间病房，年轻医生嘱咐："就在门口看，别进去了。"

王启朝点头，然后对林疏月抬了抬下巴。

夏初怕她难受，牵紧她的手，并且挡在了前边。但几秒后，林疏月轻轻拨了拨她胳膊，低声说："我没事。"

王启朝和夏初都让开路，两道门重合，里面那扇是木的，外面是铁的。只开了一扇小小的玻璃窗。她一步步走过去，透过窗，看清了人。

病房就一张床，电视机，一张椅子。

申远峰佝着背，挨着床边坐，目光空洞地盯着电视机。时而傻笑，时而嘴角抽搐，一看就是精神失常。林疏月死死盯着，几年不见，他像他，又不像他。

她无数次设想的结果，到这一刻，分崩瓦解，竟提不起半点力气。

王启朝说："人是在一个黑砖厂找到的，听过这种厂子吧，专拐脑子有问题的。申远峰被骗去的时候，很正常，没发病。待了两个月，就起势头了，现在，基本已经废了。之所以不让你知道，你也看到了，他这种情况，知不知道，都没有半点区别。魏董说，先治病，治好了，说的话，才能成为真正意义上的证据。"

林疏月愣了愣，视线挪向王启朝。

"魏董没细说，但我也猜了个六七成，能让他大费周章的，一定是跟你有关。他不让说，因为事实就是如此，说了，没意义。"王启朝貌不惊人，但三言两语就能挑中要害，"你应该比我更了解魏董，没意义的事情，他不做。筹谋深算，比没有半点作用的情绪宣泄，更实在。"

林疏月的脸色像一面夕阳落幕的湖，不置一词，心里头磕着的那点情绪，像被一把尖细的钻头无声绞碎。粉末如流沙，在肺腑间飞溅。

那些阴暗破碎的过去，他从不介意，也并不自私地替她摒弃。

他不是自以为是，而是万事以她为重。

王启朝："魏董说，你一定会来。"

林疏月回魂。

"他还说，如果你想，找人摁着申远峰，让你好好打一顿，他都为你安排好。只一点，无须经你的手。"

这话不能放台面上说，但林疏月都懂。

她低着头，半天后，哑然说了句："麻烦您了。"

王启朝惊讶："嗯？要走？"

林疏月已经转过身。

就连夏初都不可置信："月月？"

怎么回事，好不容易找着人，就这么要走？

是啊，林疏月也搞不懂。

那些怨恨、不甘、委屈、失意、变故、执拗，一闭眼，都是滚烫的岩浆，一睁眼，又顷刻降温，只剩缕缕白烟。白烟散尽后，清晰浮出一张面孔。这张面孔深深霸占所有，堵住了所有遗憾和缺口。

林疏月的脚步越来越快，没有迟疑，没有回头。

明珠市今年的高温期来得比往年早，每一天都是架在火灶上的蒸箱。魏驭城不喜欢太热的天，钻进空调房，浑身血液跟凝滞似的，哪儿都不畅快。

前一夜工作太晚，本就稀少的睡眠更加贫瘠。早上，家里来电话，父母让他回去一趟。魏宅在明珠市以西，生态园林示范区，依山傍水修得像一座复古庄园。

到家，娄听白端上一碗热腾腾的面条，魏驭城才记起，今天竟是自己生日。

他错愕的表情变化，母亲自然了解，微微叹气说："也不小的人了，自己的事也要上点心。"

魏濮存也从楼上下来，手里拾本书："来了啊。"

魏驭城起身："爸。"

"你母亲煲了一宿汤，就为了给你做这碗生日面。"魏濮存走近，拍了拍儿子的肩，"吃吧，别赶时间。"

魏驭城笑了笑："不赶时间，中午在这儿吃饭。"

娄听白最高兴，眼角上扬，压不住浅浅的皱纹。一上午，魏驭城与老魏在花园喝茶闲聊，他身上的稳健，多半是从父亲身上耳濡目染。

其间，魏驭城的手机一直响，都是发小密友的生日祝福。不同往年的懒散，连魏濮存都发觉，儿子不停地看手机，指尖划拨，又匆匆熄屏。

"我听小衍说，你谈了一个女朋友。"魏濮存切入正题。

魏驭城八风不动："嗯。"

娄听白早早竖起耳朵，一听，喜笑颜开："你准备什么时候带回来一起吃顿饭？"

魏濮存夫妇一向开明，不介意什么门当户对。魏家有的，别人给不起。魏家没有的，别家更不会有。这个道理，两口子想得通通透透。

所以娄昕白只问什么时候带回家，从不问是什么样的女孩。

儿子的品性眼光，他们是信任的。

魏驭城没答。

电话适时响，就这么不动声色地跳过这个话题。唐耀打的，言简意赅："老规矩，晚上明珠会所。该来的都来。"

晚八点。

魏驭城姗姗来迟，一屋子熟人，见着他直起哄。唐耀手指点着牌桌："怎么回事，今儿你的主场，跟做客似的，一点都不上心。"

另一发小："魏生心思哪能在这儿。"

这帮人跟他关系紧密，瞒不住，也没想瞒，都知道魏驭城有了个放不下的心头爱。唐耀揶揄："可别往寿星心尖捅刀了。"

"生日都不来，魏生可见没戏。"

一唱一和，把魏驭城的戏都唱尽了。

魏驭城冷呵："我信了你们的邪，自个儿送上门来了。"

牌桌上有人让座，他手压了压对方肩膀，示意不用。魏驭城走去沙发，一摊没骨头的泥般坐没坐相。他头枕着沙发扶手，换了个边，正对着投屏。点了歌都没人唱，原音穿透耳膜，魏驭城躺着抽烟，一根接一根。

这帮没良心的又开始有话要说："别人借酒消愁，魏魏不走寻常路。"

"抽烟什么意思知道吗？"

"祈福姻缘吧。"

魏驭城自己都听笑了。

又能有什么办法，被抓着了把柄，总是矮一截的。

唐耀问了句："小衍呢？"

"来的时候还见着他了啊。"

话落音，包间门应声推开——

"帅哥警告啊，对寿星放尊重点。"钟衍虎虎生威，特别护短，"真当没人给我舅撑腰呢？"

门没全开，他把门缝堵得严严实实。又逆着光，所以看不真切。

"小衍来晚了啊，干吗去了？"

"还能干吗？"钟衍笑眯眯地把门全推开，身后的人露出隐隐轮廓。

撑腰的人来了呗。

林疏月拎着一只精致小巧的礼盒，踏进来后，大大方方地将它递给魏驭城，轻声说："来晚了，生日快乐。"

安静两秒，个个起哄。

钟衍第一个不乐意，往林疏月面前一挡："去去去，这我林老师。"

起哄声更没边了："是是是，你林老师。"

然后一声连一声的："林老师好，林老师坐。"

林疏月的手忽被牵住。

魏驭城掌心炽热，如藏着一团火焰。他站在她身边，语气平静："小衍不懂事，你们多大的人，也跟着不懂事。"

魏驭城说："叫嫂子。"

魏驭城这称呼一丢，什么都明朗了。

他们这个圈子，逢场作戏的有，红颜知己有，身边的人来来去去，可以宠着，哄着，但绝不会给名分。

一声"嫂子"，魏驭城把她的身份摆得方方正正。

唐耀了解个中原委，于是善意调侃："魏生最狡猾，都不问林老师同不同意。"

魏驭城一记眼神压过去，确实心里没底。林疏月却松开了手，笑盈盈地拿起桌上一杯酒，坦荡从容地说："第一次见面，敬各位。"——仰头，一饮而尽。

不知谁带头喊了声："爽快！"

直来直去不扭捏，林疏月用一杯鸡尾酒，轻轻松松赢得了他这一圈里人的好感。魏驭城给的什么态度，他们自有对应的位置。心里头都有了数，魏董交心了。

多难得的机会，谁肯放过。借着生日，也敢在太岁头上松松土。里头最小的周儿，与林疏月年龄相仿，说嫂子好酒量，怎么着都要跟她喝一杯。

魏驭城原本是在和唐耀说话，也不知怎的就空出眼睛和耳朵，手一伸，直接盖住了杯口："我喝。"

"喝了他的，哥们儿都排队呢，魏魏可不许偏心。"另一人马上接话。

啧，串通一气，都等着。

魏驭城难得顺从，说什么，便做什么。他今儿心情好，三十六岁又怎样，身边有人了。

发小几个闹归闹，都有分寸，不至于失态。估摸他们也差不多了，魏驭城这才放下酒杯，勾了勾林疏月的手："来。"

他先出去，过了会儿，林疏月跟随。

明珠会所是这些纸醉金迷场地的标杆，开了十几年，地位屹立不倒。魏驭城在这儿有专属包间，他常来，所以轻车熟路。

领着人去到外头的小花园，这里文艺安静，亭阁假山，引一渠活水做池塘，荷叶散落如镜池面，红锦鲤摇曳晃尾，点破夏夜的燥热，自得其乐。

魏驭城没忘把她送的礼物也拎出来，轻轻晃了晃："是什么？"

林疏月说："你回去再拆吧。"

魏驭城便听了话。

两人静默站了会儿，魏驭城指了指她的手："我看看。"

两周前的撕扯荒唐，现在还留着明显的紫印。他的视线低垂，眼角眉梢透着无尽懊悔，指腹在上面摩挲，低声说："下手重了。"

林疏月低头看了眼他手心，一个个被碎片扎的小伤口，跟筛子似的。她"嗯"了声："半斤八两吧。"

四目相对，情绪千帆过，只留淡淡共鸣。

下一秒，两人同时笑了起来。

魏驭城领着她坐在亭凳上，从兜里摸出一盒绿色的药膏："这个早该给你的，你别动，我上药。"

青草绿的膏体沾在指尖，一点点地沿着她手腕画圈，魏驭城说："我瞒着你，替你做决定，是我不对。后边不理智，急疯了怕你又一声不吭地消失，所以对你做了那些混账事。"

林疏月问："后悔吗？"

魏驭城说："不后悔。因为当时你是真的想走，我怎么样都要留住你。"

林疏月故意肃着语气："那现在又是做什么？"

"认错。"魏驭城亦干脆坦诚。

认错，却不后悔。

落子无悔，这才是魏驭城。

她挑眉："错在哪儿？"

"没压住脾气，忘了月月是水做的。"魏驭城的手劲更轻，"忘当一个人了。"

林疏月暂且无言，任由他轻抚上药，半晌，才轻声："已经不疼了。"

"身上或许不疼，但我知道，你心里还疼。我那日说的话太重，伤了感情，伤了心。"魏驭城平静道，"其实从知道你的事起，我一直托人在找申远峰。后来王启朝在一个黑砖厂找到了人，他问我怎么处理。我替你做了决定，这是我不对。但月月，我没想息事宁人，也从不怕惹麻烦。他精神不正常，就算问出了什么，也无法作为证据，反倒平白惹你难过。"

林疏月咽了咽喉咙："嗯。"

"我反思了很久，我不该以我的冷静，来要求你，这本身也是一种苛刻。我想给你一个好结果，却忽略了，或许你从不畏惧艰难过程。你没有我想象中那么脆弱，相反，你自省、自强、自立。我太把自己当回事，其实你没有我的时候，一样过得好。"

指腹上的药已经抹匀，她白皙的皮肤上泛着很淡的药油光，魏驭城的手没离开，依然搭在她手腕内侧："但我想，你可以过得更好。"

林疏月低头笑，笑得眼睛有些发酸："夸我呢，我都快飘。"

"飘得再远，线也得在我手上。"魏驭城摩挲着她手臂，一字一字似有定海之力，"不管你看没看出来，我都要让你知道，我就是这么个人，是我的，里子面子，好的坏的，过去现在，通通是我的。我喜欢的，就一定要全心全意护着，谁伤害都不行。这一次，是我方式不对，但碰上下一次，我还是这态度。"

顿了下，魏驭城说："但我一定注意方法。"

他太坦诚了。

不忌惮自己的阴暗面让喜欢的女人知晓，认错认得干脆，态度也摆得明白。话掰碎了说，说得彼此没有半点回旋的疑虑。

抹药的动作用不上了，他索性握住林疏月的手。

掌心贴掌心，细致之下，甚至能感觉到他伤口的异样触感。林疏月下意识地不想碰，怕他疼。但魏驭城一把将手按住，越发用力，握得紧紧的。

他说："还有叶可佳。"

乍一听这名字，林疏月的肩膀僵了僵，熔浆似是又开始滚滚沸腾。交心时刻，什么面具与伪装都是多余。林疏月不再伪善，诚实诉说："我不喜欢她，真的很不喜欢。"

魏驭城笑："你从未这么清晰地表达情绪。"

林疏月"嗯"了声："要面子。"

静默两秒，魏驭城再开口："义诊那一次，我对你一见钟情。想着法子找到你，我问过章教授，他说是叶可佳。我约她吃了一顿饭，明白找错了人。但她装不知情，不肯告诉我那日是你。"

林疏月语气酸涩："魏董太有魅力了。"

"后来，她做了点出格的事。"魏驭城微微叹气，语气无奈。

叶可佳求爱不成，起了歪心思。打听到魏驭城的行踪，跟去酒店。也不知使了什么法子，躲进了魏驭城的房间。那天他有应酬，酒喝得多了些，一身疲惫。进房后发现叶可佳，一看她穿的短裙，就明白是怎么回事。

他脸一冷，叶可佳就慌了。

慌了，更害怕失去。火急火燎地主动献身，缠起人来力气是真的大。魏驭城推开她就出了房间，哪知叶可佳也跟上来。

她豁出去了，魏驭城有顾虑。

就这么个画面，谁看了都误会。于是让她进电梯，淡声说："你给我站好，我和你好好谈一次。"

叶可佳当真是被爱疯魔了心智，到酒店外，马路边，魏驭城怎么说，她都置若罔闻。魏驭城耐心告罄，刚转身要走，叶可佳就从后面抱了过来。

那一刻的本能，魏驭城猛地将她往外推——

叶可佳遭不住这力气，惯性力踉跄到马路上，一辆并道超车的出租快速驶过，当即把叶可佳撞出三五米远。

人是没生命危险，但身体多处骨折，在病床上躺了两个月。那时候的叶可佳准备考研，就这么错过了机会。魏驭城给予了她最大程度上的援助，一方面合情合理，一方面也是稍有愧疚。

"人是我推出去的，我不推这一把，她不会被车撞。"魏驭城说，"这件事，她没有告诉过任何人，也算信守承诺。至于后来，她进汇中集团，我确实不知情。职能权利在部长手里，不管哪个中层，我都不过问。这一点，我从未骗过你。"

林疏月默了默。

稍分辨，就知道他所说不假。

大学群的消息从来与时俱进，很久远的回忆，林疏月有印象，有次群里在讨论叶可佳没考研的事。她诧异，叶可佳自身条件不差，本科时就信誓旦旦说考研B大，怎么突然就不去了。

"这一次，她来找我谈，只开了一个条件。"

林疏月抬起头："什么？"

"她说，给她最后一次机会，她永远不来找你麻烦。"

当时的魏驭城坐在宽尺红木桌后的皮椅上，叶可佳站在门口，他连门都不让她进，重复提醒："站那儿说话。"

叶可佳神色颓然，但仍强打精神，要求去华南子公司。

魏驭城不喜欢在女人堆里扯这些弯弯绕绕，综合考量，让李斯文去办。没想到这一办，反倒办出了他与林疏月之间的嫌隙。

叶可佳的家庭条件不算好，父母国企普通职员，上无靠山，下无门路。她倒是拎得清，大腿抱不到，肉末星子还是要捞着。

林疏月想了许久，说的第一句话，竟是淡淡感慨："她不是真的爱你。"

魏驭城愣了下，没想过她的关注点这么偏奇。之后，又舒心展眉："那谁真的爱我？"

林疏月指了指自己，当仁不让。

魏驭城言语间似有委屈之意："林老师爱人的方式，嗯，很特别。"

林疏月挑了挑眼角："那你换一个听话的。"

他笑："倒也不是不听话。"然后侧头，在她耳边呢喃。

听完，林疏月脸色赧然，把头一偏，笑意散在夜风里。

"叶可佳的事，我没处理好，让你不痛快，是我的错。林老师可不可以给一个机会，假以时日再碰到这类事，我一定斟酌出更好的解决方法。"魏驭城再度握住她的手，体温攀延，心跳延续，"生气是应该，哪怕你说句分手，我都无二话。"

林疏月显然不信，唇角微微翘着，拿目光刺他。

魏驭城亦坦然："等你顺过气了，再把你追回来。"

林疏月差点气笑："我有的选？"

"你没的选。"魏驭城狂且傲，以沉静语气说出这四个字时，偏又带着天生的信服力。他目光忽地一软，满分真心，"我今晚把自己劈开给你看，好的，坏的，你爱听的，不认可的，哪一样我都不骗你。我家月儿，独立又清醒，温柔且强大，你该值得更好的生活。我说错的话，做错的事，气一气，怎样都行。只是，别往心里去。我什么都不怕，只怕你心里留了刺，那就拔不出来了。"

一席话，剖了心，掏了肺，魏驭城交出了自己那张底牌。

从此以后，底牌是她的了。

这时，钟衍过来寻人，一声声"舅舅，舅妈"，叫得生怕旁人听不见。林疏月与魏驭城对视一眼，同时弯了弯唇。谁说小少爷不长心眼？明明心如明镜。

这里名花贵草，打理得生机勃勃。高矮参差的枝叶里，魏驭城唤了一声："这里。"

没等钟衍找到，他和林疏月自觉走了出去。钟衍的视线落在他们牵着的手上，顿时笑容明朗。他忙不迭地讲述自己的劳苦功高："会所不让进，是我下去接的人。一路没少说您好话，还有林余星那边，我都瞒着，愣是没透露一句风声。"

他满脸殷勤，眼神乖萌，头发丝都写着——这样的外甥不值得多一份零花钱吗？

而魏驭城始终目光浅淡，方才浓烈的情绪传递，一下风止。

这时，他手机响。

魏驭城走前几步接听，这通电话他全程英文，发音标准，构词精确，林疏月忍不住侧目。钟衍趁此间隙，拽着林疏月的胳膊借一步说话。

他越想越没底："我舅对我的态度好冷淡，你没跟他说，我那晚骂他的事吧？"

林疏月看他一眼："嗯？"一时没明白。

"我晕死，我就知道，吵架的恋人靠不住。转身一和好就把我给卖了。"

"你说的哪次啊？"林疏月被他嚷得太阳穴突突疼，是真没想起。

"就是你被我舅捆绑囚禁，我这个小英雄来救你于水深火热，还跟你统一战线，帮理不帮亲对他三连骂的那一次啊！"钟衍虽压着音量，但语气克制不住地激动。

林疏月依然没有过多反应，只视线有一个上抬的动作。

钟衍顿感背脊麻凉。

他慢慢转过身，毫无意外地，对上刚结束通话，手机还握在掌心的舅舅本人。

钟衍摸了摸心脏，也不知现在装晕还来不来得及。

魏驭城神色凝重，那点长辈温情从眼角退去。他深思，严肃，眉眼深处，是望不透的动机。

就在钟衍觉得要完时，魏驭城竟然抬手，在他肩上拍了拍，留下一句："说得没错。"然后牵着林疏月离去。

钟衍这一下的心跳悬停半空，直到不见两人背影，才彻彻底底落了地。

重回包间，唐耀那帮人已在牌桌悠闲。见着魏驭城进来，头也不抬："这才多久啊，魏董真是越来越退步了。"

魏驭城也不恼，走过来说："筹码带够了吗？就这点？让你过不了三局。"

唐耀对林疏月笑了笑："林老师玩吗？"

魏驭城圈着她的手往跟前带，把她轻轻按坐在牌座上，然后一手压在桌面，一手搭着椅背沿，一个自然而然的归属姿势。他说："玩，也是帮我玩。"

唐耀没眼看，"啧"的一声："太狂了，林老师得好好管教。"

林疏月欣然一笑："好呀。"

重新开牌，两把之后，唐耀算是看出来了。

管教是管教，但是替魏驭城管他们呢。

林疏月太会玩了，纤纤手指压着牌身，整个人从容自信，真不比他们这帮金玉公子哥儿虚了气势。半小时后，在座的纷纷笑言："嫂子护夫，魏生好福气。"

魏驭城顿时笑容朗朗。

唐耀挑挑眉梢，看出了门道："林老师，很会玩。"

林疏月温和一笑："我大学时，参加过棋类社团，融会贯通，大部分的牌类玩法都会一点点，但技艺不精，纯属运气好。"

牌桌上大杀四方，此刻觉得是不是有点太过了。林疏月把一堆钱往外推了推："就不要了吧。"

魏驭城手一揽，把那堆钱又拨回她面前："拿着。"

林疏月仍局促不安，仰着头问他意见："那要不，请吃夜宵？"

"这包间的消费都挂我账上，不用心软。"魏驭城挺不客气地点评，"赢这么点，便宜他们了。"

几人调侃，不肯善罢甘休。林疏月不喧宾夺主，侧头对魏驭城说："我去那边坐会儿。"

魏驭城的手搭在她腰上，很轻的一个动作："去吧。"

这边牌局继续，林疏月离得远，言词便没那么多顾虑。魏驭城平日看着多稳重的一人，什么歪七扭八的话都能调侃个没边。

他叠着腿，稍稍侧身坐着，指间握着牌，总是自信地将它们一把收拢，压在桌面。待对方觉得要赢时，他手一挡："慢着，我要得起。"

然后一阵不满："魏魏最狡诈。"

林疏月转过脸，笑意弥漫。

进来喝的那杯鸡尾酒上了头，林疏月浑身软绵绵的，手也抬不起力气。于是顺着沙发，一点点往下倾斜，最后躺在上边睡着了。

一局结束，魏驭城又是赢家。那几个刚要哄闹，被他肃着语气打断："别嚷。"

他拎着外套起身去沙发边，轻手轻脚地将外套盖在她身上。

重回牌桌，魏驭城不说话，别人也不敢说话。你看我，我看你的，啧，怎么都成哑巴了。唐耀看不惯，烟盒往桌面一丢："烟也不许抽，话也不许说，歌也不能唱。知道你心思没在这儿，酸不溜秋的，我狗粮都吃饱了。"

本想扣着魏驭城，就不让他散局，憋死他。但看林疏月那样睡着，也都不忍心，于是早早散场。

钟衍在负一楼蹦迪，估计一时半会儿也不想回。魏驭城叫醒林疏月，见她一脸蒙，不由得发笑："喝酒的时候不是挺豪迈吗？"

林疏月嘟囔："好意思讲，我给你撑腰来的，没点感激之心。"

"感激有什么用？"魏驭城弯着腰，将人从沙发上捞起，"做点实际的，林老师才能感受到我的真心。"

都这样说了，总不能装糊涂。

林疏月勾勾他的小拇指，眼神懵懂纯真，偏还语气无辜："那就看魏董表现哟。"

一眼天雷勾地火。

魏驭城没含糊，拎着人就往外走。车开过两个路口，林疏月"咦"了声："这不是去公寓的方向。"

魏驭城："嗯，不去。"

林疏月狐疑地看着他。

"我已经让人挂了出售，以后都不用去了。"魏驭城依然镇定自若。

林疏月很是意外："为什么？"她记得魏驭城说过，最喜欢这一处公寓的位置，迎面就是无死角的浩瀚江景。

魏驭城："这房子里，你甩了我一次，吵架一次，看着心烦，不吉利。以后再也不用去了，明天我让秘书发你一份单子，你喜欢哪个，我们以后就住哪个。"

林疏月仍是糊涂的："什么单子？"

"我私人房产。"魏驭城顿了下，"太多了，有时候我自己都记不全。但明珠市你听说过的楼盘，应该都能找到。"

林疏月无语凝噎，男朋友太有钱，压力很大。

魏驭城直接开去了VI.SA，侍者过来泊车，魏驭城绕到副驾替她开车门。林疏月赖在位置上没有动，神色不明地望着他。

魏驭城一手搭着车顶沿，弯腰探进半个身体，慢条斯理地帮她解了安全带，语气沉稳地说："我明早有早会，住公司附近方便。"

林疏月挑眉指了指前边，一条马路的距离，是明珠市金融商圈的顶级LOFT[①]。

"你刚不还说，明珠市的楼盘，都能找到你的户名吗？"

魏驭城眸色略深，正正经经地说："地方小，不够发挥。"

VI.SA的套房确实条件优越，魏驭城放开手脚，今晚是不打算做人了。林疏月想挣扎，但那杯鸡尾酒的后劲不知怎么就这么大，比刚才在包间更没力了。

她说："我想洗澡。"

魏驭城抱着人一块儿进了浴室。衣服还正经地挂在身上，伸手就把花洒给打开，两人淋得一身湿，朦朦胧胧的透感，反倒更有张力。

魏驭城的掌控力在这种事情上格外明显，你的感官，你的一切，都由他游刃有余地拿捏住。而你能够做选择的，就是变成一条干涸的鱼，或是变身顺从的鸟儿。

天上明月光，人间红尘滚滚。微风入窗，与有情人共襄盛举。绵绵温情幻化成浓烈旖旎，四季之景，无论风雨，都由这人一手操纵。

纵就纵吧，林疏月接吻时，深深闭上眼，心里的铜墙铁壁化作软泥。

凌晨之后，魏驭城按动开关，窗帘缓缓移开，城市霓虹飞旋入目。

身后，睡着的人依然眼角沾泪。

魏驭城走过去，压实了些她身上的绒毯，这才走去另一侧的小厅。温黄的灯氛平添克制的高级感，桌上是他随手放置的车钥匙、手机，以及一只暮霭蓝的精致礼盒。

零点后，就算过完生日。但惊喜哪一刻都不晚。

---

① LOFT：在牛津词典上的解释是"在屋顶之下、存放东西的阁楼"。LOFT户型通常指小户型建筑。

魏驭城慢而耐心地解开包装，里头是一只方形丝绒盒，触手温暖，他细致抚摸几秒后才打开。

是一对白金袖扣。

不似一般的圆形或方形，而是两弯月亮。白金扣身被灯光晕黄，像极了将满的圆月。魏驭城低低笑了下，拢紧掌心。

这是林疏月的心意。

魏驭城三十六岁这一天，得到了他的月亮。

翌日清晨，阳光洒进房间。

林疏月被刺醒了，身上像被碾过似的，伤筋动骨疼极了。她没好气地推了把身边的人："魏董，九点了。您早会还开吗？"

魏驭城难得酣眠一夜，还舍不得睁眼，懒懒应了声："开，我跟你一对一地开。"

林疏月下意识地缩了缩肩，咬唇不满："你属狗的啊。"

人没清醒，嗓子还有点哑，魏驭城"嗯"了声："属狼的。"

"好意思。"林疏月难受地翻了个身，和他面对面。她一直看着他，手指从眉尾开始，一路下按，眼皮，眼角，挺立的鼻梁。

魏驭城仍没睁眼，一把握住她的手，放在唇边亲了亲，声音似烟嗓，能沉浸她心里："月儿，跟我回家，见见我父母。"

她没回答，魏驭城也不逼她。

时间不能再耽误，李斯文的短信已经发了好几条，也就撑着最后这点底线，没敢给他打电话。今天真有早会，推迟了两轮，再晚，就能直接取消了。

有时候李斯文觉得，当这秘书也挺有意思，经常能发现老板不为人知的另一面。

到中午，会还没开完，就地休息半小时，叫了工作简餐。

魏驭城回办公室时，吩咐李斯文去办两件事。

一，辞退叶可佳。

二，这周六的工作全部延后。

在工作室一上午待得心不在焉。

"夏夏，你明天陪我逛街吧。"林疏月难得露出忐忑无助的神色，"魏驭城要带我去见他父母。"

夏初特别平静，一点也不意外："他这样的男人，认定的人，那就是他的。"

林疏月有必要提醒："第一，你是我闺密。第二，你对他的滤镜过于优美了。"

夏初"喊"了声："我是你妈我也得说实话。魏驭城和别的暴发户可不一样，人家几代营生，打下的这江山财富可不只是金钱。祖训家规，人品修养，那都不是一个层面。你看魏驭城，他这种级别的男人，你可曾听过他的桃色绯闻？人家是铁了心，要收你进户口本，所以不忌讳让公司的人知道。换一个试试，最多保持地下关系，什么时候来，什么时候走，还都得由他说了算。"

林疏月心思凝重："要不，我拒绝吧。就说这周你派我出差。"

夏初猛地后退一步，化身暴躁婆："滚滚滚，我还不想被他封杀。"

本来林疏月只是略微茫然无措，可听夏初这一总结，心脏跟漏气了似的没了底。逛商场是为了选见面礼，空手去总归不好。

去了才恍悟，这也太难了。

奢侈包包吧，基础款的又很大众，贵的，真买不起。首饰吧，逛了一圈，也没挑中合心意的。衣服这些更不用提，万一两人喜好千差万别，谁都尴尬。

千愁万愁，林疏月彻底无奈了。

夏初搜索了魏驭城的母亲，娄听白。网页可见的资料寥寥无几，点进八卦论坛，倒是能窥瞥一二。夏初本是打探军情，结果一刷，还吃起瓜来。

"你知道前年CHRISTIE'S拍卖出的那枚天价翡翠戒指归了谁吗？"夏初惊叹，"娄女士，应该就是魏驭城他妈妈！"

"原来魏驭城上头还有两个伯伯，据说当年争家产，简直可以拍几部豪门风云。他爸妈那年打通关系，拿下J市十个亿的项目，彻底稳住家主地位。"夏初兴奋道，"对不起，我觉得他爸妈的爱情有点好嗑。"

好不好嗑放一边，现在林疏月只觉得更害怕。脑海里勾勒的是两个铁血长辈形象，然后指着她说，我魏家大门不是这么好进的！

林疏月拉着夏初逛遍两座商场，咬牙买了三套昂贵裙装。至于礼物，她想斟酌一晚，明天再订。夏初晚上得回一趟自己家，工作室里就林疏月姐弟俩。

"你确定这套比较好？我感觉白色裙子更庄重？"林疏月在镜前来回摆动，一问再问。

林余星捧着白白的小脸，少年也有愁滋味："姐，都好看，真的。"

"那不行，你肯定没瞧真切。"林疏月说，"我再重新穿一遍。"

林余星做了个插心口的动作，起身走过去，指了指她衣柜："姐，其实你穿这个最好看。"

是林疏月常穿的风格，简洁清爽，把她偏妩媚的神韵很好地综合，人群中一眼即能看中。林疏月冷静了，把新裙放一边，笑着摇了摇头。

该怎样就怎样，还是轻装上阵吧。

周六，上午十点，魏驭城来接人。远远地就瞧见她一身杏色无袖连衣裙，娉婷怡然地站在路边。魏驭城降下车窗，给予了一个满分欣赏的眼神。

上车后，林疏月也没说话，只偶尔在后视镜里目光相接时，她会下意识地轻抿嘴唇。

恰逢红灯，魏驭城的手越过中控台，覆于她手背："紧张了？"

林疏月呼呼气："有点。"

"不用紧张，我父母人很好。"魏驭城笑了笑，"我能带人回去，他们是真高兴。"

林疏月丢了个"不信"的眼神，语调婉转拖长："没带过人啊。"

魏驭城"嗯"了声："没带过。我家家教严。"

林疏月挑挑眉："家教严还跟我……"

魏驭城捏了捏她虎口处的软肉："是一见钟情，延续至今。"

林疏月脸颊被温水煮了一般。

魏驭城瞥她一眼，似笑非笑："你这人，听了实话就变小木头。"

变回绿灯，车流缓缓。魏驭城推变挡位，轻点油门："不过没关系，晚上揉一揉就软了。"

林疏月笑着装凶："好好开车！"

虽没个正经话，但情绪分了一羹出去，林疏月便真的不那么紧张了。魏驭城低眼看了看她手里的东西："是什么？"

"送你母亲的礼物。"

魏驭城没细问，车程一小时，终于到魏宅。

地方不算偏，周围是几座明清时的翻修皇家园林，平日对游客开放。白墙青瓦的掩罩下，新竹翠绿里，一处凸出来的八角亭若隐若现。今日周六，游客多，共用的一条车道人车熙攘。往右岔路，延伸出一条稍窄的道，百米米远是门禁，旁人无法靠近。魏驭城降下车速，系统识别后，自动开闸放行。

有游客稀奇："原来能进车啊？"

导游解疑："这里面是私人住宅，户主的车才可以进。"

又是一片感慨讨论声。

再开两三分钟就到了院门口，俨然是一座珍藏的私家园林。院子里的花木精心打理，池塘锦鲤悠哉讨食，池上架了一座木桥，经过时，魏驭城随手拈起木架子上的鱼食，挥手往下撒。

林疏月侧头，看那一群锦鲤争先恐后张嘴，条条肥美。

"哎。"林疏月脚步慢下来，"我今天妆还可以吧？"

"可以。"

"敷衍，你都没仔细看。"

魏驭城勾了把她的腰："我说的你还不信，去，让我妈评评理。"

内屋的门适时打开，家里阿姨也难掩惊喜："总算来了，夫人他们盼了好久。小月你好，快请进。"

魏驭城叫了声："赵姨。"

林疏月也跟着这样叫。

他侧耳轻声："我母亲嫁到魏家时，赵姨就一直跟着的，人很好，也当半个亲人了。"

娄听白从偏厅走出，一身孔雀蓝的改良旗袍，随着动作流光簌簌，衬得人像一汪静宁深邃的湖，气质顶顶出众。她的眉眼始终透着笑，目光一直落在林疏月身上。

魏驭城眼角轻挑，没个正形："妈，过分偏心了。连我都不看一眼了？"

娄听白轻嗔："看了三十几年，还能变模样？要是再不带人回来，干脆连门也别进了。你说是不是，疏月？"

林疏月笑："伯母您说得对。"

有了自然的开场白，紧张情绪便不值一提。她递过手里的小礼袋："伯母，这是给您的见面礼。"

娄听白没敷衍，接过后就拆开，眼前一亮，竟是一条扎染的丝巾。藏蓝底色，花纹不复杂，但粗细浓淡搭配得很有意思。

林疏月说："上半年我在南青县待过几个月，那边农妇都擅长做扎染，我跟着学了点皮毛，这块丝巾就是我自己染的。您若不嫌弃，束发时当头饰点缀，也图个新奇。"

"还能系手腕，与我这一身衣服正相配。"娄听白当即伸出手，"疏月帮个忙，帮忙系一下。"

林疏月也没过多受宠若惊的表情，她大大方方照做，心灵手巧，调整好系结的方向，由衷肯定："是挺好看。"

"小月来了啊。"魏濮存正下楼，戴着极细的金丝眼镜，岁数不年轻了，但背脊体态笔直，没有半点老态。林疏月乖巧笑了笑："伯父您好。"

魏濮存有一种旧上海老派贵族的儒雅气场，像是电影里走出来的角色，林疏月总算明白，魏驭城这顶级容颜的基因是从何而来了。

"听小衍念叨过无数次，他这次确实没说大话。"魏濮存也温和客气，没点架子，"我这外孙，少不得操心，这一年的改变，我们也看在眼里，你功不可没。"

到这儿，林疏月真正受宠若惊，抿着唇不好意思地笑起来："本来不紧张了，您这样夸，我真受之有愧了。"

娄听白适时宽慰："你担得起，以后驭城待你不好，跟我说。"

魏驭城声音缱绻，懒懒应了声："哪敢。"

"还有你不敢的。"娄听白显然不信，边泡花茶边闲聊，"余星怎么没来？"

林疏月愣了愣，想不到她竟然还记得林余星。

"下次来，把他也带上。这孩子懂礼貌，讲规矩，我很喜欢。"

魏驭城不咸不淡地搭话："你是喜欢她，还是喜欢余星啊？"

娄听白笑着说："都喜欢。"

林疏月渐渐发现，俩长辈都是很能聊的人，不管什么话题，都能不冷场。后来魏驭城与父亲说了一些工作上的事，涉及的领域挺冷门。物理相关，什么纳米超导体的。

意外的是，说到一些专业名词时，林疏月竟然能搭几句话。娄听白甚为惊喜："你也知道？"

林疏月含蓄，没敢班门弄斧。

"听魏魏说，你学的心理？"娄听白，"Alfred Adler，是个体心理学的创始人对不对？"

林疏月怔然："伯母，您也了解？"

娄听白低咳，也没敢班门弄斧。

两人都没看出彼此端倪，倒是魏驭城，目光一直在她俩之间游移。

吃过饭，魏濮存和娄听白适当给出空间，让魏驭城带人在宅子里转转。林疏月很喜欢他家这院子，简直缩小版的江南水乡。

她瞅了瞅身后，没人了，才长长舒了一口气："还是很紧张。"

魏驭城故作严肃："那就是娄女士的不对，待会儿我说她。"

林疏月连忙堵他的嘴，真急了："没有的事！你别捣乱！"

魏驭城忍俊不禁，牵着她的手，围着院子绕了半圈，日头太晒，又将人领进了屋。林疏月一时起兴："你的房间呢？"

魏驭城带她去。

这房间开了三面窗，蒲草编织的窗帘，红木家具有些年头，触手光滑温润，随便一张鼓凳都价值不菲。不同于明珠苑的高级奢华，这里更具书香气。

林疏月真心实意道："跟你风格不搭。"

魏驭城在躺椅上闲散，像个游手好闲的公子哥儿："我父亲，年轻时候不想接手家业。他的理想，是当一名翻译官。"

林疏月怔然："那怎么？"

"剑走偏锋。"魏驭城说，"我父亲上头还有两位兄长，我母亲那时怀了我，却被他们有心陷害，害她差点出事。我父亲怒了，摒弃理想去争江山。"

林疏月连连点头："多说点，夏初喜欢听豪门八卦。"

魏驭城抬眼："现在他俩唯一的心愿，就是早日含饴弄孙。"

林疏月反应慢半拍："辛苦大半辈子，也是应该的。"

魏驭城望着她："嗯，应该的。"

一顿，林疏月目光嗔怨，大意，又落入他陷阱了。

魏驭城笑声招摇爽朗，跟着摇椅上下轻晃，半卧姿，眼神这样多情，简直男色迷人。片刻，他问："刚才和我父亲说那些生涩难懂的专业词，你怎么知道？"

提起这个就胆战心惊，林疏月不想瞒他，硬着头皮承认："我上网查了，你父母都是学霸，我怕搭不上话，背了一晚上专业名词，太难了，实在记不住更多了。"

魏驭城愣了愣，心上似有清风过，涟漪阵阵，是从未有过的悸动。

离开时，娄听白主动挽着林疏月的手，走到院外。吃的用的塞了魏驭城一车厢，魏驭城刚想婉拒，被母亲一记眼神打压："又不是给你的。"

魏驭城难得无语凝噎。

"阿姨很喜欢你，你要常来看阿姨。"娄听白覆着林疏月的手背，语气和态度是平和温良的，"驭城自小独立，什么事都自己拿主意。不必顾虑什么，我和他父亲，对他无条件地信任。"——信任他的眼光，信任他的选择，信任他每一次的决定。

娄听白也是女人，更能站在女性角度给予林疏月合适的态度。就如此刻，话不用说满，但字字真挚，林疏月能听懂。

两人走后，娄听白微微松气，问丈夫："中午的时候，我没说错人名吧？"

魏濮存点头："阿尔弗雷德·阿德勒，没有错。"

娄听白彻底放心，顺了顺胸口："早听说她学的心理专业，亏我昨晚看了一宿心理知识，幸好没出错。"

魏濮存笑意加深："你啊你啊。"

"还不是你这儿子。看出来了吗，真是放在心尖尖上的姑娘了。"娄听白欣慰更多，"也好，三十好几的人，总归有个定数了。"

从魏宅出来后，林疏月似被解放天性，挣脱束缚，叽叽喳喳话多得不行："我跟你说我本来超级紧张的，前天还叫夏初陪我逛街，并且设想了很多可能发生的场景。"

还没入市区，新修的八车道路宽车少。魏驭城单手控方向盘，另一只手垂放腿间，耐心听，感兴趣地问："比如？"

"你妈妈女强人，气势凌厉，说，不是什么阿猫阿狗都可以进我魏家大门。"

"我就说，伯母，我不是阿猫阿狗，我叫林疏月。"

魏驭城弯唇，笑意浸在眼角。

"你家给你找了门当户对的联姻对象，你妈妈拿了一张500万的支票，对我说'离开我儿子，钱给你'。"

魏驭城意兴阑珊地"哦"了声："那你要了没？"

林疏月："伯母多给点吧，我们魏董，怎么也值个501万吧。"

魏驭城眉朗目清："我好贵啊。那后来，怎么没买礼物了？"

"因为我想好了，如果你母亲喜欢我，我提点水果她都吃得像蜜糖。如果她不喜欢我，我就算送她再贵重的东西，她也不会接受。"林疏月认了真，"而不管她喜不喜欢我，我都要跟她宝贝儿子在一起。"

她说："千难万难，我再也不会松开你的手。"

魏驭城没说话，只手指下意识地按紧了方向盘。

林疏月丝毫不知他的情绪变化，继续碎碎念："我还买了三套贵得要死的裙子，本想穿来见你父母。后来我也想通了，我是什么样，就是什么样。坦诚点，也是尊重长辈。"

只是一想到那三套裙子花了她近五位数，林疏月就止不住地肉痛："呜呜呜太贵了太贵了。不过样式是真的好看，回去我穿给你看啊。"

静了两秒，魏驭城忽而沉声："在我面前，为什么还要穿衣服？"

年岁渐长，脸皮也跟着增厚。

林疏月脸不红心不跳，将他的深沉语气也学了个七八分："行，以后在我面前你也别穿衣服。咱俩一样一样的。"

魏驭城问："还有这种好事？"

林疏月没绷住，笑骂："你能不能好好说话。"

魏驭城不再逗她，左转并入主车道后，认认真真开着车。林疏月调低了一档空调温度，随口说："送我回夏初那儿吧，你绕绕路。"

魏驭城说："不绕路，一起。"

林疏月闲闲道："魏董大忙人，还有空去体察民情了？"

绿灯过半，魏驭城加了点油门，踩着尾巴开过这个路口，一副正经语气："去看看我的小舅子。"

林疏月腹诽，他还挺会代入身份。

夏初去政务部门办业务，下午不在工作室。林余星从二楼探出脑袋："魏舅舅来啦！你来看看我拼的新乐高！"

魏驭城上楼，一手撑着桌面，一手搭着他的肩："宇航系列？这架火箭模型，是1997年的'长征三号乙'，有效载荷达到五千公斤，在当时已经很了不起。但由于一个电子元器件的失效，导致发射失败。"

魏驭城又拿起一盒没拆的："做得很逼真，也有难度。别太累，要注意眼睛休息，不要让你姐姐担心。"

林余星乖乖点头。

魏驭城还想继续聊些别的，但这小少年目光有意闪躲，眼珠转回乐高上，有模有样地研究。显然是不想聊天。魏驭城想笑，但没拆穿他："你先玩儿，舅舅不吵你。"然后下了楼。

林疏月"咦"了声："就下来了？"

魏驭城走过来："嗯，小孩儿有心事。"

"刚才还小舅子叫得亲，没顺着你就变小孩了？"林疏月替弟弟抱不平。

魏驭城无奈，挑起她的一缕头发缠在指间："别惹事。"

林疏月的头朝他那边歪了歪："哎，别扯，疼。"

晚八点，魏驭城从工作室出来，开车回了趟魏宅。

魏濮存和娄听白正在偏厅煮茶，阿姨给他拿拖鞋，魏驭城拦了把："您腰才不好，我自己来。"

入了夜，院里风过草木动，时不时地送来阵阵栀子花香，闻得人身心舒悦。娄听白换了身家居服，柔糯的针织披巾围在肩上，转身时滑落一角："回了啊。"

魏驭城走来，帮母亲把那一角重新提拎好，应了声："嗯。"

"吃饭了吗？"魏濮存问。

"吃了。"魏驭城答。

娄听白往右边挪了挪，给儿子让出一处座："疏月现在住哪儿？"

"她朋友的工作室，带着林余星。"魏驭城接过阿姨端来的茶水，就着润了润口，没有太多开场白，单刀直入地要答案，"爸妈，对她印象如何？"

娄听白微微皱眉："吓我一跳，幸亏没外人，不然还以为我和你爸怎么你了。"

魏驭城松了目光，放低姿态："我的错。"

魏濮存："余星那孩子，乖巧，有礼貌，是她这个姐姐教得好。"

魏驭城一下明白父亲要问什么。

果然——"她家里头的关系，理清楚了吗？"

其实魏濮存和娄听白在林疏月来之前就了解了个大概，倒不是他们有心查，而是魏驭城一早就打了预防针。

定的周六见面，周四他特意回来了趟。

魏驭城想要的人，想达成的事，那便能谋划得滴水不漏，万无一失。不用父母主动，彻底平息了两老的好奇心。林疏月的年龄、学历、个人情况，交代得明明白白。听到这儿，娄听白连连点头，是满意的。

魏驭城话锋一转："但我也跟您和爸透个底，疏月哪里都好，唯独家庭关系。"

魏濮存："父母离异，还是单亲家庭？"

娄听白："多大点事。"

"都不是。"魏驭城说，"她父亲早年病逝，母亲从怀她起，就一直抱着敌对的态度。她与她母亲的关系一般，林余星与她是同母异父的弟弟，并且，抚养权一直在女方手里。"

娄听白糊涂了："有点绕。"

"小星一直没上户口，先天性心脏病，这些年也一直是疏月在照顾。她大学毕业后，被一个精神病举报，原因种种，吊销过从业执照。也因为她母亲的关系，这两年一直搬家、换地方。她未必有一个拿得出手的过去，但我认为，这跟她本身没任何关系，这是别人不好，她一直是个好姑娘。"

很长一段时间静默。烟炭炉子上的花茶煮透了，正"咕嘟咕嘟"地冒着泡。娄听白与魏濮存望望一眼，欲言又止。

魏驭城的脸色就这么一点点沉下来，眉目间的那点平和之气，也一分分退尽。老少三人，呈三角之势，于沉默之中，各怀心思，各个凸出了棱角。

魏驭城当场就撂了话："有想法，我理解。周六我一定会带她来。"

魏濮存皱了皱眉，威严气势仍能镇场："我和你母亲还没说话，你这不明不白的威胁，说给谁听？"

魏驭城没吭声，叠着腿，坐得身板笔直，哪有半点受教的谦虚姿态。

娄听白拢了拢披肩，抿了一口茶缓过劲："你刚才说什么，她没有一个拿得出手的过去？"

魏驭城抬眼望向母亲，"嗯"了声。

娄听白气质雍容，情绪始终平静："既然认定了，那你就给她一个好点的未来吧。"

一锤定音。

茶水飘出淡淡的清香，与这满屋子的透亮光景相得益彰。阳光悄然挪了位，一束正巧罩在娄听白裙摆上，像闪耀的波光。

魏驭城先是低了低头，然后摆正腿，坐起了些，手肘搭着膝盖，脸上笑意淡淡："谢了，妈。"

魏濮存冷不丁地"呵"了声："为这点小事，起了跟我们翻脸的心思。"

魏驭城低着态度，忙不迭地给父亲斟茶："哪敢。"

娄听白更迫切直接："今儿才周四，周六去了，哎，你有照片吗？

157

先看看？”

答案竟是没有。

魏董还没习惯情侣间的这些小亲密。

时间轴拉回现在。

魏濮存关心这个问题，也是情理之中。父子俩都习惯用理性来解决实际问题："倘若你们要谈婚论嫁，总会牵扯双方父母。她父亲病逝，很遗憾。但母亲既然在，也没有忽略的道理。你娶妻，礼数总得周全，这既是对疏月负责，也不至日后落人话柄。”

娄听白连忙补充："也不用操之过急，你自己掂量分寸，找个机会，问问疏月的意见。”

盛夏入伏，气温更毒辣，明珠大道两旁的树木都被晒蔫了叶子，乍一看，个头变矮一大截。马路上散着热浪，车速一快，跟蜃楼幻景似的，车辆像是飘浮于地面。

钟衍一路开过来，车里有空调还不觉得，一下车走这么二三十米远，热得想骂街。林余星在一楼待着，钟衍进屋的时候，他正发呆。

"在这儿演石头呢，一动不动的。”钟衍出声太突然，吓了林余星一跳。

"不至于吧。”钟衍又惊又怕，因为林余星的脸色一刹白了两度。适应了之后，才渐渐回血色。这是肉眼清晰可见的，钟衍不由得放缓一切动作，讲话都不敢大声。

好在林余星没事，习惯了："小衍哥，你来了啊。”

"从不看你发呆的，有心事？”

"只能证明你不关心我。”林余星"喊”了声。

钟衍高冷："知足吧。”

林余星给他从冰箱里拿了瓶芬达，钟衍一根手指勾开，咕噜咕噜下去半瓶："爽。”

林余星坐在藤椅上，低头也不知看什么。

"学校那边手续办好了，我应该很快能回去，虽然就在明珠市，但以后肯定不能这么方便罩着你。你自己注意点啊，没事过来蹭蹭课，吃吃A大的食堂。”钟衍那年参加了高考，成绩勉强够上A大的一般性专业。但由于心理状况欠佳，本人一直没去。魏驭城托了关系，保留住他的学籍，按流程办了休学。

能重回校园，钟衍心里是感激林疏月和林余星的。

矫情一点来说，是治病，也是教会了他人生百态。这么难的经历，姐弟俩都没放弃，活得像个小太阳。虽然比较这个词，有点残忍，但当你觉得万念俱灰时，看一看，想一想，多的是惨烈。也就明白，这世上福祉与劫数，或许不能化解，但自己要学会成全自己。

半天，林余星没回话。

钟衍打了个饱嗝："又发呆，干吗呢？"

林余星一脸迷糊，慢吞吞地问："小衍哥，你再说一遍，我没听清。"

"服了你。别吵我啊，我睡一会儿。"钟衍把这儿当成自己的家，往沙发上大字一躺，秒睡。林余星坐了会儿，起身拿了条毯子给他盖上，然后扶着栏杆上二楼拼乐高去了。

月初，林余星复检的日子。清晨，姐弟俩出发去医院。路上，林疏月悠悠感慨："又到了考试时间，星儿，加油哟。"

林余星看窗外，一直没转过头，轻轻地"嗯"了声。

林疏月捏捏他胳膊："开心点嘛少年。"

这回他声都没吭。

重复的检查项目，像运转的机器，这么多年，两人都已经麻木了。明西医院给林余星开的从来都是绿色通道，十几个项目的检查结果，中午就到了杨医生手中。

杨医生看得仔细，一页一页反复审查，斟酌。

这次时间有点久，久到林疏月轻轻呼气缓解紧张。终于，杨医生抬起头，笑着对林余星招了招手："来，坐近点，我看看舌苔。"

林余星配合照做："啊——"

压舌板挑了一下，杨医生说："好了。星星，最近没睡好？内火旺，左口腔壁都起溃疡了。"

林余星挠了挠脸，不好意思地笑了笑："嗯啊。"

"倒也没大事，这次我加点维生素和鱼肝油，老规矩，去找小赵姐姐拿药。"杨医生递过单子，笑得温暖宽心。

人走后，就是林疏月的老规矩环节。她紧张地问："杨医生，您可以跟我说实话了。"

杨医生"哎"的一声："吓着了吧，真没大事。总体都好，但林老师，你应该知道，我说的'好'，在林余星身上，只能说是相对的。"

林疏月点头："我明白。您继续。"

杨医生把压在最下面的一张心电倒流图给她看："主动脉内壁结构本来就发生改变，可以通过吃药控制，前几次的检查都很正常，但这一次，"他拿笔勾了个小圈，"这个小节点，血管壁增厚，血压高了许多，而且心脏有射血痕迹，一定要多注意休息，保持良好的作息，按时吃药。两周后，再过来做一次复查。"

林疏月紧抿唇，神色凝重地点头。

杨医生："小星最近的情绪，受什么事影响了吗？"

林疏月仔细回想，她从南青县回来了三个月，这几次检查林余星一直表现良好。忙归忙，但哪怕出差，姐弟俩的短信、电话从来不落下。

林疏月是真想不起有什么特别的事。

回去路上，她的嘱咐更多："杨医生说了你上火，饮食一定要清淡点，不许吃零食了。还有，要早点睡觉，乐高呢，可以拼，但不能太久。"

林余星侧了侧身，还朝着车门那边挪了挪。

林疏月收声，她太了解弟弟，这是他不耐烦时，下意识会做的一个动作。

出租车隔音效果一般，发动机的轰鸣声，别的车辆鸣笛尖锐，像一把小刀，往车内划开一道小裂口。

林疏月没再说话，一路沉默回了工作室。

"姐，你注意台阶啊。"走进院子时，林余星幽幽提醒了句，进门后，他主动吃药，"我倒杯水，姐，你喝吗？"

"没事，我自己来，你先吃药。"

林余星站在桌面，仔细研究吃法用量，阳光薄薄打在他身上，勾得轮廓像染了层金边，皮肤也不似以往的苍白，浓眉黑眼，头发软趴在额前，少年感恣意迸裂。

林疏月默默松口气，也许是自己多想。

晚上，钟衍过来了一趟蹭饭吃。魏驭城这几天去广州出差，还要去一趟成都，没个三五天不会回。没人管了，钟大少爷又虎虎生风了。骚包跑车没少开，专挑颜色艳丽的可劲炫耀："舅妈，这辆和我衣服颜色配吗？"

林疏月客观评价："会让人联想。"

"联想什么？"

"你是一个被富婆包养的堕落青年。"

钟衍第二天就换了辆成熟稳重的保时捷卡宴，过来钥匙丢到林余星怀里："我发现你姐真的很天蝎，阴阳怪气的本事太牛了。没点智商还反应不来她的本真意思，跟魏驭城简直绝配。"

十几秒后，林余星才不轻不重地搭话："别这样说我姐。"

钟衍瞥他一眼："你怎么回事啊，心不在焉的，我觉得你最近都这样。"

林余星笑了笑："你不是要回学校了吗，见不着你，难过了呗。"

"你这思想很有问题。"钟衍抱紧了自己的胳膊。

"闹着玩呢，小衍哥。"林余星还是笑，这个笑比刚才更轻飘了些。

钟衍挠挠头，心里头不踏实，但又说不出个所以然。

钟衍都看出来了，林疏月能没发现吗？小孩乖还是乖，跟平常无异，那种言之无物的感觉很不好受。起初，她以为是林余星担心检查结果，后来找了个机会想开解，他直接打断了："姐，我真没事，我想得可开了。"

顺从得她无言以对。

她构想了很多种可能，甚至私下问过钟衍，林余星是不是有喜欢的人了？

钟衍："天！他恋爱了？是谁啊？！"

林疏月实在没辙了，想找林余星谈一次，但林余星总是怀柔地将太极打回去，扯这扯那的，还信誓旦旦地让她放心。

"我能放心吗？"林疏月急了，语气重了。

"那你就是不相信我喽。"林余星也挺不高兴，脸别向一边，少年有脾气了，"连我都不相信，难不成真要我出点什么事，你才安心啊。"

借力打力，林疏月彻底无话可说。

沉默很久后，她轻轻点头："好，姐姐信你。"

林余星证明自己没在无理取闹，当即露了个暖意灿灿的笑。

这种状态像蜻蜓点水，明明有涟漪，但又抓不住切实的证据。林疏月不想给弟弟太大压力，暂且把一切情绪转变归于自身的问题。

周五这天，林疏月和夏初在邻市办事，回程时高速大堵车，耽搁了俩小时。进入明珠市，家里来了电话，说老夏头又犯晕了，夏初不放心爸，火急火燎地回了家。

林疏月打车，凌晨才到工作室。

这个点，林余星应该早睡了。但她一进门，蓦地发现卧室门缝里还透着光亮。林疏月皱眉，走过去轻轻推开门。

林余星没睡，坐在床上吃薯片，看电视剧。被子歪歪斜斜地盖着，一床狼狈。他看得过于投入，连有人进来都没发觉。

林疏月动怒："这么晚了怎么还不睡觉？杨医生说的话你都忘了吗？"

林余星坐起了些，但还是懒洋洋的，没什么精气神："姐，我不想睡。"

"我还不想上班呢。"林疏月说，"这是一回事吗？"

"怎么就不是一个理了。"林余星说，"你不想上班，觉得我是个麻烦了是吧。"

他的声调很轻，在安静的夜里如剑刺杀，林疏月当场耳鸣。

"你说什么？"林疏月咽了咽喉咙，浑身冰水浇灌。

林余星扯了下嘴角，低着头："没什么，知道了，我现在就睡觉。"

林疏月一把按住他的手，深吸一口气维持住冷静："星儿，你是……有什么事吗？跟姐姐说好不好？"

林余星冲她眼睫轻眨："姐，你想多了。"

林疏月一下阴了脸色，站直了，冷声道："但愿。"

这一晚，林疏月睁着眼睛到天亮。

她开始复盘林余星的情绪，究竟是从什么时候起，就变成这样了呢？她特意重新去了趟明西医院，杨医生诧异："病情没瞒着小星，该说的都跟他说了，其实必要地了解实情，对他的心态更有益处。"

林疏月迂回婉转地也向钟衍打听过，钟衍丈二和尚摸不着头脑："还好吧，没发现不一样呀。除了偶尔发呆，反应迟钝了些。"

林疏月："你知道他最近见过什么人吗？"

"不知道。"钟衍神秘兮兮地猜测，"他是不是恋爱了？"

林疏月无言。

"他这个岁数也不算早恋了，舅妈，你别打他。"

林疏月皱眉："舅什么妈。"

"妈。"钟衍欠揍地答。

"星儿，吃荔枝。"夏初过来工作室时带了一箱妃子笑，挑了一盘冰镇，又装了一小盘常温的放一旁给林余星。

楼上，少年音漫不经心，散散地应了句："我不吃。"

不一会儿，夏初端着荔枝上楼："咦，你没拼乐高啊？"

不止没拼，人就懒在沙发上，睡着玩手机。

夏初"啧"了声，拍拍他的腿："少年，你最近转性了？是不是姐姐凶了你，来，跟夏姐吐吐槽，我帮你一块儿骂她。"

"不用，我姐好着呢。"

"那她昨晚跟我打电话，她差点都哭了。"

林余星默了默，藏在毯子里的手指轻轻收紧，遮掩住，所以没让夏初看见。

半晌，他"哦"了声，语气平平："我也不知道。"

夏初眼见是问不出什么来，并且林余星的乖巧形象深入人心，她甚至在想，是不是林疏月做了啥错事不自知。结果试探地一问，林疏月直接飚火："我能做错什么？！我错在老妈子似的不停唠叨，让他注意身体按时吃药！我错在敏感卑微，生怕他情绪不对劲！"

心里被砸了一个深坑，百思不得其解，她也难受。短暂宣泄，又极快地克制住自己的情绪。林疏月神色颓败道："我难道真的做得很差劲吗？"

夏初悔得想怒扇自己两耳光！

都把姐们儿逼成什么样了。

又过一周，林余星以可见的变化，一次次摧摇了林疏月的心。倒也不至于到变了个人的程度，但真的有东西不一样了。

那只拼了一半的火箭，这段时间，闲置在纸盒里，孤独地搁了浅。

周三，魏驭城结束出差，傍晚的飞机到明珠市。林疏月随司机的车一起去接他，然后吃饭，江边散散步，她的兴致始终不高。

魏驭城断定："你有事，告诉我。"

这种精准的预判，另一面也是能让人依靠的安全感，于是诱发了林疏月的倾诉欲。她把这些困顿全盘倾吐，望向他的眼神可怜又茫然。

魏驭城听时微微蹙眉，听完后，倒是没什么表情。只紧紧握了握林疏月的手，松着嗓音安慰："明天我过去看余星，在深圳买的几盒新乐高，我想他会喜欢。"

小别数日，魏驭城心思不加遮掩，每每望向林疏月的眼神都像要噬人。他的掌心按在她后腰，一下一下揉着，按着。

林疏月耷拉着脑袋，像一颗小蘑菇："今晚我要回去的，我不放心弟弟。"

魏驭城"嗯"了声，然后吩咐司机，找个人少的地，停车。

司机很懂，直接把车开向了明珠公园。公园地势偏高，这个点已经没什么人了。树木处，车停的位置十分隐蔽。

魏驭城沉声："你下去抽根烟。"

司机走远，车灯全熄。

最后，司机两包烟都抽完了。他琢磨着，这情况，明天应该能找李秘书报销烟钱吧。

这一折腾，回工作室已经接近零点。

魏驭城："陪你进去。"

林疏月看到屋里没什么灯，林余星应该是睡了。她说："太晚了，你早点回。"

魏驭城应了她。

林疏月下车后，他一直看着她进去。然后亮起一盏小灯。

又等了会儿，刚准备让司机开车，就听到里面传来不小的争执声。魏驭城皱了皱眉，快步下了车。

林疏月这次是彻底爆发了。

进来后照例去看林余星有没有好好盖被子，结果一推卧室门，他又在看电视，并且垃圾桶里一堆零食残骸。还叫了乱七八糟的外卖。

林余星躺在床上，叠着腿，懒懒散散地叫了一声"姐"。

林疏月冷了脸，走过去直接将插头拔了，站在他正对面，提声质问："医生跟你说的，你全忘了是吧。你对我有意见，说什么我都受着，但你别这样糟践自己。"

林余星也绷着嘴角，当即反驳："看个电视怎么就糟践了？我是有病，但我不是明天就死了。"

这个"死"字像一把钢筋钻，一秒扎进林疏月的神经里。这是她这么多年最介怀的一个字，她所有的坚持、对抗、牺牲，都不过是在和它战斗。

林疏月嗓子都哑了："你自己什么情况，你没有数吗？"

"我的身体我知道。"

"你知道个屁！"林疏月没忍住，骂了一声。

"你知道你还熬夜看电视！你知道你还吃这些垃圾食品！你知道你还处处和我作对！你这样不明说，让我猜来猜去。你想过没有，我不是神，我也会累。"林疏月哽咽得已经字不成调。

空气被抽水泵两下榨干了一般，又干又涩。

压抑的沉默。

林余星慢慢抬起头，眼神空洞麻木："你终于厌倦我了是不是？"

林疏月死命掐着自己的手，强逼自己冷静，她一动不动地看着林余星："你这么久的反叛，不就是为了这句话，你想说什么，你说。"

林余星："我不想跟你一起生活了。"

一语毕，落针可闻。

在这凌晨的夜里，林疏月被一遍一遍地凌迟诛心。

魏驭城进来时，恰好听到了这一句。

像一幅静止的画面，林疏月的脸色不比林余星好，她更像一片枯萎的叶，被人硬生生地拔下，颤颤巍巍地遭散落地。

昏黄的灯影从右边灯源处散照，像一面扇，林余星就坐在弧形的边缘，明暗各一半，他安静，了无生气，如一张薄如蝉翼的纸，下一秒就能随风远逝。

林疏月低着头，手指掐手指，隐隐掐出了血印。她没说一个字，她也不想再跟谁辩解。

她的灵魂被重重一击，浑身散了架。

直到一只温厚的手，毋庸置疑地紧紧握住她，制止了她所有伤害自己的动作。魏驭城的指腹摩挲着她的虎口，最软的一小块肉。

握了几秒，再松开。魏驭城踱步到林余星跟前。没有问候，没有开解，没有帮腔，没有责备。

他开口，声音沉如撞钟："去抱抱姐姐，她心都要碎了。"

第五章

此生团圆

　　林余星颤了颤，却仍没有动，十几秒的对峙中，魏驭城站在中间，成为两人缓解的桥梁。最后，林余星听了话，垂着头，慢慢走去林疏月跟前。他没叫人，微微抬了抬手臂，也没抬多高，总算主动着，要抱她。

　　但林疏月后退一大步，哽着声音拒绝："你别抱我。"

　　林余星眼皮抬了抬，对上她视线，半秒又把脸别向一边。

　　这个动作，无疑是再让林疏月的心碎一次，声音已经不受控制地带着哽咽："你这样不情不愿，是想加重我的负罪感。余星，我对你或许有过勉强，有过严厉，有过不通情达理，但我对你从没有盛气凌人的恶意。可能我做得不够好，不能像别的姐姐，给你无尽的宠与爱，给你一个广阔自由的成长环境。但在我这儿，从来没有觉得你是麻烦，是负担，是累赘。"

　　林余星抿紧唇，脸色已分不清是苍白还是灰沉。

　　"我知道你不想也不愿意跟我说什么，但姐姐还是真心地想问问你，到底怎么了？"林疏月眼里重启期盼，声音都有点发抖。

又是一阵安静。

几秒后，魏驭城自觉地背过身，欲往门外走。

"魏舅舅，你不用避着。"林余星把人叫住，然后看向林疏月，还是那句话，"我不想跟你一起生活了。"

林疏月呼吸顿时急促，那股气再也压不住，她提声质问："那你要跟谁一起生活？！林余星，姐姐从没有对你说过重话，但这一次，我真的很生气。"

眼见形势在失控的边缘，魏驭城快步走来，直接揽住林疏月的肩，把人往外推："今天就到这儿，不说了。"

林疏月的情绪很差，一把想推开他。但魏驭城不由分说，手上的力气又加重一分，在她耳边落话："弟弟身体受不住，走。"

这话打中林疏月的软处，她不再反抗。

魏驭城先把她带出去，轻轻拍了拍："别上火，我来。"

安顿好林疏月，魏驭城想找林余星谈谈，他敲门半天，里头没吱声。再一拧门把，竟是落了锁。

林疏月在车里等他，看到他出来得这么快，满眼失望。

水在手里一直没拧开，魏驭城见了，从她手里拿过，帮着拧开后递回去，非要见她喝了两口后才放心。他也坐上后座，握住林疏月的手："房门锁了，他没开门。"

林疏月长呼一口气，另一只手撑着额头，脖颈埋低，后颈那一截修长白皙。因为愤怒和不甘，上头染了一层薄薄的红。

林疏月摇头，哑着声音说："我不知道哪里出错了，我真的不知道。"

魏驭城没多问，他能想到的可能，林疏月一定比他思虑更周到，唯一的出口，他说："明天我约见杨医生。"

林疏月说："没用。我早就找过了。其实星星的病情这半年控制得还算稳定，他心脏的毛病从小就有，要为这事突然消极，真的不至于。"

"他有没有见过什么人？"

"我们每天见面，出差的时候也会保持联系，我察觉不出异常。

我也问过小衍，他说也没有特殊情况。"林疏月沉了沉气，眼睛涩得生疼，"我妈在美国，不可能回国。"

感觉不对时，林疏月就看过辛曼珠的朋友圈，前几天还发了九宫图，海边篝火晚会，左拥右抱国外小鲜肉。她越来越会修图了，根本不像年近五十的人，说三十都不为过。

"你那个哥呢？"魏驭城忽问。

"我也让夏夏托人去他家看过，一直没有回，据说还在北京治病。"林疏月思绪乱透了，正因为理智地查过因由，才更加无措。

魏驭城说："我晚上留下来陪你。"

"你回去吧。"林疏月深叹一口气。

他皱了皱眉："你不会觉得，余星是因为我吧？"

林疏月低落道："我也想不出别的原因了。"

可平心而论，这有点病急乱投医了。林余星怎么可能不喜欢魏驭城。

这一晚，林疏月一夜未眠。

次日清晨，林疏月早起，轻轻叩了叩林余星的卧室门。就在没抱什么希望时，门"咔嗒"一声，竟然开了。

林余星穿戴齐整，白T恤宽大，衬得他眉朗目清，头发软在前额，气色比昨晚好。相顾两无言，还是林疏月打破僵持，轻声说："吃早餐吧。"

林余星"嗯"了声："放着吧，我就来。"

都是他爱吃的，生煎冒着香气，瘦肉粥余温正好不烫口。牛奶也是温过的，习惯性地放在右手边。林余星一口一口地吃，给林疏月一种，什么都没发生过，依旧岁月静好的错觉。

她甚至庆幸，或许真的只是闹情绪，弟弟已经想通了。她露着笑容，努力找着话题："今天想拼什么，我陪你一起拼。"

林余星说："倦了，什么都不想拼。"

"不拼也好，坐久了伤眼睛和颈椎，要不我们出去走走？别太远就行，主要怕你吃不消。"林疏月嘟囔了句，"夏天太热了。"

"我也不想出去走。"林余星停了下，又说，"伤眼睛和颈椎又怎样，对我来说，有区别吗？你忙吧，不用管我。"

林疏月忍了又忍，既无力又颓败，但还是顺着他的意思："好，那你自己安排。"

林余星种种反应，显然是不想和她共处一室。她在的地方，他绝不出现。姐弟俩一个楼上一个楼下，一早上，半句话都没说。林疏月给他做好午饭，三菜一汤摆放在桌上，叫了他一声。

林余星漠然说："你先吃。"

林疏月食之无味，扒了两口也放下了筷子。她什么都没说，拿着包，沉默地出了门。关门声一响，躺在沙发上的林余星翻了个边。他一手把毯子罩着头，一只手抚在心脏的位置，视线空洞得没有半点内容。

而门外，林疏月委屈得掩嘴痛哭，又不敢太大声，于是顶着烈日，躲到院外的梧桐树边，脸上分不清是汗水还是泪水。

林余星不想跟她同处一室，林疏月自觉离开。没处去，她跟游魂似的，乘地铁去了汇中集团。到大厦门口了，又犹豫要不要进去。

"林老师？"李斯文正从外办事回来，车里就瞧见了人，"怎么不上去啊？"

林疏月扯了个勉强的笑："他上班呢。"

李斯文也笑："你要不上去，我明天可能就不用来上班了。在魏董那儿，公事远没有你重要。"

魏驭城身边的亲信做事稳当，待人接物滴水不漏，且总能以合适的切入口，让你无法拒绝。

魏驭城在开会，林疏月在他办公室等。楼层安静，温度适宜，清淡的海洋精油香入鼻催眠，林疏月撑不过几秒，在他沙发上睡着了。

魏驭城散会，还有部下跟过来继续完善汇报。他推门进来，一眼看到蜷在那儿的人，立刻收了脚步，做了个嘘声的动作。

像开关按钮，一瞬安静。

魏驭城眼神示意，李斯文即刻会意，压着声音说："那就到外面说吧。"

林疏月醒来时，就见魏驭城坐在对面。斜靠着沙发扶手，叠着腿，腿间放了一本书。林疏月诧异，这是她第一次看到魏驭城戴眼镜。

极细的金丝镜框，架在高挺的鼻梁上，微微下滑，他抬头的一瞬，手轻轻扶了扶，然后吊着眼梢对她笑。

那一刻，林疏月真的忘却了烦恼。

"我睡很久了？"

"嫌你睡得太少。"魏驭城把书放置手边，走过来挨着他坐，揉了揉她的虎口，"昨晚是不是没睡？"

林疏月摇摇头："睡不着。"

魏驭城重新起身，折回办公桌的抽屉里，拿了个文件袋给她。

"你看看。"他说，"我托人打听李嵘和他父亲的情况。跟你讲的差不多，两人去北京治病，一直没有回来。"

林疏月蹙眉："什么病？能去这么久。"

"肾。"魏驭城示意她打开文件袋。

林疏月看不懂专业描述，目光落在最后的诊断上，迟疑地念出几个字："左肾坏死的意思？"

"可以这么说，我找小杨看过，尿毒症，并且右肾衰竭速度也很快。"

林疏月思考许久，无力地摇了摇头："我实在联想不到这和余星有什么关系，他们根本没有见过面。"

魏驭城宽慰道："我做这些，是希望你明白，不管多困难，我都陪着你。"

林疏月认真看了他几秒，眼睛一亮："会不会是因为你？"

"我？"

"余星接受不了我和你在一起，故意闹脾气耍性子！"

魏驭城半声冷笑："所以呢？跟我分开？来验证这种可能性。"

林疏月意识到危险，猛烈摇头。

魏驭城自信道："他不要你，都不会不要我。"

钟衍最近忙着返校的事，他虽吊儿郎当，但真决心做一件事的时候，还是很上心的。魏驭城没替他一手包办，该盖的章，打的证明，跑上跑下的活，都让他自己去办。钟衍跑了一周，忙得顾不上林余星，自然也不知道姐弟俩发生的嫌隙。

周四这天，林余星主动找他。

钟衍正在搬寝室，A大在明珠市属中等，学校不算大，但建筑风格很独特。东门有面大湖，湖边杨柳垂垂，有凉亭假山，很好避暑。

钟衍到的时候，就见林余星坐在亭子里发呆。

"想什么呢？"钟衍走过来，递给他一瓶常温的水，"我去，这学校宿舍也太小了，四人间，下边是桌子，上边是一米宽的床。空调巨小，我估摸着我那间的还坏了，开半天一点都不制冷。"

林余星安静地听，心不在焉的。

钟衍后知后觉，想给自己一嘴巴："对不住啊，我就随便说说，你要想来，以后过来听听课，我带你吃食堂，管饱。"

林余星笑了笑："没事小衍哥，我没那么敏感。我自己的身体，我心里有数。"

钟衍挠挠脸，皱眉道："你最近没碰上什么事吧？总觉得你闷了好多。"

"我这样的身体，也开朗不起来呀。"林余星自嘲地一笑，"我一直都这样，只不过碰到了你、魏舅舅，我的人生多了两束光，真的真的很开心。"

钟衍皱眉更深："别跟我扯这些，文绉绉的听不懂。"

风过，杨柳晃，湖心涟漪一圈圈地向外扩散，然后渐渐消匿，重回静止。林余星盯着它完成一次轮回，才慢慢开口："小衍哥，你是一个很好的人，你要觉得苦难熬不下去的时候，就想想我。我这么差劲的人，本不该得到很多人的爱，甚至不该有活着的资格。"

"滚蛋！"钟衍暴躁地踹了一下石凳子，"收回去，这话哥不爱听！不是，林余星，你到底怎么了，奇奇怪怪的，你不说是不是，我打电话给你姐了啊。"

乍一听"姐姐"，林余星的手揪紧了裤子，眼里的光瞬间灰蒙，伤心和难过掐着喉咙眼，哪里都跟缺血似的。

"你打也没用，"林余星扯了个笑，"我姐最疼我了。"

钟衍冷声："既然知道她疼你，你想过没，听到你这样的话，她该多伤心。"

林余星低了低身体，绞痛的感觉充斥胸腔。

钟衍忒不放心了："我现在送你回家。"

"不用，我自己搭车。"

"我放个屁的心，等着，我回宿舍拿一下车钥匙。"可等钟衍快跑一个来回，凉亭里，早已没了林余星的身影。

手机响了下，林余星发的信息：

"小衍哥，我先走了。"

林余星回来时，林疏月也在工作室。她忙着整理资料，电脑前奋笔疾书，头都没抬："回来了？"

林余星"嗯"了声，一贯的沉默以对。

"你歇会儿等汗干了，再上去吹空调，厨房里有洗好的樱桃。"

"我不吃。"

林疏月手一顿，终于抬起头，目光平静得不见半点情绪："你最喜欢吃樱桃，不用为了跟我赌气委屈自己。这几天高温，少外出，按时吃药。我下午出差，这一周都不会回来。你安心待着，我不会再在面前烦你。"

林余星定在楼梯处，迈上去的脚步一下子忘了抬。

林疏月说："就当我欠你的吧，这些年，我这个做姐姐的太失败。但我能力有限，也只能怪我能力有限。我现在没别的想法，就一个，多挣点钱，给你把后路铺长一点。可是星星，不管你的理由是什么，你都伤了姐姐的心。"

说完，她没再看林余星一眼，合上电脑，拿好包，推着玄关处的行李箱就这么出了门。

门关的声音切割耳膜，林余星乏力举步，慢慢蹲下身体，死死按住了胸口急促喘息。他从口袋里摸出药，囫囵吞了两颗，又在楼梯上坐了会儿，才渐渐顺过气。

两天后，林余星出了一趟门。

门口有车早早等在那儿，似是轻车熟路。林余星在门口站了会儿，副驾滑下半边车窗，约莫是跟他说了什么，林余星上了车。

五十米远的梧桐树后，林疏月戴上墨镜，开车跟了上去。

前方的车沿明珠路往东边开，林疏月始终隔着三辆车的距离，不紧不慢地跟在后面。最后，车停在职校附近的一家普通宾馆门口。

林余星一个人下了车，抬头看了眼，然后缓步走了进去。他站在前台打电话，语气冷漠："我到了。"

电话那头："305房。"

林余星胸闷气短，在下面坐了会儿，才撑着去坐电梯。他找到305房，敲了两下，门开，室内的冷气开得低，从门缝扑出来，林余星打了个冷战。

李嵘仍是一身黑色衣服，头发剃得更短，贴着头皮只剩青黑色的发楂，衬得他的脸更加有棱有角。本是立体俊朗的面相，但眼神阴鸷灰沉，顿时抽了大半生气。

他把路让出："进吧。"

林余星定在门口，目光厌恶："就在这儿说。"

"你不进来怎么说？"李嵘语气不善且不耐。

林余星抿紧唇，僵持了两秒，还是走了进去。

双人标间，就摆了两张床，一张桌子，液晶屏的电视机有些年头，歪歪斜斜地挂在墙上，正放着新闻频道，调了静音，只有无声的画面。

靠窗的床上，坐着一个五十左右的中年人。身形消瘦，尤其脸脱了相，颧骨凹陷，眼眶周围沉淀成乌青色。他有意坐直，但难掩病态，看起来已是病入膏肓。

林余星站在门口，刻意划出最远的距离，一动不动。

李嵘先是给李费岩倒了杯水，看着父亲喝下后，才不耐烦地瞪了眼林余星："你哪儿那么不干脆。"他冷笑，"也不知道你那个姐怎么受得了你的，这么多年，挺能忍啊。"

林余星眼神顿时锐利，没有半分弱态："闭嘴，不许说她。"

李嵘手握紧成拳，语调拔高："她是有多金贵，我提怎么了？"

两人之间的气氛剑拔弩张。李费岩咳了两声，声音虚："有什么好吵的。"他看向李嵘，"让着弟弟。"

林余星被这声"弟弟"刺了，陌生，排斥，都令他无比恶心。他的脸色一度发白，手下意识地往后抓，想寻找支撑力。

他的细微变化被李费岩通通看在眼里："我们父子俩，都一个模样，身体都不好用了。"

李嵘更直接："跟她摊牌了没有？"

林余星神态枯槁，慢慢抬起头，问："是不是只要我做到，你也能做到。"

174

"废话。"

"不再打扰她，不去骚扰她身边的任何人，包括三年前她被申远峰诬陷，你也能提供证明她清白的证据。"

李嵘不耐："我说到做到。"

林余星呼吸显而易见地急促，定了定，才缓过劲。那声"好"还没说出口，猛烈的敲门声响起——"林余星，开门！"

林疏月气势汹汹，隔着门板，都能感受那股拼命的劲。

李嵘冷笑："这都能找来，你不是说她出差？"

林余星反应过来，她是故意的，其实根本没出差，一直暗中跟踪他。

"再不开我就踹门了！"顿了下，林疏月声音清冷如霜降，"李嵘，我知道你在里面。"

气氛像卡了带，谁都没动作。

李费岩重咳两声，发话："该来的都会来，也好，有的事，面对面说清楚，也算做个了断。"

经过林余星身边时，李嵘别有深意地看他一眼，然后拧开门。

林疏月第一眼对上李嵘，没有意外，没有逃避，那种恨意仅靠几分理智拉扯住，才不至于上去扇他几巴掌。林疏月甚至没有问责林余星，仍是下意识地，将他拨到自己身后。如以往的每一次，遇到危险时，她都会站在弟弟面前挡刀。

她独面豺狼虎豹，锋芒毕露："我就知道，我弟弟怎么可能忽然翻脸不认人。原来是碰上畜生了。"

李嵘阴恻恻地一笑，没有生气。他侧过身，露出空间。林疏月一愣，见着了李费岩。她心里渐生不好的预感，暗暗掐了把掌心，阵脚不能乱。

李费岩此时模样，就是一个手无寸铁的虚弱中年人，他对林疏月尚算温和地笑了笑："你就是姐姐？你跟你母亲很像。"

乍一提辛曼珠，林疏月一阵过电。

"你来也好，有些事，我们就当面协商。"李费岩不急不缓，一个字一个字地，开门见山。

林疏月皱眉："我和你有什么可说的？"

"本质上来讲，我们确实没有见面的必要。毕竟你不是我李家人，和我也没有半点血缘关系。"李费岩说。

林疏月不容置疑地纠正："不是我，是我们姐弟，都和你没有半毛钱关系。"

李费岩微笑："月月，你错了。林余星，是我李费岩的儿子，无论从道德还是法律层面，他都与我关系亲厚。"

林疏月当即沉了脸色："你究竟想干吗？"

李费岩说："弥补这些年，缺失的父爱。"

"直接点。"林疏月不绕弯。

李费岩依旧是平静的语气："我要他的抚养权，接他回身边。"

他的面目，像幽暗地下城的地狱使者，以最风平浪静的态度，传达惊涛骇浪的事实。林疏月眼里浮现渺渺水雾，一刹灵魂放空。待她消化这个意思后，周身冰寒，像被旷野涌进来的风死死缠绕包裹。

"凭什么？"她看向李费岩，有无解，有茫然，最后都化成了愤怒，"你和辛曼珠寻欢作乐的时候，有没有想过负责？！生下他之后，有没有想过负责？！他最需要你们的时候，你在哪儿？现在你说要弥补？父爱？你到底有没有良心啊！"

林疏月指着李费岩："我告诉你，想都不要想。"

李费岩并不受用，反倒笑了笑："月月，你说了没用，我才是他法律意义上的父亲。"

"别拿这些威胁我，我也不是法盲。"林疏月冷冷道，"你去打官司，告我，我无条件奉陪。但在宣判之前，你们别想再见他。"

李费岩倒要对林疏月另眼相待了，他眼里的笑意似是而非，忽而感叹一句："辛曼珠这样的女人，怎么会生了个这么优秀的女儿，真是基因突变了。"

他摇摇头，再重新看向她："你的心情我理解，你说了不算，我说了也不算。我们问问余星的意见。"李费岩视线挪向林余星，温言，"余星，你想跟谁走？"

林疏月势在必得，或者说，根本没把这个挑衅放在眼里。

她甚至准备去牵弟弟的手。

林余星干涸着嗓音，说："我跟爸爸走。"

五个字，彻底斩断了林疏月的手，也把她变成一个彻头彻尾的小丑。

林疏月转过头："你再说一遍。"

林余星别过脸："我跟爸爸走。"

那些披甲上阵的勇气，顷刻之间碎裂成粉末。什么情绪都没有了，只剩心碎。

怎么走出来的，林疏月已经不记得了。

脚不是脚，机械地迈步，手也不是手，不然怎么连满脸的眼泪都不知去擦拭。林疏月脸色发白，不知过多久，终于回到车里。她趴在方向盘上，眼神懵懂无望，像一个做了八百遍试卷，却没能及格的可怜小孩。

夕阳明亮，如泼洒的蛋黄定格在琼楼广厦间。手机响，林疏月像个被放慢两倍速的纸片人，最后一声响铃结束前，接起。

"夏夏。"

几乎同时。

魏驭城刚从市政大楼办完事，陈市秘书亲自送他上车，短暂寒暄后，车驱动。司机问："魏董，您去哪儿？"

魏驭城抬手看了看时间："公司。"

刚说完就来了电话，屏幕显示杨医生。魏驭城皱了皱眉，接得果断："小杨，有事？"

林余星的主治杨医生。

但他这次不是为着林余星的事，而是林疏月。

"魏董，林小姐私下找过我，问过我一些跟肾脏有关的问题。比如尿毒症，肾衰竭，有没有治疗的办法。"

魏驭城当即想到了一个人："是不是上次托你调取的，一个叫李费岩的情况。"

"是。"杨医生，"今天她一个朋友又来找我，给了我一沓别的详尽资料。病患仍是这位李费岩。当时我才出手术室，粗略看了眼就给了她答复，这些资料，都是肾移植前的一些必备检查项目。"

魏驭城心一沉，手机捏紧，扬声吩咐司机："靠边停！"

车停稳，魏驭城让司机下来，他坐上驾驶座，油门一踩，如箭飞了出去。

过了一个时间节点，黄昏退场的速度越来越快。夜幕降临，霓虹登场，明珠在夜间璀璨，换上另一种喧嚣燥热，替夜生活拉开序幕。

林疏月枯坐在车里，维持着姿势一动不动。

身体如灌铅，几乎把她定死于原地，连带着思绪，呼吸通通凝固。她的目光胶着于宾馆门口，似是出现幻觉，一会儿白茫，一会儿阴沉，一会儿又闪现雪花般的噪点。

直到李嵘出现。

他双手插兜，习惯性地低着头，从身后看，脊柱侧弯，本高大的背影歪扭得像一摊软泥。林疏月的视线渐渐清晰，所有的茫然瞬间回归，铸造成了一把锋利的剑。

半小时前——

夏初急切躁怒的话语犹在耳边：

"月月！你要注意李费岩，他是尿毒症晚期，我找熟人查了他在京古医院的病历档案，他这种情况，唯一的生存机会就是肾移植。我估摸着，这老王八是想打星星的主意！"

每一个字都像钢针扎在心脏最深处，林疏月觉得自己快疼死了。

她闭紧眼，眼角一滴泪不由自主地滑出。

再睁眼时，她死死盯着李嵘的背影。这么多年的恨意、压制、痛苦、委屈、不甘、恐惧，糅杂成一股绳，勒住她的气管。

林疏月的手抠紧方向盘，指尖掐出了深深的痕印。

油门轰然，一脚到底。这可怖的动静惹得旁人频频回眸，敏感地连连退后避让，惊恐地指指点点。

李嵘身影一顿，慢慢回头。

隔着挡风玻璃，两人视线相对。

林疏月眼前一片空白，松开刹车的脚，车顿时如飞扑的猛兽，直指目标。

尖叫声响彻，李嵘也吓得往后退。

分秒之际，一辆黑色奔驰猛地从右前方压线驶来，速度比林疏月还快，直直挡在了她车前面——

"砰"的一声巨响。

林疏月踩住刹车，但还是不可控地撞了上去。迈巴赫坚固，车身侧面只凹陷了一处。

林疏月愣愣看着。

魏驭城解开安全带，推门下车，径直朝她走来。

他拉开车门，一手顶着车门上沿，一手把她牵出来。什么话都没有说，半拥着人，塞上了奔驰的副驾驶。

魏驭城倾身帮她系安全带，侧脸俊容近在咫尺，熟悉的淡香浸入鼻间，连贯肺腑。林疏月的眼泪，无声倾盆，一滴滴落在他手背。

魏驭城抬起头，指腹轻轻拭过她湿润的眼角，递了一个温柔的笑。

林疏月顿时泣不成声。她的不甘、愤懑、仇恨，所有的所有，他都懂。

魏驭城望向她的目光，包容、疼惜，语气始终平静："多大点事，有我在。"

说完这句话，魏驭城抚了抚林疏月的眉眼，然后重新退了出去，门一关，按了车锁。围观的人越来越多，有热心人要报警，被魏驭城拦下来，挨个发了根烟，客客气气地说："这我媳妇儿，刚拿驾照，开车紧张了，劳您费心，以后我们一定多注意。"

魏驭城形象气质俱佳，态度可亲。顶多遭几句不满的闲话，那也是情有可原。魏驭城始终笑脸示人，差不多了，坐上林疏月那辆车，把车挪到不占地的位置。

他给李斯文打了个电话，言简意赅报了地名："过来处理。"然后重新回到奔驰里，携着林疏月离开。

没几分钟，李斯文的电话回过来。听完后，魏驭城说："知道了。"

手机搁在储物格里，他告诉林疏月："余星回了工作室，你朋友在，不必担心。"

林疏月枕着椅背，侧了侧头，闭上眼。

她的皮肤苍白，连带着唇瓣都没什么血色。想动，右肩好像落枕了，扯一下钻心地疼。这股疼痛感连着筋脉一路往上，一阵阵的耳鸣让她心跳跟着失衡。

魏驭城的手越过中控台，覆上她掌心。

温厚的触感拉回了她放空的思绪，林疏月转过头看着他。一字不言，眼睛就这么红了。

无声的状态，一直持续到下个路口红灯。

车停稳，魏驭城才看向她，没有煽风引火的鼓动，没有大放厥词的海口，仍以一种绝对的定力，心平气和地说："我知道你很难过，但月儿，你刚才的举动，真的不应该。"

林疏月慢慢低下了头。

"你要出事，我能保你平安。但你仔细想想，这样值不值当？"魏驭城说，"为了一个你厌弃至极的人，大动干戈。他配吗？"

林疏月哑声："我真的太生气了，他们的嘴脸太难看了。"

"愤怒有很多种发泄方式，以命搏命，最是有勇无谋。"魏驭城以强大的内心和理智的逻辑思维一点一点开解，"心结的根源在哪儿，你想过没有？"

几秒后，林疏月抬起头："他们一定是拿我当威胁，让余星做选择。"

红灯闪烁时，魏驭城伸出手，轻轻摸了摸她颈后的头发："工作室那边，你晚上就别回去了，弟弟那边我来沟通。"

魏驭城直接将人送回他的办公室，里面的休息间足够她休息。李斯文处理好那边的事，也会回集团一直待着，不至于出乱子。

凌晨时，万籁俱寂。

宽尺落地窗隔绝一切外界杂音，由高外望，城市俨然流动的盛宴。灯影与霓虹升腾交织，共襄盛举。

夏初打来电话，不似她以往的热闹性子，而以沉默作开场白。不用开口，林疏月就知道，不一定有个好结果。夏初没详说，也是顾虑她的心情。但有一句话，她表述得很动容："魏驭城跟他说：'你伤她的心，也是伤了魏舅舅的心。姐姐是你的姐姐，但她也是我的爱人。舅舅从没跟你说过重话，这一次，你就当是重话吧。只要我在一天，就不允许任何人伤她。哪怕是以爱之名。'"

当时那个气氛，林余星像棵枯萎的小树苗，一把阴影洒在他头顶，压抑极了。连夏初都背过身去，偷偷擦了擦眼角的泪。既心疼，又恨铁不成钢。

"我看余星那个态度，虽然很坚持，但没再执拗，我觉得有转圜的余地。"夏初叹气，"弟弟啊弟弟，我又舍不得说他。"

几秒安静。

"夏夏。"林疏月嗓子哑得字不成调，"你说，还有没有另一种可能？"

电话里都能听见夏初的呼吸一室："都没敢跟你说，我也想到了。"

默契使然，同时安静。

再开口时，两人同说一个名字："辛曼珠。"

依林疏月对弟弟的了解，他绝不是这种极端的人。就算李嵘拿她当交换条件，也不至于矛头对准她，翻脸翻得如此彻底。

不过可以断定的是，林余星不知道李家父子的歪心思。他或许知道李费岩生病，却不知道病得要进行肾移植才能保命。

和夏初通完电话，林疏月走到落地窗边，绷着脸色，拨了辛曼珠在美国的号码。

英文提示，空号。

她没放弃，找到辛曼珠的微信，直接弹了视频邀请。不接，就一遍一遍不放弃。终于，辛曼珠发来一条文字信息："宝，我睡了。有什么事明天再说好吗？"

林疏月没再继续弹视频，而是平和地，打了一段内容："妈，李费岩找了我，想带林余星走。我思考了很久，也尊重星星的意见，他想去就去吧。你怎么看？"

辛曼珠："可以呀，他长大了，可以自己拿主意了。而且你以后也要结婚的，弟弟跟着也不方便。"

林疏月："有道理。"

林疏月："对了，我谈了个男朋友，我俩想定下来。他想见见你，你什么时候回国一趟？"

没耽搁一秒，辛曼珠速回："真的？哪里人？他做什么的？家里做什么的？"

林疏月："明珠市，家族生意。"

字里行间，辛曼珠忽然热情的态度已能证实很多猜测：

"好啊好啊，那我尽快回！"

林疏月把聊天截图发给夏初。

夏初回了个"呕吐"的表情包："太现实了，这还有半个当妈的样子吗？"

林疏月已经心如止水，每等待一次辛曼珠的回复，心就被狠狠割一刀。她垂下手，没握稳，手机就这么滑落在地毯上。

魏驭城很晚才过来，林疏月蜷在休息室的床上，侧躺着，双手圈住自己，像一只没有安全感的小虾米。她的睡容并不安然，眉头紧皱，眼角似还有未干的泪痕。

魏驭城摁熄顶灯，连床底的夜灯都没开。拉敞窗帘一角，引霓虹入室。然后轻轻躺上去，小心翼翼地揽她入怀中。

林疏月翻了个身，本想睁眼，可闻见熟悉的男士淡香，思绪一下子放空，什么顾虑都烟消云散了。

两天后，林疏月毫无意外地，等到了辛曼珠要回国的消息。

她心思越发深沉，克制不住想冲动，想直接撕破脸的时候，就会想起那日魏驭城跟她说的话：以命搏命，是最不值当的交易。

甚至，她还能逼真地、冷静地慰问关心："航班号，几点到，我来接你。"

意料之中，辛曼珠说不用。

林疏月摁熄屏幕，冷冷地将手机丢去一旁。

次日晚上，林疏月约她在VI.SA酒店。

辛曼珠从出租车下来时，风情摇曳，露脐装比年轻人还大胆。经过之处，路人频频回眸，而她享受这份多一眼的优越感，丝毫不露怯色，反倒挺胸抬头，走得愈加风姿卓绝。

林疏月就站在酒店门口，眸色清冷，如注目一个异类。而这个异类，却是与她血缘情深的母亲。

辛曼珠望着奢华的酒店建筑目露惊喜："这么高端的地方见面？"

林疏月笑了下："我男朋友订的，他说，不能亏待。"

辛曼珠喜色上脸，左右环视。

林疏月知道她在找人："他忙，晚点再过来，让我先带你做SPA[①]。"

这里有明珠市的顶级SPA服务，采用预约制。辛曼珠太受用，所经之处，不停拿出手机或拍照，或自拍。林疏月走在她身后，始终冷眼观之。

自拍够了，辛曼珠总算想起这个女儿。她回过头，将林疏月从头至尾扫了一遍："你怎么还是个学生模样，就不能穿得有女人味一点？要大胆、妩媚、曲线，好吗？"

林疏月扯了个敷衍的笑："嗯。"

辛曼珠不甚满意："你男朋友应该是给你钱花的吧，明天去商场，我给你挑。"

林疏月指了指右手边："还要一会儿才到我们，去吃点甜品。"

辛曼珠一看铭牌，喜不自胜："VIP啊。你这个男朋友，对你很好的啊。"

林疏月没搭话，趁她兴致勃勃地开始新一轮自拍之际，悄然将门落了锁。

辛曼珠毫无察觉，仍沉浸其中，笑眯眯地说："来来来，咱母女俩来张合照。"

林疏月后退一步，一个明显避开的动作，既然已请君入瓮，就不用再容忍求全了。她直言不讳："李费岩尿毒症，主意会打到林余星身上，你没少立功劳吧。"

辛曼珠皱眉："你瞎说什么呀，不要聊不愉快的话题好不好，来来来，拍照啦。"

林疏月一步步走近，迅速伸手，一把将她的手机抢了过来，然后狠狠砸向地面。噼里啪啦尖锐声响，手机屏幕四分五裂，彻底花了屏幕。

---

① SPA：指利用水资源结合沐浴、按摩、涂抹保养品和香熏来促进新陈代谢，满足人体视觉、味觉、触觉、嗅觉和思考达到一种身心畅快的享受。SPA是由专业美疗师、水、光线、芳香精油、音乐等多个元素组合而成的舒缓减压方式，能帮助人达到身、心、灵的健美效果。

辛曼珠尖叫："你干什么！"

林疏月眯缝着眼睛，锋芒不再压制遮掩："你早就回国了，也早就知道了李费岩的事，你更知道李嵘这些年对我做的变态事。李费岩答应把名下的一套房产过户给你，只要你帮忙搞定林余星。李费岩的目的是什么，你一清二楚——他尿毒症晚期，只能靠肾移植活命。舍不得大儿子，就把主意打到了这个'野种'小儿子身上。"

辛曼珠浓厚的妆容，在这种昏暗的氛围下，尤其明显。她一慌，神态松懈，眼角也跟着耷拉，没了方才艳丽自信的姿态。

她后退一大步："宝贝，我不知道你在说什么。"

"我知道就行。"林疏月直视她，"余星十二岁的时候，你这个当妈的把他甩给我一走了之。行，你走就走，但我没想过你能如此恬不知耻地再回来要人。你们凭什么，我就问凭什么？林余星是你儿子，你不讲半分母子感情，可你也不能把他往火坑里推。你不知道李费岩的打算吗？他想让林余星给他肾移植。还是说，这个主意，根本就是你出的？"

辛曼珠嘴犟，和女儿说话仍习惯性地带着刻意娇嗲的语气，好似一个真正无辜的受冤者："你不要乱讲，我和李费岩十年没联系，我哪知道他得了什么病。"

林疏月冷笑，从包里拿出一个文件袋甩到她面前："我去房产局查了，他名下的一套150平方米的房产在上个月过户到了你名下。"

复印件，姓名，身份证号码一清二楚。

辛曼珠谎言被戳破，她一点都不慌，还是那副无所谓的态度，并且立刻想好了改口的措辞："哎呀，我这不也是为你考虑嘛。你都二十五了，以后总要结婚的吧。你这个弟弟身体这么差，就是你的负担，过个几年，耐心耗尽了，会影响你和你夫家的感情。妈这是为你好，李费岩要让他认祖归宗，这不是双赢的好事吗？"

林疏月做了无数种心理建设，可听到这些话后，仍如当头一棒，把她彻底砸裂开，恶心得想吐。

她忍住翻涌至喉咙口的血腥气，轻声说："我今年二十七岁。"

辛曼珠一愣，风轻云淡道："行，我记住了。"

她眼珠一转，又说："这样吧，我让李费岩加一条进协议里，给你补点钱，就当是这些年你对他儿子的照顾补偿。"

林疏月什么都没说，拿出手机，按了停止键。

辛曼珠眼尖："你干吗？你、你录视频了？"

林疏月抬了抬下巴："我说过，我绝不会让你们得逞。我不会把弟弟交出来，你们按正规法律流程走，起诉我，告我，怎样都行，我无条件奉陪。耗吧，看谁耗不起。这些证据，视频、录音，我全都准备好了。我不怕你们。"

她神色太决绝了，每一个字都是无情的分割，寻不到半点转圜的余地。辛曼珠的心咯噔一跳，直觉这丫头这次真的不会善罢甘休。

"站住！"她尖声。

林疏月停在门口，背对着。

"你敢惹事，试试。"辛曼珠压着嗓子，冷冷地"呵"了声，"如今你是本事渐长，敢设计我，你可别忘了，李嵘什么事都做得出来。"

林疏月语气平静："拿他威胁我？晚了。这些年我已经领教彻底，百毒不侵。你尽管让他来，怕他一分算我输。"

这油盐不进的态度，彻底惹怒辛曼珠。

她本就不是良好家境出来的人，空有一副光鲜亮丽的皮囊，保养再得宜，装腔拿势再逼真，也掩盖不了骨子里的劣根性。自私、无情、冷血、庸俗，为达目的不择手段。但此时的林疏月，坦荡、尖锐、勇敢、坚定，于她是截然不同世界的人。

除了事情本身，辛曼珠还觉得不甘心。

血脉相承，女儿应该跟她一样才对。她身上的品质，熠熠生辉，站在制高点，空投鄙夷。照得她内心的卑劣一览无余。

辛曼珠又恢复了一贯的娇俏语气，甚至染着笑意说："你男朋友不是有钱有地位吗？那就好好过你的日子，不然我也能让你没好日子过。"

这显而易见的威胁，如裹着毒液的蛇，在阴暗角落吐芯子。

林疏月连话都懒得回，拉开门离开。

辛曼珠脸色极其差劲，气急败坏地拨了一个号码，接通后，她声音尖锐："你在哪儿？"

晚八点，天色仍有一瓢淡青色，将黑未黑，霓虹却早早登场宣告主权，遮掩掉本身的天色。借着不甚明亮的光，林余星看清了宾馆的名字：温馨港湾。

他盯着前两个字，久久没有挪眼。

辛曼珠的电话："到哪儿了？"

林余星唇色微白："楼下。"

这种小角落的宾馆，多是老旧楼房改造，三五层高没有电梯，林余星爬四楼够呛，到门口时，脸色已经没有半分血色。

辛曼珠拉开门，都不看他一眼："进来。"

林余星扶着门板："我要喝水。"

辛曼珠给他倒了一杯冷的，懒得烧热。

林余星从口袋里摸出两瓶药，抖着手吞了四颗，这才慢慢顺过气。辛曼珠勾了条椅子给他，倒也不是良心发现，而是真怕他死在这儿。

"你跟你姐到底怎么说的，她怎么还那么轴，死活不撒手。"辛曼珠抱怨连连，"你是不是没按我说的去做，又心软给她留希望了是不是？"

林余星没吭声，一听"姐姐"二字，像有一把剪刀铰着心脏，太疼了。

辛曼珠冷冷道："你动摇了？"

林余星吸了吸鼻子，本就偏瘦的身体以可见的速度消耗。

"你爸来接你，天经地义的事，又不会害你。你看李嵘，这些年也没对你怎样吧。你们俩才是亲的。"辛曼珠孜孜不倦地劝，姿态高傲，自觉苦口婆心。

房间窗户没开，闷热的空气里飘着阴湿的霉味，空调"咯吱咯吱"响，冷热交替，筛出了皮肤上的鸡皮疙瘩。林余星一直低着头坐，半晌，终于开口。

他慢慢看向辛曼珠，一字一字地说："我不做了。"

"什么？"辛曼珠以为自己听错，"你再说一遍。"

"我说，我不会配合你了。"林余星眼里没有半点亮光，像一潭死水，"我要姐姐，我不要你。这些年没有她，我已经死了。"

辛曼珠冷不丁地一笑："打定主意了？"

林余星目光坚决。

"那我也给你提个醒。"辛曼珠说，"李费岩那儿子，脑子可不正常，指不定对你姐做出什么事。还有，你姐不是谈婚论嫁了吗？她辛苦这么多年，现在好不容易要幸福了，你还想挡她道呢？背着个不太好的名声，还有你这个拖油瓶，嫁去别人家，首先就低人一等，以为能有什么好日子过。"

李嵘和李费岩，不就是拿这些作为要挟的筹码吗？

林余星轻飘飘地一笑："我只知道，真正伤我姐心的人，其实是我自己。你们那些假设，不过是陷阱。我想通了，我为什么要相信你们？明明，明明……"他声音哽咽，"他们才是真正对我好的人。"

辛曼珠呼吸急促了些，感觉这个筹码正在指间流失。她忍不住提声："你就不怕李嵘再找她麻烦？！"

"怕就有用吗？"林余星目光笔直清亮，"这些年，习惯了。既然习惯的事，那也就没什么好怕的了。而且他得明白，小吓小唬，我们没辙。但真要做出什么过分的事，上有法律盯着，公理正义面前，他也没好日子过。"

说完，林余星起身要走。

"站住！"辛曼珠提声，"你是我儿子！"

林余星没回头："你扪心自问，我和我姐，你尽过一天母亲的责任吗？所以，道德绑架这一套，你也玩不起。"

如一桶冰水从头浇灌，彻骨地凉。

辛曼珠意识到，到手的一切可能要打水漂，她心慌不已，忍不住尖声："你别后悔。"

十一点后，明珠市的夜总算沉静下来。

魏驭城在公司加班，林疏月和辛曼珠见过面后，就过来在他办公室待着。魏驭城在开海外视频会议，几个行政要职人员围坐着，记录会议纪要。

林疏月没打扰，头疼得厉害，在外边坐了会儿，便对魏驭城做了个手势，去他休息室里躺着。

这几天，两人一直住这儿。

夏初每天定点汇报林余星的情况，有时候发个视频，好让她安心。

林疏月其实挺无力的，她已经不知道用怎样的方式去化解林余星的心结。一边顾虑弟弟的身体，一边也确实伤心难过。她最在意的人，以爱之名，行伤害之实。

魏驭城进来，就看到她坐在床边发呆。

他走去她背后，双手绕到她太阳穴，指腹轻轻柔柔地按压："又多想了是不是？"

林疏月下意识地往他怀里靠，叹了一口好长的气。

魏驭城笑："娄女士说过，叹气容易老。"

林疏月"啧"的一声："我觉得你在暗示什么。"

魏驭城捏了捏她的脸："老点也好，我没那么重的危机感。"

林疏月拿手肘推他："怎么说话的，魏董。"

魏驭城不按摩了，直接把人拥住，下巴抵着她头顶心，带着人有节奏地轻晃："我妈给我打电话，想让你明天陪她逛逛。"

林疏月怔然："伯母？"

魏驭城："嗯。别总想着这事，转移一下注意力，陪陪你婆婆。"

林疏月的耳朵被这声婆婆烫出了火花，半天没吱声。

魏驭城笑："别有压力，喜欢什么，让婆婆买。"

林疏月忍俊不禁："敢吗我？"

就等着这句话。

魏驭城从善如流，往她手心递了一张卡："也是。那就花男朋友的。"

魏董想尽办法想让自己的女人花钱，绕了这么一大圈，林疏月想笑。她仰脸，轻轻亲了一下他下巴，娇俏道："花破产了别怪我哟。"

魏驭城懒懒应了声："要是没花破产，你嫁我？"

林疏月捏着他的鼻梁左右晃："想得美。"

第二天，娄听白真的过来接她。

林疏月没料到，但既然来了，也没有露怯，大大方方地上车，叫了一声："伯母好。"

娄听白穿了件白色的无袖连衣裙，不似这个年龄的女性，线条与皮肤多少有些松弛下垂。她的直角肩显背薄，手臂纤细白皙，单背影，压根看不出年龄。

巧的是，林疏月今天也穿了条白色小洋装，裙摆微蓬，那双腿尤其绝。脚踝弧形微收，穿平底鞋非常出彩。两人站在一起，虽是同色系，但各有千秋。

司机王叔不由得赞叹："夫人，您和林小姐真像一对母女。"

都是跟了魏家几十年的老部下，说话不拘束，娄听白人和气，这话说到了她心里，哪儿哪儿都舒坦。她笑："确实是半个女儿。"

林疏月心头一暖，低着头，乖极了。

明珠汇是数一数二的高奢商场，娄听白轻车熟路，领着林疏月闲逛慢聊。娄听白眼光好，给林疏月挑的，和她气质相得益彰。价格动辄五位数，眼都不带眨的。

林疏月试了两套，心有点虚，太贵了。

娄听白似是看穿她心思，用轻松的语气宽解："驭城忙工作，平时一定没空陪你。我这个当妈的，替他善后，总不能白白委屈了你。"

那种难以言喻的暖，过电一般。

平心而论，花钱确实能让人忘却烦恼。至少这一刻，林疏月是放松的。

娄听白说："怀驭城的时候，我特别希望还是个闺女。儿子哪有女儿贴心，长大后更不着家。我每回逛街时都在想，遗憾哪，多想有个小棉袄。"

林疏月恳切道："您以后想逛街，我陪您。"

"那肯定得陪，"娄听白颇有几分骄傲之意，"总算不用眼热别人家的了。"

气氛正温馨，一道声音忽然从背后传来——

"哟，巧了。"

林疏月是背对着的，只闻其声不见其人。可就这几个字，语调再熟悉不过。她背脊一阵阵发麻、扩散，整颗心都被狠狠捏紧。

体内的空气一点点排空，当她转过头，对上辛曼珠带笑的眉眼后，浑身都空了。

她张嘴，却说不出一个字来。

辛曼珠很满意她的反应，一眼对视，是挑衅、警告和镇压。

"这就是亲家母吧？"辛曼珠目露谄媚，语气圆滑，目的性极强。

娄听白微微蹙眉："你是？"

"我是月月的妈妈。"辛曼珠挽住林疏月的手，大庭广众之下，料定她根本无法甩开手。

林疏月白着脸，如被人抽走了三魂七魄，脑子"嗡"的一声，炸了。她想过，辛曼珠会以各种方式刁难，却独没料到，她竟出现在娄听白面前。

"你们俩的关系真好啊，那一定是到谈婚论嫁的程度喽？"辛曼珠佯装惊讶，把自己塑造成一位不知情的、不受尊重的无辜母亲。

"我们家月月也是，什么都不跟我说。"辛曼珠唉声叹气，可怜楚楚。她音量不小，该是故意的，压根就想让林疏月难堪。

她确实做到了。

林疏月宛若被丢进油锅，脑子完全是蒙的。她人生最不堪的人、事，都直白辛辣地暴露，这个人，还是魏驭城的母亲。

辛曼珠的眼神暗藏得意、解气以及挑衅。

林疏月下意识地想往后退，她不知道该如何面对魏驭城的母亲。

"手怎么这么凉？"娄听白却忽然握住了林疏月的手，很轻的一个拉扯动作，自然而然地阻止了她的逃避。

"是不是空调太冷？"娄听白温声说，"去里面坐坐，辛女士，一起？"

这回轮到辛曼珠愣眼。

娄听白雍容华贵，气质出挑，那种与生俱来的高级感，与她根本不在一个层面。没有预想的失控，这让辛曼珠无所适从。

隐蔽安静的贵宾室，精油香清淡安心。

娄听白没有给林疏月犹豫的机会，把人安在自己身边坐着。

二对一。

辛曼珠在她俩的对立面。

娄听白背脊挺直，脸上始终挂着淡淡笑意，礼貌且疏离："这里的花茶煮得不错，您品品看。"

辛曼珠抿了抿唇："我想聊聊月月的事。"

娄听白颔首，气定神闲地望着她："可以聊。但很多事我是知道的。比如——"

娄听白笑意稀薄了些，但神态从容，语调都没有半分变动，她一字字清晰表达："我知道月月父亲早逝，你忙着追求人生理想，自小也没怎么管过她。我也知道她工作时被有心人恶意举报，是利用专业之便，让病患产生依恋情愫吧？"

娄听白甚是自然，生怕记忆出漏，还向辛曼珠确定。

"我更知道，她有个同母异父的弟弟，弟弟也是可怜人，生了病，父母不管，全靠她这个姐姐照看。姐弟俩感情这么好，倒是很让人动容。所以呢，我更喜欢疏月了，懂事，独立，坚强，不卑不亢。"娄听白笑了笑，不疾不徐地继续，"但姐弟最近好像闹嫌隙，我们做长辈的，总不好妄加评论。我能做的，也就是带她出来散散心。您说是不是？"

辛曼珠被堵得无话可说。

因为她势在必得的所谓筹码，已经被娄听白全盘接受，抢先一步地断了她的念想，也坚定不移地表明了自己态度。

"除了这些，月月的事，您还有什么要跟我聊的？"娄听白温言客气，做了个请的手势，把话语权交还给辛曼珠。

辛曼珠脸色青白不一，神态相当难看。

娄听白笑着说："既然你没有，那就听我说吧。"

语毕，娄听白一瞬变了神色，不怒自威，气场如风起："你打的什么主意，我太清楚，也料到，你会来找我。说实话，你这样的人，我年轻时就见得太多。说你一句唯利是图，冷血寡情，都是谬赞。"

"我今儿能坐在这儿，给你平起平坐的机会跟我对话，是出于你确实是林疏月的生母。但接下来的话，你最好给我听清楚。"

娄听白目光如炬，每一眼的施压都沸声震地："你心里那些弯弯绕绕，在我这儿根本不值一提。她既给了我儿子机会，愿意成为他的身边人，那就是我魏家的一分子。你能打听到我，证明费了些心思。但有一点，你没打探全。我娄听白，护短出了名。你要敢再打主意，下次我绝不会让你舒坦地走出这扇门。"

兜头这一瓢冷水，洗去了辛曼珠所有的面具，连精致的妆容都毁了色，她的本真面目，暴露无遗。

"对了，还有一句私心话。"娄听白说，"你不疼的闺女，以后自然有人替你疼。"

语毕，她牢牢握住林疏月的手，心神清朗地走了出去。上车后，只对司机说："换个地方。"

林疏月侧了侧头，对上娄女士带着暖意的目光："说好今天陪我逛，这才几点，况且驭城说了，不给你买满十样东西，就不算交差。"

她话里真假，一时无从分辨。但宽心的意味，叫人看得真切。

林疏月忍住眼底的湿意，极力克制，但声音还是变了调："魏驭城这样跟您说话，是他不对。"

娄听白笑："多好，总算有个为我撑腰的人了。"

林疏月眼睛熬得通红，真心实意地道歉："伯母，对不起。"

娄听白讲："我们之间，不讲这个。从头至尾，错的不是你，何来对不起一说？你母亲这样的人，有你这个女儿，才是八辈子烧高香了。小月，人生或许不公，但你再活几十年回头看，你会发现，早些年缺失的，总会在某一阶段弥补回来。而一时太满的，也会在之后的旅途里还回去。不求事事平衡，放眼望，求个相对。"

从没有人，以这样的心胸与眼界，来开导她。

不同仇敌忾，不打抱不平，不评判是非对错，只告诉她，人生有得有失，早与迟，总会来。

方才的不愉快如空气中再普通不过的一粒尘埃，扬起时蒙了眼，擦干之后依然目光明亮，压根不值一提。

换了战场，林疏月发现，女人不管年龄长幼，爱买买买简直共通！

一下午，后备厢塞满不说，商场还派了专车直接将东西送回了明珠苑。

晚上，林疏月洗完澡后，坐在一堆纸醉金迷里无比发愁。

魏驭城回来时，一眼见到的就是这副憨傻画面。他忍俊不禁，靠着门边挑眉望她。

林疏月哀怨："你母亲，真的好能买哦。"她手边还拿着计算器，可可爱爱的粉色叮当猫，数字加糊涂了，但少说也有六位数。

没加明白，但足够让她心惊，商量的语气问："要不，你拿回家吧。"

魏驭城笑意更深，没说话，而是直接拿出手机，拍了一小段视频发给娄女士："妈，您吓着人了。"

林疏月飞速起身，劈手去夺："别发！"

这气力劲是魏驭城不曾料到的，没防备，被撞得连连后退，挺重的一下，抵在了门板上，他"啧"的一声："林老师，格外热衷在门上……"

"闭嘴。"林疏月拿手去捂，"没句正经话。"

论浪荡，她永远是手下败将。

城市另一端。

路灯坏了一盏，接触不良地频频闪烁，把本就灰暗的窄街衬得愈加萧条。仍是"温馨宾馆"的四楼，起劲的争执声在本就隔音不好的走道上清晰回荡。

最先发难的是辛曼珠："你俩自己把事办砸，还有脸怪我吗？要不是你们疏忽大意，让林疏月发现，林余星哪还会犹犹豫豫下不了决定。"

她在狭窄的屋内来回踱步，细高跟踩出尖锐的"嗒嗒"声："现在倒好，那小子回心转意，哪还能劝得动。"

李嵘目露凶光："你少在这儿拿捏，你若不去找那位娄女士，至少我们还有方法可想。现在倒好，唯一的谈判条件也被你的冲动鲁莽给毁了，你还有脸在这儿唱戏给谁听。"

辛曼珠可没有半分破坏人家庭的愧疚心，她冷呵："房子你想都不要想我会还回来，该做的我全做了，是你们自己不争气。"

李嵘面浮潮红，眼里是真动了杀机。

辛曼珠丝毫不惧，反倒火冒三丈："瞪什么瞪，你这几年也不干人事，专门盯着我女儿，不想让她过好日子是不是？"

李嵘冷笑："现在讲起慈悲了？不就是因为她找了个有钱人吗，你这嘴脸，去那边照照镜子。"

"我嘴脸？"辛曼珠气定神闲，靠着桌沿而站，悠悠道，"现在是你们求着林余星回来，为啥要他回来？不就是指望他能给你爸移个肾。"

不止李嵘，连李费岩的脸色都暗沉下去。

辛曼珠"呵"了声："我就问你，你自己去配过型吗？这种父慈子孝的事，也没见你冲锋陷阵，记仇倒是第一名。不过呢，林疏月是我女儿，为我还债也无可厚非。但一码归一码，你们自己也不见得多干净。"

李嵘一脚踹开身边的方凳，砸在柜子上"咣咣"响。他手长脚长，两步跨过来掐住了辛曼珠的脖子，一字未言，但眼神阴鸷狠厉，没有半点人性。

辛曼珠歪出舌头，鞋底都快离开地面。

她双手疯狂抠抓李嵘的手臂、脸，呼吸被遏制住，分分钟窒息。而李费岩佝偻着背，不断重咳，没有制止的力气。就在这时，门被推开，不轻不重地反弹在墙壁上，发出刚刚好的动静。

门外的光逆向刺进，林余星苍白着脸，像一棵被暴风雨压弯的白杨树，枝叶枯槁地立在那儿。

他的眼神空泛且平静，刚才的一切，听得一清二楚。

李嵘下意识地松了劲，辛曼珠趁这松懈立即踹向他膝盖，逃命后猛烈咳嗽，咳得满脸通红，指着他目光愤懑："你、你杀人犯。"

李嵘不甘心，又想冲过来。

辛曼珠抓起一切能利用的东西，疯狂砸向他。一个热水瓶误伤床边的李费岩，他当即躺倒在床，李嵘心惊，赶忙围上去。

一屋鸡飞狗跳。

等他们反应过来时，同时回头，门口空空，林余星已经不见了。

而与此同时，明珠苑。

情深似海，连空气都浮着余浪阵阵。

林疏月叹了口气："我睡不着，心里头慌。"

那种形容不上来具体，像失重，一会儿悸动难安，一会儿笔直下沉，就这么点心跳，跟坐垂旋过山车似的。林疏月按住胸口的位置，蓦地想到林余星。

她皱了皱眉，刚想找手机。

铃声响起。

"是夏初。"林疏月嘀咕一声，不由得坐直了些，接之前，她心里隐隐升腾出不好的预感，夏初从不在这个时间点给她打电话。

林疏月按了接听："夏夏？"

林疏月眼前白茫一片，犹见风暴中心。

直到魏驭城掐她的手，她才如提线木偶般转过头，视线模糊了，甚至看不清魏驭城的五官。耳朵像要失灵了，只听得见旷野呼呼的风吼。

夏初惊慌失措的语气还在耳边回旋。

她说，林余星自杀了。

凌晨一点半，迈巴赫飞驰明珠市主干道，离工作室最近的医院在明新区，林疏月下车的时候，腿直抖，魏驭城一把将人捞起："别慌。"

林疏月被架着走了几步，忽然蹲去了地上。

她的头埋在手臂间，肩膀跟着颤了颤，一直没有说话。

魏驭城眉目也深锁，这个时候，唯独他不能乱了阵脚。他也蹲下，一手轻轻拍着林疏月的背帮她顺气："我让斯文联系了明西医院，万一里面情况不好，马上转院。"

林疏月绷得太紧了，全身每一处的血液都像被压榨，到临界点，再也克制不住，胃里一阵反酸，头一偏，她止不住地干哕。

魏驭城皱了皱眉，掌心抵着她额头，让她有个支撑力不至于如此难受。林疏月缓了好久，才慢慢站起身。她第一句话就是："还活着吗？"

"活着。"魏驭城说，"发现得早，夏初第一时间把他送来了医院。"

夏初一直在医院里忙活，办手续，交钱，跑上跑下一脑袋的汗。见着林疏月后，她靠着墙，也如软泥似的往下滑，俩姑娘目光一对上，泪水都止不住。

林疏月手背一擦，倒还镇定下来。她走去夏初面前，拿过她手里的一沓单子，冷静问："人怎么样？"

"抢救室里。"夏初哽咽道，"我从外边回来，去楼上看弟弟。才八点多，他平常就坐在那儿拼东西。这次我没见着人，还以为他睡了。结果推开卧室门，他趴在桌子上，手上全是血。"

林疏月闭了闭眼，心如刀绞。

夏初颤着手从包里拿出一个信封："还有这个。"

林疏月手抬不起来，魏驭城帮她接过，拆开一看，是林余星的遗书。

通篇，平生追忆。

字里行间，将辛曼珠的失职，未尽一个母亲应尽的义务与责任，阐述得一清二楚。第二段，提到李嵘和李费岩，将他们的计划、筹谋有条不紊地记录。

并在最后，附上两段字：

> 8月4日晚8时15分，我在久裕路久米巷的温馨宾馆四楼，录得音频一段，可以佐证以上事实。李费岩与辛曼珠，婚内出轨，生下我后不闻不问。如今他身患绝症，却妄图以生父名义，接我回李家，居心叵测，动机不良。于人伦道德，法律法规层面，都无可谅解。
>
> 家姐林疏月，这些年一直给予我无私关爱与奉献，随此信附有201×年到202×年间，我治病期间部分医疗单据，可见，监护人，责任人落名均是林疏月。也再次佐证，李费岩与辛曼珠父母义务的缺失。
>
> 此封遗书，我于心有愧，也心怀恨意。辛曼珠与李费岩有不可逃脱的责任，如若有一天，两人再拿此事逼迫家姐，请将此信以及音频交予公安机关。
>
> 此生有愧，我无颜面对。
>
> 姐姐怕黑。
>
> 愿来世，化作皎皎明月，照亮她的每一个黑夜。

> 林余星亲笔

魏驭城把信一折，盖住了内容，没让林疏月看到。他心思沉静，反复揣酌，指腹在信封上缓缓按压。最后指尖一定，魏驭城抬起头，对夏初说："你陪陪她，我去一趟医生那儿。"

林余星仍在抢救室，但据他观察，从进院到现在，医护人员还算平

196

静。那也侧面证明，林余星应该没有生命危险。

魏驭城去外面给李斯文打了通电话，再回来时，医生正巧在喊林余星的家属。

"在。"魏驭城走过去。

"你是他的？"

"姐夫。"

"整体情况还好，割的口子不深，血已经止住了，在里面观察了半小时，待会儿去普通病房住着。"医生说，"家属是吧，去办一下手续。"

办妥后，魏驭城又接了几个电话，再回来时，林余星已经醒了。

夏初在病房陪他，林疏月不在。

她指了指外面，神色无奈。

魏驭城懂了，这是真的心死不想原谅了。

林余星睁着眼，盯着天花板，左手腕缠着厚厚的纱布，手臂上还有发黑的血渍。手指因为充血，比平时要肿胀两圈，像煮透的小萝卜。

病房里谁都没吭声，连夏初这么能说的人，都不太敢开口。

敲门声响，随即进来两位民警："哪位报的案？"

林余星哑声开口："我。"

而与此同时，又一拨人到，西装革履，拎着公文包，见到魏驭城后颔首："魏董。"

魏驭城手指了指，对方会意，对着民警自亮身份："您好，受魏先生委托，我们对林余星此次的行为以及部分证据做一个收集采纳，之后会按既定程序进行公证。"

林余星眼皮抬了抬，望向魏驭城。

魏驭城叠腿坐在单人沙发上，面容平静。

民警："是为什么报案？"

林余星气若游丝，但目光无比坚定："我要起诉我父母，不履行抚养义务，并追索应得的赡养费、抚育费、医疗费用。"

民警皱了皱眉。

林余星太虚弱了，一句话说得气顺不过来。

"汇中律师事务所，将全权代表我的当事人来处理此次事件。"

律师与民警短暂握手，"您这边先笔录，之后，我方事务所会出具律师函。"

民警认出来了："您是阳平西律师？"

对方笑了笑："荣幸。"

民警感到意外，这真不是能轻易请动的大拿。阳平西在政法系统声名赫赫，最擅长处理复杂的经济案件，几桩闻名内外的跨国合同纠纷都由他经手。

一切按既定程序走。

一小时后，民警与阳律师相继离开。

林余星盯着门口，视线一点点游离，说了太多话，唇瓣呈死灰色，像一株枯萎的豆苗。慢慢地，他目光游转到魏驭城身上。

魏驭城走过来，把垂落床边的被子一角拎上去，沉声说："何必做这么大的牺牲。"

林余星嘴角微颤："非要死的话，我也要拉他们垫背。"

魏驭城笑了下："气话。"

林余星眼里涌现湿意："魏舅舅，谢谢你。"

魏驭城收了笑，神色也渐变凝重，目光沉下去，有难以言表的感慨，以及打心底里的疼惜。他什么都没说，掌心覆盖在他受伤的那只手上："之后的事，交给我。"

夏初在一旁看了全程，真糊涂了。

出来后，她不停追问："你们到底打什么哑谜呢？能不能把话说清楚啊。"

"法律上，林余星和生父母无法真正意义上地断绝关系。"

"所以呢？"

魏驭城脚步一顿："但能剥夺他们的抚养权。"

夏初愣在原地，恍然大悟。

所以，林余星不是真的想自杀。

他挑的时间，是夏初平时回家的点，这样就很快能被她发现。还有，手腕处的刀口也不深，没有下死手。

真要寻死，哪里还会给自己留一线生机。

遗书，报警，留下笔录，成为案底。再去起诉，无疑会增加胜算的筹码。而魏驭城在看到那封遗书时，已经洞察，他才会给阳平西律师打了个电话。

夏初一激动，连忙去找林疏月。

"星星不是真自杀，你不要怪他，他、他也很努力的。"夏初不停开解，替林余星说好话。但林疏月坐在医院外的园林亭子里，一句话也不肯说。

夏初心酸，小声问："弟弟醒了，你要不要去看看他？"

林疏月别过头，似乎听都不想听。

这时，魏驭城过来，示意夏初先走。

夏初一步三回头，不放心，但眼下能解她心结的，也只有魏驭城了。

夜风习习，暗香满满，这小园林前面有个活水湖，给风降了温，倒也不是特别热。魏驭城什么都没说，只蹲下来，拿出瓶风油精："也不挑个好点的地方坐，蚊子咬了一腿的包。"

林疏月神色木讷，看着他手中，哑声问："哪里拿的风油精？"

"护士站。"魏驭城笑得似是而非。

林疏月吸了吸鼻子："你不守男德。"

"冤枉人。"魏驭城的指腹温热，一点点地帮她涂抹，"我说，女朋友派我来的。"

安静片刻。

魏驭城说："你要不想进去，我送你回明珠苑。"

这一晚之后，林疏月这几日都在明珠苑待着。睡眠质量出奇好，有时能从下午一觉到天黑。魏驭城交代过，谁都不许打扰，由着她。

林疏月来了兴致，也会照着网上食谱各种捣鼓稀奇古怪的餐食，大多数时候以失败告终，稍微色相好点的，就留在保温盒里，贴个小标签。王叔也乐意跑腿，偶尔也能让魏驭城吃上爱心便当。

这一段时间的事，好像从未发生过。

直到夏初跟她发微信：

"弟弟出院了。"

五分钟后：

"他想来见你。"

林疏月看了眼，摁熄屏幕，翻了个身继续睡大觉。

这天晚上，魏驭城回来了一趟。

听见动静，林疏月就赤脚站在楼梯口，穿着一件宽大T恤，可怜巴巴地望着他。魏驭城眼眸渐深，一旁的李斯文见状，立刻心领神会，叫上家中阿姨，自觉去外面花园里。

阿姨说："喝杯茶吧。"

李斯文不动声色地翻看邮件，见怪不怪道："一杯茶吗？那也太少了。"

屋外，艳阳烈烈，生机盎然。

屋内，情深意长，艳色旖旎。

魏驭城缓声说："斯文那儿有部新手机，你换着用。"

林疏月枕在他臂弯间，久久后，应了一声："嗯。"

新手机，新号码。

并且，魏驭城拿走了她那部旧手机。

两天后。

阳平西律师受林余星委托，正式向法院提起诉讼，要求剥夺李费岩与辛曼珠对林余星的抚养权，并且追索此前应得的抚养费用。

法律允许范围内，阳律师为他争取了顶格赔偿标准。

辛曼珠的电话疯狂打到林疏月这只旧手机上，一遍又一遍，极尽最后的癫狂。

此时的魏驭城，正端坐办公室的会客区，叠着腿，慢条斯理地点燃指间的烟，烟雾缕缕升空，拖慢了时间节奏，与电话的疯狂振铃形成鲜明对比。

半支烟后，魏驭城抬眸。

对座的阳律师颔首："可以。"

辛曼珠的声音刺耳，如割裂的碎玻璃碴，她以为还是林疏月接的电话，气急败坏地叫嚣："你这个没心肝的白眼狼，做得这样绝！你撺掇的是不是！林疏月我告诉你，我最大的错，就是生了你这么个女儿！"

魏驭城不置一词，继续抽着剩下的半截烟。

辛曼珠得不到回应，愈加歇斯底里："那么大一笔钱，我哪赔得起。真是狮子大开口，掉进钱眼里了！你跟你那个死鬼老爹一样，又轴又硬，臭毛病，端架子。说话，林疏月你说话！"

这头仍未吭声，辛曼珠的气焰撑不过三秒。

这几日的调查取证，法院传票，已把她给整蒙了。她本就是个怕担责任的人，眼下简直要了她的命。

再开口，她语气急不可耐，还带着丝丝乞求："这件事从头至尾就是李费岩的主意，你以为我不恨他？当初可不是我出轨勾引他，是他自己喝醉了，对我来强的，这才有了林余星。我自动放弃林余星的抚养权行吧，这赔偿款你们找李费岩要去，我是一毛钱没有。"

魏驭城吐净最后一口烟，平声问："阳律师，录好了吗？"

阳平西回："好了，有了这个音频，我可以为当事人追索更多的权利金。"

辛曼珠心惊肉跳，反应过来这压根不是林疏月："你、你是谁？"

魏驭城："知不知道，对你没有任何意义。但有一句话，我要纠正你。"

辛曼珠呆怔："什么？"

"有你这个妈，才是她最大的不幸。"

魏驭城掐了电话，按了关机。

日光落幕，黄昏余光尚在，直直一条鱼尾云衔在天边，是对白日最后的眷恋。魏驭城站在落地窗前，一手撑着玻璃，后颈微垂，俯瞰明珠夜景。

八点一刻，李斯文打来电话："魏董，事办妥了。"

九点半，魏驭城驱车至临近市郊的一处简陋厂房内。

见他下车，立着的人纷纷颔首："魏董。"

魏驭城抬了抬手，便都退去一旁。

场地正中间，李嵘的头套被扯开，他被光线刺得晃了晃眼，几秒后睁开："是你。"

魏驭城点头："是我。"

李嵘寸头极短，贴着头皮，眉眼过于肃沉，整个人了无生气，像一潭死水。他冷笑："你们不是拿法律说事，这又算什么？不打脸吗？"

魏驭城看着他，目光沉静笔直："急什么，一样样地来。"

李嵘抿唇，自知情况不妙。

魏驭城却也没有疾言厉色，只在他面前来回踱步，看不出喜怒："这些年，你一直不肯放过林疏月，我想知道为什么。"

李嵘微抬头，语气麻木，如无数次的重复："因为她有个那样的妈，她妈躲去美国我管不着，但欠账，她家总得有个人来还。"

"辛曼珠勾引你爸，破坏你家庭。你是这样认为的？"魏驭城看向他。

"不然呢。"李嵘冷呵，"你想替谁开罪？"

魏驭城手一挥，一旁的李斯文将音频通过手机播放——

辛曼珠歇斯底里的声音：

"你以为我不恨他吗？当初可不是我出轨勾引他，是他自己喝醉了，对我来强的……李费岩道貌岸然，他说他老婆生病，浑身发臭，看了就没兴趣。他的姘头数都数不过来，指不定外头有几个野种呢……"

重复播放，一遍又一遍。

李嵘脸色颓靡，呼吸急促，眼里神色变了又变，身体也挺得僵直。

音频关闭。

空气如黏稠的糨糊，似能听见走针的声响。

魏驭城依旧是平静语气："谁说久病床前无孝子，你真行。"

这反讽，简直朝着李嵘的痛点直直捶打。

他一直以为的事实，一直怀抱的恨与恶，竟然都错了。李费岩在他心中，是儒雅、实诚、知识渊博的慈父形象，与母亲情感交好。原来他才是那个傻瓜，李费岩玩够了，病了，就指望李嵘鞍前马后，劳心出力。

李嵘瞳孔震动，牙关闭得死紧。

魏驭城："我律师还找到你父亲所签的一张协议，上面说，只要林余星肯配型，不管配型是否成功，能否顺利进行肾移植，他都会把名下的财产，交由林余星继承。字里行间，并没有提及你。"

李嵘脸色灰败，这是朝他胸口开的最后一枪。

许久之后，他慢慢抬起头，自言自语："原来，我和她一样可怜。"

"她"，指的是林疏月。

此情此景，倒有几分心有戚戚的氛围了。

待他沉溺醒悟后，魏驭城这才站定，示意保镖给李嵘松绑。李嵘踉跄着身子，慢慢站直。对魏驭城的态度，有了几分动摇。气氛刚往一个平滑的方向发展，魏驭城说："你来。"

男人气场逼人，如八方来风，笼罩周身透不过气。

李嵘放下敏锐，听话照做。

到面前了，魏驭城先低了下头，再抬起时，拽着他的衣领，一脚狠狠踹向他肚子。李嵘痛苦倒地，直飞两米远，背撞在墙壁上，在地上蜷缩扭动。

"这一脚，是你欠林疏月的，她有什么错，被你们这群烂人破坏了她原本平静的人生。"

魏驭城面寒如雪，拎起李嵘，连扇三耳光。清晰的皮肉响在空旷的厂房内更可怖。

"这三耳光，是让你长记性。以后胆敢再出现在她面前，我不会饶过你。"魏驭城捏着他的后颈，狠狠往后折，"你若心有不平，来汇中集团找我，堂堂正正做个男人，和我面对面地较量，而不是当阴沟里的蛆虫。"

魏驭城稍停顿，但手劲未松。

维持十几秒后，他才放过李嵘，掷地有声道："还有，林疏月并不可怜。从头至尾，她活得干干净净，站得笔笔直直。你算个什么东西，也配跟她比？"

出了废旧工厂，李斯文紧跟其后，不放心："魏董，我开车。"

"不用。"魏驭城轻抿嘴唇，淡声说，"我自己来。"

回程，车内没开空调，车窗过风，像呼啸的小喷泉，卷走大半燥热。反光镜里，点点光影明暗不一，像撒下的星，随风飞去天际。

魏驭城去了一趟同在市郊的祈礼山。

山腰处的寺庙隐在夜色里，愈加庄重沉静。寺庙顶是黑活瓦，上头立着镶金边的五脊六兽。这个点，自然不供香火，闭门谢客。

魏驭城没进去，而是在门口站了会儿。

面朝深山远林，背后是金樽佛像，该是到了时辰，寺庙内悠远的撞

203

钟声抚慰赶路人。魏驭城静静抽了两根烟，然后将烟头收于掌心，转过身，朝着门口的佛像俯身叩拜。

一身戾气抖落平复，散去风雾蛙鸣里。

他这才迈步下山，驱车回明珠苑。

陈姨开的门，露出一条缝时，就比了个嘘声的动作："月月睡了。"

魏驭城换鞋，车钥匙轻放在玄边柜："多久睡的？"

"这两日都早，八点多就熄了灯。"陈姨忧心，"而且她胃口不好，只吃一点点的，是不是我厨艺退步了？"

魏驭城笑了笑："不碍事，您也去休息。"

怕吵醒林疏月，他还特意在客房洗的澡，进卧室的动作轻之又轻。不敢开灯，只用手机屏幕的微光照明。

可一转身，便猝不及防地看到林疏月盘着腿，坐在床上像一尊打坐的小菩萨。

魏驭城皱皱眉："醒了？"

他摁亮夜灯，暖黄光亮充盈房间。

林疏月低低"嗯"了声。头发乱，鼻头也红红的。她什么都没说，只伸出手，可怜巴巴的眼神望向他。

魏驭城不由得发笑，走去床边："好，抱。"

抱到了。

两个人的心都满了。

林疏月的脸埋在他胸口，低声问："你去哪儿了？"

魏驭城说："去祈福了。"

林疏月嘟囔："又骗我。"

他摸了摸她的头发："真的。"

"那你求了什么心愿？"林疏月无边无际地猜测，"财和权？你还不多啊？"

魏驭城笑，呼吸薄薄一层，烫着她侧颈，他说："求你。"

林疏月一怔。

腰间的掌心，立即将她环得更紧。

安静片刻，魏驭城低声：

"祈我月月，在以后的每一天，能够恣意地谈笑风生，心无旁骛地做自己。从容不迫地欣赏每一场日出与日落——"

"与我。"

一室安宁，只有浮动的精油香是唯一的访客。

陈姨在夏天的时候，很喜欢用名为"橙花"的那瓶精油。很沉静的一种味道，不媚俗刻板，带着一丝恰到好处的花果香。像夏日山林里的夜风，沁人心脾。

林疏月的脸枕着他胸口："魏董，感性超标了。"

魏驭城淡淡"哦"了声，改口说："我在佛前拜了一宿，祈福早生贵子。"

"这佛祖灵不灵验，就看林老师的态度了。"

林疏月笑："怎么，难不成还要在网上给它打个差评？"

魏驭城说："为期半年。"

"嗯？"

"要真没显灵，"魏驭城的手若有似无地轻抚她平坦的腹，低声说，"汇中集团就把这寺庙给收购了，修成送子观音庙，时时香火供着，我就不信了。"

林疏月笑得前俯后仰，躲开他的手："别挠我，痒。"

魏驭城一只手重新勾着她的腰，把人拉回怀里，寓意深重地问："哪儿痒？我给挠挠。"

林疏月势均力敌，勾着他的后颈往下压："嘴。"

夜静本如一面夕阳下的湖，两人心领神会后，如同朝湖心投掷了一枚石子。涟漪如花开，漾醒了两岸春色。

次日早上，夏初等得快要破口大骂，林疏月终于下楼。

夏初往沙发上一坐，幽幽抿了口花茶："余星出院后可小心翼翼了，天天眼巴巴地望着我，哎哟，那个小眼神哟，我都于心不忍了。所以过来问问你，你究竟什么想法呢？"

林疏月很直接："生气。"

夏初无言，片刻后，点点头："应该的，换我我也气。"

"这些年，很多人说我不容易，可我从没这么想过。直到余星那样的态度对我，我才觉得，自己是真的不容易。"林疏月说，"我不要他认错，只要他平安。这话你转给他听，姐姐还是很伤心。他带给我的这种伤心，远比旁的人更要我的命。"

夏初一听这话，心里就有了数。她这姐们儿，看着能屈能伸，其实骨子里还是高傲清透的。戳着她底线，看吧，弟弟有得熬。

夏初也不敢再吹耳边风，抬起头，目光围着这屋子画了一个圆："原来明珠苑的顶级复式，长这样。"

"嗯？"

"月姐，我现在抱你大腿，还来得及吗？"

魏驭城适时下楼，相比林疏月的随意，他倒是白衬衣黑裤，衣冠楚楚。到楼下，朝夏初微一颔首，然后往沙发上一坐，跷着腿，看起手机。

老板不上班的吗？夏初着实纳闷。

姐们儿在一起，自然可以无话不说。可现在多了一个魏驭城，哪还能自在。尤其这男人不苟言笑的模样，实在气场逼人。久了，夏初真有点怵他，于是跟林疏月打了个眼神暗号，一溜烟地告辞。

人走后，林疏月站在魏驭城跟前，皱眉问："你干吗呀？"

魏驭城抬眼，一脸无辜："我怎么了？"

"一直坐这儿，故意的。"林疏月起了较真的劲头，"夏夏又没得罪你。"

魏驭城声音浑厚，还有一分若有似无的委屈："你这闺密，太机灵。社会上的那一套，学得比你通透。"

林疏月思绪一拢，回过味。

原来上回裴彦的事，他一直记着。

林疏月"啧"的一声："魏董，格局呢？怎么还记仇了。"

魏驭城不吃她这激将法，说得天理昭昭："要什么格局？"话语间，腿忽地伸长，圈住她，把人勾向自己——

"我要你。"

魏驭城虽"记仇"，但夏初有句话他还是听进了心里。

林疏月这是打定心思，没想与林余星和谈。

姐弟间的感情，这几载生死与共，依偎相伴。有多深，伤她便有多重。这两天，魏驭城总是按时下班，推掉所有应酬，也要回来陪她吃一顿晚餐。其间很多次，他也试探过。但只要有点苗头，林疏月就当场冷了脸。

魏驭城不敢再提。

两天后，三伏天的最后一伏，烈日当空，肆意依旧。明珠市已经近一月不曾下过雨，耐旱的香樟叶都片片发蔫，不得已向酷暑低头。

下午三点半的A大。

钟衍我行我素，上个学也没想过安分，依旧顶着一头黄毛，还变本加厉地将额前一簇挑染成诡异的紫色。奈何他模样出众，气质又佳，随时随地能成为目光中心。

这半个月，他都在为复学做准备。魏驭城有意安排老师对接，一番好心，钟衍也变得懂事许多，总算没有辜负。

八月中下旬，已陆续有学生返校。

饭点，魏驭城的黑色迈巴赫就等在宿舍大门口，频频惹人注目。钟衍踩着人字拖匆匆跑出来，见到魏驭城欣喜若狂："只要活得久，就能让舅当司机！"

魏驭城戴上墨镜，食指一晃，示意上车。

车内冷气足，钟衍觉着自己又活过来了，刚想主动问候，魏驭城递过一瓶橙汁："口渴了吧，喝，冰镇过的。"

钟衍默默接过，心里打起了小碎鼓。

"你手边有吃的，拿着吃。"魏驭城又说。

钟衍扯扯嘴角，心里的鼓声又敲响了些。他往储物格里一看："舅，你什么时候也爱吃糖了？"

魏驭城瞥了眼："那是你林老师早上容易低血糖，我放了两包在车上。"

钟衍立刻将糖果放回原处："舅妈的东西，我可不敢吃。"

魏驭城不悦："还能把你毒死不成。"

钟衍说："会被舅打死。"

魏驭城笑骂："臭小子。行了，去吃饭。"

钟衍忐忑，试探着说："舅，您忙您的去，不用管我。"

"哪儿的话，你是我外甥。"

钟衍心里发毛，虽然很感动，但更加没底。如今他也学聪明了，一般舅舅对他态度和缓，那铁定有内情。

魏驭城带他去东苑吃饭，一位难求的餐厅，连钟衍都来得少。这顿饭，魏驭城直接让经理把主厨叫了来，任由钟衍做主。

席间，魏驭城吃了两口凉菜，忽就搁下筷子，眉间神色泛忧："余星的事，你听说了吗？"

钟衍："他咋了？"

"和你林老师闹了别扭，一直没和好。"

"他还敢跟他姐闹别扭？哦嚯，真是不自量力。"钟衍摇摇头，"我都不敢和林老师吵架，他哪儿来的胆。"

魏驭城语凝，真不知该不该夸他的自知之明。

心说，其实我也不敢。

"我懂了，舅，你想让我去当说客。"钟衍拍了拍胸脯，"一准包在我身上，就这几天，我能让姐弟俩立即如胶似漆。"

魏驭城眸色微深："和谁如胶似漆？"

钟衍笑得牙白如贝，改口那叫一个飞快："你。"

其实不用魏驭城提，钟衍也早想去找林余星了。也是他这段时间忙得脚不着地，学校里边根本没空出来。魏驭城找的这老师也挺上头，严厉，冷酷，钟衍昨天晚上考了两套试卷才算过关。到正式开学前，他时间自由。

一辆辆的小跑车许久未开，都长蘑菇了。钟衍挑了辆屎黄色，土萌土萌的，所到之处必定万众瞩目，他可太喜欢。

夏初这工作室，他来得勤，真没把自己当外人。夏初刚忙完，正煮咖啡，回头就听见一声超甜的"姐姐好"，加之钟衍这张俊脸，简直如沐春风。

夏初喜笑颜开："哟，小帅哥好久不见。"

"那就是我的罪过。"钟衍说，"我今后一定每天都来让姐姐见见。林余星呢？"

夏初指了指二楼："去吧，找他玩。"

钟衍两步作一步飞奔而上。

没几秒，夏初被一声惊叫吓得咖啡都洒了出来。

"吵架就吵架，你怎么还割腕了？！"钟衍双手抚额，原地转了个圈，再看向林余星时，眼睛都熬红了，"林老师这么凶的吗？"

林余星低头之际，眼珠转了半圈，索性顺着他的情绪点点头："是啊，姐姐凶。小衍哥，你能不能帮我去跟姐姐说情？这次真的是我做错了事，她好久好久没理我，我真没辙了。"

楼下。

夏初本来还宽慰，觉得钟衍来了，他和林余星交好，多少也能帮着开解劝慰。可没想到的是，五分钟不到，他在楼上又是叫又是吼的。

叫完了，安静不过一分钟，夏初皱眉，怎么回事，还听到隐隐的哭声？

又听了会儿，她确定，就是哭声。

这俩孩子，竟然还抱头痛哭了？

夏初有点凌乱，且心里升腾出不太好的预感。

明珠苑。

林疏月正在厨房帮陈姨切水果，手机响的时候，她刚洗完手。小跑着去客厅，一看来电人，唇角还弯了弯。

钟少爷好久没联系，甚是想念。她带着笑意接听："少爷，大学生活可还满意？"

钟衍语气暴躁，活像一把对她扫射的机关枪："好什么好，我都快被你气死了。吵架就吵架，你就不能收收你那盛气凌人的态度，不知道你弟弟什么情况啊，我现在是正正经经地在提醒你，赶紧上门向弟弟道歉！"

钟衍可太生气了，觉得林余星就是一只小可怜虫，他必须替他出头："什么事不能好好沟通？非要这么较劲，有什么好较劲的，这可是你的亲弟弟，你让他怎么了。哦嚯，把他吓到割腕自杀，真是闻所未闻，哪怕你是我舅妈，我也帮理不帮亲。"

林疏月耳膜都快被他聒噪炸了。

死寂数秒。

她双手环搭胸前，闲适地靠着桌沿，语气平静："我是你舅妈？"

电话那头，钟衍眨了眨眼。

林疏月淡淡道："那可真是闻所未闻。"

而刚去了趟洗手间的林余星已经彻底呆怔。

他无望地闭了闭眼。

少爷您可闭嘴吧。

魏驭城发现端倪，是因为这天晚上，林疏月对他态度极其冷淡。昨晚调情欢浓之时，约定好的福利通通作罢。

魏驭城多难受，看得着，吃不着，心里的火气没处撒。林疏月睡前，冷不丁地来了句："以后有意见，直接跟我谈，不要借他人之口。"

魏驭城这才回过味，准是钟衍惹的祸事。

次日清早，他把人抓来审问。钟衍还觉得自己无辜呢，一通告状，相当委屈。魏驭城听完后，眼一闭，派克金笔都快捏断。沉着声，皱着眉："我怎么就养了你这么个废物点心。"

钟衍挠挠头："您才领悟？我以为您早就知道了。"

魏驭城让他走，半天没消气，吩咐李斯文，他这个月的零花钱取消。

顿了下，下个月的也别给。

这才稍稍解气。

锅从天上来，简直无妄之灾。钟衍不干了，各种闹。林余星不忍，跟他坦白了前因后果。

钟衍张着嘴，表情犹如石化。

林余星真诚道："所以，真的是我做错了，但我没想到，你的理解能力真和我不在一个次元。"

钟衍安静了，深深呼吸，似在消化这个事实。

林余星低声说："你也想骂我吧，骂吧，我受着。"

半晌，钟衍微微叹气："骂你干吗，错的又不是你，那群杀千刀的。"

林余星抠着裤腿："小衍哥，我……"

"行了，你也别多想，就这事，林老师生多大的气都应该。可谁让你是我哥们儿呢，"钟衍说，"我来替你想办法。"

说了一通，林余星一言难尽："这真的行？"

钟衍势在必得："当然行。"

主意出得损，钟衍给林疏月打电话，说自己出车祸了。语气那叫一个急，再手势示意，一旁的林余星按了救护车声响的音乐，配合一听，绝对逼真。

林疏月是真被吓着了："你在哪儿？"

报了地名，钟衍挂电话："赶紧的。"

他拿出一个化妆袋，稀里哗啦倒出全套化妆品，睫毛膏，眼线笔，粉饼，林余星觉得眼熟："这你哪儿找的？"

"就从工作室拿的。"钟衍说，"你帮我化吧，鼻青脸肿会的吧？"

林余星赶鸭子上架："先用这个？"

一串花里胡哨的标签，也看不出是个啥。上脸后，钟衍骂了一声："这是睫毛膏！不是那个白白的粉什么饼。"

"抱歉抱歉。"林余星手忙脚乱地擦，越擦越黑。

俩小哥缩在车里各种捣鼓，总算勉强完成。钟衍指了指脸："还行吗？"

"太行了。"林余星说，"进太平间都没人拦着。"

钟衍"啧"的一声："晦气。哎？完了吗？"

林余星扒拉出一个透明的瓶，依稀记得："我姐每次化完妆，都会拿它喷一喷。"

"那你快喷。"

"咦？怎么没喷头了。我拿手给你糊吧。"

林余星倒了满满一掌心，对钟衍的脸一顿揉搓拍打促进吸收。结果拿开一看："晕，这妆怎么都没了？"

钟衍拿起一看，暴躁："靠！这是卸妆水！"

俩直男搁这儿折腾，忽然，一道熟悉的声音幽幽传来："你俩在干吗？"

林疏月就站在车边，躬着身，透过降下一半的车窗，匪夷所思地望着他们。

钟衍一脸鬼样，颇为仗义地拦在林余星面前："我的错，你去向我舅告状吧，罚几个月的零花钱都行，但你别怪林余星。"

林疏月"呵"了声："还告状，当小学生吵架呢。"

林余星站在钟衍身后，头更低了。

完蛋，又把事情搞得更砸。

他本就偏瘦，又经历这么一场剧变，整个人更单薄。手腕上的纱布拆了几天，但新鲜的疤痕还泛着红，像一根红绳手链。

林疏月看着看着，软了心，一声叹气："还挺多才多能，亏你俩想得出这歪点子。"

林余星抿抿唇，抬起头看她一眼。

有歉意，有愧疚，有胆怯，有悔悟。

一眼万年啊。

林疏月别开脸，生生忍住眼底的潮湿："你知道错了吗？"

林余星哑声："姐，我错了。"

"错哪儿了？"

"瞒着你，骗着你，说了很多混账话。"林余星带着哭腔，"姐，对不起。"

林疏月也哽咽了："我要真觉得你是包袱，你十二岁那年，我就不会叫你一声弟弟。可你呢，把我这些年所做的，一笔抹杀。我怕的从不是苦难，而是我努力了这么久，最后换来你的一句'不愿拖累'。我本以为，我们是并肩作战，从没想过，你会临阵脱逃。"

"同甘共苦四个字，本就是连在一起的，你单方面拆开算怎么回事？"林疏月也是掏心窝子的话，"你自以为是的好，其实是对我最大的羞辱。"

林余星明白了。

原来人真动怒时，是不会嘶吼喊叫，不会痛哭流涕，而是心如死水，在无人的角落偷流眼泪。

林疏月把心里话都撂了明白，她就不是能憋闷的人，之前不搭理林余星，确实是想让他长点记性。可气顺了，日子总得往下过。

她叹了口气，手顺了顺胸口："我也快被你气出心脏病了。"

钟衍忙不迭地搭腔："千万别，你要生病，我舅以后可就任务艰巨了。"

"你可别说了。"林疏月冷不丁道，"上回电话的事，我还没找你算账呢。"

"放心。"钟衍笑容明朗，"我舅早算了我两个月的零花钱。不得了，林老师如今也开始记仇，这叫什么？近魏者黑。"

都什么乱七八糟的，林疏月忍俊不禁。

"笑了就好。"钟衍机灵着，拿手肘推了推林余星，"傻，赶紧去抱姐姐啊。"

林余星"哎"的一声，应得响亮，张开手朝着林疏月的方向。

林疏月后退一大步："我让你抱了吗？"

钟衍悠悠吹了声口哨，有模有样地交代林余星："也是，你现在要经过我舅同意。"

这戏台子唱的，林余星很上道："马上。"

林疏月哭笑不得："服了你俩。"

说完，走过来轻轻拥住了林余星。

少年初长成，高了她一个头。林疏月忽而眼热，当年那个十二岁的小小男孩，消瘦如纸，风吹能倒，灰沉的眼眸不见半点光芒。他被世界遗弃，可林疏月又带给了他一个崭新的可能。

战战兢兢，如履薄冰，可总算是走过一年又一年的四季花开。

林余星眼泪吧嗒掉："姐，我再也不会让你生气了。"

林疏月"嗯"了声："姐姐比你想象中坚强，你要相信我。"

林余星用力点头："你看我表现！"

"我天，还想表现呢。"林疏月都不想看钟衍那张脸，"你俩可够行的，这种馊主意也想得出来。"

钟衍也想吐槽："林余星这化妆技术也太差劲了。"

林疏月盯着他的嘴唇，皱了皱眉："你这口红色号，还挺眼熟。"

"是吗？我就在工作室随便拿的。"

林疏月一僵，下意识地拉开车门。散落后座的瓶瓶罐罐，每一样都无比熟悉。而因为这俩新手技术不到位，单品被弄得乱七八糟。口红盖上沾了一角，粉扑用来抹胭脂，那套刷子，林疏月从海淘买的，等了两个月才收到心头爱。

她差点晕厥："这支口红色号超难买的！"

钟衍心都凉了，今年的零花钱可能都没有了。

魏驭城一上午都在参加投资发展部的项目会议，几个大工程的招投标工作开展在即，涉及上亿的金额，细节冗长烦琐，耗时太长，连午饭都是工作简餐，一天时间都耗在了会议室。

两点散了会，十分钟后又有海外视频会。临近下班，魏驭城才得空喘口气。回办公室待了没几分钟，李斯文拿着一沓文件进来签字。

重点圈出，紧要的放在最前头，待商榷的也给了备注。李斯文做事稳当，这些年不知有多少猎头想挖他，开的天价薪资，他都不为所动。

"对了魏董，一小时前，明言的电话打到我这儿，该是找您有急事。"李斯文把私事放最后汇报。

魏驭城松了松眉眼，拿起手机回过去。

商明言是他发小，这几年的工作重心转去北京。他倒是情感路途最坦顺的一个，未婚妻是高中同学，标准的从校服到婚纱。

这次找魏驭城，也是官宣了要结婚的喜事，并且请他来当伴郎。

从小到大的情分，用不着多客气，电话里也能放飞得没边。而他们这一拨玩得好的人里，其实大部分都成了家。商明言说，按他媳妇儿那边的风俗，伴郎伴娘都得未婚。

魏驭城也不是第一次当伴郎，硬件条件摆在这儿，早些年也没有成家的苗头，一来二去，成了他们圈子里的伴郎专业户。

看了下时间，不冲突，魏驭城便自然而然地应承下来，并说："婚宴那天，我带个人来。"

他想带上林疏月，堂堂正正的女朋友身份。

正想着，女朋友就来了信息。

林疏月告诉他，晚饭不陪他了，陪林余星。

魏驭城意外，怎么就和好了？

林疏月似是而非地回了句："去问你的好外甥。"

李斯文汇报完工作，正欲走。魏驭城把他叫住："等下。"

"魏董，您还有事？"他回到办公桌前。

魏驭城躬身，从最底层的抽屉中拿出一个无名信封："自己看。"

李斯文打开看了两行，就把它塞了回去，仍是一脸平静。

魏驭城继续翻阅手中报表："举报信都到我这儿了，你怎么看？"

李斯文说："我先追的人，和周愫没有关系。"

"汇中集团也未曾明文规定，不允许办公室恋情。"魏驭城合上纸页，文件推到一旁，起身拿起打火机，直接将那封举报信给烧了。

只留一句："你心里有数就行。"

在公司加班到十点，魏驭城估摸着时间差不多，便驱车去了工作室。车停在门口，他没进去，只给林疏月发了两个字："下来。"

不一会儿，人便小跑着出现。

林疏月今天穿了一条翠绿色的绸质长裙，这颜色太跳，十分挑人。她上半身是一件纯色小吊带，肩背薄，手臂纤纤，头发散开，像月光下的绸缎。

魏驭城倚着车门，忽地想起一句诗词——

愿作鸳鸯不羡仙。

他不由得张开臂膀，等着美人投怀送抱。

林疏月搂着他的腰，眼里有了光，踮脚在他唇上轻轻一啄，声音娇俏："来多久啦？"

"刚到。"魏驭城抚了抚她的背，入手肤感光滑，当真撩得人心猿意马。

"魏舅舅。"院门口，林余星站在那儿，怯色犹存，大概还为前阵子的事感到歉疚。

魏驭城也没走近，就站在原处。他的笑容如风清朗，远远道："叫姐夫。"

林余星眼珠一转，超响亮的一声："姐夫慢点开车！"

林疏月无语，瞪了眼弟弟，又暗暗在他后腰掐了一把："你个老狐狸。"

入夜，夏风也披上一层温柔的外衣，车里不用开空调，借车窗外的风，林疏月五指张开，任由它们贯穿而过。

她没坐直，姿态慵懒，半趴着窗沿，露出后腰窄窄一截，像通透的玉。红灯时，魏驭城倾身，将她衣摆往下拉："别受凉。"

林疏月眉眼轻挑，也有样学样。指尖扯住他的衬衫领口轻轻晃，将锁骨以下遮得严严实实："魏董的这里，只有我能看。"

眼神相交，震出滚滚红尘。

魏驭城转过脸，绿灯通行时，他的车速明显加快。到明珠苑，本已默契地心领神会，甚至还没到卧室门口，魏驭城箍着她腰的手劲越来越紧。

旖旎起头，却听见"嘭"的一声开门响，继而是钟衍兴奋地叫喊："林老师！你在家吗？瞧我给你带来了什么好东西。"

魏驭城沉着脸，像一块被水浇灭的炭，只剩无语的黑。

林疏月忍笑，指腹挑了挑他下巴，仿佛在说，这可不怪我，然后转身下楼："我在，你要给我看什么？"

钟衍是将功折罪来的。

看清了他带来的东西，林疏月真有几分动容。

"我跑了好多商场专柜，拿着你那支坏掉的口红到处问，终于被我找着了，你看，是不是一样的？"

林疏月瞄了瞄，还真是。

"那这些呢？"她指了指一堆购物袋。

"都是口红，能买的我全给你买回来了。这个礼盒怪好看的，放在桌上还能当旋转木马。"钟衍童心未泯，认认真真地演示起来，"原来你们女孩的东西还能这么好玩。"

林疏月震惊。

光这个礼盒里的口红，少说就有一百支。她粗略估摸了番，钟衍这一买，可能下下下辈子都用不完。

有这一出，林疏月的兴趣彻底发生转移。

把这些全搬去魏驭城书房，摊开在地毯上，她也盘腿坐旁边，饶有兴致地研究。

漂亮呀！

齐全啊！

试问哪个女人不想拥有这种简单的快乐！

钟衍觉得自己将功折罪成功，朝魏驭城眨巴眨巴眼睛，妄图取悦君心，松口被克扣的零花钱。

但魏驭城满脑子都是——

我本该在床上，而不是在书房。

况且，他做的那么多，都不及钟衍这几支口红制造出的效果。

魏驭城沉着脸，眸色生硬，看得钟衍莫名瑟缩。

"这是番茄色，显白。这个是复古红，特别适合秋冬。"林疏月研究得起劲，一一给俩男人介绍。

"这个品牌的包装做得很有格调，就这个盒子，我都愿意花钱买单。"

钟衍也学机灵了，他如今是"舅见打"。唯有讨好舅妈才是王道。于是凑去林疏月身边，听得那叫一个潜心认真，十分专业地花式吹捧——

"这个色儿简直为你量身定制！"

"好看到哭！"

"甜有100种方式，吃糖，吃蛋糕，另外98种，是看林老师涂口红！"

钟衍努力搜刮网上看到的土味情话，还挺合情合景。

书桌后的魏驭城，此时想断绝舅甥关系。

林疏月也笑得不行："你可别说话了。"

她挑了好几支，薄薄涂了一层，然后对着魏驭城笑："好看吗？"

得到意兴阑珊的一声："嗯。"

"那你猜猜看，这是哪个色号？"林疏月歪了歪头，分明在撒娇。

"你过来点，我好看清楚一些。"

林疏月不疑有他，听话地走去他面前。

还没站稳，就被一把拉进怀里，魏驭城当着钟衍的面，亲吻林疏月。

浅尝辄止几秒，松开人。

猜色号是吗？

"都什么乱七八糟的。"他的舌尖抵了抵自己的唇，淡声答，"我只知道，这是老婆色。"

而围观全程已然呆怔的钟衍，默默转过身，耳根染了一层纯情的红，飘飘忽忽地下了楼。陈姨正在做水果沙拉，从厨房探出头："衍衍，就走啊？"

钟衍耳朵上的红晕半天没消下去，他点点头："是啊陈姨，我回学校好好学习。"

陈姨差点手滑把碗打破，稀奇！

走前，钟衍指了指那一盘沙拉："您自己吃吧，别往楼上送，我舅他俩没空吃。"

陈姨比他懂。

第六章
护航

　　一段时日后，林余星的一份起诉书将辛曼珠告上法庭。他背后有强悍的律师团队，辛曼珠被折腾得够呛。林疏月之前的手机被魏驭城拿着，断绝了辛曼珠的联系。她似一只无头苍蝇，憋屈窝火，也是逼得无路可走了，就在外四处传播林疏月的事。各种贬低造谣，更不惜说自己是个风尘女，就为了把女儿的名声搞烂搞臭。

　　夏日暑气尽，九月一场降温雨水后，秋意正式来袭。明珠市一夜换衣，枝头翠绿渐枯，花草衰，凉风起。

　　秋分时节，传来了一个消息。

　　李嵘因涉嫌故意杀人被拘捕。

　　魏驭城把这件事告诉林疏月时，林疏月的第一感受，李嵘这个名字，恍如隔世。沉默很长一段时间，她才问：“杀了谁？”

　　魏驭城说：“李费岩。”

　　林疏月抬起头，眉头紧皱。

　　李费岩妄图让林余星肾移植的肮脏想法，让他死一万遍都不足惜。

但林疏月没想到，会是李嵘动的手。

李费岩就是个道貌岸然的伪君子，妻子病重后，是人前落了个好名声的深情丈夫。人后，他对病妻百般折辱，不给她换尿湿的被褥，任由她大热天焐出一身红疹。心情不好就抓着她的头发打耳光，发泄完后又跪在床边痛哭流涕。俨然一个神经病。

李费岩早些年下海营生，积攒了些许财富，得尿毒症后，一心求生，这才找到八百年形同陌路的辛曼珠，说要拿回林余星的抚养权，并承诺只要辛曼珠帮忙，就将名下一套房产转赠予她。

李嵘一直以为，自己的父亲有胸怀，有担当，与母亲伉俪情深，久病不弃，完全是辛曼珠这个贱人设计勾引，才酿下苦果。

所以在得知真相后，最后一道防线，彻底崩了。

父子俩的关系急转直下。李费岩已是病入膏肓之躯，身体破败得如一张薄纸。他一辈子自私，根本不想死。求啊，哭啊，李嵘是他唯一的稻草，他不想落个无人送终的凄惨下场。

李嵘终于接他电话。

李费岩恨不得把心窝子掏出来。他急急地承诺，房子给你，存款给你，你才是爸爸唯一的儿子。

死一般的沉默后，李嵘说了一个字，好。

他按地址来到李费岩住的宾馆，消瘦病态的老人欣喜若狂，甚至过来拥抱儿子。

抱住了。

脸色也变了。

李费岩呼吸急喘，疼痛顺着腹部一路蔓延，剧痛来袭，他低下头，能清晰看见乌黑色的血从身体里迫不及待地流出，淅淅沥沥滴在地上。

李嵘手握刀柄，面无表情，眼神空洞得像一具干尸。

眼睁睁地看着李费岩断气后，他打了110自首。

一周前发生的事。

审讯期间，李嵘对所作所为供认不讳。民警问他，还有什么要补充的。

李嵘抬起头，提了一个要求。

他想见林疏月。

这事先到了魏驭城这里，电话听完后，那头询问他意见。

此时天将黑未黑，落地窗外，车流不息，尾灯频闪，高架桥承载着无数"来"与"去"，构成了流动的盛大光景。魏驭城眺投远方，最后垂眸沉声："不见。"

尘归尘，土归土。

这半生，林疏月已经够苦的了。

李嵘或许会幡然醒悟，或许还有戳她心窝的话在不罢休地等待。但在魏驭城这儿，都不重要了。过去就过去，她的未来，他来护航。

这起案件性质恶劣，社会影响极差，毫无悬念，李嵘一审被判处死刑，剥夺政治权利终身。

民警按规程给他做过心理测试，得出结论，他有重度抑郁症，典型的反社会型人格。

李嵘的消息，魏驭城没有告诉她太详细，林疏月也不问。照常生活、工作，只是闲下来时，偶尔会望着窗外发呆。待清风拂面，又很快将泛动波澜的情绪平复。

这天，林疏月准备去明西医院取林余星的一张检查结果。刚停好车，就听到身后幽幽传来一声："月月。"

林疏月汗毛直立，猛地回头，果然是辛曼珠。

一月余不见，她憔悴得如换了个人。双颊凹陷，皮肤暗沉，带了妆，但鼻翼两侧全起了皮，哪还有之前在美国时，意气风发的精神气。

辛曼珠已没了盛气凌人的底气，从头到脚就像一潭死水："魏驭城真心狠，不让我见你。"

林疏月下意识地后退一步。

"躲我？"辛曼珠倏地激动，"我是你妈你还躲我！我就算打死你，你也要给我养老送终！把我撇一边就想赖账？我告诉你林疏月，你想得美！"

林疏月心口突突地跳，不想跟她说半句废话。

她转身要走，手臂却被辛曼珠一把拽住："你给我钱！你男朋友有钱。我要住房子，我要吃饭，你别想甩开我。你要是不肯，我、我就告诉别人，你妈是妓女，你也不是什么好货色！"

林疏月眉间平静，丝毫不为所动，她点头："行，我给你个喇叭，最好告诉全世界。"

她甩开手，辛曼珠顿时歇斯底里，从背后狠狠推了她一把。林疏月摔倒在地，这一跤不轻，脑袋正好砸在车门上，当即一片眩晕。

辛曼珠疯了一般扑过来，就在这时，一声更凌厉的尖叫："她在那儿，就是她！"

几个气势汹汹的妇女迎面跑来。

辛曼珠脸色骤变，像耗子似的就要躲。

可寡不敌众，很快被她们围住——"你个老麻雀，一把年纪了还勾引我老公！"

辛曼珠混迹风尘场所，在哪儿都不安分。刚回国的时候，和一个酒吧认识的男人混在一起，结果被他老婆发现。辛曼珠机灵，时不时地换个宾馆住，愣是没被抓住。

眼下却栽了跟头，看对方这架势，不把她扒层皮不罢休。

围观的人越来越多，从几米远，一路撕扯追打到十几米远。辛曼珠的尖叫，哀号，痛呼，受不住了，一遍遍地嘶喊林疏月的名字。

林疏月坐在地上，一直维持着这个姿势。

她很平静，慢慢低下头，捡起包和手机，缓过这阵眩晕后，撑着膝盖慢慢站起。她转过身，向反方向走，身后狼烟遍地，烈狱锤炼。

她低下脑袋，再也没有回头。

下午三点半，魏驭城从办公室出来，身后几个副总和部下一起，正准备进会议室。刚走几步，李斯文先发现的人，很是意外："林老师？"

魏驭城转过头，就看见林疏月站在电梯口，小小一道身影，应该是徘徊了许久。她咧嘴一笑，娇憨温柔，也没说话，冲李斯文摆摆手，以嘴型说："不打扰了。"说着便要走。

几乎同时，魏驭城下令："会议取消。"

然后留下一堆大佬，径直追上林疏月。

众人面面相觑，然后眼神投向李斯文："李秘书，这什么情况？"

李斯文笑而不言，只伸手示意："等魏董指示，时间定下后，我再通知各位。"

魏驭城追上林疏月后，一眼看到她额头上的红印，皱了皱眉，却也没继续追问。而是牵起她的手，指腹摩挲着她掌心，说了四个字："我们回家。"

林疏月低着头，再也忍不住地泪如雨下。

谁都没问为什么，两人极尽疯狂。

魏驭城的车停在汇中集团的专属位，幸而位置隐蔽，也绝少有车辆往来。

平复后，林疏月随便把衣服一穿，推开门就蹲在地上一顿狂吐。

魏驭城没忍住，懒在后座朗声笑。

林疏月扭头愤懑："笑屁。"

魏驭城好心提醒："少说话，嗓子都哑成什么样了。"

林疏月指着这个罪魁祸首，不想吐了，只想咳嗽。

魏驭城下车，扭头看了眼车，嗯，没眼看。

他拿出手机拨号码。

林疏月紧张："这个时候你打给谁？"

"李斯文。"魏驭城说，"这车坐不了，我让他送钥匙下来，开他的车走。"

林疏月不自在："你跟李斯文究竟什么关系，什么事都找他。"

魏驭城睨她一眼，正儿八经地说："他除了不能生孩子，什么事都做得了。"

林疏月抱住自己，一秒眼泛朦胧，可怜兮兮地哭诉："魏驭城，你个渣男。"

魏驭城不理会这个小戏精。

他平淡地"嗯"了声，走来直接上手公主抱，把人稳稳当当地托在双臂间："是，渣男现在要跟你回家做些事，你满意了吗？"

恰好走来的李斯文脚步一顿，这话受用，下次说给周愫听。

一夜后，魏驭城也累了，此刻眯眼，呼吸沉沉，该是睡着了。

林疏月的手机振了振，是夏初。

Summer："嘀嘀嘀。"

小树叶："嗒嗒嗒。"

暗号对上后，林疏月问："你怎么还不睡？"

夏初："我刚做完。"

林疏月一脑袋问号："和谁？"

夏初："陈医生。"

林疏月："绝了，你俩就变成这关系了？"

夏初："别提了，老娘被他套路了，医生没一个好东西。你呢，在干吗？"

林疏月回了个害羞的表情。

疲惫感烟消云散，越入夜越精神。嫌打字麻烦，两人索性发起了语音。声音摁到最小，都是些私密话。

夏初"吧啦吧啦"一大堆："就很绝，陈熙池的技术还是那么好，我真的想跪地求他。"

林疏月心有戚戚："按理说，男人到了一定岁数，应该走下坡路才符合生理学。"

夏初："知道了，想夸你男人就直说。"

林疏月嘴角含笑，幽幽一声叹气："他真的很能折腾。"

这次回复的时间长了点，夏初又发来消息，很长的一段语音：

"有一个说法啊，计算男人最合理的性生活频率。用他年龄段的十位数乘以九，得出的结果里，十位上的数字，代表天数，个位上的数字，代表次数。几天几次就算出来啦。"

林疏月听得一愣愣的，并且开始盘算："魏驭城今年三十六，三乘以九等于二十七。那就是二十天，七次？"

一室安静，落针可闻。

直到耳边忽然响起一道声音，魏驭城不知何时醒的，听到这儿实在忍不住，语气幽幽似遭受极大侮辱："这绝对不是我的真实水平。"

为了这个不靠谱的算法，林疏月付出了比较惨痛的代价。

魏驭城好像为了证明什么似的，这段时间愈加辛勤。林疏月有点怵他，索性又搬去了夏初那儿。

夏初还奇怪："昏君放你来啊？"

林疏月有苦难言："哪肯，我就说是你让我回来帮忙半个月的。"

夏初的心一阵阵地凉："我天，你们两口子可放过我吧，你家昏君又会给我使绊子的！"

林疏月说："我不管，我就赖你这儿了。魏驭城给你什么你先受着，回头我再帮你弥补回来。"

夏初挤眉弄眼："哟哟哟，越来越有老板娘派头了。"

林疏月手一挥："去去去。"

夏初拿了罐常温的芬达给她，两人碰了下杯，"咕嘟咕嘟"两声响，她问："魏驭城跟你求婚了没？"

林疏月又抿了一小口，这事吧，还真没。魏驭城确实试探过无数遍，可回回都被她忽然的安静斩了后续。

林疏月声音浅，视线低垂至易拉罐鲜艳的字体上："是我的问题。"

夏初知道她心思，安慰说："你得想开点，魏驭城就是魏驭城，他不会让你重蹈那些不好的经历。你得相信他。"

林疏月笑了笑："我知道。"

受过伤的人，心防总是厚一点，有阴影也好，不自信也罢，总是比一般人要慢热些。这要过的，是自己那关。而对爱人，是心无旁骛的信任。

正因为太在意，所以也怕委屈了对方。

林疏月微微叹气，问夏初："说说你和陈医生。"

夏初登时翻了个大白眼，怒斥："陈熙池有大病。"

"我早说过，让你别作，那年你追陈医生的时候我就提醒过，你绝不是他的对手。"林疏月闲散地瞥她一眼，"陈熙池，扮猪吃老虎，你啊你，还自以为能拿捏他。"

经这么一点醒，夏初似懂非懂，张扬的小脸一下子黯淡下去。

"其实陈医生挺好的。"

"你够够了啊，总替他说好话，收他贿赂了？"夏初皱眉。

"好意思说我。"林疏月手里的易拉罐碰了碰她手臂，"你没事给魏驭城送些什么乱七八糟的。"

"我爸妈公司的新品啊。"夏初眨眨眼，"魏董满意的话，以后少给我使绊子。"

林疏月至今心有余悸，有苦难言，没好气地撂话："留给你的陈医生吧。"

再往下又是限制级话题了。

说到这儿，两人默契地保持安静，同时打住。

"哦，对了，还有一件事。"夏初其实犹豫了好几天，想了想，还是决定告诉她，"李费岩在北京的病历情况，你知道是谁帮忙拿到的吗？"

"谁啊？"

"赵卿宇。"

林疏月的脸色顿时沉静下来。

夏初小心翼翼地提这个名字，心里没底，也没别的意思，就觉得还是得让她知情。

"之前我们查李嵊，知道李费岩去北京求医，但不知道具体情况。我在医疗系统认识的人不多，好不容易找到一个小学同学。也是缘分吧，我这同学和赵卿宇有亲戚关系。后来赵卿宇找到我，给了我一份李费岩的病历资料。也是他提醒，说李费岩可能是想打林余星的主意，让我们多注意。"

夏初忐忑说完，偷偷瞄向林疏月。

良久，林疏月"嗯"了声，倒也没有多余表情。

几天后的周六，是林余星每月的例行体检。这么多年都重复着这样的生活，林余星特别懂事，已经能藏好自己的情绪，一路说说笑笑，宽慰姐姐的心。

林疏月看得眼热，心里难受。她盖住弟弟的手背，心疼地说："好啦，你倒还逗我开心了。别怕，平安最好，真要有事，姐姐在。"

常规检查出了一半结果时，杨医生又加了一个冠状动脉 CT，前后需要一个多小时。林余星进去前，说："姐姐，我出来后想喝水果茶。"

他是怕林疏月留在这儿更加担心，找借口让她出去透透气。

都是懂事的人，心照不宣地成全彼此。

林疏月笑着答应，摸了摸弟弟的头："好，听医生的话。"

医院里常年恒温，不冷不热。但室外的空气总比里头新鲜，尤其入秋后，风过就是一阵凉。街边的藤蔓因风而动，金灿灿的梧桐树叶也开始旋落。

林疏月仰头望了好一会儿，才拢紧外套迈步。

坐了两站地铁到附近商场，找了林余星爱喝的一家排队。刚排没多久，忽地一道声音："疏月。"

林疏月转过头，愣了愣。

是赵卿宇。

他拎着公文包，戴一副窄细的无框眼镜，一身装扮像刚跑完业务。他对林疏月笑了笑："还真是，我以为看错人了。"

林疏月微一颔首："巧。"

赵卿宇指了指旁边的宣传牌："其实可以手机下单的，叫号了你来取就是。"

这样确实方便，林疏月道谢，照着提示下好单后，赵卿宇还没走，他的手垂在腿两侧，鼓足勇气说："疏月，坐坐？"

小程序显示前面还有45杯制作中。林疏月想了想："行。"

怕她误会，赵卿宇挠了挠耳朵："我没别的意思，这些日子想通了很多事，也反思了很多道理，一直想跟你说声对不起。"

林疏月背脊坐得直，双手轻环胸前，始终平静。

赵卿宇低着头，似是陷入情绪中，慢慢道："以前是我不懂事，总觉得要干一番大事，却眼高手低，不肯正面自己能力有限的事实。就像你说的，我性格懦弱，没有主见。"

林疏月轻声笑了下："赵卿宇，我不是你老师。"

赵卿宇抬起眸，眼里分明有着动容和悔意："但你教会我很多。其实，人生并没有捷径，总会在别的地方还回来。疏月，是我对不起你在先，无论何种后果，我都坦然接受。"

是幡然醒悟还是心愧忏悔，林疏月心池如平湖，没有半点涟漪共振。

她说："不是因为'对不起我'，你才接受'任何后果'。对得起自己，无愧于心就行。我不需要你的道歉，道不道歉，都没有任何意义了。"

赵卿宇面露愧色，慢慢点了下头。

"不过，你告诉夏夏李费岩需要肾移植，这件事我还是要跟你说一声谢谢。"林疏月真心的，神色也和缓了些。

赵卿宇重重叹了口气，只觉得难受："你别说谢，我真的无地自容。"他又问，"弟弟，身体还好吗？"

林疏月却起身，示意了下手机："我的水果茶好了，先走一步。"

她没有回答，也没有说再见。

时过境迁又怎样，曾经的伤害就是伤害。在她这儿，永远翻不了篇，更不想成为他人聊以慰藉的桥梁。

与君同舟一程，山水有别，那么桥归桥，路归路，过去就让它过去，她只与未来和解。

林余星做完检查出来，林疏月站在门口，举着水果茶对他笑："哭鼻子了没？"

林余星摇头："不疼的。"

"又不是疼才会哭鼻子。"林疏月走过去紧紧牵住他的手，"同样，就算再疼，只要有勇气去面对任何困难，也不会哭的。"

林余星听懂了，反过来握住她的手："姐，你放心，再艰难，哪怕到生命的最后一天，我也不会自暴自弃。"

姐弟俩相视一笑，眉间风清海阔，是真的释然了。

林疏月把水果茶递给他，林余星嘬了一口，不甚满意："没放糖吧，一点也不甜。"

"有的喝就不错了，"林疏月语气略有不善，"还挑三拣四的。"

"最多三分糖。"

"哪有，明明五分。"

林余星将信将疑，又喝了一口，断定说："姐，你根本就没加糖！"

啧。

小人精。

杨医生这边的体检结果有两项明天才能出，姐弟俩去外边吃的晚饭，又逛了圈乐高店，林余星挑了几个小拼件满意而归。

把弟弟送回工作室的路上，林疏月接到陈姨的电话。陈姨紧张兮兮地告密，说魏董今儿早早回了家，但心情很不好。

林疏月赶回明珠苑。

魏驭城自己开车回的，迈巴赫横在院子里，也没好好停正，魏董确实失去耐心。林疏月在门口做了番心理建设，猜想他是碰到工作上的事。

魏驭城在书房，背对门口坐着，手臂搭在椅子扶手上，明知是谁进来，也没有半点响应。

林疏月走过去，声音不自觉放轻："不是说今天出差吗？怎么就回来了？"

她走去椅背后，温柔地环上他的肩膀："怎么啦？"

魏驭城心里有刺，但温言软语一环绕，真心舍不得。他说："要破产了。"

分明是带了情绪的话，林疏月"哦"了声："没关系，我养魏董。"

静了静，魏驭城侧过身，眸色微深。

他摸了摸她的脸，指尖和眉间一样，如新鲜的霜雪，克制压抑着冷意。林疏月太了解，心思一动，很快察觉到关键。

林疏月倒也坦荡，主动坦诚道："我今天是碰到赵卿宇了，给星星买水果茶的时候。"

魏驭城又把脸给转了回去。

林疏月食指挑着他下巴，颇有气场地喊了声："看我。"

魏驭城一眼冷下去，一字字跟碾出来似的："我太惯着你。"

安静几秒。

林疏月也较劲了："我又不是有意跟他见面，路上碰到的。我说这话你是不是也不信？"

魏驭城语噎，心说，不是这样的。

"哦，你现在要跟我翻旧账是吧？你可想好了，要翻，可以。但咱俩谁欠的账更多，哼哼。"

林疏月人也不抱了，站得笔直跟军训一般，看着他说："见面就见面，我也不瞒着，因为我坦荡，问心无愧。但你呢，差也不出了，工作也不干了，回来还给陈姨脸色。"

魏驭城腹诽，委屈啊，我哪有。

"怎么，你真想让我养你呢？"林疏月深叹一口气，有模有样地掰起了手指头，"现在夏夏给我开6500的底薪，做项目的时候，有两个点的分红。平均算下来，也能月入过万了。但你就不能穿定制服装，不能买百万名表，不能开迈巴赫和保时捷，不能成为明珠市每一个楼盘的尊贵户主了。"

林疏月还真给他算了一笔账，越算越沉浸，自己先忧愁上了："做女人好难哦！"

林老师这张嘴，嘘枯吹生，朽木逢春，几句话就把魏董说得哑口无言。

魏驭城沉静极了，浓眉深眼，盯看她许久。林疏月下意识地后退一小步，苦大仇深地与之对视。

魏驭城脱了外套，起身坐去那张摇椅。他跷着腿，身体随着摇椅微微晃，远远看着她，压着嗓一字一字道："这么能说。"

林疏月眼皮跳了下，估摸这事不能轻易完结。

男人慢慢别开头——

"早知道，就不爱你了。"

魏董的声音向来醇厚低音，压榨出的满分酸胀，都不敌这两分委屈的扮弱求全。

谁能抵得过成熟男人的服软和撒娇，林疏月起了一层层的鸡皮疙瘩，天灵盖到脚底心一遍遍地过电。

她真的忍不住，直接也跨坐在摇椅上，他腿上。

林疏月整个人赖在他怀里，拖着长长的音慵懒地说："好啊，不爱就不爱。"

魏驭城下压唇角："那你这又是在干吗？"

林疏月仰着脸，一本正经地看着他："不爱之前，先来个分手礼。"

对视许久，魏驭城先弯了眉眼，笑着低骂了句痞话，双手搂着她的腰使劲按回怀中："你以后再说分这个字，我弄死你。"

林疏月小声"嗷"了一下："你就作。"

爱情这种事，无非是爱与不爱，信与不信。两人都是理智清醒的人，哪会真正上纲上线，魏驭城这态度，与其说是恼怒，更多的是吃醋。

他是个占有欲极强的人，是他的，里里外外，别人休想染指半分。

"林疏月。"

"嗯？"这么郑重地叫全名，她不免紧张。

魏驭城目光似火焰星子，他说："你得对我负责。"

林疏月："什么？"

"民政局下午两点上班，现在就走。"

林疏月默了默，平静纠正："魏董，跟您汇报一下，今天是周六，民政局放假。"

林疏月在他怀里笑得直不起腰，她一动，摇椅就跟着晃。

风浪止息，旖旎不减。

林疏月本还云里雾里，某个点在脑子里飞荡，她突然清醒，撑起身子问："我和赵卿宇见面的事，你怎么知道的？"

魏驭城懒着声儿说："钟衍告诉我的。"

就是这么巧。那个点，钟衍正好也在商场，他买完东西开车出来，等闸杆放行时，一回头就瞧见了坐在靠窗位置的林疏月和赵卿宇。那叫一个激动啊，钟衍拿出手机拍了张照片，就这么发给了魏驭城。

良久。

林疏月的指腹轻轻按压男人厚实匀称的胸口："你每个月给钟衍多少零花钱？"

"没数。"魏驭城淡声说，"我给他开了副卡，他要用都从里面刷。"

"账单呢？"

"每个月都是李斯文在管。时多时少，这小子喜欢买包，多的话，十几二十万吧。"

林疏月双手托腮，眼神纯欲无辜，魏驭城当即沉沦。

林疏月亲了亲他嘴角："你好爱他哦，但也要有分寸，不然会让人恃宠而骄的。"

魏驭城颔首，有道理。

"小衍还是学生，要树立他正确的价值观，而且在学校，太标新立异总归影响不好，会让同学不敢与他交朋友。"

魏驭城："嗯。"

"所以呢，零花钱，可以稍稍控制一下。"林疏月笑意盈盈，又亲了亲他的锁骨。

一个接一个的吻，撩得魏驭城心猿意马，说什么都能答应，他迫切索吻，却被林疏月抬手挡住，露出的眼眸乌溜溜地转，像一只小狐狸，非要答案才顺从："那你觉得，给多少合适？"

魏驭城低声："每个月八百。"

林疏月皱眉："太少了。"

"那你说多少？"

"一千吧。"

昏君一字千金："好。"

钟衍闻此噩耗，肝肠寸断，还天真地找林疏月诉苦，痛斥魏驭城的冷血无情。一个人演讲了十分钟，觉得有点不对劲："林老师，你怎么不说话？"

传来的却是魏驭城如鬼魅的两声冷笑："呵呵。"

呵得他浑身发麻。

林疏月和魏驭城一起，接电话时按了免提。

钟少爷这才后知后觉，完了，人都得罪干净了。

林余星听闻这件事后，颇有几分恨铁不成钢的怒气："小衍哥啊小衍哥，你当时到底是怎么想的呢？我姐平日对你多好，处处留心记挂。在魏舅舅面前说了你多少好话，让他待你耐心，宽容，给予更多的爱和理解。可你呢，转过身就把我姐给卖了。"

钟衍双腿叉开，坐在沙发上使劲抓挠头发："我这不也是吓着了，万一你姐真有什么心思，不要我舅了，我就没舅妈了。"

这么一解释，好像也行得通。

林余星神色忧忧，语重心长地感叹："你的脑回路，真不是一般人能理解的。"

钟衍委屈死了："那我现在该怎么办吧？"

"每个月一千零花钱，也不是不能用。"林余星扬扬眉，"省点花呗。"

钟衍算是看出来了。

这小子，护他姐呢。

秋意浓，街口的梧桐叶落了一地，一夜起风，次日就是厚厚一层。枝丫光秃，零星吊着几片残叶，仍眷恋枝头不肯落去。

这天，林疏月接到公安局打来的电话。

听了几句后，她僵在原地。

李嵘执行死刑前夕，忽然又交代一件事。三年半前，他收买申远峰，令他冠以假名胡平川，并且伪造了假证明，去找一个名叫林疏月的心理医生。

彼时的申远峰精神状态还算稳定，收了李嵘五千块钱，按他说的去实施。继而诬陷、传播、举报，彻彻底底毁了林疏月的事业。

李嵘一五一十地坦承，林疏月是被害者，他负全部责任，没有任何要辩解的。

魏驭城陪林疏月去了一趟调查取证，阳平西律师全程协同，办妥后，说："我这边整理好后，会按既定流程，向相关部门提出申请，届时可能需要林小姐配合。"

林疏月点点头："有劳您。"

"应该。"

阳律师还有些细节需要对接，魏驭城刚想带林疏月走，从里面出来一个民警："嫌疑人李嵘还有句话托我们带给你。"

林疏月脚步一顿。

魏驭城下意识地将她轻拨到身后。

民警："他向林疏月道歉，对不起。"

林疏月一动不动，安静几秒后，轻轻扯了扯魏驭城的衣袖："走吧。"

回程路上，林疏月降下车窗过风，任凭头发被吹散，背风时，又像一把收拢的扇，将脸遮住。魏驭城几次想开口，但终是缄默不语。

林疏月伸出手，秋风穿透指缝，满满的鼓胀感，掌心一握，却是空空如也。她的眼眸眺投远处，今儿不是个好天气，琼楼广厦间阴云滚滚，城市更显疏离冰冷，涌面而来的，是低潮般的压抑。

林疏月抬起手，揉了揉眼睛。

再闭上时，刺痛感犹存，粗粝的砂似要磨出泪来才罢休。林疏月忍了半天，犹如胜仗，终究是没让泪流出来。

到明珠苑，魏驭城绕到副驾驶替她开门。

林疏月对他笑了笑，脸色似无差异。她走前面，魏驭城落后几步，盯看她背影许久，到底是不安心。可此时此刻，什么安慰的话都显多余。

"我没钥匙呢,你开门。"林疏月刚回头,就被魏驭城搂进怀中。一只手轻压她的后脑勺,稳妥且小心翼翼。

静静相拥,郑重温柔。

魏驭城沉声:"世界欠你的,我来还。"

林疏月红了眼,心似注入甘泉,润物细无声。她反手回抱这个男人,在他怀里闭上眼:"世界没欠我什么了。"

因为有你。

次日,秋阳高照,枫林树梢轻漾,人间回暖。

李嵘被执行死刑。

这天下午,林疏月接到一家私立医院打来的电话,问她认不认识一个叫辛曼珠的人,她拖欠医药费,再不补交,就不会提供后续治疗了。

林疏月想了很久,还是去见她这一面。

辛曼珠勾三搭四成习惯,也不知是生性如此,还是真痴迷于男女之事。她很聪明,不管是钓男人的手段还是躲避麻烦,简直如鱼得水。

这次被那男的正房太太找上门,伤得不轻,肋骨被打断两根,送进医院时一直咳血。有日子没见,辛曼珠已如风中残叶,只剩一副干瘪的皮囊。

林疏月一露面,医生诸多抱怨,并且冷嘲热讽,你还是女儿吗,你妈伤成这样,也不来照顾。

林疏月当着那么多医生护士的面,淡声说:"她死,我都不会替她收尸,满意了吗?"

医生护士面面相觑,被她眼里的冷肃镇住,不敢吱声。

林疏月勾了条木椅,坐在辛曼珠床前。

她坐姿笔直,目光如死水,连多余的恨意都没有,像在看一根没有生命的木桩。不用只言片语,一个眼神,就已摆明态度。

辛曼珠呼吸急促:"你、你。"

林疏月什么都没说,递过一份协议:"签了它,我保你平安出国。"

辛曼珠费劲地坐直了些,垂眼一看,歇斯底里:"你休想!"

协议上，要求她永远不打扰林余星。

林疏月点点头，不理会她的疾言厉色，慢条斯理地从包里拿出一沓照片，就这么丢到她身上。像散开的食人花，竟都是辛曼珠混迹不同男人身上的照片。

"你若不同意，这些，就会分发寄给对应的人，我知道有几个，已经找了你很久。未免她们辛劳，医院、科室、病房号、床号，我一定知无不言。"

辛曼珠霎时变脸，咳得如骨裂一般。她不敢置信："你这么狠毒，你、你！"

林疏月冷傲入骨，态度坚实厚重，当真不讲半点心慈。

"是死是活，选择权在你。"说完，林疏月起身要走。

辛曼珠趴在床上语不成调："月月，疏、疏月……"

门关。

里头一声撕心裂肺的号叫："林疏月！"

她低着头，深深呼吸，然后戴上墨镜，这一生，大概是不会再见了。

到明珠苑时，夜幕降临。

魏驭城正从书房出来，见着人愣了愣："嗯？不是和夏初逛街吗，这么快就回来了？"

林疏月站在原地，就这么看着他。

看着，看着，眼睛就红了。

魏驭城吓一跳，还没回神，她已经冲过来紧紧抱住了他。

林疏月像个跟家长做保证的小孩，哽咽着发誓："魏驭城，我以后，一定一定会当个好妈，我不会缺席他每一次的家长会，不会不耐烦，不会动手打他，不会说一些伤他心的话。我会对我的孩子负责，我要把全部的爱都赠送给他。我要让他长大后，不会有一丝，后悔来到这个世界的痛楚。"

林疏月泣不成声。

魏驭城的下巴抵着她头发，温热的掌心有规律地轻抚她的后背。一下一下，直到她的心跳保持一致的节奏。

他这才笑着说："有孩子啊，那是不是得先……"

林疏月仰着脸，眼里仍有朦胧水雾。

魏驭城吊着眼梢，低声说："结婚。"

这两个字往她心口重重一击，擦枪走火滋滋不灭，最后"轰"的一声升空，在生命里开出璀璨烟花。

她吸了吸鼻子，小声说："这算求婚吗？"

其实只要他应下来，她一定答应。

可魏驭城只笑了笑，眼眸似温酒，说："不算。"

不算就不算吧，之后，这男人竟再未提过这事。这真是个高手，反其道而行，把忐忑不安通通转移给了林疏月。

这几日，钟衍倒往家里跑得勤。一会儿给林疏月带奶茶，一会儿带绿豆糕，说是他学校的招牌小食，醉翁之意不在酒。

上次"出卖"林疏月的事，钟衍心有余悸，且深深认清家庭地位，要想大学过得好，这舅妈一定不能得罪。

林疏月一眼看穿他心思，故意不上道。

钟衍惴惴不安，急了，索性告诉了她一个秘密——"林老师，我知道你和我舅的事。你俩是在波士顿，嗯，深入交往的吧。"

林疏月怔然，眉头紧蹙："你怎么知道？"

"哎哎哎，你可千万别误会，我舅可没出卖你。"钟衍忙不迭地解释，生怕又一个掉以轻心，把魏驭城给得罪了。

他说："是我自己偷听到的。"

"三年前，我仍是个叛逆少年，寻死觅活的，我舅可烦我。"

林疏月打断："说重点。"

"重点就是，那天李秘书上家里头汇报工作，说人查到了。我舅很高兴，问在哪儿。李秘书说，不凑巧，去波士顿了。"钟衍挠了挠头，"其实我就听到这么多。本来没想过是你，后来和林余星聊天，说到你们家的事，说你那个垃圾妈就在波士顿，你无助的时候，还去美国找过她。"

钟衍笑眯眯地总结："我舅对你见色起意，继而制造偶遇。啊，不对，其实根本没什么偶遇，全是他的处心积虑。"

林疏月脑子空白。

她渐渐反应过来，所以，这个男人，在她不知道的时候，就已爱了她很久很久。

周身被一股奇妙的力量包裹、托举。岁月这个词，忽而沉淀下来，她能以俯瞰的视角冷静观望。林疏月想起娄听白说过的一句话"人生或许不公，几十年后回头看，你会发现，早些年缺失的，总会在某一阶段弥补回来"。

静默守望，温润无声。

钟衍瞧她感动的神色，心里便松了口气。

这下，总能将功折罪了吧。

刚想着，林疏月飞快往外跑。钟衍急着问："你干吗去？！"

林疏月拿了他的车钥匙，心里就一个念头，她想见魏驭城。

人在办公室里坐着，门不轻不重地被推开，林疏月气喘吁吁地站在门口，脸都跑红了。

魏驭城吓一跳，还以为出了大事。

结果，林疏月眼神直勾勾地望向他，脱口而出："魏驭城，我们去领证吧！"

一语出，空气如被糨糊黏腻，严密得不透一丝风。

林疏月也觉得不对劲，慢慢看向右边。会客区，三条沙发上，坐着好几位集团高管。他们善意微笑，颇有几分看热闹的闲心。

林疏月顿时窘迫，热血上头的劲也冷去七分。她立在原地，不知所措。剩下三分浸润眼角，依旧灼如烈焰。

魏驭城满目春风，走过来自然而然地牵起她的手。

先是往会客区的方向挪几步，稳重道："最近劳各位辛苦，日程一紧再紧，确实是因我接下来的家事。"

都是人精中的人精，立即心领神会："魏董好事将近，恭喜了。"

林疏月不解，愣愣看向他。

魏驭城又将人牵去办公桌前："本想再晚两天告诉你，等我忙完休假，准备带你去实地看一看。"

"看什么？"

魏驭城睨她一眼，微微躬身，从抽屉里拿出一沓资料，大多是英文，大小不一，还附有几张照片。

林疏月一眼就看到，照片上，天蓝如洗，海天一色，正中间是一座爱心形状的……

"岛？"她蹙眉。

魏驭城双手抵着桌面，这样与她的身高差缩减一些，对视时，目光平等交织，个中情绪一览无余。他笑着调侃："求婚的仪式感，总不能少。这岛在北美，交易耗费了些时间，但也已差不多了。它还少个名，不着急，等过去了，你再取。这岛离夏威夷近，以后每一年，我们都过去休假。"

许久后，林疏月抬起头，眼睛像被桃花萃染。

魏驭城依旧是笑，勾了勾她的手指："求婚是男人的事，不能委屈你。"

还是那个抽屉。

魏驭城又从当中拿出一个方形的丝绒盒，他连钻戒都早早备好。

"林疏月，嫁吗？"

良久。

林疏月眼角带泪地点头："嫁。"

一锤定音。

这晚，魏驭城还有个视频会，林疏月一直等着他，八点半，魏驭城忙完，进办公室，就看见林疏月坐在沙发上，正是明暗各半的光影交汇处，她肩披月光，像一块通透的美玉。

魏驭城忽而心安。

两人挽手归家，出大厦时，秋风带着恰到好处的凉意拂面，只觉得通体舒畅。魏驭城站定，帮她把外套拢紧了些："别吹风。"

林疏月顺着他手臂，又贴严实了些，乖乖应了声："知道了。"

两人相视一笑，眸色如碎星闪耀。

林疏月此刻仍觉不真实，指尖刮了刮他掌心："魏驭城。"

风衣将男人的身姿勾勒得挺拔，带来的安全感如高塔明灯，无论前路多茫然，都不会迷了方向。

不用明言，就能明白彼此的心意。

魏驭城反手包裹住她手指，万语千言化作一个字："在。"

语毕。

头顶风光霁月，眼前灯火如潮涌般亮起。

魏驭城不由得将人牵得更紧。

你是心尖烧滚的烈焰，是春风携星河的温柔，是月牙最迷人的那一弯尾勾，也是我的幸福险中求——

既然相遇，我一生归你。

【正文完】

番外一

不羡鸳鸯

1

　　彼此求婚的事，第二天就在集团内部传播开来。俨然是汇中成立以来最大的八卦消息。

　　魏驭城和林疏月相识相恋的各种版本都有，公认最靠谱的一个，就是得感谢耀总，要不是唐耀安排林疏月来汇中，就没有接下来的事了。

　　小群里一个叫"小苏打"的匿名账号说："万一是魏董安排的呢。"

　　众人惊叹！如此一代入，似乎更带感了。

　　这段时间，周愫和林疏月聊这些，一聊就能几十分钟不停嘴。很多话听得当事人都乐得要命。

　　"你们公司有人说，我暗恋你很久，你一直不为所动。某一天趁你醉酒，我把你给强了，还给你拍了照，你要不答应，就让你上报。

　　"另外一个版本，我对你死缠烂打，去你家一哭二闹三上吊，你没辙了。后续剧情他们已经想好，叫作先婚后爱。"

林疏月在电话里边说边笑。

可说着说着，就笑不出了。

林疏月唉声叹气："难道我不够漂亮，不够优秀吗？怎么，女人和优秀的男士在一起，舆论的善意更多的是偏向男士，而把所有揣测和怀疑都安置在女人身上。可见，人都有慕强心理。"

魏驭城弯了弯唇，也只有她了，听到自己的谣言，依旧能够理性客观地分析原因。

午夜时分，电话里的絮语像春天的杨柳，微风轻漾，叶尖似有若无地撩拨，魏驭城心里发痒。

最后，林疏月幽幽问："你什么时候回来？"

"下周。"

短暂安静。

魏驭城轻声："月月受委屈了。"

林疏月在床上滚了个圈，脸埋在被毯里，瓮声说："有你这句话，就不委屈。"

魏董太忙了，全然不似小说里写的那样，求婚后赶忙举办世纪大婚礼，上热搜，登报纸，霸气宣告所有权。

他倒好，求完婚的第二天，就和李斯文去上海出差了。

为期十天的经济峰会，魏驭城是明珠市的企业代表，也是国内低维材料与纳米器件研究的佼佼者。这还有个小插曲，魏驭城作为行业代表上台发言，阐述了超高密度光电化学的应用以及未来发展前景，且全程用英文。魏驭城的现场视频一度在微博传播，毫不意外，收获好评一片。

这天晚上，两人打电话时，林疏月正正经经地告知他："就这一天，你多了两万个老婆。"

魏驭城不明白："什么意思？"

微信收到五六张截屏，是他视频微博下的评论。

热评第一条就俩字：老公。

点赞两万多。

魏驭城却顾左右而言他："这么晚你还吃夜宵？"又问，"鱼好吃吗？"

林疏月莫名：“我没吃夜宵呀。”

“那我怎么闻到西湖醋鱼的味道？”魏驭城低声笑，“这道菜，我也吃过很多次，你抵赖不得。”

林疏月恍悟，又着了这男人的道。

此刻她刚洗完澡，在床上翻来滚去。秋夜月色最迷人，窗帘敞开，躺床上的这个角度，一抬头就能看见悬在西边的弯月。像细眉，清冷孤傲地与夜色作陪。

林疏月起了兴致，故意逗他：“魏驭城，你有两万个老婆了哟。每天一个，都能陪到你九十一岁。哇，你好幸福呢！”

魏驭城没搭话。

恰好，敲门声响。

林疏月侧头看了眼，以为是陈姨。她赤脚去开门：“等会儿啊，我……”门把拧开，拥有两万个“老婆”的男人就站在眼前。

“你、你、你、你怎么回来了？”林疏月手机差点滑落。

魏驭城单手一绕，搂着她的腰，轻而易举地将人抱离地面，亲了亲她颈间，沉声带笑：“两万个老婆是吧，到九十一岁是吧，那就从你第一个开始。”

林疏月告饶：“你没洗澡！”

事实证明，男人真的不能惯，不然受苦的都是自己。淅淅沥沥的水声，掩盖住林疏月最后的挣扎。

自这夜后，林疏月义正词严地发誓：“魏驭城，我再信你，我就是大肥猪。”

魏驭城的手指有搭没搭抚着她的肩，漫不经心地哦了声，不太客气地纠正：“口是心非。”

林疏月编了条血泪史信息，群发给夏初和周愫。

男人。

真的不能太惯！

2

夏初刷了几天短视频，沉迷公狗腰不可自拔。也是受此刺激，特别想去健身房操练一番，还非得拉上林疏月。

林疏月直截了当："你信我，办卡不出三天，你就不会再去了。"

夏初信誓旦旦："我非得练出马甲线不可！"

林疏月掀开衣摆，面露无辜："可是我已经有了呢。"

夏初气得哇哇叫："我不管，是姐们儿就陪我。"

"陪你办卡可以呀，关键是我们不会坚持去的。"林疏月苦口婆心，尚算理智。

夏初戳了戳她的侧腰："你可以为备孕做准备呀。身体练好一点，总归没坏处的。"

这句话真说到了点子上，瞬间收复了林疏月的理智。

"那，办一张呗。"

办一张会员卡的初衷，结果到健身房后，也不知堕入了什么迷魂洞，出来后，两人都买了百八十节的私教课。

到门口，秋风卷着落叶，丝丝寒意把林疏月吹清醒了些。

夏初似有默契，两人对视一眼，她提醒："课买了就不能退了。"

林疏月长呼一口气，咬咬牙："那就坚持吧。"

次日，分给她的是个男教练，号称什么巴拿马参加过国际健美比赛的冠军，那一身块头肉，强壮得让林疏月心惊胆战。

"你得多拉伸，你看你这腿部好紧。"一小时的课，林疏月怀疑自己病入膏肓了，浑身都是毛病。

"教练，我该怎么办？"

"倒也不是多大问题，一定要记得专业的拉伸。我们现在有活动，你买我的拉伸课，给你打折，一百节课只要三万八。"

林疏月一言难尽。

她表明不需要后，这教练的训练强度似乎更大了。

林疏月宛若老病残将回到家，洗完澡躺床上，自己都想笑。本想着好好把买了的私教课上完，可这天晚上，那教练总给她发些不着边际的微信，什么你好漂亮，你腿好直，你有男朋友了没。

林疏月意识到，这人不对劲啊。

次日，魏驭城出差回来，到明珠苑是晚上。

问陈姨，陈姨说，月月正在洗澡。

魏驭城回主卧，恰巧桌上林疏月的手机弹出视频申请——男教练。

魏驭城就是这样看到那些不太合适的信息的。

待她出浴，颇有几分问审的气势。

林疏月也挺无奈的，说，就想把身体练好一点。说着说着，她自己先笑了起来，眉间却是愁容淡淡："唉，钱又打水漂了。"

魏驭城本就不会拿这说事，眼下芙蓉出水，女孩的身体像雨后白瓷，罩他的衬衫当遮盖，生生察出几分欲拒还迎的媚态。

魏驭城扯落碍事的领带和袖扣，继而搂人索吻。

温柔乡，是风雪赶路人最后的归宿。

"我们月月，有这么漂亮的马甲线。"魏驭城声音清亮正经，这极致的反差，才更叫她心悸。

魏驭城自律，第二天还能准时去开会。公事告一段落后，他吩咐李斯文去办了件事。

当天晚上，林疏月买私教课的钱一分不少地退了回来，而那个男教练，也被开除了。事是李斯文来善后的，林疏月目光狐疑："李秘书？"

李斯文轻扶眼镜，永远四平八稳的气场："这家健身房的老板，是我朋友。不过，林老师若是想健身，不必去外头，魏董这方面的经验，不比哪位教练差。"

李秘书这是隐晦地透底。

到了晚上，林疏月才反应过来，魏驭城好像真的要带她一起操练。明珠苑的房子是顶层复式，林疏月也是头一回发现，最上面还有个很大的隔间，打造成了健身室。魏董日理万机，绝对没有系统的时间跑健身房，也只能抓着零碎时间，就地练练。

"你别用腰发力，用核心。"

"背挺直，臀与腿的力量去蹬它。"

最多半小时吧，林疏月赖在地上就不肯动了，魏驭城怎么喊，她都不听，歪着头，眼神萌萌地望着他。

她一句话都说不出，赧颜汗下，小声辩解："其实我平板支撑能撑挺长时间的。"

魏驭城成全她："来，比比。"

两个人面对面，计时开始。

244

魏驭城嫌衣服麻烦，索性脱掉，好身材一览无余。不是那种有着刻意训练痕迹的块头，线条匀称细腻，胸腹肩的比例刚刚好。

林疏月深切怀疑，这人蓄谋暗使美男计。

他手伏地，腿尖点地，稍一用劲，肌肉形状便都迸发而出。

一分钟。

三分钟。

到五分钟时，魏驭城依旧面不改色，额上半点汗痕都没有。林疏月力不从心，叫苦不能，勉力支撑。

抬起头，就对上魏驭城带笑的眼："要输了啊？"

林疏月心一热，身体前倾，竟吻住了他嘴唇。

魏驭城发蒙，泄了力，双膝跪向了地面。

哦吼。

林疏月得意得像一只小狐狸："魏董，你输了哦。"

3

领证的过程很平常，两个人也很平静。

民政局里，他们拿号，排队，如每一对即将步入新生活的准新人一样。等候时，林疏月颇感兴趣地打量四周："呀，原来民政局长这样。"

魏驭城将手绕到她侧脸，轻轻拨正："这有什么好看的，看我。"

"你得留到晚上看。"

魏驭城腹诽，什么不好学，这浪荡不羁倒是学得惟妙惟肖。

九点，到他俩。

填表，递交身份证明，结婚证件照是提前拍好的，白衬衫，魏驭城笑容饱满，林疏月眼若星月，看起来就是非常般配。

最后，钢戳盖印，"咚咚"两声闷响，果断又庄重。

红本本回到手中，林疏月看了又看，美滋滋得很："别说，这个证件照真拍得蛮好看的。"

魏驭城皱眉："你的注意力就在这儿？"

"不然呢？"林疏月指了指，"既不失真，色调也修得自然，皮肤不假白。"

"那是我们，本就长得好。"

中午，两人回魏宅吃饭。

魏濮存和娄听白都坐在院子里，听见动静回头看了眼："来了啊。"

魏驭城："爸，妈。"

一瞬安静。

然后三人齐齐望向林疏月。

到嘴边的"伯父""伯母"及时刹车，咽回肚里。

"叫人啊。"魏驭城低头戏谑。

林疏月硬着头皮："爸，妈。"

娄听白应声响亮："哎，乖。"

魏濮存情绪内敛，倒看不出太明显，只说："好，进屋吧。"

一顿平和温馨的家宴。

娄听白无意间提及，下周，一个节目的制作组会来明珠市采景。魏驭城顺口接话："您想去吗？这个节目，汇中集团有赞助。"

娄听白悦色浮面，刚要开口，魏濮存已然不快："你答应过，下周陪我去爬山。"

娄听白立刻安静。

吃过饭，娄听白把林疏月叫去楼上，给了她一套帝王绿的翡翠首饰，翡翠蛋面配了数十颗钻石，有种有色。

娄听白说："以后，我们就是真正的一家人。驭城若是待你不好，你用不着多包涵，直接跟我说，我必替你做主。你一个姑娘，嫁到我们家，不会让你受委屈的。"

回明珠苑的路上，林疏月将娄听白的话转述，颇有气势："不要欺负我哦，我现在也是有人撑腰了。"

魏驭城笑意深，语气淡："哪敢。"

林疏月满意，又研究起这套翡翠，她照着认证书搜了搜，登时瞳孔地震："几个零？七、八……"

这是她无法想象的数字。

魏驭城仍是平静的口吻："娄女士偏爱女儿，给你的，自然不会差。"

林疏月还紧张起来："你妈妈有什么不喜欢的东西吗？你告诉我，

我怕以后惹她生气。"

"你婆婆很好哄，"魏驭城说，"你给她生个孙女。"

林疏月不上他的当，悠哉地调侃："我看，不是她想要，是魏董迫不得已的，想老来得子吧？"

刹车轻点，转向一打，车慢慢停在路边。

魏驭城转过头："确实迫不及待。"

闹市区，他还是有分寸，不至于有这种癖好。

凌晨，身边的人已沉沉睡去。

魏驭城这才起身，去书房抽了根烟。

秋夜温寒，窗开一条缝散烟味。魏驭城觉着冷，随手披了件睡袍。烟抽完，他从抽屉里拿出结婚证，指腹在照片上仔细摩挲，最后笑了起来。

次日，与魏驭城相识的人集体炸锅。天一亮，他电话短信便响个没完。

唐耀："魏生，你真太嚣张了！"

哥们儿："份子钱十年前就备好，赶紧办婚礼！"

李斯文："魏董，恭喜，您婚礼定在什么时候？我好提早帮您安排行程。"

钟衍："我有舅妈了！"

林余星："姐夫好。"

就连夏初："祝魏董和我姐们儿早生贵子。"

看来看去，夏初这条深得他心。

手边正好有个相关项目，魏驭城一通电话招呼，给她了。

…………

原是凌晨，百年不发朋友圈的魏驭城，发了两张照片。

一张结婚证，一张与林疏月的合影。

他写——

"与你，终生浪漫的开始。"

4

蜜月之旅，之所以定在夏威夷，实则是林疏月的私心。

因为林余星小心翼翼地提过，大概是钟衍给他灌输了太多异国风情的美妙，加之他本就喜欢大海，所以格外憧憬。

这几年，弟弟的身体状况虽稳定，但总归是个定时炸弹。悲观点想，意外与明天，真不知道哪个会先到来。于是，这一次干脆把弟弟和钟衍都带上。

Pipeline海滩，是钟衍常来的一处冲浪点，到这里，俩小屁孩彻底放飞自我。林余星不能做这种极限运动，但海滩边踩踩水也心满意足。

林疏月来了兴趣，说也想找个教练学学。

一听"教练"，魏驭城斜睨她一眼："半夜给你弹视频的那种？"

林疏月打他："讨不讨厌。"

魏驭城也挺来气："想学，永远第一先想到别人，就不会看看你老公我？"

这也能吃醋？

林疏月真是大开眼界，她娇憨而笑："这不是，怕你累着嘛。"

最后，在魏驭城的悉心指导下，林疏月能勉强牵着游艇绳，沿直线滑浪了。魏驭城便站在游艇尾端，戴着墨镜，留神她的动作，稍有不规范，总能很快提醒，减少翻板的次数。

林疏月兴奋至极，上岸后，抱着魏驭城蹦蹦跳跳："我学会冲浪啦！谢谢魏老师！"

魏驭城抓着她一只手臂往身前带："怎么谢？嗯？"

林疏月侧头，在他耳边说了句话。

魏驭城笑意加深，心满意足。

当天晚上，钟衍接到舅舅通知，明天他和林余星自行安排活动。钟衍问："那你和舅妈呢？"

魏驭城肃着脸色："大人的事，少管。"

次日，波士顿。

魏驭城和林疏月不辞辛苦，故地重游。

Hatch Shell，两人凭记忆去搜找，却发现，那家酒吧一年前竟已倒闭，打听了番，是要改造成一个冰吧。

林疏月不无遗憾："竟然觉得，有点点失落。"

魏驭城牵着她的手："有什么可失落的，它存在的意义之一，就是让我们相遇。现在使命完成，功成身退也算圆满。"

林疏月稀奇："原来工科男这么会说情话啊。"

魏驭城却问："还有几个工科男跟你说过情话？"

林疏月眼珠狡黠一转，红唇微启。那个字的嘴型刚张开，就被魏驭城打断，低声似警告："你要敢说他名字，试试。"

林疏月无奈一笑，指腹挠了挠他掌心："魏董，不止明珠市，波士顿的醋厂也都要改名换姓了。"

来都来了，总不好白跑，两人随便挑了间酒吧。魏驭城点了威士忌，给林疏月要了杯柠檬水，惹得她连声不满："太不公平了吧，你能喝酒，我怎么不能哪？"

魏驭城不咸不淡地反问："你自己说。"

林疏月贴近他，在他耳边轻声："只准州官放火，不准百姓点灯，魏董好霸道。"

顿了顿，她眨眨眼："有个问题，我一直想问。如果那一年，那一天，我在酒吧伤心买醉，不是跟你一起，那我们的人生，就不会相交了，那你还会对我念念不忘吗？"

魏驭城答得斩钉截铁："没有这种'如果'。因为那一次，我就是为了追随你，才从国内到国外，从明珠市到波士顿，从一个正经男人，装成花心浪子。你被我喜欢的那一刻起，你就没有任何选择。因为，我是唯一。"

明明喝的是柠檬水，林疏月内心却如烈焰炙烤。幸而斑斓灯光作掩，她才能奋力忍回眼里的湿意。

"你太会算计了。"她嘀咕。

魏驭城当仁不让："嗯，并且打算这样算计你一辈子，林老师，做好准备。"

林疏月连喝三口柠檬水，咕嘟咕嘟，像极了粉红泡泡。

魏驭城去了一趟洗手间，回来时，一个白人帅哥正从林疏月桌前离开。才一会儿工夫，就被搭讪了。

魏驭城佯装不在意，随口一问："他怎么就走了，也不等我回来一起喝一杯。"

林疏月扬扬眉："他哪敢啊，我可是说了狠话，把他吓跑的。"

"说什么了？"魏驭城好奇。

"我说，我很爱我的丈夫，他是唯一。"

5

秋浓霜降，章天榆教授给林疏月发来邀约。

他将于次月下旬开展一项课题研究，希望林疏月加入研究团队。乍见邮件的那一瞬，林疏月血液沸腾，竟有种想哭的冲动。

她当即给章天榆回电话，甚至还未表明意图，章教授已自发为她介绍相关详细："这次课题研究将运用在天易、淘新很多国内外大型网站上，疏月，我第一个想到了你。"

林疏月："章教授，我之前有过处分，会影响您声誉。"

话音渐小，这才是她真正忐忑犹豫之处。

章天榆却把她一顿痛骂："这是你该操心的吗？我从头至尾都没想过这一点，你替我做什么主！影响声誉？你要不想来，直接回绝就是，不要找这么榆朽的理由！"

"啪！"电话气势汹汹地挂断。

林疏月那叫一个紧张，恩师的脾气十年如一日，由这个熟悉的点，串联起从前，赤子之心犹存，对学术亦存敬畏。她大学时，章天榆就殷切盼望她走学术研究这条道路，几经变故，如今又重回初心。

生命如圆弧，总能在某一时刻，将过去与未来重叠。林疏月没犹豫，又给章天榆教授去电话，果断答应。

这一年临近春节，项目圆满结束。团队聚餐，章教授没别的爱好，就好这一口酒。林疏月这次，却没有喝。

几次游说，她都委婉拒绝，章教授发话："疏月喝果汁吧。"

新婚宴尔，肯定是计划中，章教授不强人所难，对爱徒一向多有照拂。菜肴可口，东久楼的鱼最有名，鱼肉转至她面前时，她没有动筷，稍稍别开脸，去与旁边的小师妹聊天。

下午的航班飞明珠市。

不凑巧，此时也在出差的魏驭城因飞机延误，耽搁了机场碰头的计划。他告诉林疏月，不用自己走，唐耀过来接。

魏驭城又补充一句："他最近情绪不对，你按时收费就是。"

林疏月明白过来。

平日，魏驭城有跟她提过一点花絮，唐耀也是身世可怜的人，虽是唐家二少爷，但他上头还有位长兄，那才是说一不二的掌权者。唐耀自幼被丢在美国长大，与其兄长千差万别。看他表面明朗，实则早把苦楚嚼进了肚里。从不否认，这也是能干大事的主。而他能回国，将事业重心转移，其真实目的也不难猜测。

唐耀准时接人，笑着征询："林老师，我昨儿睡得晚，保险起见，找个地休息会儿再开车？"

林疏月欣然。

就在机场咖啡厅。

没有刻意的倾诉，都是聪明人，相谈甚欢。唐耀的疑惑苦楚稍得慰藉，那点牛角尖也被温言软语堵上。

林疏月笑着说："耀总，人生大道理您肯定比我懂得多，我不敢在您面前班门弄斧。只是，做任何决定前，不妨先自省自问，这样是否能让自己释然，或者开心。"

唐耀颔首："谢谢你。"

之后，他还真的付给了林疏月咨询费，林疏月也不扭捏，大方收了，心说，以后找个机会让魏驭城请他吃饭当回礼。

唐耀问："这儿的咖啡不错。"

林疏月说："好，有机会，一定品尝。"

晚上，魏驭城回明珠苑，陈姨说："月月已经睡了。"

回来的时候就睡了，他一推门，人又醒来。

魏驭城顿时放轻动作："吵着你了？"

林疏月赖躺于床，侧枕着手臂，眼神蒙眬地望着他。

魏驭城扯散领带，脱去浮尘的外套，又摘了手表，这才走去床边，弯腰轻轻抱了抱她。

林疏月清醒了些，刚说话时，嗓子嘶哑，几个字后才恢复清透："我有个问题。"

"嗯？"

"一个无名无姓的学弟都能让你纠结，怎么碰上唐耀，你倒大方了？"

"他没有当男小三的嗜好。"魏驭城说，"公司上市筹备中，最忌讳负面新闻，要传出这流言，对他百害无一利。"

好吧，这才是商人的利益思维。

魏驭城俯身索吻，却被林疏月用掌心隔绝："不要。"

林疏月眼珠狡黠一转，正想说话。

枕边他手机倏地亮屏。

信息内容浮现，一字不落地映入眼帘。

唐耀："你老婆应该怀孕了。"

魏驭城肩背一僵。

唐耀："聊天时，她不点咖啡。"

魏驭城什么都没说，只把手机转给林疏月看。

林疏月扑哧一声笑了出来，感叹说："这人心细如发，从商简直埋没，就该去当个温柔的妇产科医生。"

魏驭城有点蒙，但尚算稳重："所以他说的……"

林疏月无辜点头，语意娇俏："是真的呀。"

魏董此刻的表情，也该载入史册。

彼时，林疏月跟随研究团去义务调研，从高铁站坐车前往公司时，从不晕车的她，竟百般不适。那一天都没缓过来，晚饭都告假没去吃。

林疏月去附近药店买了验孕棒，且心细地买了三个不同品牌。她心里就是有一种道不明的直觉，所以心情格外坦然平静。

结果无意外。

倒也说不上多激动喜悦，林疏月只长长呼了口气，感觉人生又完成一样大事。章教授的项目已近尾声，林疏月之所以没当即告诉魏驭城，也有自己的考量。

依他那性子，第二天就该亲自过来，绑也会把她绑回明珠市。

就这么过了一周，她自己事事小心，顺利结束项目。只是没想到，最先发现的，竟是唐耀。

或许，童年曲折的人，心思都格外细腻些？

如此一想，唐耀的人设盖章"美强惨"，简直让人心有戚戚。

不过，知晓她怀孕消息后的魏驭城，似乎也和她想象中的不一样。只那一刻的神色惊惶，之后，倒平静如常。

他只"嗯"了声："那你多注意，这几天雨雪，少外出。想吃什么，跟陈姨说。"顿了下，"我去洗澡。"

林疏月愣了愣："哎？你不在主卧洗吗？"

魏驭城背对着，手已拉开房门："睡衣在小衍房间。"

其实去谁的房间不重要，重要的是，魏驭城需要一个缓释情绪的独立空间。门关，他背抵门，沉沉闭眼。几秒后，双手握拳，下意识地猛砸几下门板——是真高兴。

而正好路过的陈姨吓得手一抖，一碟子洗净的水果翻倒在地，撒下时的弧度，像一场淡红色的樱桃雨。

6

次年夏天，林疏月生下小小魏。

娄女士一度沉默，似是消化这个消息，最后扯了个勉强的笑："儿子也好，儿子也行……吧。"

胎位不正，剖宫产，幸而没太受罪。

林疏月越看小魏同学越喜欢，生下来干干净净，鼻翘大眼，简直赏心悦目。在起名这件事上，却一度拖拉，家中暂且叫他小魏同学。

或许是冥冥中的预兆，从挑中这个小名起，就预示着跟他爸一样，注定成为学霸。小魏启蒙早，且诡异的是，别家孩子多爱绘画舞蹈，他倒好，三岁就能抱着化学元素周期表有模有样地研究。

魏驭城读书时，物理化学成绩一流。

这大概就是，子承父业吧。

这儿子，也一定程度上遂了魏驭城的心愿。他也瞧出来了，所以也不需要林疏月做严母。从怀孕起，她心里的爱意，便从眼角眉梢传递。

那种柔软的期盼，以及小心翼翼的等待，在她内心深处，孩子的意义，绝不止于肤浅的血脉延续，而是她生命中的一个绮梦。

既是慈母，严父自然交由魏驭城认领了。

不过，这份"严父"头衔，似乎也没发挥太大作用。因为小魏同学自小就是沉稳性子，从月子里乖到读幼儿园，不曾让他们操心半分。他对工科似有与生俱来的兴趣。这一点，倒让魏驭城很欣慰。

这天，幼儿园归来，小魏同学不知受何刺激，忽然敲响妈妈卧室的门，俨然一位小老师："妈咪，我想跟你谈谈心。"

林疏月笑着招手："你来。"

还以为是看中什么玩具，可儿子却语气深沉："妈咪，你什么时候给我生个妹妹？我来阐述原因。第一，我的玩具太多了，不能浪费，需要分享；第二，壮壮有妹妹，我明明考试一百分，他却能拿这件事来赢我，虽然我明白，不是一码事，但我心情很不好；第三，爸爸说了，只要妈咪肯生妹妹，明年就带我去圣托里尼。"

不知情的魏董正在集团开会，当即连打三个喷嚏，怎么也没想到，有一天会被亲儿子出卖。

林疏月哭笑不得，摸摸儿子的脸："圣托里尼是吗？妈妈也能带你去呀。"

小魏同学眼神沉稳："哦，那你和爸爸打一架吧。"

晚上，她把这件事转述给魏驭城，魏驭城朗声大笑："不愧是我儿子！"

林疏月头疼，男人奇奇怪怪的共情。

她没好气地揪了揪他胸口："谁要给你生妹妹。"

魏驭城"嗯"了声："你别被儿子蛊惑，那小子太精了，这件事上，我永远尊重你的意见。"

林疏月反倒来了兴致，撑起半边身体看他："你不想要妹妹啦？"

魏驭城睡袍微敞，胸部线条一览无余。配上他此刻的表情，一准没好话。他淡淡道："小魏要妹妹，我又不要。我已经有妹妹了。"

林疏月脸红，赶紧堵上他这张不老实的嘴，不然指不定又胡诌什么角色扮演了！

秋霜至，明珠大道两旁的梧桐叶落了一地，远远看，像铺了满道金黄的松软面包。

月中旬，魏驭城一家去了一趟青海。

顾虑林余星的身体，这次没有去太偏远的地区，就在祁连山山脚下看草原。骑马牧羊，时间都被拉慢。小魏同学已经四岁，缠着钟衍不停问十万个为什么。

"草原为什么会有草？"

"因为草包场了，是这里的顶级VIP。"

"东边的草为什么比西边的绿？"

"东边在哪儿？"

"为什么我爸能找到我妈这么好的女人？"

"因为你妈视力不好。"

语毕，钟衍只觉背后阴气森森。

魏驭城憋着火："你又在胡言乱语些什么？"

而小魏同学一溜烟跑没了影，去找林余星玩了。

晚上，酒店方安排了特色晚饭。

烤全羊，升篝火，身着民族衣饰的当地牧民载歌载舞。林疏月怕膻，都没怎么尝。倒是小魏同学爱吃肉，坐得笔直，吃相俨然小绅士。

林余星推了推钟衍的手："跟我外甥一比，你简直是恶狗吃食。"

钟衍吃得一嘴油，二话不说就往林余星衣袖上糊。

林余星推不开，搬出救兵："姐夫！"

钟衍"嗷"的一声："小子长本事了啊。"

一旁的小魏同学萌萌地凑过来，"小衍哥哥，我们有一个共同点，你知道是什么吗？"

钟衍："长得帅？"

小魏眨眨眼，"我们都有一个超好的舅舅。"

钟衍脑子绕了两圈，才反应过来，这小孩太精了，拐着弯地讨好魏驭城和林余星呢！魏董眉眼舒展，一把将儿子抱起："乖。"

钟衍也无意识地把头凑过去，魏驭城却嫌弃："这黄毛扎眼，离我远一点。"

钟衍在青青大草原仰天长啸："这辈子，我的家庭地位还能不能进步了？！"

据说，这天晚上有流星雨。

按经验，多半是看不到。但年轻一辈们很兴奋。钟衍和林余星也不例外，裹得厚实，去户外等流星雨。

西北昼夜温差大，钟衍搓着手，哈着气，问："你知道为什么这一次要选来青海吗？"

林余星侧过头："为什么？"

"因为我和舅舅一直记得，那年在三亚，你说你有四个愿望。"

想拼齐一百个乐高。

想看到大海。

想看流星。

钟衍笑着说："不管这一次能不能看到，就当带你实现愿望。"

林余星眼眶微热，哪怕明天就是生命尽头，也无憾了。

"啊，忘了，你的第四个愿望是什么？"钟衍问。

林余星笑："早就实现了。"

想看到我姐幸福。

7

林疏月觉得，这次怀孕一定是在青海那几夜。魏驭城想了想，合理否认："那家酒店设施一般，隔音一般，所以我都没发挥好。"

林疏月睨了丈夫一眼："这跟发挥有什么关系？"

魏驭城说："应该是去青海前就怀上了。"

林疏月笑着拿手去捂他的嘴："得了便宜还卖乖，讨不讨厌。"

魏驭城怕她摔着，下意识地用手虚虚掩护，挪了挪姿势，让她躺得更舒服些。林疏月鼻子痒，就着他的胸口蹭了蹭，白皙的皮肤一下泛了红。

也不知怎的，这一次，她孕吐反应剧烈，而且特别容易过敏。刚怀上那时，就开始没日没夜地吐，有一次吐到胃抽筋，直接送进了医院。

魏驭城心疼得要命，头三个月，尽量在家办公，一直陪着她。不过生命很神奇，怀孕四个月的第一天，林疏月什么不良反应都没了。

她心里一直有预感，这个娃，可能还是个男宝。

不过魏驭城仍是无所谓："男女都好，第一你要平安，第二他健康就行。"

只不过，娄女士可不这么想了。

她的希望之火被重新点燃，几度去了五台山烧香求佛，磕头磕得比谁都虔诚，菩萨呀菩萨，一定要保佑月月这次生的是女儿哦！

小魏同学四岁多了。

婆婆依旧是那个可爱的婆婆。

除了孕早期受苦，林疏月直到生产，都非常顺利，甚至开指的阵痛都没承受太久，羊水提早破了，她还特淡定地下楼告诉魏驭城："我要生了。"

魏驭城手机一滑，腾地一下站起，难得失去稳重。

出发前，小魏同学刚在AI线上与外语老师学完今日份的口语课。他小跑出来，像个小小男子汉，非常给力地抱了一下林疏月："妈咪加油！"

魏驭城一时兴起，忽问儿子："你说，会是妹妹还是弟弟？"

小魏同学气定神闲："妹妹。"

医生从产房出来，手里抱着小小人儿，笑着说："魏董，恭喜您，是位小公主。"

这一次，可爱的婆婆终于得偿所愿。

魏驭城虽然已有当爸的经验，但第一次抱女儿时，是完全不一样的感觉。软软的，糯糯的，像一颗淡粉色的宝石。

儿子叫小小魏。

魏驭城给闺女的小名，延取了林疏月名字中的一个谐音字，叫小小酥。

他对林疏月说："从此以后，有爱人，有与你更亲近的人，我希望林老师，永远开心。倘若有一天你对这个世界失望，也没关系。只要你允许我进入，我就会为你创造一个无所不能的新世界。无论何时，只要我在。"

那是林疏月第一次在月子里哭，也是最后一次。

又一年除夕夜。

钟衍已开始实习，年三十的下午才风尘仆仆到家，他瘦了，高了，安静不说话的样子，气质似乎也成熟了些。林余星惊叹："衍哥，你变帅了欸！"

钟衍狂跑至镜子面前，左右摆脸："是吗！哪里变化大！快快快，给我拍个照！我要十连拍发给苏汐！"

林余星腹诽，能收回刚才的话吗？

小小酥刚被哄睡，魏驭城和林疏月下楼，同时做了个一样的嘘声动作："小点声音！"

窗外爆竹声声，春晚欢声笑语。

林余星问："衍哥，新的一年，你有什么心愿吗？"

钟衍脱口而出："努力奋斗，重新做人，向我舅看齐！"

魏驭城颇感欣慰，鼓励的目光落向他。

钟衍暗喜，知道待会儿的红包，有戏了。

"你呢，姐？"林余星看向林疏月。

林疏月笑意盈盈："希望你们平安、健康。永远生活在爱里。"

最后的目光，都落在魏驭城身上。

魏驭城神色温和，依旧俊朗如清辉，岁月厚待，丝毫不见时光的痕迹。他的手在桌下，与林疏月紧紧相牵。

"那就，你姐的愿望都实现。"魏驭城转过头，与林疏月对视，"以及，在我身边每一天。"

无论柴米油盐，或是浪漫星辰，年年岁岁——

我都与你，共襄盛举。

番外二

天使的礼物

　　周五这天，周愫接到厉可儿的电话，十万火急的要紧事。家里让她去相亲，可这姑娘已和自己的保镖暗度陈仓，根本不想走这一遭。

　　周愫没辙，答应陪同前往。之后她那硬汉男友问及，也好找理由，说是陪周愫去的。

　　厉可儿谈到此次的相亲对象，尚算满意。名校毕业，工作体面，长相俊朗，条件实属上乘。周愫说："那你就相呗。"

　　大小姐情深义重："才不要，我只爱我焱哥。"

　　把周愫酸得，跟吃话梅似的。

　　两人幼儿园就拜了把子，情谊深长，举手之劳的事，周愫欣然陪同赴约。

　　这是她第一次见到李斯文。

　　Hthsly西餐厅里，男人到得早，白色衬衣笔挺，一丝不苟，最上面的那一粒纽扣都系得严实。这种穿法很考验肩颈线条。但这样的李斯文看上去，有一种低隐的禁欲感。

厉可儿敷衍极了，自报家门后便一声不吭，吃饭时，也光顾着和周慷聊美妆包包。李斯文镇定自若，挺直的背脊从未泄气。

他端坐着，像尘世外的人。

周慷不免多看他两眼，偶尔抬眸，亦巧遇他的眼神，两两相交，周慷先挪的眼。

无聊平静的饭局结束，李斯文颇有绅士风度地提出，要送她们回家。厉可儿避之不及："我开车来的，李先生，要不您把我朋友带一程吧。"

李斯文答应："好。"

周慷也不拧巴，笑容甜美："有幸坐你的顺风车哟。"

李斯文眼缝微眯，绕到副驾驶替女士开门。

他的车是保时捷卡宴顶配，车里的氛围灯搭得很有品位，周慷都不免惊艳。不过来不及多欣赏，电话响了。

上周，她接到调令，从C城分公司回总部任职。具体部门还未定，让她等周一的总部通知。

周慷从B大毕业两年，其实当初有去广州的机会，但她放心不下爸妈，便舍远求近。电话接了打，打了接，终于消停，她抱歉道："不好意思啊李先生。"

李斯文表示不介意，问："是去哪里工作？"

她答："汇中集团。"

李斯文反应平平，只握方向盘的手指，倏地一紧。

到小区门口，周慷笑着说再见，但心想，应该不会再见了。李斯文没接她这句道别，隔着车窗，略一颔首，然后驱车驶远。

十一点，李斯文回公寓。

近两百平方米的临江平层，地段极佳，户型顶好，本可以有无数种装潢方案，但他这里，每间房打通，一眼能望尽。浴缸与床，只有一张屏风做间隔。黑白灰色调，有一种孤傲的冷清。

李斯文坐在浴缸边沿，给公司HR发信息。

一、他要此次新职员的花名册。

二、他圈出其中一个名字，要她。

于是，次日周六，周慷就接到通知，将她分至集团行政部。这是与她专业最对口的部门，也是集团内待遇与前景不错的。

周愫高兴得刚准备发朋友圈，微信弹出好友申请。深蓝主色调的头像，备注写：

你好，李斯文。

周愫点击通过，这一晚，却谁都没有主动打招呼。

周日早八点，她换上运动装出门。

刚出小区门口，一抬眼，以为看错。再定睛看，分明是那人没错——

不远处，黑色卡宴蛰伏，车门边的李斯文一身杏色短风衣，人如其名，闪耀惹眼。鼻梁上的窄细眼镜，把他的清隽气质显露得愈加分明。

他不请自来，笑着问："去哪儿？"

周愫眼睫轻眨："练瑜伽。"

"我送你？"李斯文虽是征询的语气，但已不由分说地拉开了副驾车门。

周愫喜欢瑜伽，身姿优越，柔韧度很好。她的脸很纯欲，尤其眼角微微上翘，平添几分妩媚。每次望向李斯文时，李斯文觉得那是一片夜海，不由自主深溺其中。

周愫练完出来，发现他还等在那儿。

依旧平静带笑的语气："送你回家。"

周而复始，这一周都是如此。

第七天时，周愫笑盈盈地说："先别回家了，我请你吃午饭吧。"

李斯文"嗯"了声，她说什么，他都无意见。

就近的商场，四楼餐饮区。路过火锅店时，周愫的目光停顿两秒，李斯文会意，便要往里走。

"不吃火锅。"周愫拖了他手臂一下，悠悠迈步。

最后吃的日本料理，五层是电影院，两人便又顺理成章地看了一部电影。周愫选了部惊悚片，非热门，影厅观影人数寥寥无几。

周愫说："你要是害怕，可以闭着眼。"

李斯文"嗯"了声："我若害怕，就看你。"

两人的目光在昏暗的灯影里浅浅交织，却又有着同款的小火焰。能在国内上映的惊悚片，也吓人不到哪里去。剧情没记住，只记住了，90

分钟里，她吃了两口爆米花，喝了七口水，看了他四次。以及，指尖相碰了三次。

电影散场，天色已黑。

广场上的音乐喷泉开启表演，熙攘人群围观，水雾蒙蒙，灯影浮动，像一个接一个做不完的幻梦。

仍有源源不断的人往里边挤，周愫被撞肩，她没站稳，往右边倾斜时，被一只手紧紧搂住了腰。李斯文的掌心烫，像烙铁，贴上了便不再松开。周愫顺势攀上他脖颈，两只手环吊，像一株新鲜挠人的藤蔓。

她眼弯似月，踮起脚在男人耳边轻声道："你是不是喜欢我呀？"

李斯文以实际行动回应——

低头，吻上了她嘴唇。

成年人的开始，只在心动一瞬，继而干柴遇烈火，一发不可收拾。周愫以为他会去开房，没想到，李斯文把她带回了家。

周愫"啧"了声："不怕叔叔阿姨看到？"

李斯文将她往怀里搂得更紧："我是孤儿。"

一晚疯狂。周愫恍惚之中，瞥见琼楼与天际衔接处，城市摩天轮缓缓转动，连带着时间都静止此刻。

厉可儿震惊："什么？！你和李斯文恋爱了？"

周愫纠正："也不算。"

"那算什么？"

"就，看对眼了呗。"周愫似沉浸，"他身上有一种隐晦的性张力，看着斯文正经，但你不知道，他有多生猛。"

厉可儿表示不服："能猛得过我焱哥？"

周愫凑近，放低声音："他的腹肌手感好好哦！一块块对称，好少有男人练出八块呢。"

厉可儿懂了。

她这姐妹从小到大，就是个标准颜控，毫无疑问，李斯文的里里外外，都精准踩在了她的审美点上。

厉可儿："那他是你男朋友了？"

周愫双手撑着下巴，没答。

和李斯文在一起的时候，很尽兴。就如周愫所言，他身上那股反差气质，展现到了极致。每每尽欢，周愫最爱做的一件事，就是扯开他的衬衫，观摩其中烈焰般的风景。

李斯文任她作为，任何花样折腾，他都堪堪忍受。

周愫拿口红，在他胸口画了一颗红彤彤的爱心，指尖不轻不重地戳着，趾高气扬地问：“我是你的谁？”

李斯文摘了眼镜，鼻梁越发挺直，眼神似雾，颓靡的沉沦。他哑声：“主人。”

周愫笑倒在他怀里：“主人让你做什么都做？”

他“嗯”了声：“都做。”

那能做的事可太多了，不讲究下限和尺度。不过，周愫也就是只纸老虎，仗势生风，可真要付诸行动，连连退缩。

后来也不知什么情况，竟被李斯文反客为主，一招一式，全实践在了自个儿身上。

最温情的时刻，便是暴风雨后，互相依偎。

周愫眼皮沉，有气无力地问：“李斯文，你是做什么工作的呀？”

李斯文撩着她的头发，于手指尖缠圈，他答：“行政。”

“好巧哦。”周愫软声，“我的新岗位，也是做行政呢。以后有不懂的地方，我可以问你呀。”

李斯文浮了个很淡的笑：“好。”又问，“你父母呢？”

周愫眼皮又沉两分，声音越发软糯：“我父亲是大润发杀鱼的，他的心和杀鱼的刀一样冷。我母亲是卖包子的，她做的包子可好吃了，下次给你带两个尝尝。”

李斯文笑意更深：“不用带，下次，我去你家见……”

周愫已呼吸沉沉，睡着了。

翌日醒来，周愫心无旁骛地在他面前穿衣服，背着落地窗，光感作背景。

李斯文眼神暗了暗。

“明天我就不过来啦，”周愫说，“我要去集团报到了，估计工作会很忙。”

李斯文"嗯"了声，不甚在意："没事。"

周一，艳阳天。

周祈正大早就喊闺女起床，两声没回应，素青女士直接上手掀被子。周憬凉得嗷嗷叫："知道了啦。"

周祈正端上热腾腾的豆浆："第一天上班别迟到，身份证和调令都拿好了吧？"

周憬换上漂亮的职业装，整个人焕然一新："周教授您就别操心了，我都记着呢。"

"在你爸眼里，你就是个长不大的孩子。"素青帮她把粥放凉，撩了撩女儿耳边的碎发，"吃完记得擦口红。"

还说周教授，素教授不也一样。

周憬从小就是在爱里长大的。周祈正是C大数学系教授，素青是明珠医学院的副教授，但前几年因一场小车祸，伤了腰椎，康复后也时常疼痛。这也是周憬名校毕业后，放弃更好的外省工作机会的原因。

出门前，素青扶正她颈间的丝巾："去吧，开车注意安全。"

提早一刻钟到汇中集团，周憬再次整理了番妆容，去人事部报到。继而是繁杂的入职手续。汇中行政部不比一般部门，要求更加严谨。周憬还做了两套心理评估，堪称过关斩将。

入职流程稍晚才能走完，午饭点，HR亲自带她去用餐。汇中的员工食堂也是顶级标准，南北风味兼具，真不逊色于外头的网红餐厅。

HR笑着说："你很幸运，能分到行政部。"

周憬谦虚答："是公司器重，我一定会好好努力的。"之后饭时闲聊，她好奇地问，"行政部的负责人是哪位？"

HR表情一瞬诧异，但又很快恢复如常，还冲周憬眨眨眼："你不知道？"

周憬莫名。

HR说："李秘书啊。"

周憬皱了皱眉，她想到了一个人，不过又否认，不会这么凑巧的。

下午两点，入职流程走完，周憬领了工位工牌，正式去行政部报到。同事让她先去会议室等，说李秘书还在开会，大约十分钟。

四下无人，周愫的坐姿也很规矩。背脊挺直，单手轻抵下巴，视线不乱瞄，只偶尔看一眼落地窗外。整个人都是沉稳安静的。

李斯文在门口，静观了她许久。

她穿职业装的样子，是另一种吸引。他低了低头，稳住这一瞬的心动。

周愫听见轻缓的两声敲门响，转过头，笑意一瞬凝滞。

李斯文西装革履，负手而立。手腕间露出一截皮肤，被一块积家遮盖。光亮里，表盘与袖扣同时折光，把他周身映衬明朗。李斯文无论什么风格，都是耀眼且耐看的那一款。他对周愫颔首，嘴角甚有亲昵的笑意。

周愫恍然明白，原来那晚他所说的"没事"，不是因为她所说的"工作忙没空见面"，而是一早就知道，以后能够天天见。

之后又进来两位同事与她进行详细的工作交接，交谈时，李斯文坐在长桌最侧边，陪同全程。周愫时而认真聆听，时而微笑回应。结束后，李斯文眼神示意他俩离开。门关，李斯文按下窗帘遥控，百叶窗严实闭合。

他起身，想靠近周愫。

但周愫绕过桌的另一边，没看他，拉开门就这么走了。

下班前半小时，周愫收到李斯文的短信："等我一起。"

周愫特意推迟一刻钟才打卡下班。

车在地下停车场，周愫在车里坐了会儿，刚起步，就发现李斯文那辆黑色卡宴，竟同时跟在车后，并与她的速度匹配，既不追赶，也不落后太多。最终，周愫靠边停车，不多久，李斯文拉开车门，牵她下车。

周愫并不想跟他说话，头歪向一边，无精打采。

李斯文问了几遍，想吃什么。

她都无动于衷。

车驶入他公寓的地下停车场，李斯文绕远路，特意把车停去无人处。安全带一解，然后倾身越过中控台，捏着她的下巴亲上去。

毫无保留，凶悍霸道，不给她拒绝的机会，俨然一个纵火犯。不过，他也确实成功，周愫被他撩得七荤八素，最诚实的一面被煽出火焰星子，很快主动回应，恨不得与他共沉沦。

周愫缓了好久的气，才能把话说清楚。她说："从明天起，你是你，我是我。我不要和你在一起了。在公司就当互不认识知道了吗？"

李斯文八风不动，掌心贴了贴她眼皮："累了就睡觉。"

周愫闭着眼，心里微酸，其实她可以睁眼的，但就是不想，或者不愿："我没跟你说笑。"

李斯文问："你是不是看了公司章程，不赞许办公室恋情。"

周愫脱口而出："我跟你本来就不是恋情呀。"

李斯文一刹沉默。

周愫心悸，胸腔像被重物狠狠捶打，抖落一层说不清道不明的物体，是从未有过的。她掀开被子准备下床。

李斯文握住她的手腕："你睡这儿。"顿了下，"我走。"

说走真走，没多久，周愫就听到沉闷的关门声。

她彻底睡不着，摸出手机给厉可儿发微信。厉可儿直接回了电话："不是吧！你俩这么神奇的吗，他成你上司了？"

周愫就是很介意这一点："他有什么好跩的啊。"

厉可儿兴奋异常："那不是很刺激！不是吧姐妹，你都不把他当男朋友的啊？"

周愫说："本来相处得很好，可他摇身一变，成我领导了。我不爽嘛。"

"懂了，你介意他对你的算计。"厉可儿化身分析大师，"可我怎么觉得，当时相亲吃饭，你俩就看对眼了？你情我愿的事，说算计，未免也太冤枉他了吧。"

周愫气得拍枕头："你是不是我朋友啊。"

"哼，我又不是李斯文，为什么要惯着你！"娇小姐也是有原则的，她问，"不说别的，李斯文人怎么样？"

周愫沉默片刻："挺好的。"

温柔体贴，床品一绝，又尊重她，没有大男子主义的癖好，反倒很热衷如何让她舒适。周愫猛地甩头，打住，再想就超纲了。

"条件自然不用说。汇中集团第一行政秘书，你知道有多牛吗？我哥说，无数猎头天价挖他，都没成功。"

周愫天真地问："因为他喜欢我们汇中的老板？"

这脑回路也是没谁了。

周愫："他没有父母，在福利院长大的，是个孤儿。"

厉可儿惊叹："那也太好了吧！你想想看，你跟他结婚，没有婆媳烦恼，没有家长里短。李斯文里里外外，都是你的了哟！"语罢，厉小姐故作深思，"想不到，他还是'美强惨'人设，挺吃香啊。"

周愫有点飘飘然，不是，怎么就扯到结婚上来了？

"可可，你是不是被李斯文收买了？！"

周愫是个很遵从内心的女孩，通俗点来说，敢爱敢恨，及时行乐。她喜欢追剧，追星，也经常换"墙头"。引用周教授的评价，咱女儿，以后准是一个花心大萝卜。

周愫汗颜。

不过，她从初中起，确实对不少男生有过好感，那也只是好感，并不想真正谈恋爱。唯一的一个正牌男友，是大三那年谈的。长得很日韩，某些时候的神态，有点金城武那儿。性格也好，待她温柔体贴。周愫心底认可，决定进一步探讨人生时，却发现，男友骚话一大堆，很大男子主义，周愫已经开始抗拒。直到看到男朋友穿了条破了洞的，好似八百年没洗过的内裤时，她彻底蔫了。

两人什么都没做，周愫单方面止损。

前男友还放出了不少她坏话，分手见人品，周愫庆幸，理智抽身。

至于李斯文，两人第一次时，周愫第一件事，就是佯装若无其事地捏了捏他裤腰，小眼神不断往下瞄。干净整洁，细细的一条银边，卡在鲨鱼线上。

周愫当时就红了脸。

不过话说回来，虽然她很喜欢和李斯文在一起时的感觉，身体灵魂都完美契合，但要说有多爱得死去活来，真不至于。

周愫又想起周教授对她的评价。

她对了对手指，低头想，可能自己真是个花心大萝卜吧。

可既然做了决定，就不反悔了。

此时周愫内心，觉得还是工作比较重要。

所以第二天上班，她抬头挺胸，自信从容，压根没受"分手"的影

267

响。她天生性格开朗，善于交际，很快就融入同事当中。

上午的时候，瞥见过李斯文的身影。他跟在魏董旁边，正听着什么。周愫正好在工位上，抬头一瞬，视线相交。

李斯文明显有话想说。

但周愫故意转身忙别的。

临近中午午休，组长忽然要周愫去整理一份文件。事倒是不难，只是要推迟十来分钟吃饭。办公室里就剩她一个，这时，李斯文走进来。

很轻的关门响，周愫抬头一看，顿时明白是怎么回事。

她蹙眉："你又诓我。"

李斯文走近，就这么抱住了她。

周愫本想推，但他身上的味道太好闻，不似香水，让她不由得多嗅两下。

李斯文趁机将她抱得更紧，声音低沉萦绕："首先跟你道个歉，我不该瞒着你的。"

他的语气太温柔，还掺杂着一点点的可怜，简直让人无法抗拒。周愫叛变倒是快，心软地想，其实，他也没有说错什么。

当秘书，做行政，都是真的。

李斯文又亲了亲她耳郭："你昨晚的意见，我也仔细考虑过。我还是要尊重你的选择，在办公室，我们就当不认识。你不想公开恋情，那就不公开。"

周愫勉强保持住理智，不怎么坚决地纠正："我和你没有恋情。"

李斯文温润地笑了笑："好，暂时不当男朋友。"

暂时？

周愫发现，这个男人陷阱好多。

李斯文有条不紊地提议："那当另一种，好不好？"

周愫被他的低音泡软了，终于还是跳进了陷阱中，发蒙地问："哪种啊？"

"你让我做什么，我都听你的。"李斯文很认真。

周愫一把推开他，噘嘴不悦："你离我远一点，你太精明了，就会算计我，我不想跟你玩了。"

气势汹汹地撂完话，甩头就走。

李斯文在背后看着，直到人不见，他才低下头，浅浅扬笑。

下午，无事发生。

周愫终于松气，拎着包包，哼着小曲下班。刚上车，安全带还没系好，就听见短促的两声鸣笛。周愫转过头，就看见李斯文的卡宴，停在与她的车平行的位置。

车窗降下，露出男人赏心悦目的侧脸。

周愫愣了愣。

李斯文西装笔挺，依旧是衬衫扣系到最上面那一颗，禁欲气质展露无遗。偏还目光灼热，给人一种极致反差，让周愫心潮澎湃。

他的眼神似诱似哄，但语气沉稳无辜——

"我今天的衬衫很特别，你要不要撕开看一看。"

周愫心口中枪，一秒沦陷。

周愫觉得这男人有毒。

她能够察觉出他的处心积虑，但他偏又带着一丝丝荷尔蒙吸引，以及一点点的可怜无辜。糅杂在一起的感觉很致命。

能让周愫上他的车，回他的家，上他的床，李斯文真是步步为营。

七情六欲得以餍足，周愫的掌心压着落地窗的玻璃，一点一点往下滑。快要倒地时，被一只胳膊捞着腰，单手提拎着就把人放去了床上。

周愫把脸掩在被毯里，只露出一双湿漉漉的眼睛，悲愤地控诉："你个大骗子！"

明明是让她撕衣服，最后也不知道谁撕谁了。

李斯文说："你自己使不上劲，要动不动的，我只能帮你了。"

周愫气若游丝："别跟我说话。"

李斯文立刻道歉："我错了。"

周愫吃软不吃硬，一瞬消了火。

安静几秒。

她小声埋怨："你的衬衫也没什么好撕的，一点都不特别。"

李斯文不置可否，重新架上眼镜，低头时，嘴角弥出一道很浅的弧："嗯，我错了，下次改正。"

周愫扯下被毯，露出整张脸，神色冷了两分："没有下次了。"

李斯文身形一顿，侧头看她一眼。

周愫义正词严："我跟你说话你不明白吗？我不想再继续这种关系，你认为是男女朋友分手也行吧，我提的分手，允许你传播我的坏话，如果你想解气的话。但今后在公司里，我们就是上下级，祝你找到更好的。"

空气里似被泼了一勺糨糊。

许久，李斯文声音清冷："所以，你就是这样跟你上级说话的？"

周愫语噎，对上他肃寥的神色，心虚。

是啊，分手后，她还要在他手底下讨生活呢，得罪干净还想不想混了。

正想着怎么缓和，李斯文先开了口："我不是故意凶你。"

周愫愣了愣，他怎么还先道上歉了，点点愧疚在心里弥漫开，气势不由得减一半。她低头，挠了挠鼻尖："你说得对，是要尊重领导。"

李斯文赤脚踩地，走去衣柜前，手指轻拨一排挂放整齐的衬衫。衬衫按颜色深浅规律归类，像单色调的琴键。他勾出其中一件，轻轻丢去床上，然后双手撑床尾，微躬腰，视线与周愫平行："我确实很喜欢你，也不想跟你分手。"

直接的表达，让周愫的心漾了漾。

"但我也尊重你的意见，你看这样好不好，在办公室，我们当不认识。下班后，你让我做什么，我都听你的。"李斯文语调渐轻，低声重复，"不打扰你的工作与生活，你需要，我就来。行吗，主人？"

周愫那一刻，像石子投湖涟漪散，心软得一塌糊涂。

李斯文这个样子太勾人，白净的皮肤，耐看的五官，以及鼻梁上滑落一半的眼镜，衬得他的眼神更显斯文内敛。

偏又说一些混账话。

周愫当即浮想联翩，也不知着了什么迷魂道，稀里糊涂的，竟答应了。

她抓住最后一丝理智，不忘约法三章："在公司，不许主动和我打招呼，不许单独和我在一起，吃饭的时候不许和我坐一桌，也不许总把车停在我车附近。下班后，也要等我短信，我让你来你再来。还有，不许干涉我做任何事情，我提出结束，你必须无条件答应。"

李斯文笑："这哪儿是约法三章，三十章总有了。"

周愫噘嘴："你答不答应嘛。"

李斯文说："答应。"

他说到做到。

白天时，他就是周愫的领导。交代的事，布置的任务，从来都是公平公正。有时做得不尽如人意，也会让她返工重做。

周愫自然不会有别的想法，一码归一码，况且，李斯文身上的专业度，为人处世之道，确实出色。私下里，大家也会谈论八卦。

"你们觉得，魏董和李秘书，谁比较帅？"

"这还需要做选择？两人都是颜值天花板了好吗。"

"魏董更成熟儒雅，在人群里，一看就是老总范儿，气场没得说。李秘书呢，人如其名，气质更内敛一点，亲和力强一些，不会让人有很多的距离感。简言之，魏董是高岭之花，难以采摘。李秘书呢，就是一棵翠绿的白杨树，既赏心悦目，又踏实可靠。"

"这叫作有烟火气！"

李斯文在员工心中的形象，也是高分值。

周愫暗暗地听着，心里却想，烟火气，他还真没有。

打通的公寓，床正对落地窗，两百多平方米的房子呈单调的黑白灰色调，怎么看都无趣。八面玲珑是工作需要，而李斯文本人，周愫觉得，其实他内心挺孤独的。

"愫愫，你觉得李秘书怎么样？"发呆之际，同事忽问她。

周愫懒懒撑着下巴，意兴阑珊地说："就是不太爱笑，你们说，他女朋友受得了吗？"

"咦？李秘书有女朋友了？"

然后没几日，集团里就四处纷传，李斯文有女朋友的谣言了。人云亦云的速度，让周愫咋舌。没多久，这条传言递到了魏驭城那儿。这天散会后，魏董将李斯文单独留下，颇有深意地提醒了句："恋爱可以谈，但要注意影响。"

李斯文这才得知，自己"被恋爱"了。

再一细问，很快知道了源头。

晚上，周愫买了条漂亮的睡裙，迫不及待地穿给他看。果酱红的丝绸吊带，长度及脚踝，却很心机地从大腿根的位置开衩，稍一动作，若隐若现。

周愫皮肤白，看得李斯文挪不开眼。

周愫最喜欢的一个动作，就是趴他胸口玩。李斯文身上有一种很特别的清爽香味，不似香水浓郁，也不是刻意的洗衣液味。似与他这个人融为一体，让她觉得，李斯文就该是这个味道。

依偎之后，擦枪走火。

李斯文握住她的手，低声问："又玩猎人和狼，玩几天了，还没腻呢？"

周愫眼巴巴地望着他。

"换一个。"李斯文亲了亲她嘴角，蛊惑道，"你一定喜欢。"

过程就不详述了，主要是周愫迷失得已完全不记得前因后果。神魂颠倒之际，她脑子里就一个问号，为什么要答应他玩这种"偷偷摸摸"的情景剧！

周愫有气无力地踹他一脚："晦气！谁跟你偷情哪！"

李斯文轻抚她的膝盖："怎么不是，你都说了，我有女朋友，不觉得，这样更刺激吗？"

周愫这才反应过来："真记仇。"

"如果我没理解错，你想公开？"李斯文试探地问。一想到这个可能，他心潮翻腾。

周愫却"啪"地打落他的手："走开。"

沉默了一段时间。

周愫背对他，单手枕着半边脸，一言不吭也不知在想些什么。

李斯文从身后搂她入怀："我错了，主人。"

周愫耳尖擦火，心跳怦怦。她假装严肃："以后不许叫这两个字。"

李斯文"哦"了声："那，小公主？"

周愫心猿意马，心里反复念叨，还挺喜欢。她说："我爸也这样叫过我。"

李斯文记得她提过，父亲是大润发杀鱼的，心比杀鱼的刀还冷。

如此一想，也不尽然，至少，伯父还挺浪漫。

厉可儿再度震惊："什么！你和李斯文竟是这种关系？！这也太刺激了吧！"

周愫睨她一眼："哪里刺激了？"

"公司叫领导，晚上领导叫。"厉可儿不好意思地摸摸头。

周愫犯晕："你到底上哪儿看的颜色小说！"

厉可儿笑得娇憨。

不提也罢，这么一说，周愫真有些不自在了。

"难不成你真把他当小奴隶？你也不是很重欲的人。"

"我当然不是。"周愫也苦恼，"可不知怎么的，每次和李斯文在一起，都情不自禁被他吸引。他长得帅，又有能力。你不知道，他穿西装的样子有多迷人，往会场一坐，就觉得很安心。我们集团那些高管，跟他说话都和颜悦色的。"

厉可儿："就应该录个音给李斯文听。"

"去去去。"周愫没好气，顿了下，又想起一桩烦心事，"老周给我安排了相亲。"

厉可儿惊呼："那文文怎么办？！"

"关他什么事。"周愫说这硬话时，有些心慌，但还是逞强装无所谓，"我们有约定，我做任何事，他都不能干涉，他也答应了。"

厉可儿眨眨眼，怎么觉得不靠谱。

事情要从一周前说起。

周祈正和素青记挂女儿的个人问题，主要是，周愫从小到大，也没听她说谈恋爱。老两口想，不至于啊，闺女长得漂亮，名校毕业，工作体面，怎么就没合适的男朋友呢。

之前在C城，隔着距离，不好操心。

如今回了明珠市，必须早日提上日程。

周祈正有位得意门生，各方面条件都不错，虽不是顶级帅哥，但性格好，前景广阔，很让人踏实。跟女儿提了好多次，但这妮子显然没上心，把周教授急得哟，这不，和老伴一商量，干脆直接请学生到家里吃饭，让他俩顺理成章地见个面。

当然，他们还是尊重女儿的。提前跟她说了此事，周愫没答应，也没反对。她那时，心里冒出的第一念头，就是李斯文。

李斯文会不会不高兴？

周愫又猛地打住，互不干涉这条约定，可是她先提的，她怎么还替他着想了。或许有一分逆反心理，周愫也就答应见面的事。

她的想法很简单，先跟父母交个差，不管对方怎样，她真没有交往的念头。

家宴定在周五晚，周愫特意把工作往前挪，中午都没去食堂吃饭。稍早，李斯文给她发了条微信："小公主，晚上去我那儿？"

这称呼，喂她吃了一颗糖。

周愫捧着手机，抿嘴偷笑，但心里又泛起惆怅，顿了顿，她回复："不了，我晚上有事。"

李斯文没再回。

汇中集团下午一点半办公，陆续有人回办公室。素日交好的一位同事说："愫愫，晚上一起逛街呗。"

"今晚不行哦。"

"怎么啦？你有事啊？"

"嗯，家里来客人。"周愫说。

同事眼珠一转，推近滑椅小声问："不会是相亲吧？"

周愫震惊："你怎么猜到的？"

"经验啊。"同事说，"看你郑重的表情，一定很重视哦。"

周愫辩驳："哪有！"

虽是周五，部门工作气氛依旧浓厚。

四点多，一男同事拍着胸脯回来："今天李秘书怎么了，情绪不对劲。哎，提个醒啊，你们下午没事少去他面前晃悠。我刚快被他骂死了。"

"啊？稀奇，李秘书还有凶的时候？！"

周愫正喝水，在喉咙眼里"咕嘟"一声，她眼珠下意识地往右边总秘办公室瞄。这时，同事喊："愫愫，李秘书让你去办公室一趟。"

周愫敲门，李斯文说："进。"

他的办公室装潢风格也是黑白灰三色，更显视觉宽敞。此刻，他端坐在桌前，一动不动地看着她。

周愫："领导，找我有事？"

"你过来。"

不疑有他，周愫照做，可刚到面前，就被李斯文一把拽住手腕。

周愫压低声音惊叫："放开我！"

李斯文索性抱住她，胸腔相贴，急促的呼吸声萦绕耳边，他的手劲一再收紧，其实他也犹豫过，甚至强逼自己冷静。可周愫一个奋力推抵的动作，让他彻底失去理智。

"你晚上要去哪儿？嗯？"李斯文钳着她的腰，太大力，周愫差点被他抱离地面。

"你有病啊李斯文！"周愫又惊又怕，"门没关的！"

"没关正好，大家都看到，知道我俩是一对，你就不用去相亲了。"李斯文迫不及待地想吻她，贴着耳尖一路往下，最后嘴唇停在她侧颈最薄弱的动脉处，不算温柔地嗯了一口。

周愫浑身过电，这是一个绝对危险的信号。

她皱了皱眉，恍然大悟："小言是你的耳报神吧，你故意让她来套我话的对不对？"

这一顿撕扯，李斯文的西装微乱，脸色更乱："故不故意，你都要去相亲。"

周愫气疯了，口不择言道："是！我就是要去和别的男人相亲，可这又关你什么事？我们约定好的互不干涉。你现在又是在干吗？"

"我干吗？你说我在干吗？"李斯文的手从她腰间上移到下巴，然后两指定住逼迫她与自己对视，"我抱你，亲你，晚上当你的小奴隶，你还问我？那就把门打开，不如让所有员工看一看，你既不知，就让他们来告诉你。"

周愫脸都白了："神经病。"

"你有我还不够？就这么要去相亲？把我带回去见你爸妈，难道还会比哪个男人差劲？"李斯文也越说越恼火，越想越不甘心。

他的眼神太执迷，如一张网，不断地收紧。周愫怀疑，再不逃脱，李斯文这王八蛋真会跟她在办公室办事。于是提脚狠狠一踢，高跟鞋尖正中他小腿肚，这一下不轻松，李斯文惯性松了手劲，疼得直皱眉。

周愫愤懑："玩不起别玩！下了班我再也不要跟你认识了！"

她夺门而去，开门前，还不忘调整呼吸，不想出去后被人瞧出异样。

人走。

办公室似有回音阵阵，不断冲击着李斯文的耳膜。他双手掌心撑着桌沿，后颈低埋，沉沉喘气。眼睛闭上时，脑里全是周愫生气的小脸。

李斯文喉结微滚，这绝不是他平日的素养。也深知，这次自己失了分寸。他没犹豫，很快拿起手机给周愫发信息。

"对不起"三个字秒速发送。

李斯文蒙了，系统竟提示，对方已不是好友。

周愫把他拉黑了。

洗手间里，周愫关着门，捂着嘴无声哭了好久。她也不知道自己为什么要哭，不只是委屈，还有一种说不清道不明的奇怪情愫。

很久之后再回想他们的经历，才知此刻，是伤心。

周愫来洗手间之前，就悄悄带了粉饼和口红。哭完后，细细补了个妆，勉强提笑，这才回去继续上班。

其间，李斯文的办公室门紧闭。

偶尔听同事闲聊，说是陪魏董出席晚上的应酬，已经走了。

周愫六点到家。

门口就听到一道陌生的男音，正与周祈正探讨娄山关的词，声音温尔动听，老周时不时地被逗笑，一老一少其乐融融。

素青在厨房忙活，最先见到女儿："回了啊。"然后一个劲地往里面递眼色。

"爸，我回来了。"周愫打起精神，落落大方地打招呼，"你好，我是周愫。"

对方连忙起身："你好，我是黄波。"

老爸没骗她，黄波确实不是顶顶帅气的长相，顶多算是五官标准，不过，他也戴一副无框眼镜，不免让周愫多打量两眼。人到面前了，似乎还没她高。

坦诚点说，周愫确实有点以貌取人。

不过，这纯粹是在交往男女朋友的基础上。

她是个标准的颜值控，这是决定能否让她动心的基础。所以，哪怕她有心找对象，黄波也不会成为她心仪的选择。

但周祈正对黄波那叫一万个满意，素青倒没表现出过多热情，和女儿一样，该有的礼数面面俱到，不怠慢客人便是。

晚饭用到一半，天气阴沉，雷鸣轰然。

没几分钟，竟下起了暴雨。

周愫内心泛起焦躁，下雨天是留客天，按老周那性格，估计一时半会儿不会让黄波走。素青去厨房洗水果，回来时念叨："今天楼下停的车都面生。"

周祈正说："兴许都是来做客的。你的车停哪儿了？"问的是黄波。

"也停在下边。"黄波给恩师倒酒。

周愫吃过饭，就找了个借口回房间拿东西，然后在房里待了十分钟不想出去。她四仰八叉地躺着，不停地将手机解锁，开屏，微信点了又退，最后烦躁得把它丢去一边。

好在雨停了，黄波也没了多留的借口。

周祈正本想让俩小年轻一起去看个电影，刚要开口，就被老伴拽了一把，眼神暗含深意。周教授立刻闭声，只说："那愫愫，去送一下小黄吧。"

应该的礼貌，周愫欣然："好。"

小雨仍淅淅沥沥，黄波让她止步楼道口："认识你很高兴，希望下次还能见面。"

周愫笑了笑："您慢点开车。"

黄波的车停在二十来米远的车位上，却不知什么时候，一辆黑色的保时捷堵得正正的，没给他一丝出口。

他徘徊犹豫的样子，周愫也察觉到了。于是撑着伞走出楼道："怎么啦？"

话落音，侧头一看，顿时愣住。

这嚣张的车牌号，明珠市只有两张，且都在汇中集团。

她露面，车门开，驾驶座的李斯文撑着一把黑伞下车，目光深灼地看着她。周愫按下心跳，故意转过脸。

黄波不知情况，仍是好语气地对李斯文说："先生，麻烦你挪一下车，我的车出不来。"

半晌，李斯文很轻的一声："嗯。"

然后迅速将车钥匙，抛出一道弧线，直落周愫怀里。他说："让她挪。"

周愫完全摸不清他的路数，愤懑之余，还算理智。心想，先别惹他，指不定他在外人面前发什么疯。

周愫二话不说，照做。

李斯文这车她开得多，操控起来相当熟练。

就这一点，黄波就似懂非懂地察出端倪。

车倒了一把，就平平稳稳地停在一旁，足够挪车出来。周愫解开安全带，李斯文已站在门边。她刚将车门推开，李斯文倾身将她摁回驾驶位，当着别的男人的面，与她接吻。

周愫蒙了。

黄波也傻了。

只有李斯文是清醒的。

他胸腔无以安置哪怕一<u>丝丝</u>她不属于他的可能，原来，真正的爱情，是让禁欲者堕落。

亲吻浅尝辄止，李斯文松开她。

周愫眼里雾蒙蒙的水汽看得他心如刀割。

"对不起，我又犯错了。"李斯文说。

自这一事后，两人交集为零。

删掉的微信没再加回，短信电话也不再响起。

公寓里，又只剩李斯文一个人。

很多时候，他都会想，如果没有遇见周愫，是不是一直习惯这样孤独的生活也挺好。可生命没有如果，遇见了，就是遇见了。

她带来的糖果一大把，本以为吃不完。可没料到，这些糖果，本就不是给他一个人的。李斯文从不否认自己的占有欲与偏执欲。

对于周愫，情重难舍。

或许他天生不该被人爱。自幼被父母丢弃，孤儿院就是他的童年。单调，枯萎，除了黑与白，便再无多余的色彩。

李斯文喉咙咽了咽，沉闷地低下头。

她像一个天使。

堕落者，不配觊觎。

李斯文想，算了吧，不要再打扰她。

周末结束，周一，李斯文一到集团，主管就跟他汇报工作，末了，说："哦，周愫今天请假。"

李斯文侧过头。

主管说："病了。"

周愫那天淋了雨，吹了风，晚上就发起了高烧。最高到40摄氏度，去医院吊了水，可这几天总是反复，人烧得晕晕乎乎，只知道蒙在被子里睡觉。

下午，周祈正和素青在客厅里闲聊，聊起黄波，素青就一肚子火："你这什么眼光，是觉得咱闺女愁嫁是不是？我不是说黄波这孩子不好，但外表上就差了点意思。"

周祈正不乐意了，放下手中的折扇："你怎么也以貌取人呢，这不正般配吗？"

"般配个什么啊。"素青维护女儿，"我看一点都不配，你真是榆木脑袋，吃饭的时候，闺女一点兴趣都没有，你看不出哪？"

周教授摸摸脑袋："啊？我还真没看出来。"

素青想翻白眼："闺女找借口，进房间待了十几分钟才出来，就是不耐烦了。你这个当爹的，一点都不照顾女儿的心理！"

周教授深感意外："那她怎么不说呢？"

"你真是个老直男！"素青双手环胸，脸耷拉下去，"愫愫一直喜欢长得好看的，你又不是不知道。"

这点可冤枉周教授了。

在他看来，黄波就是"帅"的那一类。这跟个人审美有关，不在其他。

沉默之际，两口子同时叹气。

"行了，别再折腾这些了，顺其自然吧，咱们女儿又不笨，她开心就好。"

正说着，门铃响。

素青去开门："来啦。"

门开，李斯文西装革履站得规矩笔直，手里拎着一篮樱桃，笑着打招呼："伯母您好，请问周愫住这儿吗？"

素青点头："请问你是？"

"我是周愫的领导，李斯文。您叫我斯文就行。"

睡了一下午的周愫口渴，出来找水喝。

恰好与李斯文迎面对上。

她以为看错了眼，眼睑狂眨，确定是本人后，差点没顺上来气。

李斯文目光落于她脸上，又缓慢移开。

心想，瘦了。

这一下午，李斯文和周祈正与素青聊天，上知天文下知地理，连考古都能说上一二，深得周教授赞许。素青更不必说，李斯文仪表堂堂，长相气质没得说，知礼仪，懂谦卑，耐心聆听，从不插话。遇上不同意见，也能不卑不亢地交流表达，与他相处，简直春风满面。

房间里。

周愫枕着手臂，半天没睡着。

她心跳如鼓，竖起耳朵偷听门外的动静，具体不详，但父母时不时的欢声笑语，足以证明，李斯文把他俩彻底收买。

周愫心里冒出一个词：奸诈。

正独自生闷气，忽然，门把微动，她立刻闭上眼假装沉眠。

脚步声轻，继而有清香入鼻，是熟悉的"李斯文"味。渐渐，呼吸渐深，轻扫她脸面，眼睑止不住地颤动。

周愫终于忍不住，睁开眼，与李斯文四目相对。他脸上是浅浅笑意，望向她的眉眼偏又深邃浓情。

周愫噘嘴嘀咕："狡猾的大骗子。"

李斯文欣然认领："我是大骗子，那你是小骗子。"

周愫哼唧："谁要跟你当骗子，谁让你来我家的，谁让你见我爸妈的，谁准你进我房间的。"

李斯文的手却忽然伸进被毯，紧紧握住了她的手。

周愫一怔。

李斯文是蹲着的，视线与她平行，对望着，他眼底似是熬红了。周愫小声问："你中午应酬喝酒了？"

"没有喝酒。"李斯文声音低了些，"想你想的。"

周愫心门失守，发烧带来的不适烟消云散。她像被云朵托举，周身软绵轻飘。李斯文就是恰到好处的东风，将她吹向自己怀里。

周愫眨眨眼："李斯文，你是不是为我哭过？"

李斯文别开脸，没答。

周愫来了兴致，单手掰正他下巴："从来没有男人为我哭呢！我要好好看一看。"

李斯文趁机偷吻，继而一发不可收拾。

周愫呼吸不畅，手抵着，然后又搂他脖颈，矛盾带来极致的快乐，让她沉沦不已，抓住最后一丝理智抗拒："嗯……我爸妈还在外面。"

"那不正好。"李斯文说，"让他们发现，我当场提亲。"

"去你的。"周愫蹭开唇，骄傲道，"你得听主人的话。"

李斯文"嗯"了声："我知道错了。"

咦，这么乖？

周愫问："那你要怎么认错？"

"你说什么，我都做。"

周愫视线下移，从他的领口开始扫描，西装、衬衫、手表、袖扣。她抿了抿唇，在他耳边小声说了句话。

李斯文："嗯？什么跪？"

周愫脸红："晚上我要你穿着这一身，男友跪。"

李斯文仍是八风不动："什么跪？"

周愫急了，提声："男友跪！男友！"

李斯文语气顿时无辜："你终于让我做你的男朋友了。"李斯文亲了亲她耳郭，低声讨好，"主人，我会很乖的。"

周愫五蕴皆空，揪紧被毯，手握成了小拳头。呜呜呜！天可不可以快点黑！！

李斯文没在周愫房间待太久。

他离开时，周愫眼神巴巴望着，分明是舍不得。

李斯文在门口停住，特意回头冲她笑了笑。然后迈步出去，热情唤人："伯父伯母，给你们添麻烦了。"

周愫揪着被毯，脑袋缩进去。

就会使用美男计。

门外，听到周祈正和素青一个劲地留客："时间也不早了，吃完晚饭再走吧。"

"就是就是，不急在这一时。"

李斯文礼貌婉拒："不了，我晚上还有个会。伯母，有机会一定来尝您的手艺。"

嘴甜得，把素青哄得眉开眼笑。

人走后，素青与丈夫交换眼神，似是在说："瞧见没，这才是我心中的女婿标准。"

周祈正难得不反驳，因为李斯文确实优秀。

素青迫不及待地来向女儿打听："你这个领导，很年轻的哦。"

周愫知道她的意思，懒懒道："人家有女朋友了。"

素青笑容顿收："唉，就知道。"

周愫把脸又往被子里掩了掩，偷着笑呢。

第二天，周愫就回去上班了。

不再发烧，只是开始咳嗽。早上，李斯文经过，见到她时还很意外。周愫戴着口罩，如常地打招呼："领导早上好。"

李斯文微一颔首，没说什么。

他进办公室后没几分钟，周愫就收到了微信。

"身体没好，就来上班？"

周愫挑挑眉：

"没有你，身体怎么会好呢？"

李斯文没再回。

周愫吐吐舌头，喊，假正经。

半小时后，同事喊："愫愫，李秘书让你去一趟办公室。"

"噢！"周愫起身，"谢谢啊。"

办公室门没关，周愫进去后，李斯文仍在电脑前敲打，头也不抬地说："把门关上。"

周愫照做。

他抬眸："过来。"

周愫摘了口罩，呼吸都畅快了些。走去李斯文跟前，也不用他招呼，主动坐上他大腿，搂着他脖颈撒娇："感冒好难受。"

"怎么不多休息两天？"李斯文怕她摔，虚虚护着她的腰。

"主管不好说话呢。"

"那是你不了解，王主管是冷面热心，很通情达理。"李斯文的手搭在她腰间，指腹一下一下地摩挲。

周愫枕在他肩头，懒着声说："算了吧，我才来多久，也不想给人添麻烦。"

李斯文摸了摸她后脑勺："年底优秀员工，必有你一席之位。"

周愫眼睛一亮："那有什么奖励？"

"我陪你十晚？"李斯文越发不正经，隔着镜片，他的桃花眼格外迷离。

周愫捏捏他高挺的鼻，娇俏道："十晚？我怕你死了。"

李斯文沉声笑，亲了亲她侧颈："那就试试。"

周愫走后，李斯文定了定呼吸，才把主管叫进来。一些日常性的工作布置后，李斯文话锋一转："周愫就回来上班了？"

主管愣了愣："啊，对。"

"我看她戴口罩，咳嗽，这样吧，这两天的工作先别分给她，也别让她跑外勤。如果需要看病打针，批她早点下班。"

主管心领神会："我正有此意，干脆放她下午的假，她感冒挺严重的。"

李斯文颔首："你做主。"

就这样，周愫莫名其妙得到假期。

李斯文的信息适时而来："去我那睡会儿，房门密码191758。"

周愫留意了这串数字，也不像生日啊，一点都不好记。回他公寓，依旧整洁清冷得像样板间。周愫反倒睡不着了，一时兴起，趴床上给李斯文发微信。

小苏打："想你么么哒。"

李斯文："嗯，乖。"

小苏打："套套用完啦！我去买。"

此刻的李斯文正在开总经理办公会，就坐在魏驭城旁边的位置。看到信息后，下意识地将手机屏幕向下盖住。

周愫就是个能惹事的妖精，没多久，连发五张照片："买了这么多不同款式的，螺旋，超薄，隐身，还有带香味的，你喜欢哪一个？"

李斯文依旧镇定自若，只是放在桌面下的手，不自觉地抠紧了屏幕。

周愫终于还是为她的行为付出了惨痛代价。

她没料到，李斯文会提早下班。

一进门，直奔主题。

最后，李斯文餍足地亲了亲她耳郭，低声诱哄："所以今晚的主题，是野医生与俏病人。"

周愫捂住耳朵直呼救命！

一场下来，两人饥肠辘辘。

周愫不满道："你好无情哦，家里连厨房都没有。"

李斯文抱紧她："以后的房子，怎么装修，都听你的。"

周愫捏了捏他的手背："花言巧语，就知道空头支票。"

李斯文没搭话。

周愫坐起来些，冲他眨眨眼，不太好意思地问："你真的是孤儿啊？"

"嗯。"

"你是，从小就生了什么绝症？"周愫猜测，"不然怎么会被丢弃呢？"

李斯文笑："身体健康，无病无痛。"

周愫嘬嘬嘴："那他们好过分，这么帅的儿子，怎么忍心扔掉呢。"

李斯文幼年命运多舛，按福利院老人的描述，他应该是生下来就被丢在了福利院门口的垃圾桶里，第二天才被环卫工发现。

那时已入夏，婴儿身上爬满了蛆虫，身上脏兮兮的，瘦得像只小野猫奄奄一息。李斯文小时候其实长得并不好看，所以一直没被领养。他也不合群，沉浸在自己的世界里。好在七岁那年，明珠市一位企业家对他进行无条件的资助，一直到他研究生毕业。

可以说，那位企业家，改变了李斯文的人生。

聊到此，周愫已隐隐猜到："这个人不会是……"

李斯文说："魏董的父亲。"

周愫也就理解了，为什么猎头天价挖墙脚，都没把他挖了去。李斯文情深义重，懂报恩，按他的话来说，只要汇中百年长青，他便不会挪地。

静了静，周愫幽幽感慨："你好长情啊。"

李斯文顺势亲了亲她眼角："对你，我也一样。"

厉可儿快被闺密酸死了："我才不信，世上除了我焱哥，还有如此深情之人。"

周愫挥拳不满："就有就有。"

厉可儿狡黠一笑："瞧你激动的，宝，你是真的喜欢上李斯文了吧？"周愫眼珠一转，低咳两声："他条件这么好，喜欢也不难的嘛。"

"我可服了你。"厉可儿惊呼，"那之前还端着，玩什么奴隶和主人？"

"情趣懂不懂。"周愫抿抿唇，叹了口气说，"我分不清，我对他的感觉，究竟是纯粹的性张力吸引，还是真的喜欢。毕竟我俩认识没几天，就滚床单了。我每一次盼望他出现，竟都是想搞这事。我也不怕对你说句真心话，其实，我自己也挺迷茫的。"

"懂了，你就是觊觎他的身体。"厉可儿摸了摸下巴，神情高深莫测，"那我问你，究竟是因为，他是李斯文，你才想跟他做？还是，只要身材好，颜值高，哪怕他是你那个相亲对象黄波，你也愿意跟他做？"

周愫想都没想："如果是黄波，我绝不可能。"

"那不就对了！"厉可儿断定，"所以，根本还是，他是李斯文。"

周愫低着脑瓜子，没吭声。

这时，她手机响。

是本地的一个陌生号码，周愫听了几句："嗯？什么？房子过户？"

对方说："我们按李斯文先生的授权，协助办理临都汇大平层的过户事宜，需要您这边提供身份证即可，其余的交给我们来办。"

周愫一脸蒙。

厉可儿看了一下电话号码，疯狂点头："没错，这家机构的号码我也存了。"

周愫恍然记起，所以昨晚他说的"以后的房子，怎么装修，都听你的"，竟是真的。周愫心跳怦怦地给李斯文打电话。

他接得慢，声音也小："怎么了？"

周愫反应过来："你是不是在开会？"

"嗯，有接待。"李斯文宽慰，"没事，你说。"

周愫眼睛热，某些情绪一个劲地上涌，她吸了吸鼻子："那你忙吧，我没事的。"

静了两秒。

李斯文："愫愫，那处房子很大，适合改造。怎么装修，买什么东西，都听你的好不好？"

周愫再也克制不住，哽咽地点头："嗯，那你要给我卡哟，我只有小钱钱，没有大钱钱。"

李斯文似是低笑，很轻地"嗯"了声："我的错，晚上任凭主人惩罚。"

这两个字就是两人的默契暗号。

一想到李斯文此刻在正经场合做接待，却又说出这么不正经的话，周愫就软得不行，她贴着手机，小声："李叔叔，我等你哟。"

撩完就把电话挂断。

周愫长呼气，脸上的笑容就没消失过。

来了短信，她点开。

李斯文："等着，叔叔回来疼你。"

周愫抱着手机，笑得像轮暖暖的太阳。炫耀似的，她截屏给厉可儿："姐妹快来呀呜呜呜，我家文文好色气，我好喜欢呜呜！！"

许久后。

厉可儿："你好，可可在洗澡。"

周愫问："那你是谁？"

对方回："我是赵焱。"

厉可儿的保镖，她天天挂嘴边的三火哥。

这堪称大型社死现场，周愫回了个"微笑"表情后，恨不得把厉可儿拉黑。半天后，厉可儿主动打来电话，将她劈头盖脸一顿骂："愫，你没有心。"

周愫莫名："我怎么了？"

"什么叔叔妹妹的，你以后不要给我发这种尺度超标的东西！"厉可儿严重警告。

周愫反应过来："你的三火哥拉着你实践了？"

厉可儿腹诽，我还是个纯情宝宝！

"愫愫，你发现没有，你和李斯文在一起后，变得更开心了，就像我和焱哥在一起一样。别不承认，这就是恋爱的魔力。"

旁观者清，话总能正中当事人心坎。

周愫捧着脸，嘴角含笑。

"不过，也别太投入，我先帮你查查，确定万无一失后，再全心谈恋爱。"厉可儿之前就受过骗，谈了个道貌岸然的男友，包装得那叫一个滴水不漏。后来还是她一在银行上班的发小，偶然发现这个男朋友负债累累，征信早就拉黑。厉可儿这才不至于受骗。

自此之后，就养成了这神神道道的习惯。

周愫不以为意，随她。

李斯文这一周去义乌出差，继而辗转去上海，工作相当繁忙。周愫休养生息，并且抽空去了一趟李斯文让她装修的那套房子。

地段户型绝佳，看到的第一眼，她就开始构思功能分区的布局。

李斯文要过户给她的事，当然得拦下。不说两人是不是男女朋友，这份礼物也太贵重了。周愫劝半天，他就是不点头。最后周愫急了，把他直接推倒在床，坐在他身上，用掌心拍他的脸："还听不听主人的话了？！"

李斯文沉默两秒，问："我要是不听呢？"

周愫冷笑："主人还是主人，只不过，不再是你的了。"

李斯文立刻答应，抱着她说："别离开我。"

周愫心底暗骂一声，这人是怎么做到，在野狼和奶狗之间自由切换，并且一点都不违和的。

房子是好房子。

周愫满意地点头，拍了两张照片便离开。

晚上约了厉可儿吃日料，她六点一刻才到。周愫奇怪："你从不迟到的呀，今天堵车了？"

厉可儿神色较以往严肃，喝了口柠檬水后，问："如果，李斯文有秘密瞒着你，你会跟他分手吗？"

周愫第一直觉："他没有秘密，他干净得像一张白纸。"

厉可儿翻白眼："可别侮辱白纸了。我就知道，太完美的男人准不靠谱！"

周愫笑意收敛："怎么了？"

"你看！"厉可儿从包里甩出一沓纸页和几张照片，"李斯文背后有女人！"

纸页是银行的转账流水复印单，显示从201×年起，每一个月，都会从李斯文的账户固定划入到一个叫邹怡然的户头里。

照片是偷拍的，在咖啡馆，李斯文和一个女人面对面坐着，倒是也没做什么亲昵的事，连手都没有牵。但能拍到这么多次，可见两人关系匪浅。

"这就是邹怡然。"厉可儿气死，"足以证明，李斯文脚踏两条船！"

周愫有点蒙。

心跳像被重石拖过一般，连带着全身血液也凝固了。

她低头看了许久，那些对账单一条条地过目，最后小声说："如果是包养关系，不可能每个月只给这么点钱，数额还都固定，逢年过节，也没有额外的支出。换位思考，你要是这女孩，会甘心吗？"

厉可儿摸着下巴："好像有道理。不过万一，她对李斯文爱得死去活来呢？"

周愫的心又往下沉两分。

她摇摇头："李斯文不是那种外放的男人，虽然他和我，嗯……但其实他内心，挺'寡'的。不知道你能不能理解，他的世界很贫瘠，抓到一样喜欢的，他可能到死都不会移情别恋。"

厉可儿板着脸："我不明白，我只知道，给别的女人钱花，就不应该。"

周愫点点头："我知道了。"

厉可儿捂着嘴巴："天呀！所以你要分手了吗？"

周愫皱眉："开什么玩笑，这种天菜，我怎么可能轻易放手。"

不过，周愫的心情还是受到了影响。

李斯文今天飞抵上海，白天事情办得快，难得晚上不需要应酬。他正在新天地商场里，想给周愫买礼物。拍了几样让她选，周愫兴致不高。李斯文索性全买了。

回酒店后，他讨好得格外卖力。

可周愫心不在焉，双手捧着脸，神色冷漠挑剔。

因为她的冷淡态度，李斯文一晚没睡好，还做了个噩梦，梦里，周愫把他给甩了。

李斯文五点就醒了，一背的汗。

他觉得不放心，于是上午抽空，又去新天地给她多拿了两个包。

与此同时，厉可儿小侦探发来最新消息。她给周愫打电话："我查到了愫愫！你说对了，李斯文没有脚踏两条船！那个女的，自称是他的妹妹！"

周愫蹙眉："妹妹？"

"嗯啊！三年前突然跑来找李斯文认亲，准确地说出了他被遗弃时穿的衣服、包的襁褓花纹，非说他俩是亲兄妹。所以这些年，一直找李斯文拿钱，跟个吸血鬼一样！"厉可儿愤懑，"什么妹妹不妹妹的，依我看，指不定是哪儿的骗子呢！你说，李斯文这么聪明，怎么也相信了？"

周愫默了默："因为他孤身一人，渴望爱。"解释太多，厉可儿这种锦衣玉食的大小姐也不一定懂，她说，"你能查到这个邹怡然住哪吗？"

"当然！"

这一周的时间，周愫带着厉可儿完成了一件事。

周五晚，李斯文出差归来。

可惜一腔爱意无处纾解，周愫临时通知，父母召唤，她回自己家住。

李斯文反思一晚，也不知道自己错在了哪里。

只能可怜巴巴地，凌晨三点半给周愫发了条信息，三个字："要抱抱。"

就这样，在周愫不冷不热的态度里，过了十来天。

10号这天，李斯文下班后，果然驱车去到那家咖啡馆。

邹怡然早已等在那儿，开门见山就说："我下周想去德国玩一趟，少了钱，你这次多给我一点。还有，你在德国有没有朋友，到时候来机场接我。"

李斯文神色四平八稳，慢慢喝了两口柠檬水，刚要开口——

"你想得美！"周愫的声音清脆嘹亮，像飒飒西风，直劈两人中间。

李斯文怔然："愫愫？"

邹怡然皱眉："你谁啊？"

周愫站在她面前，双手抱胸，闪耀得像一轮小太阳："我是谁？我是他的女主人！不过这不重要，你搞清楚你自己是谁就行。"

邹怡然理所当然："我是他妹妹！"

"他就叫过我妹妹，你算老几啊。"周愫一点都不给她留面，"你就是个骗子，还想去德国旅游？现在骗子都这么厚脸皮了吗？想旅游是吧，待会儿我送你去派出所里豪华七天游怎么样？"

邹怡然拍桌站起："你！"

李斯文猛然呵斥："你想干吗？"

邹怡然一抖，气焰立刻消减。

周愫懒得废话，从包里拿出一沓资料丢在她面前："你是李斯文的妹妹？骗谁呢，你可看清楚了，这上面，是不是你的父母，是不是你的哥哥和弟弟？还有你外婆舅舅，他们才是你的亲人，关李斯文什么事？想当吸血虫就伪装得好一点！别得寸进尺！男人要面子，不计较，那是他人好，但不是你们道德绑架的理由！"

这些照片，全是周愫与厉可儿去偷拍的。

爬台阶的时候，周愫还摔了一跤，肚子上都磨破了皮。

一想到马上来临的夏天不能穿三点式泳衣，周愫就恼火："我家文文好说话，我可不好惹。他的钱现在归我管，我正式通知你，从今天起，你一毛钱也别想拿！不服？那咱们就找民警同志好好掰扯，正好我这儿也有个律师，不知道你这算不算得上诈骗？"

周愫口舌了得，把邹怡然震得差点口吐白沫。

周愫才不管，牵着李斯文的手就走："白嫖我文文这么多年，惯的！他的柠檬水我已买了单，你那杯，自己付钱去！"

她如狂风巨浪，虎虎生威。

牵住他手时，又化作了温柔港湾，供流浪的船舶停放。

李斯文一直看着她，眼底与嘴角是同款笑意。

到车里，周愫气呼呼："还笑！"

李斯文笑意更深："你刚才叫我什么？"

周愫故意："李禽兽。"

冷静些许，周愫叹了口气："你怎么回事啊，随便给给就算了，还予取予求的，她胃口都被养大了。现在是旅游，以后让你买房，你也买啊。"

李斯文认真说："数额太大，应该不可能。"

"哦哟，李秘书，你好有原则哦。"周愫阴阳怪气地夸赞。

短暂沉默。

李斯文握住她的手，几度欲言又止："愫愫，我……"

他语气一软，周愫也心软："好啦，你不用解释。我明白的。"

"嗯？"

"说到底，你内心还是渴望家庭关爱。虽然你不提，但幼年这段经历，是你的一生之痛。其实你也明白邹怡然是假妹妹。你就是图一个心理安慰，不是真的亏欠他人，而是水中捞月，望梅止渴。哪怕一点点慰藉，你也当是圆了个梦。"

李斯文怔住。

握着她的手，甚至开始发抖。

他内心被砸开一道大口，当中压抑的情绪和过往，被人抽丝剥茧般地牵出。从来没有人，这样体恤他的灵魂。

周愫回头一看，李斯文眼眶红了。

她也跟着撇嘴，二话不说地把他抱紧怀里："呜呜呜！你真是个小可怜！怎么办，又狼又奶，我真的拿你没办法！别哭别哭，以后我疼你好不好？"

李斯文不至于落泪，但悸动是真的。

他回抱周愫，低哑地应了声："嗯。"然后亲了亲周愫的耳朵，"你知道吗，见到你的第一眼，我就在想。"

"想什么？"

"或许你不会属于我，但我这一生，一定属于你。"

周愫心里咯噔一跳，忽然来了灵感。

她隐隐兴奋地在李斯文耳边小声："晚上，你可不可以自己……"

李斯文愣了愣，难得心思复杂。

这个主人，很脱俗啊。

周愫真的是他的命中注定。

李斯文从未想过，自己有一天，会把自己累瘫。

他躺在她怀里，周愫越看越喜欢，眼珠一转，调皮地问："如果把你现在的样子，拍给魏董看，他会不会明天就把你开除？"

李斯文呼吸仍粗，慢声说："不会。"

"为什么？"

"他会问我做了什么，然后分享给他。"

周愫好奇："你和魏董相处这么多年……"

"嗯，无话不谈，工作上的搭档，生活里的朋友。"李斯文一五一十地告诉她，"他衣服的尺寸，偏好的口味，每一个小习惯，我都知道。"

"哇！"周愫惊呼。

"别瞎想。"李斯文蹭了蹭她手臂，"我身在这个位置，这就是我的工作范围。"

"专业专业。"周愫小鸡啄米般地点头。

她没忘说正事。

周愫扳正李斯文的脑袋，命令他坐直，然后神色严肃道："李斯文，我要正式通知你，从此刻开始，让你升级做我的男朋友。"

李斯文目光灼灼，呼吸都不敢大声，唯恐这是一场梦。

"你不懂的，缺少的，渴望的，我都会一步步教你。你要听我的话，不许乱来。比如从上海带回的这些礼物，那个包就要七万多，戒指也要小十万，以后坚决不许乱花钱明白吗！”周愫神色正经，“不是越贵重，越能哄女生开心。”

李斯文纠正：“不是女生，是女朋友。”

周愫噘嘴：“哪，还有，占有欲太强这一点，也要改。”

李斯文哑声：“我尽力。”

“我正常的异性朋友交际，你不能干涉。当然，我也会考虑你的感受，把我的同性、异性朋友，都介绍给你认识，给你足够的安全感。”

“好。”李斯文眼底泛酸，“还有什么要补充的吗，主人？”

周愫搂住他脖颈，歪着脑袋，甜甜地笑：“我喜欢你叫我小公主。”

半晌，李斯文说：“我爱你，小公主。”

按周愫的安排，两人的第一场正式约会，定在这周六。

李斯文太“寡”了，通俗点来说，就是太直男！什么都喜欢直接表达，比如那一次的礼物，周愫稍微算了一下价格，加起来就有三十多万。

李斯文在汇中集团不拿年薪，而是分红。

这么大体量的公司，他又在行政总秘这个位置，手中资源与权力自然不必多说。汇中高管层的待遇是不外泄的秘密。周愫私下问过李斯文，一年到底可以挣多少钱。

李斯文没说实数。

只说，魏董一家对我有知遇之恩，也从不薄待。早些年进军房地产，汇中开发的楼盘都以中高档为主，每一个楼盘，李斯文都有一套房。

至于存款。

李斯文自己都算不清，决定过两天加齐了，再把具体数字汇报给女朋友。

李秘书心思缜密，善于为他人着想。

他始终记得，周愫说，她父亲在大润发杀鱼，母亲卖包子。虽然上次在她家与俩长辈闲聊，他们身上的气质和谈吐，实在高。

周愫的话，他一向深信不疑。

行行出状元，高素质人才在哪一行业都不奇怪。还心比大润发的杀鱼刀冷？胡扯，周师傅明明平易近人。

李斯文虽在恋爱这件事上经验贫贫，但人情往来那是如鱼得水。周愫父母这一关，以后是必定要过的。不如早做筹谋，先行讨好老丈人。

思索半天，李斯文托朋友，给周祈正买了一样既贵重，又接地气的礼物。

数日后。

周祈正下午没课，提早回家。正好快递小哥给他打电话，说有快递。

周祈正本以为是闺女的，可收件人分明写着他的名字。快递包装呈长条形，他好奇打开，哎哟！外包装甚是精美！

中国风，镂空木盒，上面还有龙纹祥云图案。

打开一看，把周教授的近视眼又闪深了300度！

此时的周愫正在和厉可儿逛街，在两条裙子之间犹豫。电话响，周愫走到一旁接听："爸爸。"

周祈正："出事了闺女！"

周愫顿时紧张："怎么了？"

周祈正仍没缓过神："一位无名人士，给我寄了一把黄金做的，还镶嵌了宝石的杀鱼刀！"

周教授痛心疾首："究竟是谁！想暗杀我！！！"

其实李斯文的本意不在礼物的字面意思。

虽是一把刀，但没有开过刃，且小巧精致，工艺了得。相比其实用性，更似一桩收藏珍品。

真寄一把杀鱼刀，李斯文还不至于这么傻。

不过周教授笔底春风惯了，文人墨客，免不得被这么锋利突兀的礼物吓着。所以言辞难免夸张了几分。周愫忙赶回家里，见到礼物后，亦是哭笑不得。

周祈正仔细研究快递来处，寄件单上是个座机号，再无其他详尽信息。素青倒觉得礼物很是特别，客观夸赞："选东西的眼光挺好。"

好是好，可太贵重。周教授如拿烫手山芋，全然不知如何处置。

周愫悠悠说："爸，你先留着吧，也许这人是讨好你呢？"

周祈正直拍桌子，刚正不阿："胡闹！有什么不能当面说，非要用这种贿赂手段见不得光！"

周愫不乐意了："什么见不得光啊，要真是阴险小人，何必送这么贵的东西。"

周教授一想，有道理："那他是，有求于我？"

素青接话："十有八九。"

周愫若无其事地回房间，门关后，再也忍不住地笑倒在床。她给李斯文发微信："我的文文也太可爱了吧！"

李斯文："怎么了？"

周愫说："明珠市再找不出第二个，会送这种礼物的人。"

李斯文难得忐忑："伯父满意吗？我特意选了个与他工作息息相关的。"

周愫忍笑："好像有点贵重。"

李斯文："不是很贵，三十多万而已。"

周愫内心复杂，但她心软得一塌糊涂，又有些于心不忍。加之明晚要见面，为保护自己，她暂时没告诉他真相。

周六，天清气朗，适宜约会。

周愫提前一晚就交代好李斯文要穿的衣服，白色T恤，胸口还有一只淡蓝色的卡通小熊。起初，李斯文是抗拒的，作为汇中集团的第一行政秘书，素日以精英一面示人，这种可爱风绝不是他的风格。

但周愫一句话把他说动："你爱穿不穿，反正这是情侣装，你要不想穿，这情侣也别当了，出门在外，我还是叫你一声领导比较合适。"

李斯文二话不说，直接套在了身上。

这样的他看起来，年轻又俊朗。颜值高的男人，什么风格都撑得住。周愫心满意足，心想着，或许晚上能安排一出"乖乖学弟"的情景剧？

约会之前，周愫先对他进行真心话环节——

"你以前跟女生约会，都去哪儿？"

"没约过女生。"

周愫震惊："你约的男生？"

李斯文无语凝噎，诚实说："男女都没约过。"

"那你跟我在一起的时候，是处男啊？"周愫捂嘴，夸张得惊呼。

李斯文不觉羞耻，点头承认。顿了下，又补充："你不也是吗？那又为何要装得如此有经验。"

周愫沉默片刻，悉心教导："对女孩子，不能太直接，要委婉，哪怕知道真相，也得不懂装懂，懂了吗？"

李斯文也不知该答"懂"还是"不懂"，受教道："下次注意。"

"除了我，还和别人看过电影吗？"周愫又问。

"看过，陪客户的家属。"

"男的女的？"

"都有。"

数次旁敲侧击，周愫发现，李斯文的恋爱经历真的是零。

"对我的表现还满意？"李斯文忽反问。

"还行吧。"周愫不以为意。

"比别的男人，答得要好一些吗？"

"好很多。"

默了默，李斯文语气四平八稳："那分别有哪些男人？"

周愫这才后知后觉，笑着打他："李斯文！你又给我下套！"

李斯文笑而不语。

周愫神气得意："我这么漂亮，被很多人喜欢也很正常吧。"

"那你，喜欢过别的人吗？"李斯文问。

周愫不瞒他："喜欢过呀。我大学时交了一个男朋友，但他的内裤烂了好多洞洞，我一看到，什么热情都没有了。"

李斯文恍恍惚惚："所以我们第一次时，你总看我的裤子，是因为心理阴影了？"

周愫娇憨而笑。

爱干净的男人，总是特别加分。李斯文甚至有点洁癖，他的袜子穿一双丢一双，每天都是新的。周愫在他衣柜里发现了两大纸袋崭新的棉袜，相当奢侈。

第一次正儿八经的约会，周愫安排的全是年轻人的项目。

她带李斯文去网红奶茶店，排了一小时队，就为喝一口草莓沙冰乐。周愫眼亮如星，期待他的赞许："怎么样，是不是很好喝！"

为确保严谨，李斯文又抿了一口，客观说："一般。"

周愫无语，捏了捏他的脸："你应该说，超好喝！毕竟女朋友排了这么久队才买到的！"

女孩子的思维是这么口是心非的吗？

他默默记在心里，然后乖乖改口："嗯，甜甜的，像红糖水，超好喝。"

周愫这才满意地勾了勾他的手。

第二站是去电玩厅，周愫热衷抓娃娃，换了五百个币，奈何技术不佳，没一小时，就祸祸完了，且没有抓中一只。

不过，周愫似乎并不沮丧，悠悠荡荡地在每个娃娃机前流连。李斯文认真提意见："喜欢娃娃？那我去给你买，还不用费这个力气。"

周愫冲他眨眨眼："这是乐趣，懂了吗？"

李秘书似懂非懂。

周愫笑着晃了晃他的手臂："不急，以后慢慢调教。"

第三站是去密室。鉴于李斯文的名校毕业高智商，周愫特意选了难度与恐怖程度都大的一个剧本。

可没想到，李斯文全程面不改色。

甚至NPC①出来时，他眼都不眨，还跟他闲聊起来："哥们儿，做这个辛不辛苦？"

NPC一愣："还、还行。"

"月薪多少？五险一金买了吗？"

"五六千吧，买了社保，别的不知道。"

"多看看劳动法，维护好自己的员工权益。"

NPC感觉心暖："谢谢你啊哥。"

---

① NPC：non-player character的缩写，是游戏中一种角色类型，意思是非玩家角色，指的是电子游戏中不受真人玩家操纵的游戏角色，这个概念最早源于单机游戏，后来这个概念逐渐被应用到其他游戏领域中。

"不客气。"李斯文指了指周愫，"这是我女朋友，她怕鬼，麻烦您到时离她远一点，出来后我请你喝红糖水。"

"放心！"

一旁的周愫，切实感受到了来自超级直男的呵护与关心，实在是太男人了。而那些机关关卡，在李斯文这儿根本无难度。半小时不到，两人就通关。

出来后，周愫神色一言难尽。李斯文紧张："怎么了，我哪里没做好？"

周愫叹气："如果女生带你玩密室，肯定是想被你保护，小鸟依人懂不懂？"

李斯文恍悟，深感懊悔。

不过，接下来的逛街环节，他倒是非常达标。周愫多看了两眼的，他都记在心里，并趁她去洗手间的工夫，悉数买了回来。

逛了一圈，满载而归。

李斯文问："第五站，我们去哪里？"

周愫已经累得不行，搂着他的脖颈要赖撒娇："我脚好痛，我不想走了，但我还不想回家，我特别想跟你待一块儿。"

李斯文深切怀疑，这是女朋友给的约会小结测试。

他想了想，说："我来安排。"

李斯文带周愫去了新古典。

一家足浴按摩连锁店。

周愫咋舌之余，也渐渐发现这里的别有洞天。她大开眼界："现在足浴按摩竟然如此高端了？"

倒也不是高端，应该是体贴细致。

各种各样的吃食，南北风味兼具，灌汤包、手工蒸饺、提拉米苏和牛角烤面包，养生粥更不必说，七八种任君选择。再就是切片的水果，码放得齐齐整整。

休息区的超大投屏轮番播放最热综艺，周愫惊奇地发现，旁边竟然还设了K歌房。

李斯文安排的约会，令她倍长知识。她忍不住感慨："这性价比也太高了吧！"

李斯文却紧张地问："你喜欢吗？"

周愫真心实意地点头："喜欢啊！能吃能喝能玩，还能养生按摩身体。"

李斯文便放了心，并当即充值了五万块，成为这家店的顶级VIP。

周愫不忍纠错，他的表现谨慎又紧张，看着挺让人心疼。她心想，来日方长，有的是时间调教。下一个目标，就是改掉他花钱大手大脚的习惯。

初次情侣约会，圆满结束。

晚上，周愫睡得早。

李斯文待她沉眠后，才轻手轻脚地下床去书房，在笔记本上逐条记录：

1. 抓娃娃是情趣，是幸福感，而非娃娃本身。

2. 女生带你去鬼屋，是想小鸟依人，此刻只需准备好怀抱就行，其余的别多问，把嘴巴闭上。

3. 愫愫喜欢21号技师，三连夸，夸她手上力道合适，下次必点。

4. 充值的时候，愫愫神色微变，虽不说，但应该是不满意。

第四点，李斯文特意拿红笔着重圈出，并进行详细批注。

注意，下次充值金额，要更多一点。

在周愫的引导下，李斯文越来越懂得如何当一个有情趣的男朋友。

每天早上，她的工位上都会收到一束新鲜的香槟玫瑰，淡粉色花瓣上还有露珠，铭牌卡片的寄语：

No one but you（无人及你）。

同事直呼浪漫，问周愫：你交男朋友啦？你男朋友是什么样的人？

周愫闻着花香，笑容掩在花束中，眉眼平和温暖："他呀，是一个很好很好的人。"

此刻，很好很好的李斯文，正从她身边路过。一眼投递，目光短暂交汇，是隐匿的，只有彼此心知肚明的绚烂烟火。

十分钟后，李斯文收到周愫的短信：

"文文，我超爱你的！"

李斯文嘴角不由得上扬，回复：

"我比你，更爱你。"

办公桌后的魏驭城抬眸，目光落向他身上两次，李斯文都未察觉。最后，魏驭城不悦地叩了叩桌面，他才正襟危坐，心领神会地低了低头："抱歉，魏董。"

魏驭城没多说什么，只吩咐了一件事："你收拾一间办公室出来，过几天，林疏月来办公。"

李斯文颔首："好。"

他把这件事交给了周愫，周愫是细节控，也热衷于装潢布置。随口一问："行政部的新员工？"

李斯文暗示："不是，但你可以与她搞好关系，百利无一害。"

周愫似懂非懂地点点头。

不久之后答案揭晓，原是未来的董事长夫人。她不由得感慨，李斯文通风报信的消息，比那把黄金杀鱼刀还有含金量。

两人的办公室秘恋稳稳妥妥地持续了一个月。

这天周愫回家，就听周祈正兴奋地告诉她："送杀鱼刀的人找到了！原来是黄波那孩子啊。"

周愫疑惑。

"我四处问人，没一个承认。想起他，没想到他竟承认了。"周祈正颇感欣慰，"做好事不留名，这孩子品格不错。他对你有好感，愫愫，你要不要试着接触一下？"

周愫要笑不笑，阴阳怪气地"哼"了一声。

她连电话都不想打，开车直接找去了C大，让黄波立刻到校门口来。

黄波难掩高兴，周愫却直言不讳："你是有什么毛病吗？不是你送的东西，你承认个什么劲儿？"

黄波脸色一僵。

周愫不给他留脸面："想在我爸那儿有个好印象？你也太虚荣虚伪了吧。也不掂量掂量，那份礼物，自己送不送得起。"

这话有辱男人自尊，黄波硬撑着反驳："你不要瞧不起人。"

"我就是瞧不起你怎么了？"周愫俨然一只要爆炸的小辣椒，"也不看看你做的事，值不值得被瞧得起。"

黄波不占理，也不敢太辩解。

周愫说完，踩着高跟鞋潇洒而走。

到车里，她给周祈正打了个电话，深呼一口气，容不得旁人揽了李斯文的功劳。她说："爸，明天晚上，我带男朋友回家吃饭。"

并且跟李斯文坦白，自己父母不是大润发杀鱼的，也不是做包子的。

李斯文良久没吭声。

周愫自觉愧疚，垂着脑瓜子，偷偷瞄他脸色。

李斯文倏地叹气，无奈说："还能怎么办，总不能把那刀要回来吧？"

她家文文的脑回路真的很直男。

另一边，周教授做了很长时间的心理建设，才逐渐消化周愫的男友是她领导这个事实。素青倒是高兴极了，张罗着买菜做饭，并且在她的老闺密群里通知："愫愫带男朋友回家，明天给你们直播啊！"

李斯文这种女婿，太拿得出手了。

次日，李斯文也不负所望，一身短款杏色风衣清爽俊朗，与周愫同时出现时，简直郎才女貌。素青一万个满意，笑眯眯地让他进门坐，并让周愫过来厨房打下手。

客厅里，只留周祈正与李斯文。

空气中，飘浮着一丝小小的尴尬。

周祈正偶尔瞄一眼他，发现李斯文眼神温和，嘴角含笑一直礼貌注目，便又飞快挪回眼，清了清嗓子："那个，喝茶，喝茶。"

李斯文手持骨瓷杯，听话照做，然后主动说："伯父，上次的礼物，是我唐突，请您原谅。"

周祈正摆摆手："太贵重了，送就送吧，也是你一番心意，下次要跟我说一声，我也不至于慌神，还闹了个这么大的误会。"

李斯文颔首受教："第一回见您，我就被您的气韵折服。您既有'不知细叶谁裁出，二月春风似剪刀'的细腻箴言，又有'秋霜切玉剑，落日明珠袍'的侠客气场。恰好我朋友是珠宝行业的，那把刀再合适不过。一时冲动，就赠给您，是我莽撞。"

周祈正被哄得心花怒放："哪里哪里，我太喜欢那把刀，这不就是宝刀未老嘛！斯文，你真的很会挑。只是以后，不许再送如此名贵的礼物。没事的时候，和周愫一起来吃饭。别拘束，这儿就是你的家。"

李斯文立刻起身敬茶："伯父，那以后就多有打扰了。"

厨房门口的周愫，听得那叫一个心服口服。李斯文身上的对立反差面太多，时而简单，时而八面玲珑。就这几句话，能把周教授彻底收买。

就这一顿饭的时间，李斯文知道了周愫生下来6斤6两，知道了她小时候学跳舞劈叉骨折过，知道了她的钢琴拿过全国级别的第一名，知道她高中时追星丢了钱包，此后就成了这位明星的黑粉。

这样的周愫鲜活、可爱、真实，李斯文已能勾勒出她从小到大的模样。

周愫汗如雨下，不停给周教授夹菜，苦恼道："爸，你能不能给我留点面子。"

这时，李斯文举杯敬酒："伯父，我干了，您随意。"

爽快如他，深得周祈正欢心，酒暖肚，索性把闺女的糗事全盘托出。倒是素青，不免多劳神，试探地问："斯文，你父母是做什么的？"

李斯文说："我自幼是孤儿。"

素青意外："啊，那抱歉了。"

"没关系。"李斯文笑了笑，"这是事实，没什么不能提的。"

家宴温馨，气氛欢愉。

李斯文走后，周愫送完他回到家，父母果然坐在沙发上等她。

周愫被这阵仗吓到了，皱眉惊呼："不是吧爸妈，李斯文还不能令你们满意？！"

周祈正连忙举手："我满意！"

素青无语："你们父女俩看我做什么？我难不成是恶丈母娘？"

周愫放了心，都自称丈母娘了，可见大问题没有。

不过素青也确实有忧心之处："他的身世是很悲惨，不是妈妈偏见，但你是我女儿，我难免多一份担心。斯文，他性格上没有什么缺陷吧？比如独处时，会不会勉强你做不喜欢的事？"

周愫表情无辜："一般都是我勉强他。"

不过，得意一时，后悔一世。周愫主动招认，她这"刁蛮"形象深入父母心，加之李斯文在长辈面前人如其名，根正苗红大好青年，又有可怜身世加持，周家父母一致认为，是女儿欺负他更多。

周愫委屈巴巴："也不知谁才是你们亲生的。"

人前受的心酸，都在晚上的李斯文身上弥补回来。周愫提的要求，他都做到。

两人的办公室恋情，持续了小半年。这小半年里，身边发生了许多事，最值得观摩的，就是魏董的追妻之旅。

周愫谨听男友教诲，在林疏月最迷茫的时候，给予她帮助。抛却其他，她也是很喜欢林疏月的性格的。

世上没有不透风的墙，渐渐，集团里有周愫的八卦流传。说她和李斯文在谈恋爱，并且是她蓄意勾引，要多难听有多难听。

周愫平日在集团里的人缘不错，稍一打听，对传播流言的人很快心里有了数。就是那一个在工作时，怪周愫没有通情达理的人。

这事甚至传到了魏驭城耳里，那日他问及此事，李斯文斩钉截铁道："不关周愫的事，人是我追的。"

如此明显的情绪外露，是他这位沉稳总秘从未有过的。于是，魏驭城只敷衍地提醒了句："注意影响。"

且周愫这边，更加无所谓了。

每天照常上下班过日子，心情好得不得了。她还反过来劝李斯文："嘴长别人身上，爱说什么我哪管得住，我是怎样的人，我清楚就行了。我不想跟这群傻瓜论短长，简直是在浪费生命。"

恣意潇洒的周愫，李斯文一样很喜欢。

也是这一刻起，他心里有了打算。

没多久，他独身一人前往周愫家。当周祈正和素青看到摊了满桌的红本绿本时，怔然。

李斯文这天西装革履，穿着正式，语气平静："伯父伯母，这是我名下的所有房产，以及我的基金、股票账户，和一些别的投资项目。这边是我的存款，数额全在上面。"

周祈正震惊："斯文，你这是？"

李斯文目光坦荡："我无父无母，孤身一人，也没有什么可照拂的亲戚。周愫跟了我，是委屈她。我能做的，就是把我拥有的，都让她知道。至少，让她有路可退。伯父伯母，也请你们放心，我会尽我所能，给愫愫一个好的未来。让她衣食无忧，让她更像一个公主。让她，活成自己喜欢的样子。"

周祈正和素青面面相觑，再看向李斯文时，都长叹一口气："你这孩子，也是不容易。我们愫愫娇生惯养，脾气不太好，平日一定没少给你添麻烦。"

李斯文笑了笑："不叫麻烦，是我该做的。"

素青点点头："愫愫找到你，也是她的福气。以后呢，你们要互相体谅，互相扶持，也不必太惯着她，做错的，还是要纠止，这样才能共同进步，一起把小日子过美满。"

就这样，李斯文以绝对的坦诚，赢得了周愫父母的信任。

很长一段时间，周愫一直追问过程，李斯文省去这一段，没有告诉她。也是很多年后，从父母口中得知，他压上全部家当，求娶心爱的女孩。

说来滑稽，奔赴另一种未来，不是以领证开始。

周愫看上了一套婚纱，说趁她最近瘦了，前凸后翘正合适，赶紧把婚纱照先拍了。李斯文不愿，他想去法国旅拍，让周愫有他之后的生活，一想起来，就都是精彩完美的回忆。

周愫被说服，但还是想试橱窗里的那套婚纱。

出来后，她站在圆镜前，转身对李斯文笑："快点！叫小公主！"

李斯文愣了愣，被美的。

他一字一字说："不是仙女，是老婆。"

周愫穿婚纱的样子，李斯文偷拍下来，并发了一条朋友圈，非常直男地官宣——

　　"爱妻——周愫。"

　　周愫看到这条动态下，数百条评论，笑倒在李斯文怀里："你说，我明天去公司，会不会被围殴？"

　　"嗯？"

　　"你不知道吧，你是很多人的梦中情郎。"

　　李斯文平静道："那也没办法，已经被你糟蹋了。"

　　周愫笑得乐不可支。

　　灵感一闪，她忽然想起一件事。

　　"对啦，一直想问你，回回都忘记。"她仰着脸，看向李斯文，"你那套公寓的房门密码191758，既不是你生日，也不是我生日，到底是什么意思？"

　　"你仔细想想。"

　　周愫眼睫眨了眨，蹙眉摇头："想不到。"

　　李斯文将她拥得更紧，轻声落话她耳边："4 月 19 日，17 点 58 分。"

　　周愫先是茫然，安静一阵后，她惊呼："是不是，你和可可相亲那天！"

　　李斯文纠正："不是和她相亲，是，我遇见你。"

　　那一刻你出现。

　　你叫周愫，是天使的礼物。

番外三

添酒回灯重开宴

　　魏驭城从不觉得自己睡眠不好这种现象是病态。他只是习惯晚睡，因为工作，调整了生物作息而已。

　　但娄听白女士不这么认为。早些年没少寻医问诊，忧心烦扰。就连魏父都说，这是讳疾忌医了。魏驭城不忍母亲挂切，顺着她的心意来。久而久之，就成了别人眼里的"睡眠障碍"患者。

　　这一年除夕，明珠市罕见暴雪，魏驭城在江苏出差，明珠机场的航班连连取消，零点前五分钟才风尘仆仆到家，赶着时辰点上家祠里的长明灯。

　　不顺的事好像就此预兆，没几天，他就接到钟名建的电话。

　　魏芙蕖病逝后，钟衍就彻底验证了那句歌词：没妈的孩子像根草。加之钟名建的懦弱无担当，好好的一个孩子，便带成了这副厌世阴郁模样。

　　彼时的钟衍躺在医院里，浑身包扎得如同一个粽子。见到魏驭城，也只是下意识地别过脸，闭眼佯睡。少年已具初熟轮廓，但魏驭城只觉

306

得惋惜。

决心带着钟衍时，魏驭城并没有料到会如此棘手。少年的反骨已经尖锐凌厉，不顺心意便斗个你死我活。无奈之下，魏驭城替他办理了休学。

原以为以暴制暴，简单明了。

但钟衍割腕自残被发现后，魏驭城觉得不能再这么下去。他带钟衍看遍心理科，试过无数诊疗方法都无济于事。钟衍不仅没好，他自己的睡眠也越来越糟糕。

"你真行，买一送一不带浪费。"魏驭城客观评价。

那时的钟衍冷漠、疏离，置若罔闻。

章天榆教授是国内够分量的心理学专家，被魏驭城说动，替钟衍做过几次咨询辅导。魏驭城很上心，无论多忙，总会亲自过问了解。

章教授说："我看你这状态也不比他好，几日没睡了？"

魏驭城笑笑。

一旁的李斯文适时答："魏董才从甘肃回来，不太适应那边的气候。"

章教授冷哼："自己的身体自己知道。我几个学生做了个研究课题，内容成熟、系统，你去试一试，没准有用。"

魏驭城说好。

走时，章天榆"哼"的一声，鼻子吹气："肯定敷衍我。"

倒也不是敷衍，而是真的太忙。钟衍休学一年多，厌世依旧，说话永远没个好语气。那天早晨，魏驭城吃完早餐起身时，晕眩虚晃，掌心抠紧桌角才堪堪稳住。

缓过几秒，他以为没人知晓。

只是出门前，钟衍假装路过，轻飘飘地撂下句："小心有钱挣，没命花。"

恰好，章天榆教授再次打来电话，也是凶悍："我那几个不成器的学生在市二实习，义诊不收你钱。消息带到了，爱去不去！"

魏驭城想来好笑，连连点头："行，我去。"

不成器那是自谦，他带的学生一定是个中翘楚。把日程表划拉一看，魏驭城让李斯文把周二的饭局取消。

周二那天，明珠市暴雨难行。司机临时有事，要出门，只能魏驭城自己开车。

现在回忆起来，也如天注定。老天设置重重关卡，差一点就放弃。

魏驭城还记得，市二院五楼心理门诊，长廊尽头的三号诊室，他第一次听见林疏月的声音。轻悦，字正腔圆，天生的亲和力与治愈感。

魏驭城很喜欢。

他数次想窥见真容，一句"不能和患者产生诊疗之外的任何联系"说得义正词严。魏驭城笑："你这还没执证上岗呢，作不得数。"

屏风那头说："假医生，真病人。"

魏驭城眉眼斜飞，嘴角笑意更甚："是不是我再多说两句，你要赶我去看精神科了？"

林疏月说："还行，挺自觉。"

未见其人，但魏驭城觉得，这一刻她应该也是在笑的。

走时，魏驭城回头看了好几眼，除了那块水墨山水屏风，什么都没瞧见。

章天榆教授忙着讲座，再见面已是一个月后。正喝茶聊着天，魏驭城忽然问了句："您带了几个学生？"

"五个，三个读研了，两个大四的。"

"几个姑娘？"

"那俩大四的。"

魏驭城问："那上回市二实习的，是哪位？"

章天榆稀奇："哟？真去了？"

魏驭城笑着说："您的话，我敢不听吗？"

他说上次的体验很好，想再见见这位实习生。一番话说得分寸得宜，章天榆感到欣慰，这是好现象。于是答应他："下周你来我办公室。"

"周几？"

"周四吧。"

"就不能早一点？"

"我没空。"章教授不惯着。

魏驭城觉得，这日子过得也忒慢了些。

"这是叶可佳，我学生。"

张扬艳丽的模样，魏驭城叠着腿，眼角带笑地看着她。

叶可佳神色微诧，但还是礼貌打招呼："您好。"

一开口，魏驭城的笑意就散开，他确定，不是这个人。

后来他逮着机会旁敲侧击，把章教授问毛了，脾气大极："我就是安排她去的实习，这我还不清楚？！"

或许这种未知的探索欲，让人更加执迷。

魏驭城请叶可佳吃了一顿饭，试图打听出那天的事。但这姑娘显然不想告知，她打扮精美，妆容艳丽，一颦一笑都跟精心设计似的。

"在市二实习那次，还有你别的同学。"魏驭城态度亲和，但话锋直接。

"对，有师兄。"

"女同学。"

"没有哦。"

一顿饭的时间，叶可佳对魏驭城好感表现得一览无余。她很聪明，一眼看穿这个男人的真实目的。

"你多请我吃几次饭，没准我就想起来啦。"她歪头笑，娇俏动人。

魏驭城依旧笑得礼貌："没有下次了。"

人做到他这份上，什么都不缺，自然不屑玩这种欲擒故纵的投怀送抱。后来，李斯文帮他找了市二医院的关系，打听了一圈，终于从那日一起实习的同学处了解到，递上来的名单确实是叶可佳，但来的人是她同班同学。

"不过她现在不在校了，她们大四是要实习三个月的，去了S市。"谈及林疏月，师兄说，"她性格特别好，专业能力也强，章教授特别器重，她肯定是要考研的。"

李斯文留心一问："你知道她在S市哪里实习吗？"

"具体不知，但那家心理咨询室挺有名的。"

为了这句话，魏驭城让李斯文找遍S市所有有点知名度的咨询室。他记得，那天晚上有饭局，很重要的客户，几个高管帮他挡了不少酒。接到李斯文电话时，像是纸醉金迷的热烈气氛里，忽然刺入的一束冷空气。

李斯文报了个地名。

魏驭城"嗯"了声，表示知道，然后关闭手机，将李斯文发来的照片保存进相册里。

电话挂断后，他握着手机一直站在窗边。身后是璀璨声色，眼前是万丈高楼，人车小如蜉蝣。那种感觉很奇妙，一个地名而已，却能让此刻的世界黯然失色，退避三尺。

魏驭城给司机打了个电话，拿了车钥匙，外套丢去副驾，自个儿上了驾驶位。

导航显示，到S市五小时四十分钟。

天黑下来了，穿过山区地段的高速时，云雾织得薄，迷离的，浮跃着，能将人托举一般。到S市是凌晨一点，魏驭城找了家酒店囫囵一睡，次日大早，找去地方。

车停在路边，他就坐在车里，半边车窗降下。

八点一刻，人影匆匆。

八点半，遛弯的老人，推着婴儿车的年轻妈妈，众生万象红尘烟火。

魏驭城看了看时间，再抬头时，便瞧见了想见的人。

她从玻璃门里小跑出来，站定后左右张望，没多久，同城服务的快递小哥骑着电动车到面前，从后座搬出了一捧烈焰玫瑰。她惊喜接过，随即接了个电话。

听不清说什么，但她的神情愉悦、娇嗔，魏驭城一一看在眼里。她低头嗅玫瑰，掩住了半边脸，上扬的嘴角却怎么也藏不住。

魏驭城的指尖动了动，沉思两秒，自顾自地一笑。

他三十二岁了，早过了冲动热血的少年时。一定是疯了，才会为了一个，甚至不知道他存在的女人奔赴千里。幸而现实拉回理性，她应该和男朋友相处得很好。

魏驭城没有夺人所好这臭毛病，一切隐晦的动容浅尝辄止。

就此止步，他想。

没过多少时日，钟衍出了一桩不小的事。外出不到一小时的工夫，这少爷就把一路人给狠狠揍了。揍得对方鼻青脸肿，右胳膊脱臼。问及原因，钟衍一字不语，厌倦冷漠。

魏驭城不过言辞重了些，钟衍竟扭头狂奔，单手撑着栏杆一跃，就这么跳进了江水里。

混乱、煎熬、惊惧，乱作一团。

深夜终于安定，魏驭城在书房里抽了一宿烟，第二天，就给钟衍办了出国手续。那小半年，他安排钟衍去美国治疗，国内外两头跑，家事烦心。

彼时在S市参加慈善晚宴的娄听白忽然得了急性阑尾炎，被紧急送去医院做了阑尾切除术。魏驭城从明珠市飞抵S市，这是数月后，他第二次来到这座城市。

母亲无恙，被接回明珠市疗养。车往高速口开，穿过闹市街头，某个路口红灯停，坐在后座正翻看邮件的魏驭城忽然抬起头。

熟悉的地段，他也曾在马路对面，为一个人点过一支烟。

娄女士问他看什么。

他眼睛没挪开，定在远处的大楼门口："没事。"

副驾的李斯文沉默无言，却会意于心，当晚，便不着痕迹地给了他一则消息："老板说，她辞职了，好像是家里出了点事，去了波士顿。"

本想责怪他自作主张的话语，一时压了回去，魏驭城皱眉："波士顿？"

李斯文是处理人际关系的好手，总能以合适的方式拉近人与人的距离，得到想要的信息。

"她有一个弟弟，似乎身体不太好。我听她的老板说，听见几次她打电话，与家里的关系也一般，这一次离职，好像也是因为和她妈妈大吵一架。"

很长时间的静默，猩红的烟头明了又暗。那种隐忍的，冲动的，仓皇的欲望似又冒出了头。魏驭城神色不辨，李斯文了然于心。

"小衍第二阶段的治疗周五结束，魏董，我为您订机票。"

这应该是魏驭城人生中第一次假公济私。

遗憾的是，钟衍的治疗并不顺利，他抗拒，抵触，并且克制，聪灵，以极其冷静的思维方式，顺利通过数次心理测评。他对魏驭城说："你不让我回国，那么不管多少次治疗，我都会给你一样的答卷。"

魏驭城掐熄怒火，在失控的前一秒，摔门离去。

唐耀约他相见于Hatch Shell附近的一家酒吧。

魏驭城来酒不拒，不似苦闷，更像消愁。唐耀不擅安慰，直来直去地剖析钟衍的问题，听得他越发烦闷。他对唐耀说："你是不是有事？有事你先走。"

唐耀拍拍他的肩膀。

魏驭城心想，这一遭来得太糟心，谁出的主意？李斯文下个季度的奖金也别想要了。他站起身，去洗手间。绕过舞池，与人擦肩时，双手微微举高，避免过多的碰触。

音乐聒耳，英文歌曲声嘶力竭地吼，歌词唱的是"情爱荒谬，追求自由"。

酒精冲脑，魏驭城闭了闭眼，轻甩头，缓过这一阵的晕眩。他往前走，路过吧台时蓦地一停。熟悉的中文钻入耳中，细碎的，熟悉的，却又带着些许陌生的哭腔。

那个女孩埋头于手臂间，手机搁在一旁。

虽只一个背影，却恍如初见。

他踱步靠近，越来越近。他不知道她哭的原因，也不懂她此刻的歇斯底里是为何。自己又为何如同魔怔，因为她的一个消息，开车五百余公里赶到S市。再远渡重洋，仍只为一个不着边际的温柔奢想。

这一刻的魏驭城，豁然开朗，比任何时候都清醒。

原来缘分，就是某一瞬的鬼迷心窍。

异国的陌生，远不及生母辛曼珠的冷漠态度所带来的伤痛。林疏月在心碎绝望的生死线边缘探脚时，忽然被一道男声拯救回五官六感——

"我可以请你喝杯酒吗？"

林疏月醉眼观星，转过头，对上魏驭城那双如雾如谜的眼。

【全文完】

MEMORY
HOUSE